আলোর নিচে এক পলক

এক অনন্য প্রেমের কাহিনী নিয়ে

এম আর জি কিউপিড

এম আর জি কিউপিড

Ghoshal.manoranjan@gmail.com

এম আর জি কিউপিড

সূচীপত্র

সারসংক্ষেপ

এক অনন্য প্রেমকাহিনী, যেখানে প্রথম দেখা থেকেই দুই অপরিচিত মানুষ একে অপরের জীবনে আলো ছড়িয়ে দেয়।

কলকাতার এক বিয়েবাড়িতে অনন্যার সঙ্গে দেখা হয় রুদ্রের—এক শখের ফটোগ্রাফার, যিনি আলো-ছায়ার খেলায় মানুষের অন্তরের গল্প খুঁজে পান। ঝলমলে আলোর ভিড়ে এক পলকের চোখাচোখি তাদের ভেতরে জাগায় এক গভীর আকর্ষণ। পরদিন লেক গার্ডেন্সে একান্ত আড্ডায় তারা আবিষ্কার করে পরস্পরের ভেতরের গল্পগুলো—রুদ্রের ফটোগ্রাফির দর্শন, অনন্যার লেখার স্বপ্ন, আর জীবনের প্রতি তাদের সংবেদনশীল দৃষ্টিভঙ্গি।

মুম্বাই ও কলকাতার দূরত্ব সত্ত্বেও টেক্সট ও ইমেলের মাধ্যমে গড়ে ওঠে এক গভীর আত্মিক বন্ধন। রুদ্রের ক্যামেরায় ধরা অনন্যার ‘অনন্য মুহূর্ত’ হয়ে ওঠে তাদের সম্পর্কের প্রতীক। কিন্তু এই নতুন সম্পর্কের মাঝেই ফিরে আসে অনন্যার অতীত—প্রথম প্রেম অরিজিৎ, যে তাকে হারিয়ে আবার ফিরে পেতে চায়। পুরনো স্মৃতি আর নতুন অনুভূতির দ্বন্দ্বে পড়ে অনন্যা।

রুদ্র তাকে বোঝে, স্বাধীনতা দেয়, আর পাশে থাকার আশ্বাস দেয়—যা অরিজিতের চাপিয়ে দেওয়া ভালোবাসার ঠিক বিপরীত। অনন্যা ধীরে ধীরে উপলব্ধি করে, ভালোবাসা শুধু স্মৃতিতে নয়, বোঝাপড়া আর সম্মানে বেঁচে থাকে।

এম আর জি কিউপিড

"আলোর নিচে এক পলক" শুধু প্রেমের গল্প নয়—এটি আত্মিক সংযোগ, অনুভূতির সূক্ষ্মতা, আর জীবনের আলোর ও ছায়ার মেলবন্ধনের এক অনুপম উপাখ্যান।

Part 1: প্রথম দেখা ও প্রথম টান (Ch. 1–10)

Ch. 1: আলো আর অভিসার

বিয়েবাড়ির বিশাল প্রবেশপথ দিয়ে অনন্যা যখন ভেতরে পা রাখল, তখন মধ্যরাতের নিস্তব্ধতাকে ভেঙে কানে এসে পৌঁছল এক উৎসবমুখর কোলাহল। ঝলমলে আলোর রোশনাই চোখ ধাঁধিয়ে দিচ্ছিল। হলঘরের প্রতিটি কোণ, প্রতিটি স্তম্ভ, এমনকি ছাদ থেকেও যেন অজস্র তারার আলোর ফোয়ারা ঠিকরে পড়ছিল। ঝাড়বাতিগুলো এত কাছ থেকে তার এত আলোকরশ্মি ছড়িয়ে দিচ্ছিল যে অনন্যার মনে হল যেন সে কোনো কল্পনার জগতে প্রবেশ করেছে। মানুষের ভিড়, পরিচিত-অপরিচিত মুখের আনাগোনা, মিষ্টি হাসি আর তারচেয়েও মিষ্টি কথার ফিসফিসানি—সব মিলিয়ে এক অদ্ভুত মাদকতা। বাতাসে ভাসছিল গোলাপ, রজনীগন্ধা আর দামী পারফিউমের মিশ্রিত সুগন্ধ, যা এই শীতের রাতটিকে আরও মোহময় করে তুলছিল। অনন্যা নিজেও আজ সেজেছিল হালকা গোলাপি রঙের একটি সিল্কের শাড়িতে, যার সাথে মানানসই গয়না। সে সবসময়ই সাজতে ভালোবাসত, কিন্তু আজ যেন তার সাজে একটু বেশিই যত্নের ছাপ ছিল, হয়তো অবচেতন মনেই সে অনুভব করছিল, আজ রাতে কিছু একটা বিশেষ ঘটতে চলেছে।

মা-বাবা এবং ছোট বোন সুমিতার সাথে সে হাসিমুখে অতিথিদের সাথে কুশল বিনিময় করছিল। মামাতো ভাই অর্জুনের বিয়ে, তাই পারিবারিক দায়বদ্ধতা যথেষ্টই ছিল। অনন্যা স্বভাবতই লাজুক হলেও, পরিচিতদের সাথে মিশতে তার কোনো দ্বিধা হতো না। কিন্তু আজ তার মনটা কেমন

যেন অস্থির লাগছিল। সে বারবার চোখ ঘোরাচ্ছিল চারদিকে, যেন কিছু একটা খুঁজছে, বা কারো জন্য অপেক্ষা করছে। এই অনুভূতিটা নতুন ছিল না, কিন্তু এত তীব্রভাবে আগে কখনো অনুভব করেনি। সে বুঝতে পারছিল না, কেন তার ভেতরটা এমন চঞ্চল হয়ে উঠেছে।

হঠাৎ করেই তার চোখ চলে গেল ঘরের এক কোণে, যেখানে আলোর আভা কিছুটা ম্লান, যেন এক নিজস্ব জগৎ তৈরি হয়েছে। সেখানে একজন যুবককে দেখা গেল, যার হাতে একটি পেশাদার ক্যামেরা। সে নিবিষ্ট মনে চারপাশের ছবি তুলছিল, যেন চারপাশের কোলাহল তার কান পর্যন্ত পৌঁছাচ্ছে না। তার মুখমণ্ডলে এক অদ্ভুত প্রশান্তি, কপালে ভাঁজ পড়েছে গভীর চিন্তার রেখা। সে হয়তো একজন ফটোগ্রাফার, বিয়েবাড়িতে ছবি তোলার জন্যই এসেছে। কিন্তু তার চোখগুলো কেবল লেন্সের পেছনে সীমাবদ্ধ ছিল না, মাঝেমধ্যে সে চোখ তুলে চারপাশের মানুষজনকে দেখছিল, যেন তাদের ভেতরের গল্পগুলোকেও ক্যামেরাবন্দী করতে চাইছে। অনন্যা তার পোশাক, তার চুলের স্টাইল, এমনকি তার দাঁড়ানোর ভঙ্গি দেখেও মুগ্ধ হচ্ছিল। তার চোখে এক অন্যরকম আকর্ষণ ছিল, যা অনন্যাকে মুহূর্তেই টেনে নিল। সে যেন তার পরিচিত জগতের বাইরের একজন পরিচিত মানুষ।

যুবকটি, রুদ্র, আসলে সেভাবে ছবি তুলছিল না। সে কেবলই চারপাশের আলোর মেলা দেখছিল, মানুষের মুখচ্ছবিতে লুকানো আনন্দকে নিজের মতো করে ধরতে চাইছিল। সে তার শখের ফটোগ্রাফার। বন্ধুর বিয়ে, তাই সে ক্যামেরা নিয়ে

এসেছে মূলত স্মৃতি ধরে রাখার জন্য। রুদ্র বিশ্বাস করত, ছবি শুধু দৃশ্যের প্রতিচ্ছবি নয়, তা হল আত্মার ভাষা। সে আনন্দ, দুঃখ, বিস্ময়, সব কিছুকেই ক্যামেরায় ধরতে চাইত। তার চোখ হঠাৎ করেই এক অদ্ভুত আলোর দিকে চলে গেল। সে দেখল, একজন মেয়ে দাঁড়িয়ে আছে, ঝলমলে আলোর মাঝে সে যেন নিজেই এক আলাদা আলোর উৎস। তার গোলাপি শাড়ি, তার মুখমণ্ডলে হাসি, আর তার চোখের গভীরে লুকানো এক অজানা কৌতূহল—সব কিছু যেন রুদ্রকে মন্ত্রমুগ্ধ করে দিল। সে অবচেতন মনেই তার দিকে ক্যামেরা তুলল, কিন্তু ছবি তোলার জন্য নয়, শুধু তার চোখ দিয়ে মেয়েটিকে নিজের স্মৃতিতে ধরে রাখার জন্য। তার লেন্সের মধ্যে দিয়ে মেয়েটিকে যেন আরও স্পষ্ট, আরও জীবন্ত মনে হচ্ছিল। এই প্রথম কোনো মানুষের দিকে তাকিয়ে রুদ্রের মনে হল, তার ভেতরের সমস্ত সৃষ্টিশীলতা যেন এই একটি মেয়ের জন্য অপেক্ষা করছিল।

তাদের চোখাচোখি হল। এক পলকের জন্য সময় যেন থমকে গেল। হাজার হাজার মানুষের ভিড়ে, শত শত আলোর ফোয়ারার মাঝে, শুধু দুজন মানুষ একে অপরের চোখে তাকিয়ে থাকল। অনন্যা অনুভব করল, তার সারা শরীরে এক শীতল স্রোত বয়ে গেল। এই টানটা কেবল শারীরিক ছিল না, আত্মিকও ছিল। তার মনে হল, এই মানুষটিকে সে বহু বছর ধরে চেনে, অথচ সে সম্পূর্ণ অপরিচিত। রুদ্রের চোখে সে দেখল এক গভীর প্রশান্তি আর কৌতূহল, যেন সে অনন্যার ভেতরের জগৎকে উন্মোচন করতে চাইছে। রুদ্রও অনুভব

করল, তার হৃদয়ের গভীরে এক অজানা তরঙ্গ খেলা করে গেল। তার মনে হল, এই চোখে সে বহু দিনের পুরনো গল্প দেখতে পাচ্ছে, যা সে নিজেই কখনো লেখেনি।

সেকেন্ডগুলো মিনিটের মতো দীর্ঘ মনে হচ্ছিল। অনন্যা প্রথমে চোখ সরাল না, রুদ্রও না। তাদের এই নীরব যোগাযোগ যেন বিয়েবাড়ির কোলাহলকেও ছাপিয়ে গেল। অনন্যার মনে হল, এই প্রথম কোনো পুরুষের চোখে সে নিজেকে এত স্বাচ্ছন্দ্যে দেখতে পেল। তার মনে কোনো ভয়, কোনো দ্বিধা ছিল না। শুধু এক তীব্র আকর্ষণ, যা তাকে রুদ্রের দিকে টেনে নিয়ে যাচ্ছিল। রুদ্রের মনে হচ্ছিল, তার ক্যামেরায় ধরা পড়ার জন্য এই মুখটিই যেন তার বহুদিনের আকাঙ্ক্ষা। তার আঙুলগুলো ক্যামেরার শাটার বোতামের কাছে থেমে গেল, সে ছবি তুলল না। এই মুহূর্তটি শুধু চোখের লেন্স দিয়ে হৃদয়ের ফ্রেমে বন্দি করার ছিল।

অবশেষে অনন্যা চোখের পলক ফেলল। একটা মৃদু হাসি ফুটে উঠল তার ঠোঁটে, যা রুদ্রের চোখেও প্রতিবিম্বিত হলো। সে দেখল রুদ্র তার ক্যামেরা নামিয়ে রাখল, এবং তার দিকেই এগিয়ে আসতে শুরু করল। অনন্যার হৃদস্পন্দন বেড়ে গেল। তার মনে হলো যেন তার সমস্ত রক্ত মুখের দিকে ধাবিত হচ্ছে। সে কিছুটা অপ্রস্তুত হয়ে পড়ল। কী বলবে? কীভাবে কথা শুরু করবে? নাকি রুদ্রই শুরু করবে? এই উত্তেজনা তার জীবনে নতুন ছিল।

রুদ্র অনন্যার দিকে এগিয়ে এলো, তার পদক্ষেপগুলো ছিল ধীর কিন্তু আত্মবিশ্বাসী। যখন সে অনন্যার কিছুটা কাছে এসে

দাঁড়াল, তখন রুদ্রের মিষ্টি মৃদু সুগন্ধ অনন্যার নাকে এসে লাগল। রুদ্রর মুখে এক শান্ত হাসি, যা তার চোখেও ছড়িয়ে পড়েছিল।

"আপনি কি একজন ফটোগ্রাফার?" অনন্যা নিজেই প্রশ্নটা করে বসল, তার গলা দিয়ে শব্দগুলো বের হতে গিয়ে যেন কেঁপে উঠল।

রুদ্রের হাসি আরও চওড়া হলো। "হ্যাঁ, শখের ফটোগ্রাফার। আপনি কি এই বিয়েবাড়িরই কেউ?" তার কথায় কোনো জড়তা ছিল না, কিন্তু চোখে ছিল এক ধরনের বিনম্রতা, যা অনন্যাকে আরও মুগ্ধ করল।

"হ্যাঁ, আমি অর্জুনের মামাতো বোন," অনন্যা উত্তর দিল, তার মুখেও হাসি ফুটে উঠল। "আপনার ছবিগুলো দারুণ।" সে রুদ্রের হাতে ধরা ক্যামেরাটির দিকে ইঙ্গিত করল।

"ধন্যবাদ," রুদ্র বলল। "তবে আজ আমি খুব বেশি ছবি তুলিনি। শুধু কয়েকটা আলো-ছায়ার মুহূর্ত ধরার চেষ্টা করছিলাম।"

অনন্যা কৌতূহলী হয়ে প্রশ্ন করল, "আলো-ছায়া? সেটা কেমন?"

রুদ্র হাসল। "এই যেমন ধরুন, এই যে এত ঝলমলে আলো, এর ফাঁকে কিছু নিস্তব্ধ ছায়া থাকে, যা হয়তো চোখে পড়ে না। সেই ছায়াগুলোই আসলে গভীর গল্প বলে।" সে যেন তার ফটোগ্রাফির দর্শনটাই অনন্যার সামনে তুলে ধরল। অনন্যা মুগ্ধ হয়ে শুনছিল। তার মনে হল, রুদ্রের কথাগুলো যেন তার

নিজের ভেতরের অনুভূতির প্রতিধ্বনি। সে নিজেও সবসময় জীবনের এই লুকানো দিকগুলো দেখতে চাইত।

"আপনার কথাগুলো খুব ইন্টারেস্টিং," অনন্যা বলল, "আমি কখনো এভাবে ভাবিনি।"

"আপনি নিজেও তো এক আলোর নিচে লুকানো ছায়ার মতো," রুদ্রের চোখ অনন্যার দিকে স্থির হলো। তার কথায় কোনো চাটুকারিতা ছিল না, ছিল এক অদ্ভুত সরলতা। অনন্যার গালে হালকা লালের আভা দেখা দিল। সে এই ধরনের প্রশংসা শুনতে অভ্যস্ত ছিল না।

"আপনার নাম?" রুদ্র জিজ্ঞেস করল।

"অনন্যা," সে মৃদু হেসে উত্তর দিল। "আর আপনার?"

"রুদ্র।"

এই সংক্ষিপ্ত কথোপকথন, যা হয়তো পাশের লোকে কাছে সামান্যই মনে হতো, অনন্যা আর রুদ্রের কাছে তা এক অন্য মাত্রা পেল। তাদের এই প্রথম কথোপকথনে, শব্দের চেয়ে বেশি আদান-প্রদান হচ্ছিল অনুভূতি আর নীরব ভাষা। রুদ্রের চোখে অনন্যা দেখল এক দৃঢ়তা, এক সততা, যা তাকে আকর্ষণ করছিল। অনন্যার কথায় রুদ্র খুঁজে পাচ্ছিল এক কমনীয়তা আর বুদ্ধিমত্তা, যা তাকে বারবার অনন্যার দিকে টেনে নিচ্ছিল। তারা যেন একে অপরের চোখে নিজেদেরই এক প্রতিচ্ছবি দেখতে পাচ্ছিল।

তারা কিছুক্ষণ নীরব রইল। চারপাশে তখনো হাসির শব্দ, গানের সুর, আর মানুষের আনাগোনা চলছিল, কিন্তু অনন্যা আর রুদ্রের কাছে যেন সবকিছুই থমকে গিয়েছিল। তাদের

নিজস্ব এক জগৎ তৈরি হয়েছিল, যেখানে শুধু তারা দুজন আর তাদের নীরব ভাষা।

"আপনার কি ছবি তুলতে ভালো লাগে?" অনন্যা জিজ্ঞেস করল।

"হ্যাঁ, খুব। ছবি আমার কাছে শুধু একটা শখ নয়, এটা আমার অনুভূতি প্রকাশের মাধ্যম। আমি আলো-ছায়া, মানুষ, তাদের জীবন, তাদের গল্প—সবকিছুকে আমার ক্যামেরায় ধরতে চাই। আমার মনে হয়, প্রতিটি মানুষের একটা নিজস্ব গল্প থাকে, যা তাদের চোখে, তাদের মুখে, তাদের ভঙ্গিতে ধরা পড়ে।" রুদ্রের কথাগুলো অনন্যার মনে গভীর রেখাপাত করল। সে যেন রুদ্রের ভেতরের জগতের একটা ঝলক দেখতে পাচ্ছিল।

"আপনি যখন আমার দিকে ক্যামেরা তুলেছিলেন, তখন কি কোনো গল্প খুঁজছিলেন?" অনন্যা কৌতূহল নিয়ে প্রশ্ন করল, তার চোখে তখন দুষ্টুমি আর কৌতূহল একসঙ্গে মিশে ছিল।

রুদ্র একটু হাসল। "হ্যাঁ, তখন আমি একটি গল্পের শুরু খুঁজছিলাম। আপনার চোখে যেন একটি নতুন গল্পের বীজ দেখতে পেলাম।"

অনন্যা কিছুটা অপ্রস্তুত হয়ে হাসল। "আমার তো মনে হচ্ছে, গল্পটা শুরু হয়ে গেছে।"

তাদের হাসি মিলিয়ে গেল। এই প্রথম দেখা, এই প্রথম টান—এক পলকেই যা তাদের ভেতরে গেঁথে গিয়েছিল, তা ছিল এক রহস্যময় অনুভূতির জন্ম। অনন্যা অনুভব করল, রুদ্রের উপস্থিতি তার চারপাশের বাতাসকেও অন্যরকম করে

তুলেছে। তার মনে হলো, রুদ্রের চোখে তাকিয়ে সে যেন নিজেরই এক অজানা অংশকে খুঁজে পেল।

"আপনারা কি একে অপরের সাথে পরিচিত হলেন?" অর্জুনের মা, অনন্যার মাসি, হাসিমুখে তাদের দিকে এগিয়ে এলেন। তিনি হয়তো লক্ষ্য করেননি তাদের এই নীরব কথোপকথনের গভীরতা।

অনন্যা আর রুদ্র দুজনই হেসে মাথা নাড়ল। "হ্যাঁ, মাসি। এই রুদ্রদা আমার বন্ধুর বিয়েতে ছবি তুলছেন," অনন্যা বলল। সে রুদ্রকে "রুদ্রদা" বলে সম্বোধন করল, যা তাদের মধ্যে বয়সের কিছুটা ব্যবধান নির্দেশ করে। রুদ্র অবশ্য এতে কোনো প্রতিক্রিয়া দেখাল না।

"ওহ, ভালো ভালো," মাসি হাসিমুখে বললেন। "রুদ্র খুব ভালো ছেলে, আমার এক বন্ধুর ছেলে। ওর ফটোগ্রাফি দারুণ।" তিনি রুদ্রের দিকে তাকিয়ে বললেন, "তোমরা কথা বলো, আমি বাকি অতিথিদের দিকে একটু নজর দিই।" মাসি চলে যেতেই আবার এক নীরবতা নেমে এলো তাদের মাঝে।

"মাসি তো সবকিছু সহজ করে দিলেন," রুদ্র হাসল। "এখন তাহলে আপনি আমার ক্যামেরায় আপনার গল্পটি ধরতে দেবেন?"

অনন্যার গালে আবার সেই লালের আভা। "হুম, দেখা যাক। যদি গল্পটা ধরার মতো হয়।"

"আমার মনে হয়, আপনার গল্পটি অনেক গভীর," রুদ্র বলল, "যা শুধুমাত্র ক্যামেরায় নয়, হৃদয়ের গভীরেও ধরে রাখা যায়।"

এই কথাগুলো শুনে অনন্যা কিছুটা লজ্জাবোধ করল, কিন্তু তার মনে এক ধরনের আনন্দও অনুভব করল। রুদ্রের প্রতিটি কথাই যেন তার হৃদয়ে নতুন এক সুর তুলছিল। তাদের এই প্রথম দেখা, এই প্রথম টান—তা ছিল কেবল একটি ছবির শুরু, একটি ছায়ার রহস্য, এবং তাদের জীবনের এক নতুন গল্পের শুভ সূচনা। তারা জানে না এই গল্প কোন দিকে মোড় নেবে, কিন্তু তারা অনুভব করতে পারছিল, এই রাত তাদের দুজনের জীবনে এক অবিস্মরণীয় অধ্যায়ের সূচনা করল।

বিয়ের অনুষ্ঠান ধীরে ধীরে শেষের দিকে এগোচ্ছিল। অনন্যাকে বারবার তার পরিবারের সদস্যদের সাথে মিশতে হচ্ছিল, কিন্তু তার চোখ বারবার রুদ্রের দিকে যাচ্ছিল। রুদ্রও তখনো তার ক্যামেরা নিয়ে এদিক ওদিক ঘুরছিল, কিন্তু তার দৃষ্টিও অনন্যাকে খুঁজছিল। তাদের চোখাচোখি হচ্ছিল বারেবারে, আর প্রতিটিবারই সেই এক পলকের টান আরও গভীর হচ্ছিল। তাদের অজান্তেই, তারা একে অপরের হৃদয়ে এক নতুন জায়গা করে নিচ্ছিল। রাতের আলো ঝলমলে পরিবেশে, তাদের মনে এক নতুন ভোরের ইঙ্গিত দিচ্ছিল।

"অনন্যা, চল এবার বাড়ি ফেরা যাক," সুমিতা এসে অনন্যাকে ডাকল।

অনন্যা একবার রুদ্রের দিকে তাকাল। রুদ্রও তখন তার দিকেই তাকিয়ে ছিল। তাদের চোখে ছিল এক নীরব বিদায়, আর সেই বিদায়ের ভেতরেই ছিল আবার দেখা হওয়ার এক

লুকানো আমন্ত্রণ। অনন্যা রুদ্রের দিকে তাকিয়ে একটু হাসল, আর রুদ্রও তার হাসির প্রত্যুত্তরে মাথা নাড়ল।

অনন্যা যখন বিয়েবাড়ি থেকে বেরিয়ে আসছিল, তখনও তার মনে রুদ্রের মুখটি ঘুরছিল। তার মনে হচ্ছিল, সে শুধু একজন অপরিচিত মানুষের সাথে পরিচিত হয়নি, সে যেন তার জীবনের এক নতুন পথের ইঙ্গিত পেয়েছে। রুদ্রের ক্যামেরার লেন্স দিয়ে দেখা তার ছবিটি, রুদ্রের মুখে শোনা "আলো-ছায়া"র গল্প—সবকিছুই তার মনে গেঁথে গিয়েছিল। সে বুঝতে পারছিল, এই রাতের স্মৃতি তার কাছে শুধু একটি বিয়ের স্মৃতি হয়ে থাকবে না, এটি হবে তার জীবনের এক নতুন দিগন্তের সূচনা।

রুদ্রও অনন্যার চলে যাওয়ার দিকে তাকিয়ে রইল যতক্ষণ না সে ভিড়ের মধ্যে মিশে গেল। তার মনে হচ্ছিল, সে এতক্ষণ ধরে যা খুঁজছিল, তা অবশেষে খুঁজে পেয়েছে। তার ক্যামেরা যেন আজ শুধুমাত্র বাহ্যিক আলো ধারণ করেনি, তা তার ভেতরের এক নতুন আলোকে ধারণ করেছে। অনন্যার চোখ, তার হাসি, তার প্রতিটি কথা—সবকিছুই রুদ্রের মনে এক গভীর ছাপ ফেলে গিয়েছিল। সে জানত, এই দেখাটা কেবলই একটি শুরু, এবং এই গল্পের শেষটা এখনো অনেক দূরে। সে অনুভব করছিল, তার জীবনের নতুন অধ্যায়ের প্রথম পাতাটি আজই লেখা হলো, **আলোর নিচে এক পলকে**।

তারা জানে না আবার দেখা হবে কি না। কিন্তু দুজনেই অনুভব করল, এই প্রথম দেখা ছিল নিছকই কাকতালীয় নয়, বরং ভাগ্যের এক নীরব ইশারা, যা তাদের দুজনকে এক

অপ্রত্যাশিত পথে চালিত করতে চলেছে। এই প্রথম টান, এই ছবি আর ছায়ার গল্প—সবকিছুই ছিল তাদের ভবিষ্যতের প্রতি এক অস্পষ্ট ইঙ্গিত, এক নতুন রোমান্সের সূচনা।

Ch. 2: ফুলের ছবি ও ছায়া

বিয়েবাড়ির কোলাহল শেষে রুদ্র যখন নিজের অ্যাপার্টমেন্টে ফিরল, তখন মাঝরাত পেরিয়ে গেছে অনেকক্ষণ। ক্লান্ত শরীরেও তার চোখে ঘুম ছিল না। ফ্ল্যাটের নিস্তব্ধতা যেন আরও বেশি করে তাকে ঘিরে ধরছিল বিয়েবাড়ির ঝলমলে আলোর স্মৃতিতে। তার মস্তিষ্ক জুড়ে কেবলই ঘুরছিল গোলাপি শাড়িতে মোড়া অনন্যার মুখটা। ওর হাসি, ওর চোখ, ওর প্রতিটি অভিব্যক্তি—সব যেন তার স্নায়ুর প্রতিটি তন্ত্রীতে এক অবিস্মরণীয় ছাপ রেখে গেছে। এই প্রথম কোনো অপরিচিতাকে দেখে তার মনে এমন তীব্র অনুভূতি হয়েছিল। সে বিছানায় শুয়ে ছটফট করছিল, অস্থির মনটাকে শান্ত করতে পারছিল না। এই প্রথমবার রুদ্র অনুভব করল, একজন মানুষের ছবি শুধু তার লেন্সের মধ্যে দিয়ে নয়, তার মনের গভীরেও ধরা পড়তে পারে।

ধীরে ধীরে সে উঠে বসল। পাশের টেবিলে তার প্রিয় ক্যানন ক্যামেরাটা রাখা। সে যন্ত্রটার দিকে তাকাল, যেন ওটাই তার সব অনুভূতির সাক্ষী। হাত বাড়িয়ে ক্যামেরাটা হাতে নিল। বিয়েবাড়িতে অজস্র ছবি তুলেছিল, কিন্তু মন খুঁতখুঁত করছিল অনন্যার একটা ছবির জন্য। সে ইচ্ছে করেই অনন্যার ছবি তোলেনি সেদিন, কারণ তার মনে হয়েছিল সেই মুহূর্তটি

কেবল চোখের লেন্স দিয়ে হৃদয়ের ফ্রেমে বন্দি করার ছিল। কিন্তু অবচেতন মনে কি সে ক্যামেরার শাটার চেপেছিল? সে দ্রুত ক্যামেরার মেমরি কার্ড খুলে ল্যাপটপে প্রবেশ করালো। হাজার হাজার ছবি। হাসিমুখের বর-বউ, অতিথিদের জটলা, আলোর রোশনাই, খাবারের সারি—সবকিছুর মধ্য দিয়ে সে স্ক্রল করতে থাকল।

হঠাৎ করেই তার চোখ আটকে গেল একটি ছবিতে। বিস্ময় আর মুগ্ধতা মিলেমিশে এক অদ্ভুত অনুভূতি গ্রাস করল তাকে। হ্যাঁ, এটা অনন্যারই ছবি! এক অন্যরকম মুহূর্ত। সে তখন কারো সাথে কথা বলছিল, তার মুখটা হাসিতে উজ্জ্বল, এবং সেই হাসির ফাঁকে তার চোখ দুটো যেন এক গভীর কল্পনার জগতে হারিয়ে গিয়েছিল। সে ছবিটি তুলেছিল সম্ভবত অনন্যার অজান্তেই, যখন সে অন্য কোনো কিছুকে ফোকাস করতে গিয়ে হঠাৎই তার লেন্সের মধ্যে অনন্যাকে খুঁজে পেয়েছিল। ছবিটি নিখুঁত ছিল না, কিছুটা ব্লার, কিন্তু এটাই যেন তার 'অনন্য মুহূর্ত' ছিল। আলো-ছায়ার খেলায় তার মুখটা উজ্জ্বল হলেও, ছবির কোণায় একটা নরম ছায়া যেন অনন্যার ভেতরের রহস্যময়তাকে আরও বাড়িয়ে তুলেছিল। রুদ্র বারবার ছবিটার দিকে তাকাচ্ছিল, যেন এর প্রতিটি পিক্সেলের মধ্যে সে অনন্যার আত্মাকে খুঁজে পাচ্ছিল। এই ছবিটা শুধু একটি ফ্রেমে বন্দি চিত্র ছিল না, এটা ছিল তার মনের ভেতরে জেগে ওঠা ভালোবাসার প্রথম প্রমাণ। তার মনে হলো, এটাই সেই 'ছায়া', যা সে খুঁজে বেড়াচ্ছিল। এই ছবিতে অনন্যার হাসিটা এমনভাবে ধরা পড়েছে যেন সে

পৃথিবীর সব দুশ্চিন্তা ভুলে এক গভীর আনন্দে মগ্ন। এই হাসি তার মনে প্রশান্তি এনে দিল।

রুদ্র জানত না অনন্যার ফোন নম্বর বা সোশ্যাল মিডিয়া আইডি। কিন্তু সে অর্জুনকে চিনত। সকালে ঘুম থেকে উঠেই রুদ্র অর্জুনকে ফোন করল। ইতস্তত করে সরাসরি অনন্যার কথা না বলে, বিয়েবাড়ির ছবিগুলো পাঠানোর অজুহাতে রুদ্র অনন্যার নম্বরটা চেয়ে নিল। অর্জুনও সহজেই দিয়ে দিল, কারণ রুদ্র যে তাদের পারিবারিক বন্ধু ছিল। নম্বরটা পেয়ে রুদ্রের বুকে যেন এক আনন্দের ঢেউ খেলে গেল। সে কিছুক্ষণ নম্বরটা তাকিয়ে রইল, কী লিখে পাঠাবে বুঝতে পারছিল না। শেষমেশ খুব সাধারণ একটা টেক্সট করল: "হাই অনন্যা, আমি রুদ্র। কাল বিয়েবাড়িতে দেখা হয়েছিল। তোমার একটা খুব সুন্দর মুহূর্তের ছবি তুলেছিলাম, ভাবলাম তোমাকে পাঠানো উচিত। কখন পাঠাব?"

অনন্যা তখন নিজের ফ্ল্যাটে। বিয়ের পর সে ফিরে এসেছে কর্মব্যস্ত জীবনে। মনটা এখনো কলকাতার বিয়েবাড়ির ঝলমলে আলো আর রুদ্রের চোখের গভীরে আটকে আছে। রুদ্রের কথাগুলো তার মনে বারবার প্রতিধ্বনি দিচ্ছিল: "আপনিও তো এক আলোর নিচে লুকানো ছায়ার মতো।" অনন্যা নিজেকে শত চেষ্টা করেও সেই স্মৃতি থেকে মুক্ত করতে পারছিল না। সে নিজেও রুদ্রের নম্বর নেয়নি, কারণ মনে হয়েছিল এই ধরনের ঘটনা হয়তো দৈনন্দিন জীবনে খুব বেশি ঘটে না।

আলোর নিচে এক পলক

হঠাৎ করেই তার ফোনে একটা টেক্সট মেসেজ এল। অপরিচিত নম্বর। অনন্যা প্রথমে খুলতে দ্বিধা করছিল। কিন্তু যখন মেসেজটা খুলল, তার চোখ যেন আনন্দে ঝলমল করে উঠল। রুদ্র! "তোমার একটা খুব সুন্দর মুহূর্তের ছবি তুলেছিলাম..." অনন্যার হৃদস্পন্দন বেড়ে গেল। তার মনে হলো, রুদ্রের ক্যামেরায় তার কোন মুহূর্তটা ধরা পড়েছিল? সে নিজেকে মনে মনে প্রস্তুত করল, এই ছবিটা তাকে দেখতেই হবে।

সে মুহূর্তেই উত্তর দিল: "হাই রুদ্র! আমি অনন্যা। হ্যাঁ, মনে আছে। ছবিটা পাঠাতে পারো, আমি দেখতে চাই।"

রুদ্রের ফোনে উত্তর আসতেই তার মুখে হাসি ফুটে উঠল। সে দ্রুত ছবিটি অনন্যাকে পাঠিয়ে দিল। ছবিটা পাঠানোর পর সে যেন এক অদ্ভুত উৎকণ্ঠায় ভুগছিল। অনন্যার প্রতিক্রিয়া কেমন হবে? সে কি ছবিটা পছন্দ করবে? নাকি বিরক্ত হবে? রুদ্র জানত না কেন এই ছবিটা তার কাছে এত গুরুত্বপূর্ণ মনে হচ্ছিল। এই ছবিটা যেন তাদের প্রথম সাক্ষাতের এক নীরব সাক্ষী।

কিছুক্ষণের মধ্যেই অনন্যার রিপ্লাই এল: "ওয়াও! এটা কবে তুললে? আমি তো বুঝতেই পারিনি! ছবিটা সত্যিই খুব সুন্দর, রুদ্র। ধন্যবাদ!"

তার কথায় কোনো বিরক্তি ছিল না, বরং ছিল এক ধরনের আনন্দ আর বিস্ময়। রুদ্রের মনে হলো যেন সে একটা যুদ্ধে জয়ী হয়েছে। সে উত্তর দিল: "কখন তুলেছি, সেটা এখন আর গুরুত্বপূর্ণ নয়। গুরুত্বপূর্ণ হলো, এই ছবিটা তোমার সেই

'অনন্য মুহূর্ত'টাকে ধরে রেখেছে। তুমি যদি এই ছবিটা ভালোবাসো, তাহলে আমি ধন্য।"

অনন্যা এই কথাগুলো পড়ে মুগ্ধ হয়ে গেল। রুদ্রের কথার গভীরতা তাকে বারবার আকর্ষণ করছিল। তার মনে হলো, এই মানুষটা শুধু ছবি তোলে না, সে মানুষের ভেতরের সৌন্দর্যকেও চিনতে পারে। সে ভাবল, রুদ্রের সাথে দেখা করা উচিত। আরো কথা বলা দরকার।

"রুদ্র, তুমি কি এখন কলকাতায়? আমি কাল ফ্রি আছি, যদি দেখা করতে চাও..." অনন্যা সাহস করে লিখে পাঠাল। সে আসলে জানত না রুদ্র কী উত্তর দেবে।

রুদ্রের বুকটা ধক করে উঠল। "হ্যাঁ, আমি কলকাতায়। অবশ্যই দেখা করতে চাই! কোথায় দেখা করব?" তার excitementটা যেন টেক্সট মেসেজেও স্পষ্ট বোঝা যাচ্ছিল।

"কাল সকাল ১১টায় লেক গার্ডেন্সে কেমন হয়? একটা নিরিবিলি পরিবেশ, কথা বলার জন্য ভালো হবে," অনন্যা প্রস্তাব দিল। লেক গার্ডেন অনন্যার কাছে খুব প্রিয় একটি জায়গা ছিল, যেখানে সে প্রায়ই একা হাঁটতে যেত।

"দারুণ আইডিয়া! তাহলে কাল দেখা হচ্ছে, অনন্যা," রুদ্র মেসেজ করল। তার মনে হলো যেন এক স্বপ্ন সত্যি হতে চলেছে। সে রাতের বাকিটা সময় আনন্দের আবেশে কাটাল, যেন আগামীকাল সকালের জন্য অপেক্ষা করছিল।

পরের দিন সকাল। অনন্যা লেক গার্ডেন্সে পৌঁছল প্রায় দশ মিনিট আগে। পার্কের সবুজ ঘাস, নানান রঙের ফুলের সারি, আর লেকের শান্ত জল—সব মিলিয়ে এক স্নিগ্ধ পরিবেশ।

আলোর নিচে এক পলক

গাছের পাতা থেকে সকালের শিশির তখনও ঝরে পড়ছিল, আর বাতাসে ভাসছিল মিষ্টি ফুলের সুবাস। এখানে কোলাহল কম, তাই নির্জনে কথা বলার জন্য এটি আদর্শ জায়গা। অনন্যা হালকা নীল রঙের একটি কুর্তি পরে এসেছিল, চুলগুলো খোলা, যেন হাওয়ায় উড়ছে। সে লেকের ধারে একটা বেঞ্চে বসল, তার মনটা বেশ চঞ্চল লাগছিল। প্রথমবার রুদ্রের সাথে একান্তভাবে দেখা করবে, এই চিন্তা তাকে কিছুটা উত্তেজিত করে তুলছিল।

কিছুক্ষণের মধ্যেই রুদ্রকে দেখা গেল পার্কের প্রবেশপথ দিয়ে হেঁটে আসতে। তার পরনে ছিল একটি ক্যাজুয়াল টি-শার্ট এবং জিন্স। কাঁধে তার সেই প্রিয় ক্যামেরা ব্যাগ। রুদ্র অনন্যাকে দেখতে পেয়েই হাসল এবং তার দিকে এগিয়ে এল। অনন্যাও উঠে দাঁড়াল, তার মুখে এক ঝলক হাসি।

"হাই অনন্যা," রুদ্র বলল, তার চোখে এক ধরনের মুগ্ধতা স্পষ্ট। "তোমার জন্য অপেক্ষা করছিলাম।"

"হাই রুদ্র," অনন্যাও হেসে বলল। "আমিও ভাবছিলাম কখন আসবে।"

তারা দুজনই বেঞ্চে বসল। প্রথম কয়েক মিনিট নীরবতা। তারা একে অপরের দিকে তাকাচ্ছিল, যেন শব্দ ছাড়াই তাদের মনের কথা আদান-প্রদান হচ্ছিল। এই নীরবতা অস্বস্তিকর ছিল না, বরং ছিল এক ধরনের স্বস্তির। তারা যেন তাদের প্রথম সাক্ষাতের অনুভূতিগুলোকেই আবার অনুভব করছিল।

আলোর নিচে এক পলক

"তোমার ছবিটা কেমন লেগেছে?" রুদ্র নীরবতা ভেঙে জিজ্ঞেস করল।

"সত্যিই খুব সুন্দর, রুদ্র," অনন্যা বলল। "আমি অবাক হয়েছি তুমি কখন তুললে। আমি তো একেবারেই টের পাইনি।"

রুদ্র হাসল। "কিছু মুহূর্ত এমন হয়, যা অজান্তেই ধরা পড়ে। হয়তো সেটাই আসল সৌন্দর্য।"

অনন্যা মাথা নাড়ল। "সত্যিই তাই। তোমার ফটোগ্রাফির দর্শন খুব গভীর।"

"আর তুমি?" রুদ্র জিজ্ঞেস করল। "তোমার পছন্দের জায়গা কোনটা? কী করতে ভালো লাগে?"

অনন্যা কিছুক্ষণ ভাবল। "আমার বই পড়তে খুব ভালো লাগে। বিশেষ করে ক্লাসিক উপন্যাস। আর অবসর সময়ে টুকটাক লেখালেখি করি, নিজের ভাবনাগুলো ডায়েরিতে লিখি।"

"লেখালেখি?" রুদ্রের চোখে কৌতূহল। "বাহ, এটা তো খুব ইন্টারেস্টিং। কী লেখো?"

"এমনিই, এলোমেলো ভাবনা। জীবন, মানুষ, সম্পর্ক—এসব নিয়ে," অনন্যা কিছুটা লাজুক হেসে বলল। "আসলে কখনো কাউকে দেখাইনি।"

"দেখানো উচিত। প্রতিটি মানুষের নিজস্ব গল্প থাকে, আর সেই গল্পগুলো অন্যদের কাছে পৌঁছে দেওয়াটা খুব জরুরি," রুদ্র বলল। তার কথাগুলো অনন্যার মনে এক ধরনের সাহস যোগাল।

রুদ্র এরপর তার ফটোগ্রাফির গল্প শুরু করল। কীভাবে সে ছবি তোলার প্রতি আকৃষ্ট হলো, কীভাবে আলো-ছায়াকে সে নিজের ভাষায় অনুবাদ করে, আর কীভাবে প্রতিটি ফ্রেমে সে মানুষের আত্মার গল্প খুঁজতে চায়। সে তার সাম্প্রতিক কিছু প্রজেক্টের কথা বলল, যার মধ্যে একটি ছিল শহরের দরিদ্র শিশুদের নিয়ে, যারা তাদের শৈশবকে রাস্তার ধুলো-মাটিতেই কাটিয়ে দেয়। রুদ্র তাদের নিষ্পাপ মুখগুলো ক্যামেরাবন্দী করেছিল, যা মানুষের মনে এক গভীর ছাপ ফেলেছিল।

অনন্যা মুগ্ধ হয়ে শুনছিল। রুদ্রের চোখে সে দেখছিল এক অদ্ভুত আবেগ আর সংবেদনশীলতা। সে অনুভব করছিল, রুদ্রের সঙ্গে কথা বলে তার মনটা যেন হালকা হয়ে যাচ্ছে। তার মনে হচ্ছিল, এই মানুষটার কাছে সে তার সব কথা বলতে পারবে।

"আমিও এই ধরনের গল্পগুলো দেখতে পছন্দ করি," অনন্যা বলল। "মানুষের জীবন, তাদের সংগ্রাম, তাদের আনন্দ—এসব আমাকে খুব আকর্ষণ করে। আমারও ইচ্ছা, কখনো যদি মানুষের ভেতরের গল্পগুলো লিখতে পারতাম।"

"তাহলে লেখো," রুদ্র বলল। "তোমার লেখা যদি তোমার ভেতরের অনুভূতিগুলো সত্যি করে তুলে ধরে, তাহলে সেটাই হবে তোমার সেরা কাজ।"

তারা প্রায় এক ঘন্টা ধরে কথা বলল। তাদের কথোপকথন ছিল খুবই সহজ এবং স্বতঃস্ফূর্ত। তারা বই, সিনেমা, সঙ্গীত, এমনকি জীবনের ছোট ছোট সমস্যা নিয়েও কথা বলল। অনন্যা তার কলেজ জীবন, তার প্রথম চাকরির অভিজ্ঞতা,

এবং তার পরিবারের কথা বলল। রুদ্র তার শহরের জীবন, তার প্রিয় ক্যাফে, এবং তার বন্ধুদের কথা বলল। প্রতিটি কথায় তারা যেন একে অপরের ভেতরের জগতকে আরও ভালোভাবে চিনতে পারছিল। তাদের মনে হচ্ছিল, তারা যেন অনেক দিন ধরেই একে অপরকে চেনে। এই প্রথম দেখা হওয়ার এক সপ্তাহের মধ্যেই তাদের মধ্যে এক গভীর বোঝাপড়া তৈরি হয়েছিল।

রুদ্র লক্ষ্য করল, অনন্যা যখন কথা বলছিল, তখন তার চোখে এক ধরনের দ্যুতি ফুটে উঠছিল। তার হাসিটা ছিল অত্যন্ত মনোগ্রাহী, যা রুদ্রের হৃদয়কে স্পর্শ করছিল। রুদ্র মনে মনে ভাবল, এই মেয়েটির মধ্যে যেন এক অপার রহস্য লুকিয়ে আছে, যা তাকে বারবার আকর্ষণ করছে।

"তোমার কি কোনো পছন্দের লেখক আছে?" অনন্যা রুদ্রকে জিজ্ঞেস করল।

রুদ্র একটু ভাবল। "হ্যাঁ, রবীন্দ্রনাথ ঠাকুর। তার লেখা আমাকে সবসময় মুগ্ধ করে। বিশেষ করে তার ছোট গল্পগুলো, যেখানে তিনি মানুষের ভেতরের অনুভূতিগুলোকে খুব সহজ ভাষায় তুলে ধরেছেন।"

অনন্যা হেসে উঠল। "আমারও প্রিয় লেখক তিনি! তার 'শেষের কবিতা' আমার খুবই প্রিয়।"

তাদের মধ্যে আরও একটি সাধারণ বিষয় খুঁজে পেয়ে দুজনেই আনন্দিত হলো। এই ছোট ছোট মিলগুলো তাদের মধ্যে এক ধরনের অদৃশ্য বন্ধন তৈরি করছিল।

হঠাৎ করেই রুদ্রের ফোন বেজে উঠল। তার ফটোগ্রাফি প্রজেক্টের জন্য একটা জরুরি কল ছিল। রুদ্র কথা বলতে বলতে অনন্যার দিকে তাকিয়ে দুঃখিত ভঙ্গিতে মাথা নাড়ল।

"আমাকে এখন যেতে হবে," রুদ্র বলল, "আমার একটা আর্জেন্ট কাজ আছে।"

"ওহ, ঠিক আছে," অনন্যা কিছুটা হতাশ হয়ে বলল। তাদের কথোপকথনটা যেন শেষ হতে চাইছিল না।

"তোমার সাথে দেখা করে খুব ভালো লাগল, অনন্যা," রুদ্র বলল। "আমার ফোন নম্বর তোমার কাছে আছে। যখনই সময় পাবে, টেক্সট করবে বা কল করবে।"

"আমারও খুব ভালো লাগল, রুদ্র," অনন্যা বলল। "অবশ্যই কথা হবে।"

রুদ্র হাসল এবং বিদায় জানাল। অনন্যা রুদ্রের চলে যাওয়ার দিকে তাকিয়ে রইল। সে অনুভব করল, তার মনটা আবারও চঞ্চল হয়ে উঠেছে। এই অল্প সময়ের মধ্যেই রুদ্র তার মনে এক গভীর প্রভাব ফেলে গেছে। তার মনে হলো, রুদ্রের সঙ্গে তার সম্পর্কটা শুধু একটি সাধারণ পরিচয়ের মধ্যে সীমাবদ্ধ থাকবে না, বরং তা বন্ধুত্বের এক নতুন দিগন্ত উন্মোচন করবে।

সেদিনের পর থেকে তাদের মধ্যে নিয়মিত টেক্সট আর ফোন কল শুরু হলো। তারা একে অপরের দৈনন্দিন জীবনের ছোট ছোট ঘটনা শেয়ার করত। অনন্যা রুদ্রকে তার নতুন লেখার আইডিয়াগুলো বলত, আর রুদ্র তার ফটোগ্রাফি প্রজেক্টের অগ্রগতি সম্পর্কে জানাত। তাদের কথোপকথনগুলো শুধু

তথ্যের আদান-প্রদানে সীমাবদ্ধ ছিল না, বরং তা ছিল একে অপরের প্রতি এক গভীর আস্থা আর বোঝাপড়ার প্রকাশ। তারা একে অপরকে তাদের স্বপ্ন, তাদের ভয়, এবং তাদের আশা-আকাঙ্ক্ষা সম্পর্কে বলত।

একদিন রুদ্র অনন্যাকে ফোন করে বলল, "অনন্যা, আমি আমার নতুন ফটোগ্রাফি প্রদর্শনীতে তোমার সেই 'অনন্য মুহূর্ত'-এর ছবিটা ব্যবহার করতে চাই। যদি তোমার অনুমতি থাকে।"

অনন্যা প্রথমে কিছুটা দ্বিধাগ্রস্ত হলো। তার নিজের ছবি প্রদর্শনীতে দেখানো হবে, এটা তার কাছে একটা নতুন অভিজ্ঞতা ছিল। কিন্তু রুদ্রের অনুরোধ সে ফেলতে পারল না। "যদি তোমার মনে হয় ছবিটা ওই প্রদর্শনীতে মানানসই, তাহলে তুমি ব্যবহার করতে পারো," সে বলল।

রুদ্র খুশি হয়ে বলল, "ধন্যবাদ, অনন্যা। এই ছবিটা আমার কাছে খুব স্পেশাল। এটা শুধু একটা ছবি নয়, এটা আমার ভেতরের অনুভূতির প্রকাশ।"

তাদের বন্ধুত্ব ধীরে ধীরে আরও গভীর হচ্ছিল। তারা একে অপরের পাশে দাঁড়িয়েছিল, একে অপরের স্বপ্নকে সমর্থন করছিল। তারা জানত না এই বন্ধুত্বের পথ কোন দিকে মোড় নেবে, কিন্তু তারা অনুভব করতে পারছিল, তাদের সম্পর্কটা এক বিশেষ কিছু। এই বন্ধুত্ব ছিল তাদের জীবনের এক নতুন অধ্যায়, যেখানে তারা একে অপরের ছায়া হয়ে পাশে থাকত, এবং একে অপরের আলো হয়ে পথ দেখাত। রুদ্রের ক্যামেরায় ধরা পড়া অনন্যার সেই 'অনন্য মুহূর্ত' যেন তাদের

বন্ধুত্বেরই প্রথম ফ্রেম ছিল, যেখানে দুটি আত্মা একে অপরের পাশে এসে দাঁড়িয়েছিল, নতুন এক গল্পের সূচনা করার জন্য। এইভাবেই, ফুলের সুবাস আর ছায়ার মায়ায় তাদের বন্ধুত্ব নতুন ডানা মেলেছিল, যা তাদের জীবনকে আরও রঙিন করে তুলছিল।

Ch. 3: ফিরে আসা শহরে

মুম্বাইয়ের ছত্রপতি শিবাজি আন্তর্জাতিক বিমানবন্দর থেকে বেরিয়ে অনন্যা যখন ক্যাবে বসল, তখন তার মনটা কেমন যেন ভারাক্রান্ত ছিল। গাড়ির জানালার কাঁচের ওপার দিয়ে সে দেখছিল মুম্বাইয়ের পরিচিত ব্যস্ততা। হুড়োহুড়ি করা মানুষ, সারিবদ্ধ গাড়ি, আকাশচুম্বী ভবন—সবকিছুই আগের মতো ছিল, কিন্তু অনন্যার ভেতরের জগৎটা যেন আর আগের মতো নেই। মাত্র কয়েকটা দিন সে কলকাতায় ছিল, অর্জুনের বিয়ে উপলক্ষে। সেই কয়েকটা দিনের স্মৃতি, বিশেষ করে রুদ্রের সাথে প্রথম দেখা এবং পরের দিন লেক গার্ডেন্সে তাদের একান্ত কথোপকথন, তার মনে এক গভীর ছাপ ফেলেছিল। বিয়ের ঝলমলে আলো, রুদ্রের ক্যামেরার লেন্স, তার গভীর চোখ, আর তার কণ্ঠস্বরের মুগ্ধতা—সবকিছু যেন বারবার তার মনের পর্দায় ভেসে উঠছিল। মুম্বাইয়ের পরিচিত কোলাহল আর ব্যস্ততা যেন তাকে কলকাতার সেই শান্ত বিকেল আর রুদ্রের নীরব উপস্থিতি থেকে জোর করে টেনে এনেছিল।

ফ্ল্যাটে পৌঁছেই অনন্যা নিজের লাগেজ গুছিয়ে নিল। কাল থেকেই তার অফিস শুরু। কর্পোরেট জগতের চেনা রুটিনে

আবার নিজেকে মানিয়ে নিতে হবে। কিন্তু মনটা বারবার ছটফট করছিল। রুদ্রের সাথে লেক গার্ডেন্সে দেখা হওয়ার পর থেকে তাদের মধ্যে টেক্সট মেসেজ আদান-প্রদান শুরু হয়েছিল। কিন্তু মুম্বাই ফিরে আসার পর সেই টেক্সটগুলো যেন আরও অর্থবহ হয়ে উঠছিল। রুদ্রের ছোট্ট একটা 'পৌঁছেছো?' মেসেজ তার দিনটাকে যেন মুহূর্তেই উজ্জ্বল করে তুলছিল। সে রুদ্রকে রিপ্লাই দিল, "হ্যাঁ, পৌঁছেছি। তুমি কেমন আছো?" উত্তর এল প্রায় সাথে সাথেই, "আমি ভালো আছি। তোমার জন্য কলকাতাটা আজ বড্ড খালি মনে হচ্ছে।" এই কয়েকটা শব্দ অনন্যার হৃদয়ে এক মিষ্টি সুর তুলেছিল। সে অনুভব করল, এই মানুষটাও তার অনুপস্থিতি অনুভব করছে।

এদিকে, রুদ্রও কলকাতায় তার অ্যাপার্টমেন্টে ফিরে এসেছিল। তার ফ্ল্যাটের নিস্তব্ধতা যেন অনন্যার অনুপস্থিতিকে আরও স্পষ্ট করে তুলেছিল। তার প্রিয় ক্যামেরাটা টেবিলে রাখা। ক্যামেরার লেন্সের মধ্যে দিয়ে সে আজও অনন্যার সেই 'অনন্য মুহূর্ত'টাকে দেখতে পাচ্ছিল। লেক গার্ডেন্সে অনন্যার সাথে কাটানো সময়টা রুদ্রের কাছে ছিল এক স্বপ্নের মতো। অনন্যার হাসি, তার কথার ভঙ্গিমা, তার বুদ্ধিমত্তা—সবকিছুই রুদ্রের মন কেড়ে নিয়েছিল। রুদ্রের জীবন তার শখের ফটোগ্রাফি এবং একটি ছোট অনলাইন সংবাদমাধ্যমের জন্য ফ্রিল্যান্সিং করে কাটত। তার দিনগুলো সাধারণত একাকীই কাটত, নতুন কিছু বিষয়বস্তু খুঁজে বের করা এবং সেগুলোকে ক্যামেরায় বন্দি করাতেই তার মনোযোগ থাকত। কিন্তু এখন অনন্যার স্মৃতি তার প্রতিটি চিন্তাকে আচ্ছন্ন করে রেখেছিল।

আলোর নিচে এক পলক

কয়েক দিন কেটে গেল। অনন্যা নিজেকে কর্মব্যস্ততার মধ্যে ডুবিয়ে রাখার চেষ্টা করল। সকাল থেকে রাত পর্যন্ত মিটিং, প্রেজেন্টেশন, আর কর্পোরেট ইমেলের ভিড়ে সে চেষ্টা করত রুদ্রের কথা না ভাবতে। কিন্তু মধ্যাহ্নভোজের বিরতিতে, বা কফি বিরতিতে, এমনকি গভীর রাতে ঘুমাতে যাওয়ার আগেও তার মনে রুদ্রের মুখটা ভেসে উঠত। তার ফোনটা বারবার পরীক্ষা করত, রুদ্রের কোনো টেক্সট বা ইমেল এসেছে কিনা। রুদ্রও একই রকমভাবে তার দিন কাটাচ্ছিল। সে তার ফটোগ্রাফি প্রজেক্টে মন দেওয়ার চেষ্টা করছিল, কিন্তু তার মনের কোণায় সবসময় অনন্যার জন্য এক অধীর অপেক্ষা ছিল। সে বারবার তার ফোন চেক করত, অনন্যার একটা মেসেজের জন্য।

তাদের মধ্যে টেক্সট মেসেজের আদান-প্রদান চলতে থাকল। প্রথমে ছিল সাধারণ কুশল বিনিময়: "কী করছ?", "দিনটা কেমন কাটল?", "অফিসে চাপ কেমন?"। ধীরে ধীরে এই মেসেজগুলো আরও ব্যক্তিগত হতে শুরু করল। অনন্যা রুদ্রকে তার অফিসের ছোট ছোট সমস্যা বা মজার ঘটনাগুলো শেয়ার করত। রুদ্রও তার নতুন ফটোগ্রাফি আইডিয়া বা কোনো বিশেষ ছবি তোলার অভিজ্ঞতা নিয়ে কথা বলত। তারা একে অপরের দৈনন্দিন জীবনের অংশ হয়ে উঠছিল, যদিও তারা শত শত মাইল দূরে ছিল।

এক রাতে অনন্যা একটি টেক্সট করল: "আজ একটা খুব খারাপ মিটিং ছিল। মেজাজটা ভীষণ খারাপ।" রুদ্র সাথে সাথেই রিপ্লাই দিল: "ওহ, কী হয়েছে? বলতে চাইলে বলতে

পারো। আমি শুনছি।" অনন্যা অবাক হলো। রুদ্রের এই সহানুভূতি তাকে স্পর্শ করল। সে পুরো ঘটনাটা রুদ্রকে লিখে পাঠাল। রুদ্র ধৈর্য ধরে সবটা পড়ল এবং অনন্যাকে সান্ত্বনা দিল, "চিন্তা করো না। এমন দিন আসে। একটা গভীর শ্বাস নাও, আর ভাবো, তুমি একা নও।" রুদ্রের এই কথাগুলো অনন্যাকে শান্তি দিল। সে অনুভব করল, রুদ্র শুধু তার পরিচিত একজন নয়, সে তার ভালো বন্ধু হয়ে উঠছে, যাকে সে তার সব অনুভূতি শেয়ার করতে পারছে।

একবার রুদ্র তার তোলা একটি নতুন ছবি অনন্যাকে পাঠাল। ছবিটি ছিল কলকাতার এক পুরনো গলির, যেখানে এক বৃদ্ধ তার ছোট্ট চায়ের দোকানে বসে একাকী সিগারেট ফুঁকছিল। ছবিটিতে আলো-ছায়ার এক অদ্ভুত খেলা ছিল, যা রুদ্রের ফটোগ্রাফির সিগনেচার ছিল। "এই ছবিটি দেখলে, আমার মনে হলো তোমার সাথে শেয়ার করা উচিত। এটাতে যেন এক ধরনের নীরব গল্প লুকিয়ে আছে।" রুদ্র লিখে পাঠাল। অনন্যা ছবিটি দেখে মুগ্ধ হলো। "অসাধারণ! তুমি সত্যিই একজন জাদুকর। এই ছবিটা যেন কথা বলছে।" রুদ্র হাসল। "এই ছবিতে বৃদ্ধের চোখে যে শূন্যতা দেখছ, সেটা কি অনুভব করতে পারছ?" "হ্যাঁ, রুদ্র। আমি অনুভব করতে পারছি। তার চোখে যেন বহু পুরনো দিনের কষ্ট আর স্বপ্ন লুকিয়ে আছে।" এই ধরনের কথোপকথন তাদের সম্পর্ককে আরও গভীরে নিয়ে যাচ্ছিল। তারা কেবল মেসেজ চালাচালি করছিল না, বরং একে অপরের অনুভূতির জগতকে অন্বেষণ করছিল।

আলোর নিচে এক পলক

তাদের কথোপকথনে মাঝে মাঝেই ইমেলের আদান-প্রদান শুরু হলো। টেক্সটের সীমাবদ্ধতা ছিল, তাই দীর্ঘ এবং গভীর কিছু লেখার জন্য তারা ইমেল ব্যবহার করত। একদিন রুদ্র অনন্যাকে একটা ইমেল পাঠাল। ইমেলের বিষয় ছিল, "স্মৃতির শহর।"

বিষয়: স্মৃতির শহর

অনন্যা,

আশা করি তুমি ভালো আছো।

আজ সকালে আমি যখন কলকাতার রাস্তায় হাঁটছিলাম, তখন অদ্ভুত একটা অনুভূতি হলো। এই শহরটা আমার কাছে চিরপরিচিত, কিন্তু এখন মনে হচ্ছে যেন এর প্রতিটি গলিতে, প্রতিটি পুরনো বাড়ির দেওয়ালে তোমার ছায়া দেখতে পাচ্ছি। তুমি তো চলে গেছ, কিন্তু তোমার উপস্থিতি যেন এখানকার বাতাসে মিশে গেছে।

মনে আছে, লেক গার্ডেন্সে যখন আমরা বসেছিলাম? সেই সকালটা আমার কাছে যেন এক অন্যরকম সময় ছিল। তোমার সাথে কথা বলে মনে হয়েছিল, যেন অনেক দিনের পুরনো এক বন্ধুকে খুঁজে পেয়েছি। আমি কখনো ভাবিনি যে এক অপরিচিত মানুষের সাথে এত সহজে এত কথা বলা যায়। তোমার লেখার প্রতি আগ্রহ, জীবনের প্রতি তোমার দৃষ্টিভঙ্গি, এমনকি তোমার ছোট ছোট হাসি—সবকিছুই আমার মনে গেঁথে গেছে।

আলোর নিচে এক পলক

আমি এখন আমার 'ছায়ার গল্প' প্রজেক্ট নিয়ে কাজ করছি। কিন্তু আমার লেন্স এখন শুধু আলো-ছায়া খুঁজছে না, তোমার 'অনন্য মুহূর্ত'টাকে খুঁজছে। তুমি কি জানো, সেই বিয়েবাড়িতে যখন আমি তোমার দিকে ক্যামেরা তুলেছিলাম, তখন অবচেতন মনেই আমি তোমার ছবিটা তুলেছিলাম? আমি জানি না কেন, কিন্তু আমার মন আমাকে বলেছিল, এই ছবিটা খুব গুরুত্বপুর্ণ হবে। এখন আমি বুঝি, কেন গুরুত্বপুর্ণ।

আমার ফটোগ্রাফি আমার আত্মার ভাষা, অনন্যা। আর তুমি যেন সেই ভাষার এক নতুন শব্দ। এই শহরের প্রতিটি ইটে, প্রতিটি রাস্তায় আমি তোমাকে খুঁজছি। জানি এটা বোকামি, কিন্তু আমি কি করব? আমার মন তোমাকে ভুলতে পারছে না।

তুমি কেমন আছো মুম্বাইতে? কর্মব্যস্ততা কেমন চলছে? জানি অনেক চাপ, কিন্তু নিজের যত্ন নিও। আর যদি কখনো মন খারাপ হয়, শুধু একটা মেসেজ করো। আমি শুনছি।

তোমার বন্ধু, রুদ্র

এই ইমেলটা পেয়ে অনন্যা কিছুক্ষণ স্তব্ধ হয়ে বসে রইল। রুদ্রের কথাগুলো তার হৃদয়ের গভীরে গিয়ে আঘাত করল। তার মনে হলো, রুদ্র তার ভেতরের অনুভূতিগুলোকেই যেন অক্ষরে অক্ষরে লিখেছে। এই ইমেলটা শুধু একটা বার্তা ছিল না, এটা ছিল রুদ্রের হৃদয়ের এক প্রতিচ্ছবি। অনন্যার চোখে জল এসে গেল। সে অনুভব করল, সে একা নয়, রুদ্রও তাকে একই রকমভাবে অনুভব করছে।

এম আর জি কিউপিড

সে রুদ্রকে উত্তর দিল। ইমেলের বিষয় ছিল, "আলোর পথ।"

বিষয়: আলোর পথ

রুদ্র,

তোমার ইমেলটা পড়ে আমার চোখ ভিজে গেল। মুম্বাইয়ের এই ব্যস্ত জীবনে তোমার এই কথাগুলো আমার কাছে এক ঝলক তাজা বাতাসের মতো। আমিও তোমাকে একই রকমভাবে অনুভব করছি, রুদ্র।

কলকাতায় সেই কয়েকটা দিন আমার কাছে ছিল এক স্বপ্ন। তোমার সাথে প্রথম দেখা, তারপর লেক গার্ডেন্সে সেই মিষ্টি সকাল—সবকিছুই আমার মনে খুব গভীরভাবে গেঁথে আছে। তুমি জানো, আমি নিজেও অনেকদিন ধরে একটা শূন্যতা অনুভব করছিলাম। হয়তো সে কারণেই তোমার সাথে এত সহজে মিশে যেতে পেরেছিলাম। তোমার কথাগুলো, তোমার ফটোগ্রাফির প্রতি ভালোবাসা, আর তোমার চোখের গভীরতা—সবকিছুই আমাকে আকর্ষণ করে।

আমি সবসময় ভাবতাম, আমার ভেতরের কথাগুলো আমি কাকে বলব? কিন্তু তোমার সাথে কথা বলে মনে হলো, তুমিই সেই মানুষটা, যাকে আমি আমার সব কথা বলতে পারি। তোমার 'ছায়ার গল্প' প্রজেক্টের কথা শুনে আমার মনে হলো, আমার জীবনেও এক ধরনের ছায়া ছিল, যা তোমার আলোতে এসে উজ্জ্বল হয়ে উঠেছে।

আমার কাজ বেশ চাপপূর্ণ, রুদ্র। কর্পোরেট জীবনে অনেক স্ট্রাগল করতে হয়। কিন্তু তোমার মেসেজ বা ইমেল যখন আসে, তখন সব ক্লান্তি দূর হয়ে যায়। তোমার পাঠানো সেই

ছবিটা আমার ল্যাপটপের ডেস্কটপ ওয়ালপেপার করা আছে। আমি বারবার ছবিটা দেখি, আর ভাবি—কেমন আছে সেই বৃদ্ধ? তার গল্পটা কী?

তুমি লিখেছ তুমি আমাকে খুঁজছ এই শহরের প্রতিটি ইটে। আমি জানি এটা বোকামি নয়, রুদ্র। আমি নিজেও মুম্বাইয়ের এই বিশাল শহরের ভিড়ে তোমাকে খুঁজি। প্রতিটি অচেনা মুখের ভিড়ে যেন তোমার মুখটা দেখতে পাই।

আমিও তোমাকে ভুলতে পারছি না, রুদ্র। এই অনুভূতিটা নতুন, কিন্তু খুব বাস্তব। জানি না এটা কিসের শুরু, কিন্তু আমি এই পথেই হাঁটতে চাই।

নিজের যত্ন নিও। আর হ্যাঁ, আমার গল্পটা ধরার চেষ্টা করো, হয়তো সেটা তোমাকে নতুন কিছু শেখাবে।

তোমার বন্ধু, অনন্যা

এই ইমেলগুলো তাদের মধ্যে এক গভীর আত্মিক সংযোগ তৈরি করল। তারা একে অপরের প্রতি আরও বেশি নির্ভরশীল হয়ে উঠল। তাদের দিন শুরু হতো একে অপরের টেক্সট দিয়ে, এবং শেষ হতো গভীর ইমেল বা দীর্ঘ ফোন কলে। তারা তাদের কাজের চাপ, ব্যক্তিগত সমস্যা, স্বপ্ন, ভয়—সবকিছু একে অপরের সাথে শেয়ার করত। তাদের সম্পর্কটা তখনো ভালোবাসার কোনো স্পষ্ট সংজ্ঞার মধ্যে আসেনি, কিন্তু এটা ছিল এক গভীর বন্ধুত্ব, যা ছিল ভালোবাসার প্রথম ধাপ।

রুদ্র তার ক্যামেরা নিয়ে কলকাতার বিভিন্ন প্রান্তে ঘুরে বেড়াত, ছবি তুলত, কিন্তু তার প্রতিটি ফ্রেমে যেন অনন্যার উপস্থিতি খুঁজত। সে কখনো পুরনো বইয়ের দোকানে, কখনো নির্জন নদীর ধারে, আবার কখনো ব্যস্ত শপিং মলের ভিড়ে অনন্যার সেই হাসিটা খুঁজে ফিরত, যা সে তার ক্যামেরায় ধরেছিল। অনন্যাও তার অফিসের টেবিলে বসে কল্পনায় রুদ্রের সাথে কথা বলত, তার পাঠানো ছবিগুলো দেখত, আর নিজের ডায়েরিতে রুদ্রকে উদ্দেশ্য করে কবিতা লিখত।

মুম্বাইতে অনন্যার এক পুরোনো বন্ধু ছিল, সায়নী। সায়নী লক্ষ্য করল অনন্যার মধ্যে এক পরিবর্তন এসেছে। সে আজকাল বেশ হাসিখুশি থাকে, আর তার ফোনটা সবসময় তার হাতের কাছেই থাকে। একদিন সায়নী অনন্যাকে জিজ্ঞেস করল, "কী ব্যাপার, অনন্যা? তুই আজকাল এত খুশি কেন? কিছু হয়েছে নাকি?"

অনন্যা প্রথমে বলতে দ্বিধা করল। কিন্তু সায়নী তার খুব কাছের বন্ধু, তাই শেষ পর্যন্ত সে রুদ্রের কথা বলল। কীভাবে তার সাথে দেখা হলো, তাদের কথোপকথন, এবং কীভাবে তাদের মধ্যে ইমেল ও টেক্সটের মাধ্যমে যোগাযোগ শুরু হলো—সবকিছুই সে সায়নীকে খুলে বলল।

সায়নী অবাক হয়ে শুনল। "বাহ! এটা তো দারুণ ব্যাপার! তাহলে তোদের মধ্যে নিশ্চয়ই কিছু একটা হচ্ছে।" অনন্যা হেসে বলল, "আমি জানি না, সায়নী। এটা শুধু একটা বন্ধুত্ব। কিন্তু খুব গভীর বন্ধুত্ব।" "বন্ধুত্ব? এত আবেগ নিয়ে কি শুধু

বন্ধুত্ব হয়?" সায়নী টিজ করল। অনন্যা উত্তর দিল না, শুধু হাসল। তার মনেও একই প্রশ্ন ছিল।

এদিকে, রুদ্রও তার কাছের বন্ধু অভ্রর সাথে অনন্যার কথা শেয়ার করল। অভ্র রুদ্রের ফটোগ্রাফির প্যাশন সম্পর্কে জানত, এবং রুদ্রের পরিবর্তনটা সেও লক্ষ্য করছিল। "কী রে, রুদ্র? তোর মনে হচ্ছে আজকাল একটু অন্যরকম খুশি খুশি দেখাচ্ছে। কোনো নতুন প্রজেক্ট?" অভ্র জিজ্ঞেস করল। রুদ্র হেসে অনন্যার কথা বলল। অভ্র রুদ্রের কথা শুনে বলল, "বন্ধুত্ব? তোর চোখে তো অন্য কিছু দেখছি রে। এই মেয়েটা তোকে অন্যরকমভাবে ভাবাচ্ছে।" রুদ্র প্রথমে অস্বীকার করল, কিন্তু অভ্র তাকে চোখ দিয়ে যা দেখা যায় তা না অস্বীকার করতে বলল। রুদ্র নিজেও মনে মনে ভাবল, হয়তো অভ্র ঠিকই বলছে।

তাদের দৈনন্দিন জীবন যাপন চলছিল, কিন্তু তাদের মধ্যে এই নতুন যোগাযোগ যেন তাদের জীবনের প্রতিটি মুহূর্তকে নতুন রঙে রাঙিয়ে তুলছিল। কাজের ফাঁকে, অবসরে, এমনকি ঘুমের ঘোরেও তারা একে অপরের কথা ভাবত। রুদ্রের কাছে অনন্যা ছিল এক নতুন আলোর উৎস, যা তার ফটোগ্রাফির বিষয়বস্তুকেও সমৃদ্ধ করছিল। আর অনন্যার কাছে রুদ্র ছিল এক আশ্রয়, যেখানে সে তার সব অনুভূতি খুলে বলতে পারত।

এক দিন রুদ্রের ইমেলের মাধ্যমে অনন্যাকে তার ফটোগ্রাফি প্রদর্শনীতে আমন্ত্রণ জানাল। রুদ্র তার নতুন প্রজেক্ট, 'ছায়ার গল্প'-এর অংশ হিসেবে কিছু ছবি প্রদর্শন করবে। ইমেলে

রুদ্র লিখেছিল, "তোমার 'অনন্য মুহূর্ত'-এর ছবিটাও এখানে থাকবে, অনন্যা। আমি চাই তুমি নিজে এসে দেখো, তোমার গল্পটা আমার ক্যামেরায় কীভাবে ধরা পড়েছে।"

এই আমন্ত্রণ অনন্যাকে এক নতুন দুশ্চিন্তায় ফেলল। মুম্বাই থেকে কলকাতায় গিয়ে প্রদর্শনীতে যোগ দেওয়া সহজ ছিল না। অফিসের কাজ, ছুটির সমস্যা—সবকিছু তাকে ভাবাচ্ছিল। কিন্তু রুদ্রের কথাগুলো তার মনকে বারবার টানছিল। "তোমার গল্পটা আমার ক্যামেরায় কীভাবে ধরা পড়েছে।" এই বাক্যটা অনন্যার মনে এক তীব্র আগ্রহ তৈরি করল। সে রুদ্রকে রিপ্লাই দিল, "আমি চেষ্টা করব, রুদ্র। তবে এখনই নিশ্চিত বলতে পারছি না। আমার অফিসের কাজগুলো বেশ চাপের।"

রুদ্র বুঝল অনন্যার ব্যস্ততা। সে আর চাপ দিল না। সে শুধু উত্তর দিল, "আমি জানি তোমার অনেক কাজ। কিন্তু যদি আসতে পারো, খুব খুশি হব।"

তাদের সম্পর্কটা এখন আর কেবল টেক্সট বা ইমেলের মধ্যে সীমাবদ্ধ ছিল না। তারা একে অপরের জীবনের অংশ হয়ে উঠছিল, একে অপরের সুখ-দুঃখের অংশীদার হয়ে উঠছিল। তাদের শত শত মাইলের দূরত্ব তাদের হৃদয়ের দূরত্বকে কমাতে পারছিল না। বরং এই দূরত্বই তাদের একে অপরের প্রতি আকাঙ্ক্ষাকে আরও তীব্র করে তুলছিল। তারা দুজনই বুঝতে পারছিল না এই সম্পর্ক কোন দিকে মোড় নেবে, কিন্তু তারা অনুভব করতে পারছিল, তাদের হৃদয়ের গভীরে এক

নতুন অনুভূতির বীজ অঙ্কুরিত হচ্ছে, যা ধীরে ধীরে এক মহীরুহে পরিণত হওয়ার অপেক্ষায় ছিল।

রাত গভীর হচ্ছিল। অনন্যা তার ডায়েরিটা খুলল। তাতে রুদ্রকে উদ্দেশ্য করে একটা নতুন লাইন লিখল: "শহরটা ফিরে এসেছে, আর তার সাথে ফিরে এসেছে তোমার স্মৃতি। আমি জানি না এই স্মৃতি কোথায় নিয়ে যাবে, কিন্তু আমি এই পথেই হাঁটতে চাই, আলোর পথে, তোমার সাথে।" রুদ্রও তার ল্যাপটপের স্ক্রিনে অনন্যার ছবিটার দিকে তাকিয়ে ছিল। সে জানত না কবে আবার অনন্যার সাথে তার দেখা হবে, কিন্তু সে জানত, এই স্মৃতি আর এই অনুভূতির রেশ তার জীবন থেকে কখনো মুছে যাবে না। তারা নিজ নিজ শহরে ফিরে এসেছিল, কিন্তু তাদের হৃদয় একে অপরের সাথে এক অদৃশ্য সুতোয় বাঁধা পড়েছিল, যা তাদের গল্পকে নতুন মোড় দিতে শুরু করেছিল।

Ch. 4: অতীতের ছায়া

মুম্বাইয়ের দ্রুতগতির জীবনযাত্রায় অনন্যা নিজেকে মানিয়ে নেওয়ার চেষ্টা করছিল। অফিস, মিটিং, প্রেজেন্টেশন—সবকিছুই তাকে দম ফেলার ফুরসত দিচ্ছিল না। কিন্তু এই কর্মব্যস্ততার ফাঁকেও রুদ্রের সঙ্গে তার টেক্সট আর ইমেলের আদান-প্রদান চলতে থাকছিল নিয়মিত। রুদ্রের প্রতিটি বার্তা যেন তার কাছে এক ঝলক তাজা বাতাস হয়ে আসত, যা তাকে মুম্বাইয়ের কর্পোরেট চাপের মধ্যেও এক অন্যরকম শান্তি দিত। রুদ্রের পাঠানো ছবিগুলো, তার 'ছায়ার গল্প'

প্রজেক্টের বর্ণনা, আর তার গভীর চিন্তাভাবনা অনন্যাকে মুগ্ধ করে রেখেছিল। সে অনুভব করছিল, রুদ্রের সঙ্গে তার সম্পর্কটা যেন ধীরে ধীরে এক নতুন পথে হাঁটছে, যেখানে বন্ধুত্বের চেয়েও গভীর কিছু জন্ম নিচ্ছে। তার দিনগুলো রুদ্রের মেসেজ দিয়ে শুরু হতো, আর রাতে ঘুমানোর আগে সে শেষবারের মতো ফোনটা চেক করে দেখত রুদ্রের কোনো বার্তা এসেছে কিনা। তার মনে এক মিষ্টি আবেশ খেলা করত, এক অজানা আশার আলো তাকে ঘিরে রাখত।

একদিন সকাল। অনন্যা অফিসে যাওয়ার জন্য তৈরি হচ্ছিল। তার ফোনটা বেজে উঠল। স্ক্রিনে অপরিচিত নম্বর। অনন্যা সাধারণত অপরিচিত নম্বর ধরে না, কিন্তু আজ কেন জানি তার হাতটা ফোনে চলে গেল। "হ্যালো?"

ওপাশ থেকে একটা পরিচিত কণ্ঠস্বর ভেসে এল, যা বহু বছর ধরে অনন্যার স্মৃতিতে ধুলো জমে ছিল। "অনন্যা? আমি অরিজিৎ।"

শব্দটা শুনে অনন্যার হাত থেকে ফোনটা প্রায় পড়েই যাচ্ছিল। অরিজিৎ! এই নামটা তার জীবনে একসময় ভালোবাসার প্রতিশব্দ ছিল, কিন্তু এখন সেটা যেন এক চাপা ব্যথার স্মারক। তার স্মৃতিতে ভিড় করে এল পুরনো দিনের ছবি। অরিজিৎ ছিল তার কলেজ জীবনের প্রথম ভালোবাসা। সুদর্শন, মেধাবী, আর ভীষণ হাসিখুশি একজন ছেলে। তাদের সম্পর্ক ছিল এক উন্মুক্ত গ্রন্থের মতো, যেখানে কোনো লুকোছাপা ছিল না। কলেজের ক্যান্টিন থেকে শুরু করে বিশ্ববিদ্যালয়ের লাইব্রেরি, প্রতিটি কোণায় তাদের ভালোবাসার

গল্প লেখা ছিল। তারা একে অপরের হাত ধরে ভবিষ্যতের স্বপ্ন দেখত, কল্পনার রঙে রাঙাতো তাদের প্রতিটি মুহূর্ত। অনন্যা তখন মনে করত, অরিজিৎই তার জীবনের শেষ মানুষ, যার সাথে সে সারা জীবন কাটিয়ে দেবে।

কিন্তু সেই স্বপ্ন ভেঙেছিল নির্মম বাস্তবতার আঘাতে। অরিজিৎ ছিল উচ্চাকাঙ্ক্ষী। পড়ালেখা শেষ হতেই সে বিদেশে পাড়ি দেওয়ার সুযোগ পায়। অনন্যা চেয়েছিল অরিজিৎ অন্তত কিছুদিনের জন্য তার সিদ্ধান্তটা পুনর্বিবেচনা করুক, তাদের সম্পর্কটার কথা ভাবুক। কিন্তু অরিজিৎ তার ক্যারিয়ারের সামনে ভালোবাসাকে গৌণ করে দেখেছিল। তার যুক্তি ছিল, "আমাদের ভবিষ্যৎ তৈরির জন্যই তো এই ত্যাগ, অনন্যা। তুমি আমার জন্য অপেক্ষা করতে পারবে না?" অনন্যা অপেক্ষা করতে চেয়েছিল, কিন্তু অরিজিতের কথায় যে আবেগ আর দৃঢ়তার অভাব ছিল, তা অনন্যাকে ভেতরে ভেতরে ভেঙে দিচ্ছিল। সে অনুভব করেছিল, অরিজিতের কাছে তার ভালোবাসা শুধু একটি বিকল্প ছিল, জীবনের মূল লক্ষ্য নয়। শেষ পর্যন্ত তাদের ব্রেকআপ হয়, যা অনন্যার জীবনে এক গভীর ক্ষত তৈরি করেছিল। সেই ক্ষত শুকোতে অনেক সময় লেগেছিল। সেই দিন থেকেই অনন্যা ভালোবাসার প্রতি এক ধরনের অনীহা পোষণ করত, নিজেকে নতুন করে ভালোবাসার সম্পর্কে জড়াতে ভয় পেত।

এখন সেই অরিজিৎ! দীর্ঘ পাঁচ বছর পর তার কণ্ঠস্বর শুনে অনন্যা যেন এক অন্য জগতে ফিরে গেল।

"আমি জানি, তুমি অবাক হয়েছো," অরিজিৎ বলল, তার কণ্ঠে এক ধরনের ইতস্তত ভাব। "আমি মুম্বাই এসেছি কয়েকদিনের জন্য। তোমার ফোন নম্বরটা অর্জুনের কাছ থেকে পেলাম। ভাবলাম, যদি একবার দেখা করা যায়..."

অনন্যার মনে এক দ্বন্দ্ব শুরু হলো। দেখা করবে? কেন করবে? সে তো রুদ্রের সাথে এক নতুন সম্ভাবনার পথে হাঁটছে। অরিজিৎ তার জীবনে এক বন্ধ অধ্যায় ছিল। তাকে আবার কেন খুলতে হবে?

"আমি ব্যস্ত আছি, অরিজিৎ," অনন্যা শান্ত কণ্ঠে বলল। "কাজ নিয়ে খুব চাপের মধ্যে আছি।"

"আমি জানি, তোমার জীবন বদলেছে," অরিজিৎ বলল। "আমারও। কিন্তু পুরনো বন্ধুদের সাথে একবার দেখা করা কি খুব কঠিন?" তার কণ্ঠে এক ধরনের মিনতি ছিল, যা অনন্যার মনে কিছুটা নরম অনুভব করাল। "আমি দু'দিনের জন্য এসেছি। একটা কফির জন্য যদি সময় বের করতে পারো।"

অরিজিৎ তার জীবনটা কীভাবে বদলেছে, তা জানার একটা কৌতূহল অনন্যার মনে উঁকি দিল। হয়তো সে এখন আগের মতো নেই। হয়তো সে পরিবর্তিত হয়েছে। আর একটা কফি, তাতে কী এমন হবে? সে তো রুদ্রের সাথে কোনো সম্পর্কে নেই, কেবলই তো বন্ধুত্ব। এই যুক্তিতে অনন্যা নিজের মনকে প্রবোধ দিল।

"ঠিক আছে," অনন্যা দীর্ঘশ্বাস ফেলে বলল। "কবে কখন?"

অরিজিৎ উৎসাহিত হয়ে উঠল। "আজ সন্ধ্যায়? ৭টায়? আমার অফিসের কাছে একটা ক্যাফেতে?" সে ক্যাফেটার নাম বলল।

আলোর নিচে এক পলক

"ঠিক আছে। দেখা হবে," অনন্যা ফোন রেখে দিল। তার হাত কাঁপছিল। আয়নার সামনে দাঁড়িয়ে সে নিজের দিকে তাকাল। তার চোখে তখন এক মিশ্র অনুভূতি—আনন্দ, ভয়, কৌতূহল, আর তার সাথে এক ধরনের অস্থিরতা। এই অপ্রত্যাশিত ফোন কলটা তার সাজানো জীবনকে যেন মুহূর্তেই এলোমেলো করে দিল।

সারাদিন অফিসে অনন্যার মন বসল না। মিটিংয়ে সে মনোযোগী হতে পারছিল না, তার প্রতিটি চিন্তায় অরিজিৎ আর রুদ্রের মুখটা ভেসে উঠছিল। এক হাতে রুদ্রের মিষ্টি মেসেজগুলো, আর অন্য হাতে অরিজিতের আকস্মিক প্রত্যাবর্তন—দুটি পরিস্থিতি তাকে যেন দুই ভাগে টানছিল। রুদ্রের সাথে তার সম্পর্কটা ছিল স্নিগ্ধ, নতুন, আর আশার আলোয় ভরা। রুদ্র তাকে বুঝত, তার অনুভূতিকে সম্মান করত। আর অরিজিৎ ছিল তার অতীত, তার প্রথম প্রেম, যা একসময় তাকে তীব্র ব্যথা দিয়েছিল। কিন্তু সেই সম্পর্কের একটা আরাম ছিল, এক ধরনের পরিচিতি ছিল, যা নতুন সম্পর্কের অনিশ্চয়তার তুলনায় কিছুটা স্বস্তিদায়ক মনে হচ্ছিল।

সন্ধ্যায় ক্যাফেতে অনন্যা যখন পৌঁছল, অরিজিৎ ততক্ষণে এসে বসেছিল। তাকে দেখে অনন্যা অবাক হলো। অরিজিৎ আগের চেয়েও সুদর্শন হয়েছে, মুখে লেগে আছে আত্মবিশ্বাসের হাসি। সে উঠে দাঁড়িয়ে অনন্যাকে উষ্ণ অভ্যর্থনা জানাল।

আলোর নিচে এক পলক

"কেমন আছিস, অনন্যা?" অরিজিৎ বলল, তার কণ্ঠে সেই পুরনো বন্ধুত্বপূর্ণ টান। "তোকে দেখে খুব ভালো লাগছে।"

অনন্যা কিছুটা ইতস্তত করে বলল, "আমি ভালো আছি। তুই কেমন আছিস?"

তারা বসল। অরিজিৎ তার বিদেশ জীবনের গল্প বলতে শুরু করল। কীভাবে সে তার স্বপ্নের ক্যারিয়ার গড়েছে, কীভাবে সে সফল হয়েছে। তার প্রতিটি কথায় যেন এক ধরনের আত্মতুষ্টির ছাপ ছিল। অনন্যা শুনছিল, আর তার মনে হচ্ছিল, অরিজিৎ আজও সেই আগের মতোই আছে। তার কাছে ক্যারিয়ারই সবকিছু, আর সে নিজেকে প্রমাণ করতে পেরেছে।

"আমি অনেক বদলে গেছি, অনন্যা," অরিজিৎ বলল, অনন্যার চোখের দিকে তাকিয়ে। "আগে হয়তো ভুল করেছিলাম। ক্যারিয়ারের পেছনে ছুটতে গিয়ে অনেক কিছু হারিয়েছি। এখন বুঝি, জীবনের সবচেয়ে মূল্যবান জিনিসগুলো কি। আর তুই ছিলি আমার সবচেয়ে মূল্যবান জিনিস।"

অরিজিতের কথাগুলো অনন্যার মনে এক পুরনো সুর বাজিয়ে দিল। তার মনে পড়ল সেই সব দিনের কথা, যখন তারা একে অপরের জন্য সব কিছু করতে পারত। তার মনে পড়ল অরিজিতের হাত ধরে ঘুরতে যাওয়া, বৃষ্টিতে ভেজা, আর রাত জেগে ফোনে গল্প করা। সেই স্মৃতিগুলো অনন্যার মনে এক ধরনের দুর্বলতা তৈরি করল।

"তুই কি আমাকে ক্ষমা করতে পারিস না, অনন্যা?" অরিজিতের কণ্ঠে কাতর আবেদন। "আমি জানি, আমি ভুল

করেছিলাম। কিন্তু এখন আমি বুঝতে পারছি, তোকে ছাড়া আমার জীবনটা অসম্পূর্ণ।"

অনন্যার মনে এক তীব্র দ্বন্দ্ব শুরু হলো। তার মন তাকে বলছিল, অরিজিৎকে বিশ্বাস করা উচিত নয়। সে একবার তাকে কষ্ট দিয়েছে, আবার দিতে পারে। কিন্তু তার হৃদয়ের এক কোণে সেই পুরনো ভালোবাসার রেশ তখনও ছিল। অরিজিতের সেই চেনা হাসি, তার চোখের চেনা আলো— সবকিছু যেন তাকে আবার পুরনো দিনে ফিরিয়ে নিয়ে যাচ্ছিল।

"আমি জানি না, অরিজিৎ," অনন্যা বলল, তার কণ্ঠস্বর তখনো শান্ত। "অনেক কিছু বদলে গেছে।"

"কী বদলেছে, অনন্যা?" অরিজিৎ জিজ্ঞেস করল। "আমি তো আগের মতোই আছি। আমি তোকে এখনও ভালোবাসি। চল, আমরা আবার সবকিছু নতুন করে শুরু করি।"

অরিজিতের এই সরাসরি প্রস্তাব অনন্যাকে স্তম্ভিত করে দিল। সে ভাবেনি অরিজিৎ এত দ্রুত এই প্রস্তাব দেবে। তার মনে পড়ল রুদ্রের কথা। রুদ্রের সাথে তাদের সম্পর্কটা এখনো কোনো নাম পায়নি, কিন্তু রুদ্রের প্রতিটি কথায়, প্রতিটি ইমেলে তার প্রতি এক গভীর শ্রদ্ধা আর ভালোবাসা ফুটে উঠছিল। রুদ্র তাকে বুঝতে চেষ্টা করত, তার স্বপ্নকে সম্মান করত। অরিজিৎ যেন এখনো তাকে তার পুরনো সত্তা হিসেবেই দেখছে।

"আমি এখন এসব নিয়ে ভাবতে পারছি না, অরিজিৎ," অনন্যা বলল, নিজেকে সামলে নিয়ে। "আমার জীবন এখন খুব

অন্যরকম। আমি এখন নিজেকে নিয়ে ব্যস্ত। আমার ক্যারিয়ার, আমার স্বপ্ন—এগুলো এখন আমার কাছে খুব গুরুত্বপূর্ণ।"

অরিজিৎ হতাশ হলো। "আমি জানি তোর জন্য এটা কঠিন। কিন্তু তুই কি আমাকে একটা সুযোগ দিতে পারিস না? আমি প্রমাণ করব, আমি কতটা বদলে গেছি।"

অনন্যা কোনো উত্তর দিল না। সে শুধু মাথা নাড়ল। এই নীরবতা অরিজিৎকে আরও হতাশ করল। সে বুঝল, অনন্যাকে রাজি করানো এত সহজ হবে না।

তারা আরও কিছুক্ষণ কথা বলল, কিন্তু সেই পুরনো স্বাভাবিকতা আর তাদের মধ্যে ছিল না। অনন্যার মনে তখনো রুদ্রের স্মৃতি উজ্জ্বল। রুদ্রের সাথে তার কথোপকথনগুলো কত সহজ, কত সাবলীল ছিল। রুদ্র তাকে কোনো চাপ দিত না, তার সিদ্ধান্তকে সম্মান করত। আর অরিজিৎ যেন বারবার তাকে পুরনো দিনের কথা মনে করিয়ে দিচ্ছিল, যা অনন্যা ভুলতে চেয়েছিল।

ক্যাফে থেকে বেরিয়ে অনন্যা যখন হেঁটে ফ্ল্যাটের দিকে ফিরছিল, তখন তার মনে হচ্ছিল যেন তার মাথায় এক কঠিন যুদ্ধ চলছে। অরিজিৎ কি সত্যিই বদলেছে? সে কি তাকে আবারও বিশ্বাস করতে পারে? নাকি রুদ্রের সাথে তার যে নতুন সম্পর্ক গড়ে উঠছে, সেটার দিকেই মনোযোগ দেবে?

ফ্ল্যাটে পৌঁছেই অনন্যা সোফায় বসে পড়ল। তার ফোনটা হাতে নিল। রুদ্রের একটা মেসেজ এসেছে: "অফিস থেকে ফিরলে? দিনটা কেমন কাটল?"

রুদ্রের এই সাধারণ মেসেজটা অনন্যার মনে এক অন্যরকম শান্তি এনে দিল। রুদ্র তাকে কোনো চাপ দেয় না, শুধু তার খোঁজ নেয়। রুদ্রের সাথে তার সম্পর্কটা ছিল সহজ, সরল, আর সাবলীল। এখানে কোনো হিসেব ছিল না, কোনো পূর্ববর্তী ব্যথা ছিল না।

অনন্যা রুদ্রকে রিপ্লাই দিল: "হ্যাঁ, ফিরলাম। দিনটা একটু অদ্ভুত কাটল।"

রুদ্র সাথে সাথেই ফোন করল। "অদ্ভুত? কী হয়েছে?" তার কণ্ঠে স্পষ্ট উদ্বেগ।

অনন্যা কিছুক্ষণ দ্বিধা করল। অরিজিতের কথা বলবে? রুদ্রের সাথে তো তার কোনো আনুষ্ঠানিক সম্পর্ক নেই। কিন্তু অনন্যা অনুভব করল, রুদ্রকে তার সব কথা বলা উচিত। সে যেন তার জীবনের প্রতিটি বিষয় রুদ্রের সাথে শেয়ার করতে স্বাচ্ছন্দ্য বোধ করছিল।

"আমার কলেজ জীবনের এক পুরনো বন্ধু, অরিজিৎ, আজ দেখা করতে এসেছিল," অনন্যা রুদ্রকে খুলে বলল। "সে আমার প্রাক্তন প্রেমিক ছিল।"

রুদ্রের ওপাশ থেকে এক মুহূর্তের নীরবতা। অনন্যা ভয় পেল, রুদ্র হয়তো বিরক্ত হবে।

কিন্তু রুদ্র শান্ত কণ্ঠে বলল, "ওহ। আর তুমি দেখা করেছ?"

"হ্যাঁ," অনন্যা স্বীকার করল। "সে মুম্বাই এসেছে কয়েকদিনের জন্য। সে আমার সাথে আবার সম্পর্ক গড়তে চায়।"

আলোর নিচে এক পলক

"আর তুমি কী ভাবছো?" রুদ্রের কণ্ঠে কোনো উত্তেজনা ছিল না, কেবল এক ধরনের কৌতূহল।

অনন্যা দীর্ঘশ্বাস ফেলল। "আমি জানি না, রুদ্র। আমি খুব দ্বিধায় আছি। সে আমার প্রথম ভালোবাসা ছিল। কিন্তু আমাদের সম্পর্কটা ভালো ছিল না।"

রুদ্র কিছুক্ষণ নীরব রইল। এরপর বলল, "তোমার অনুভূতিটা আমি বুঝতে পারছি, অনন্যা। প্রথম ভালোবাসাটা সবসময় বিশেষ হয়। আর যদি সে আবার ফিরে আসে, তাহলে মনটা তো একটু দোলাচল হবেই।" তার কথায় কোনো অভিযোগ ছিল না, শুধু ছিল গভীর উপলব্ধি। রুদ্রের এই পরিপক্কতা অনন্যাকে আরও মুগ্ধ করল।

"কিন্তু রুদ্র," অনন্যা বলল, "তোমার সাথে আমার যে সম্পর্কটা হচ্ছে, সেটা আমি হারাতে চাই না। তোমার সাথে কথা বলে আমি অনেক শান্তি পাই। তুমি আমাকে বোঝো।"

রুদ্র হাসল। "আমিও তোমার সাথে কথা বলে অনেক শান্তি পাই, অনন্যা। আর আমি তোমার সিদ্ধান্তকে সম্মান করি। তোমার যা মনে হয় তোমার জন্য ভালো, সেটাই করো। আমি তোমার পাশে আছি।"

রুদ্রের এই কথাগুলো অনন্যার মন থেকে এক বিশাল পাথর নামিয়ে দিল। রুদ্র তাকে কোনো রকম চাপ দিল না, বরং তার পাশে থাকার প্রতিশ্রুতি দিল। তার এই মানসিক সমর্থন অনন্যাকে আরও শক্তি দিল। রুদ্রের এই আচরণই অরিজিতের থেকে তাকে আলাদা করে তুলছিল। রুদ্র তাকে মুক্তি দিচ্ছিল, আর অরিজিৎ তাকে আটকে রাখতে চাইছিল।

"ধন্যবাদ, রুদ্র," অনন্যা বলল, তার কণ্ঠে এক ধরনের আবেগ। "তোমার এই কথাগুলো আমার খুব দরকার ছিল।"

তারা আরও কিছুক্ষণ কথা বলল। অরিজিতের প্রসঙ্গটা আর বেশিদূর গেল না। রুদ্র অনন্যার অফিসের দিনের কথা জানতে চাইল, আর নিজের ফটোগ্রাফি প্রজেক্টের কথা বলল। তাদের কথোপকথন আবার স্বাভাবিক ছন্দে ফিরে এল, যেন অরিজিতের ছায়া তাদের মাঝে কোনো বাধা সৃষ্টি করতে পারেনি।

ফোন রাখার পর অনন্যা তার ডায়েরিটা খুলল। সে রুদ্রকে উদ্দেশ্য করে লিখতে শুরু করল:

প্রিয় রুদ্র,

আজ আমার জীবনে এক পুরনো অধ্যায়ের পাতা খুলেছিল। অরিজিৎ। আমার প্রথম ভালোবাসা। সে ফিরে এসেছে, আর তার সাথে ফিরে এসেছে সেই সব পুরনো স্মৃতি। সেই সব দিনের কথা মনে পড়ছে, যখন আমি তাকে আমার সবটুকু দিয়ে ভালোবাসতাম, আর ভাবতাম সে-ই আমার জীবনসঙ্গী। তার সাথে কাটানো প্রতিটি মুহূর্তই ছিল আমার কাছে মূল্যবান। কিন্তু সেই সম্পর্কটা ভেঙেছিল এক কঠিন আঘাতে। সে আমাকে ছেড়ে গিয়েছিল তার স্বপ্নের পেছনে ছুটতে, আর আমি নিজেকে একাকী অনুভব করেছিলাম।

আজ যখন সে ফিরে এসে আবার সম্পর্ক গড়তে চাইল, তখন আমার মনটা খুব দ্বিধায় পড়েছিল। একপাশে ছিল পরিচিতের আরাম, পুরনো ভালোবাসার টান। আর অন্যপাশে ছিল এক

নতুন সম্ভাবনা, যা তুমি আমার জীবনে এনেছ। তোমার সাথে আমার সম্পর্কটা এখনো কোনো নাম পায়নি, রুদ্র। কিন্তু তোমার প্রতিটি কথায়, তোমার প্রতিটি স্পর্শে আমি এক অদ্ভুত শান্তি পাই। তুমি আমাকে বোঝো, আমার স্বপ্নকে সম্মান করো। তুমি আমাকে কোনো চাপ দাও না, শুধু আমার পাশে থাকো।

আমি জানি না আমার কী করা উচিত, রুদ্র। আমার মনটা যেন দুই ভাগে বিভক্ত হয়ে গেছে। কিন্তু তোমার সাথে কথা বলার পর আমার মনে হলো, আমার পথটা কোন দিকে। তুমি আমাকে স্বাধীনতা দাও, আর অরিজিৎ আমাকে ধরে রাখতে চায়। তোমার সাথে কথা বলার পর আমার ভেতরের দ্বিধাটা কিছুটা কমেছে। আমি তোমাকে হারাতে চাই না, রুদ্র। তোমার আলোর পথেই আমি হাঁটতে চাই।

আমি জানি, এটা কঠিন হবে। কিন্তু আমি প্রস্তুত।

তোমার অনন্যা

অনন্যা ডায়েরিটা বন্ধ করে রাখল। তার মনে তখনো অরিজিতের ছায়া কিছুটা রয়ে গিয়েছিল, কিন্তু রুদ্রের আলো সেই ছায়াটাকে যেন ধীরে ধীরে ম্লান করে দিচ্ছিল। সে বুঝতে পারছিল, তার জীবনের গল্পে এখন দুটি ভিন্ন অধ্যায়। একটি অতীত, যা ফিরে আসতে চাইছে। আরেকটি বর্তমান, যা ভবিষ্যতের দিকে এগিয়ে নিয়ে যাচ্ছে। অনন্যা তার হৃদয়ের গভীরে অনুভব করছিল, তাকে একটি সিদ্ধান্ত নিতেই হবে। সে কি পুরনো ভালোবাসার ডাকে সাড়া দেবে, নাকি নতুন

সম্পর্কের সম্ভাবনার দিকে পা বাড়াবে? এই দ্বিধা তাকে আরও পরিণত করে তুলছিল, এবং তার আত্মঅনুসন্ধানের যাত্রাকে আরও গভীর করে তুলছিল। তার চোখে তখনো অনিশ্চয়তা ছিল, কিন্তু তার মনে এক নতুন দৃঢ়তাও জন্ম নিচ্ছিল। রুদ্রের প্রতি তার অনুভূতিগুলো যেন আরও স্পষ্ট হয়ে উঠছিল এই কঠিন পরীক্ষার মধ্য দিয়ে। এই অতীতে ফিরে আসা যেন তাকে রুদ্রের মূল্য আরও বেশি করে বুঝতে সাহায্য করছিল।

Ch. 5: এক অজানা ইমেল

অরিজিতের সঙ্গে দেখা করার পর অনন্যার মনে এক নতুন অস্থিরতা কাজ করছিল। তার প্রথম ভালোবাসা, যা একসময় তাকে ভেঙেচুরে দিয়েছিল, তার ফিরে আসাটা যেন মনের পুরনো ক্ষতগুলোকে আবার জাগিয়ে তুলেছিল। সে যতই রুদ্রের সাথে তার নতুন সংযোগকে আঁকড়ে ধরতে চাইছিল, ততই অরিজিতের স্মৃতি তাকে পিছু টানছিল। রুদ্রের সাথে কথা বলে সে শান্তি পেলেও, অরিজিতের প্রস্তাব তাকে এক গভীর দ্বিধায় ফেলে দিয়েছিল। মুম্বাইয়ের কর্পোরেট জীবনের ব্যস্ততাও তার মনকে শান্ত করতে পারছিল না। অফিসের কাজ শেষ করেও সে একা একা নিজের ফ্ল্যাটে বসে ভাবত, তার জীবন আসলে কোন পথে এগোচ্ছে। তার ডায়েরির পাতায় তখনো অরিজিতের প্রসঙ্গ ঘোরাফেরা করছিল, আর তার পাশেই রুদ্রের প্রতি তার অনুভূতিগুলো যেন এক নতুন মোড় নিচ্ছিল।

আলোর নিচে এক পলক

সপ্তাহান্তে অনন্যা সাধারণত নিজের জন্য সময় রাখত। কখনো বই পড়ত, কখনো নিজের ছোট বারান্দায় বসে মুম্বাইয়ের সমুদ্রের দিকে তাকিয়ে থাকত। আজ তার হাতে ছিল প্রিয় কফি মগ, আর ল্যাপটপের স্ক্রিনে তার ইমেল ইনবক্স খোলা। রুদ্রের সাথে টেক্সট মেসেজের পাশাপাশি, ইমেলের মাধ্যমে তাদের কথোপকথনগুলো আরও গভীর হতে শুরু করেছিল। রুদ্র তার ফটোগ্রাফি প্রজেক্টের আপডেট দিত, আর অনন্যা তার লেখার কিছু অংশ শেয়ার করত। এই ভার্চুয়াল যোগাযোগই যেন তাদের দূরত্ব ঘুঁচিয়ে দিচ্ছিল।

হঠাৎ করেই রুদ্রের কাছ থেকে একটি নতুন ইমেল এল। বিষয়: "শুধুই তোমার জন্য।" অনন্যা প্রথমে ভেবেছিল, হয়তো রুদ্র তার নতুন কোনো ছবি পাঠিয়েছে, অথবা তার 'ছায়ার গল্প' প্রজেক্টের আরও কিছু আপডেট। কিন্তু বিষয়টিতে 'শুধুই তোমার জন্য' দেখে তার মনে এক ধরনের কৌতূহল জাগল। রুদ্র সাধারণত এমন ব্যক্তিগত বিষয় দিয়ে ইমেল পাঠাত না। অনন্যার হৃদস্পন্দন কিছুটা বেড়ে গেল। সে কফি মগটা টেবিলে রেখে ইমেলটা খুলল।

ইমেল খুলে অনন্যা অবাক হয়ে গেল। রুদ্র কোনো ছবি বা প্রজেক্টের আপডেট পাঠায়নি। রুদ্র তাকে একটি কবিতা লিখে পাঠিয়েছে। কবিতার নিচে রুদ্রের নাম ছাড়া আর কিছু লেখা ছিল না। কবিতাটি ছিল এরকম:

আমার লেন্সের ছায়াপথে, তোমায় খুঁজে পাই,
আলো-আঁধারের খেলায় তুমি এক মায়াবী রূপক।

এম আর জি কিউপিড

আলোর নিচে এক পলক

প্রথম পলকে যে ছবি এঁকেছিলে হৃদয়ে,
সে ছবি আজ কথা কয়, নীরবতার ফিসফিস।
তোমার হাসি, যেন এক ঝলক নরম আলো,
আমার আঁধার জীবনে এনেছে নতুন ভোর।
আমি শুধু দেখিনি তোমায়, দেখেছি তোমার ছায়া,
যে ছায়া লুকিয়ে ছিল, আমার দৃষ্টির গভীরে।
প্রেম কি? জানি না তার সঠিক সংজ্ঞা, শুধু জানি,
তোমার উপস্থিতি যেন এক পূর্ণতা।
আমি ফটোগ্রাফার, ফ্রেমবন্দী করি জগৎ,
আর তুমি সেই প্রেম, যা আমার জীবনের শাশ্বত।
অজানা পথে হেঁটেছি, একা ছিলাম এতকাল,
তোমার স্পর্শে আজ জাগে এক নতুন সুর।
ভয় পেও না এই আলো, এই ভালোবাসার ডাক,
আমি শুধু চাই, তোমার হাতে আমার শেষ পথ।

এই কবিতাটা পড়ার পর অনন্যা যেন এক অন্য জগতে হারিয়ে গেল। রুদ্রের প্রতিটি শব্দ তার হৃদয়ের গভীরে গিয়ে আঘাত করল। তার চোখ ভরে এল জলে। এটা শুধু একটা কবিতা ছিল না, এটা ছিল রুদ্রের হৃদয়ের এক অকপট স্বীকারোক্তি। রুদ্র তাকে ভালোবাসার কথা সরাসরি বলেনি, কিন্তু তার প্রতিটি পঙক্তিতে ভালোবাসার এক নিবিড় অনুভূতি ফুটে উঠেছিল। 'আমার লেন্সের ছায়াপথে, তোমায় খুঁজে পাই,'—এই লাইনটা অনন্যার মনে বিশেষ প্রভাব ফেলল।

রুদ্র তাকে শুধু বাহ্যিকভাবে দেখেনি, তার ভেতরের আত্মাকেও চিনতে চেষ্টা করেছে, তার 'ছায়া'কেও দেখেছে, যা সে নিজেই হয়তো কখনো কাউকে দেখাতে পারেনি।

অনন্যা অনুভব করল, রুদ্র তাকে কতটা গভীরভাবে অনুভব করছে। তার পাঠানো ইমেলগুলো, তার সেই লেক গার্ডেন্সে দেখা করা, তার প্রতিটি কথা—সবকিছুর অর্থ যেন এই কবিতার মধ্যে পরিষ্কার হয়ে গেল। রুদ্র তাকে শুধু পছন্দ করে না, সে তাকে ভালোবাসে। এই উপলব্ধি অনন্যার মনে এক মিশ্র অনুভূতি নিয়ে এল। এক দিকে ছিল আনন্দ, এক গভীর তৃপ্তি, যে এমন একজন মানুষ তাকে এত গভীরভাবে ভালোবাসছে। রুদ্রের অনুভূতিগুলো এতটাই বিশুদ্ধ আর অকপট ছিল যে, অনন্যা নিজের অজান্তেই তার প্রতি আরও বেশি আকৃষ্ট হচ্ছিল। সে এক অদ্ভুত মুগ্ধতায় ডুবে গেল, যেন তার চারপাশের সবকিছু থেমে গেছে, শুধু রুদ্রের লেখা কবিতাটিই তার সত্তাজুড়ে অনুরণিত হচ্ছে।

কিন্তু এই মুগ্ধতা বেশিক্ষণ স্থায়ী হলো না। এই তীব্র অনুভূতির পরেই অনন্যার মনে এক অজানা ভয় উঁকি দিল। তার অতীত প্রেমের অভিজ্ঞতা, অরিজিতের সেই নির্মম প্রত্যাখ্যান, তার মনে এক গভীর ক্ষত তৈরি করেছিল। সে নিজেকে ভালোবাসার জন্য প্রস্তুত মনে করত না। সে মনে করত, ভালোবাসা মানেই ব্যথা, বিশ্বাসঘাতকতা, আর বিচ্ছেদ। সে নিজেকে সবসময় ভালোবাসার সম্পর্ক থেকে দূরে সরিয়ে রাখত, নিজেকে এক অদৃশ্য দেয়ালের আড়ালে লুকিয়ে রাখত। রুদ্রের কবিতাটা সেই দেয়ালকে যেন ভেঙে

দিতে চাইছিল, আর সেই কারণে অনন্যা এক তীব্র অস্বস্তি অনুভব করছিল।

'নিজেকে কি সত্যিই সে ভালোবাসার জন্য প্রস্তুত?' এই প্রশ্নটা তার মনে বারবার ঘুরপাক খাচ্ছিল। সে ভয় পাচ্ছিল। ভয় পাচ্ছিল রুদ্রের প্রতি তার নিজের অনুভূতিগুলোকে। ভয় পাচ্ছিল আবার আঘাত পাওয়ার। সে ভেবেছিল, রুদ্রের সাথে তার সম্পর্কটা কেবলই বন্ধুত্ব থাকবে, যেখানে কোনো জটিলতা থাকবে না, কোনো গভীর আবেগ থাকবে না। কিন্তু রুদ্রের এই কবিতা সবকিছু বদলে দিল। এখন আর এটা শুধু বন্ধুত্ব নেই, এটা ভালোবাসার এক নতুন অধ্যায়, যা অনন্যার মনের দরজায় কড়া নাড়ছে।

অনন্যা সোফার ওপর কুঁকড়ে বসে পড়ল। তার স্মৃতিতে ভিড় করে এল অরিজিতের সঙ্গে তার শেষ কথোপকথন। অরিজিৎ যখন বলেছিল, "আমাদের ভবিষ্যৎ তৈরির জন্যই তো এই ত্যাগ, অনন্যা। তুমি আমার জন্য অপেক্ষা করতে পারবে না?" সেই সময় অনন্যা অনুভব করেছিল, তার ভালোবাসা যেন অরিজিতের ক্যারিয়ারের সামনে মূল্যহীন। সেই অনুভূতিটা আজও তাকে তাড়া করে বেড়াত। অনন্যা মনে করত, সে যথেষ্ট ভালো নয়, সে যথেষ্ট মূল্যবান নয় ভালোবাসার জন্য। সে ভয় পেত নিজেকে পুরোপুরি উজাড় করে দিতে, কারণ সে মনে করত, শেষ পর্যন্ত তাকে একা হয়ে যেতে হবে।

এইবার রুদ্রের ভালোবাসার প্রস্তাব। রুদ্র তো অরিজিতের মতো নয়। রুদ্র তাকে বোঝে, তার প্রতি সংবেদনশীল, তার স্বপ্নকে সম্মান করে। রুদ্রের কথায় কোনো ছলনা বা চাপ

নেই। সে যেন এক পবিত্র ভালোবাসার প্রস্তাব দিচ্ছে। কিন্তু তারপরও অনন্যা ভয় পাচ্ছিল। তার ভেতরের 'ছায়া'টা তাকে বলছিল, 'সাবধান! এই আলোয় পুড়ে যেতে পারো। তুমি আবারও একা হয়ে যাবে।'

সেদিনের বাকিটা সময় অনন্যা অন্যমনস্ক হয়ে রইল। তার হাতটা বারবার ল্যাপটপের কিবোর্ডের দিকে যাচ্ছিল, রুদ্রকে একটা উত্তর দেওয়ার জন্য। কিন্তু কী লিখবে? সে কি রুদ্রকে বলবে যে সেও তাকে ভালোবাসে? নাকি তার ভয় আর দ্বিধার কথা বলবে? সে রুদ্রকে আঘাত করতে চায় না, কিন্তু নিজেকেও মিথ্যে প্রতিশ্রুতি দিতে চায় না। তার মনটা যেন এক যুদ্ধক্ষেত্র হয়ে উঠেছিল।

সন্ধ্যায় সায়নী অনন্যার ফ্ল্যাটে এল। সায়নী অনন্যার মুখের দিকে তাকিয়েই বুঝতে পারল কিছু একটা হয়েছে। অনন্যাকে এত বিষণ্ণ সায়নী কখনো দেখেনি। "কী হয়েছে, অনন্যা? তুই এত চিন্তিত কেন?" সায়নী জিজ্ঞেস করল, তার কণ্ঠে উদ্বেগ।

অনন্যা কিছুক্ষণ দ্বিধা করল। রুদ্রের কবিতার কথা বলবে? সায়নী হয়তো তাকে পাগল ভাববে। কিন্তু সায়নী তার সবচেয়ে কাছের বন্ধু। সে সবসময় অনন্যার পাশে ছিল, বিশেষ করে অরিজিতের ব্রেকআপের পর।

"আমার জীবনে একটা অদ্ভুত ঘটনা ঘটেছে," অনন্যা শুরু করল। "রুদ্র..."

"হ্যাঁ, রুদ্র?" সায়নী উৎসাহিত হয়ে উঠল। "আমি জানতাম কিছু একটা হচ্ছে। সে তোকে প্রপোজ করেছে?"

আলোর নিচে এক পলক

অনন্যা রুদ্রের পাঠানো কবিতার ইমেলটা সায়নীকে দেখাল। সায়নী কবিতাটা পড়ল, আর তার চোখে এক ঝলক আনন্দ ফুটে উঠল। "অসাধারণ! রুদ্র তোকে এত সুন্দর করে প্রপোজ করেছে! তুই তো খুব ভাগ্যবান, অনন্যা!"

কিন্তু অনন্যার চোখে সেই আনন্দ ছিল না। "কিন্তু সায়নী, আমি ভয় পাচ্ছি।"

সায়নী অনন্যার পাশে বসল। "কেন ভয় পাচ্ছিস? রুদ্র তোকে ভালোবাসে, আর তুইও তাকে ভালোবাসিস। এতে ভয়ের কী আছে?"

"তুই বুঝবি না, সায়নী," অনন্যা বলল, তার কণ্ঠে হতাশা। "অরিজিতের পর আমি নিজেকে ভালোবাসার জন্য আর প্রস্তুত মনে করি না। আমি ভয় পাই নিজেকে উজাড় করে দিতে। আমি ভয় পাই আবার কষ্ট পেতে। রুদ্র এত ভালো, এত সংবেদনশীল... যদি তাকেও আমি কোনোভাবে কষ্ট দিই? যদি সেও আমাকে ছেড়ে চলে যায়?"

সায়নী অনন্যার হাত ধরল। "দেখ, অনন্যা। অরিজিৎ তোকে কষ্ট দিয়েছে, সেটা সত্যি। কিন্তু তার মানে এই নয় যে সবাই তোকে কষ্ট দেবে। রুদ্র অরিজিতের মতো নয়। তুই রুদ্রের সাথে কথা বললেই বুঝবি, সে তোকে কতটা বোঝে।"

"কিন্তু কিভাবে?" অনন্যা বলল। "আমি জানি না কিভাবে আবার ভালোবাসার জন্য নিজেকে খুলব। আমার ভেতরের দেয়ালটা এত মজবুত হয়ে গেছে, আমি নিজেই সেটা ভাঙতে পারছি না।"

আলোর নিচে এক পলক

"সেই দেয়ালটা তোকেই ভাঙতে হবে, অনন্যা," সায়নী বলল। "ভালোবাসার জন্য সাহস লাগে। আর তুই তো সাহসী মেয়ে। রুদ্রকে একটা সুযোগ দে। নিজেকেও একটা সুযোগ দে।"

সায়নীর কথাগুলো অনন্যার মনে কিছুটা সাহস যোগাল। কিন্তু ভয়টা তখনও পুরোপুরি কাটেনি। সে জানত, এই সিদ্ধান্তটা তাকে নিজেই নিতে হবে। সায়নী কিছুক্ষণ অনন্যার সাথে কথা বলল, তাকে বোঝাল, আর শেষ পর্যন্ত চলে গেল। অনন্যা আবার একা হয়ে গেল, তার মনটা আবারও সেই আত্মদ্বন্দ্বের জালে জড়িয়ে পড়ল।

রাত গভীর হলো। অনন্যা ল্যাপটপটা বন্ধ করে দিল, কিন্তু রুদ্রের কবিতাটা তার মনে ঘুরপাক খাচ্ছিল। সে উঠে তার ডায়েরিটা খুলল। তার মনে যা আসছিল, তাই লিখল:

প্রিয় ডায়েরি,

আজ রুদ্র আমাকে একটি কবিতা লিখে পাঠিয়েছে। এমন সুন্দর কবিতা আমি জীবনে কখনো পড়িনি। রুদ্রের প্রতিটি শব্দ যেন আমার আত্মাকে স্পর্শ করেছে। সে আমাকে কতটা গভীরভাবে অনুভব করে, সেটা এই কবিতার মাধ্যমে আমি বুঝতে পারলাম। আমার লেন্সের ছায়াপথে, তোমায় খুঁজে পাই... রুদ্র সত্যিই আমার ছায়া দেখেছে, যা আমি সবসময় লুকিয়ে রেখেছিলাম।

প্রথম মুহূর্তে আমি আনন্দে ভেসে গিয়েছিলাম। এমন ভালোবাসা পাওয়া কি সহজ কথা? কিন্তু সেই আনন্দের পরপরই আমার মনে এক তীব্র ভয় জন্ম নিল। অরিজিতের

স্মৃতি বারবার ফিরে আসছে। আমার মনে পড়ল সেই ব্যথা, সেই বিশ্বাসঘাতকতা। আমি কি সত্যিই আবার ভালোবাসার জন্য প্রস্তুত? আমার মন চাইছে রুদ্রের কাছে নিজেকে উজাড় করে দিতে, কিন্তু আমার অতীত আমাকে টেনে ধরছে। আমি ভয় পাচ্ছি আবার কষ্ট পেতে, ভয় পাচ্ছি রুদ্রকে হারাতে। যদি সেও একসময় আমাকে ছেড়ে চলে যায়? যদি সেও আমাকে আঘাত করে?

আমি জানি রুদ্র অরিজিতের মতো নয়। রুদ্র আমাকে সম্মান করে, আমাকে বোঝে। সে আমাকে স্বাধীনতা দেয়। কিন্তু ভালোবাসার সম্পর্ক মানেই তো এক ধরনের ঝুঁকি। আমি কি সেই ঝুঁকি নিতে পারব? আমার ভেতরের এই দ্বিধা আমাকে পাগল করে তুলছে। এক দিকে আমার মন রুদ্রের দিকে টানছে, অন্য দিকে আমার ভয় আমাকে পিছিয়ে টানছে। আমি জানি না কী করব। আমার হৃদয় এবং আমার মন—দুইয়ের মধ্যে এক তীব্র যুদ্ধ চলছে।

সায়নী বলল, আমাকে সাহসী হতে হবে। ভালোবাসার জন্য ঝুঁকি নিতে হবে। কিন্তু সেই সাহস আমি কোথায় পাব? এই দেয়াল ভাঙা কি এত সহজ? আমার মনে হচ্ছে, আমি যেন এক অজানা গন্তব্যের পথে দাঁড়িয়ে আছি, যেখানে এক পাশে আলো, আর অন্য পাশে ছায়া। আমি কোন পথে যাব?

আমি নিজেকে প্রস্তুত করতে পারছি না, ডায়েরি। আমি কি সত্যিই ভালোবাসার জন্য প্রস্তুত? এই প্রশ্নটা আমাকে ঘুমাতে দিচ্ছে না। আমি জানি না কাল সকালে আমি রুদ্রকে কী

উত্তর দেব। আমি শুধু চাই, এই দ্বিধাটা শেষ হোক, আর আমি একটা স্পষ্ট পথ খুঁজে পাই।

অনন্যা

অনন্যা ডায়েরিটা বন্ধ করে অন্ধকারে জানালার দিকে তাকিয়ে রইল। বাইরে মুম্বাইয়ের রাতের আলো ঝলমল করছিল, কিন্তু অনন্যার ভেতরের জগৎ ছিল অন্ধকার আর অনিশ্চয়তায় ভরা। রুদ্রের ইমেলটা তার মনে এক নতুন ঝড় তুলেছিল। সে মুগ্ধ হয়েছিল, কিন্তু তার মনে এক গভীর ভয় বাসা বেঁধেছিল। নিজেকে ভালোবাসার জন্য প্রস্তুত করার এই কঠিন পরীক্ষা তাকে আরও আত্মানুসন্ধানের পথে ঠেলে দিল। সে জানত না কী হবে, কিন্তু সে জানত, তাকে এই প্রশ্নের মুখোমুখি হতেই হবে। রুদ্রের ভালোবাসা তাকে এমন এক সীমানায় নিয়ে এসেছে, যেখানে তাকে তার অতীতের ছায়া থেকে বেরিয়ে আসতে হবে, অথবা ভালোবাসার এই আলো থেকে দূরে সরে যেতে হবে। এই সিদ্ধান্ত তার জীবনের এক গুরুত্বপূর্ণ মোড় হতে চলেছে।

Ch. 6: বন্ধুত্বের রঙ

রুদ্রের কবিতার ইমেলটা পাওয়ার পর অনন্যার মনে এক নতুন ঝড় বয়ে গিয়েছিল। মুগ্ধতা ছিল, তার সাথে ছিল এক গভীর ভয়। অরিজিতের সেই পুরনো ক্ষতটা বারবার তাকে মনে করিয়ে দিচ্ছিল ভালোবাসার ঝুঁকির কথা। 'নিজেকে কি সত্যিই সে ভালোবাসার জন্য প্রস্তুত?' এই প্রশ্নটা তার রাতের ঘুম কেড়ে নিয়েছিল। রুদ্রের আবেগ এতটাই স্পষ্ট ছিল যে

আলোর নিচে এক পলক

অনন্যা নিজেকে লুকিয়ে রাখতে পারছিল না। সে বুঝতে পারছিল, রুদ্রের প্রতি তার নিজের অনুভূতিগুলো আর বন্ধুত্বের গণ্ডিতে সীমাবদ্ধ নেই, সেগুলো এক গভীর টানে রূপান্তরিত হচ্ছে। কিন্তু সেই টান যত প্রবল হচ্ছিল, তার ভয়ও তত বাড়ছিল। সে রুদ্রকে কী উত্তর দেবে, সে সিদ্ধান্ত নিতে পারছিল না।

কয়েকটা দিন অনন্যা উত্তর দেওয়া থেকে বিরত থাকল। রুদ্র অবশ্য তার জন্য কোনো চাপ সৃষ্টি করল না। সে শুধু ছোট ছোট মেসেজ পাঠাত, অনন্যার দিন কেমন কাটল, অফিসের চাপ কেমন ইত্যাদি জিজ্ঞেস করত। রুদ্রের এই ধৈর্য আর বোঝাপড়া অনন্যাকে আরও বেশি টানছিল। অনন্যা বারবার ভাবছিল, রুদ্রের সাথে সরাসরি দেখা করে কথা বলবে। ফোনে বা ইমেলে তার সব অনুভূতি প্রকাশ করা সম্ভব নয়। এখন সে মুম্বাইতে আছে, সে জানিয়েছে। অবশেষে, একদিন অনন্যা সাহস করে রুদ্রকে মেসেজ করল, "রুদ্র, আমি তোমাকে কিছু কথা বলতে চাই। সামনাসামনি। তুমি কি আজ সন্ধ্যায় দেখা করতে পারবে?"

রুদ্রের উত্তর এল প্রায় সাথে সাথেই, "হ্যাঁ, অবশ্যই। কোথায় দেখা করতে চাও?" অনন্যা মুম্বাইয়ের একটা শান্ত কফিশপের নাম দিল, যা তার ফ্ল্যাটের কাছেই ছিল। "সন্ধ্যা ৭টায়?" "ঠিক আছে। আমি থাকব," রুদ্র লিখল।

কফিশপে যাওয়ার আগে অনন্যার বুক ঢিপঢিপ করছিল। সে কী বলবে? রুদ্রের কবিতা নিয়ে কথা বলবে? নাকি তার ভয় আর অতীতের ছায়ার কথা বলবে? সে নিজেকে বোঝাল,

রুদ্রকে সত্যিটা বলতে হবে। তার এই দ্বিধা, এই ভয়— সবকিছু।

কফিশপটা ছিল বেশ ছিমছাম। হালকা হলুদ আলো, কাঠের আসবাব, আর মৃদু যন্ত্রসংগীত—সব মিলিয়ে একটা শান্ত পরিবেশ। অনন্যা যখন পৌঁছল, রুদ্র ততক্ষণে এসে বসেছিল। তাকে দেখে রুদ্রের মুখে এক স্বস্তির হাসি ফুটে উঠল। রুদ্রকে আজ আরও সৌম্য দেখাচ্ছিল। সে একটা হালকা নীল শার্ট পরেছিল, যা তার ব্যক্তিত্বের সঙ্গে মানিয়ে যাচ্ছিল।

"অনন্যা! আসতে পেরে ভালো লাগছে," রুদ্র বলল, উঠে দাঁড়িয়ে। তার চোখে এক ধরনের নীরব প্রশ্ন ছিল, যা অনন্যার মনের দ্বিধাকে যেন কিছুটা কমিয়ে দিল। "হ্যাঁ, রুদ্র। আমারও," অনন্যা বলল, তার কণ্ঠস্বর কিছুটা কাঁপছিল।

তারা বসল। ওয়েটার এসে অর্ডার নিয়ে গেল। তাদের দুজনের মধ্যে কিছুক্ষণ নীরবতা বিরাজ করল। অনন্যা মাথা নিচু করে বসেছিল, কি দিয়ে শুরু করবে বুঝতে পারছিল না। রুদ্রও কোনো তাড়া দেখাল না, শুধু অনন্যার মুখের দিকে তাকিয়ে রইল, যেন তার নীরবতা থেকেই সে কিছু বোঝার চেষ্টা করছে।

শেষ পর্যন্ত অনন্যাই মুখ খুলল। "রুদ্র, তোমার কবিতার ইমেলটা আমি পেয়েছি।" রুদ্রের মুখ থেকে হাসি মিলিয়ে গেল না, বরং তার চোখ যেন আরও গভীর হলো। "হ্যাঁ, জানি।" "সেটা... সেটা খুব সুন্দর ছিল," অনন্যা বলল, তার গলা যেন ধরে আসছিল। "কিন্তু আমি... আমি দ্বিধায় আছি।"

রুদ্র শান্তভাবে তার হাতটা টেবিলের ওপর রাখল। "কোনো চাপ নেই, অনন্যা। তুমি যা খুশি বলতে পারো।" রুদ্রের এই সহজ স্বীকারোক্তি অনন্যাকে কিছুটা স্বস্তি দিল। সে বুঝল, রুদ্র তাকে বিচার করবে না।

"অরিজিৎ ফিরে এসেছিল," অনন্যা শুরু করল, তার কণ্ঠস্বর প্রথমে নিচু ছিল। "সে আমার কলেজ জীবনের প্রথম ভালোবাসা ছিল। আমরা একসময় একে অপরকে খুব ভালোবাসতাম।" অনন্যা তারপর অরিজিতের সঙ্গে তার সম্পর্কের বিস্তারিত বর্ণনা দিল। কীভাবে তারা প্রেমে পড়েছিল, তাদের স্বপ্ন, এবং কীভাবে অরিজিৎ ক্যারিয়ারের জন্য তাকে ছেড়ে গিয়েছিল, তার ফলে অনন্যার মনে যে গভীর ক্ষত তৈরি হয়েছিল, সেই সব কথা সে খুলে বলল। রুদ্র মনোযোগ দিয়ে শুনছিল, কোনো রকম মন্তব্য না করে। তার চোখে ছিল সহানুভূতি আর গভীরতা।

"সেই থেকে আমি ভালোবাসাকে ভয় পাই, রুদ্র," অনন্যা বলল, তার চোখে জল ভরে এল। "আমি ভয় পাই নিজেকে উজাড় করে দিতে, ভয় পাই আবার কষ্ট পেতে। আমি নিজেকে ভালোবাসার জন্য প্রস্তুত মনে করি না।"

কথা বলতে বলতে অনন্যা যেন তার ভেতরের সব জট খুলে দিচ্ছিল। তার চাপা পড়ে থাকা বেদনা, তার পুরনো ক্ষোভ, তার নিরাপত্তাহীনতা—সবকিছুই রুদ্রের সামনে উন্মোচিত হচ্ছিল। সে তার পরিবারিক পরিস্থিতি, নিজের ছোটবেলার কিছু অনিশ্চয়তা, এবং কীভাবে সে সবসময় নিজেকে একা মনে করত, সেই সব কথাও বলতে শুরু করল। তার মনে

হচ্ছিল, রুদ্রের সামনে সে এক উন্মুক্ত বই। সে নির্ভয়ে কথা বলে যাচ্ছিল, আর রুদ্র যেন তার প্রতিটি শব্দ, প্রতিটি নিঃশ্বাসকে নিজের ভেতর অনুভব করছিল।

"তোমার কবিতাটা পাওয়ার পর আমি খুব আনন্দ পেয়েছিলাম, রুদ্র," অনন্যা বলল। "কিন্তু তারপরই ভয় পেয়েছি। আমি জানি, তুমি অরিজিতের মতো নও। তুমি আমাকে বোঝো, আমার স্বপ্নকে সম্মান করো। কিন্তু আমি নিজেকে কীভাবে আবার বিশ্বাস করব? আমার মনে হচ্ছে, আমি যদি তোমাকে ভালোবাসি, তাহলে হয়তো তোমাকে কষ্ট দেব, অথবা নিজেই আবার কষ্ট পাব।"

অনন্যা থেমে গেল। তার মনে হচ্ছিল, সে সব কথা বলে দিয়েছে। রুদ্র কিছুক্ষণ নীরব রইল। তার চোখে এক গভীর ভাবনা। অনন্যা ভয় পেল, রুদ্র হয়তো বিরক্ত হয়েছে, হয়তো তাকে দুর্বল ভাবছে।

শেষ পর্যন্ত রুদ্র মুখ খুলল। তার কণ্ঠস্বর ছিল শান্ত ও দৃঢ়। "অনন্যা, আমি তোমার অনুভূতিগুলো বুঝতে পারছি। আমি জানি, অতীত আমাদের ওপর এক গভীর ছায়া ফেলে। যখন কেউ একবার আঘাত পায়, তখন তার পক্ষে আবার নতুন করে বিশ্বাস করা খুব কঠিন হয়।"

রুদ্র কিছুক্ষণ চুপ করে রইল। তারপর সে নিজের ভেতরের জগতটা অনন্যার সামনে উন্মোচন করতে শুরু করল। "আমার জীবনেও কিছু এমন অভিজ্ঞতা আছে, অনন্যা। আমি ছোটবেলায় খুব অন্তর্মুখী ছিলাম। আমার বাবা-মা দুজনেই খুব

ব্যস্ত ছিলেন, তারা আমাকে হয়তো খুব বেশি সময় দিতে পারেননি। আমি সবসময় নিজেকে একাকী অনুভব করতাম।"

"ফটোগ্রাফি আমার কাছে কেবল একটা শখ নয়, অনন্যা," রুদ্র বলল। "এটা আমার ভাষা। আমি যখন লেন্স দিয়ে জগৎকে দেখি, তখন আমি শুধু বাহ্যিক রূপটা দেখি না, ভেতরের গল্পটা বোঝার চেষ্টা করি। প্রতিটি মানুষ, প্রতিটি জিনিস, প্রতিটি মুহূর্তের মধ্যে এক ধরনের লুকানো সত্য থাকে, যা সাধারণ চোখে ধরা পড়ে না। আমার 'ছায়ার গল্প' প্রজেক্টটা সেই লুকানো সত্যগুলোকেই খুঁজে বের করার চেষ্টা।"

রুদ্র আরও বলল, "আমি সবসময় একা একা ঘুরে বেড়িয়েছি, ছবি তুলেছি। মানুষ আমাকে খুব সামাজিক মনে করে না। আমার ভেতরেও এক ধরনের একাকীত্ব ছিল, যা আমি কাউকে বুঝতে দিতাম না। আমি সবসময়ই অন্যকে বোঝার চেষ্টা করেছি, কিন্তু আমার নিজের অনুভূতিগুলো আমি খুব কমই প্রকাশ করেছি।"

"তোমার সাথে যখন আমার দেখা হলো, তখন আমার মনে হলো, তুমি যেন আমারই এক প্রতিচ্ছবি," রুদ্র বলল। "তুমি তোমার অনুভূতিগুলো লুকিয়ে রাখো, কিন্তু তোমার চোখে, তোমার কথায় এক গভীরতা আছে, যা আমাকে আকর্ষণ করে। তোমার 'অনন্য মুহূর্ত'-এর ছবিটা আমার কাছে শুধু একটা ছবি নয়, এটা যেন তোমার আত্মার এক প্রতিচ্ছবি। আমি সেই ছবিতে তোমার ভেতরের সবকিছু দেখতে পেয়েছিলাম।"

"আমি তোমাকে কোনো চাপ দিচ্ছি না, অনন্যা," রুদ্র বলল, তার কণ্ঠে এক ধরনের দৃঢ়তা। "আমি জানি, ভালোবাসা জোর করে হয় না। আর আমি তোমার অতীতকে সম্মান করি। আমি জানি, তুমি তোমার জীবনের একটা কঠিন সময় পার করেছ। কিন্তু আমি তোমাকে বলতে চাই, আমি তোমার পাশে আছি। বন্ধু হিসেবে, বা তার চেয়েও বেশি কিছু হিসেবে—যেকোনো রূপে।"

রুদ্রের কথাগুলো অনন্যার মনে এক গভীর শান্তি এনে দিল। রুদ্র তার ভেতরের জগতটাকেও অনন্যার সামনে খুলে দিল, তার দুর্বলতা, তার একাকীত্ব, তার প্যাশন—সবকিছুই। অনন্যা বুঝল, রুদ্র শুধু তাকে বুঝছে না, সে নিজেও একই রকমভাবে আঘাত পেয়েছে, একই রকমভাবে জীবনের কঠিন পথ হেঁটেছে। তারা যেন দুটি সমান্তরাল রেখা, যারা শেষ পর্যন্ত এক বিন্দুতে এসে মিলিত হতে চলেছে।

"আমি ভয় পেতাম, রুদ্র," অনন্যা বলল, তার চোখে নতুন করে জল এল। "আমি ভয় পেতাম নিজেকে প্রকাশ করতে। আমি সবসময় ভাবতাম, আমার দুর্বলতাগুলো দেখালে মানুষ আমাকে ছেড়ে চলে যাবে।"

রুদ্র অনন্যার হাতটা আলতো করে ধরল। "দুর্বলতাগুলোই মানুষকে আরও মানবিক করে তোলে, অনন্যা। আর আমি তোমাকে দুর্বল ভাবছি না। বরং তুমি যে এতটা সাহসের সাথে তোমার অতীত আর ভয়গুলো আমার সামনে তুলে ধরেছো, তার জন্য আমি তোমাকে আরও বেশি সম্মান করছি।"

তাদের কথোপকথন আরও গভীর হতে শুরু করল। তারা তাদের স্বপ্ন, আকাঙ্ক্ষা, জীবনের ছোট ছোট আনন্দের মুহূর্তগুলো একে অপরের সাথে ভাগ করে নিতে শুরু করল। অনন্যা তার লেখালেখির প্রতি ভালোবাসার কথা বলল, কীভাবে সে তার ডায়েরিতে নিজের অনুভূতিগুলো লিখে রাখে। রুদ্র তার ফটোগ্রাফির ভবিষ্যৎ পরিকল্পনা, বিশ্বের বিভিন্ন প্রান্তে ঘুরে ছবি তোলার স্বপ্নের কথা বলল। তারা আবিষ্কার করল, তাদের দুজনেরই জীবনের প্রতি এক গভীর কৌতূহল আছে, নতুন কিছু শেখার আগ্রহ আছে। তারা একে অপরের স্বপ্নকে সম্মান করছিল, আর একে অপরকে সেই স্বপ্ন পূরণের জন্য অনুপ্রাণিত করছিল।

তারা হাসছিল। সেই হাসিটা ছিল নির্ভেজাল, স্বতঃস্ফূর্ত। অনন্যা বহুদিন পর নিজেকে এত হালকা অনুভব করল। তার মনে হচ্ছিল, তার ভেতরের সব দেয়াল যেন ভেঙে পড়ছে, আর তার আত্মা যেন মুক্ত বাতাস গ্রহণ করছে। রুদ্রের সামনে সে যেন নিজেকে পুরোপুরি মেলে ধরতে পারছিল, কোনো মুখোশ ছাড়াই।

প্রায় দু'ঘণ্টা তারা কফিশপে বসেছিল। কফিশপের কর্মচারীরা টেবিল পরিষ্কার করছিল, ধীরে ধীরে কাস্টমাররা চলে যাচ্ছিল। কিন্তু অনন্যা আর রুদ্রের হুঁশ ছিল না। তারা যেন নিজেদের এক আলাদা জগতে প্রবেশ করেছিল, যেখানে বাইরের পৃথিবীর কোনো কোলাহল পৌঁছাতে পারছিল না। তাদের আলোচনা কখনো গভীর দার্শনিক তর্কে মোড় নিত, কখনো সাধারণ মজার কথায়।

একপর্যায়ে রুদ্র বলল, "তুমি কি জানো, অনন্যা, যখন আমি প্রথম তোমার ছবি তুলেছিলাম, তখন আমি শুধু তোমার মুখের আলোটা দেখেছিলাম। কিন্তু এখন আমি তোমার ভেতরের আলোটা দেখতে পাচ্ছি, যা তোমার সব ছায়াগুলোকে আলোকিত করে তুলছে।"

অনন্যা রুদ্রের চোখের দিকে তাকাল। তার চোখে তখন কোনো ভয় ছিল না, শুধু ছিল গভীর শ্রদ্ধা আর এক নতুন ভালোবাসার অঙ্কুর। রুদ্রের এই কথাগুলো তার মনে এক নতুন আশার সঞ্চার করল। সে অনুভব করল, রুদ্র তাকে তার সব দুর্বলতা, সব অতীত সহ গ্রহণ করতে প্রস্তুত।

কফিশপ থেকে বেরিয়ে তারা কিছুক্ষণ চুপচাপ হাঁটছিল। মুম্বাইয়ের রাতের আলোয় রাস্তাঘাট ঝলমল করছিল। তাদের মধ্যে কোনো কথা হচ্ছিল না, কিন্তু সেই নীরবতা ছিল স্বস্তিদায়ক, অর্থপূর্ণ। তারা দুজনই অনুভব করছিল, তাদের মধ্যে এক নতুন ধরনের সম্পর্ক তৈরি হয়েছে, যা বন্ধুত্বের চেয়েও বেশি কিছু, কিন্তু ভালোবাসার মতো চাপপূর্ণ নয়। এটা ছিল এক স্নিগ্ধ, নিরাপদ সম্পর্ক, যেখানে একে অপরের প্রতি গভীর বোঝাপড়া আর সম্মান ছিল।

অনন্যা যখন তার ফ্ল্যাটে পৌঁছল, তখন সে রুদ্রকে ধন্যবাদ জানাল। "আজ তোমার সাথে কথা বলে আমার খুব ভালো লাগল, রুদ্র। তুমি আমার অনেক বোঝা হালকা করে দিয়েছ।"

রুদ্র হাসল। "আমারও খুব ভালো লাগল, অনন্যা। আমরা দুজনই একা একা অনেক পথ হেঁটেছি। এবার হয়তো একসাথে কিছু পথ হাঁটার সুযোগ এসেছে।"

অনন্যা তার ফ্ল্যাটে ঢুকে নিজের ডায়েরিটা খুলল। সেদিনের অভিজ্ঞতা তার মনে এক গভীর প্রভাব ফেলেছিল। সে লিখতে শুরু করল:

প্রিয় ডায়েরি,

আজ রুদ্রের সাথে আমার দেখা হয়েছিল। আমি তাকে আমার সব কথা বললাম, আমার অতীত, আমার ভয়, অরিজিতের ফিরে আসা—সবকিছু। আমি ভেবেছিলাম, সে হয়তো আমাকে দুর্বল ভাববে, বা বিরক্ত হবে। কিন্তু রুদ্র আমাকে অবাক করে দিল। সে আমার সব কথা মনোযোগ দিয়ে শুনল, আমাকে কোনো রকম বিচার করল না। বরং সে তার নিজের ভেতরের জগতটা আমার সামনে উন্মোচন করল। তার একাকীত্ব, তার ফটোগ্রাফির প্রতি প্যাশন, তার জীবন দর্শন—সবকিছুই। আমি জানতাম না, রুদ্রও আমারই মতো এত গভীরে অনুভব করে।

তার সামনে কথা বলতে বলতে আমার মনে হচ্ছিল, আমার ভেতরের সব দেয়াল ভেঙে পড়ছে। আমি নিজেকে এত হালকা কখনো অনুভব করিনি। রুদ্র আমাকে তার দুর্বলতাগুলো দেখাতে ভয় পায়নি, আর আমিও তার সামনে নিজেকে উজাড় করে দিতে পেরেছি। আমার মনে হচ্ছে, রুদ্র

সেই মানুষ, যার কাছে আমি আমার সবটুকু বলতে পারি, কোনো মুখোশ ছাড়াই।

আজ আমি ভালোবাসার একটি নতুন রঙ দেখলাম। সেটা শুধু মুগ্ধতা বা আকর্ষণ নয়, সেটা বোঝাপড়া, শ্রদ্ধা, আর পরস্পরের প্রতি বিশ্বাস। রুদ্র আমাকে ভালোবাসার জন্য জোর করছে না, সে শুধু আমার পাশে থাকতে চাইছে। তার এই সমর্থন আমাকে সাহসী করে তুলছে। আমার অতীতের ছায়াটা যেন কিছুটা ম্লান হয়ে এসেছে রুদ্রের আলোয়।

আমি জানি না এই সম্পর্ক কোন দিকে মোড় নেবে। হয়তো এটা শুধু গভীর বন্ধুত্ব থাকবে, অথবা হয়তো এটা ভালোবাসার এক নতুন শুরু হবে। কিন্তু একটা জিনিস আমি নিশ্চিত, রুদ্রের সাথে আমার এই বন্ধনটা আমার জীবনের এক অমূল্য সম্পদ। আমি আর ভয় পাচ্ছি না। আমি রুদ্রের সাথে এই নতুন পথের দিকে হাঁটতে প্রস্তুত। এই বন্ধুত্বের রঙটা যেন আমার জীবনকে আরও উজ্জ্বল করে তুলেছে।

অনন্যা

অনন্যা ডায়েরিটা বন্ধ করে দিল। তার মনে এখন আর সেই পুরনো দ্বিধা বা ভয় ছিল না। রুদ্রের সাথে আজকের কথোপকথন তার আত্মাকে এক নতুন শান্তি দিয়েছিল। সে অনুভব করছিল, রুদ্রের প্রতি তার অনুভূতিগুলো আরও গভীর হচ্ছে, এবং সে নিজেকে ভালোবাসার এই নতুন মোড়ের জন্য প্রস্তুত করছে। এই নতুন বন্ধুত্বের রঙ তার জীবনকে এক নতুন অর্থ দিচ্ছিল, যা ছিল উজ্জ্বল, স্নিগ্ধ, আর

আশার আলোয় ভরা। রুদ্র তার জীবনের সেই শূন্যস্থান পূরণ করছিল, যা সে নিজেই হয়তো জানত না তার ভেতরে ছিল।

Ch. 7: রঙিন বিকেল

কফিশপে রুদ্রের সঙ্গে সেই গভীর কথোপকথনের পর অনন্যার মনে এক নতুন শান্তি এসেছিল। তার অতীতের ছায়াটা যেন রুদ্রের সহমর্মী আলোয় অনেকটাই ফিকে হয়ে গিয়েছিল। সে অনুভব করছিল, রুদ্র শুধু তার বন্ধু নয়, তার চেয়েও বেশি কিছু। রুদ্র তার ভেতরের ক্ষতগুলো বুঝতে পেরেছিল, তার দুর্বলতাগুলোকে বিচার করেনি, বরং সেগুলোকে গ্রহণ করেছিল। সেই দিনের পর থেকে তাদের টেক্সট আর ইমেল চালাচালি আরও বেশি প্রাণবন্ত হয়ে উঠেছিল। অনন্যা নিজেকে রুদ্রের সামনে আরও বেশি করে মেলে ধরতে পারছিল, তার ভেতরের ভাবনাগুলো অকপটে শেয়ার করতে পারছিল। রুদ্রও তার ফটোগ্রাফি প্রজেক্ট 'ছায়ার গল্প'-এর খুঁটিনাটি বিষয়গুলো অনন্যার সাথে আলোচনা করত, তার শিল্পভাবনা এবং প্রতিটি ছবির পেছনের গল্প বলত। তাদের সম্পর্কটা যেন বন্ধুত্বের দৃঢ় ভিত্তিভূমিতে ভালোবাসার এক নরম অঙ্কুরোদগম হয়ে উঠছিল।

রুদ্রের ফটোগ্রাফি প্রদর্শনীর দিন যত এগিয়ে আসছিল, অনন্যার উত্তেজনা ততই বাড়ছিল। রুদ্র তাকে বারবার বলছিল, "অনন্যা, তুমি অবশ্যই আসবে। তোমার মতামত আমার কাছে খুব মূল্যবান।" অনন্যা জানত, এই প্রদর্শনী

রুদ্রের কাছে কতটা গুরুত্বপূর্ণ। রুদ্রের সারা জীবনের আবেগ আর স্বপ্ন যেন এই প্রজেক্টের প্রতিটি ছবিতে মিশে ছিল। অনন্যা নিজেও মনে মনে ভাবছিল, রুদ্রের এই বিশেষ দিনে সে তার পাশে থাকতে চায়।

প্রদর্শনীর দিনটা ছিল এক ঝলমলে বিকেল। মুম্বাইয়ের আকাশ সেদিন ছিল মেঘমুক্ত, উজ্জ্বল সূর্যালোকে ঝলমল করছিল চারপাশ। অনন্যা তার আলমারি খুলে কী পরবে, তা নিয়ে বেশ কিছুক্ষণ ভাবল। সে চেয়েছিল রুদ্রের কাছে নিজেকে সেরা রূপে উপস্থাপন করতে, এমন কিছু যা তার রুচি ও ব্যক্তিত্বের সঙ্গে মানানসই হয়। শেষমেশ সে একটি হালকা নীল রঙের সুতির শাড়ি বেছে নিল, সাথে একটি মানানসই ছোট গয়না। শাড়িটি তার স্নিগ্ধতাকে আরও বাড়িয়ে তুলল। সে নিজেকে আয়নায় দেখল, তার মুখে এক মৃদু হাসি ফুটে উঠল। তার মনে এক নতুন আশার আলো ঝলমল করছিল। এই দিনটা তার কাছেও এক বিশেষ দিন হতে চলেছে, সে জানত।

প্রদর্শনীটা শহরের এক নামকরা আর্ট গ্যালারিতে হচ্ছিল। গ্যালারির প্রবেশপথেই রুদ্রের 'ছায়ার গল্প' প্রজেক্টের একটি বড় ব্যানার টাঙানো ছিল, যেখানে একটি অস্পষ্ট, কিন্তু আকর্ষণীয় পোর্ট্রেট দেখা যাচ্ছিল। অনন্যা যখন ট্যাক্সি থেকে নামল, তখন তার বুকটা একটু দুরু দুরু করছিল। সে রুদ্রকে শুভেচ্ছা জানাতে চায়, তার পাশে থাকতে চায়, কিন্তু একই সাথে তার মনে এক নতুন অনুভূতি ঢেউ খেলছিল। সে এই

প্রথম রুদ্রের কোনো শিল্পকর্ম দেখবে, তার ভেতরের জগতকে আরও গভীরভাবে অনুভব করবে।

গ্যালারির ভেতরে ঢুকতেই অনন্যা মুগ্ধ হয়ে গেল। পুরো গ্যালারি জুড়ে এক অদ্ভুত শান্ত পরিবেশ বিরাজ করছিল, যেখানে প্রতিটি ছবি যেন নিজের গল্প বলছিল। দর্শনার্থীরা নীরবতার সাথে ছবিগুলো দেখছিল, কেউ কেউ নিজেদের মধ্যে মৃদুস্বরে আলোচনা করছিল। রুদ্রের 'ছায়ার গল্প' প্রজেক্টের প্রতিটি ছবিই ছিল সাদাকালো, যা আবেগ ও গভীরতাকে আরও বেশি ফুটিয়ে তুলছিল। প্রতিটি ছবিতে রুদ্রের নিজস্ব একটি দর্শন ছিল, যা সে লেন্সের মাধ্যমে তুলে ধরেছিল। রুদ্র নিজেই এক কোণে দাঁড়িয়ে ছিল, দর্শনার্থীদের সাথে কথা বলছিল, তাদের প্রশ্নের উত্তর দিচ্ছিল। তাকে দেখে বোঝা যাচ্ছিল, সে বেশ উত্তেজিত, কিন্তু একই সাথে তার চোখে এক ধরনের শান্ত তৃপ্তি ছিল।

অনন্যা ধীরে ধীরে ছবিগুলো দেখতে শুরু করল। প্রতিটি ছবিই ছিল অনন্য। শহরের কোলাহল, প্রান্তিক মানুষের জীবন, প্রকৃতির নীরব সৌন্দর্য—রুদ্রের লেন্সের মাধ্যমে সবকিছুরই এক ভিন্ন রূপ ফুটে উঠছিল। অনন্যা রুদ্রের এই শিল্পভাবনায় গভীরভাবে আকৃষ্ট হচ্ছিল। রুদ্রের চোখ দিয়ে সে যেন জগৎকে নতুনভাবে দেখছিল। এই ছবিগুলো প্রমাণ করছিল, রুদ্র একজন অসাধারণ শিল্পী, যে শুধু ছবি তোলে না, সে ছবির মাধ্যমে গল্প বলে, অনুভব করায়।

অনন্যা যখন একটি বিশেষ ছবির কাছে পৌঁছল, তখন তার হৃদস্পন্দন যেন থেমে গেল। এই ছবিটা ছিল এক যুবতীর

মুখের ক্লোজ-আপ, যার চোখে ছিল এক অদ্ভুত মিশ্র অনুভূতি—এক দিকে গভীর চিন্তা, অন্য দিকে এক অস্পষ্ট স্বপ্ন। আলো-ছায়ার খেলায় মুখটা ছিল আংশিক ঢাকা, যা ছবির রহস্যময়তা বাড়িয়ে তুলেছিল। কিন্তু অনন্যা ছবিটা দেখেই চিনতে পারল—এটা তারই ছবি। সেই বিয়েবাড়ির রাতে রুদ্র যে ছবিটা তুলেছিল, সেটা। এই ছবিটা দেখে অনন্যা অবাক এবং একই সাথে মুগ্ধ হলো। রুদ্র সেই 'অনন্য মুহূর্ত'টাকে ফ্রেমবন্দী করে আজ সবার সামনে তুলে ধরেছে। ছবির নিচে কোনো নাম লেখা ছিল না, শুধু একটি ছোট ক্যাপশন ছিল: "আলোর খোঁজে এক ছায়া।"

অনন্যা ছবিতে নিজেকে দেখতে লাগল। রুদ্র তাকে কীভাবে দেখেছিল? তার সেই ছবিতে কী এমন ছিল যা রুদ্রকে এত মুগ্ধ করেছিল? রুদ্রের লেন্স দিয়ে সে যেন নিজেকে নতুনভাবে চিনতে পারল। তার মুখের সেই অভিব্যক্তি, চোখের সেই গভীরতা—যা সে নিজেও কখনো খেয়াল করেনি, রুদ্রের ক্যামেরায় তা এক অসাধারণ শিল্পকর্মে পরিণত হয়েছে। অনন্যা অনুভব করল, রুদ্র তাকে শুধু বাহ্যিক রূপে দেখেনি, তার ভেতরের সত্তাটাকেও চিনেছে, তার 'ছায়া'টাকেও দেখতে পেয়েছে। রুদ্রের কবিতাটা তার মনে পড়ল: "আমার লেন্সের ছায়াপথে, তোমায় খুঁজে পাই, আলো-আঁধারের খেলায় তুমি এক মায়াবী রূপক।"

অনন্যা তখনো ছবিটার সামনে দাঁড়িয়ে ছিল। তার মনে মিশ্র অনুভূতি, আনন্দ, লজ্জা, আর এক গভীর ভালোবাসা। সে বুঝতে পারছিল, রুদ্র এই ছবির মাধ্যমে তার প্রতি এক

ধরনের স্বীকারোক্তি করেছে, যা হাজারো কথার চেয়েও বেশি অর্থবহ। এই ছবিটা শুধু অনন্যার ছবি ছিল না, এটা ছিল তাদের সম্পর্কের এক প্রতীক।

হঠাৎ করেই রুদ্র অনন্যার পাশে এসে দাঁড়াল। "অনন্যা! তুমি এসেছো! আমি খুব খুশি," তার মুখে এক উজ্জ্বল হাসি। অনন্যা রুদ্রের দিকে তাকাল, তার চোখে তখনো জল চিকচিক করছিল। "রুদ্র, এই ছবিটা..." সে আর কিছু বলতে পারল না। রুদ্র অনন্যার মুখের দিকে তাকিয়ে বুঝতে পারল তার অনুভূতি। সে মৃদু হাসল। "এই ছবিটা আমার কাছে খুব বিশেষ, অনন্যা। তুমি হয়তো জানো না, এই ছবিটিই আমার 'ছায়ার গল্প' প্রজেক্টের অনুপ্রেরণা। তোমার চোখের সেই অভিব্যক্তি, সেই দিন আমার মনে এক নতুন সৃষ্টির বীজ বুনে দিয়েছিল।"

রুদ্র আরও বলল, "এই ছবির নাম আমি দিয়েছি 'আলোর খোঁজে এক ছায়া'। এটা শুধু তোমার ছবি নয়, অনন্যা। এটা আমার গল্পের প্রতিচ্ছবি, যেখানে আমি সবসময় আলো আর ছায়ার মধ্যে লুকানো সত্যকে খুঁজে ফিরি।" তার কণ্ঠস্বর ছিল গভীর, আবেগপ্রবণ।

অনন্যার মনে তখনো এক ধরনের অস্থিরতা কাজ করছিল। তার ছবি এভাবে প্রদর্শনীতে থাকবে, এটা সে ভাবেনি। দর্শনার্থীরা পাশ দিয়ে যাচ্ছিল, কেউ কেউ ছবিটার দিকে তাকিয়ে মৃদু আলোচনা করছিল। অনন্যা কিছুটা অস্বস্তি বোধ করল, কিন্তু রুদ্রের পাশে দাঁড়িয়ে তার হাতটা আলতো করে

ধরল। রুদ্রও তার হাতটা শক্ত করে ধরল, যেন তাকে আশ্বস্ত করল।

"রুদ্র, আমি জানি না কী বলব," অনন্যা বলল। "তুমি আমাকে... আমাকে অবাক করে দিয়েছো।" "আমি চেয়েছিলাম এই ছবিটা দিয়ে তোমাকে ধন্যবাদ জানাতে, অনন্যা," রুদ্র বলল। "তোমার কাছ থেকে আমি অনেক কিছু শিখেছি, আমার শিল্পভাবনা আরও গভীর হয়েছে। তুমি আমার জীবনে এক নতুন আলো নিয়ে এসেছো।"

তাদের কথোপকথন তখনো চলছিল, যখন সায়নী আর তার স্বামী অর্জুন তাদের কাছে এল। সায়নী অনন্যাকে দেখে আনন্দে চিৎকার করে উঠল, "অনন্যা! তুই এসেছিস! আর এই ছবিটা! এটা তোর ছবি, তাই না? রুদ্র, এটা অসাধারণ!" সায়নী অনন্যার হাত ধরে তাকে অভিনন্দন জানাল। অর্জুনও রুদ্রকে তার প্রদর্শনীর জন্য প্রশংসা করল। "হ্যাঁ, এটা অনন্যার ছবি," রুদ্র গর্বের সাথে বলল। "অনন্যা না থাকলে হয়তো আমার এই প্রজেক্টটা শুরুই হতো না।"

সায়নী আর অর্জুন তাদের পাশেই কিছুক্ষণ রইল, ছবিগুলো দেখল, আর রুদ্রের সাথে কথা বলল। অনন্যা কিছুটা স্বস্তি অনুভব করল তাদের পাশে পেয়ে। সায়নী অনন্যার কানে কানে বলল, "দেখেছিস, রুদ্র তোকে কতটা ভালোবাসে। এই ছবিটা তার প্রমাণ।" অনন্যা মৃদু হাসল, তার মনে তখন এক নতুন অনুভূতি দোল খাচ্ছিল।

প্রদর্শনীর বাকি সময়টা অনন্যা আর রুদ্র একে অপরের পাশে ঘুরল। রুদ্র অনন্যাকে তার অন্যান্য ছবির গল্প বলল, কীভাবে

সে প্রতিটি ছবি তুলেছে, তার পেছনের ভাবনা কী ছিল। অনন্যাও তার অনুভূতিগুলো রুদ্রের সাথে ভাগ করে নিল। তারা যেন একে অপরের শিল্প আর আত্মাকে আরও গভীরভাবে চিনতে পারছিল। তাদের প্রতিটি কথোপকথন যেন তাদের বন্ধনকে আরও দৃঢ় করে তুলছিল। তারা হাসছিল, নিজেদের মধ্যে ছোট ছোট রসিকতা করছিল, আর তাদের চোখ একে অপরের দিকে বারবার ফিরে যাচ্ছিল। তাদের এই সহজ মেলামেশা আর বোঝাপড়া দেখে অন্য দর্শনার্থীরাও তাদের সম্পর্কের গভীরতাটা হয়তো আন্দাজ করতে পারছিল।

প্রদর্শনীর শেষে যখন দর্শনার্থীরা ধীরে ধীরে চলে যাচ্ছিল, তখন রুদ্র আর অনন্যা গ্যালারিতে প্রায় একা ছিল। রুদ্র ক্লান্ত, কিন্তু তার মুখে এক তৃপ্তির হাসি। "কেমন লাগল তোমার, অনন্যা?" রুদ্র জিজ্ঞেস করল। "অসাধারণ, রুদ্র," অনন্যা বলল, তার কণ্ঠস্বর তখনো মুগ্ধতায় ভরা। "তুমি একজন সত্যিকারের শিল্পী। তোমার ছবিগুলো কথা বলে।"

রুদ্র অনন্যার হাতটা ধরল। "তোমার এই ছবিটিই আমার কাছে সবচেয়ে মূল্যবান, অনন্যা। কারণ এটা আমার জীবনের এক নতুন অধ্যায়ের শুরু।" অনন্যা রুদ্রের দিকে তাকাল, তার চোখে এক গভীর অনুভূতি। সে জানত, রুদ্র কী বলতে চাইছে। এই ছবিটা তাদের দুজনের জীবনে এক নতুন দিগন্ত খুলে দিয়েছে, যেখানে তারা একে অপরের সাথে এক নতুন যাত্রা শুরু করতে চলেছে।

প্রদর্শনীর পর রুদ্র আর অনন্যা একটা ক্যাফেতে গিয়ে বসল। কফি হাতে নিয়ে তারা আবারও প্রদর্শনী নিয়ে আলোচনা

করল। অনন্যা তার মতামত দিল, কিছু ছবির বিষয়ে তার ভাবনা বলল। রুদ্র মনোযোগ দিয়ে শুনল, তার চোখে ছিল অনন্যার প্রতি গভীর শ্রদ্ধা।

"রুদ্র, তুমি আমাকে কখনো বলোনি যে তুমি আমার ছবিটা প্রদর্শন করবে," অনন্যা বলল, তার মুখে মৃদু অভিযোগ। রুদ্র হাসল। "আমি তোমাকে সারপ্রাইজ দিতে চেয়েছিলাম। আর আমি চেয়েছিলাম, তুমি তোমার নিজের চোখেই ছবিটা দেখ। তুমি কেমন অনুভব করো, সেটা আমি দেখতে চেয়েছিলাম।" "আমি অবাক হয়েছি, রুদ্র," অনন্যা বলল। "কিন্তু আমি মুগ্ধও হয়েছি। আমার মনে হচ্ছে, তুমি আমাকে যেভাবে দেখেছো, আমি নিজেও কখনো নিজেকে সেভাবে দেখিনি।"

"কারণ আমার লেন্স তোমার ভেতরের আলোটা দেখতে পায়, অনন্যা," রুদ্র বলল। "আর সেই আলোটা অসাধারণ।"

অনন্যা রুদ্রের দিকে তাকিয়ে হাসল। তার মনে তখন কোনো দ্বিধা ছিল না, কোনো ভয় ছিল না। রুদ্রের পাশে বসে তার মনে হচ্ছিল, সে যেন তার নিজের ঘরে ফিরে এসেছে, যেখানে সে নিরাপদ আর নিশ্চিন্ত। তার মনে হল, অরিজিতের ছায়াটা সত্যিই এখন পুরোপুরি ফিকে হয়ে গেছে। রুদ্রের আলো তার জীবনে এক নতুন উজ্জ্বলতা নিয়ে এসেছে।

রাত গভীর হচ্ছিল। অনন্যা যখন ফ্ল্যাটে ফিরল, তার মনটা ছিল হালকা আর আনন্দে ভরা। সে তার ডায়েরিটা খুলল।

প্রিয় ডায়েরি,

আজ একটা অসাধারণ দিন কাটল। রুদ্রের ফটোগ্রাফি প্রদর্শনীতে গিয়েছিলাম। আর সেখানে... সেখানে রুদ্র আমার একটা ছবি প্রদর্শন করেছে। সেই বিয়েবাড়ির রাতের ছবিটা, যা সে প্রথম তুলেছিল। ছবিটার নিচে লেখা ছিল 'আলোর খোঁজে এক ছায়া'। আমি ছবিটা দেখে প্রথম দিকে অবাক হয়েছিলাম, কিন্তু তারপর মুগ্ধ হয়েছি। রুদ্র আমাকে যেভাবে দেখে, আমি নিজেও কখনো নিজেকে সেভাবে দেখিনি।

রুদ্রের প্রতিটি ছবিই ছিল অসাধারণ। সে একজন সত্যিকারের শিল্পী, যে ছবির মাধ্যমে গল্প বলতে পারে। সে তার নিজের ভেতরের জগতটা আমাকে খুলে দেখিয়েছে, আর আমিও তার সামনে নিজেকে মেলে ধরতে পেরেছি। আমাদের মধ্যে বোঝাপড়াটা এতটাই গভীর হয়েছে যে, মনে হচ্ছে আমরা একে অপরের প্রতিটি কথা, প্রতিটি অনুভূতি বুঝতে পারি।

সায়নীও এসেছিল, আর সে আমার ছবিটা দেখে খুব খুশি। সে বলল, রুদ্র আমাকে কতটা ভালোবাসে। আর আজ আমি সেটা সত্যিই অনুভব করতে পেরেছি। রুদ্রের চোখে, তার কথায়, তার প্রতিটি কাজে আমার প্রতি এক গভীর ভালোবাসা আর শ্রদ্ধা ফুটে ওঠে। তার পাশে থাকলে আমার মনে হয়, আমি সুরক্ষিত, আমি নিশ্চিন্ত।

অরিজিতের ছায়াটা আজ যেন পুরোপুরি ম্লান হয়ে গেছে। রুদ্রের আলো আমার জীবনকে এক নতুন রঙে রাঙিয়ে তুলেছে। আমি আর ভয় পাচ্ছি না। আমি জানি না এই সম্পর্কের ভবিষ্যৎ কী, কিন্তু আমি রুদ্রের সাথে এই পথটা

হাঁটতে চাই। এই রঙিন বিকেলটা আমার জীবনের এক অমূল্য স্মৃতি হয়ে থাকবে, যেখানে আমি নিজেকে নতুনভাবে আবিষ্কার করেছি, আর ভালোবাসার এক নতুন মানে খুঁজে পেয়েছি।

অনন্যা

অনন্যা ডায়েরিটা বন্ধ করে এক গভীর তৃপ্তি নিয়ে শুয়ে পড়ল। তার মনে তখনো রুদ্রের মুখের হাসিটা ভেসে উঠছিল, আর তার চোখের গভীরতা তাকে এক নতুন স্বপ্ন দেখাচ্ছিল। এই রঙিন বিকেলে, অনন্যা শুধু রুদ্রের শিল্পকর্ম দেখেনি, সে তার নিজের হৃদয়ের নতুন রঙগুলোও আবিষ্কার করেছিল, যা ছিল ভালোবাসার এক নতুন সূচনা।

Ch. 8: হৃদয়ের ফাটল

রুদ্রের ফটোগ্রাফি প্রদর্শনীর সেই রঙিন বিকেলটা অনন্যার জীবনে এক নতুন অধ্যায়ের সূচনা করেছিল। সেই দিন অনন্যা রুদ্রের চোখে তার প্রতি এক গভীর, অকপট ভালোবাসা দেখতে পেয়েছিল, যা তার হৃদয়ের গভীরে এক নতুন আশার সঞ্চার করেছিল। রুদ্রের তোলা তার নিজের ছবিটি, যার নাম ছিল 'আলোর খোঁজে এক ছায়া', অনন্যাকে বুঝিয়েছিল যে রুদ্র তাকে শুধু বাহ্যিকভাবে নয়, তার ভেতরের সত্তাটাকেও চিনেছে, তার লুকানো 'ছায়া'টাকেও বুঝতে পেরেছে। কফিশপে রুদ্রের সঙ্গে তার সেই খোলামেলা

আলোর নিচে এক পলক

কথোপকথনের পর অনন্যা অনুভব করছিল, সে যেন রুদ্রের সামনে নিজেকে পুরোপুরি মেলে ধরতে পারে, কোনো মুখোশ ছাড়াই।

কিন্তু এই গভীর উপলব্ধির পরেই অনন্যার মনে এক নতুন ধরনের অস্থিরতা দেখা দিল। রুদ্রের প্রতি তার অনুভূতিগুলো এখন আর শুধু বন্ধুত্ব বা মুগ্ধতার পর্যায়ে সীমাবদ্ধ ছিল না, তা স্পষ্টতই ভালোবাসার দিকে ধাবিত হচ্ছিল। সে রুদ্রের কথা ভাবলে তার হৃদস্পন্দন বেড়ে যেত, তার অনুপস্থিতি অনুভব করত, এবং তার প্রতিটি মেসেজ বা কলের জন্য অধীর আগ্রহে অপেক্ষা করত। এই অনুভূতিগুলো নতুন ছিল না; অনন্যা অতীতেও অরিজিতের জন্য এমনটাই অনুভব করেছিল। আর সেখানেই ছিল তার ভয়।

তার মনে পড়ল অরিজিতের সঙ্গে তার শেষ মুহূর্তগুলো। কীভাবে তার ভালোবাসা একসময় অরিজিতের উচ্চাকাঙ্ক্ষার কাছে মূল্যহীন হয়ে গিয়েছিল। সেই বিশ্বাসঘাতকতা তার মনে এক গভীর ক্ষত তৈরি করেছিল, যা তাকে ভালোবাসার সম্পর্ক থেকে দূরে সরিয়ে রাখত। রুদ্রের ভালোবাসা তাকে অতীতের সেই দেয়াল ভাঙতে উৎসাহিত করছিল, কিন্তু অনন্যার ভেতরের 'ছায়া'টা তাকে বারবার সতর্ক করছিল, 'সাবধান! এই আলোয় পুড়ে যেতে পারো। আবার আঘাত পেতে পারো।'

অনন্যা রুদ্রকে ভালোবাসে, এই সত্যটা সে নিজের কাছে স্বীকার করতে পারছিল, কিন্তু এই ভালোবাসা কতটা গভীর হতে পারে, এবং এর পরিণতি কী হতে পারে, তা ভেবে সে

উদ্বিগ্ন হয়ে পড়ছিল। কর্পোরেট জীবনে তার সাম্প্রতিক পদোন্নতি, তার ব্যস্ততা, এবং ক্যারিয়ারের প্রতি তার প্রতিশ্রুতি—এই সবকিছু রুদ্রের সঙ্গে তার সম্পর্ককে এক নতুন চ্যালেঞ্জের মুখে ঠেলে দিচ্ছিল। সে ভাবছিল, রুদ্রের সঙ্গে একটি গভীর সম্পর্কে জড়ালে তার কর্মজীবনে কোনো বাধা আসবে না তো? তার মায়ের অসুস্থতা এবং পরিবারের দায়িত্ববোধ তাকে আরও বেশি বাস্তববাদী করে তুলছিল। সে সবসময়ই নিজের সিদ্ধান্তগুলো অত্যন্ত সচেতনভাবে নিত, এবং ভালোবাসার মতো একটি আবেগপ্রবণ সিদ্ধান্ত নেওয়ার আগে সে হাজারবার ভাবত।

রুদ্রের সাথে তার ফোনে কথা হতো প্রায় প্রতিদিন। তাদের কথোপকথনগুলো ছিল দীর্ঘ, আন্তরিক। তারা হাসত, একে অপরকে টিজ করত, কিন্তু ভালোবাসার সরাসরি স্বীকারোক্তিটা দুজনের মুখেই আটকে ছিল। অনন্যা চেয়েছিল রুদ্রই প্রথম সরাসরি ভালোবাসার কথা বলুক, কিন্তু রুদ্রও হয়তো অনন্যার সম্পূর্ণ প্রস্তুতি দেখার জন্য অপেক্ষা করছিল। এই নীরব আকাঙ্ক্ষা আর লুকোচুরি তাদের সম্পর্ককে এক অদ্ভুত মধুর বেদনায় ভরিয়ে তুলেছিল।

এক সন্ধ্যায় অনন্যা তার ডায়েরি নিয়ে বসল। তার মনে তখন এক তীব্র ঝড় চলছিল। সে লিখতে শুরু করল:

প্রিয় ডায়েরি,

আজকাল আমার মনটা খুব অস্থির। রুদ্রের প্রদর্শনীটা ছিল অসাধারণ, আর সেখানে আমার ছবিটা... সে আমাকে যেভাবে

দেখে, সেভাবে কেউ কখনো দেখেনি। আমি রুদ্রের প্রতি এক গভীর টান অনুভব করছি। এটা শুধু মুগ্ধতা বা বন্ধুত্ব নয়, এটা ভালোবাসা। আমি রুদ্রকে ভালোবাসি, এই সত্যটা আমি এখন অস্বীকার করতে পারছি না।

কিন্তু একইসাথে আমার মনে এক অদ্ভুত ভয় কাজ করছে। অতীতের ছায়াটা আমাকে তাড়া করে ফিরছে। অরিজিতের সঙ্গে আমার সেই সম্পর্কটা, সেই ব্রেকআপের ব্যথা... আমি নিজেকে আবার সেইরকম পরিস্থিতিতে দেখতে চাই না। আমি কি এতটাই সাহসী যে এই ঝুঁকিটা নেব? রুদ্রের মতো একজন মানুষকে যদি আমি কোনোভাবে কষ্ট দিই? বা নিজেই যদি আবার ভেঙে পড়ি?

রুদ্রের প্রতিটি কথা, তার প্রতিটি স্পর্শ, তার চোখের গভীরতা আমাকে আরও বেশি করে তার দিকে টানছে। সে একজন অসাধারণ মানুষ। সে আমাকে বোঝে, আমার দুর্বলতাগুলোকে গ্রহণ করে। কিন্তু এই ভালোবাসা কি আমার ক্যারিয়ারের ওপর কোনো প্রভাব ফেলবে? আমার মা অসুস্থ, পরিবারের অনেক দায়িত্ব আমার কাঁধে। আমি কি এই নতুন সম্পর্কে নিজেকে পুরোপুরি দিতে পারব? নাকি আমার দ্বিধা আর ভয় রুদ্রকে দূরে ঠেলে দেবে?

আমাদের মধ্যে এই মুহূর্তে কোনো সরাসরি স্বীকারোক্তি নেই, কিন্তু আমরা দুজনই একে অপরের অনুভূতিগুলো বুঝতে পারছি। এই নীরবতাটাই আমাকে বেশি কষ্ট দিচ্ছে। আমি জানি না সে আমার উত্তরের জন্য অপেক্ষা করছে কিনা, নাকি সেও আমারই মতো দ্বিধায় ভুগছে। আমার মনে হচ্ছে,

আমাদের দুজনের হৃদয়ের মাঝে একটা অদৃশ্য ফাটল তৈরি হচ্ছে, যা হয়তো আমরা দুজনই দেখতে পাচ্ছি না, অথবা দেখেও এড়িয়ে যাচ্ছি।

আমি জানি না কী করব, ডায়েরি। আমার মন রুদ্রকে চায়, কিন্তু আমার ভয় আমাকে পিছিয়ে টানছে। এই অনুভূতিটা আমাকে পাগল করে তুলছে। আমি কি সত্যিই ভালোবাসার জন্য প্রস্তুত? এই প্রশ্নটা আমাকে ঘুমাতে দিচ্ছে না।

অনন্যা

অনন্যা ডায়েরিটা বন্ধ করে গভীর দীর্ঘশ্বাস ফেলল। তার মনে হচ্ছিল, সে এক গোলকধাঁধায় আটকে গেছে, যেখানে প্রতিটি পথই অনিশ্চয়তায় ভরা।

অন্যদিকে রুদ্রের মনেও অনন্যাকে নিয়ে এক অস্থিরতা কাজ করছিল। প্রদর্শনীর দিন অনন্যার চোখে সে যে আবেগ দেখেছিল, তা তার আত্মবিশ্বাস বাড়িয়ে তুলেছিল। সে অনন্যাকে ভালোবাসে, এই বিষয়ে তার কোনো সন্দেহ ছিল না। অনন্যার জন্য সে কবিতা লিখেছে, তার ছবি প্রদর্শন করেছে—এগুলো সবই তার ভালোবাসার অকপট প্রকাশ ছিল। কিন্তু অনন্যার নীরবতা তাকে ভাবাচ্ছিল। অনন্যা তার ভালোবাসার স্বীকৃতি দিয়েছিল না, শুধু তার দ্বিধার কথা বলেছিল। রুদ্র বুঝতে পারছিল, অনন্যা তার অতীত নিয়ে ভয় পাচ্ছে। কিন্তু এই ভয় কতটা গভীর, এবং অনন্যা আদৌ এই ভয় থেকে বেরিয়ে আসতে পারবে কিনা, তা নিয়ে রুদ্র চিন্তিত ছিল।

রুদ্র তার বন্ধু অভ্রজিতের সঙ্গে প্রায়ই অনন্যাকে নিয়ে কথা বলত। অভ্রজিৎ রুদ্রের একমাত্র বন্ধু, যার কাছে রুদ্র তার সব কথা খুলে বলতে পারত।

"জানিস, অভ্র," রুদ্র একদিন ফোনে অভ্রজিৎকে বলল। "অনন্যাকে আমি সত্যিই খুব ভালোবাসি। প্রদর্শনীতে ওর ছবিটা দেখে ওর চোখে যে আবেগ দেখেছিলাম, সেটা আমার কাছে সবকিছুর চেয়ে মূল্যবান।"

"তাহলে প্রপোজ করছিস না কেন?" অভ্রজিৎ সরাসরি প্রশ্ন করল। "এত দেরি করছিস কেন?"

রুদ্র দীর্ঘশ্বাস ফেলল। "আমি ভয় পাচ্ছি, অভ্র। অনন্যা এখনও ওর অতীত থেকে পুরোপুরি বেরোতে পারেনি। অরিজিৎ ওকে খুব আঘাত করেছে। আমি চাই না ওকে কোনো রকম চাপ দিতে। আমি চাই ও নিজের ইচ্ছায় ভালোবাসুক, নিজের মন থেকে সব ভয় ঝেড়ে ফেলুক।"

"কিন্তু তুই যে ওকে ভালোবাসিস, সেটা ওকে জানানো তোর কর্তব্য," অভ্রজিৎ বলল। "ও যদি বুঝতে না পারে যে তুই ওকে কতটা চাস, তাহলে ও তো তোর থেকে দূরেও চলে যেতে পারে। তুই যে ওর জন্য অপেক্ষা করছিস, সেটাও তো ওর বোঝা দরকার।"

রুদ্র অভ্রজিতের কথায় একমত হলো। সে জানত, অনন্যাকে তার অনুভূতিগুলো জানানো উচিত। কিন্তু কীভাবে? অনন্যার সেই দ্বিধাগ্রস্ত মুখটা তার চোখের সামনে ভাসছিল। সে কি ভালোবাসার জন্য প্রস্তুত? রুদ্র এই প্রশ্নটা নিজের মনে বারবার করত। সে অনন্যাকে আঘাত করতে চায় না, তার

ক্ষতগুলোকে নতুন করে জাগিয়ে তুলতে চায় না। সে শুধু অনন্যার পাশে থাকতে চায়, তাকে বুঝতে চায়, তার সব ভয় দূর করে দিতে চায়। কিন্তু যদি অনন্যা তার এই ভালোবাসাকে গ্রহণ না করে? যদি সে চিরদিনের জন্য রুদ্রের থেকে দূরে চলে যায়? এই চিন্তাটা রুদ্রকে অস্থির করে তুলত।

রুদ্র জানত, অনন্যা তার ক্যারিয়ার নিয়ে খুব সিরিয়াস। মুম্বাইয়ের কর্পোরেট জগতে সে নিজের একটা জায়গা তৈরি করেছে। রুদ্রের নিজস্ব একটি শিল্পসত্তা ছিল, যেখানে সে স্বাধীনতা চাইত। তাদের দুজনের জীবনধারা ভিন্ন ছিল। এই ভিন্নতা কি তাদের সম্পর্কের ক্ষেত্রে কোনো বাধা হয়ে দাঁড়াবে? রুদ্র এই প্রশ্নটা ভেবে নিজেও দ্বিধায় ভুগছিল। সে কি অনন্যার জীবনের সাথে নিজেকে মানিয়ে নিতে পারবে? নাকি অনন্যাকে তার জীবনের গতি পরিবর্তন করতে হবে? এই সব চিন্তা রুদ্রের মনে এক ধরনের অস্থিরতা সৃষ্টি করছিল।

অনন্যা আর রুদ্রের মধ্যে মাঝে মাঝে ছোট ছোট ভুল বোঝাবুঝি শুরু হলো। অনন্যা যখন রুদ্রের ফোন ধরতে পারত না অফিসের মিটিংয়ের জন্য, তখন রুদ্রের মনে ক্ষীণ সন্দেহ জন্মাত—সে কি আমাকে এড়িয়ে যাচ্ছে? অনন্যা যখন কোনো ব্যস্ততার কারণে রুদ্রের মেসেজের উত্তর দিতে দেরি করত, তখন রুদ্র ভাবত—ও কি আমার প্রতি আগ্রহ হারাচ্ছে? এই ছোট ছোট ভুল বোঝাবুঝিগুলো তাদের মনের মধ্যে এক

অদৃশ্য ফাটল তৈরি করছিল, যা তারা কেউই সরাসরি স্বীকার করতে পারছিল না।

একদিন রুদ্র অনন্যাকে ফোন করল। অনন্যা তখনো অফিসে, একটি জরুরি মিটিং চলছিল। রুদ্র ফোন কাটল না, অপেক্ষা করতে লাগল। অনন্যা মিটিং শেষ করে যখন রুদ্রকে কলব্যাক করল, তখন রুদ্রের কণ্ঠে এক ধরনের শীতলতা অনুভব করল।

"কিছু দরকার ছিল?" অনন্যা জিজ্ঞেস করল। "না, এমনি। ভাবলাম, তুমি ফ্রি আছ কিনা," রুদ্র বলল। তার কণ্ঠে এক ধরনের অভিমান স্পষ্ট ছিল। অনন্যা বুঝতে পারল, রুদ্র হয়তো বিরক্ত হয়েছে। "মিটিংয়ে ছিলাম, রুদ্র। খুবই গুরুত্বপূর্ণ মিটিং ছিল।" "হ্যাঁ, আমি জানি। তোমার কাজ তোমার কাছে গুরুত্বপূর্ণ," রুদ্র বলল, তার কণ্ঠে এক ধরনের দূরত্ব। অনন্যা আঘাত পেল। "রুদ্র, তুমি কি আমাকে ভুল বুঝছ? আমার কাজ যেমন গুরুত্বপূর্ণ, তুমিও আমার কাছে ঠিক ততটাই গুরুত্বপূর্ণ।"

রুদ্র কিছুক্ষণ চুপ করে রইল। "আমি জানি, অনন্যা। আমি শুধু... ঠিক আছে। তুমি ব্যস্ত থাকলে পরে কথা বলো।" রুদ্র ফোন রেখে দিল। অনন্যা ফোনটা হাতে নিয়ে কিছুক্ষণ স্তব্ধ হয়ে রইল। রুদ্র কি অভিমান করল? সে কি ভাবছে অনন্যা তাকে এড়িয়ে যাচ্ছে? অনন্যার মনে এক নতুন যন্ত্রণা শুরু হলো। এই ছোট ছোট ফাটলগুলো যেন তাদের হৃদয়ের গভীরে প্রবেশ করছিল।

অনন্যা সেই রাতে ঘুমোতে পারল না। রুদ্রের সেই অভিমানী কণ্ঠস্বর তার কানে বাজছিল। সে জানত, রুদ্র তাকে ভালোবাসে, কিন্তু তার নিজের ভয় আর দ্বিধাগুলো রুদ্রের মনেও অনিশ্চয়তা তৈরি করছে। সে যদি রুদ্রকে নিজের অনুভূতিগুলো স্পষ্ট করে না বলে, তাহলে হয়তো এই ফাটলটা আরও বড় হয়ে যাবে।

পরের দিন সকালে অনন্যা রুদ্রকে ফোন করল। রুদ্র ফোন ধরল না। অনন্যা মেসেজ পাঠাল, "রুদ্র, আমি দুঃখিত কালকের জন্য। তুমি কি আজ দেখা করতে পারবে? আমার কিছু কথা বলার আছে।" রুদ্র উত্তর দিল না। অনন্যার মনে এক নতুন ভয় প্রবেশ করল। সে কি রুদ্রকে হারিয়ে ফেলছে?

এই নীরবতা, এই অনিশ্চয়তা অনন্যাকে আরও বেশি কষ্ট দিচ্ছিল। সে রুদ্রকে ভালোবাসে, সে এই সত্যটা নিজের কাছে স্বীকার করে নিয়েছে। কিন্তু সেই ভালোবাসাকে প্রকাশ করার সাহস সে কোথা থেকে পাবে? তার মনে হচ্ছিল, সে যেন এক অদৃশ্য দেয়ালের মধ্যে আটকে আছে, যা তাকে রুদ্রের দিকে যেতে দিচ্ছে না। আর রুদ্র, সেও হয়তো একই রকম দ্বিধায় ভুগছে, অনন্যার নীরবতার কারণ বোঝার চেষ্টা করছে।

এই 'হৃদয়ের ফাটল' ছিল তাদের সম্পর্কের এক গুরুত্বপূর্ণ পর্যায়। ভালোবাসার উন্মোচন হচ্ছিল, কিন্তু তার সাথে দেখা দিচ্ছিল ভয়, দ্বিধা, এবং অতীতের ছায়া। এই ফাটল যদি তারা সময় মতো মেরামত করতে না পারে, তাহলে হয়তো তাদের সম্পর্ক আরও গভীরে গিয়ে জটিল হয়ে উঠবে।

আলোর নিচে এক পলক

অনন্যা তার ডায়েরিতে আবার লিখল:

প্রিয় ডায়েরি,

আজ রুদ্রের সাথে আমার ফোন কাটাকুটি হয়েছিল। আমি জানি, সে অভিমান করেছে। আমি তাকে বোঝাতে চেয়েছিলাম যে আমার কাজ যেমন গুরুত্বপূর্ণ, সেও আমার কাছে ঠিক ততটাই গুরুত্বপূর্ণ। কিন্তু তার কণ্ঠে যে শীতলতা ছিল, তা আমাকে কষ্ট দিয়েছে।

আমি জানি, আমার এই দ্বিধাগুলোই সব সমস্যার মূল। আমি রুদ্রকে ভালোবাসি, কিন্তু তাকে সেটা বলতে পারছি না। আমার অতীতের সেই ভয়টা আমাকে বারবার টেনে ধরছে। আমি ভয় পাচ্ছি আবার কষ্ট পেতে, ভয় পাচ্ছি নিজেকে উজাড় করে দিতে। আর আমার এই ভয়টাই হয়তো রুদ্রের মনে অনিশ্চয়তা তৈরি করছে।

আমাদের দুজনের হৃদয়ের মাঝে যে ফাটলটা তৈরি হচ্ছে, সেটা আমি স্পষ্ট দেখতে পাচ্ছি, ডায়েরি। আমরা দুজনই একে অপরের কাছে যেতে চাই, কিন্তু আমাদের ভয় আর দ্বিধাগুলো আমাদের দূরে সরিয়ে রাখছে। এই ফাটলটা কি একসময় আমাদের সম্পর্কটাকে পুরোপুরি ভেঙে দেবে? আমি এই চিন্তাটা সহ্য করতে পারছি না।

আমি জানি না কী করব। আমি কি রুদ্রকে সরাসরি আমার ভালোবাসার কথা বলব? নাকি অপেক্ষা করব তার জন্য? কিন্তু এই অপেক্ষা কি আমাদের দূরত্ব আরও বাড়িয়ে দেবে? আমার মন চাইছে রুদ্রের কাছে ছুটে যেতে, তাকে জড়িয়ে

ধরতে, আর তাকে বলতে যে সে আমার জীবনে কতটা মূল্যবান। কিন্তু আমার ভেতরের শক্তিটা যেন আমাকে বাধা দিচ্ছে।

আজকের রাতটা আমার কাছে খুব দীর্ঘ মনে হচ্ছে, ডায়েরি। আমি রুদ্রের জন্য অস্থির হয়ে আছি। আমি চাই, এই ফাটলটা সেরে উঠুক, আর আমাদের হৃদয় আবার এক হোক।

অনন্যা

অনন্যা তার মোবাইল ফোনটা হাতে নিয়ে রুদ্রের মেসেজগুলোর দিকে তাকিয়ে রইল। তার মনে এক গভীর প্রতিক্ষা কাজ করছিল। সে রুদ্রকে হারাতে চায় না। কিন্তু এই ফাটল কীভাবে মেরামত হবে, তা সে জানত না। রুদ্রও তার ফটোগ্রাফির স্টুডিওতে বসে অনন্যার নীরবতা নিয়ে ভাবছিল। তার মনেও একই ধরনের অস্থিরতা কাজ করছিল। তারা দুজনই পরস্পরের জন্য অনুভব করছিল, কিন্তু তাদের ভয় এবং অনিশ্চয়তা তাদের সামনে এক অদৃশ্য প্রাচীর তৈরি করে রেখেছিল। এই হৃদয়ের ফাটল হয়তো তাদের ভালোবাসার এক কঠিন পরীক্ষা নিতে চলেছে।

Ch. 9: দূরত্বের শব্দ

রুদ্রের ফটোগ্রাফি প্রদর্শনী আর কফিশপের সেই গভীর কথোপকথনের পর অনন্যা এবং রুদ্রের সম্পর্ক এক নতুন মাত্রা পেয়েছিল। অনন্যা নিজেকে রুদ্রের সামনে অনেকটাই

উন্মুক্ত করতে পেরেছিল, তার অতীতের ক্ষত আর ভালোবাসার প্রতি তার ভয়ের কথা অকপটে জানাতে পেরেছিল। রুদ্রও তার নিজস্ব একাকীত্ব আর শিল্পসত্তার গভীরতা অনন্যার সামনে তুলে ধরেছিল। তাদের মনে তখনো সরাসরি ভালোবাসার স্বীকারোক্তি না থাকলেও, একে অপরের প্রতি তাদের অনুভূতি ছিল স্পষ্ট। কিন্তু এই গভীরতার সাথে সাথে, অনন্যার মনে সেই পুরনো দ্বিধা এবং ভয়ও কাজ করছিল, যা অষ্টম অধ্যায়ে 'হৃদয়ের ফাটল' হিসেবে দেখা দিয়েছিল। রুদ্রের মনেও এক ধরনের অনিশ্চয়তা ছিল, অনন্যা তার ভালোবাসার জন্য কতটা প্রস্তুত। এই ছোট ছোট ফাটলগুলোই যেন ধীরে ধীরে এক বড় ভুল বোঝাবুঝির দিকে এগিয়ে যাচ্ছিল।

প্রদর্শনীর পর প্রথম কয়েক দিন তাদের মধ্যে যোগাযোগ ছিল নিবিড়। টেক্সট আর ইমেল প্রায় প্রতি মুহূর্তে। রুদ্র অনন্যাকে তার নতুন ফটোগ্রাফি প্রজেক্টের আইডিয়াগুলো শেয়ার করত, আর অনন্যা তার অফিসের ব্যস্ত দিনের খুঁটিনাটি বলত। তাদের কথোপকথনে এক ধরনের সহজতা আর গভীরতা ছিল, যা অনন্যা আগে কখনো অনুভব করেনি। কিন্তু অনন্যার মনে তখনও একটা চাপা ভয় কাজ করত—এটা কি সত্যিই ভালোবাসার শুরু, নাকি অতীতের পুনরাবৃত্তি? অরিজিতের চলে যাওয়া, তার সেই নিঃসঙ্গতা—এই স্মৃতিগুলো অনন্যাকে বারবার সতর্ক করত। সে নিজেকে বলত, "অনেকটা এগিয়ে যেও না, অনন্যা। ভালোবাসায় বেশি জড়ালে শুধু কষ্টই পাবে।"

এই সময়ে অনন্যার অফিসের চাপ হঠাৎ করেই বেড়ে গিয়েছিল। একটি বড় প্রজেক্টের দায়িত্ব তার কাঁধে এসেছিল, যার জন্য তাকে ঘণ্টার পর ঘণ্টা মিটিং করতে হতো, আর প্রায়ই গভীর রাত পর্যন্ত কাজ করতে হতো। এর ফলে রুদ্রের মেসেজের উত্তর দিতে বা ফোনে কথা বলতে তার কিছুটা দেরি হতো। রুদ্র প্রথমে বুঝতে পারলেও, ধীরে ধীরে তার মনেও অভিমান জমতে শুরু করল। অষ্টম অধ্যায়ে যে ছোট ফাটলের কথা বলা হয়েছিল, তা যেন আরও স্পষ্ট হতে শুরু করল। রুদ্র হয়তো ভাবছিল, অনন্যা তাকে এড়িয়ে যাচ্ছে, অথবা তার আগ্রহ কমে গেছে।

একদিন অনন্যা অফিসের একটি মিটিং শেষ করে বেরোচ্ছিল। বিকেল গড়িয়ে সন্ধ্যা নেমে এসেছে, কিন্তু আকাশের রঙ তখনো উজ্জ্বল ছিল। অনন্যার মনটা ছিল বিক্ষিপ্ত। সারা দিনের কাজের চাপ আর রুদ্রের থেকে পাওয়া শেষ মেসেজটা—"আজও কি খুব ব্যস্ত থাকবে?"—তা তাকে অস্থির করে তুলেছিল। সে রুদ্রকে কলব্যাক করার কথা ভাবছিল, কিন্তু তার ফোনটা চার্জে ছিল না।

অফিস থেকে বেরিয়ে অনন্যা যখন লিফটের দিকে যাচ্ছিল, তখন তার চোখ হঠাৎ করেই আটকে গেল। অফিসের প্রধান প্রবেশপথের ঠিক বাইরে, একটা কফিশপের সামনে রুদ্র দাঁড়িয়ে ছিল। অনন্যা তাকে দেখে প্রথমে আনন্দে উজ্জ্বল হয়ে উঠল—রুদ্র কি তার জন্য অপেক্ষা করছে? কিন্তু পরক্ষণেই তার হাসি মিলিয়ে গেল। রুদ্র একা ছিল না। তার পাশে একটি মেয়ে দাঁড়িয়ে ছিল, যাকে অনন্যা আগে কখনো

দেখেনি। মেয়েটি লম্বা, স্লিম, আর তার পরনে ছিল একটি আধুনিক পশ্চিমা পোশাক। মেয়েটির হাসি রুদ্রের দিকে ছিল, আর রুদ্রও তার দিকে তাকিয়ে হাসছিল। তাদের কথোপকথন খুব সাবলীল মনে হচ্ছিল, আর মেয়েটি রুদ্রের হাতে আলতো করে স্পর্শ করল, যেন খুব ঘনিষ্ঠ বন্ধুত্বের নিদর্শন।

অনন্যার পৃথিবীটা যেন মুহূর্তেই থমকে গেল। তার মনে সেই পুরনো ভয়টা, সেই 'ছায়া'টা আবার ফিরে এল। "এ কি! রুদ্রের পাশে কে এই মেয়েটা? সে কি আমাকে ভালোবাসে না? সে কি আমার সঙ্গে মিথ্যা বলেছিল? এটা কি আরেকটা অরিজিৎ?" প্রশ্নগুলো যেন এক ঝড়ে তার মনে আঘাত হানল। রুদ্রের হাসিমুখটা তার কাছে যেন এক অপরিচিত রূপে ধরা দিল। মেয়েটির হালকা স্পর্শ, তাদের গভীর আলোচনা—সবকিছুই অনন্যার মনে এক ভুল ধারণার জন্ম দিল। সে অনুভব করল, তার হৃদয় যেন শত টুকরো হয়ে গেছে। অতীতের সেই বিশ্বাসভঙ্গের ব্যথা যেন নতুন করে জেগে উঠল।

অনন্যা দ্রুত নিজেকে আড়াল করে নিল। সে চেয়েছিল রুদ্র তাকে দেখুক, কিন্তু এই মুহূর্তে সে রুদ্রের মুখোমুখি হতে পারছিল না। তার মনে হচ্ছিল, সে যদি রুদ্রের সামনে যায়, তাহলে তার সব কষ্ট, তার সব ভয় রুদ্রের সামনে উন্মোচিত হয়ে যাবে। সে নিজেকে দুর্বল দেখাতে চায়নি। অনন্যা দ্রুত অন্য গেট দিয়ে বেরিয়ে গেল, রুদ্রকে না দেখতে পাওয়ার

ভান করে। তার চোখ দিয়ে তখন অজান্তেই জল গড়িয়ে পড়ছিল।

ট্যাক্সিতে বসে অনন্যা ফোনটা চার্জে দিল। রুদ্রের কয়েকটা মিসড কল আর মেসেজ এসেছিল। "কোথায় তুমি?" "মিটিং শেষ হয়নি?" "আমি অফিসের নিচে এসেছি।" এই মেসেজগুলো দেখে অনন্যার মনে কষ্ট আরও বাড়ল। রুদ্র কি তাকে মিথ্যে বলছে? সে অফিসের নিচে এসেছে, অথচ অন্য একটি মেয়ের সাথে কথা বলছে? অনন্যার মনে সন্দেহের বীজ দৃঢ় হতে শুরু করল। তার অতীতের ক্ষতগুলো যেন তাকে বারবার বলছিল, "দেখেছ, অনন্যা? তুমি ঠিকই জানতে, ভালোবাসা শুধু কষ্টই দেয়।"

ফ্ল্যাটে ফিরে অনন্যা নিজেকে সম্পূর্ণ বিচ্ছিন্ন করে ফেলল। রুদ্রের সব কল সে উপেক্ষা করল। তার মেসেজের উত্তর দিল না। রুদ্র তাকে বারবার ফোন করতে লাগল, মেসেজ পাঠাতে লাগল, কিন্তু অনন্যা কোনো সাড়া দিল না। সে তার ফোনটা সাইলেন্ট করে দূরে রেখে দিল। তার মনে হচ্ছিল, রুদ্রকে দূরে ঠেলে দিলেই সে এই কষ্ট থেকে মুক্তি পাবে। এটা ছিল তার আত্মরক্ষার কৌশল, যা সে অতীতে বহুবার ব্যবহার করেছিল।

রুদ্র অনন্যার নীরবতায় অবাক হলো। সে অনন্যার অফিসের নিচে এসেছিল তাকে সারপ্রাইজ দেওয়ার জন্য, তাকে নিজের হাতে কফি দেওয়ার জন্য। কিন্তু অনন্যাকে খুঁজে পায়নি। আর এখন অনন্যা তার ফোনও ধরছে না, মেসেজের উত্তরও দিচ্ছে না। রুদ্রের মনে এক গভীর উদ্বেগ কাজ করছিল। সে

বারবার ভাবছিল, কী হলো? সে কি কোনো ভুল করেছে? অনন্যা কেন হঠাৎ করে এমন করছে?

রুদ্র তার বন্ধু অভ্রজিৎকে ফোন করল। "অনন্যা আমার ফোন ধরছে না, অভ্র। মেসেজের উত্তরও দিচ্ছে না। আমি জানি না কী হয়েছে।" "শান্ত হ, রুদ্র," অভ্রজিৎ বলল। "হয়তো ও ব্যস্ত আছে। বা হয়তো কোনো কারণে বিরক্ত হয়েছে। তুই ওকে সময় দে।" কিন্তু রুদ্রের মন মানছিল না। সে অনন্যার এই নীরবতা সহ্য করতে পারছিল না। রুদ্র তার ফটোগ্রাফি স্টুডিওতে ফিরে এসেও অস্থির ছিল। সে অনন্যাকে আবার মেসেজ পাঠাল, "অনন্যা, তুমি কেন কথা বলছ না? কী হয়েছে? প্লিজ আমাকে জানাও।" কিন্তু কোনো উত্তর এল না।

অনন্যা তার ডায়েরি খুলল। তার মনে তখন এক গভীর শূন্যতা। সে লিখতে শুরু করল:

প্রিয় ডায়েরি,

আজ আমি একটা ভুল করেছি, নাকি রুদ্র? আমি জানি না। আমি অফিসের নিচে রুদ্রকে দেখেছিলাম। কিন্তু সে একা ছিল না। তার পাশে একটা অচেনা মেয়ে ছিল। তারা হাসছিল, কথা বলছিল, আর মেয়েটা রুদ্রের হাতে স্পর্শ করল। আমার মনে হলো, আমার পৃথিবীটা ভেঙে গেছে।

আমি জানি না সেই মেয়েটা কে। হয়তো রুদ্রের বন্ধু, হয়তো তার ক্লায়েন্ট। কিন্তু আমার মন মানতে চাইছে না। আমার সেই পুরনো ভয়টা আবার ফিরে এসেছে। অরিজিৎও তো প্রথমে খুব ভালো সেজেছিল, আর তারপর আমাকে ছেড়ে

গিয়েছিল। রুদ্রও কি আমাকে ঠকাচ্ছে? তার ভালোবাসার কথাগুলো কি সবই মিথ্যা ছিল?

আমি তাকে এড়িয়ে গিয়েছি, ডায়েরি। তার কোনো ফোন ধরিনি, কোনো মেসেজের উত্তর দিইনি। আমি জানি, এটা ঠিক নয়। কিন্তু আমি নিজেকে রুদ্রের সামনে দুর্বল দেখাতে চাইনি। আমি ভয় পাই আবার আঘাত পেতে। আমার মনে হচ্ছে, আমি যদি রুদ্রের থেকে দূরে সরে যাই, তাহলে আমি এই কষ্ট থেকে মুক্তি পাব।

কিন্তু এই দূরত্ব আমাকে আরও বেশি কষ্ট দিচ্ছে। রুদ্রের মেসেজগুলো বারবার আমার চোখের সামনে ভাসছে। তার কণ্ঠে যে আবেগ ছিল, সেটা কি সত্যি ছিল না? এই নীরবতা, এই 'দূরত্বের শব্দ' আমাকে পাগল করে তুলছে। আমার মন বলছে রুদ্রের সাথে কথা বলতে, তাকে জিজ্ঞেস করতে সেই মেয়েটি কে। কিন্তু আমার ভয় আমাকে পিছিয়ে টানছে। আমি জানি না এই নীরবতা আমাদের সম্পর্ককে কোথায় নিয়ে যাবে।

আমি রুদ্রকে ভালোবাসতে শুরু করেছিলাম, ডায়েরি। আমার মনে হচ্ছিল, সে আমার সেই হারানো আলো। কিন্তু এখন আমার মনে হচ্ছে, সেই আলোটা আসলে এক মায়া ছিল, যা ছায়ার মতো মিলিয়ে যাচ্ছে। আমি কি সত্যিই ভালোবাসার জন্য প্রস্তুত ছিলাম না? নাকি রুদ্রই আমাকে ভুল প্রমাণ করল?

আমি আর পারছি না, ডায়েরি। আমার মনটা খুব ভারি লাগছে। আমি শুধু একা থাকতে চাই, এই দূরত্বের শব্দ শুনতে চাই না।

অনন্যা

অনন্যা ডায়েরিটা বন্ধ করে দিল। তার মনে তখন এক গভীর শূন্যতা। রুদ্রের সাথে তার সব যোগাযোগ বন্ধ হয়ে গিয়েছিল। রুদ্র বারবার চেষ্টা করছিল অনন্যার সাথে কথা বলতে, তার নীরবতার কারণ জানতে। সে অনন্যার বন্ধুদের ফোন করল, সায়নীকে মেসেজ পাঠাল, কিন্তু অনন্যার কাছ থেকে কোনো খবর পেল না। সায়নী অনন্যাকে ফোন করল, মেসেজ পাঠাল, কিন্তু অনন্যা কোনো উত্তর দিল না। সে নিজেকে সম্পূর্ণ বিচ্ছিন্ন করে ফেলেছিল।

রুদ্রের মনে তখন এক তীব্র যন্ত্রণা। অনন্যার এই আচমকা নীরবতা তাকে হতবাক করে দিয়েছিল। সে ভাবছিল, কোথায় ভুল হলো? সে কি অনন্যার কোনো অনুভূতিকে আঘাত করেছে? সে কি বেশি এগিয়ে গিয়েছিল? রুদ্র জানত, অনন্যা তার অতীত নিয়ে ভীত, কিন্তু সে জানত না অনন্যার এই ভয়ের কারণ কী। সে বুঝতে পারছিল না, কেন অনন্যা তাকে কোনো রকম ব্যাখ্যা না দিয়েই এমন নীরবতা পালন করছে।

রুদ্রের মনে তখন অনন্যার 'হৃদয়ের ফাটল'-এর কথা মনে পড়ল। সে জানত, অনন্যা হয়তো নিজের ভয় থেকে এই দূরত্ব তৈরি করছে। কিন্তু এই দূরত্ব তার মনেও এক নতুন ফাটল তৈরি করছিল। রুদ্রও নিজেকে একা অনুভব করতে

শুরু করল। সে তার ফটোগ্রাফি প্রজেক্ট 'ছায়ার গল্প'-এর কাজেও মন দিতে পারছিল না। অনন্যার অনুপস্থিতি তার জীবনকে যেন এক অর্থহীন শূন্যতায় ভরে তুলেছিল।

এই নীরবতা, এই যোগাযোগহীনতা, অনন্যা আর রুদ্রের মধ্যে এক অদৃশ্য প্রাচীর তৈরি করে দিয়েছিল। রুদ্র জানত না, এই নীরবতার পেছনের কারণ কী। আর অনন্যা তার ভুল বোঝাবুঝি আর অতীতের ভয় থেকে নিজেকে রুদ্রের কাছ থেকে দূরে সরিয়ে নিচ্ছিল। তাদের দুজনের জীবনে তখন 'দূরত্বের শব্দ' প্রতিধ্বনিত হচ্ছিল, যা তাদের সম্পর্ককে এক অনিশ্চিত ভবিষ্যতের দিকে ঠেলে দিচ্ছিল। এই দূরত্ব ছিল তাদের ভালোবাসার এক কঠিন পরীক্ষা, যা হয়তো তাদের ভেঙে দেবে, অথবা তাদের সম্পর্ককে আরও শক্তিশালী করবে। কিন্তু এই মুহূর্তে, তাদের হৃদয়ের ফাটলটা যেন আরও বড় হয়ে যাচ্ছিল, আর দূরত্বের শব্দ তাদের কানে বাজছিল নিরন্তর।

Ch. 10: নীরব বিদায়

রুদ্রের পাশে তিতলিকে দেখে অনন্যার মনে যে ভুল বোঝাবুঝির জন্ম হয়েছিল, তা তাদের ক্রমবর্ধমান সম্পর্কের মাঝে এক গভীর ফাটল তৈরি করেছিল। অনন্যা নিজেকে সম্পূর্ণভাবে বিচ্ছিন্ন করে ফেলেছিল, রুদ্রের কোনো ফোন বা মেসেজের উত্তর দেয়নি। তার অতীতের বিশ্বাসঘাতকতার ভয় আবার তাকে গ্রাস করেছিল, আর সে আত্মরক্ষার ঢাল হিসেবে নীরবতাকে বেছে নিয়েছিল। রুদ্রও অনন্যার আচমকা

এই নীরবতায় স্তম্ভিত হয়ে গিয়েছিল, তার মনে এক তীব্র উদ্বেগ কাজ করছিল, কিন্তু অনন্যার কাছ থেকে কোনো ব্যাখ্যা না পেয়ে সেও নিজেকে অসহায় অনুভব করছিল। তাদের দুজনের মধ্যে তখন শুধু 'দূরত্বের শব্দ' প্রতিধ্বনিত হচ্ছিল।

কয়েক দিন এভাবেই কাটল। রুদ্র বারবার অনন্যাকে ফোন করত, মেসেজ পাঠাত, তার বন্ধুদের মাধ্যমে অনন্যার খবর নেওয়ার চেষ্টা করত। সে সায়নীকে মেসেজ করেছিল, অনন্যাকে ফোন ধরার জন্য অনুরোধ করেছিল, কিন্তু সায়নীও অনন্যার কাছ থেকে কোনো সাড়া পাচ্ছিল না। অনন্যা নিজেকে পুরোপুরি গুটিয়ে নিয়েছিল। সে তার অফিসের কাজ ছাড়া আর কোনো কিছুতে মন দিতে পারছিল না। তার মনে হচ্ছিল, রুদ্রকে এড়িয়ে চললেই সে এই কষ্ট থেকে মুক্তি পাবে। কিন্তু প্রতিটি নীরব মুহূর্তই তাকে আরও বেশি করে কষ্ট দিচ্ছিল, তার মনে এক তীব্র শূন্যতা তৈরি করছিল।

রুদ্রের মনে তখন এক গভীর হতাশা। সে জানত না কী হয়েছে। সে কি অনন্যাকে কোনোভাবে আঘাত করেছে? নাকি অনন্যা তার প্রতি আগ্রহ হারিয়ে ফেলেছে? এই অনিশ্চয়তা তাকে পাগল করে তুলছিল। তার ফটোগ্রাফি প্রজেক্ট 'ছায়ার গল্প'-এর কাজেও তার মন বসছিল না। অনন্যার অনুপস্থিতি তার জীবনকে এক অর্থহীন শূন্যতায় ভরে তুলেছিল। সে বারবার নিজেকে প্রশ্ন করত, "কী এমন হলো যে অনন্যা হঠাৎ করে এতটা দূরে চলে গেল?"

এই ভুল বোঝাবুঝি আর তীব্র নীরবতার মাঝেই অনন্যার জীবনে এক আকস্মিক পরিবর্তন এল। একদিন অফিসের

মিটিংয়ে তার বস তাকে ডেকে পাঠালেন। অনন্যা ভেবেছিল, হয়তো অফিসের কোনো নতুন প্রজেক্টের দায়িত্ব দেওয়া হবে। কিন্তু বস তাকে যে খবরটা দিলেন, তা ছিল সম্পূর্ণ অপ্রত্যাশিত।

"অনন্যা, আমরা তোমাকে চেন্নাই অফিসে বদলি করার সিদ্ধান্ত নিয়েছি," বস সরাসরি বললেন। "এটা তোমার ক্যারিয়ারের জন্য একটা দারুণ সুযোগ। সেখানে একটা নতুন টিম গঠন করা হচ্ছে, আর তোমার নেতৃত্ব দেওয়ার গুণাবলী আমাদের খুব দরকার।"

অনন্যা প্রথমে স্তম্ভিত হয়ে গেল। চেন্নাই? এত দ্রুত? তার মনে তখন রুদ্রের কথাটাই প্রথমে এল। এই সময়? যখন তাদের সম্পর্কটা এমনিতেই এক দোদুল্যমান পরিস্থিতিতে দাঁড়িয়ে, তখন এই বদলি? "কিন্তু স্যার, এত হঠাৎ করে?" অনন্যা কোনোমতে বলল। "হ্যাঁ, এটা একটা জরুরি সিদ্ধান্ত, অনন্যা," বস বললেন। "তোমাকে আগামী এক সপ্তাহের মধ্যে জয়েন করতে হবে। আমরা জানি এটা তোমার জন্য কঠিন, কিন্তু তোমার ক্যারিয়ারের জন্য এটা অত্যন্ত গুরুত্বপূর্ণ। এর মাধ্যমে তুমি আরও বড় দায়িত্ব এবং আন্তর্জাতিক প্রজেক্টে কাজ করার সুযোগ পাবে।"

অনন্যা মাথা নিচু করে বসের কথাগুলো শুনল। তার মনে তখন এক মিশ্র অনুভূতি। এক দিকে ক্যারিয়ারে এই সুযোগ তার কাছে স্বপ্নের মতো ছিল, যা তার এতদিনের কঠোর পরিশ্রমের ফল। অন্য দিকে, রুদ্র। তাদের এই অস্পষ্ট সম্পর্ক, এই ভুল বোঝাবুঝি—সবকিছু অসমাপ্ত রেখেই তাকে

চলে যেতে হবে? তার মনে হলো, ভাগ্য যেন তাদের সম্পর্ককে এক চূড়ান্ত পরীক্ষার মুখে ফেলে দিয়েছে। এই বদলি মানে রুদ্রের থেকে আরও দূরে চলে যাওয়া, হয়তো চিরদিনের জন্য।

অফিস থেকে বেরিয়ে অনন্যা নিজেকে সম্পূর্ণ দিশেহারা মনে করল। সে কোথায় যাবে, কী করবে, কার সঙ্গে কথা বলবে? সায়নীকে ফোন করবে? কিন্তু সায়নীকে সে রুদ্রের কথা বলতে চায় না, কারণ সায়নী বারবার রুদ্রের পক্ষ নেবে। অনন্যা একটি বেঞ্চে গিয়ে বসল, চোখ বন্ধ করে নিজেকে শান্ত করার চেষ্টা করল। তার মনে বারবার রুদ্রের মুখটা ভেসে উঠছিল, সেই দিনের সেই মেয়েটির সাথে রুদ্রের হাসিমুখ। "সব শেষ হয়ে যাচ্ছে," অনন্যা মনে মনে বলল। "আমি রুদ্রকে ভালোবাসতে শুরু করেছিলাম, কিন্তু তার আগেই সব শেষ হয়ে গেল।"

সে রুদ্রকে একটা মেসেজ করার কথা ভাবল। "আমি চেন্নাই বদলি হয়ে যাচ্ছি।" কিন্তু তার আঙুলগুলো থমকে গেল। সে কেন রুদ্রকে জানাবে? রুদ্র তো অন্য একটি মেয়ের সাথে সময় কাটাচ্ছিল। সে কি রুদ্রকে আবার সুযোগ দেবে তার জীবনকে এলোমেলো করার? অনন্যার সেই পুরনো ভয়টা আবার মাথাচাড়া দিয়ে উঠল। "একাই থাকো, অনন্যা। তুমি নিজেই নিজের ভালো করতে পারো।"

কিন্তু তার মন রুদ্রকে একটা শেষবার দেখার জন্য আকুলিবিকুলি করছিল। একটা শেষবারের মতো তার চোখগুলো দেখতে চেয়েছিল, তার কণ্ঠস্বর শুনতে চেয়েছিল।

যদিও তারা কথা বলছে না, কিন্তু এই নীরব বিদায় কি আরও বেশি বেদনাদায়ক হবে না? এই চিন্তাটা অনন্যাকে অস্থির করে তুলল।

শেষমেশ, দু'দিন পর অনন্যা রুদ্রকে একটা সংক্ষিপ্ত মেসেজ পাঠাল: "আমি চেন্নাই বদলি হয়ে যাচ্ছি। আগামী পাঁচ দিনের মধ্যে আমি মুম্বাই ছেড়ে দেব। যদি একবার দেখা করতে চাও, আজ বিকেলে ৫টায় কফিশপে এসো।" সে ভয়ে ভয়ে মেসেজটা পাঠাল। রুদ্র উত্তর দেবে কিনা, সে জানত না।

রুদ্র তখন তার স্টুডিওতে মন খারাপ করে বসে ছিল। অনন্যার দিক থেকে কোনো সাড়া না পেয়ে সে প্রায় হতাশ হয়ে গিয়েছিল। হঠাৎ তার ফোনে অনন্যার মেসেজটা এল। চেন্নাই বদলি? এই খবরটা রুদ্রকে হতবাক করে দিল। তার মনে হলো, তার পায়ের তলা থেকে মাটি সরে যাচ্ছে। অনন্যা তাকে ছেড়ে চলে যাচ্ছে? আর এই নীরবতার কারণ কি এটাই ছিল? তার মনে এক মিশ্র অনুভূতি—দুঃখ, রাগ, আর এক গভীর শূন্যতা। কিন্তু মেসেজের শেষ লাইনটা তাকে আশার আলো দেখাল: "যদি একবার দেখা করতে চাও..."

রুদ্র দ্রুত উত্তর দিল: "হ্যাঁ, আমি আসব।"

সেই বিকেলে রুদ্র কফিশপে অপেক্ষা করছিল। তার মনে এক তীব্র অস্থিরতা। সে অনন্যাকে প্রশ্ন করতে চেয়েছিল কেন সে এমন আচমকা নীরবতা পালন করেছিল। সে কি সত্যি সত্যিই তাকে ছেড়ে চলে যাচ্ছে? রুদ্রের মনে হাজারো প্রশ্ন ভিড় করছিল। সে কফিশপের কাঁচের জানালার বাইরে

তাকিয়ে অনন্যার অপেক্ষায় ছিল। তার মনে হচ্ছিল, এই কয়েকটা মিনিট যেন কয়েক ঘণ্টা ধরে চলছে।

ঠিক ৫টায় অনন্যা এল। তার পরনে ছিল একটি সাধারণ কুর্তি, মুখে কোনো মেকআপ ছিল না, কিন্তু তার চোখগুলো ছিল গভীর আর বিষণ্ণ। রুদ্রের দিকে সে এক পলক তাকাল, তারপর তার পছন্দের টেবিলে গিয়ে বসল। রুদ্র উঠে গিয়ে তার কাছে বসল। তাদের মধ্যে এক ভারী নীরবতা নেমে এল। কফিশপের মৃদু গুঞ্জন, কাপ-প্লেটের শব্দ—সবকিছু যেন আরও বেশি প্রকট মনে হচ্ছিল।

রুদ্র অনন্যার দিকে তাকিয়ে দেখল। তার চোখগুলো যেন তাকে অনেক কথা বলতে চাইছে, কিন্তু তার মুখটা বন্ধ। অনন্যাও রুদ্রের দিকে এক পলক তাকাল, তারপর দৃষ্টি সরিয়ে নিল। সেই নীরবতা তাদের মাঝখানে এক অদৃশ্য প্রাচীরের মতো দাঁড়িয়েছিল।

"তুমি কেমন আছ, অনন্যা?" রুদ্র ভাঙা গলায় জিজ্ঞেস করল। তার কণ্ঠে এক চাপা কষ্ট। অনন্যা মাথা নাড়ল। "ভালো নেই, রুদ্র। তুমি?" রুদ্র দীর্ঘশ্বাস ফেলল। "আমিও ভালো নেই, অনন্যা। তুমি আমার ফোন ধরোনি, মেসেজের উত্তর দাওনি। আমি জানি না কী হয়েছে।"

অনন্যা চুপ করে রইল। সে তিতলির কথা বলতে পারল না। তার আত্মসম্মান তাকে বাধা দিচ্ছিল। সে চেয়েছিল রুদ্র নিজেই সেই মেয়েটির পরিচয় বলুক, তার নীরবতার কারণ জানতে চাক। কিন্তু রুদ্র তা করল না। অনন্যা ভাবল, হয়তো রুদ্র কিছু লুকাচ্ছে। "আমি চেন্নাই বদলি হয়ে যাচ্ছি," অনন্যা

বলল, তার কণ্ঠস্বর প্রায় ফিসফিস করে। "আমি জানি," রুদ্র বলল। "মেসেজটা পেয়েছি।" "আমি আগামী পাঁচ দিনের মধ্যে চলে যাব," অনন্যা যোগ করল।

রুদ্রের মনে তখন রাগ আর কষ্ট এক সাথে মিশে যাচ্ছিল। "কেন, অনন্যা? কেন তুমি আমাকে কিছু জানালে না? কেন তুমি হঠাৎ করে এমন করলে? আমার কি কোনো অধিকার ছিল না এটা জানার?" অনন্যা রুদ্রের দিকে সরাসরি তাকাল। তার চোখে তখন জল টলমল করছিল। "তোমার কি সব জানার অধিকার আছে, রুদ্র? তুমি কি সব কথা আমাকে বলো?" তার কণ্ঠস্বরে এক ধরনের ক্ষোভ ছিল।

রুদ্র বুঝতে পারল, অনন্যা কোনো কিছু নিয়ে বিরক্ত বা হতাশ। কিন্তু সে কেন সরাসরি বলছে না? "তুমি কী বলতে চাইছ, অনন্যা? আমি তোমাকে কিছু লুকাইনি।" অনন্যা দীর্ঘশ্বাস ফেলল। "আমি কিছুই বলতে চাই না, রুদ্র। আমার চলে যাওয়ার সময় হয়ে গেছে। হয়তো এটাই ভালো।" "ভালো?" রুদ্র প্রায় চিৎকার করে উঠল। "ভালো কী? আমাদের মাঝে এত কিছু হলো, আর তুমি এভাবে চলে যাবে?"

অনন্যা রুদ্রের দিকে তাকিয়ে চোখ নামিয়ে নিল। সে আর নিজেকে সামলাতে পারছিল না। তার মনে হচ্ছিল, রুদ্রকে জড়িয়ে ধরে সব কথা বলে দেয়, তার ভয় আর কষ্টগুলো ভাগ করে নেয়। কিন্তু সেই তিতলির মুখটা তার চোখের সামনে ভেসে উঠল, আর তার আত্মসম্মান তাকে বাধা দিল। "আমাদের সম্পর্কটা হয়তো ভুল ছিল, রুদ্র। আমার মনে

হয়েছিল, আমরা বন্ধু হতে পারি, কিন্তু তার চেয়ে বেশি কিছু হয়তো আমাদের জন্য নয়।"

এই কথাগুলো শুনে রুদ্রের হৃদয় যেন ভেঙে গেল। "তুমি কি বলছো, অনন্যা? আমরা বন্ধু মাত্র? আমার কবিতা, তোমার ছবি... সব কি অর্থহীন ছিল?" রুদ্রের কণ্ঠে গভীর বেদনা। অনন্যা চোখ বন্ধ করল। "আমি দুঃখিত, রুদ্র। হয়তো আমি তোমাকে ভুল বুঝিয়েছিলাম।"

সেই নীরবতা আবার তাদের মাঝে নেমে এল। দুজনই বুঝতে পারছিল, তাদের সম্পর্কটা এক গভীর খাদে নেমে গেছে। কোনো ব্যাখ্যা নেই, কোনো সমাধান নেই। শুধু এক নীরব বিদায়।

অর্ডার দেওয়া কফিটা তাদের সামনে ঠান্ডা হয়ে আসছিল। কেউ তাতে হাত দিল না। অনন্যা ঘড়ি দেখল। "আমাকে উঠতে হবে, রুদ্র। আমার কিছু কাজ আছে।" রুদ্র কিছু বলতে পারল না। তার চোখগুলো অনন্যার দিকেই ছিল। সে চেয়েছিল অনন্যাকে জড়িয়ে ধরে রাখতে, তাকে চলে যেতে না দিতে। কিন্তু অনন্যার মুখটা ছিল দৃঢ়, তার চোখে এক দৃঢ়তা ছিল, যা রুদ্রকে দূরে ঠেলে দিচ্ছিল।

অনন্যা চেয়ার ছেড়ে উঠল। রুদ্রও উঠল। তারা একে অপরের দিকে শেষবারের মতো তাকাল। সেই দৃষ্টিতে হাজারো অনুচ্চারিত কথা ছিল—ভালোবাসা, কষ্ট, রাগ, অভিমান, আর এক গভীর শূন্যতা। অনন্যার চোখে ছিল বিদায়ের বেদনা, রুদ্রের চোখে ছিল প্রশ্ন আর হতাশা।

"ভালো থেকো, রুদ্র," অনন্যা ফিসফিস করে বলল। রুদ্র শুধু মাথা নাড়ল। সে কিছু বলতে পারল না। তার কণ্ঠস্বর যেন গলায় আটকে ছিল। অনন্যা ঘুরে দ্রুত কফিশপ থেকে বেরিয়ে গেল। রুদ্র কাঁচের জানালার পাশ দিয়ে তাকে চলে যেতে দেখল। অনন্যা একবারও ফিরে তাকাল না। সে যেন এক ছায়ার মতো ভিড়ের মধ্যে মিলিয়ে গেল।

রুদ্র অনেকক্ষণ সেই কফিশপের টেবিলে একা বসে রইল। তার মনে তখন এক গভীর শূন্যতা। অনন্যা চলে যাচ্ছে, আর তাদের সম্পর্কের শেষটা এভাবে হবে, এটা সে কখনো ভাবেনি। সেই নীরব বিদায় রুদ্রের মনে এক গভীর ক্ষত তৈরি করল, যা হয়তো কোনোদিনও শুকাবে না।

ফ্ল্যাটে ফিরে অনন্যা তার ডায়েরিটা খুলল। তার হাত কাঁপছিল। সে লিখল:

প্রিয় ডায়েরি,

আজ রুদ্রের সাথে আমার শেষ দেখা হলো। সেই কফিশপে, যেখানে আমরা প্রথমবার এতো গভীর কথা বলেছিলাম। আজ কোনো কথা হলো না, ডায়েরি। শুধু নীরবতা। আমাদের মধ্যে এক গভীর প্রাচীর তৈরি হয়েছিল, যা আমরা কেউই ভাঙতে পারিনি।

আমি জানি, রুদ্র হয়তো আমাকে ভুল বুঝেছে। সে জানে না কেন আমি এমন নীরবতা পালন করছিলাম, কেন আমি তাকে এড়িয়ে চলছিলাম। আমি তাকে সেই মেয়েটির কথা বলতে পারলাম না, ডায়েরি। আমার আত্মসম্মান আমাকে বাধা দিল।

আমি চেয়েছিলাম রুদ্র নিজেই সেই মেয়েটির পরিচয় বলুক, আমাকে আশ্বস্ত করুক। কিন্তু সে কিছুই বলল না। আর আমি কিছু বলতে পারলাম না।

আমার মনে হয়, এটাই আমাদের সম্পর্কের শেষ, ডায়েরি। আমি চেন্নাই চলে যাচ্ছি। নতুন শহর, নতুন জীবন। রুদ্রের থেকে আমি অনেক দূরে চলে যাব। হয়তো আর কোনোদিনও আমাদের দেখা হবে না। এই ভাবনাটা আমার হৃদয়কে ভেঙে দিচ্ছে। আমি রুদ্রকে ভালোবাসতে শুরু করেছিলাম, ডায়েরি। কিন্তু আমার ভয়, আমার দ্বিধা, আর এই ভুল বোঝাবুঝি—সবকিছু মিলে আমাদের সম্পর্কটাকে শেষ করে দিল।

এই নীরব বিদায়টা আমার কাছে খুব বেদনাদায়ক, ডায়েরি। অনুচ্চারিত কথাগুলো আমার বুকের ভেতরে জমে আছে। আমি রুদ্রকে অনেক কিছু বলতে চেয়েছিলাম, কিন্তু বলতে পারলাম না। সেও হয়তো আমাকে অনেক কিছু বলতে চেয়েছিল। কিন্তু এখন শুধু শূন্যতা। আমি জানি না এই ক্ষতটা কবে সারবে। আমি জানি না আমি রুদ্রকে কখনো ভুলতে পারব কিনা।

আমার নতুন জীবন শুরু হতে চলেছে, ডায়েরি। কিন্তু আমি জানি না সেই নতুন জীবনে রুদ্রের স্মৃতি কিভাবে বয়ে বেড়াব। হয়তো একদিন এই কষ্টগুলো ফিকে হয়ে যাবে। কিন্তু এই নীরব বিদায়টা আমার মনের এক কোণে চিরকাল রয়ে যাবে।

অনন্যা

আলোর নিচে এক পলক

অনন্যা ডায়েরিটা বন্ধ করে দিল। তার চোখ দিয়ে তখনো অবিরাম জল গড়িয়ে পড়ছিল। সে তার ব্যাগপত্র গোছাতে শুরু করল। প্রতিটি জিনিস গোছানোর সাথে সাথে তার মনে রুদ্রের স্মৃতিগুলো ভিড় করছিল—বিয়েবাড়ির আলো, বাগানের ফুল, কফিশপের উষ্ণতা, প্রদর্শনীর মুগ্ধতা। সব যেন এক ঝলকে চোখের সামনে ভেসে উঠল, আর মুহূর্তেই মিলিয়ে গেল।

রুদ্র তার স্টুডিওতে ফিরে এসে তার নিজের চেয়ারে বসে ছিল। তার সামনে রাখা ছিল অনন্যার তোলা সেই ছবিটা—'আলোর খোঁজে এক ছায়া'। সে ছবিটার দিকে তাকিয়ে রইল। অনন্যা চলে গেল, কোনো ব্যাখ্যা না দিয়েই। রুদ্রের মনে তখন শুধু একটাই প্রশ্ন, "কেন, অনন্যা? কেন তুমি এভাবে চলে গেলে?" সে জানত না, সেই মেয়েটি কে ছিল যার কারণে অনন্যা তাকে ভুল বুঝেছিল। তাদের সম্পর্কের শেষটা এভাবে হবে, এটা সে কখনো ভাবেনি।

অন্ধকার নেমে আসছিল। রুদ্র জানালার বাইরে তাকিয়ে দেখল, শহরটা ধীরে ধীরে আলোয় ভরে উঠছে। কিন্তু তার মনে তখনো অন্ধকার। অনন্যার চলে যাওয়া, তাদের নীরব বিদায়—রুদ্রের মনে এক গভীর শূন্যতা তৈরি করল। তারা দুজনই পরস্পরের জন্য অনুভব করছিল, কিন্তু তাদের ভয়, দ্বিধা, আর ভুল বোঝাবুঝি তাদের সম্পর্কটাকে এক গভীর খাদে ফেলে দিল। তারা জানে না, আবার তাদের দেখা হবে কি না। এই নীরবতা ছিল তাদের সম্পর্কের এক করুণ পরিসমাপ্তি, কিন্তু গল্পের শেষ নয়।

Part 2: নতুন পথ ও টানাপড়েন (Ch. 11–25)

Ch. 11: নতুন ঠিকানা

কফিশপের সেই নীরব বিদায়ের মুহূর্তটা অনন্যা এবং রুদ্র উভয়ের মনে এক গভীর ক্ষত তৈরি করেছিল। নবম অধ্যায়ের ভুল বোঝাবুঝি, দশম অধ্যায়ের নীরবতা আর আকস্মিক বদলি—এই সব মিলিয়ে তাদের সম্পর্কের প্রথম অংশটা এক অপূর্ণতায় শেষ হয়েছিল। অনন্যা নিজেকে সম্পূর্ণ গুটিয়ে নিয়েছিল, আর রুদ্র অনন্যার আচমকা চলে যাওয়ার কারণ জানতে না পেরে হতাশায় ডুবেছিল। তাদের জীবনে তখনো অসংখ্য অনুচ্চারিত প্রশ্ন এবং অসম্পূর্ণ অনুভূতিগুলো চাপা পড়েছিল। অনন্যা চেন্নাইয়ে বদলি হওয়ার কথা রুদ্রকে জানালেও, শেষ মুহূর্তে তার সিদ্ধান্ত বদলে মুম্বাইয়ে স্থানান্তরিত হওয়ার কথা সে রুদ্রকে জানায়নি। হয়তো এই বদলিতেও সে রুদ্রের থেকে আরও বেশি দূরত্ব চেয়েছিল, এক নতুন শহরে গিয়ে সব পুরোনো স্মৃতি থেকে নিজেকে বিচ্ছিন্ন করতে চেয়েছিল।

অনন্যা এক সপ্তাহের মধ্যে চেন্নাইয়ের উদ্দেশে রওনা দিল। কলকাতার পরিচিত রাস্তা, তার ছোট ফ্ল্যাট, এমনকি তার অফিসের চেনা করিডর—সবকিছুই তাকে বিদায় জানাল এক চাপা দীর্ঘশ্বাস নিয়ে। গাড়িতে বসে সে বারবার পিছন ফিরে তাকাচ্ছিল। এই শহরটার প্রতিটি মোড়ে রুদ্রের সাথে তার স্মৃতি জড়িয়ে ছিল। বিয়েবাড়ির ঝলমলে আলো, বাগানে ফুলের ছবি তোলার মুহূর্ত, কফিশপের উষ্ণতা, প্রদর্শনীর আবেগ—সবই যেন এক চলচ্চিত্রের মতো তার চোখের সামনে ভেসে উঠছিল। কিন্তু প্রতিটি দৃশ্যের শেষেই ছিল সেই

কফিশপের নীরব বিদায়, আর রুদ্রের চোখে দেখা সেই কষ্ট। অনন্যা নিজের চোখ বন্ধ করে নিল। সে জানত, এই মুহূর্তে তার নিজেকে শক্ত রাখতে হবে। তার মা অসুস্থ, তার দায়িত্ব তার কাঁধে, আর তার সামনে এক নতুন ক্যারিয়ারের সুযোগ। কোনো দুর্বলতা দেখালে চলবে না।

চেন্নাইয়ের আন্তর্জাতিক বিমানবন্দর থেকে বেরোতেই অনন্যাকে ঘিরে ধরল এক নতুন কোলাহল, এক অপরিচিত জীবন। কলকাতার থেকে সম্পূর্ণ ভিন্ন এক গতি এখানে। ট্যাক্সিতে বসে সে দেখল উঁচু উঁচু দালান, দ্রুত গতিতে ছুটে চলা গাড়ি, আর মানুষের অসম্ভব ভিড়। এই শহরটা যেন কখনোই ঘুমায় না। এটাই তার নতুন ঠিকানা। নতুন জীবন শুরু করার জন্য এর চেয়ে ভালো জায়গা আর কী হতে পারে? এই কোলাহলের মাঝে হয়তো সে তার ভেতরের শূন্যতাকে কিছুটা হলেও ঢেকে রাখতে পারবে।

তার জন্য অফিস থেকে একটি সুন্দর অ্যাপার্টমেন্টের ব্যবস্থা করা হয়েছিল। দক্ষিণ চেন্নাইয়ের একটি উঁচু ভবনের পনেরো তলায় তার নতুন ফ্ল্যাট। ফ্ল্যাটটা আধুনিক, পরিপাটি, কিন্তু অনন্যার কাছে মনে হলো এটা একটা ফাঁকা ঘর, যেখানে তার পুরোনো জীবনের কোনো চিহ্ন নেই। প্রথম দিন সে শুধু জিনিসপত্র গুছিয়ে নিল, আর তারপর জানালার পাশে গিয়ে দাঁড়াল। নিচে ঝলমলে চেন্নাই শহর, অসংখ্য আলোর বিন্দু আর গাড়ির হেডলাইটের সারি। এই আলোর শহরটাও যেন তাকে এক ধরনের শূন্যতা উপহার দিচ্ছিল। রুদ্রের তোলা তার সেই ছবির কথা মনে পড়ল—'আলোর খোঁজে এক

ছায়া'। সে কি সত্যিই আলো খুঁজছে, নাকি ছায়ায় ডুবে যাচ্ছে?

পরের দিন থেকেই অনন্যার নতুন জীবন শুরু হলো। তার নতুন অফিসে প্রথম দিনটা ছিল অত্যন্ত ব্যস্ত। নতুন সহকর্মীদের সাথে পরিচয়, মিটিং, নতুন প্রজেক্টের ব্রিফিং—সবকিছুই এত দ্রুত ঘটছিল যে অনন্যা নিজেকে ধাতস্থ করার সময় পাচ্ছিল না। তার বস ছিলেন খুবই কর্মঠ এবং উচ্চাকাঙ্ক্ষী একজন মহিলা, যিনি অনন্যার মতো পরিশ্রমী কর্মীর মূল্য জানতেন। অনন্যা তার কাজের প্রতি সম্পূর্ণ মনোযোগ দিতে লাগল। দিনভর সে ফাইল, প্রেজেন্টেশন আর মিটিংয়ের মাঝে নিজেকে ডুবিয়ে রাখল। অফিসের প্রতিটি মুহূর্ত যেন তাকে রুদ্রের স্মৃতি থেকে দূরে রাখছিল। সে নিজেকে বোঝাল, এটাই তার পথ। ক্যারিয়ারে মনোযোগ দিলে সব ব্যক্তিগত কষ্ট ফিকে হয়ে যাবে।

কিন্তু রাত নামলেই সেই শূন্যতা আবার ফিরে আসত। চেন্নাইয়ের চাকচিক্যময় জীবন যখন তার চারপাশ থেকে সরে যেত, তখন অনন্যার ফ্ল্যাটের চার দেওয়াল যেন তাকে গ্রাস করত। বিছানায় শুয়ে সে তার ফোনটা হাতে নিত, রুদ্রের মেসেজগুলোর দিকে তাকিয়ে থাকত, কিন্তু কোনো উত্তর দিত না। তার হাতে পুরোনো ডায়েরিটা থাকত, কিন্তু সে আর লিখতে পারত না। লেখার মতো কোনো কথা তার মনে আসত না। শুধু এক গভীর দীর্ঘশ্বাস। সে ভাবত, রুদ্র এখন কী করছে? সে কি তাকে ভুলে গেছে? তার জীবনে কি তিতলি নামের সেই মেয়েটি স্থায়ী হয়ে গেছে? এই প্রশ্নগুলো

তাকে রাতে ঘুমাতে দিত না। সে মাঝেমধ্যে অরিজিতের কথা ভাবত, কিন্তু এখন অরিজিৎ যেন তার কাছে এক দূর অতীতের ছায়া। তার বর্তমান মনস্তত্ত্বে রুদ্রের জায়গাটা অনেক বেশি জুড়ে ছিল।

সায়নীর সাথে অনন্যার ফোনে কথা হতো। সায়নী কলকাতার খবর দিত, আর অনন্যা চেন্নাইয়ের ব্যস্ততা। সায়নী রুদ্রের কথা জিজ্ঞেস করত, "রুদ্রের সাথে কথা হয়েছে? ও তো অনেক ফোন করেছিল।" অনন্যা শুধু দীর্ঘশ্বাস ফেলত। "না রে সায়নী, এখন আর কোনো যোগাযোগ নেই। হয়তো এটাই ভালো। নতুন জীবন শুরু করেছি।" কিন্তু তার কণ্ঠস্বরই বলে দিত যে সে মোটেই ভালো নেই। সায়নী অনন্যার কষ্টটা বুঝত, কিন্তু অনন্যাকে জোর করত না। সে জানত, অনন্যা নিজেই যখন চাইবে, তখন কথা বলবে।

কাজের বাইরে অনন্যা চেন্নাইয়ের বিভিন্ন জায়গায় ঘুরে বেড়াতে শুরু করল। অফিসের পর সে সমুদ্রের পাড়ে যেত, মেরিন ড্রাইভ ধরে হাঁটত, অথবা কোনো শান্ত ক্যাফেতে বসে বই পড়ত। সে চাইত নিজেকে ব্যস্ত রাখতে, একাকীত্বকে দূর করতে। কিন্তু প্রতিটি নতুন অভিজ্ঞতার সঙ্গেই রুদ্রের স্মৃতিগুলো ফিরে আসত। সমুদ্রের ঢেউয়ের শব্দে যেন তার কানে রুদ্রের কণ্ঠস্বর বাজত, কফির সুগন্ধে যেন রুদ্রের শরীরের ঘ্রাণ পেত। সে বুঝতে পারছিল, স্থান পরিবর্তন করলেই সব স্মৃতি মুছে যায় না। বরং নতুন জায়গায় সেই স্মৃতিগুলো আরও বেশি করে ফিরে আসে।

তার নতুন অ্যাপার্টমেন্টে সে একটি ছোট বারান্দা পেয়েছিল। রাতে সেখানে বসে সে শহরের আলো দেখত। আকাশের দিকে তাকিয়ে রুদ্রের কথা ভাবত। রুদ্রও কি এখন কলকাতার আকাশে তারাদের দেখছে? রুদ্রের হাতে ধরা সেই ক্যামেরাটা তার মনে পড়ল, যে ক্যামেরায় রুদ্র অনন্যার সেই 'ছায়া' ছবিটা তুলেছিল। অনন্যা মনে মনে নিজেকে প্রশ্ন করত, "আমার এই নতুন ঠিকানা কি আমাকে সত্যিই শান্তি দিতে পারবে, নাকি এটা এক নতুন ধরনের শূন্যতা?" তার নতুন ঠিকানা ছিল আলোর শহর মুম্বাই, কিন্তু তার মনটা যেন এক গভীর শূন্যতায় ডুবে ছিল। সে জানত না, এই নতুন পথ তাকে কোথায় নিয়ে যাবে।

অনন্যার সেই নীরব বিদায়ের পর রুদ্রের জীবনটা যেন থমকে গিয়েছিল। কফিশপে অনন্যাকে চলে যেতে দেখে তার মনে এক গভীর শূন্যতা নেমে এসেছিল। সে কোনো ব্যাখ্যা পায়নি, কোনো উত্তর পায়নি। শুধু অনন্যার চোখের নীরব বেদনা দেখেছে, আর তার কণ্ঠে শুনেছে সেই হৃদয়বিদারক কথা— "আমাদের সম্পর্কটা হয়তো ভুল ছিল, রুদ্র। আমার মনে হয়েছিল, আমরা বন্ধু হতে পারি, কিন্তু তার চেয়ে বেশি কিছু হয়তো আমাদের জন্য নয়।" এই কথাগুলো রুদ্রের বুকে যেন এক ধারালো ছুরির মতো বিঁধেছিল।

রুদ্র তার ফটোগ্রাফি স্টুডিওতে ফিরে এল। তার স্টুডিওর চার দেওয়াল যেন তাকে গ্রাস করছিল। তার ক্যামেরা, লেন্স, কম্পিউটার—সবকিছুই তাকে অর্থহীন মনে হচ্ছিল। অনন্যা তার জীবনে আসার পর তার শিল্পসত্তায় এক নতুন প্রাণের

সঞ্চার হয়েছিল। তার 'ছায়ার গল্প' প্রজেক্ট অনন্যাকে ঘিরেই আবর্তিত হচ্ছিল। কিন্তু অনন্যা চলে যাওয়ায় সেই প্রজেক্টটা যেন সম্পূর্ণতা হারিয়েছিল। রুদ্র বারবার অনন্যাকে ফোন করেছিল, মেসেজ পাঠিয়েছিল, কিন্তু কোনো সাড়া পায়নি। তার মনটা দুঃখে আর হতাশায় ভরে গিয়েছিল।

কয়েক দিন রুদ্র নিজের ঘরেই নিজেকে encerrado করে রাখল। সে খাওয়া-দাওয়া ছেড়ে দিল, ঘুমোতে পারল না। অভ্রজিৎ বারবার তার খোঁজ নিতে এল, ফোন করল। "কী হয়েছে, রুদ্র? অনন্যা কি কিছু বলেছে?" রুদ্র শুধু মাথা নাড়ল। "কিছু না, অভ্র। ও চলে গেছে। কোনো ব্যাখ্যা ছাড়াই।" অভ্রজিৎ রুদ্রের কষ্টটা বুঝল। সে রুদ্রকে সান্ত্বনা দেওয়ার চেষ্টা করল, কিন্তু রুদ্রের মন ভাঙা কাঁচের মতো টুকরো টুকরো হয়ে গিয়েছিল।

রুদ্রের মা অসুস্থ ছিলেন, তাই রুদ্রের পক্ষে নিজেকে পুরোপুরি বিচ্ছিন্ন করে রাখা সম্ভব ছিল না। সে তার মায়ের দেখাশোনা করত, তার সাথে কথা বলত, কিন্তু তার মনটা ছিল অনন্যার স্মৃতিতে আচ্ছন্ন। কলকাতার প্রতিটি রাস্তা, প্রতিটি ক্যাফে, প্রতিটি গ্যালারি—সবকিছুই তাকে অনন্যার কথা মনে করিয়ে দিত। সে যেখানেই যেত, সেখানেই অনন্যার ছায়া দেখতে পেত।

তার স্টুডিওতে একটি ফোল্ডারে অনন্যার ছবিগুলো সেভ করা ছিল। রাতের বেলায় সে সেই ছবিগুলো দেখত। অনন্যার সেই হাসি, তার চোখের গভীরতা, বাগানে তোলা তার সেই ফুলের ছবি—সবই রুদ্রের মনে এক তীব্র বেদনা জাগিয়ে তুলত। সে

বিশেষ করে অনন্যার সেই 'ছায়া' ছবিটার দিকে তাকিয়ে থাকত। রুদ্র এই ছবিতে অনন্যার ভেতরের দ্বিধা, তার অতীত থেকে পাওয়া ক্ষত দেখতে পেয়েছিল। কিন্তু সে বুঝতে পারছিল না, কেন অনন্যা সেই ক্ষতগুলো নিয়ে তার থেকে দূরে সরে গেল? কেন সে একবারও তাকে বিশ্বাস করে তার মনের কথা খুলে বলল না?

রুদ্রের মনে তখন তিতলির কথা মনে পড়ল। সেই বিকেলে কফিশপের বাইরে তিতলি তার এক পুরনো ক্লায়েন্ট ছিল। সে তার ফটোগ্রাফি কাজের জন্য রুদ্রের সাথে দেখা করতে এসেছিল। রুদ্র ভেবেছিল অনন্যা তাকে দেখেনি। কিন্তু এখন রুদ্রের মনে সন্দেহ জাগতে লাগল, "হয়তো অনন্যা আমাকে আর তিতলিকে এক সাথে দেখেছিল! হয়তো ও ভুল বুঝেছে!" এই চিন্তাটা তার মনে এক নতুন আশার সঞ্চার করল—যদি এটা শুধু একটা ভুল বোঝাবুঝি হয়ে থাকে, তাহলে হয়তো তাদের সম্পর্কটাকে বাঁচানো সম্ভব। কিন্তু অনন্যা তাকে কোনো সুযোগই দিল না।

রুদ্র তার প্রজেক্ট 'ছায়ার গল্প'-এর কাজ শুরু করার চেষ্টা করল। সে ক্যামেরা নিয়ে শহরের বিভিন্ন জায়গায় ঘুরতে লাগল। সে চাইছিল তার ক্যামেরা দিয়ে নতুন কিছু সৃষ্টি করতে, তার ভেতরের কষ্টগুলোকে ছবিতে ফুটিয়ে তুলতে। কিন্তু তার মন চাইছিল না। তার ফোকাস বারবার অনন্যার দিকে চলে যাচ্ছিল। সে দেখত, কলকাতার পথে ঘাটে অনেক মানুষ, অনেক মুখ, কিন্তু অনন্যার মতো কোনো মুখ তার চোখে পড়ত না। সে অনন্যার মেসেজের জন্য অপেক্ষা করত,

তার ফোন কলের জন্য আশা করত, কিন্তু তার ফোন সাইলেন্ট থাকত।

রুদ্র তার মায়ের সাথে কথা বলত। তার মা রুদ্রের মন খারাপের কারণ জানতে চাইতেন। রুদ্র সব কথা খুলে বলতে পারত না, শুধু বলত কাজের চাপ আর হতাশার কথা। তার মা রুদ্রকে বোঝাতেন, "জীবন এমনই, বাবা। সব সময় সব কিছু মনের মতো হয় না। কিন্তু হাল ছেড়ে দিলে চলবে না। নিজের কাজ আর ভালোবাসার প্রতি বিশ্বাস রাখো।" মায়ের এই কথাগুলো রুদ্রকে কিছুটা শান্তি দিত, কিন্তু অনন্যার অনুপস্থিতি তার মন থেকে দূর হতো না।

রাত নামলে রুদ্র তার ল্যাপটপে পুরনো মেসেজগুলো দেখত—অনন্যার পাঠানো প্রতিটি টেক্সট, প্রতিটি ইমেল। রুদ্র নিজে অনন্যাকে যে কবিতা পাঠিয়েছিল, সেই কবিতাটা সে আবার পড়ত। প্রতিটি শব্দ যেন অনন্যার কথা বলছিল, তাদের ভালোবাসার কথা বলছিল। কিন্তু এখন সেই ভালোবাসাটা যেন এক ছায়ার মতো মিলিয়ে যাচ্ছে। রুদ্র তার ডায়েরি খুলল, যদিও সে খুব বেশি ডায়েরি লিখত না। তার মনে তখন এক গভীর শূন্যতা। সে লিখল:

প্রিয় ডায়েরি,

আজ অনেক দিন হলো অনন্যার কোনো খবর নেই। সে আমাকে ছেড়ে চলে গেছে, কোনো কারণ না বলেই। আমার মনটা খালি হয়ে গেছে, ডায়েরি। আমার মনে হয়, আমি ওকে

হারিয়ে ফেলেছি চিরদিনের জন্য। আমার ফটোগ্রাফি, আমার স্বপ্ন—সবকিছু যেন অর্থহীন মনে হচ্ছে।

আমি জানি না সেই ভুলটা কোথায় হয়েছিল। আমি কি ওকে ভালোবাসতে গিয়ে বেশি এগিয়ে গিয়েছিলাম? নাকি আমার কোনো কথায় ও আঘাত পেয়েছে? আমি বারবার নিজেকে প্রশ্ন করছি, কিন্তু কোনো উত্তর পাচ্ছি না। আমার মনে হয়, ও হয়তো আমাকে আর তিতলিকে এক সাথে দেখেছিল, আর ভুল বুঝেছে। কিন্তু কেন ও আমাকে একটা সুযোগও দিল না? কেন ও আমাকে কিছু জিজ্ঞেস করল না?

কলকাতার এই শহরটা এখন আমার কাছে একাকীত্বে ভরে গেছে। প্রতিটি রাস্তা, প্রতিটি ক্যাফে—সবকিছুই ওকে মনে করিয়ে দিচ্ছে। আমি জানি না, ও এখন কেমন আছে? মুম্বাইয়ে ওর নতুন জীবন কেমন কাটছে? ও কি আমাকে ভুলে গেছে? এই প্রশ্নগুলো আমাকে প্রতি মুহূর্তে কষ্ট দিচ্ছে।

আমার মনে হয়, আমি ওকে কতটা ভালোবাসি, তা বোঝাতে আমি ব্যর্থ হয়েছি। আমি চাইনি ওকে চাপ দিতে, চেয়েছিলাম ও নিজের ইচ্ছায় ভালোবাসুক। কিন্তু হয়তো আমার নীরবতাটাই ওকে দূরে ঠেলে দিয়েছে। এই দূরত্ব আমাকে পাগল করে তুলছে, ডায়েরি। আমি ওকে ফিরে পেতে চাই, ওকে বলতে চাই যে আমি ওকে কতটা ভালোবাসি। কিন্তু কিভাবে? সে তো অনেক দূরে চলে গেছে, এক নতুন ঠিকানায়।

আমার জীবনটা যেন এক অন্ধকার সুড়ঙ্গের মধ্য দিয়ে যাচ্ছে। আমি জানি না এই সুড়ঙ্গের শেষে কোনো আলো আছে কিনা,

নাকি শুধু আরও গভীর অন্ধকার। আমি শুধু অনন্যার কথা ভাবছি, আর এই শূন্যতা আমাকে গ্রাস করছে।

রুদ্র

রুদ্র ডায়েরিটা বন্ধ করে দিল। তার মনে তখন এক গভীর শূন্যতা। অনন্যার নতুন ঠিকানা ছিল চেন্নাই, যেখানে সে আলো আর ব্যস্ততার মাঝে নিজেকে ডুবিয়ে রেখেছিল। আর রুদ্রের নতুন ঠিকানা ছিল কলকাতা, যেখানে সে একাকীত্বে ডুবে, অনন্যার স্মৃতিতে আচ্ছন্ন হয়ে জীবন কাটাচ্ছিল। তাদের দুজনের পথ সম্পূর্ণ ভিন্ন ছিল। একজন আলোর মাঝে নিজেকে হারাতে চাইছে, আরেকজন ছায়ায় ডুবে নিজেকে খুঁজতে চাইছে। তারা জানে না আবার তাদের দেখা হবে কিনা। কিন্তু তাদের হৃদয়ের টানাপড়েন কেবল শুরু হয়েছে, নতুন ঠিকানায়, নতুন পথে।

Ch. 12: সময়ের পাথর

কফিশপের সেই নীরব বিদায়ের পর বেশ কিছুদিন কেটে গেছে। অনন্যা মুম্বাইয়ের নতুন জীবনে নিজেকে ডুবিয়ে রেখেছিল, ব্যস্ততার আড়ালে তার ভেতরের শূন্যতাকে লুকিয়ে রাখার চেষ্টা করছিল। অন্যদিকে, রুদ্রের পৃথিবীটা যেন থমকে গিয়েছিল সেই দিনেই। দশম অধ্যায়ের সেই বিদায়, কোনো ব্যাখ্যা ছাড়াই অনন্যার চলে যাওয়া—রুদ্রের মনে এক গভীর ক্ষত তৈরি করেছিল। তার কলকাতা শহরটা এখন যেন

আলোর নিচে এক পলক

একাকীত্বে মোড়া এক বৃহৎ স্মৃতিলোক, যেখানে প্রতিটি কোণে অনন্যার ছায়া।

অনন্যা চলে যাওয়ার পর প্রথম ক'টা দিন রুদ্রের জন্য ছিল দুঃস্বপ্নের মতো। তার ফটোগ্রাফি স্টুডিও, যেটা একসময় তার সবচেয়ে প্রিয় আশ্রয় ছিল, এখন মনে হচ্ছিল এক শূন্য খাঁচা। ক্যামেরা, লেন্স, ডার্করুমের সরঞ্জাম—সবকিছুই তাকে অনর্থক মনে হতো। অনন্যা তার জীবনে আসার পর তার শিল্পসত্তায় যে নতুন প্রাণের সঞ্চার হয়েছিল, তার 'ছায়ার গল্প' প্রজেক্ট অনন্যাকে ঘিরেই আবর্তিত হচ্ছিল। কিন্তু অনন্যা চলে যাওয়ায় সেই প্রজেক্টটা যেন সম্পূর্ণতা হারিয়েছিল। রুদ্র বারবার অনন্যাকে ফোন করেছিল, মেসেজ পাঠিয়েছিল, তার বন্ধুদের মাধ্যমে অনন্যার খবর নেওয়ার চেষ্টা করেছিল, কিন্তু কোনো সাড়া পায়নি। তার মনটা দুঃখে আর হতাশায় ভরে গিয়েছিল। রুদ্র নিজেকে তার স্টুডিওর চার দেওয়ালের মধ্যেই encerrado করে রাখল। খাওয়া-দাওয়া অনিয়মিত হয়ে পড়ল, ঘুম উধাও। সে রাতের পর রাত ছাদে গিয়ে বসত, কলকাতার আকাশের দিকে তাকিয়ে থাকত। হাজার তারার ভিড়ে অনন্যার মুখটা খুঁজে বেড়াত। তার মনে তখনো সেই কফিশপের দৃশ্যটা লেগে ছিল—অনন্যার বিষণ্ণ চোখ, তার দৃঢ় মুখ, আর শেষবারের মতো বলা সেই কথা, "আমাদের সম্পর্কটা হয়তো ভুল ছিল, রুদ্র।" রুদ্র জানত না, এই ভুলটা কোথায় হয়েছিল। সে বারবার নিজেকে প্রশ্ন করত, "কেন অনন্যা? কেন তুমি একটা সুযোগও দিলে না?"

তার বন্ধু অভ্রজিৎ বারবার তার খোঁজ নিতে এল। "কী হয়েছে রে রুদ্র? এমন চুপচাপ কেন?" রুদ্র দীর্ঘশ্বাস ফেলত। "কিছু না, অভ্র। সব শেষ হয়ে গেছে।" অভ্রজিৎ রুদ্রের কষ্টটা বুঝত। সে রুদ্রকে বাইরে যাওয়ার জন্য জোরাজুরি করত, কাজ করার জন্য অনুপ্রেরণা দিত। "তোর ফটোগ্রাফিই তোর সব, রুদ্র। ছবি তোল, দেখবি মন ভালো হয়ে যাবে।" রুদ্র শুধু মাথা নাড়ত। তার কোনো কিছুতেই মন বসত না।

কলকাতার পরিচিত রাস্তাগুলো রুদ্রের কাছে এখন অপরিচিত লাগছিল। সে যেখানেই যেত, সেখানেই অনন্যার স্মৃতি তাকে তাড়া করত। কফিশপের পাশ দিয়ে গেলে তার মনে পড়ত অনন্যার সাথে সেই গভীর কথোপকথনের কথা, যেখানে তারা একে অপরের ভেতরের জগত উন্মোচন করেছিল। বাগানের পাশ দিয়ে গেলে তার মনে ভাসত অনন্যার সেই হাসি, যখন রুদ্র তার ফুলের ছবি তুলেছিল। এমনকি তার নিজের স্টুডিওতেও অনন্যার অস্তিত্ব অনুভব করত, তার সেই 'ছায়া' ছবিটা তাকে বারবার অনন্যার কথা মনে করিয়ে দিত। রুদ্রের মনে হতো, অনন্যা যেন এক অদৃশ্য ছায়ার মতো তাকে ঘিরে রেখেছে, কিন্তু তার নাগাল পাওয়া যাচ্ছে না। এই স্মৃতিগুলো ছিল 'সময়ের পাথর'—ভারী, কঠিন, আর সরানো অসম্ভব।

রুদ্রের মা অসুস্থ ছিলেন, তাই রুদ্রের পক্ষে নিজেকে পুরোপুরি বিচ্ছিন্ন করে রাখা সম্ভব ছিল না। সে তার মায়ের দেখাশোনা করত, তার সাথে কথা বলত, কিন্তু তার মনটা ছিল অনন্যার স্মৃতিতে আচ্ছন্ন। তার মায়ের চিন্তা রুদ্রকে আরও বেশি করে কুরে কুরে খাচ্ছিল। রুদ্রের মা রুদ্রের এই

মনমরা ভাবটা বুঝতে পারতেন। তিনি রুদ্রকে বোঝাতেন, "জীবন এমনই, বাবা। সব সময় সব কিছু মনের মতো হয় না। কিন্তু হাল ছেড়ে দিলে চলবে না। নিজের কাজ আর ভালোবাসার প্রতি বিশ্বাস রাখো।" মায়ের এই কথাগুলো রুদ্রকে কিছুটা শান্তি দিত, কিন্তু অনন্যার অনুপস্থিতি তার মন থেকে দূর হতো না।

'ছায়ার গল্প' প্রজেক্ট রুদ্রের কাছে ছিল শুধু একটি ফটোগ্রাফি প্রজেক্ট নয়, বরং তার ব্যক্তিগত জীবনের প্রতিচ্ছবি। এই প্রজেক্টের মূল ভাবনা ছিল—জীবনের সেই অংশগুলোকে ছবিতে ধরা, যা সচরাচর চোখে পড়ে না, যা দিনের আলোয় ঢাকা থাকে, যা কেবল ছায়ার মাঝেই নিজের অস্তিত্ব প্রমাণ করে। অনন্যার ছবি তোলার পর রুদ্রের মনে এই প্রজেক্টের ধারণা আরও স্পষ্ট হয়েছিল। অনন্যার ভেতরের সেই ভয়, সেই নিরাপত্তাহীনতা, তার অতীত—এগুলোই ছিল তার ভেতরের 'ছায়া'। আর রুদ্র চেয়েছিল সেই ছায়াগুলোকে তার ক্যামেরায় ধরতে, তাদের গভীরতাকে অনুধাবন করতে। কিন্তু অনন্যা চলে যাওয়ার পর এই প্রজেক্টটা যেন থমকে গিয়েছিল। তার মনে হতো, অনন্যাকে ছাড়া এই 'ছায়ার গল্প' অসম্পূর্ণ।

একদিন রুদ্রের পুরনো গ্যালারির মালিক, মিসেস সেন, তাকে ফোন করলেন। মিসেস সেন একজন অভিজ্ঞ শিল্প সংগ্রাহক এবং রুদ্রের একজন ভালো সমর্থক। "রুদ্র, তোমার 'ছায়ার গল্প' প্রজেক্টের কী খবর? আমি তোমার কাজ দেখেছি, অসাধারণ। কিন্তু তোমাকে আর তো কোনো ছবি পাঠাতে

দেখছি না।" রুদ্র দীর্ঘশ্বাস ফেলল। "আমি আসলে... তেমন কিছু করতে পারছি না, মিসেস সেন। মন বসছে না।" "আমি তোমার কথা বুঝি, রুদ্র," মিসেস সেন বললেন। "কিন্তু তোমার শিল্পকে থমকে দিলে চলবে না। আমি তোমার প্রজেক্টটা নিয়ে একটা নতুন প্রস্তাব দিতে চাই। একটা বড় প্রদর্শনী, শুধু তোমার 'ছায়ার গল্প' সিরিজের জন্য। কিন্তু তার জন্য তোমাকে নতুন কাজ শুরু করতে হবে, আরও গভীরে যেতে হবে।" রুদ্রের মনে দ্বিধা ছিল। সে জানত না সে পারবে কিনা। "আমার কাছে প্রেরণা নেই, মিসেস সেন।" "প্রেরণা তো তোমার ভেতরেই আছে, রুদ্র," মিসেস সেন বললেন। "তোমার কষ্ট, তোমার হতাশা—এগুলোও তো ছায়া। সেগুলোকে ক্যামেরায় ধরতে শেখো। এটাই তোমার শক্তি। আমি তোমাকে এক মাসের সময় দিচ্ছি। এক মাসের মধ্যে আমি তোমার নতুন কিছু কাজ দেখতে চাই।"

মিসেস সেনের এই কথাগুলো রুদ্রের মনে কিছুটা হলেও নাড়া দিল। তিনি রুদ্রকে একরকম বাধ্যই করলেন কাজ শুরু করতে। রুদ্র জানত, মিসেস সেনের কথা ফেললে চলবে না। তাছাড়াও, এই শূন্যতা থেকে বেরিয়ে আসার জন্য একটা নতুন লক্ষ্য তার দরকার ছিল। অনিচ্ছাসত্ত্বেও রুদ্র ক্যামেরা হাতে নিল। সে প্রথম কয়েক দিন শুধু কলকাতার রাস্তায় উদ্দেশ্যহীনভাবে ঘুরল। তার চোখ খুঁজছিল কিছু একটা, যা তার ভেতরের অনুভূতিগুলোকে ছবিতে ফুটিয়ে তুলতে পারবে।

সে প্রথমে পুরোনো কলকাতার অলিতে-গলিতে ঘুরল। যেখানে পুরোনো বাড়ির গায়ে শত বছরের ছায়া লেগে আছে, যেখানে দিনের আলোও ঠিকমতো পৌঁছায় না। সে ভাঙা দেওয়াল, পুরনো লোহার গেট, পরিত্যক্ত বাড়িগুলোর ছবি তুলল। প্রতিটি ছবি যেন রুদ্রের ভেতরের একাকীত্ব আর শূন্যতার কথা বলছিল। রুদ্রের মনে হচ্ছিল, এই বাড়িগুলোও যেন তার মতোই একাকী, এককালে তাদেরও হয়তো জীবন ছিল, রঙ ছিল, কিন্তু এখন তারা শুধু ছায়া আর স্মৃতি নিয়ে বেঁচে আছে। সে দেখল, কীভাবে সকালের আলোতেও কিছু কোণা অন্ধকারে ডুবে থাকে, কীভাবে পুরোনো গলির গায়ে রহস্যময় ছায়া খেলা করে।

ধীরে ধীরে রুদ্রের দৃষ্টিভঙ্গি বদলাতে শুরু করল। সে শুধু দৃশ্যমান ছায়া নয়, অদৃশ্য ছায়াগুলোকেও ধরতে চাইল। মানুষের মুখের অভিব্যক্তি, তাদের চোখের কোণে লুকানো কষ্ট, একাকী বৃদ্ধ মানুষের দীর্ঘশ্বাস—এগুলোও যেন তার কাছে 'ছায়া' মনে হলো। সে পার্কে গিয়ে বাচ্চাদের ছবি তুলল, তাদের আনন্দের মধ্যে লুকিয়ে থাকা শৈশবের দ্রুত চলে যাওয়ার ছায়া। সে শহরের ব্যস্ত রাস্তায় মানুষের ভিড়ের ছবি তুলল, কিন্তু তার ক্যামেরার ফোকাস ছিল সেইসব বিচ্ছিন্ন মুখের ওপর, যাদের চোখে একাকীত্ব স্পষ্ট।

একদিন রুদ্র একটি বৃদ্ধাশ্রমে গিয়ে ছবি তুলল। সেখানে সে দেখল একাকী বৃদ্ধ-বৃদ্ধাদের মুখ, তাদের চোখে অতীতের স্মৃতি আর এক ধরনের নীরবতা। তাদের পাশে তাদের ছায়ারাও যেন তাদের জীবনের দীর্ঘ পথচলার সাক্ষী হয়ে

দাঁড়িয়েছিল। রুদ্র তাদের জীবনের 'ছায়া'গুলো ছবিতে ধরতে চাইল—তাদের ফেলে আসা জীবন, তাদের হারানো প্রিয়জন, তাদের অনুচ্চারিত গল্প। এই ছবিগুলো তোলার সময় রুদ্রের মনে এক অদ্ভুত শান্তি অনুভব করল। সে বুঝতে পারল, তার নিজের কষ্ট শুধু তার একার নয়, এই পৃথিবীর প্রতিটি মানুষের জীবনেই কিছু না কিছু ছায়া লুকিয়ে আছে।

এই প্রজেক্টে কাজ করতে করতে রুদ্র নতুন মানুষের সাথে পরিচিত হলো—কেউ শিল্প সমালোচক, কেউ সাধারণ মানুষ। তারা রুদ্রের ছবি দেখে তার কাজের প্রশংসা করত, তার শিল্পভাবনার গভীরতাকে অনুভব করত। তাদের কথাগুলো রুদ্রকে আরও বেশি করে কাজ করতে উৎসাহিত করত। রুদ্র বুঝতে পারছিল, এই 'ছায়ার গল্প' প্রজেক্টটা কেবল তার ব্যক্তিগত যন্ত্রণার বহিঃপ্রকাশ নয়, বরং এটি মানব জীবনের সার্বজনীন একাকীত্ব আর স্মৃতিকে ধারণ করার একটি মাধ্যম।

রুদ্রের মনে অনন্যার স্মৃতিগুলো ছিল 'সময়ের পাথর'—ভারী, নড়াচড়া করা কঠিন, কিন্তু এই প্রজেক্ট তাকে সেই পাথরগুলো বয়ে নিয়ে যেতে সাহায্য করছিল। সে তার ডায়েরিতে লিখতে শুরু করল, যা সে অনন্যার চলে যাওয়ার পর বন্ধ করে দিয়েছিল:

প্রিয় ডায়েরি,

আজ অনেক দিন পর আবার লিখতে বসলাম। অনন্যা চলে গেছে। কিন্তু তার স্মৃতিগুলো আমাকে ছেড়ে যায়নি। তারা

আমার ভেতরে পাথরের মতো জমে আছে। প্রতিটি দিন, প্রতিটি মুহূর্ত—আমি শুধু অনন্যার কথা ভাবি। তার হাসি, তার চোখ, তার কণ্ঠস্বর... সব যেন আমার চোখের সামনে ভাসে।

মিসেস সেন আমাকে আবার কাজ শুরু করার জন্য জোর করেছেন। 'ছায়ার গল্প' প্রজেক্ট। আমি প্রথমে পারিনি, ডায়েরি। আমার মনে হচ্ছিল, অনন্যাকে ছাড়া আমি আর কোনো ছবি তুলতে পারব না। ও আমার প্রেরণা ছিল। কিন্তু এখন আমি বুঝতে পারছি, আমার ভেতরের এই কষ্টটাও এক ধরনের 'ছায়া'। আর এই ছায়াগুলোকেও ক্যামেরায় ধরা যায়।

আমি কলকাতার অলিতে-গলিতে ঘুরছি, মানুষের মুখে, পুরোনো বাড়ির গায়ে সেই ছায়াগুলোকে খুঁজছি। আমি বুঝতে পারছি, এই পৃথিবীর প্রতিটি মানুষের জীবনেই কিছু না কিছু ছায়া থাকে। কেউ হাসির আড়ালে কষ্ট লুকিয়ে রাখে, কেউ সাফল্যের আড়ালে একাকীত্ব। আমি সেইসব ছায়াগুলোকে ছবিতে ধরছি। আর এই কাজ করতে করতে আমি অনুভব করছি, আমার নিজের কষ্টগুলোও যেন কিছুটা হালকা হচ্ছে। আমি একা নই।

আমি জানি না অনন্যা এখন কেমন আছে। চেন্নাইয়ের সেই ঝলমলে আলোয় কি তার ভেতরের ছায়াগুলো হারিয়ে গেছে? নাকি সেও আমার মতোই কোনো না কোনোভাবে নিজের ছায়াগুলোকে বয়ে বেড়াচ্ছে? আমি ওকে একটা মেসেজ করতে চাই, ওর খবর নিতে চাই। কিন্তু আমার হাত থমকে যায়। সেই নীরব বিদায়ের কষ্টটা আমাকে আটকে রাখে।

আলোর নিচে এক পলক

এই প্রজেক্টটা আমার জন্য এক ধরনের নিরাময়, ডায়েরি। আমি আমার ক্যামেরার লেন্স দিয়ে আমার ভেতরের কষ্টগুলোকে দেখতে পাচ্ছি। এই ছবিগুলো আমাকে শেখাচ্ছে কীভাবে স্মৃতিগুলোকে বয়ে নিয়ে যেতে হয়, কীভাবে পাথরের মতো ভারী অনুভূতিগুলোকে হালকা করতে হয়। আমি এখন বুঝতে পারছি, 'ছায়ার গল্প' শুধু অন্যের গল্প নয়, এটা আমারও গল্প।

আমি জানি না কবে এই পাথরের মতো অনুভূতিগুলো হালকা হবে, কবে আমি আবার সত্যি সত্যিই হাসতে পারব। কিন্তু এই প্রজেক্ট আমাকে বাঁচিয়ে রাখছে, ডায়েরি। এটা আমাকে একটা উদ্দেশ্য দিচ্ছে। অনন্যা হয়তো আমার জীবন থেকে চলে গেছে, কিন্তু তার স্মৃতি আমার শিল্পের অংশ হয়ে থাকবে।

রুদ্র

রুদ্র ধীরে ধীরে তার প্রজেক্টে আরও বেশি করে মন দিতে লাগল। সে এখন আর শুধু রুদ্র নয়, 'ছায়ার গল্প' প্রকল্পের রুদ্র। তার ছবিগুলো কলকাতার বিভিন্ন গ্যালারিতে স্থান পেতে শুরু করল। শিল্প সমালোচকরা তার কাজের গভীরতা এবং সংবেদনশীলতার প্রশংসা করতে লাগলেন। রুদ্র নিজেকে কিছুটা হলেও শান্ত এবং স্থিতিশীল অনুভব করতে শুরু করল। অনন্যার স্মৃতি তখনও তার মনে ছিল, 'সময়ের পাথর'-এর মতো ভারী, কিন্তু এখন সে সেই পাথরগুলোকে বয়ে নিয়ে যাওয়ার শক্তি খুঁজে পাচ্ছিল তার শিল্পের মধ্যে।

এই প্রজেক্ট তাকে শিখিয়েছিল, কীভাবে শূন্যতার মধ্যেও সৌন্দর্য খুঁজে নিতে হয়, কীভাবে ছায়ার মধ্যে আলো দেখতে হয়। অনন্যার অনুপস্থিতি তাকে আরও সংবেদনশীল শিল্পী করে তুলছিল, যে মানুষের ভেতরের অলিখিত গল্পগুলো ক্যামেরাবন্দী করতে জানে। তার নতুন পথ ছিল একাকীত্বের পথ, কিন্তু তার সঙ্গী ছিল তার ক্যামেরা আর তার শিল্পের প্রতি তার প্যাশন। এই পথই হয়তো তাকে আবার তার হারানো আলোর দিকে নিয়ে যাবে, একদিন।

এর মাঝেই অনন্যা চেন্নাই ছেড়ে মুম্বাই চলে এসেছে। সে একটা ম্যাসেজ করে জানিয়েছিল রুদ্রকে, আর বেশি কিছু কথা হয় নি। রুদ্রও আর কোন কথা বলে নি।

Ch. 13: পুরনো বার্তা

মুম্বাইয়ে অনন্যার নতুন জীবন শুরু হয়েছিল এক কঠিন শূন্যতা আর অক্লান্ত ব্যস্ততার মাঝে। একাদশ অধ্যায়ে অনন্যা মুম্বাইয়ে পা রেখেছিল তার পুরোনো স্মৃতি আর রুদ্রের থেকে পাওয়া আঘাত ভুলে যাওয়ার আশায়। সে নিজেকে ক্যারিয়ারের সিঁড়িতে উপরে তোলার প্রতিযোগিতায় ডুবিয়ে দিয়েছিল, যেন প্রতিটি কর্পোরেট মিটিং আর প্রজেক্টের সফলতাই তাকে ভেতরের শূন্যতা থেকে মুক্তি দেবে। দ্বাদশ অধ্যায়ে রুদ্রও কলকাতায় তার 'ছায়ার গল্প' প্রজেক্টে নিজেকে ব্যস্ত রেখেছিল, তার ক্যামেরার লেন্স দিয়ে সে একাকীত্ব আর অতীতের স্মৃতিগুলোকে ফ্রেমবন্দি করে কিছুটা হলেও শান্তি খুঁজে নেওয়ার চেষ্টা করছিল। দুজনই তাদের নিজস্ব পথে

এগিয়ে যাচ্ছিল, কিন্তু তাদের অজান্তেই তাদের মন একে অপরের ছায়া খুঁজে ফিরছিল।

মুম্বাইয়ের কর্পোরেট জীবন অনন্যাকে প্রতিদিন নতুন নতুন চ্যালেঞ্জের মুখোমুখি করছিল। সে তার কাজের প্রতি সম্পূর্ণরূপে নিবেদিত ছিল, কারণ এটাই ছিল তার মানসিক যন্ত্রণাকে দমিয়ে রাখার একমাত্র উপায়। তার প্রমোশন হয়েছিল, সে বড় প্রজেক্টের নেতৃত্ব দিচ্ছিল, এবং অফিসের বস ও সহকর্মীদের কাছে সে একজন অত্যন্ত নির্ভরযোগ্য ও দক্ষ কর্মী হিসেবে পরিচিতি লাভ করেছিল। তার ফ্ল্যাটটা এখন আর খালি মনে হতো না, সে নিজেই নিজের পছন্দের আসবাবপত্র দিয়ে সাজিয়ে তুলেছিল, যেন নিজের জীবনের ওপর তার নিয়ন্ত্রণ আছে—এই বার্তাটা সে নিজেকেই দিতে চাইছিল। উইকএন্ডে সে বন্ধুদের সাথে ঘুরতে যেত, কখনো সমুদ্রের ধারে, কখনো কোনো নতুন রেস্টুরেন্টে। নিজেকে খুশি রাখার সব রকম চেষ্টা সে করত।

কিন্তু দিনের শেষে যখন ফ্ল্যাটের আলো নিভে যেত, মুম্বাইয়ের কোলাহল তার জানালা পেরিয়ে আর পৌঁছাত না, তখন সেই পরিচিত শূন্যতা আবার ফিরে আসত। গভীর রাতে, যখন চারপাশ শান্ত হয়ে যেত, তখন অনন্যা তার বিছানায় একা শুয়ে থাকত। তার হাতে তার ফোনটা থাকত, আর তার চোখে ভাসত রুদ্রের মুখ। সেই কফিশপের শেষ দেখা, রুদ্রের চোখে দেখা সেই কষ্ট—সবকিছুই তাকে তাড়া করত। সে কেন রুদ্রকে একটা সুযোগও দেয়নি, কেন তার রাগ আর অভিমানকে নিয়ন্ত্রণ করতে পারেনি—এই প্রশ্নগুলো তাকে

কুরে কুরে খেত। অরিজিতের স্মৃতি এখন ফিকে হয়ে আসছিল, কারণ অনন্যা স্পষ্ট বুঝতে পারছিল, তার হৃদয়ের বড় অংশটা এখন রুদ্রই দখল করে আছে।

এক রাতে, মুম্বাইয়ে এক ভারী বর্ষা শুরু হয়েছিল। বাইরে মুষলধারে বৃষ্টি পড়ছিল, আর অনন্যার মনে হচ্ছিল যেন তার ভেতরের কষ্টগুলোও বৃষ্টির জলের সাথে মিশে যাচ্ছে। তার অফিসের কাজ শেষ করে সে অনেক দেরিতে বাড়ি ফিরেছিল। সেদিন বস তাকে একটি নতুন, জটিল প্রজেক্টের দায়িত্ব দিয়েছিলেন, যা নিয়ে সে বেশ চিন্তিত ছিল। সারা দিনের ক্লান্তি আর মানসিক চাপ তাকে আরও বেশি করে অস্থির করে তুলেছিল। সে একটি গরম কফির মগ হাতে জানালার পাশে বসল। বাইরে তুমুল বৃষ্টি, আর তার মনে এক গভীর শূন্যতা।

সেই সময় তার ল্যাপটপের নোটিফিকেশন বারে চোখ পড়ল। পুরনো ইমেলগুলো দেখার সময় সে রুদ্রের পাঠানো একটি কবিতার ইমেল দেখতে পেল। সেই ইমেলটা, যা রুদ্র তাকে তাদের বন্ধুত্বের প্রাথমিক ধাপে পাঠিয়েছিল কখন তার মনে পড়ছে না। অনন্যা সাধারণত পুরনো ইমেলগুলো ঘাঁটাঘাঁটি করত না, কিন্তু সেদিন যেন এক অদৃশ্য শক্তি তাকে সেই ইমেলটা খুলতে বাধ্য করল। তার আঙুলগুলো কাঁপছিল যখন সে ইমেলটা ক্লিক করল।

ইমেলটা খুলতেই রুদ্রের সেই চেনা হাতের লেখা আর তার নিজের লেখা কবিতাটা তার চোখের সামনে ভেসে উঠল। অনন্যা তার হৃদয়ের গভীরে এক তীব্র আলোড়ন অনুভব

করল। সে কবিতাটা আবারও পড়ল, কিন্তু এই কবিতাতির প্রতিটি শব্দ, প্রতিটি লাইন যেন এক নতুন অর্থ নিয়ে তার সামনে ধরা দিল।

কবিতাটি ছিল এমন:

ছায়া ঘেরা পথে আমি একলা পথিক,
আলোর খোঁজে ঘুরি, পাই না দিশা ঠিক।
অচেনা ভিড়ে তুমি এলে এক ঝলকে,
যেন পূর্ণিমা চাঁদ, দেখা এক পলকে।
তোমার চোখে দেখলাম আমারই অজানা রূপ,
ভাঙা কাঁচের টুকরো, নীরব এক কূপ।
জানি সেথায় লুকানো ব্যথা, অতীতের ছায়া,
তবুও মন বলে, তুমি আমারই মায়া।
আমার ক্যামেরার লেন্স শুধু তোমায় খুঁজে ফেরে,
তোমার হাসি, তোমার কষ্ট, আমার মন জুড়ে।
যদি পারো, দাও অনুমতি, ছায়া হয়ে থাকি পাশে,
তোমার পথে আলো জ্বালি, যত দিন শ্বাস আসে।
ভয় পেও না, এই আলো কেবল তোমারই জন্য,
ভাঙা মন জোড়া দেবো, হবে না আর শূন্য।
শুধু একবার হাত ধরো, বিশ্বাস রাখো বুকে,
অন্ধকার কেটে যাবে, আলো আসবে সুখে।

অনন্যা প্রতিটি লাইন গভীর মনোযোগ দিয়ে পড়ল। প্রথমবার যখন সে এই কবিতাটা পড়েছিল, তখন হয়তো মুগ্ধ হয়েছিল, কিন্তু তার মনে হয়তো ভয়ও দানা বেঁধেছিল—নিজেকে সে ভালোবাসার জন্য প্রস্তুত কিনা। কিন্তু আজ, এত দিন পর, এই কবিতাটা তাকে অন্য এক অনুভূতির জগতে নিয়ে গেল। রুদ্রের প্রতিটি শব্দে সে তার গভীর ভালোবাসা, অনন্যার প্রতি তার শ্রদ্ধা, তার সংবেদনশীলতা এবং তার অসহনীয় কষ্টকে স্পষ্ট দেখতে পেল।

"ছায়া ঘেরা পথে আমি একলা পথিক," — অনন্যার মনে পড়ল রুদ্রের সেই একাকীত্বের কথা, যা সে প্রথমবার কফিশপে রুদ্রের সাথে কথা বলার সময় অনুভব করেছিল। রুদ্র যে কতটা একা ছিল, তা অনন্যা এখন বুঝতে পারছিল। তার শিল্প, তার ক্যামেরা—এগুলোই হয়তো তার একমাত্র সঙ্গী ছিল।

"তোমার চোখে দেখলাম আমারই অজানা রূপ, ভাঙা কাঁচের টুকরো, নীরব এক কূপ।" — অনন্যার সেই 'ছায়া' ছবিটার কথা মনে পড়ল, যেটা রুদ্র প্রদর্শনীতে দেখিয়েছিল। রুদ্র তাকে কতটা গভীরভাবে বুঝেছিল, তার ভেতরের ক্ষতগুলো কতটা ভালোভাবে চিনেছিল, তা এই লাইনগুলো তাকে আবারও মনে করিয়ে দিল। রুদ্র তার ভেতরের বেদনাকে উপেক্ষা করেনি, বরং তাকে আঁকড়ে ধরেছিল, ভালোবাসার চেষ্টা করেছিল।

"জানি সেথায় লুকানো ব্যথা, অতীতের ছায়া, তবুও মন বলে, তুমি আমারই মায়া।" — এই লাইনগুলো অনন্যার বুকে যেন

এক তীব্র আঘাত হানল। রুদ্র জানত তার অতীত ছিল, তার ব্যথা ছিল। তবু সে তাকে ভালোবাসতে চেয়েছিল। অরিজিতের ফিরে আসার পরও রুদ্র তার প্রতি বিশ্বাস রেখেছিল। আর অনন্যা কী করেছিল? সে তিতলিকে রুদ্রের পাশে দেখে একটা কথা বলারও সুযোগ না দিয়ে নিজেকে গুটিয়ে নিয়েছিল। সে রুদ্রের ভালোবাসাটাকে বিশ্বাস করতে পারেনি।

"আমার ক্যামেরার লেন্স শুধু তোমায় খুঁজে ফেরে, তোমার হাসি, তোমার কষ্ট, আমার মন জুড়ে।" — এই লাইনটা অনন্যাকে কাঁদিয়ে তুলল। রুদ্রের ক্যামেরার প্রতি তার প্যাশন অনন্যা জানত। কিন্তু রুদ্র যে তার প্রতিটি হাসিতে, প্রতিটি কষ্টে তার অস্তিত্ব খুঁজে ফিরত, তা অনন্যা এতটা গভীরভাবে আগে কখনো উপলব্ধি করেনি। রুদ্রের প্রদর্শনীতে তার ছবির কথা মনে পড়ল। রুদ্র সত্যিই তাকে তার শিল্প দিয়ে ভালোবেসেছিল।

"যদি পারো, দাও অনুমতি, ছায়া হয়ে থাকি পাশে, তোমার পথে আলো জ্বালি, যত দিন শ্বাস আসে।" — অনন্যা অনুভব করল রুদ্রের সেই নিঃশর্ত ভালোবাসার প্রস্তাব, যা সে তখন ভয় পেয়ে গ্রহণ করতে পারেনি। রুদ্র তার পাশে ছায়া হয়ে থাকতে চেয়েছিল, তার পথে আলো জ্বালাতে চেয়েছিল। সে অনন্যার জীবনে কোনো চাপ সৃষ্টি করতে চায়নি, শুধু তার পাশে থাকতে চেয়েছিল। অনন্যা এখন বুঝতে পারল, রুদ্র তার ভালোবাসাটা চাপিয়ে দিতে চায়নি, বরং তার অনুমতি চেয়েছিল।

আলোর নিচে এক পলক

"ভয় পেও না, এই আলো কেবল তোমারই জন্য, ভাঙা মন জোড়া দেবো, হবে না আর শূন্য।" — এই লাইনগুলো অনন্যার মনে এক গভীর অনুশোচনা জাগিয়ে তুলল। রুদ্র তাকে আশ্বাস দিতে চেয়েছিল যে তার ভালোবাসায় কোনো ভয় নেই, সে তার ভাঙা মনকে জোড়া লাগাবে। কিন্তু অনন্যা বিশ্বাস করতে পারেনি। তার মনে তখন অরিজিতের দেওয়া ক্ষতগুলো বড় হয়ে দেখা দিয়েছিল, আর সে রুদ্রের ভালোবাসাটাকে সেই ক্ষতের উপরে প্রলেপ হিসেবে গ্রহণ করতে পারেনি।

"শুধু একবার হাত ধরো, বিশ্বাস রাখো বুকে, অন্ধকার কেটে যাবে, আলো আসবে সুখে।" — অনন্যা এখন রুদ্রের এই আহ্বানের গভীরতা অনুভব করল। রুদ্র তাকে শুধু একবার বিশ্বাস করতে বলেছিল, তার হাত ধরতে বলেছিল। কিন্তু অনন্যা সেই সুযোগটা রুদ্রকে দেয়নি। সে নিজের ভয় আর দ্বিধায় ডুবে গিয়ে রুদ্রকে দূরে ঠেলে দিয়েছিল।

ইমেলটা পড়া শেষ করে অনন্যা চোখ বন্ধ করে রইল। তার চোখ দিয়ে অবিরাম জল গড়িয়ে পড়ছিল। এই কবিতাটা শুধু রুদ্রের লেখা কয়েকটি শব্দ ছিল না, এটা ছিল তার আত্মিক উচ্চারণ, তার ভালোবাসা, তার কষ্ট, তার নিঃশর্ত সমর্পণের এক প্রতিচ্ছবি। অনন্যা বুঝতে পারছিল, রুদ্র তাকে কতটা ভালোবাসত। সে তখন নিজের বোকামি, নিজের অভিমান, আর নিজের ভয়কে তীব্রভাবে অনুভব করল। সে রুদ্রের সরল ভালোবাসাটাকে জটিল করে তুলেছিল, তার প্রতি অবিশ্বাস করেছিল, আর তাকে দূরে ঠেলে দিয়েছিল।

আলোর নিচে এক পলক

মুম্বাইয়ের এই ব্যস্ততা, এই কর্পোরেট সাফল্য—কিছুই তাকে রুদ্রের শূন্যতা থেকে মুক্তি দিতে পারছিল না। তার এই নতুন ঠিকানা, যেটা সে নিজের পছন্দ মতো সাজিয়েছিল, এখন তাকে আরও বেশি খালি মনে হচ্ছিল। রুদ্রের প্রতিটি শব্দে সে তার অনুভব খুঁজে পাচ্ছিল, আর সেই অনুভবের তীব্রতা তাকে অস্থির করে তুলছিল। সে রুদ্রকে ভুলতে পারেনি, রুদ্রের স্মৃতি তার মনে এক 'সময়ের পাথর'-এর মতো জমে ছিল। এই ইমেলটা সেই পাথরটাকে আবার সজোরে নাড়া দিল।

তার মনে পড়ল সেই শেষ কফিশপের দেখা। রুদ্রের চোখেও সেই কষ্ট ছিল, সেই নীরব প্রশ্ন ছিল। অনন্যা যদি সেদিন তাকে তিতলির কথা জিজ্ঞেস করত, যদি একটা সুযোগ দিত, তাহলে হয়তো আজ তাদের গল্পটা অন্যরকম হতো। তার মনে হলো, রুদ্রের নীরবতাটা হয়তো ছিল তার ভালোবাসার এক প্রতীক, অনন্যাকে জোর না করার এক নীরব প্রতিশ্রুতি। কিন্তু অনন্যা তা বুঝতে পারেনি, তার মনে শুধু সন্দেহ আর অভিমান কাজ করেছিল।

অনন্যা দ্রুত তার ডায়েরিটা খুলল। তার হাত কাঁপছিল যখন সে লিখল:

প্রিয় ডায়েরি,

আজ আমি রুদ্রের পুরনো ইমেলটা আবার পড়লাম। সেই কবিতার ইমেলটা। জানিস, ডায়েরি, এতদিন পর আজ আমি প্রতিটি শব্দে রুদ্রের অনুভব খুঁজে পেলাম। ওর ভালোবাসা,

ওর সংবেদনশীলতা, ওর একাকীত্ব—সবকিছু। আমার মনে হচ্ছে, আমি ওকে কতটা ভুল বুঝেছিলাম, কতটা কষ্ট দিয়েছিলাম।

আমি ওকে দূরে ঠেলে দিয়েছিলাম, ডায়েরি। আমার নিজের ভয়, আমার অতীতের ক্ষত, আর একটা সামান্য ভুল বোঝাবুঝি—সবকিছু মিলে আমি আমাদের সম্পর্কটা নষ্ট করে দিয়েছিলাম। রুদ্র আমাকে ভালোবাসতে চেয়েছিল, আমার পাশে থাকতে চেয়েছিল, আমার অন্ধকার পথে আলো জ্বালাতে চেয়েছিল। আর আমি ওকে বিশ্বাস করতে পারিনি।

মুম্বাইয়ের এই ব্যস্ত জীবন, এই কর্পোরেট সাফল্য—কিছুই আমাকে রুদ্রের শূন্যতা থেকে মুক্তি দিচ্ছে না, ডায়েরি। আমার মনে হচ্ছে, আমি যা হারিয়েছি, তার দাম কোনো সাফল্য দিয়ে পূরণ করা যাবে না। আমি ওকে খুব মিস করছি। ওর হাসি, ওর কথা, ওর স্পর্শ... সবকিছুর জন্য আমার মনটা ছটফট করছে।

আমি জানি না রুদ্র এখন কেমন আছে। ও কি আমাকে ভুলে গেছে? ও কি নতুন করে কাউকে ভালোবাসতে শুরু করেছে? আমার মনে হচ্ছে, আমি যদি ওকে একবার ফিরে পেতাম, তাহলে ওকে বলতাম যে আমি ওকে কতটা ভালোবাসি। আমি ওকে বলতাম যে আমি ওর প্রতিটি অনুভব আজ বুঝতে পারছি।

কিন্তু আমি কি ওকে যোগাযোগ করব? আমার ভয় হচ্ছে, ডায়েরি। যদি ও আমাকে প্রত্যাখ্যান করে? যদি ও আমাকে আর বিশ্বাস না করে? আমি জানি না কী করব। আমার মন

চাইছে ওর কাছে ছুটে যেতে, ওকে বলতে যে আমি ওকে কতটা ভালোবাসি। কিন্তু আমার ভেতরের ভয়টা আমাকে আটকে রাখছে।

এই পুরনো বার্তাটা আমার জীবনে এক নতুন ঝড় নিয়ে এসেছে, ডায়েরি। আমি এখন জানি, আমি রুদ্রকে কতটা ভালোবাসি। কিন্তু এই ভালোবাসাটা কি আমি আবার ফিরে পাব? আমি জানি না। শুধু জানি, আমার হৃদয়ে এখন শুধু রুদ্রের জন্য এক তীব্র আকাঙ্ক্ষা আর এক গভীর অনুশোচনা।

অনন্যা

অনন্যা ডায়েরি বন্ধ করে দিল। ল্যাপটপের স্ক্রিনে তখনও রুদ্রের ইমেলটা খোলা ছিল। বাইরে বৃষ্টির শব্দ ধীরে ধীরে কমে আসছিল, কিন্তু অনন্যার ভেতরের ঝড় যেন সবে শুরু হয়েছিল। রুদ্রের পাঠানো সেই 'পুরনো বার্তা' অনন্যার মনে এক নতুন উপলব্ধির জন্ম দিয়েছিল, যা তাকে এক গভীর আত্মানুসন্ধানের পথে ঠেলে দিল। সে জানত না এই পথ তাকে কোথায় নিয়ে যাবে, রুদ্রের কাছে ফিরে যেতে পারবে কিনা, অথবা এই নীরবতার অবসান হবে কিনা। কিন্তু তার মনে এখন একটাই স্পষ্ট অনুভূতি—সে রুদ্রকে ভালোবাসে, এবং সে তার জন্য কিছু করতে চায়, যদি সম্ভব হয়।

Ch. 14: আবার দেখা – বইমেলা

মুম্বাইয়ের ঝলমলে আলো আর কর্পোরেট জীবনের ব্যস্ততা অনন্যাকে বাইরের দিক থেকে এক নতুন রূপে সাজিয়েছিল। সে মুম্বাইয়ে পা রেখেছিল তার পুরোনো স্মৃতি আর রুদ্রের থেকে পাওয়া আঘাত ভুলে যাওয়ার আশায়। তার ক্যারিয়ারের সাফল্য তাকে আত্মবিশ্বাস দিয়েছিল, কিন্তু তার ভেতরের শূন্যতাটা তখনও পুরোপুরি মিলিয়ে যায়নি। ত্রয়োদশ অধ্যায়ে রুদ্রের পুরোনো কবিতার ইমেলটা তাকে আবার ভাবিয়ে তুলেছিল, তার মনে রুদ্রের প্রতি এক গভীর ভালোবাসা আর অনুশোচনা নতুন করে দানা বেঁধেছিল। রুদ্রের প্রতিটি শব্দে সে তার অনুভব খুঁজে পেয়েছিল, আর সেই অনুভব তাকে জানিয়েছিল যে তার হৃদয় এখনও রুদ্রের জন্য ছটফট করে।

অন্যদিকে, রুদ্রও কলকাতায় তার 'ছায়ার গল্প' প্রজেক্টে নিজেকে ডুবিয়ে রেখেছিল। তার ফটোগ্রাফি তার যন্ত্রণার নিরাময় হয়ে উঠছিল, কিন্তু অনন্যার স্মৃতি তার মনে 'সময়ের পাথর'-এর মতো ভারী হয়ে টিকে ছিল। সে জানত না অনন্যা মুম্বাইয়ে কেমন আছে, বা সে কি তাকে ভুলতে পেরেছে। কিন্তু রুদ্রের মন আজও অনন্যাকেই খুঁজে ফিরত, তার ক্যামেরা আজও অনন্যার 'ছায়া'কে ফ্রেমবন্দি করতে চাইত। এই দূরত্ব আর নীরবতার মাঝে দুজনই তাদের নিজেদের পথে এগিয়ে যাচ্ছিল, কিন্তু তাদের অজান্তেই তাদের ভাগ্য হয়তো তাদের আবার কাছাকাছি নিয়ে আসার পরিকল্পনা করছিল।

আলোর নিচে এক পলক

অনন্যা প্রায় ছয় মাস পর কলকাতায় ফিরেছিল। তার মা বেশ কিছুদিন ধরে অসুস্থ ছিলেন, তাই জরুরি কাজে তাকে আসতে হলো। মুম্বাই থেকে কলকাতায় ফেরার পথে অনন্যার মনটা ছিল বেশ দোটানায়। একদিকে মায়ের অসুস্থতা নিয়ে চিন্তা, অন্যদিকে কলকাতার পরিচিত আবহাওয়ায় রুদ্রের স্মৃতিগুলো আবার নতুন করে তাজা হয়ে ওঠার ভয়। বিমান থেকে নেমে যখন সে শহরের পরিচিত বাতাসটা অনুভব করল, তখন তার মনে হলো যেন এক শীতল স্রোত তার শরীর দিয়ে বয়ে গেল। এই শহর, যার প্রতিটি কোণে রুদ্রের সাথে তার স্মৃতি জড়িয়ে, সেখানে আবার ফিরে আসাটা তার জন্য এক কঠিন পরীক্ষা ছিল।

মায়ের সাথে কিছুদিন কাটিয়ে অনন্যা সিদ্ধান্ত নিল একবার কলকাতা বইমেলায় যাবে। প্রতি বছর এই সময়টায় বইমেলা হয়, আর রুদ্রের সাথে তার প্রথম দেখাটা ছিল এক বিয়েবাড়িতে, যেটা বইমেলার কাছাকাছি। তাছাড়া, সে ছোটবেলা থেকেই বইমেলায় যেতে ভালোবাসত, আর রুদ্রও ফটোগ্রাফির জন্য এমন ভিড়ের জায়গাগুলো পছন্দ করত। যদিও সে জানত না রুদ্র এখন কী করছে বা সে বইমেলায় আসবে কিনা, তবুও তার মন তাকে টেনে নিয়ে গেল সেই চিরপরিচিত মেলার প্রাঙ্গণে। হয়তো অবচেতনেই সে রুদ্রের ছায়া খুঁজছিল, অথবা তার ভেতরের রুদ্রের প্রতি টানই তাকে এই ভিড়ের মাঝে ঠেলে দিচ্ছিল।

সল্টলেকের সেন্ট্রাল পার্কের বিশাল মাঠে যখন অনন্যা পা রাখল, তখন বইমেলার চিরাচরিত কোলাহল তাকে ঘিরে

ধরল। হাজার হাজার মানুষের ভিড়, বইয়ের গন্ধ, নতুন লেখার উত্তেজনা, চায়ের দোকানে আড্ডা, আর মাইকে ভেসে আসা অগণিত ঘোষণা—সবকিছু মিলে এক অদ্ভুত জীবন্ত পরিবেশ। অনন্যা নিজেকে এই ভিড়ের মাঝে ছেড়ে দিল। সে ধীরে ধীরে এক স্টল থেকে অন্য স্টলে যাচ্ছিল, নতুন বই দেখছিল, পুরোনো পছন্দের লেখকদের বইয়ের পাতা উল্টে দেখছিল। তার মনে হচ্ছিল, এই কোলাহলের মাঝে সে তার ভেতরের শূন্যতাকে কিছুটা হলেও ভুলতে পারবে।

কিন্তু তার চোখ বারবার ভিড়ের মধ্যে রুদ্রের ছায়া খুঁজছিল। সে জানত না কেন সে এমন করছিল। রুদ্রের সাথে শেষ দেখাটা ছিল এক নীরব বিদায়, যার কোনো সমাধান হয়নি। তাদের সম্পর্কের মাঝে এখনো অসংখ্য অনুচ্চারিত প্রশ্ন এবং ভুল বোঝাবুঝি রয়ে গেছে। তার পরও তার মন রুদ্রকেই খুঁজছিল, সেই মানুষটা, যে তার ভেতরের 'ছায়া'কে ভালোবাসতে চেয়েছিল। তার হাতে ধরা ফোনটা মাঝে মাঝে কেঁপে উঠছিল, কিন্তু সেটা অফিসের মেসেজ। অনন্যা রুদ্রকে কোনো মেসেজ বা ফোন করেনি, তার মন চাইলেও তার আত্মসম্মান তাকে বাধা দিচ্ছিল। সে চেয়েছিল, যদি তাদের আবার দেখা হয়, তাহলে রুদ্রই যেন প্রথম কথা বলে।

রুদ্রও সেদিন বইমেলায় এসেছিল। তার 'ছায়ার গল্প' প্রজেক্টটি বেশ সাফল্য অর্জন করেছিল। কিছুদিনের মধ্যেই তার এই সিরিজের ছবি নিয়ে একটি বই প্রকাশিত হওয়ার কথা ছিল। রুদ্র বইমেলায় এসেছিল মূলত নতুন বই দেখতে এবং কিছু ছবি তোলার জন্য। এই ধরনের ভিড়ের মধ্যে

আলোর নিচে এক পলক

মানুষের আবেগ, তাদের অভিব্যক্তির ছবি তুলতে সে ভালোবাসত। তার ক্যামেরা তার নিত্যসঙ্গী, আর তার চোখে এখন শুধু 'ছায়া' খোঁজার প্রবণতা।

রুদ্র বইয়ের স্টলগুলো ঘুরে দেখছিল, তার 'ছায়ার গল্প' প্রজেক্টের জন্য নতুন কিছু অনুপ্রেরণা খুঁজছিল। সে মানুষের মুখে হাসি দেখছিল, বিষণ্নতা দেখছিল, চোখে স্বপ্ন দেখছিল। প্রতিটি মুখই যেন তার কাছে এক নতুন গল্প বলছিল, এক নতুন 'ছায়া'কে উন্মোচিত করছিল। তার মনে তখনও অনন্যার স্মৃতি জ্বলজ্বল করছিল। তার ছবি, তার নীরব বিদায়, তার চলে যাওয়া—সবকিছুই রুদ্রের শিল্পকে আরও গভীরতা দিয়েছিল। সে অনন্যার তোলা 'ছায়া' ছবিটা তার নতুন বইয়েও স্থান দিয়েছিল। রুদ্র জানত, অনন্যাকে ছাড়া তার 'ছায়ার গল্প' অসম্পূর্ণ।

সে একটা নির্দিষ্ট প্রকাশকের স্টলের সামনে দাঁড়াল। তার এক বন্ধু এখানে একটি বই প্রকাশ করেছে, সে তার সাথে দেখা করতে এসেছিল। চারপাশে মানুষের জটলা, বইয়ের সারি, আর অজস্র কণ্ঠস্বর। রুদ্র তার ক্যামেরার লেন্স দিয়ে চারপাশে দেখছিল, হঠাৎ তার চোখটা থমকে গেল।

ভিড়ের মধ্যে দিয়ে অনন্যা অন্য একটি স্টলের দিকে এগিয়ে যাচ্ছিল। তার পরনে ছিল একটি হালকা নীল রঙের শাড়ি, যা তার সাধারণ সাজের সাথে বেশ মানিয়েছিল। তার চুলগুলো খোলা ছিল, আর বাতাস এলে সেগুলো হালকাভাবে উড়ছিল। সে নিজের মনেই বই দেখছিল, চারপাশে রুদ্রের উপস্থিতি সম্পর্কে সম্পূর্ণ অনবগত ছিল।

আলোর নিচে এক পলক

আর ঠিক তখনই, রুদ্র তাকে দেখল। ভিড়ের মাঝে, শত শত মুখের ভিড়ে অনন্যার মুখটা রুদ্রের চোখে মুহূর্তেই ধরা পড়ল। রুদ্রের হাত থেকে যেন ক্যামেরাটা পড়ে যাচ্ছিল। তার বুক ধড়ফড় করে উঠল। অনন্যা! সে এখানে? তার চোখে প্রথমে অবিশ্বাস, তারপর এক তীব্র আকাঙ্ক্ষা। রুদ্রের মনে হলো যেন সময়টা থমকে গেছে, চারপাশের কোলাহল মিলিয়ে গেছে, শুধু অনন্যা আর সে ছাড়া আর কেউ নেই।

অনন্যা বই দেখতে দেখতে হঠাৎ মাথা তুলল, যেন এক অদৃশ্য টান অনুভব করল। তার চোখ রুদ্রের দিকে পড়ল। রুদ্রকে দেখেই অনন্যা প্রথমে স্তম্ভিত হয়ে গেল। রুদ্র! এই ভিড়ের মাঝে? তার চোখগুলো বিস্ফারিত হয়ে গেল। রুদ্রের চোখে সে দেখল গভীর আবেগ, আকুলতা, এক ধরনের প্রশ্ন। অনন্যার মনে হলো, তার বুকের ভেতরটা দুলে উঠল, যেন তার হৃদপিণ্ড থেমে গেছে।

তাদের দুজনের মধ্যে তখন দূরত্ব ছিল মাত্র কয়েক হাত। কিন্তু সেই কয়েক হাত দূরত্ব যেন এক মহাসাগরের মতো বিশাল মনে হলো। তাদের চোখাচোখি হলো, এবং সেই এক মুহূর্তে তাদের চোখ যেন হাজারো কথা বলে গেল।

রুদ্রের চোখে ছিল:

- **আকুলতা:** "তুমি কি সত্যিই ফিরে এসেছ? আমি বিশ্বাস করতে পারছি না।"
- **বেদনা:** "কেন তুমি আমাকে ছেড়ে চলে গেলে? কেন কোনো কথা বললে না?"

আলোর নিচে এক পলক

- **প্রশ্ন:** "কী হয়েছিল, অনন্যা? আমার কি কোনো ভুল ছিল?"
- **ভালোবাসা:** "আমি তোমাকে কতটা মিস করেছি, তুমি জানো না।"
- **আশা:** "আমাদের কি আবার শুরু করা সম্ভব?"

আর অনন্যার চোখে ছিল:

- **বিস্ময়:** "রুদ্র! তুমি এখানে?"
- **অনুশোচনা:** "আমি তোমাকে কতটা ভুল বুঝেছিলাম, রুদ্র! আমাকে ক্ষমা করো।"
- **আকাঙ্ক্ষা:** "আমি তোমাকে কতটা ফিরে পেতে চাই, তা তুমি জানো না।"
- **ভয়:** "যদি সব পুরনো ব্যথা আবার ফিরে আসে? যদি আমাদের কথা বলাটা সব কিছুকে আরও জটিল করে তোলে?"
- **ভালোবাসা:** "আমি তোমাকে কতটা ভালোবাসি, রুদ্র!"
- **নীরব আর্তনাদ:** "আমাকে একটা সুযোগ দাও, আমি সব বলতে চাই।"

তারা একে অপরের দিকে তাকিয়ে রইল। তাদের চারপাশের মানুষের ভিড়, তাদের ব্যস্ততা, তাদের কোলাহল—সবকিছু যেন তাদের কাছে অর্থহীন মনে হচ্ছিল। সময় যেন স্থির হয়ে গিয়েছিল, আর তাদের আত্মা একে অপরের সাথে কথা বলছিল চোখের ভাষায়। এক মুহূর্তের জন্য রুদ্রের মনে হলো,

অনন্যা তার দিকে এক পা এগিয়ে আসছে। অনন্যারও মনে হলো, রুদ্রের হাতটা যেন তার দিকে প্রসারিত হচ্ছে। কিন্তু সেই মুহূর্তের নীরবতা এতটাই শক্তিশালী ছিল যে, কেউই সেই নীরবতা ভাঙতে পারল না।

অনন্যার মনে তখন ত্রয়োদশ অধ্যায়ে পড়া রুদ্রের কবিতার লাইনগুলো ভেসে উঠল: "ভয় পেও না, এই আলো কেবল তোমারই জন্য... শুধু একবার হাত ধরো, বিশ্বাস রাখো বুকে, অন্ধকার কেটে যাবে, আলো আসবে সুখে।" তার মনে হলো, রুদ্রের চোখেই যেন সেই একই আহ্বান। কিন্তু তার অতীত তাকে পিছন টেনে ধরল। সেই তিতলির মুখটা, তার নিজের অভিমান, তার নীরবতা—সবকিছু মিলে তাকে ঠেলে দিল এক নিস্তব্ধতার গভীরে। সে কেন রুদ্রকে সেদিন জিজ্ঞেস করেনি, "মেয়েটা কে?" কেন সে একটা সুযোগও রুদ্রকে দেয়নি? সেই অনুশোচনা তাকে গ্রাস করছিল।

রুদ্রের মনে তখন তীব্র ইচ্ছা ছিল অনন্যার দিকে এগিয়ে যাওয়ার, তাকে ধরে জিজ্ঞেস করার, "তুমি কেন চলে গেলে?" তার হৃদয়ে এক তীব্র ঝড় উঠেছিল। সে চাইছিল অনন্যার চোখে দেখা সেই হাজারো প্রশ্ন আর অনুশোচনার উত্তর দিতে, বলতে যে তিতলি শুধু একজন ক্লায়েন্ট ছিল, আর তাদের মধ্যে কোনো সম্পর্ক ছিল না। কিন্তু অনন্যার নীরবতা, তার চোখে দেখা সেই ভয়—সবকিছু মিলে রুদ্রকে আটকে রাখল। সে জানত না, তার প্রথম পদক্ষেপটা অনন্যা কীভাবে নেবে। সে ভয় পাচ্ছিল, যদি অনন্যা আবার দূরে সরে যায়, তাহলে সেই কষ্টটা সে আর সহ্য করতে পারবে না।

তাদের এই নীরব দৃষ্টিবিনিময় হয়তো এক মিনিট স্থায়ী হয়েছিল, কিন্তু তাদের কাছে মনে হলো যেন অনন্তকাল। শত শত অনুচ্চারিত শব্দ তাদের চোখের ভাষায় বিনিময় হচ্ছিল, যা কোনো শব্দ দিয়ে প্রকাশ করা সম্ভব ছিল না। তাদের সম্পর্কটা তখন এক সূক্ষ্ম সুতোর উপর ঝুলে ছিল, যা যেকোনো মুহূর্তে ছিঁড়ে যেতে পারত।

ঠিক তখনই, ভিড়ের মধ্যে থেকে একজন লোক রুদ্রের কাঁধে হাত দিল। "আরে রুদ্র! তুমি এখানে! তোমার বইয়ের খবর কী?" সেই মুহূর্তে যেন জাদু ভেঙে গেল। রুদ্র চমকে উঠল। তার দৃষ্টি অনন্যার দিক থেকে সরে গেল। অনন্যাও যেন এক ঘোর থেকে বেরিয়ে এল। তার চোখে এক ঝলক আতঙ্ক দেখা গেল। সে বুঝতে পারল, এই নীরব মুহূর্তটা ভেঙে গেছে। তার হাতে থাকা বইটা যেন আরও ভারী হয়ে উঠল। অনন্যা মুহূর্তের মধ্যে ঘুরে গেল।

এক মুহূর্তও না থেমে সে দ্রুত পায়ে ভিড়ের মধ্যে মিশে গেল। রুদ্র তখনও সেই লোকটির সাথে কথা বলছিল, কিন্তু তার চোখ অনন্যাকে খুঁজছিল। সে দেখল অনন্যা ভিড়ের মধ্যে মিলিয়ে যাচ্ছে, তাকে আর দেখা যাচ্ছে না। রুদ্র দ্রুত সেই লোকটির থেকে নিজেকে ছাড়িয়ে নিল। "দুঃখিত, আমাকে এখনই যেতে হবে।" সে অনন্যার পিছু পিছু ছুটতে চাইল, কিন্তু ততক্ষণে অনন্যা অদৃশ্য হয়ে গেছে। রুদ্র শুধু দেখল, তার হাতের ক্যামেরাটা শূন্যে ঝুলছে, আর তার সামনে শুধু বইমেলার সেই চিরচেনা কোলাহল।

আলোর নিচে এক পলক

বইমেলা থেকে বেরিয়ে অনন্যা প্রায় দৌড়ে তার গাড়িতে গিয়ে বসল। তার শরীর কাঁপছিল, তার মুখে রক্ত ছিল না। তার হৃদপিণ্ড তখনো দ্রুত তালে চলছিল। রুদ্রকে আবার দেখা! এত বছর পর! সেই নীরবতা, সেই চোখে চোখে কথা—সবকিছু যেন তার মনকে নাড়া দিল। সে গাড়ি চালিয়ে দ্রুত তার মায়ের বাড়ির দিকে রওনা দিল।

বাড়িতে এসে সে নিজের ঘরে ঢুকে গেল। দরজা বন্ধ করে বিছানায় শুয়ে পড়ল। তার চোখ দিয়ে অনবরত জল গড়িয়ে পড়ছিল। সে কেন কথা বলল না? কেন রুদ্রকে একটা সুযোগও দিল না? তার মনে ত্রয়োদশ অধ্যায়ে পড়া রুদ্রের ইমেলের কথাগুলো বারবার প্রতিধ্বনিত হচ্ছিল: "শুধু একবার হাত ধরো, বিশ্বাস রাখো বুকে, অন্ধকার কেটে যাবে, আলো আসবে সুখে।" সে কেন তার হাত ধরল না? কেন তার কাছে গেল না?

অনন্যা তার ডায়েরিটা খুলল। তার হাত কাঁপছিল যখন সে লিখল:

প্রিয় ডায়েরি,

আজ আমি রুদ্রকে দেখেছি। বইমেলায়। এত বছর পর, হঠাৎ করে। আমাদের চোখাচোখি হয়েছিল, ডায়েরি। সেই এক মুহূর্তে মনে হলো, আমাদের আত্মা একে অপরের সাথে কথা বলছে। হাজারো কথা, কিন্তু মুখে নীরবতা। সেই নীরবতা এতটাই ভারী ছিল যে আমরা কেউই তা ভাঙতে পারিনি।

আলোর নিচে এক পলক

আমি ওকে দেখেছি, ডায়েরি। ওর চোখে সেই একই ভালোবাসা ছিল, সেই একই প্রশ্ন ছিল। আমার মনে হলো, ও আমাকে কিছু বলতে চাইছে। আর আমার মনও ওকে বলতে চাইছিল, আমি তোমাকে কতটা ভালোবাসি, রুদ্র। আমি তোমাকে কতটা ভুল বুঝেছিলাম। কিন্তু আমি পারিনি, ডায়েরি। আমার ভয় আমাকে আটকে রেখেছে। সেই পুরনো ক্ষতগুলো, সেই তিতলির মুখটা—সবকিছু মিলে আমাকে পিছিয়ে দিয়েছে।

আমি জানি না রুদ্র এখন কী ভাবছে। ও কি আমাকে ঘৃণা করছে? আমি কেন ওর সাথে কথা বললাম না? আমি জানি না। কিন্তু এই নীরবতাটা আমাকে আরও কষ্ট দিচ্ছে। আমি যদি একবার সাহস করে ওর কাছে যেতে পারতাম!

আমার মনে হচ্ছে, আমি আবার সেই একই ভুল করলাম, ডায়েরি। যখনই রুদ্র আমার কাছাকাছি আসে, আমার ভেতরের ভয়টা আমাকে দূরে ঠেলে দেয়। আমি কি কখনো এই ভয় থেকে মুক্তি পাব না? আমি কি কখনো রুদ্রকে তার প্রাপ্য ভালোবাসা দিতে পারব না?

এই দেখাটা আমার জীবনকে আবার এলোমেলো করে দিল, ডায়েরি। মুম্বাইয়ের সেই ব্যস্ত জীবন, সেই কর্পোরেট সাফল্য—সবকিছু আজ অর্থহীন মনে হচ্ছে। আমি শুধু রুদ্রকে ফিরে পেতে চাই, ওর হাত ধরে বলতে চাই যে আমি ওকে কতটা ভালোবাসি।

কিন্তু আমি জানি না, আবার আমাদের দেখা হবে কিনা। সেই নীরব বিদায়টা আবার ফিরে এল, ডায়েরি। এবার যেন আরও বেশি কষ্ট নিয়ে।

অনন্যা

রুদ্র বইমেলা থেকে বেরিয়ে এসেছিল দিশেহারা হয়ে। অনন্যাকে দেখার পর তার মনটা যেন এক নতুন উত্তেজনায় কাঁপছিল। সে আশা করেছিল অনন্যা তার দিকে আসবে, কথা বলবে, অথবা রুদ্র নিজেই তার দিকে এগিয়ে যাবে। কিন্তু সেই আকস্মিক বিচ্ছেদ রুদ্রকে আবার শূন্য করে দিল। অনন্যাকে ভিড়ের মধ্যে মিলিয়ে যেতে দেখে তার মনে হলো, সে যেন একটা সুযোগ হারিয়ে ফেলল, হয়তো চিরদিনের জন্য।

সে ধীরে ধীরে তার স্টুডিওর দিকে হাঁটতে লাগল। তার মনে তখনো অনন্যার চোখগুলো ভাসছিল। সেই গভীরতা, সেই অনুশোচনা, সেই নীরব আর্তনাদ—সবকিছু রুদ্রের মনে এক নতুন আলোড়ন সৃষ্টি করেছিল। সে বুঝতে পারছিল, অনন্যা হয়তো তাকে ভুল বুঝেছিল। তার মনে সেই তিতলির কথা মনে পড়ল। যদি অনন্যা সত্যিই তিতলিকে তার পাশে দেখে ভুল বুঝে থাকে, তাহলে রুদ্র কেন তাকে সেদিন ব্যাখ্যা দেয়নি? কেন সে অনন্যার কাছে গিয়ে সরাসরি জিজ্ঞেস করেনি? তার নিজের নীরবতাও তো কম দায়ী ছিল না।

রুদ্র তার ডায়েরি খুলল। তার হাত কাঁপছিল যখন সে লিখল:

আলোর নিচে এক পলক

প্রিয় ডায়েরি,

আজ আমি অনন্যাকে দেখলাম। বইমেলায়। আমার চোখ নিজের চোখকে বিশ্বাস করতে পারছিল না। ও সত্যিই ফিরে এসেছে, ডায়েরি। ওর চোখে আমি সেই একই ভালোবাসা দেখেছি, সেই একই কষ্ট দেখেছি।

আমি ওকে ধরে রাখতে চেয়েছিলাম, ডায়েরি। ওর কাছে গিয়ে সব ভুল বোঝাবুঝি মিটিয়ে নিতে চেয়েছিলাম। ওকে বলতে চেয়েছিলাম যে তিতলি শুধু একজন ক্লায়েন্ট ছিল, ও হয়তো তার জন্যই আমাকে ভুল বুঝেছে, আর আমার জীবনে শুধু ও-ই ছিল, আছে, আর থাকবে। কিন্তু পারিনি, ডায়েরি। সেই নীরবতাটা আমাকে আটকে রাখল। আমার মনে হলো, যদি ও আমাকে আবার দূরে ঠেলে দেয়, তাহলে আমি আর সহ্য করতে পারব না।

কিন্তু এখন আমার মনে হচ্ছে, আমি একটা বিরাট ভুল করে ফেললাম। আমি ওকে চলে যেতে দিলাম। কেন আমি ওর কাছে গেলাম না? কেন আমি সাহস করে কথা বললাম না? আমি জানি না, ডায়েরি। আমার ভয়টা আমাকে গ্রাস করে ফেলেছিল।

আমার 'ছায়ার গল্প' প্রজেক্টে আমি মানুষকে একাকীত্ব আর নীরবতার ছবি তুলে ধরেছি। কিন্তু আজ আমি নিজেই সেই নীরবতার শিকার হলাম। আমি ওকে হারাতে চাই না, ডায়েরি। আমার মন বলছে, ওকেও আমার মতোই কষ্ট হচ্ছে। ওর চোখে আমি সেই অনুশোচনা দেখেছি, সেই আকাঙ্ক্ষা দেখেছি।

আমি জানি না, আবার আমাদের দেখা হবে কিনা। কিন্তু এই দেখাটা আমাকে আবার এক নতুন আশা দিল, ডায়েরি। আমি এখন জানি, ও আমাকে ভালোবাসে। আমি জানি, আমি ওকে ফিরে পেতে চাই। আমি যেকোনো মূল্যে ওকে ফিরে পেতে চাই।

রুদ্র

রুদ্র ডায়েরি বন্ধ করে দিল। বাইরে কলকাতা শহরে রাতের অন্ধকার নেমে আসছিল, কিন্তু রুদ্রের মনে তখন নতুন এক আলোর ঝলকানি। এই নীরব দেখা তাদের মধ্যে নতুন এক টানাপড়েন শুরু করল। অনন্যা বুঝতে পারল রুদ্রকে সে কতটা ভালোবাসে, আর রুদ্রের মনে দানা বাঁধল অনন্যাকে ফিরে পাওয়ার এক অদম্য আকাঙ্ক্ষা। তাদের এই নীরব পুনর্মিলনই হয়তো তাদের গল্পের পরবর্তী অধ্যায়ের সূচনা ছিল, যেখানে নীরবতা আর দূরত্বকে পেছনে ফেলে তারা আবার একে অপরের দিকে এগিয়ে আসার চেষ্টা করবে।

Ch. 15: অপরিচিত চেনা

কলকাতা বইমেলার সেই আকস্মিক দেখা, যেখানে অনন্যা ও রুদ্রের চোখাচোখি হয়েছিল নীরবতায়—তা চতুর্দশ অধ্যায়ের শেষে তাদের দুজনের মনেই এক গভীর আলোড়ন সৃষ্টি করেছিল। হাজারো অনুচ্চারিত কথা তাদের চোখে চোখে বিনিময় হয়েছিল, কিন্তু মুখের শব্দে কিছুই প্রকাশ পায়নি।

অনন্যা বইমেলা থেকে প্রায় পালিয়ে এসেছিল তার অতীতের ভয় আর অনুশোচনাকে সঙ্গে নিয়ে, রুদ্রও সুযোগ হারিয়ে হতাশায় ডুবেছিল, কিন্তু তার মনে ছিল অনন্যাকে ফিরে পাওয়ার এক অদম্য আকাঙ্ক্ষা। একাদশ অধ্যায়ে অনন্যা মুম্বাইয়ে নতুন জীবন শুরু করেছিল, আর দ্বাদশ অধ্যায়ে রুদ্র কলকাতায় তার 'ছায়ার গল্প' প্রজেক্টে নিজেকে ডুবিয়ে রেখেছিল। রুদ্রের পুরোনো কবিতার ইমেলটা অনন্যার মনে রুদ্রের প্রতি ভালোবাসার পুনর্জাগরণ ঘটিয়েছিল। এখন সেই ভালোবাসা, ভয় আর অনুশোচনার এক জটিল বুনট তাদের আবার কাছাকাছি টানছিল, কিন্তু তাদের পদক্ষেপগুলো ছিল অত্যন্ত সাবধানে, যেন 'ভাঙা কাঁচের মতো পা ফেলে'।

বইমেলা থেকে ফেরার পর অনন্যা নিজেকে আবার মায়ের বাড়িতে encerrado করে রাখল। তার মন তখন এক অদ্ভুত ঘোরের মধ্যে ছিল। রুদ্রকে আবার দেখার পর তার মনের পুরোনো সব ক্ষত যেন দগদগে হয়ে উঠেছিল, আর রুদ্রের প্রতি তার ভালোবাসাটা যেন আরও তীব্রভাবে ফিরে এসেছিল। সে বারবার ভাবছিল, কেন সে রুদ্রের সাথে কথা বলল না? কেন সে একটা সুযোগও রুদ্রকে দিল না তার ভুল বোঝাবুঝি ভাঙানোর? তার ডায়েরি সাক্ষী ছিল তার অস্থির মনের। অনন্যা বুঝতে পারছিল, মুম্বাইয়ের কর্পোরেট ব্যস্ততা তাকে সাময়িক শান্তি দিলেও, রুদ্রের শূন্যতা তার জীবন থেকে কখনোই পুরোপুরি দূর হয়নি।

অন্যদিকে, রুদ্রও বইমেলা থেকে ফিরে আসার পর থেকেই অস্থির ছিল। অনন্যাকে দেখার পর তার মনে নতুন এক

আশার আলো জ্বলে উঠেছিল, কিন্তু তার নীরব বিদায় রুদ্রকে আবার হতাশায় ডুবিয়েছিল। রুদ্রের মনে তখন একটাই প্রশ্ন—অনন্যা কি সত্যিই তাকে ভালোবাসে? নাকি এই দেখাটা শুধু এক ক্ষণিকের ভ্রম? সে অনন্যার সেই বিষণ্ণ চোখ, সেই নীরব আর্তনাদ বারবার মনে করার চেষ্টা করছিল। রুদ্র সিদ্ধান্ত নিল, সে আর নীরব থাকবে না। সে অনন্যাকে আর হারাতে চায় না। কিন্তু কীভাবে যোগাযোগ করবে? অনন্যা তো তার ফোন নম্বর ব্লক করে রেখেছে। ইমেল? অনন্যা ইমেলের উত্তর দেবে কিনা, সে জানত না।

সায়নীর সাথে অনন্যার ফোনে কথা হলো। সায়নী অনন্যার কলকাতা আসার খবর পেয়ে তার সাথে দেখা করতে এসেছিল। সায়নী দেখল অনন্যার মুখে সেই পুরোনো বিষণ্ণতা ফিরে এসেছে। "কী হয়েছে, অনন্যা? তুই এত মনমরা কেন?" অনন্যা প্রথমে ইতস্তত করল, তারপর সায়নীকে বইমেলার ঘটনাটা বলল। "আমি রুদ্রকে দেখেছি, সায়নী। আমরা চোখে চোখ রেখেছিলাম, কিন্তু কেউ কিছু বলতে পারিনি।" সায়নী অবাক হয়ে গেল। "কী বলছিস! রুদ্র? আর তোরা কথা বলিসনি?" "না রে, পারিনি," অনন্যা দীর্ঘশ্বাস ফেলল। "আমার মনে হলো, সেই মুহূর্তে কথা বলাটা সব কিছুকে আরও জটিল করে তুলবে।" সায়নী অনন্যার হাত ধরল। "তুই জানিস অনন্যা, রুদ্র তোকে কতটা ভালোবাসে? ও তোর চলে যাওয়ার পর পুরো ভেঙে গিয়েছিল। ও আমাকে বারবার জিজ্ঞেস করত তুই কেমন আছিস।" অনন্যা সায়নীর কথা শুনে চমকে উঠল। "সত্যি?" "হ্যাঁ রে। তোর সেই

তিতলির ভুল বোঝাবুঝি নিয়ে আমি অনেক পরে জানতে পেরেছিলাম। রুদ্রের জীবনে তিতলি শুধু একজন ক্লায়েন্ট ছিল। রুদ্র তোকে কতটা ভালোবাসত, তা তুই কল্পনাও করতে পারবি না।" অনন্যা মাথা নিচু করে রইল। তার মনে অনুশোচনা আরও তীব্র হলো। সে রুদ্রকে ভুল বুঝেছিল, আর সেই ভুল বোঝাবুঝির জন্য সে রুদ্রকে এতটা কষ্ট দিয়েছে।

সায়নী অনন্যাকে বোঝাল, "তুই যদি রুদ্রকে ফিরে পেতে চাস, তাহলে তোকে সাহস করতে হবে। ওকে একটা সুযোগ দিতে হবে।" "কিন্তু কিভাবে?" অনন্যা বলল। "ও কি আমাকে বিশ্বাস করবে?" "তুই একটা মেসেজ কর। অথবা ইমেল," সায়নী বলল। "জানিয়ে দে তুই ওকে কতটা ভালোবাসিস। এইবার আর কোনো ভুল বোঝাবুঝি যেন না হয়।"

সায়নীর কথায় অনন্যা কিছুটা সাহস পেল। সে রুদ্রকে একটা ইমেল লিখল। অনেকবার লিখল আর মুছল। প্রতিটি শব্দ খুব সাবধানে বেছে নিল, যেন কোনো ভুল বোঝাবুঝি না হয়। তার ইমেলের মূল বিষয়বস্তু ছিল তার অনুশোচনা, তার ভয়, এবং রুদ্রের প্রতি তার অব্যক্ত ভালোবাসা। সে তিতলির কথা সরাসরি উল্লেখ করল না, কিন্তু তার নীরবতার কারণ যে একটি ভুল বোঝাবুঝি ছিল, তা আকারে-ইঙ্গিতে বুঝিয়ে দিল।

রুদ্র সেই ইমেলটা পেল পরের দিন সকালে। যখন সে অনন্যার নামটা দেখল সাবজেক্ট লাইনে, তার হাত কাঁপছিল। সে ভয়ে ভয়ে ইমেলটা খুলল। অনন্যার প্রতিটি শব্দ সে বারবার পড়ল। তার অনুশোচনা, তার ভয়, তার অব্যক্ত

ভালোবাসা—সবকিছুই রুদ্র অনুভব করতে পারল। রুদ্রের মনে এক তীব্র আনন্দ আর স্বস্তি নেমে এল। অনন্যা তাকে ভুল বোঝেনি, সেও রুদ্রকে ভালোবাসে। তার মনে হলো, তার 'ছায়ার গল্প' প্রজেক্টের সেই আলোটা যেন আবার তার জীবনে ফিরে আসছে।

রুদ্র অনন্যাকে ফোন করল। অনন্যা প্রথমে ফোনটা ধরবে কিনা দ্বিধায় ছিল। তার হাত কাঁপছিল। কিন্তু সে জানত, এইবার সে আর ভুল করবে না। সে ফোনটা ধরল। "হ্যালো?" অনন্যার কণ্ঠস্বর কাঁপছিল। "অনন্যা?" রুদ্রের কণ্ঠে এক গভীর আবেগ। "তুমি কেমন আছ?" "আমি... আমি ভালো নেই, রুদ্র। তুমি কেমন আছ?" "আমি তোমাকে খুব মিস করেছি, অনন্যা," রুদ্র বলল। তার কণ্ঠে এক তীব্র আকাঙ্ক্ষা। "তোমার ইমেলটা পেয়েছি। আমি জানি না কী বলব।" "আমিও তোমাকে খুব মিস করেছি, রুদ্র," অনন্যা বলল। তার চোখ দিয়ে জল গড়িয়ে পড়ছিল। "আমি দুঃখিত। আমি তোমাকে অনেক কষ্ট দিয়েছি।" "না, অনন্যা। আমি বুঝতে পারছি," রুদ্র বলল। "আমিও তোমাকে ভুল বুঝেছিলাম। আমি তিতলির ব্যাপারটা তোমাকে বোঝাতে পারিনি।" অনন্যা দীর্ঘশ্বাস ফেলল। "আমি জানি। সায়নী আমাকে বলেছে।" রুদ্র কিছুক্ষণ চুপ করে রইল। তারপর বলল, "আমরা কি একবার দেখা করতে পারি, অনন্যা? সেই কফিশপে?" অনন্যা এক মুহূর্ত ভাবল। "হ্যাঁ। আমি আসব। কাল বিকেলে?" "হ্যাঁ, কাল বিকেল ৫টায়।" রুদ্রের কণ্ঠে এক নতুন আশার সুর।

আলোর নিচে এক পলক

পরের দিন বিকেলে অনন্যা সেই কফিশপে এল। তার মনটা ছিল এক মিশ্র অনুভূতির মেঘে ঢাকা—উৎসাহ, ভয়, আশা, আর এক ধরনের উদ্বেগ। রুদ্র তার জন্য অপেক্ষা করছিল, তার মুখে এক মৃদু হাসি। অনন্যাকে দেখে সে উঠে দাঁড়াল। এবার তারা দুজনেই একে অপরের দিকে এগিয়ে এল। কোনো নীরবতা ছিল না, কোনো দ্বিধা ছিল না।

তারা তাদের পুরোনো পছন্দের টেবিলে বসল। কফির অর্ডার দিল। সেই মুহূর্তটা ছিল এক নতুন শুরুর, এক নতুন দিগন্তের। অনন্যা রুদ্রের চোখের দিকে তাকাল, আর রুদ্র অনন্যার চোখে দেখল সেই একই ভালোবাসা, সেই একই গভীরতা।

"আমি জানি না কোথা থেকে শুরু করব," অনন্যা ফিসফিস করে বলল। রুদ্র অনন্যার হাত ধরল, খুব আলতো করে। "আমিও জানি না, অনন্যা। কিন্তু আমরা দুজনই এখানে আছি, এটাই গুরুত্বপূর্ণ।" অনন্যা রুদ্রের হাতে চাপ দিল। "আমি দুঃখিত, রুদ্র। আমি তোমাকে ভুল বুঝেছিলাম। আমার মনে হয়েছিল, তুমি অন্য কোনো মেয়ের সাথে জড়িয়েছ। আমার অতীতের অভিজ্ঞতাগুলো আমাকে ভয় পাইয়ে দিয়েছিল।" রুদ্র মাথা নাড়ল। "আমি বুঝতে পারছি, অনন্যা। আমিই তোমাকে বোঝাতে পারিনি যে তিতলি শুধু একজন ক্লায়েন্ট ছিল। আমাদের মধ্যে কোনো সম্পর্ক ছিল না।" "আমি জানি," অনন্যা বলল। "সায়নী আমাকে বলেছে। আমার বোকামি ছিল, রুদ্র। আমি তোমাকে একটা সুযোগও দিইনি।" "আমরা দুজনেই ভুল করেছি, অনন্যা," রুদ্র বলল। "আমিও

তোমাকে চাপ দিইনি, ভেবেছিলাম তুমি নিজের ইচ্ছায় ফিরে আসবে। কিন্তু সেই নীরবতাটা আমাদের মাঝে একটা দেয়াল তৈরি করেছিল।"

তাদের কথাগুলো যেন মনের ভেতরের জমে থাকা পাথরগুলোকে সরিয়ে দিচ্ছিল। তারা একে অপরের কাছে তাদের ভয়, তাদের কষ্ট, তাদের অনুশোচনাগুলো খুলে বলতে পারছিল। এই কথোপকথন ছিল তাদের জন্য এক ধরনের নিরাময়। তারা বুঝতে পারছিল, তাদের সম্পর্কটা ভেঙে যায়নি, শুধু কিছু ভুল বোঝাবুঝি আর নীরবতার কারণে দূরে সরে গিয়েছিল।

"আমি তোমাকে খুব মিস করেছি, রুদ্র," অনন্যা বলল। "মুম্বাইয়ের সেই ব্যস্ত জীবনেও আমি তোমার কথা ভুলতে পারিনি। তোমার কবিতা, তোমার ছবি, তোমার সেই গভীর চোখ—সবকিছুই আমাকে তাড়া করত।" "আমিও তোমাকে খুব মিস করেছি, অনন্যা," রুদ্র বলল। "আমার 'ছায়ার গল্প' প্রজেক্টটাও যেন তোমাকে ছাড়া অসম্পূর্ণ ছিল। আমার ক্যামেরার লেন্স শুধু তোমাকে খুঁজে ফিরত।"

তারা অনেকক্ষণ কথা বলল। তাদের ফেলে আসা দিনগুলো, মুম্বাইয়ের নতুন জীবন, রুদ্রের 'ছায়ার গল্প' প্রজেক্ট—সবকিছু নিয়ে তারা খোলামেলা আলোচনা করল। তাদের এই কথোপকথনের প্রতিটি শব্দই ছিল সাবধানে বলা, যেন ভাঙা কাঁচের মতো। তারা জানত, তাদের সম্পর্কটা এখন খুবই ভঙ্গুর। একটা ছোট ভুল বা একটা কড়া শব্দও হয়তো সব কিছুকে আবার নষ্ট করে দিতে পারে।

রুদ্র অনন্যার কাছ থেকে মুম্বাইয়ের জীবন সম্পর্কে জানতে চাইল। অনন্যা তার কাজের চাপ, নতুন সহকর্মীদের সাথে তার সম্পর্ক, এবং অফিসের পরিবেশ সম্পর্কে বলল। রুদ্র তাকে মনোযোগ দিয়ে শুনছিল, মাঝে মাঝে কিছু প্রশ্ন করছিল। অনন্যা অনুভব করছিল রুদ্রের এই উপস্থিতি তাকে কতটা শান্তি দিচ্ছে। রুদ্রের পাশে বসে তার পুরোনো দিনের বন্ধু অভ্রজিৎও এল। অভ্রজিৎ অনন্যাকে দেখে খুশি হলো, এবং তাদের দুজনের নীরবতাকে সম্মান জানিয়ে বেশি কথা বলল না।

রুদ্র তার 'ছায়ার গল্প' প্রজেক্টের কিছু ছবি অনন্যাকে দেখাল। অনন্যা মুগ্ধ হয়ে দেখল রুদ্রের তোলা প্রতিটি ছবি। তার চোখে জল এসে গেল যখন সে দেখল রুদ্রের সেই পুরনো ছবি, যেখানে একটি গাছের ছায়া পড়েছে একাকী পথের উপর, আর তার নিচে লেখা আছে 'অপেক্ষা'। অনন্যা বুঝতে পারল, রুদ্র তার জন্যই অপেক্ষা করছিল।

"তোমার কাজ অসাধারণ হয়েছে, রুদ্র," অনন্যা বলল। "আমি জানতাম তুমি সফল হবে।" "আমার সব প্রেরণা তুমি ছিলে, অনন্যা," রুদ্র বলল। "তোমার ছায়া ছিল আমার গল্পের অংশ।"

তাদের সম্পর্কটা ধীরে ধীরে আবার বন্ধুত্বের পথে হাঁটতে লাগল। তারা এখন আর শুধু রুদ্র আর অনন্যা নয়, বরং দুজন এমন মানুষ, যারা একে অপরের কষ্ট, ভয়, আর দুর্বলতাগুলো জেনেও ভালোবাসতে পারে। তাদের এই নতুন বন্ধুত্ব ছিল এক ভিন্ন স্বাদের। এখানে রোমান্টিকতার চেয়ে

বেশি ছিল বোঝাপড়া, আস্থা, আর এক ধরনের গভীর সম্মান। তারা জানত, তাদের পথটা এখনো বন্ধুর, কিন্তু তারা দুজনই একে অপরের হাত ধরে সাবধানে এগিয়ে যেতে প্রস্তুত ছিল।

সেই প্রথম সাক্ষাতের পর রুদ্র ও অনন্যা নিয়মিত দেখা করতে শুরু করল। অনন্যা যখনই কলকাতায় থাকত, তারা একসঙ্গে সময় কাটাত। কফিশপ, বইমেলা, আর্ট গ্যালারি, এমনকি রুদ্রের স্টুডিও—তারা বিভিন্ন জায়গায় দেখা করত। তাদের কথোপকথন আরও গভীর হতে লাগল। অনন্যা রুদ্রের কাছে তার মনের সব কথা খুলে বলত, তার ক্যারিয়ারের চাপ, তার মায়ের অসুস্থতা, তার ব্যক্তিগত ভয়। রুদ্রও তার ফটোগ্রাফি প্রজেক্টের নতুন নতুন কাজ, তার নতুন স্বপ্ন, আর তার ভেতরের একাকীত্বগুলো অনন্যার সাথে ভাগ করে নিত।

তাদের এই বন্ধুত্ব ছিল অদ্ভুত এক মিশ্রণ। সেখানে ভালোবাসার ইঙ্গিত ছিল, কিন্তু কেউ সেই বিষয়টিকে সরাসরি স্পর্শ করত না। তারা যেন ভাঙা কাঁচের ওপর পা ফেলে চলছিল, প্রতিটি পদক্ষেপ অত্যন্ত সাবধানে। তারা একে অপরের প্রতি কোনো চাপ সৃষ্টি করতে চাইত না, কারণ তারা জানত, তাদের সম্পর্কটা কতটা ভঙ্গুর। তারা চাইছিল এই বন্ধুত্বটা যেন তাদের ভালোবাসার এক নতুন ভিত্তি তৈরি করে, যা অতীতের ভুল বোঝাবুঝিগুলোকে কাটিয়ে উঠতে পারবে।

রুদ্র অনন্যার জন্য কিছু বিশেষ ছবি তুলত, যেগুলো ছিল শুধুই তাদের ব্যক্তিগত মুহূর্তের। অনন্যা রুদ্রের জন্য বই

কিনত, তার পছন্দের গানগুলো শোনাত। তারা একে অপরের জীবনে এক অবিচ্ছেদ্য অংশ হয়ে উঠছিল, কিন্তু সেই সম্পর্কটার নাম ছিল 'বন্ধুত্ব'। এই বন্ধুত্বে কোনো দাবি ছিল না, শুধু ছিল সম্মান, আস্থা, আর এক ধরনের নীরব ভালোবাসা।

অনন্যা মুম্বাই ফিরে যাওয়ার আগে রুদ্রের সাথে শেষবার দেখা করল। তারা একটা পার্কে বসেছিল, যেখানে সন্ধ্যা নামছিল ধীরে ধীরে। "আমি জানি না, রুদ্র," অনন্যা বলল। "আমরা কি এই সম্পর্কটা টিকিয়ে রাখতে পারব?" "আমরা চেষ্টা করব, অনন্যা," রুদ্র বলল। "আমরা একে অপরের পাশে থাকব, যেমন বন্ধুরা থাকে।" "কিন্তু আমরা কি শুধু বন্ধুই থাকব?" অনন্যার চোখে এক অব্যক্ত প্রশ্ন। রুদ্র অনন্যার দিকে তাকিয়ে হাসল। "সময়ই বলে দেবে, অনন্যা। এখন আমরা একে অপরের কাছে আছি, এটাই যথেষ্ট। আমরা সাবধানে পা ফেলব, যেন কোনো কাঁচ না ভাঙে।"

এই কথাগুলো শুনে অনন্যার মনে এক অদ্ভুত শান্তি নেমে এল। সে জানত, রুদ্র তাকে চাপ দেবে না। রুদ্র তাকে বুঝতে পারে। রুদ্র তাকে ভালোবাসে। এই বন্ধুত্বই তাদের জন্য এখন সবচেয়ে গুরুত্বপূর্ণ।

অনন্যা তার ডায়েরিতে লিখল:

প্রিয় ডায়েরি,

রুদ্রের সাথে আমার আবার দেখা হয়েছে। বইমেলার পর, আমরা আবার কথা বলেছি। আমার মনে হচ্ছে, আমি আবার

নতুন করে ওকে চিনতে পারছি। এইবার আমাদের সম্পর্কটা হয়তো ভিন্ন রকম হবে, ডায়েরি। আমরা এখন বন্ধু। কিন্তু আমাদের বন্ধুত্বটা খুবই অদ্ভুত। এখানে ভালোবাসা আছে, ভয় আছে, সম্মান আছে, আর সবচেয়ে বড় কথা, একে অপরের প্রতি এক গভীর আস্থা আছে।

আমি ওকে সব কথা বলেছি, ডায়েরি। আমার ভয়, আমার অতীত, আমার অভিমান—সব। আর ও আমাকে বুঝেছে। ও আমাকে তার ভুল বোঝাবুঝিটাও পরিষ্কার করেছে। রুদ্র আমাকে ক্ষমা করে দিয়েছে, ডায়েরি। আর আমি নিজেকে ক্ষমা করতে পারছি। এই সম্পর্কটা যেন ভাঙা কাঁচের মতো, ডায়েরি। আমরা দুজনই খুব সাবধানে পা ফেলছি, যেন কোনো কাঁচ না ভাঙে। কিন্তু এই ভঙ্গুরতাতেই যেন এক নতুন সৌন্দর্য আছে।

আমি জানি না এই বন্ধুত্বটা কোথায় গিয়ে থামবে, ডায়েরি। আমরা কি আবার ভালোবাসতে পারব? নাকি আমাদের সম্পর্কটা শুধু এই বন্ধুত্বের নামেই সীমাবদ্ধ থাকবে? আমি জানি না। কিন্তু এখন আমি ওকে আমার জীবনে ফিরে পেয়েছি, এটাই আমার জন্য অনেক বড় ব্যাপার। আমার মনে হচ্ছে, আমার ভেতরের শূন্যতাটা ধীরে ধীরে পূরণ হচ্ছে।

মুম্বাইয়ে ফিরে যাচ্ছি, ডায়েরি। কিন্তু এবার আর সেই শূন্যতা অনুভব করছি না। কারণ আমি জানি, রুদ্র আছে। ও আমার পাশে আছে। ও আমার অপরিচিত এক চেনা বন্ধু।

অনন্যা

আলোর নিচে এক পলক

রুদ্র তার ডায়েরিতে লিখল:

প্রিয় ডায়েরি,

অনন্যার সাথে আমার আবার দেখা হয়েছে। আমাদের কথা হয়েছে। সেই নীরবতা ভেঙে গেছে, ডায়েরি। আমি ওকে ফিরে পেয়েছি। কিন্তু এইবার আমাদের সম্পর্কটা ভিন্ন। আমরা এখন বন্ধু। খুব সাবধানে, যেন ভাঙা কাঁচের মতো পা ফেলে আমরা আবার একে অপরের কাছাকাছি আসছি।

আমি ওর মুখে সেই ভয় দেখেছি, ডায়েরি। তাই আমি ওকে চাপ দিইনি। আমি জানি, ভালোবাসতে সময় লাগে। আমি ওর পাশে থাকব, ওকে সাপোর্ট দেব। আমি চাই ও আমার প্রতি বিশ্বাস ফিরে পাক। আমি চাই ও নিজের ইচ্ছায় আমাকে ভালোবাসুক, ভয়কে জয় করে ভালোবাসুক।

আমার 'ছায়ার গল্প' প্রজেক্টটা এখন আরও বেশি সম্পূর্ণ মনে হচ্ছে, ডায়েরি। অনন্যা আমার পাশে আছে। ও আমার অনুপ্রেরণা। আমি জানি না এই পথটা কতটা বন্ধুর হবে, কিন্তু আমি প্রস্তুত। আমি ওকে আবার হারাতে চাই না।

আমি জানি না কবে আমাদের সম্পর্কটা ভালোবাসার নামে স্বীকৃতি পাবে। হয়তো সময় লাগবে। কিন্তু এখন এই বন্ধুত্বটাই আমাদের জন্য যথেষ্ট। আমরা অপরিচিত এক চেনা বন্ধু। এই বন্ধুত্বের রঙেই আমাদের ভালোবাসা আবার নতুন করে জন্ম নেবে, ডায়েরি। আমি বিশ্বাস করি।

রুদ্র

তারা দুজনেই তাদের নতুন সম্পর্কের এই অদ্ভুত রঙে নিজেদের ডুবিয়ে দিল। এই বন্ধুত্ব ছিল তাদের জন্য এক নতুন অভিজ্ঞতা, যেখানে ভালোবাসা নীরবে বেড়ে উঠছিল, ভাঙা কাঁচের মতো সাবধানে। তারা জানত না ভবিষ্যৎ তাদের জন্য কী অপেক্ষা করছে, কিন্তু তারা জানত, এইবার তারা একে অপরের হাত ধরে এগিয়ে যাবে, যত সতর্কতার সাথেই হোক না কেন। তাদের গল্পে এক নতুন অধ্যায়ের সূচনা হলো, যেখানে ভালোবাসা আবারও তার পথ খুঁজে ফিরছে, বন্ধুত্বের ছদ্মবেশে।

Ch. 16: অতীত ঝড় তোলে

পঞ্চদশ অধ্যায়ের শেষে রুদ্র ও অনন্যার নতুন করে শুরু হওয়া বন্ধুত্ব ছিল এক নরম আলোর মতো। কলকাতা বইমেলার সেই আকস্মিক দেখা, এরপর তাদের সাবধানে যোগাযোগ স্থাপন এবং কফিশপে বসে সেই ভুল বোঝাবুঝি মিটিয়ে নেওয়া—সবকিছুই যেন তাদের ভাঙা সম্পর্ককে জোড়া লাগানোর এক নতুন প্রচেষ্টা ছিল। অনন্যা তার পুরোনো ভয় আর অভিমান কাটিয়ে রুদ্রের প্রতি তার ভালোবাসা বুঝতে পেরেছিল, আর রুদ্রও অনন্যার প্রতি তার অদম্য টান আর গভীর বোঝাপড়া নিয়ে এগিয়ে আসছিল। মুম্বাইয়ের ব্যস্ততা আর কলকাতার শিল্পচর্চার মাঝে, এই বন্ধুত্বই ছিল তাদের একমাত্র আশ্রয়। তারা একে অপরের কাছে 'অপরিচিত চেনা' হয়ে উঠছিল, যেখানে প্রতিটি পদক্ষেপ ছিল হিসেবী, যেন ভাঙা কাঁচের ওপর পা ফেলার মতো সতর্ক। কিন্তু জীবনের

আলোর নিচে এক পলক

পথ সব সময় সরলরেখায় চলে না, আর অতীতের ছায়া অনেক সময় বর্তমানের ওপর কালো মেঘের মতো নেমে আসে।

অনন্যা যখন কলকাতায় মায়ের কাছে এসেছিল এবং রুদ্রের সাথে নতুন করে সম্পর্ক স্থাপন করছিল, তখন তার মনে এক ধরনের শান্তি ছিল। সে মুম্বাইয়ে ফিরে যাওয়ার পর তার কাজকর্মে আরও বেশি মনোযোগ দিল। রুদ্রের সাথে তার নিয়মিত ফোন আর মেসেজ চালাচালি হতে লাগল। তারা একে অপরের দৈনন্দিন জীবনের ছোট ছোট খবর ভাগ করে নিত, তাদের স্বপ্ন আর উদ্বেগ নিয়ে আলোচনা করত। অনন্যা বুঝতে পারছিল, রুদ্রের উপস্থিতি তার জীবনকে কতটা পরিপূর্ণ করে তুলেছে। তার ক্যারিয়ারের চাপ, অফিসের পলিটিক্স—সবকিছুই রুদ্রের সাথে কথা বলার পর যেন হালকা হয়ে যেত।

একদিন অনন্যার অফিসে একটি নতুন বড় প্রজেক্টের মিটিং ছিল। এটি একটি বহুজাতিক কোম্পানির সাথে তাদের প্রথম চুক্তি, তাই মিটিংটি অত্যন্ত গুরুত্বপূর্ণ ছিল। অনন্যা এই প্রজেক্টের প্রধান হিসেবে নেতৃত্ব দিচ্ছিল। মিটিং রুমে প্রবেশ করে অনন্যা যখন পরিচিত মুখগুলো দেখছিল, তখন তার চোখ আটকে গেল এক অপ্রত্যাশিত মুখের ওপর। টেবিলের অন্য প্রান্তে বসে ছিল **অরিজিৎ**। অনন্যার অতীত প্রেম, যে চতুর্থ অধ্যায়ে তার জীবনে ফিরে আসার চেষ্টা করেছিল, কিন্তু অনন্যা তখন রুদ্রের টানে দ্বিধায় ছিল। এবার অরিজিৎ ফিরে

এসেছে অন্য এক পরিচয়ে—প্রতিদ্বন্দ্বী কোম্পানির একজন প্রধান প্রতিনিধি হিসেবে।

অরিজিৎ অনন্যাকে দেখেই এক মৃদু হাসি হাসল। তার চোখে ছিল এক ধরনের আত্মবিশ্বাস, যা অনন্যার কাছে বেশ অস্বস্তিকর মনে হলো। অনন্যা কোনোমতে নিজেকে সামলে নিল। তার মনে হলো যেন তার হৃৎপিণ্ড থেমে গেছে। এই মুহূর্তে অরিজিৎকে এখানে দেখতে পাওয়াটা তার কাছে এক অপ্রত্যাশিত ধাক্কা ছিল। মিটিং শুরু হলো। অরিজিৎ অত্যন্ত পেশাদারী ভঙ্গিতে কথা বলছিল, তার কোম্পানির প্রস্তাবগুলো তুলে ধরছিল। কিন্তু তার চোখ বারবার অনন্যার দিকে ফিরছিল।

মিটিং শেষ হওয়ার পর অনন্যা দ্রুত বেরিয়ে যেতে চাইল, কিন্তু অরিজিৎ তাকে আটকে দিল। "অনন্যা, তুমি এখানে? আমি জানতাম না যে তুমি এই কোম্পানিতে কাজ করছো।" অনন্যা বাধ্য হয়ে থামল। "হ্যাঁ, অরিজিৎ। অনেক দিন পর।" তার কণ্ঠস্বরে এক ধরনের শীতলতা ছিল। "তুমি কি মুম্বাইয়ে থাকো এখন?" অরিজিৎ জিজ্ঞেস করল। তার চোখে পুরোনো দিনের সেই পরিচিত চাহনি। "হ্যাঁ," অনন্যা সংক্ষেপে উত্তর দিল। "আমরা কি পরে একবার কফি খেতে পারি? অনেক কথা বলার আছে," অরিজিৎ প্রস্তাব দিল। তার কণ্ঠে এক ধরনের জোর ছিল। অনন্যা ইতস্তত করল। তার মনে হলো রুদ্রের কথা। সে কি অরিজিতের সাথে কফি খাবে? এটা কি ঠিক হবে? "আমি... আমি খুব ব্যস্ত, অরিজিৎ। এখন সম্ভব নয়।" অনন্যা পাশ কাটিয়ে চলে যেতে চাইল। কিন্তু অরিজিৎ

হাল ছাড়ার পাত্র ছিল না। "আমার কাছে তোমার নম্বর আছে। আমি ফোন করব।"

অনন্যা দ্রুত সেখান থেকে সরে এল। তার সারা শরীর কাঁপছিল। অরিজিতের এই অপ্রত্যাশিত ফিরে আসাটা তার মনে এক তীব্র অস্বস্তি তৈরি করল। সে জানত, অরিজিৎ শুধু পেশাদারী সম্পর্ক রাখতে চায় না, সে আবার পুরোনো সম্পর্ককে নতুন করে শুরু করতে চায়। অনন্যা রুদ্রকে কতটা ভালোবাসে, তা সে এখন জানে। কিন্তু অরিজিতের এই ফিরে আসা তার মনকে কিছুটা হলেও টলিয়ে দিল। অতীতের স্মৃতিগুলো যেন আবার জীবন্ত হয়ে উঠতে চাইল। অরিজিতের সাথে তার কাটানো পুরোনো মুহূর্তগুলো, তাদের সেই গভীর প্রেম—সবকিছুই তার মনে ফিরে আসতে লাগল।

প্রথম কয়েক দিন অরিজিৎ বারবার অনন্যাকে ফোন করল, মেসেজ পাঠাল। অনন্যা বেশিরভাগই উপেক্ষা করল, কিছু ক্ষেত্রে সংক্ষিপ্ত উত্তর দিল। সে রুদ্রকে এই বিষয়ে কিছু জানাবে কিনা, তা নিয়ে দ্বিধায় ছিল। তাদের নতুন করে শুরু হওয়া বন্ধুত্বটা খুবই ভঙ্গুর ছিল, আর অনন্যা এই মুহূর্তে কোনো ঝামেলা চায়নি। সে ভয় পাচ্ছিল, রুদ্র যদি অরিজিতের কথা শুনে ভুল বোঝে, তাহলে তাদের সম্পর্কটা আবার ভেঙে যেতে পারে।

একদিন অরিজিৎ তার অফিসে এসে হাজির হলো। অনন্যাকে মিটিংয়ের নাম করে ডেকে পাঠাল। অনন্যা যেতেই দেখল অরিজিৎ একা বসে আছে। "অনন্যা, তুমি আমার ফোন ধরছ না কেন?" অরিজিৎ জিজ্ঞেস করল। তার কণ্ঠে অভিমান।

"আমি ব্যস্ত থাকি, অরিজিৎ," অনন্যা বলল। "আর আমাদের মধ্যে এখন শুধু প্রফেশনাল সম্পর্ক।" "প্রফেশনাল?" অরিজিৎ হাসল। "তুমি কি ভুলে গেছ আমাদের অতীত? আমাদের ভালোবাসা?" অনন্যা চুপ করে রইল। "আমি তোমাকে এখনও ভালোবাসি, অনন্যা," অরিজিৎ বলল। "আমি জানি আমাদের সম্পর্কটা কেন ভেঙেছিল। আমি ভুল করেছিলাম। কিন্তু আমি এখন শুধরে নিয়েছি। আমি তোমাকে আবার ফিরে পেতে চাই।" অরিজিতের কথাগুলো অনন্যাকে আঘাত করল। সে রুদ্রকে ভালোবাসে, আর অরিজিতের এই কথাগুলো তাকে আরও বেশি করে রুদ্রের কথা মনে করিয়ে দিচ্ছিল। অনন্যা নিজেকে শক্ত করে বলল, "অরিজিৎ, আমাদের মধ্যে কিছু নেই। আমি এখন অন্য জীবন যাপন করছি।" "অন্য জীবন? অন্য কেউ আছে?" অরিজিতের চোখে এক ধরনের ঈর্ষা দেখা গেল। অনন্যা কিছু বলল না। সে শুধু দ্রুত মিটিং রুম থেকে বেরিয়ে এল। অরিজিতের এই ফিরে আসাটা তার মনকে রীতিমতো নাড়া দিচ্ছিল। সে জানত, এই 'অতীতের ছায়া' তার বর্তমানকে প্রভাবিত করছে।

রুদ্র তার 'ছায়ার গল্প' প্রজেক্ট নিয়ে ব্যস্ত ছিল। তার ছবিগুলো বেশ প্রশংসা পাচ্ছিল, এবং সে নতুন নতুন মানুষের সাথে পরিচিত হচ্ছিল। দ্বাদশ অধ্যায়ে রুদ্র তার শিল্প দিয়ে অনন্যার অনুপস্থিতির কষ্টগুলো কিছুটা হলেও ভুলতে পেরেছিল, কিন্তু তার মনে তখনও অনন্যার প্রতি এক গভীর টান ছিল। পঞ্চদশ অধ্যায়ে অনন্যার সাথে নতুন করে বন্ধুত্ব শুরু হওয়ার পর রুদ্রের জীবনটা যেন আবার এক নতুন অর্থ খুঁজে

পেয়েছিল। সে জানত, অনন্যার সাথে তার সম্পর্কটা 'ভাঙা কাঁচের মতো', তাই সে খুব সাবধানে পা ফেলছিল।

কলকাতায় একটি বড় আর্ট ফেয়ার চলছিল। রুদ্র তার নতুন কিছু ছবি সেখানে প্রদর্শন করছিল। তার স্টলটি বেশ জনপ্রিয় ছিল। সেখানে অনেক শিল্প সমালোচক, শিল্পী এবং সাধারণ মানুষ রুদ্রের কাজ দেখতে আসছিল। রুদ্র তাদের সাথে কথা বলছিল, তার শিল্পের ভাবনা ব্যাখ্যা করছিল।

হঠাৎ তার সামনে এসে দাঁড়াল একটি পরিচিত মুখ। রুদ্র প্রথমে চিনতে পারল না, তারপর দেখল **তিতলি**। নবম অধ্যায়ে যাকে দেখে অনন্যা ভুল বুঝেছিল এবং রুদ্রের থেকে দূরে সরে গিয়েছিল। তিতলি এখন আরও বেশি ফ্যাশনেবল এবং আত্মবিশ্বাসী দেখাচ্ছিল। "রুদ্র! তুমি এখানে! আমি জানতাম না যে তুমি এত বড় শিল্পী হয়ে গেছ," তিতলি হাসতে হাসতে বলল। তার কণ্ঠস্বরে এক ধরনের চটকদারি ছিল। রুদ্র অবাক হলো। "তিতলি? তুমি এখানে?" "হ্যাঁ, আমি আর্ট লাভার। আর তোমার কাজ দেখে তো আমি মুগ্ধ," তিতলি বলল। "মনে আছে সেই দিনের কথা? যখন আমরা প্রথম দেখা করেছিলাম? তোমার ক্যামেরাটা তোমার কাছেই ছিল।" তিতলি সেই কফিশপের দিনের কথা ইঙ্গিত করছিল, যখন অনন্যা তাদের দেখেছিল। রুদ্রের মনে সেই পুরোনো ভুল বোঝাবুঝির কথা মনে পড়ল। সে অস্বস্তি অনুভব করল। "হ্যাঁ, মনে আছে।" "আমি তোমার সাথে আরও কাজ করতে চাই, রুদ্র," তিতলি বলল। "আমার একটা নতুন প্রজেক্ট আছে, মডেলিংয়ের। আমি চাই তুমি আমার জন্য ছবি তোল।"

রুদ্র ইতস্তত করল। তার মনে অনন্যার কথা ভেসে উঠল। সে কি তিতলির সাথে কাজ করবে? "আমি এখন একটু ব্যস্ত, তিতলি," রুদ্র বলল। "আমি পরে তোমাকে ফোন করব।" "ঠিক আছে। কিন্তু ভুলে যেও না যেন," তিতলি হাসল। তার চোখে এক ধরনের চ্যালেঞ্জ ছিল।

তিতলি চলে যাওয়ার পর রুদ্রের মনটা অস্থির হয়ে উঠল। সে জানত, তিতলি শুধু কাজ চায় না, সে রুদ্রের সাথে ব্যক্তিগত সম্পর্ক স্থাপন করতে চায়। রুদ্র অনন্যাকে তিতলির কথা সরাসরি জানাতে পারেনি নবম অধ্যায়ে। এবার কি সে অনন্যাকে জানাবে? তাদের সম্পর্কটা এত কঠিন পরীক্ষার পর নতুন করে শুরু হয়েছে। যদি অনন্যা আবার ভুল বোঝে? রুদ্র এই মুহূর্তে কোনো ঝুঁকি নিতে চায়নি। সে তিতলির ব্যাপারটা এড়িয়ে যেতে চাইল।

কিন্তু তিতলি রুদ্রকে ছাড়ল না। সে রুদ্রের প্রদর্শনীতে আরও কয়েকবার এল, তাকে ফোন করল, মেসেজ পাঠাল। তার মেসেজগুলোতে এক ধরনের অন্তরঙ্গতা ছিল, যা রুদ্রকে অস্বস্তিতে ফেলছিল। রুদ্র বেশিরভাগই উত্তর দিত না, বা খুব সংক্ষিপ্ত উত্তর দিত। সে অনন্যাকে এই বিষয়ে কোনো কথা বলেনি। সে চেয়েছিল, তাদের নতুন করে গড়া সম্পর্কটা যেন কোনোভাবে ক্ষতিগ্রস্ত না হয়।

একদিন রুদ্রের ফোনে তিতলির একটি মেসেজ এল। "রুদ্র, তোমার প্রদর্শনীটা অসাধারণ হয়েছে! আমি তোমার পাশে থাকতে চাই। আমাদের পুরোনো দিনের মতো।" মেসেজটা রুদ্রের ল্যাপটপের পাশে রাখা ছিল, আর ঠিক তখনই অনন্যা

রুদ্রকে ভিডিও কল করল। রুদ্র ফোনটা ধরতে গেল, আর তখন অনন্যা ল্যাপটপের স্ক্রিনে সেই মেসেজটা দেখতে পেল। রুদ্র মেসেজটা লুকানোর আগেই অনন্যা মেসেজটা পড়ে ফেলল।

অনন্যার মুখটা মুহূর্তেই ফ্যাকাসে হয়ে গেল। 'তোমার পাশে থাকতে চাই। আমাদের পুরোনো দিনের মতো।' এই কথাগুলো অনন্যার মনে সেই নবম অধ্যায়ের ভুল বোঝাবুঝিটাকে আবার ফিরিয়ে আনল। অনন্যা রুদ্রের দিকে তাকিয়ে রইল, তার চোখে প্রশ্ন আর অবিশ্বাস।

"এটা... এটা কী, রুদ্র?" অনন্যা কাঁপা গলায় জিজ্ঞেস করল। রুদ্র চমকে উঠল। সে দ্রুত ল্যাপটপের স্ক্রিনটা বন্ধ করে দিল। "এটা কিছু না, অনন্যা। তিতলি... ও আমার একজন ক্লায়েন্ট।" "ক্লায়েন্ট?" অনন্যা হাসল। সেই হাসিতে এক ধরনের তিক্ততা ছিল। "তোমার ক্লায়েন্ট তোমাকে 'আমাদের পুরোনো দিনের মতো' মেসেজ পাঠায়?" "ও আসলে... একটু বেশি কথা বলে," রুদ্র বোঝানোর চেষ্টা করল। "আমি ওকে পাত্তা দিই না।" "তুমি আমাকে মিথ্যে বলছো, রুদ্র!" অনন্যা প্রায় চিৎকার করে উঠল। "সেই দিনও তুমি আমাকে মিথ্যে বলেছিলে। আমি তোমাকে তিতলির সাথে দেখেছিলাম, আর তুমি আমাকে কিছু বলোনি!" রুদ্র হতাশ হলো। "আমি তোমাকে বোঝানোর চেষ্টা করেছি, অনন্যা। ও শুধু আমার একজন ক্লায়েন্ট ছিল।" "ছিল? তাহলে এখন কী? ও কি তোমার জীবনে ফিরে এসেছে?" অনন্যার কণ্ঠে এক তীব্র অভিযোগ। রুদ্র কোনো উত্তর দিতে পারল না। সে অনন্যাকে

আঘাত করতে চায়নি। সে চেয়েছিল এই বিষয়টা অনন্যার কাছ থেকে গোপন রাখতে, যাতে তাদের সম্পর্কটা নতুন করে গড়ে ওঠে। কিন্তু এখন সব প্রকাশ হয়ে গেল।

"আমি আর পারছি না, রুদ্র," অনন্যা বলল। তার চোখ দিয়ে জল গড়িয়ে পড়ছিল। "আমি তোমাকে বিশ্বাস করতে চাইছিলাম। আমি তোমাকে আবার একটা সুযোগ দিচ্ছিলাম। কিন্তু তুমি..." "না, অনন্যা, এমনটা ভেবো না!" রুদ্র মিনতি করল। "আমি তোমার সাথে কোনো প্রতারণা করিনি। আমি শুধু..." অনন্যা রুদ্রের কথা শেষ করার আগেই ভিডিও কলটা কেটে দিল। রুদ্র বারবার অনন্যাকে ফোন করল, কিন্তু অনন্যা আর ফোন ধরল না। তার মনে হলো, অতীতের সেই ভুল বোঝাবুঝিটা আবার এক নতুন রূপ নিয়ে তাদের সামনে ফিরে এসেছে।

অরিজিৎ আর তিতলির এই অপ্রত্যাশিত ফিরে আসা অনন্যা ও রুদ্র উভয়ের জীবনেই এক তীব্র ঝড় তুলেছিল। অনন্যা মুম্বাইয়ে অরিজিতের সাথে লড়াই করছিল, তার পুরোনো প্রেমের ছায়া তাকে তাড়া করছিল। রুদ্র কলকাতায় তিতলির অপ্রত্যাশিত আগমন আর অনন্যার ভুল বোঝাবুঝি নিয়ে হতাশায় ডুবেছিল। তাদের দুজনের নতুন করে গড়া সম্পর্কটা যেন এক মুহূর্তেই ভেঙে চৌচির হয়ে গেল।

অনন্যা তার ডায়েরিতে লিখল:

প্রিয় ডায়েরি,

আলোর নিচে এক পলক

আজ রুদ্রের সাথে আমার আবার ঝগড়া হলো। সেই পুরোনো ভুল বোঝাবুঝি, সেই তিতলি। আমি ওকে ল্যাপটপে তিতলির মেসেজটা দেখতে পেয়েছি, ডায়েরি। 'আমাদের পুরোনো দিনের মতো'... এর মানে কী? আমি ওকে বিশ্বাস করতে চাইছিলাম, ডায়েরি। আমি ওকে আমার জীবনে ফিরিয়ে আনতে চাইছিলাম। কিন্তু ও আমাকে আবার কষ্ট দিল।

আর অরিজিৎ। ও আমার অফিসে ফিরে এসেছে, ডায়েরি। আমাকে আবার পুরোনো দিনের কথা মনে করিয়ে দিচ্ছে। আমি ওকে এড়িয়ে চলতে চাইছি, কিন্তু ও আমাকে ছাড়ছে না। আমার মনে হচ্ছে, আমি এক কঠিন জালে আটকে গেছি। একদিকে রুদ্র, অন্যদিকে অরিজিৎ। আর আমি মাঝখানে একা।

আমার মনটা আজ খুব খারাপ, ডায়েরি। মনে হচ্ছে, অতীতের ছায়াগুলো আমাকে গ্রাস করে ফেলছে। আমি কি কখনো এই অতীত থেকে মুক্তি পাব না? আমি কি কখনো শান্তিতে ভালোবাসতে পারব না? রুদ্রের সাথে আমাদের সম্পর্কটা ভাঙা কাঁচের মতো ছিল, ডায়েরি। আর আজ সেই কাঁচটা আবার ভেঙে গেল। আমি জানি না, আমি কি ওকে আবার বিশ্বাস করতে পারব? আমার খুব কষ্ট হচ্ছে, ডায়েরি। এই ঝড়টা আমাকে ভেঙে দিচ্ছে।

অনন্যা

রুদ্র তার ডায়েরিতে লিখল:

প্রিয় ডায়েরি,

অনন্যা আমাকে ভুল বুঝল। আবার। তিতলির মেসেজটা দেখে ও আমাকে অবিশ্বাস করল। আমি ওকে বোঝানোর চেষ্টা করলাম, ডায়েরি। কিন্তু ও আমার কথা শুনল না। ও আমাকে মিথ্যেবাদী ভাবছে। আমার খুব কষ্ট হচ্ছে।

আমি ওকে হারাতে চাই না, ডায়েরি। আমি ওকে ফিরে পেয়েছিলাম, আর এখন আবার হারিয়ে ফেললাম। আমি জানি, আমি হয়তো তিতলির ব্যাপারটা ওকে আগে জানাতে পারতাম। কিন্তু আমি ভয় পাচ্ছিলাম। আমি ভয় পাচ্ছিলাম যদি ও আমাকে আবার দূরে ঠেলে দেয়। আর আজ সেই ভয়টা সত্যি হয়ে গেল।

আমার 'ছায়ার গল্প' প্রজেক্টটাও আজ অর্থহীন মনে হচ্ছে। অনন্যাকে ছাড়া আমার শিল্প, আমার জীবন—সবকিছুই অর্থহীন। আমি জানি না, আমি কী করব। আমি কি ওকে আবার বোঝানোর চেষ্টা করব? নাকি ও আমাকে আর বিশ্বাস করবে না? আমার মনে হচ্ছে, অতীতের ভুলগুলো আমাকে তাড়া করছে। তিতলির কারণে যে ভুল বোঝাবুঝি হয়েছিল, সেটাই আবার আমাদের সম্পর্কটাকে নষ্ট করে দিল।

এই ঝড়টা আমাকে ভেঙে দিচ্ছে, ডায়েরি। আমি অনন্যাকে খুব ভালোবাসি। কিন্তু আমার মনে হচ্ছে, আমাদের মাঝে এক অদৃশ্য দেয়াল তৈরি হয়ে গেছে, যা আমি কোনোদিনও ভাঙতে পারব না। এই অতীতটা কেন আমাদের জীবনে বারবার ফিরে আসে, ডায়েরি? কেন আমাদের শান্তিতে থাকতে দেয় না?

রুদ্র

অতীতের এই ঝড় অনন্যা ও রুদ্রের জীবনে এক নতুন টানাপড়েন সৃষ্টি করল। অনন্যা তার পুরোনো ভয় আর অবিশ্বাসকে আবার ফিরে পেল। রুদ্র তার অসহায়ত্ব আর ভুল বোঝাবুঝির যন্ত্রণা অনুভব করল। তাদের নতুন করে গড়া 'ভাঙা কাঁচের' মতো সম্পর্কটা আবার ঝুঁকির মুখে পড়ল। তারা দুজনই তাদের ব্যক্তিগত যুদ্ধের মুখোমুখি হলো, যেখানে অতীত তাদের বর্তমানকে টলিয়ে দিল এবং ভবিষ্যতের পথকে আরও অনিশ্চিত করে তুলল। এই ঝড় তাদের ভালোবাসার ভিত্তিকে কতটা শক্তিশালী করতে পারবে, নাকি তা সম্পূর্ণ ভেঙে দেবে, তা এখনো অনিশ্চিত।

Ch. 17: দ্বিতীয় ঝগড়া

পঞ্চদশ অধ্যায়ের শেষে রুদ্র ও অনন্যার সেই নতুন করে শুরু হওয়া বন্ধুত্ব ছিল এক ভঙ্গুর আশার মতো, যেখানে তারা 'ভাঙা কাঁচের মতো' সাবধানে পা ফেলে একে অপরের কাছাকাছি আসছিল। কলকাতা বইমেলার আকস্মিক দেখা, এরপর তাদের কফিশপের সেই অকপট আলোচনা, যেখানে তারা ভুল বোঝাবুঝি মিটিয়ে নতুন করে শুরু করার প্রতিশ্রুতি দিয়েছিল—সবকিছুই তাদের ভাঙা সম্পর্ককে জোড়া লাগানোর এক নতুন প্রচেষ্টা ছিল। কিন্তু ষষ্ঠদশ অধ্যায়ে রুদ্রের জীবনে তিতলির অপ্রত্যাশিত আগমন এবং অনন্যার অফিসে

অরিজিতের পুনঃপ্রবেশ সেই ভঙ্গুর শান্তিকে ছিন্নভিন্ন করে দিয়েছিল। রুদ্রের ল্যাপটপে তিতলির মেসেজ দেখে অনন্যার মনে পুরোনো অবিশ্বাস আর অভিমান আবার দানা বেঁধেছিল, যার ফলে তাদের মধ্যে একটি তীব্র ভিডিও কল ঝগড়া হয়েছিল। অনন্যা রুদ্রকে মিথ্যে বলার অভিযোগে ফোন কেটে দিয়েছিল, আর রুদ্র অসহায়ভাবে তার অকারণ নীরবতার মূল্য দিচ্ছিল। এই অধ্যায় সেই সংঘাতের পরিণতি এবং এক নতুন, আরও গভীর ফাটলের সূচনা।

ভিডিও কল কেটে যাওয়ার পর অনন্যা তার মোবাইলটা দূরে ছুঁড়ে ফেলে দিল। তার সারা শরীর কাঁপছিল। তার মনে হচ্ছিল, রুদ্র তাকে আবারও ঠকাল। সেই পুরোনো ক্ষতটা আবার দগদগে হয়ে উঠল। 'আমাদের পুরোনো দিনের মতো'—তিতলির এই মেসেজটা অনন্যার মনে বিষের মতো ছড়িয়ে পড়ছিল। সে রুদ্রকে বিশ্বাস করতে চাইছিল, এই নতুন বন্ধুত্বকে একটা সুযোগ দিতে চাইছিল, কিন্তু বারবার যেন তার অতীতের ভয় তাকে পিছন টেনে ধরছিল। তার মনে অরিজিতের ফিরে আসার চাপটাও নতুন করে যোগ হয়েছিল। একদিকে অরিজিতের ক্রমাগত পিছুটান, অন্যদিকে রুদ্রের জীবনে তিতলির ছায়া—অনন্যা নিজেকে এক কঠিন জালে আটকা পড়া মনে করছিল।

মুম্বাইয়ের কর্পোরেট অফিসের চাপ, মায়ের অসুস্থতার চিন্তা—সবকিছু মিলিয়ে অনন্যার মানসিক অবস্থা ছিল খুবই অস্থির। এই মুহূর্তে রুদ্রের কাছ থেকে এই ধরনের আঘাত তার সহ্য হচ্ছিল না। সে তার ঘরে চুপচাপ বসে রইল, চোখ দিয়ে

অবিরাম জল গড়িয়ে পড়ছিল। সে নিজেকে প্রশ্ন করল, "আমি কেন বারবার এই একই ভুল করি? কেন আমি কাউকে বিশ্বাস করতে পারি না?" তার মনে হলো, রুদ্রের সাথে তার সম্পর্কটা আসলে 'ভাঙা কাঁচের' মতোই ছিল, আর আজ সেই কাঁচটা সম্পূর্ণ ভেঙে গেল।

অন্যদিকে, রুদ্রও ভিডিও কল কেটে যাওয়ার পর হতভম্ব হয়ে বসেছিল। সে বারবার অনন্যাকে ফোন করল, মেসেজ পাঠাল, কিন্তু কোনো উত্তর পেল না। অনন্যা তাকে বিশ্বাস করল না, এটাই রুদ্রের কাছে সবচেয়ে বেশি কষ্টদায়ক ছিল। সে তিতলির মেসেজটা মুছে ফেলল, যেন সেটার কোনো অস্তিত্ব ছিল না। কিন্তু অনন্যার মনে যে অবিশ্বাস তৈরি হয়েছিল, তা মুছে ফেলা সম্ভব ছিল না। রুদ্রের মনে তীব্র হতাশা। সে জানত না, কীভাবে অনন্যাকে বোঝাবে যে তিতলি শুধু একজন ক্লায়েন্ট ছিল, আর তার জীবনে অনন্যা ছাড়া আর কেউ নেই। রুদ্র অনুভব করল, তাদের এই নতুন করে গড়া সম্পর্কটা এতটাই ঠুনকো ছিল যে, একটা ছোট্ট ভুল বোঝাবুঝিতেই তা ধূলিসাৎ হয়ে গেল।

রুদ্রের মনে তখন অনন্যার অভিমান আর তার নিজের নীরবতার জন্য এক তীব্র অনুশোচনা। সে কেন তিতলির ব্যাপারটা অনন্যাকে প্রথম থেকেই বলেনি? কেন সে নবম অধ্যায়ে অনন্যার ভুল বোঝাবুঝির সময় তিতলির কথা পরিষ্কার করেনি? তার নিজের এই অসতর্কতা আজ তাকে অনন্যার থেকে আরও দূরে ঠেলে দিল। তার মনে হলো, সে

যেন এক নিরুপায় দর্শক, যে তার ভালোবাসার সম্পর্কটা ভেঙে যেতে দেখছে, কিন্তু কিছু করার ক্ষমতা নেই।

কয়েক দিন এভাবেই কাটল। অনন্যা রুদ্রের কোনো ফোন ধরল না, মেসেজের উত্তর দিল না। রুদ্রও হতাশ হয়ে যোগাযোগ করা বন্ধ করে দিল। তাদের মাঝে আবার সেই পুরোনো নীরবতা ফিরে এল, যা দশম অধ্যায়ের সেই 'নীরব বিদায়'-এর কথা মনে করিয়ে দিচ্ছিল। কিন্তু এবার সেই নীরবতা আরও বেশি ভারী, আরও বেশি কষ্টদায়ক ছিল। কারণ এবার তারা একে অপরের প্রতি রাগ আর অবিশ্বাস নিয়ে দূরে সরে যাচ্ছিল, ভালোবাসার টান থাকা সত্ত্বেও।

একদিন রুদ্রের মনটা খুব খারাপ ছিল। তার 'ছায়ার গল্প' প্রজেক্টের কাজেও তার মন বসছিল না। সে জানত, অনন্যাকে ছাড়া তার জীবনটা অসম্পূর্ণ। সে সিদ্ধান্ত নিল, এইবার সে অনন্যাকে শেষবারের মতো বোঝানোর চেষ্টা করবে। সে অনন্যাকে ফোন করল।

অনন্যা তখন অফিসের কাজ করছিল, তার ফোনে রুদ্রের নামটা জ্বলজ্বল করছিল। অনন্যা প্রথমে ফোনটা ধরবে কিনা দ্বিধায় ছিল। তার মনে হলো, কেন সে বারবার আমাকে কষ্ট দেবে? কিন্তু তার ভেতরের রুদ্রের প্রতি টান তাকে ফোনটা ধরতে বাধ্য করল। সে ভাবল, হয়তো রুদ্র কিছু ব্যাখ্যা দেবে, হয়তো সব ভুল বোঝাবুঝি মিটে যাবে।

"হ্যালো?" অনন্যার কণ্ঠে এক ধরনের শীতলতা ছিল। "অনন্যা? তুমি কেমন আছ?" রুদ্রের কণ্ঠে আশা আর উদ্বেগ। "ভালো নেই, রুদ্র," অনন্যা সরাসরি বলল। "তোমার সাথে

কথা বলার মতো মানসিক অবস্থায় আমি এখন নেই।" "প্লিজ, অনন্যা," রুদ্র মিনতি করল। "আমাকে একটা সুযোগ দাও। আমি তোমাকে বোঝাতে চাই।" "কী বোঝাতে চাও, রুদ্র?" অনন্যার কণ্ঠে এক তীব্র খোঁচা। "যে তিতলি তোমার ক্লায়েন্ট ছিল? আর 'আমাদের পুরোনো দিনের মতো' মানে শুধু কাজের কথা? আমি কি এতই বোকা, রুদ্র?"

রুদ্রের মনে আঘাত লাগল। অনন্যা তাকে অবিশ্বাস করছে, তাকে মিথ্যেবাদী ভাবছে। "অনন্যা, তুমি আমাকে মিথ্যেবাদী ভাবছো? আমি তোমাকে কখনও মিথ্যে বলিনি।" "তুমি কি আমাকে প্রথম দিনই বলতে পারতে না যে তিতলি কে?" অনন্যা বলল। "যখন আমি তোমাদের এক সাথে দেখেছিলাম, তখন কেন চুপ ছিলে? কেন তুমি বারবার আমাকে সন্দেহ করার সুযোগ দাও?" রুদ্রের মনে তখন রাগ আর হতাশা এক সাথে মিশে যাচ্ছিল। "আমি কি তোমাকে সব কিছু বোঝানোর জন্য দায়ী, অনন্যা? তুমি কেন আমাকে বিশ্বাস করতে পারছ না? তোমার মন থেকে সেই অবিশ্বাসটা দূর হয় না কেন?" "আমার মন থেকে অবিশ্বাস দূর হবে কেন, রুদ্র?" অনন্যা পাল্টা প্রশ্ন করল। তার কণ্ঠে তীব্র তিক্ততা। "আমার জীবনে একবার আঘাত এসেছে। আমি আবার সেই একই ভুল করতে চাই না।" সে অরিজিতের কথা বলতে চাইল, কিন্তু থেমে গেল। রুদ্র অরিজিতের কথা জানে না।

"তাহলে তুমি কি আমাকে বিশ্বাস করো না?" রুদ্র জিজ্ঞেস করল। তার কণ্ঠে চাপা কষ্ট। "আমি জানি না, রুদ্র," অনন্যা বলল। "আমার মনে হচ্ছে, আমি তোমাকে বিশ্বাস করতে

পারছি না। তোমার জীবনে বারবার এমন মানুষ কেন আসে, যারা আমাদের সম্পর্কের মাঝে আসে?" এই কথাগুলো রুদ্রকে তীব্র আঘাত করল। তার মনে হলো, অনন্যা তাকে দোষারোপ করছে, যেন সবকিছু রুদ্রের দোষ। "এটা আমার দোষ? তুমি কেন সবসময় সবকিছু আমার ঘাড়ে চাপাও? তুমি নিজেকে একবারও দেখো না কেন?" রুদ্রের কণ্ঠে তখন এক ধরনের ক্ষোভ।

"আমি নিজেকে দেখেছি, রুদ্র," অনন্যা বলল। "আমার জীবনে অরিজিৎ এসেছিল, আর আমি তাকে দূরে ঠেলে দিয়েছি। কিন্তু তুমি কেন তোমার জীবন থেকে এই মানুষদের সরাতে পারছ না?" রুদ্রের মনে তখন এক তীব্র রাগ। "তাহলে তুমি কি বলতে চাইছ যে আমার জীবন থেকে সবাইকে সরিয়ে দেবো? তুমি কি আমাকে সবার থেকে বিচ্ছিন্ন করে রাখতে চাও?" "আমি শুধু চাই তুমি সৎ হও, রুদ্র," অনন্যা বলল। "তুমি আমাকে বোঝাও, যে তোমার জীবনে আর কোনো ছায়া নেই। কিন্তু তুমি তা করতে পারছ না।" "আমি তোমাকে বোঝাতে চাইছি, অনন্যা," রুদ্র বলল। "কিন্তু তুমি আমার কথা শুনছ না। তুমি শুধু তোমার পুরোনো ভয় আর অবিশ্বাসকে আঁকড়ে ধরে আছ।" "কারণ আমি জানি, রুদ্র," অনন্যা বলল। "ভাঙা কাঁচ জোড়া লাগে না।" এই কথাগুলো যেন তার হৃদয়ের গভীর থেকে এসেছিল, যা রুদ্রের কানে এক তীব্র আঘাত হানল। পঞ্চদশ অধ্যায়ে রুদ্রই বলেছিল, 'আমরা সাবধানে পা ফেলব, যেন কোনো কাঁচ না

ভাঙে'। আর আজ অনন্যা নিজেই সেই কাঁচ ভাঙার কথা বলছে।

রুদ্রের মনে তখন এক তীব্র যন্ত্রণা। অনন্যা তার হৃদয়ের সবচেয়ে দুর্বল জায়গাটাতে আঘাত করেছে। "তাহলে কি তুমি আমাকে আর চাও না, অনন্যা? এটাই কি তোমার শেষ কথা?" অনন্যা চুপ করে রইল। তার চোখ দিয়ে তখনো জল গড়িয়ে পড়ছিল। সে রুদ্রকে ভালোবাসে, কিন্তু তার আত্মসম্মান আর তার অতীতের ভয় তাকে পিছন টেনে ধরছিল। সে জানত, যদি সে রুদ্রের সাথে থাকে, তাহলে এই কষ্টগুলো তাকে বারবার তাড়া করবে।

"অনন্যা, তুমি কি সত্যি সত্যি বলতে চাও যে সব শেষ?" রুদ্রের কণ্ঠস্বর কাঁপছিল। অনন্যা দীর্ঘশ্বাস ফেলল। "আমি জানি না, রুদ্র। হয়তো এটাই ভালো। আমরা দুজনেই নিজের জায়গা থেকে সরে যেতে চাই।" এই কথাগুলো যেন রুদ্রের কানে এক তীব্র আঘাত হানল। তার মনে হলো, অনন্যা তাকে ছেড়ে যেতে চাইছে, তাদের সম্পর্কটা শেষ করে দিতে চাইছে। রুদ্রের মনে এক তীব্র অভিমান দানা বাঁধল। সে আর অনন্যাকে চাপ দিতে চাইল না। সে বুঝতে পারল, এই মুহূর্তে তাদের কথা বলাটা শুধু কষ্ট বাড়াবে।

"ঠিক আছে, অনন্যা," রুদ্র বলল। তার কণ্ঠস্বর ছিল শীতল। "যদি এটাই তোমার সিদ্ধান্ত হয়, তাহলে তাই হোক। তুমি নিজের জায়গা থেকে সরে যেতে চাও, আর আমি আমার জায়গা থেকে সরে যাব। আমরা আর যোগাযোগ করব না।"

অনন্যা কিছু বলতে পারল না। তার গলা শুকিয়ে কাঠ হয়ে গিয়েছিল। সে ফোনটা কেটে দিল।

ফোন কেটে যাওয়ার পর অনন্যা তার বিছানায় শুয়ে পড়ল। তার শরীর কাঁপছিল, তার মাথা ব্যাথা করছিল। তার মনে হলো, সে যেন সব শক্তি হারিয়ে ফেলেছে। রুদ্রের সাথে এই দ্বিতীয় ঝগড়াটা তার মনে এক গভীর ক্ষত তৈরি করল। সে রুদ্রকে ভালোবাসে, কিন্তু সে জানত, এই মুহূর্তে রুদ্রের সাথে থাকাটা তার জন্য সম্ভব নয়। তার মন আর এই কষ্ট সহ্য করতে পারছিল না। সে জানত, এইবার সে রুদ্র থেকে পুরোপুরি দূরে চলে যাবে। এই দূরত্বই হয়তো তাকে শান্তি দেবে।

অনন্যা তার ডায়েরিটা খুলল। তার হাত কাঁপছিল যখন সে লিখল:

প্রিয় ডায়েরি,

আজ রুদ্রের সাথে আমার আবার ঝগড়া হলো। দ্বিতীয়বার। আর এইবার মনে হচ্ছে, সব শেষ। আমি ওকে বলেছি যে আমরা দুজনেই নিজের জায়গা থেকে সরে যেতে চাই। আমার খুব কষ্ট হচ্ছে, ডায়েরি। আমি ওকে ভালোবাসি, কিন্তু এই সম্পর্কটা আমাকে শুধু কষ্ট দিচ্ছে।

আমি জানি না কেন এমন হয়, ডায়েরি। কেন আমার জীবনে ভালোবাসা এলেই জটিলতা আসে? কেন আমার অতীতের ছায়া আমাকে বারবার তাড়া করে? আমি রুদ্রকে বিশ্বাস করতে চেয়েছিলাম, কিন্তু তিতলির মেসেজটা, আর তার

নীরবতা—সবকিছু মিলে আমার বিশ্বাসটা ভেঙে দিল। আমার মনে হলো, আমি বারবার একই ভুল করছি।

আর অরিজিৎ। ও আমাকে ছাড়ছে না, ডায়েরি। আমার অফিসেও ও আমার পিছু ছাড়ছে না। আমি এক কঠিন জালে আটকে গেছি। একদিকে রুদ্র, অন্যদিকে অরিজিৎ। আর আমি মাঝখানে একা, ক্ষতবিক্ষত। আমি শুধু শান্তি চাই, ডায়েরি। আর এই শান্তি রুদ্রের সাথে থাকা অবস্থায় আমি পাচ্ছি না।

আমি জানি না রুদ্র এখন কী ভাবছে। ও কি আমাকে ঘৃণা করছে? হয়তো ও আমাকে বুঝতে পারেনি, ডায়েরি। কিন্তু আমারও আর ওকে বোঝানোর মতো শক্তি নেই। আমি খুব ক্লান্ত। এই ভালোবাসার লড়াইয়ে আমি হেরে গেছি।

আমি সিদ্ধান্ত নিয়েছি, ডায়েরি। আমি রুদ্রের থেকে পুরোপুরি দূরে চলে যাব। কোনো যোগাযোগ রাখব না। হয়তো এই দূরত্বই আমাকে শান্তি দেবে। এই ফাটলটা এতটাই গভীর যে, তা আর জোড়া লাগানো সম্ভব নয়। আমি চাই না আর কোনো কাঁচ ভাঙুক। আমার খুব কষ্ট হচ্ছে, ডায়েরি। মনে হচ্ছে, আমার জীবনটা আজ অর্থহীন হয়ে গেল।

অনন্যা

মুম্বাইয়ের রাত নামছিল ধীরে ধীরে। অনন্যা জানালার বাইরে তাকিয়ে দেখল, শহরের আলো ঝলমল করছে, কিন্তু তার ভেতরে তখন শুধু অন্ধকার। সে জানত, এইবার সে রুদ্রকে সত্যি সত্যিই হারিয়ে ফেলল।

এম আর জি কিউপিড

অন্যদিকে, রুদ্রও তার স্টুডিওতে একা বসে ছিল। তার হাতে অনন্যার সেই 'ছায়া' ছবিটা ছিল। তার চোখ দিয়ে অনবরত জল গড়িয়ে পড়ছিল। অনন্যার কথাগুলো তার কানে প্রতিধ্বনিত হচ্ছিল: "ভাঙা কাঁচ জোড়া লাগে না।" রুদ্র অনুভব করল, তার হৃদয় যেন শত টুকরো হয়ে গেছে। সে অনন্যাকে বিশ্বাস করতে চেয়েছিল, তাকে ভালোবাসতে চেয়েছিল, কিন্তু বারবার যেন কিছু একটা তাদের আটকে দিচ্ছিল।

রুদ্র তার ডায়েরি খুলল। তার হাত কাঁপছিল যখন সে লিখল:

প্রিয় ডায়েরি,

অনন্যার সাথে আমার দ্বিতীয় ঝগড়া হলো। আর এইবার মনে হচ্ছে, সব শেষ। ও আমাকে বলেছে যে আমরা দুজনেই নিজের জায়গা থেকে সরে যেতে চাই। আমার খুব কষ্ট হচ্ছে, ডায়েরি। আমি ওকে কতটা ভালোবাসি, তা হয়তো ও কোনোদিনও বুঝবে না।

আমি ওকে বোঝানোর চেষ্টা করলাম, ডায়েরি। কিন্তু ও আমাকে বিশ্বাস করল না। ও আমার সততাকে অবিশ্বাস করল। আমার মনে হলো, আমি সব শক্তি হারিয়ে ফেলেছি। আমি আর ওকে বোঝাতে পারছি না। আমার মনে হচ্ছে, আমি হেরে গেছি এই ভালোবাসার লড়াইয়ে।

কেন এমন হয়, ডায়েরি? কেন ভালোবাসা এত কঠিন? আমি শুধু ওকে আমার পাশে চেয়েছিলাম, ওকে ভালোবাসতে চেয়েছিলাম। কিন্তু কেন বারবার ভুল বোঝাবুঝি আসে? কেন

অতীতের ছায়া আমাদের তাড়া করে? আমার মনে হচ্ছে, আমাদের সম্পর্কটা আসলেই ভাঙা কাঁচের মতো ছিল, আর আজ সেই কাঁচটা ভেঙে গেল।

আমি সিদ্ধান্ত নিয়েছি, ডায়েরি। যদি ও আমাকে চায় না, তাহলে আমি আর ওকে জোর করব না। আমি নিজের জায়গা থেকে সরে যাব। আমরা আর যোগাযোগ করব না। এই দূরত্বই হয়তো ভালো। অন্তত আর কোনো কষ্ট হবে না।

আমার 'ছায়ার গল্প' প্রজেক্টটাও আজ অর্থহীন মনে হচ্ছে। অনন্যা ছাড়া আমার শিল্প, আমার জীবন—সবকিছুই অর্থহীন। আমি জানি না এই কষ্টটা কবে সারবে। আমার খুব কষ্ট হচ্ছে, ডায়েরি। আমি ওকে খুব ভালোবাসি, কিন্তু ওকে মুক্তি দিতে হচ্ছে।

রুদ্র

রুদ্র ডায়েরি বন্ধ করে দিল। তার মনে তখন এক গভীর শূন্যতা। কলকাতার সেই পরিচিত শহরে রুদ্র নিজেকে আরও বেশি একা অনুভব করছিল। অনন্যা তার জীবন থেকে পুরোপুরি সরে যেতে চাইছে, আর রুদ্র তাকে আটকাতে পারছে না। তাদের দ্বিতীয় ঝগড়াটা তাদের সম্পর্কের মাঝে এক গভীর ফাটল তৈরি করল, যা হয়তো কোনোদিনও জোড়া লাগবে না। দুজনেই নিজেদের জায়গা থেকে সরে গেল, ভালোবাসার কষ্ট আর অবিশ্বাসকে সঙ্গী করে। তাদের গল্পের এই অধ্যায় যেন এক করুণ নীরবতায় শেষ হলো, যেখানে ভালোবাসা হেরে গেল ভুল বোঝাবুঝির কাছে।

এম আর জি কিউপিড

Ch. 18: নিজেকে খোঁজা

সপ্তদশ অধ্যায়ের সেই ফোন কলের ঝগড়াটা অনন্যা এবং রুদ্র উভয়ের জীবনে এক চূড়ান্ত আঘাত হেনেছিল। অনন্যার কণ্ঠে ছিল অবিশ্বাসের তিক্ততা আর রুদ্রের কণ্ঠে ছিল অসহায়ত্বের ক্ষোভ। "ভাঙা কাঁচ জোড়া লাগে না"—অনন্যার বলা এই কথাগুলো রুদ্রের বুকে এক গভীর ক্ষত তৈরি করেছিল। তারা দুজনেই সিদ্ধান্ত নিয়েছিল নিজেদের জায়গা থেকে সরে যেতে, সম্পর্ক থেকে দূরে চলে যেতে। ষষ্ঠদশ অধ্যায়ে অরিজিৎ আর তিতলির ফিরে আসা তাদের নতুন করে গড়া বন্ধুত্বকে টলিয়ে দিয়েছিল, আর এখন সেই বন্ধুত্ব যেন সম্পূর্ণ ভেঙে চৌচির। এই অধ্যায় সেই ভাঙনের পর তাদের ব্যক্তিগত নিরাময় এবং আত্মানুসন্ধানের যাত্রা, যেখানে তারা নিজেদের নতুনভাবে আবিষ্কার করে।

রুদ্রের সাথে সেই দ্বিতীয় ঝগড়ার পর অনন্যা নিজেকে সম্পূর্ণ বিধ্বস্ত অনুভব করছিল। মুম্বাইয়ের সেই ফ্ল্যাট, তার কর্পোরেট জীবন, এমনকি তার প্রিয় বইগুলো—কোনো কিছুই তাকে শান্তি দিচ্ছিল না। তার মনে হচ্ছিল, সে যেন এক অদৃশ্য জালের মধ্যে আটকা পড়ে আছে, যেখান থেকে বেরোনোর কোনো পথ নেই। অরিজিতের ক্রমাগত পিছুটান এবং রুদ্রের প্রতি তার অবিশ্বাস—সবকিছু মিলে তার মনটা ছিল এক অস্থির সমুদ্রে পরিণত। সে জানত, এই মুহূর্তে তার নিজেকে এই পরিবেশ থেকে দূরে সরিয়ে নিতে হবে, অন্য কোথাও গিয়ে নিজের মনটাকে শান্ত করতে হবে।

অনন্যা দ্রুত সিদ্ধান্ত নিল। সে তার অফিসের বসকে জরুরি পারিবারিক কারণে কয়েক দিনের ছুটি নেওয়ার কথা জানাল। তার বান্ধবী সায়নীকে কিছু বলল না। সে একা যেতে চেয়েছিল, সম্পূর্ণ একা। এমন একটা জায়গায়, যেখানে কোনো মানুষের কোলাহল নেই, কোনো পরিচিত মুখ নেই, শুধু প্রকৃতি আর নীরবতা। অনন্যা হিমালয়ের কোলে একটি ছোট পাহাড়ি গ্রাম বেছে নিল—উত্তর ভারতের ধর্মশালা বা ম্যাকলিয়ডগঞ্জ-এর মতো একটি নির্জন স্থান। গুগল ম্যাপে ছবিগুলো দেখেই তার মনে হলো, এটাই সেই জায়গা যেখানে সে নিজের মনটাকে আবার জোড়া লাগাতে পারবে।

বিমানের জানালা দিয়ে নিচে তাকাতেই অনন্যার মনে হলো, সে যেন তার ফেলে আসা জীবন থেকে অনেক দূরে চলে যাচ্ছে। মুম্বাইয়ের ব্যস্ত শহরটা ধীরে ধীরে ছোট হয়ে এল, আর তার সামনে দিগন্তজুড়ে দেখা দিল সাদা মেঘ আর উঁচু পাহাড়ের সারি। ধর্মশালার ছোট্ট বিমানবন্দরে নেমে অনন্যা এক গভীর প্রশান্তি অনুভব করল। এখানকার বাতাস ছিল বিশুদ্ধ, এখানকার মানুষের জীবন ছিল সরল। সে একটি ছোট হোটেলে উঠল, যা পাহাড়ের কোলে অবস্থিত, যেখানে চারদিকে শুধু সবুজের সমারোহ।

প্রথম কয়েক দিন অনন্যা শুধু ঘুমাল আর চুপচাপ বসে রইল। তার মনটা তখনও রুদ্রের সাথে ঝগড়ার রেশ বয়ে বেড়াচ্ছিল। তার মনে বারবার রুদ্রের সেই অভিযোগগুলো ফিরে আসছিল—"তুমি কেন আমাকে বিশ্বাস করতে পারছ না?" "তুমি কেন সবসময় সবকিছু আমার ঘাড়ে চাপাও?"

অনন্যার মনে হলো, রুদ্র হয়তো ঠিকই বলেছিল। তার ভেতরের অবিশ্বাস আর অতীতের ভয়ই হয়তো তাকে বারবার ভুল করাচ্ছিল। অরিজিতের কথা মনে পড়ল—যে তাকে ভালোবাসত, কিন্তু তার সেই ভালোবাসা তাকে আঘাত করেছিল। রুদ্রের ভালোবাসা ভিন্ন ছিল, নিঃশর্ত ছিল, কিন্তু সে সেই ভালোবাসাকে বিশ্বাস করতে পারেনি।

ধীরে ধীরে অনন্যা হোটেলের বাইরে বেরোতে শুরু করল। সে হেঁটে হেঁটে পাহাড়ি রাস্তা ধরে উপরে উঠতে লাগল। চারদিকে সবুজের ঘ্রাণ, পাখির কলতান, আর দূরে পাহাড়ের চূড়াগুলো বরফে ঢাকা। এই নীরবতা অনন্যার মনকে শান্ত করতে লাগল। সে ছোট ছোট দোকানগুলো দেখল, স্থানীয় মানুষের সাথে কথা বলল, তাদের সরল জীবনযাত্রা তাকে মুগ্ধ করল। তাদের মুখে ছিল এক ধরনের শান্তি, যা অনন্যা তার জীবনে অনুভব করত না।

অনন্যা প্রতিদিন সকালে উঠে হাঁটতে যেত। সে একটি ছোট মঠের কাছে পৌঁছাল, যেখানে বৌদ্ধ সন্ন্যাসীরা মেডিটেশন করত। তাদের শান্ত মুখ, তাদের গভীর মনোযোগ অনন্যাকে আকর্ষণ করল। অনন্যাও তাদের পাশে বসে চোখ বন্ধ করে মেডিটেশন করার চেষ্টা করল। প্রথমে তার মনে হাজারো চিন্তা ভিড় করছিল—রুদ্র, অরিজিৎ, অফিস, মায়ের অসুস্থতা। কিন্তু ধীরে ধীরে তার মন শান্ত হতে লাগল। সে তার ভেতরের শ্বাস-প্রশ্বাস অনুভব করতে পারল, তার ভেতরের শব্দগুলো শান্ত হয়ে আসতে লাগল।

আলোর নিচে এক পলক

এক বিকেলে অনন্যা একটি ছোট কফিশপে বসেছিল, যেখানে জানালার পাশ দিয়ে পুরো পাহাড়ের দৃশ্য দেখা যাচ্ছিল। তার হাতে রুদ্রের সেই কবিতার ইমেলটা ছিল, যেটা সে ত্রয়োদশ অধ্যায়ে আবার পড়েছিল। সে ইমেলটা খুলল, আর প্রতিটি শব্দ আবার মনোযোগ দিয়ে পড়ল। "ভয় পেও না, এই আলো কেবল তোমারই জন্য... শুধু একবার হাত ধরো, বিশ্বাস রাখো বুকে, অন্ধকার কেটে যাবে, আলো আসবে সুখে।" এই লাইনগুলো অনন্যার মনে এক নতুন উপলব্ধির জন্ম দিল। রুদ্র তাকে বারবার বিশ্বাস করতে বলেছিল, তার হাত ধরতে বলেছিল। কিন্তু অনন্যা নিজের ভয়কে জয় করতে পারেনি। সে বুঝতে পারল, রুদ্রের প্রতি তার ভালোবাসাটা ছিল সত্য, কিন্তু তার নিজের অবিশ্বাসই সেই ভালোবাসাকে নষ্ট করেছে। অনন্যা তার ডায়েরিটা খুলল। তার হাত কাঁপছিল যখন সে লিখল:

প্রিয় ডায়েরি,

আমি এখন হিমালয়ের কোলে। এখানে প্রকৃতি এতটাই শান্ত যে আমার ভেতরের সব কোলাহল যেন ধীরে ধীরে মিলিয়ে যাচ্ছে। রুদ্রের সাথে সেই ঝগড়ার পর আমি নিজেকে এখানে খুঁজে পেতে এসেছি, ডায়েরি। আমার মনে হচ্ছিল, আমি সব হারিয়ে ফেলেছি।

কিন্তু এখানে এসে আমি বুঝতে পারছি, আমার সবচেয়ে বড় শত্রু আমি নিজেই। আমার অবিশ্বাস, আমার ভয়—এগুলোই আমাকে বারবার কষ্ট দিচ্ছে। রুদ্র আমাকে ভালোবাসত,

ডায়েরি। ও আমাকে নিঃশর্তভাবে ভালোবাসতে চেয়েছিল। কিন্তু আমি ওকে বিশ্বাস করতে পারিনি। আমি ওকে বারবার কষ্ট দিয়েছি, আর নিজেও কষ্ট পেয়েছি।

অরিজিতের ফিরে আসাটা আমার মনে ভয় তৈরি করেছিল। আমার মনে হয়েছিল, অতীত আবার ফিরে আসছে। কিন্তু রুদ্রের প্রতি আমার টান এতটাই গভীর যে, অরিজিৎ এখন আমার কাছে শুধু এক পুরোনো স্মৃতি। রুদ্রের ভালোবাসাটা ছিল ভিন্ন, ডায়েরি। সেটা ছিল সম্পূর্ণ, নিঃস্বার্থ।

এই পাহাড়গুলো আমাকে শেখাচ্ছে কীভাবে জীবনের উঁচুনীচু পথ দিয়ে চলতে হয়। এই নীরবতা আমাকে শেখাচ্ছে কীভাবে নিজের ভেতরের শব্দগুলোকে শুনতে হয়। আমি নিজের কাছে ক্ষমা চাইতে শিখেছি, ডায়েরি। আমার ভুলগুলোর জন্য। আমি জানি না রুদ্র আমাকে ক্ষমা করবে কিনা। কিন্তু আমি এখন বুঝতে পারছি, ভালোবাসতে হলে ভয়কে জয় করতে হয়, বিশ্বাস করতে হয়।

আমি জানি না, ভবিষ্যতে রুদ্রের সাথে আমার কী হবে। আমরা আবার একত্রিত হতে পারব কিনা। কিন্তু এই ট্রিপটা আমাকে নতুনভাবে বাঁচতে শিখিয়েছে। আমি এখন নিজেকে নতুনভাবে চিনতে পারছি। আমি আর সেই পুরোনো অনন্যা নই, যে শুধু ভয় আর অবিশ্বাস নিয়ে বাঁচত। আমি এখন সাহসী হতে চাই, ডায়েরি। আমি আমার ভালোবাসার জন্য লড়াই করতে চাই, যদি সেটা রুদ্রের জন্য হয়।

আমার মনে হচ্ছে, আমি এখন ভালোবাসার জন্য প্রস্তুত, ডায়েরি। আমি এখন বিশ্বাস করতে প্রস্তুত। এই সলো ট্রিপটা

আমাকে 'নিজেকে খুঁজে পেতে' সাহায্য করেছে। এই পাহাড়গুলো আমাকে শক্তি দিয়েছে, ডায়েরি। আমার ভেতরের আলোটাকে আবার জ্বালাতে শিখিয়েছে।

অনন্যা

অনন্যা ডায়েরি বন্ধ করে দিল। তার মনে এক ধরনের শান্তি নেমে এল। সে জানত, তার পথটা এখনো কঠিন। কিন্তু সে এখন নিজেকে নতুনভাবে আবিষ্কার করতে পেরেছে। সে এখন ভালোবাসার জন্য প্রস্তুত, নিজের ভয়ের সাথে লড়াই করার জন্য প্রস্তুত।

অনন্যার সাথে সেই দ্বিতীয় ঝগড়ার পর রুদ্রের জীবনটা যেন আরও বেশি শূন্য হয়ে গিয়েছিল। তার 'ছায়ার গল্প' প্রজেক্ট, যা একসময় তার নিরাময় ছিল, এখন যেন অর্থহীন মনে হচ্ছিল। অনন্যার 'ভাঙা কাঁচ জোড়া লাগে না' কথাগুলো রুদ্রের বুকে যেন এক স্থায়ী ক্ষত তৈরি করেছিল। সে বারবার অনন্যাকে বোঝানোর চেষ্টা করেছিল, কিন্তু ব্যর্থ হয়েছিল। তার মনে হয়েছিল, সে অনন্যাকে চিরদিনের জন্য হারিয়ে ফেলেছে।

রুদ্র তার স্টুডিওতে একা বসে থাকত। তার হাতে অনন্যার সেই 'ছায়া' ছবিটা থাকত। সে ছবিটার দিকে তাকিয়ে ভাবত, অনন্যার ভেতরের সেই ভয়, সেই অবিশ্বাস—কেন সে রুদ্রকে বিশ্বাস করতে পারল না? রুদ্রের মনে তীব্র হতাশা। সে জানত না, কীভাবে এই কষ্ট থেকে মুক্তি পাবে।

একদিন রুদ্র তার পুরোনো বন্ধু অভ্রজিতের সাথে কথা বলছিল। অভ্রজিৎ রুদ্রের এই মনমরা অবস্থাটা বুঝতে পারছিল। "তোর ফটোগ্রাফিই তোর সব, রুদ্র," অভ্রজিৎ বলল। "কেন তুই কাজ করছিস না? মিসেস সেন বারবার তোর খোঁজ নিচ্ছেন।" "আমার মন বসছে না, অভ্র," রুদ্র দীর্ঘশ্বাস ফেলল। "আমি আর কিছুতেই প্রেরণা পাচ্ছি না।" "আমি একটা প্রস্তাব দিতে পারি," অভ্রজিৎ বলল। "আমার এক বন্ধু একটি বৃদ্ধাশ্রম পরিচালনা করে। সেখানে অনেক বৃদ্ধ-বৃদ্ধা আছেন, যাদের জীবনে অনেক গল্প আছে। তাদের জীবনটা এক ধরনের 'ছায়া'র মতো। তুই যদি তাদের ছবি তুলিস, তাদের গল্প শুনিস? হয়তো তুই নতুন কিছু খুঁজে পাবি।"

রুদ্র প্রথমে ইতস্তত করল। বৃদ্ধাশ্রম? সেখানে গিয়ে সে কী করবে? কিন্তু অভ্রজিতের জোরাজুরিতে রুদ্র রাজি হলো। সে জানত, এই মুহূর্তে তার নিজেকে ব্যস্ত রাখা প্রয়োজন। এই প্রজেক্টটা হয়তো তাকে তার ব্যক্তিগত কষ্টগুলো থেকে কিছুটা হলেও মুক্তি দেবে।

পরের দিন রুদ্র তার ক্যামেরা নিয়ে বৃদ্ধাশ্রমে গেল। কলকাতার উপকণ্ঠে অবস্থিত সেই বৃদ্ধাশ্রমটি ছিল শান্ত ও পরিপাটি। বাগানে কিছু বৃদ্ধ-বৃদ্ধা গল্প করছিল, কেউ সংবাদপত্র পড়ছিল, কেউ বা শুধু চুপচাপ বসেছিল। রুদ্রের মনে প্রথমে এক ধরনের অস্বস্তি ছিল। সে জানত না কীভাবে এই মানুষদের সাথে কথা বলবে, তাদের জীবনে প্রবেশ করবে।

একজন বৃদ্ধ রুদ্রের দিকে তাকিয়ে হাসলেন। "কী বাবা, ছবি তুলতে এসেছ?" রুদ্র মাথা নাড়ল। "হ্যাঁ, আঙ্কেল। আমি একজন ফটোগ্রাফার। আমি জীবনের ছায়াগুলো ক্যামেরায় ধরতে চাই।" সেই বৃদ্ধ হেসে উঠলেন। "ছায়া? আমাদের জীবন তো এখন পুরোটাই ছায়া, বাবা।"

ধীরে ধীরে রুদ্র সেই বৃদ্ধাশ্রমের মানুষদের সাথে মিশতে শুরু করল। সে তাদের সাথে কথা বলল, তাদের গল্প শুনল। একজন বৃদ্ধা তার যৌবনের ভালোবাসার গল্প শোনালেন, কীভাবে তার স্বামী যুদ্ধে চলে গিয়েছিলেন এবং আর ফিরে আসেননি। তিনি সারা জীবন তার স্বামীর জন্য অপেক্ষা করেছিলেন, কিন্তু তার ভালোবাসা কখনো কমেনি। রুদ্র তার চোখে এক গভীর ভালোবাসা আর হারানোর বেদনা দেখতে পেল। সে তার ছবি তুলল—তার চোখে সেই নীরব অপেক্ষা, তার মুখের রেখায় জীবনের দীর্ঘ পথচলার ছাপ।

আরেকজন বৃদ্ধ দম্পতি রুদ্রের সাথে কথা বললেন। তারা প্রায় ষাট বছর ধরে একসঙ্গে আছেন। তাদের জীবনে অনেক চড়াই-উতরাই এসেছে, অনেক কষ্ট এসেছে। কিন্তু তারা সবসময় একে অপরের হাত ধরে রেখেছেন। রুদ্র তাদের হাতে ধরা হাতগুলোর ছবি তুলল—সেখানে ভালোবাসা, বিশ্বাস, আর দীর্ঘদিনের সম্পর্কের গভীরতা ফুটে উঠেছিল। তাদের গল্প শুনে রুদ্রের মনে অনন্যা আর তার সম্পর্কের কথা মনে পড়ল। তাদের ভালোবাসাটা হয়তো এত গভীরে পৌঁছাতে পারেনি, কারণ তারা একে অপরের হাত ছেড়ে দিয়েছিল।

আলোর নিচে এক পলক

রুদ্র এই বৃদ্ধাশ্রমের মানুষদের 'ছায়া'গুলো ক্যামেরায় ধরতে চাইল। তাদের ফেলে আসা যৌবন, তাদের হারানো স্বপ্ন, তাদের একাকীত্ব, আর তাদের মুখে ফুটে ওঠা সেই হাসি, যা জীবনের সব কষ্টকে অতিক্রম করে ফুটে ওঠে। এই ছবিগুলো রুদ্রের কাছে শুধু ফটোগ্রাফি ছিল না, এটা ছিল জীবনের এক গভীর পাঠ। সে বুঝতে পারছিল, জীবন কতটা ক্ষণস্থায়ী, আর ভালোবাসার মূল্য কতটা বেশি।

এই প্রজেক্টে কাজ করতে করতে রুদ্রের মনে এক ধরনের শান্তি নেমে এল। সে অনুভব করল, তার নিজের কষ্টগুলো পৃথিবীর অন্যান্য মানুষের কষ্টের তুলনায় কিছুই নয়। এই বৃদ্ধ-বৃদ্ধারা তাদের জীবনের সব দুঃখ, সব কষ্ট, সব হারানোর বেদনা নিয়ে হাসি মুখে বেঁচে আছেন। রুদ্র তাদের কাছ থেকে সহনশীলতা, বিশ্বাস, আর ভালোবাসার প্রকৃত অর্থ শিখল। সে বুঝতে পারল, ভালোবাসা মানে শুধু গ্রহণ করা নয়, বরং দেওয়া, অপেক্ষা করা, আর বিশ্বাস করা।

রুদ্র তার ডায়েরিটা খুলল। তার হাত কাঁপছিল না যখন সে লিখল:

প্রিয় ডায়েরি,

আমি এখন বৃদ্ধাশ্রমে কাজ করছি। এখানে অনেক সুন্দর মানুষ আছে, ডায়েরি। তাদের জীবনে অনেক গল্প আছে, অনেক কষ্ট আছে, আর অনেক ভালোবাসা আছে। আমি তাদের 'ছায়া'গুলোকে ক্যামেরায় ধরছি, আর প্রতিটি ছবিতে আমি জীবনের এক নতুন অর্থ খুঁজে পাচ্ছি।

এম আর জি কিউপিড

আমি এখানে একজন বৃদ্ধ দম্পতিকে দেখেছি, যারা ষাট বছর ধরে একসঙ্গে আছেন। তাদের ভালোবাসা এতটাই গভীর, এতটাই নিঃশর্ত। তাদের দেখে আমার অনন্যার কথা মনে পড়ল। আমরা কেন তাদের মতো হতে পারলাম না, ডায়েরি? কেন আমাদের সম্পর্কটা এত ঠুনকো ছিল?

আমি বুঝতে পারছি, ডায়েরি, ভালোবাসা মানে শুধু অনুভব করা নয়, বরং বিশ্বাস করা, ধৈর্য ধরা, আর অপেক্ষা করা। আমি অনন্যাকে বিশ্বাস করতে চেয়েছিলাম, কিন্তু হয়তো আমি যথেষ্ট ধৈর্য ধরিনি। আর অনন্যাও আমাকে অবিশ্বাস করেছিল।

এই প্রজেক্টটা আমাকে নতুনভাবে ভাবতে শিখিয়েছে, ডায়েরি। আমার মনে হচ্ছে, আমি এখন নিজেকে নতুনভাবে চিনতে পারছি। আমি আর সেই পুরোনো রুদ্র নই, যে শুধু নিজের কষ্ট নিয়ে বাঁচত। আমি এখন অন্যদের কষ্ট অনুভব করতে পারছি, তাদের কাছ থেকে জীবনের অর্থ শিখতে পারছি।

আমি জানি না, ভবিষ্যতে অনন্যার সাথে আমার কী হবে। আমরা আবার একত্রিত হতে পারব কিনা। কিন্তু আমি এখন বুঝতে পারছি, ভালোবাসতে হলে ভয়কে জয় করতে হয়, অবিশ্বাসকে দূর করতে হয়। আমি এখন ক্ষমা করতে প্রস্তুত, ডায়েরি। আমি এখন ভালোবাসতে প্রস্তুত, নিঃশর্তভাবে।

আমার মনে হচ্ছে, এই বৃদ্ধাশ্রমটা আমার জন্য এক ধরনের তীর্থক্ষেত্র, ডায়েরি। এখানে আমি আমার ভেতরের শূন্যতাকে পূরণ করতে পারছি। আমার 'ছায়ার গল্প' প্রজেক্টটা এখন আরও বেশি সম্পূর্ণ মনে হচ্ছে। এখানে প্রতিটি ছায়াতেই

আলোর নিচে এক পলক

আমি জীবনের আলো দেখতে পাচ্ছি। এই প্রজেক্ট আমাকে 'নিজেকে খুঁজে পেতে' সাহায্য করেছে।

রুদ্র

রুদ্র ডায়েরি বন্ধ করে দিল। তার মনে এক গভীর শান্তি নেমে এল। সে জানত, তার পথটা এখনো কঠিন। কিন্তু সে এখন নিজেকে নতুনভাবে আবিষ্কার করতে পেরেছে। সে এখন ভালোবাসার জন্য প্রস্তুত, বিশ্বাস করার জন্য প্রস্তুত। অনন্যার সাথে সেই ঝগড়া তাকে ভেঙে দিয়েছিল, কিন্তু এই প্রজেক্ট তাকে আবার জোড়া লাগিয়েছে। সে এখন আরও বেশি পরিপক্ক, আরও বেশি সংবেদনশীল। এই দুই সমান্তরাল যাত্রা তাদের পৃথকভাবে বেড়ে উঠতে সাহায্য করছিল, তাদের মানসিক ও আবেগিক পরিপক্কতা দান করছিল। তারা দুজনই তাদের ব্যক্তিগত যুদ্ধের মুখোমুখি হয়ে নিজেদেরকে নতুনভাবে খুঁজে পাচ্ছিল, যা হয়তো একদিন তাদের আবার কাছাকাছি নিয়ে আসার পথ তৈরি করবে, এক নতুন সম্পর্ক, এক নতুন ভালোবাসার জন্য।

Ch. 19: ডায়েরির পাতা

সপ্তদশ অধ্যায়ের সেই দ্বিতীয় ঝগড়া, যেখানে অনন্যা রুদ্রকে বলেছিল 'ভাঙা কাঁচ জোড়া লাগে না', তা তাদের সম্পর্কের ওপর এক চূড়ান্ত আঘাত হেনেছিল। অনন্যা রুদ্রের ল্যাপটপে তিতলির মেসেজ দেখে অবিশ্বাস আর অভিমানে ফোন কেটে

দিয়েছিল, আর রুদ্র তার অসহায়ত্ব আর ভুল বোঝাবুঝির যন্ত্রণা নিয়ে একা হয়ে গিয়েছিল। অষ্টাদশ অধ্যায়ে অনন্যা তার সেই গভীর আঘাত থেকে মুক্তি পেতে হিমালয়ের কোলে এক সলো ট্রিপে যায়, যেখানে সে নিজের ভয়, অবিশ্বাস এবং ভালোবাসার প্রতি তার প্রস্তুতির অভাবকে চিনতে পারে। রুদ্রও সমান্তরালভাবে এক বৃদ্ধাশ্রমের প্রজেক্টে নিজেকে ডুবিয়ে দিয়ে জীবনের গভীর অর্থ এবং ভালোবাসার প্রকৃত মূল্য উপলব্ধি করে আরও পরিপক্ক হয়ে ওঠে। তারা দুজনেই নিজেদেরকে নতুনভাবে আবিষ্কার করে, নিজেদের ভেতরের আলোটাকে আবার জ্বালাতে শেখে। অনন্যা মুম্বাইয়ে ফিরে আসে এক নতুন মন নিয়ে—রুদ্রের প্রতি তার ভালোবাসা এখন আরও স্পষ্ট, আর সেই ভালোবাসার জন্য লড়াই করার সাহসও তার মনে দানা বেঁধেছে।

হিমালয়ের কোল থেকে ফিরে অনন্যা মুম্বাইয়ের ফ্ল্যাটে এক নতুন সকালের মুখোমুখি হলো। তার ফ্ল্যাটের পরিচিত আসবাবপত্র, অফিসের ফাইল, মুম্বাইয়ের কোলাহল—সবকিছুই আগের মতো ছিল, কিন্তু অনন্যা নিজে বদলে গিয়েছিল। তার মনে সেই পাহাড়ি নীরবতা আর মঠের শান্ত পরিবেশের রেশ তখনও লেগে ছিল। সে এখন আর নিজেকে সেই পুরোনো অনন্যা মনে করছিল না, যে শুধু ভয় আর অবিশ্বাস নিয়ে বাঁচত। তার মনে হয়েছিল, সে নিজের ভেতরের এক নতুন সত্তাকে খুঁজে পেয়েছে—যে সাহসী, যে ভালোবাসতে প্রস্তুত, আর যে বিশ্বাস করতে পারে।

অষ্টাদশ অধ্যায়ে রুদ্রের প্রতি তার যে ভালোবাসা নতুন করে জেগে উঠেছিল, তা এখন আরও বেশি স্পষ্ট এবং শক্তিশালী। সে এখন জানে, রুদ্রের ভালোবাসা নিঃশর্ত ছিল, আর তার নিজের অবিশ্বাসই সেই ভালোবাসাটাকে নষ্ট করেছে। রুদ্রের পাঠানো সেই কবিতার ইমেলটা (ত্রয়োদশ অধ্যায়ে উল্লিখিত) তার মনে বারবার প্রতিধ্বনিত হচ্ছিল: "ভয় পেও না, এই আলো কেবল তোমারই জন্য... শুধু একবার হাত ধরো, বিশ্বাস রাখো বুকে, অন্ধকার কেটে যাবে, আলো আসবে সুখে।" অনন্যা এখন সেই হাত ধরতে প্রস্তুত, সেই বিশ্বাস রাখতে প্রস্তুত।

কিন্তু কীভাবে রুদ্রের কাছে পৌঁছাবে? তাদের মধ্যে শেষবার কথা হয়েছিল এক তিক্ত ঝগড়ার মধ্যে, যেখানে তারা দুজনেই নিজেদের জায়গা থেকে সরে যাওয়ার সিদ্ধান্ত নিয়েছিল। অনন্যা রুদ্রকে ফোন করতে সাহস পাচ্ছিল না। তার মনে ভয় ছিল, যদি রুদ্র তাকে প্রত্যাখ্যান করে? যদি রুদ্র তাকে আর বিশ্বাস না করে? এই প্রশ্নগুলো তাকে কুরে কুরে খাচ্ছিল। সে জানত না রুদ্র এখন কেমন আছে, তার 'ছায়ার গল্প' প্রজেক্টের কী খবর, অথবা তার জীবনে তিতলির ছায়া এখনও আছে কিনা।

অনেক ভেবেচিন্তে অনন্যা তার ডায়েরিটা হাতে নিল। এটা তার সেই পুরোনো ডায়েরি, যেখানে সে তার জীবনের সব সুখ-দুঃখের কথা লিখত। কিন্তু এইবার সে ডায়েরিটা রুদ্রকে উদ্দেশ্য করে লিখতে শুরু করল। এই ডায়েরিটা রুদ্রের কাছে কোনোদিনও পৌঁছাবে কিনা, সে জানত না। কিন্তু তার মনে

হলো, এটাই হয়তো রুদ্রের কাছে তার মনের কথা বলার একমাত্র উপায়। সে জানত, প্রতিটি শব্দই হয়তো রুদ্রের কাছে পৌঁছাবে না, কিন্তু প্রতিটি অনুভূতির সত্যতা সে ডায়েরির পাতায় রাখতে পারবে। তার মনে হলো, এই ডায়েরিটাই হয়তো রুদ্রের কাছে পৌঁছানোর এক নীরব সেতু। ডায়েরির প্রথম পাতাটা খুলল অনন্যা। তার হাত কাঁপছিল না, কিন্তু তার মনে এক ধরনের আবেগ আর উত্তেজনা ছিল। সে লিখল:

প্রিয় রুদ্র,

আমি জানি না এই ডায়েরির পাতাগুলো তোমার কাছে কোনোদিনও পৌঁছাবে কিনা। কিন্তু আমার মন বলছে, আমি তোমাকে উদ্দেশ্য করে লিখতে শুরু করি। আমার মনে যা কিছু আছে, যা আমি তোমাকে বলতে পারিনি, যা আমি তোমাকে বোঝাতে পারিনি—সবকিছু আমি এখানে লিখব। আশা করি, কোনো এক দিন, কোনো এক ভাবে, আমার এই কথাগুলো তোমার কানে পৌঁছাবে।

তুমি যখন আমাকে শেষবার ফোন করেছিলে, তখন আমি খুব খারাপ কথা বলেছিলাম। আমি বলেছিলাম, 'ভাঙা কাঁচ জোড়া লাগে না'। আমি জানি, এই কথাগুলো তোমাকে খুব কষ্ট দিয়েছে। আমি দুঃখিত, রুদ্র। আমি সত্যি সত্যিই দুঃখিত। আমার মনে হয়েছিল, আমাদের সম্পর্কটা আসলেই ভেঙে গেছে। আমার ভেতরের ভয়, আমার অবিশ্বাস—এগুলোই আমাকে গ্রাস করেছিল। আমি সেই মুহূর্তে তোমাকে বিশ্বাস

করতে পারিনি, রুদ্র। আমার মনে হয়েছিল, তুমি আমাকে আবারও ঠকালে। সেই তিতলির মেসেজটা দেখে আমার মনে সেই পুরোনো ক্ষতটা আবার দগদগে হয়ে উঠেছিল।

আমি সেই ঝগড়ার পর হিমালয়ের কোলে গিয়েছিলাম, রুদ্র। একা। সম্পূর্ণ একা। সেখানে প্রকৃতি এতটাই শান্ত যে আমার ভেতরের সব কোলাহল যেন ধীরে ধীরে মিলিয়ে যাচ্ছিল। সেই নীরবতায় আমি নিজেকে নতুনভাবে চিনতে পেরেছি। আমি বুঝতে পেরেছি, আমার সবচেয়ে বড় শত্রু আমি নিজেই। আমার অবিশ্বাস, আমার ভয়—এগুলোই আমাকে বারবার কষ্ট দিচ্ছে। আমি নিজেকেই বারবার আঘাত করেছি, আর তার ফলস্বরূপ তোমাকেও আঘাত করেছি।

তোমার সেই কবিতার ইমেলটা আমি আবার পড়েছি, রুদ্র। ত্রয়োদশ অধ্যায়ে যখন পড়েছিলাম, তখন শুধু মুগ্ধ হয়েছিলাম, কিন্তু তোমার অনুভবের গভীরতাটা পুরোপুরি উপলব্ধি করতে পারিনি। আজ যখন আমি সেই কবিতাটা আবার পড়লাম, তখন প্রতিটি শব্দে তোমার ভালোবাসা, তোমার সংবেদনশীলতা, তোমার একাকীত্ব—সবকিছু স্পষ্ট দেখতে পেলাম। তুমি আমাকে বারবার বিশ্বাস করতে বলেছিলে, আমার হাত ধরতে বলেছিলে, আমার অন্ধকার পথে আলো জ্বালাতে চেয়েছিলে। কিন্তু আমি সেই সুযোগটা তোমাকে দিইনি।

আমি এখন বুঝতে পারছি, রুদ্র, তোমার ভালোবাসাটা ছিল নিঃশর্ত। তুমি আমাকে আমার সমস্ত ছায়া সমেত ভালোবাসতে চেয়েছিলে। তুমি আমার ভেতরের ভয়গুলো

জানতে, আমার পুরোনো ক্ষতগুলো জানতে, তবু তুমি আমাকে গ্রহণ করতে চেয়েছিলে। আর আমি কী করেছি? আমি তোমাকে অবিশ্বাস করেছি, তোমাকে দূরে ঠেলে দিয়েছি। আমার মনে হয়, আমি তোমাকে অনেক বড় কষ্ট দিয়েছি, রুদ্র। এই অনুশোচনাটা আমাকে কুরে কুরে খাচ্ছে।

হিমালয়ের পাহাড়গুলো আমাকে শিখিয়েছে কীভাবে জীবনের উঁচুনীচু পথ দিয়ে চলতে হয়। সেই নীরবতা আমাকে শিখিয়েছে কীভাবে নিজের ভেতরের শব্দগুলোকে শুনতে হয়। আমি নিজের কাছে ক্ষমা চাইতে শিখেছি, রুদ্র। আমার ভুলগুলোর জন্য। আমি জানি না তুমি আমাকে ক্ষমা করবে কিনা। কিন্তু আমি এখন বুঝতে পারছি, ভালোবাসতে হলে ভয়কে জয় করতে হয়, বিশ্বাস করতে হয়। আমি এখন ভালোবাসার জন্য প্রস্তুত, রুদ্র। আমি এখন বিশ্বাস করতে প্রস্তুত।

আমি এখন আর সেই পুরোনো অনন্যা নই, যে শুধু ভয় আর অবিশ্বাস নিয়ে বাঁচত। আমি এখন সাহসী হতে চাই, রুদ্র। আমি আমার ভালোবাসার জন্য লড়াই করতে চাই। যদি সেটা তোমার জন্য হয়।

প্রিয় রুদ্র,

অরিজিৎ আমার জীবনে আবার ফিরে এসেছে (ষষ্ঠদশ অধ্যায়ে)। আমার মুম্বাইয়ের অফিসে। সে আমাকে পুরোনো দিনের কথা মনে করিয়ে দিচ্ছে, আবার আমাদের সম্পর্ক শুরু করতে চাইছে। প্রথম দিকে আমি কিছুটা দ্বিধায় ছিলাম, রুদ্র।

আমার মনে হয়েছিল, হয়তো অতীত আমাকে আবার তাড়া করছে। কিন্তু আমি এখন জানি, অরিজিৎ আমার জীবনে শুধু এক পুরোনো স্মৃতি। আমার ভালোবাসা, আমার মন—সবকিছু এখন শুধু তোমার জন্য। অরিজিতের বারবার ফিরে আসা আমাকে আরও বেশি করে বুঝিয়ে দিয়েছে যে আমি তোমাকে কতটা ভালোবাসি।

ওর সাথে আমার পুরোনো সম্পর্কটা ছিল অন্যরকম। সেখানে ভালোবাসা ছিল, কিন্তু তার সাথে ছিল এক ধরনের চাপ, এক ধরনের প্রতিযোগিতা। আমি যখন কষ্ট পেয়েছিলাম, ও আমাকে একা ফেলে চলে গিয়েছিল। কিন্তু তুমি আমার পাশে ছিলে, রুদ্র। তুমি আমাকে আমার 'ছায়া' সমেত ভালোবাসতে চেয়েছিলে। তোমার ভালোবাসাটা ছিল সম্পূর্ণ, নিঃস্বার্থ।

আমি জানি না, তুমি আমাকে কীভাবে দেখছ এখন। তুমি কি আমাকে ঘৃণা করছো? আমি কি তোমাকে এতটাই কষ্ট দিয়েছি যে তুমি আমাকে আর দেখতে চাও না? এই প্রশ্নগুলো আমাকে প্রতি মুহূর্তে কষ্ট দিচ্ছে। আমি জানি, তুমি এখন তোমার 'ছায়ার গল্প' প্রজেক্ট নিয়ে ব্যস্ত আছ। আমি তোমার সব খবর পাই সায়নীর কাছ থেকে। তোমার কাজগুলো খুব প্রশংসা পাচ্ছে শুনে আমি খুব খুশি হয়েছি, রুদ্র। তুমি তোমার স্বপ্নপূরণ করছো, এটা দেখে আমার খুব ভালো লাগছে।

আমি জানি না, তোমার জীবনে তিতলি এখনো আছে কিনা। আমার সেই দিনের ভুল বোঝাবুঝি, সেই রাগ—সবকিছু আজ মনে পড়লে আমি নিজেকেই ধিক্কার দিই। আমি তোমাকে

একটা সুযোগও দিইনি, রুদ্র। আমার মনে হয়েছিল, তুমি আমাকে মিথ্যে বলছো। কিন্তু এখন আমি বুঝতে পারছি, তুমি আমাকে ভালোবাসতে চেয়েছিলে, আর আমার অবিশ্বাসই আমাদের সম্পর্কটাকে নষ্ট করেছে।

আমি তোমাকে বলতে চাই, রুদ্র, যে আমি তোমাকে কতটা ভালোবাসি। আমি তোমার হাত ধরতে চাই, তোমাকে বিশ্বাস করতে চাই। আমি জানি, আমি তোমাকে অনেক কষ্ট দিয়েছি। কিন্তু যদি তুমি আমাকে একটা সুযোগ দাও, আমি সব কিছু শুধরে নিতে চাই। আমি জানি, আমাদের পথটা হয়তো কঠিন হবে। কিন্তু আমি তোমার সাথে হাঁটতে প্রস্তুত, রুদ্র। যত কঠিন পথই হোক না কেন।

প্রিয় রুদ্র,

আজকাল আমি প্রতিদিন সকালে উঠে তোমার কথা ভাবি। তুমি এখন কী করছো? তুমি কি আমার কথা ভাবছো? তুমি কি আমাকে মিস করছো? এই প্রশ্নগুলো আমার মনে বারবার আসে। আমি জানি, আমার পক্ষে এখন তোমার সাথে সরাসরি যোগাযোগ করা কঠিন। তুমি হয়তো আমাকে আর বিশ্বাস করবে না। হয়তো তুমি আমাকে আর দেখতেও চাও না।

আমার মনে হয়, এই ডায়েরিটা আমার মনের কথা বলার একমাত্র উপায়। এখানে আমি তোমাকে যা কিছু বলতে চাই, তা সব লিখছি। আমার মনে হচ্ছে, প্রতিটি শব্দ যেন তোমাকে ছুঁয়ে যাচ্ছে। আমি জানি না এই পাতাগুলো তোমার কাছে

পৌঁছাবে কিনা, কিন্তু আমার মনে এক ধরনের শান্তি অনুভব করছি যখন আমি তোমাকে উদ্দেশ্য করে লিখছি।

আমি তোমাকে খুব মিস করছি, রুদ্র। তোমার সেই শান্ত হাসি, তোমার গভীর চোখ, তোমার কণ্ঠস্বর... সবকিছুর জন্য আমার মনটা ছটফট করছে। মুম্বাইয়ের এই ব্যস্ত জীবনেও আমি তোমার কথা ভুলতে পারিনি। আমার সাফল্যের মাঝেও তোমার শূন্যতাটা আমাকে তাড়া করে বেড়ায়।

আমি জানি না, তুমি আমাকে আবার ক্ষমা করবে কিনা। আমি জানি না, তুমি কি আমাকে আবার ভালোবাসবে কিনা। হয়তো তুমি আমাকে আর ভালোবাসো না। হয়তো তোমার জীবন থেকে আমি পুরোপুরি মুছে গেছি। এই অনিশ্চয়তাটা আমাকে খুব কষ্ট দিচ্ছে।

কিন্তু আমার মনে এক গভীর বিশ্বাস আছে, রুদ্র। আমি বিশ্বাস করি, ভালোবাসা সত্য হলে সে তার পথ খুঁজে নেয়। আমি বিশ্বাস করি, আমাদের ভালোবাসাটা সত্য। তাই আমি তোমাকে ফিরে পেতে চাই, রুদ্র। আমি তোমার সাথে আবার নতুন করে শুরু করতে চাই।

আমি জানি না আমার এই ডায়েরিটা শেষ পর্যন্ত কোথায় গিয়ে থামবে। হয়তো এটা তোমার হাতে পৌঁছাবে, হয়তো না। কিন্তু আমি তোমাকে বলতে চাই, আমি তোমাকে ভালোবাসি, রুদ্র। আমি তোমাকে সবকিছুর ঊর্ধ্বে ভালোবাসি। আমার এই কথাগুলো যদি তোমার কানে পৌঁছায়, তাহলে জানবে, আমি তোমার জন্য অপেক্ষা করছি।

আমি এখন তোমার জন্য প্রস্তুত। আমি ভালোবাসার জন্য প্রস্তুত, বিশ্বাস করার জন্য প্রস্তুত।

তুমি কি আমাকে একটা সুযোগ দেবে, রুদ্র? শুধু একটা সুযোগ? আমি তোমাকে প্রমাণ করতে চাই যে আমি বদলে গেছি। আমি তোমাকে প্রমাণ করতে চাই যে আমি তোমাকে কতটা ভালোবাসি।

আমি তোমার উত্তরের জন্য অপেক্ষা করব, রুদ্র। আমার এই ডায়েরির প্রতিটি পাতা তোমার জন্য লেখা। আমার এই নীরব চিঠি, যা শুধু তোমার জন্য।

ইতি,

তোমার অনন্যা

অনন্যা ডায়েরিটা বন্ধ করে দিল। তার মনে এক ধরনের অদ্ভুত শান্তি নেমে এল। সে জানত না এই ডায়েরি রুদ্রের কাছে পৌঁছাবে কিনা, বা রুদ্র তাকে ক্ষমা করবে কিনা। কিন্তু তার মনের ভেতরের সব জমে থাকা কথা, সব অনুশোচনা, সব ভালোবাসা সে ডায়েরির পাতায় লিখে দিয়েছে। এই লেখার প্রক্রিয়াটাই ছিল তার জন্য এক ধরনের নিরাময়। তার মনে হচ্ছিল, সে যেন তার বুকের ভারটা নামাতে পেরেছে।

মুম্বাইয়ের ফ্ল্যাটের জানালা দিয়ে রাতের আলো ঝলমল করছিল। অনন্যা জানালার পাশে বসে আকাশের দিকে তাকিয়ে রইল। তার মনে রুদ্রের স্মৃতিগুলো এখন আর কষ্ট দিচ্ছিল না, বরং এক ধরনের আশা জাগাচ্ছিল। সে এখন আর সেই পুরোনো অনন্যা নয়, যে শুধু ভয় আর অবিশ্বাস

নিয়ে বাঁচত। সে এখন এক নতুন অনন্যা, যে ভালোবাসার জন্য প্রস্তুত, নিজের ভয়ের সাথে লড়াই করার জন্য প্রস্তুত।

এই ডায়েরির পাতাগুলো ছিল অনন্যার নীরব চিঠি, যা রুদ্রকে উদ্দেশ্য করে লেখা। এই চিঠিগুলো তার ভালোবাসার এক নতুন দিক উন্মোচন করেছিল, যা তার আত্মানুসন্ধানের ফসল। সে এখন শুধু রুদ্রের প্রতিক্রিয়ার জন্য অপেক্ষা করছিল, একটি নতুন শুরুর জন্য, অথবা হয়তো একটি নীরব সম্মতির জন্য। তার মনে হয়েছিল, এই ডায়েরিটাই হয়তো তাদের ভাঙা সম্পর্ককে আবার জোড়া লাগানোর এক অদৃশ্য পথ তৈরি করবে, যেখানে ভালোবাসা আবারও তার পথ খুঁজে নেবে, ভাঙা কাঁচের ওপর সাবধানে পা ফেলে।

Ch. 20: কাকতালীয় দেখা

সপ্তদশ অধ্যায়ের সেই দ্বিতীয় ঝগড়া, যেখানে অনন্যা রুদ্রকে বলেছিল 'ভাঙা কাঁচ জোড়া লাগে না', তা তাদের সম্পর্কের ওপর এক চূড়ান্ত আঘাত হেনেছিল। অনন্যা রুদ্রের ল্যাপটপে তিতলির মেসেজ দেখে অবিশ্বাস আর অভিমানে ফোন কেটে দিয়েছিল, আর রুদ্র তার অসহায়ত্ব আর ভুল বোঝাবুঝির যন্ত্রণা নিয়ে একা হয়ে গিয়েছিল। অষ্টাদশ অধ্যায়ে অনন্যা তার সেই গভীর আঘাত থেকে মুক্তি পেতে হিমালয়ের কোলে এক সলো ট্রিপে যায়—ধর্মশালার নিরিবিলি পরিবেশে সে নিজের ভয়, অবিশ্বাস এবং ভালোবাসার প্রতি তার প্রস্তুতির অভাবকে চিনতে পারে। রুদ্রও সমান্তরালভাবে এক বৃদ্ধাশ্রমের প্রজেক্টে নিজেকে ডুবিয়ে দিয়ে জীবনের গভীর অর্থ

এবং ভালোবাসার প্রকৃত মূল্য উপলব্ধি করে আরও পরিপক্ক হয়ে ওঠে। তারা দুজনেই নিজেদেরকে নতুনভাবে আবিষ্কার করে, নিজেদের ভেতরের আলোটাকে আবার জ্বালাতে শেখে। ঊনবিংশ অধ্যায়ে অনন্যা তার নতুন উপলব্ধিকে ডায়েরির পাতায় রুদ্রকে উদ্দেশ্য করে প্রকাশ করতে শুরু করে, যা ছিল রুদ্রের কাছে তার মনের কথা বলার এক নীরব সেতু। এই ডায়েরি তার ভালোবাসার এক নতুন দিক উন্মোচন করেছিল, যা তার আত্মানুসন্ধানের ফসল। কিন্তু সে জানত না, এই ডায়েরি কোনোদিনও রুদ্রের হাতে পৌঁছাবে কিনা।

অনন্যা হিমালয়ের কোলে ধর্মশালার সেই শান্ত পরিবেশে নিজেকে সম্পূর্ণভাবে সঁপে দিয়েছিল। মুম্বাইয়ের ব্যস্ততা, কর্পোরেট জীবনের চাপ, অরিজিতের আনাগোনা—সবকিছুই তার থেকে অনেক দূরে ছিল। এখানে তার দিনগুলো কাটত প্রকৃতির সাথে, নিজের সাথে। প্রতিদিন সকালে সে মঠের দিকে হাঁটতে যেত, বৌদ্ধ সন্ন্যাসীদের সাথে মেডিটেশন করত। পাহাড়ের বিশুদ্ধ বাতাস আর নীরবতা তার মনটাকে এমনভাবে শান্ত করেছিল যে, তার ভেতরের সব কোলাহল যেন ধীরে ধীরে মিলিয়ে যাচ্ছিল। অষ্টাদশ অধ্যায়ে সে নিজেকে খুঁজে পেয়েছিল, আর ঊনবিংশ অধ্যায়ে সে সেই উপলব্ধিগুলো রুদ্রকে উদ্দেশ্য করে ডায়েরিতে লিখেছিল। প্রতিটি পাতায় সে তার অনুশোচনা, তার ভয়, তার ভালোবাসা—সবকিছুই অকপটে স্বীকার করেছিল। সে জানত, সে এখন ভালোবাসার জন্য প্রস্তুত, বিশ্বাস করার জন্য প্রস্তুত।

এক বিকেলে অনন্যা একটি পাথরের ওপর বসেছিল, যেখানে পুরো কাংড়া উপত্যকা তার চোখের সামনে বিস্তৃত ছিল। সবুজ উপত্যকা, দূরে বরফে ঢাকা পাহাড়ের চূড়া, আর নীল আকাশ—সবকিছুই অনন্যার মনে এক গভীর শান্তি এনে দিয়েছিল। সে তার ডায়েরিটা হাতে নিল, রুদ্রকে উদ্দেশ্য করে তার শেষ ডায়েরি এন্ট্রিটা আবার পড়ল: "তুমি কি আমাকে একটা সুযোগ দেবে, রুদ্র? শুধু একটা সুযোগ?" তার মনে রুদ্রের প্রতি এক তীব্র আকাঙ্ক্ষা। সে জানত না রুদ্র এখন কেমন আছে, তার 'ছায়ার গল্প' প্রজেক্টের কী খবর, অথবা তার জীবনে তিতলির ছায়া এখনও আছে কিনা। কিন্তু সে মনে মনে রুদ্রকে ডাকছিল, তার সাথে একবার দেখা করার আকুতি জানাচ্ছিল।

অনন্যা সেই পাথর থেকে নেমে হেঁটে মঠের দিকে যাচ্ছিল। এখানকার সরু পাহাড়ি রাস্তাগুলো ছিল তার প্রিয়। পথের পাশে ছোট ছোট দোকান, যেখানে পাহাড়ি মানুষেরা তাদের হাতের তৈরি জিনিস বিক্রি করত। পর্যটকদের ভিড় কম ছিল, তাই পথটা ছিল শান্ত। অনন্যা নিজের মনেই হাঁটছিল, তার কানে বাজছিল সেই বৌদ্ধ মন্ত্র, যা মঠের ভেতর থেকে ভেসে আসছিল। তার মনে হচ্ছিল, এই হিমালয় তাকে নতুন জীবন দিয়েছে, নতুন শক্তি দিয়েছে। সে এখন আর সেই পুরোনো অনন্যা নয়, যে শুধু ভয় আর অবিশ্বাস নিয়ে বাঁচত। সে এখন সাহসী, সে ভালোবাসার জন্য লড়তে প্রস্তুত।

কলকাতায় রুদ্রের 'ছায়ার গল্প' প্রজেক্ট বেশ সাফল্য অর্জন করেছিল। দ্বাদশ অধ্যায়ে সে এই প্রজেক্টে নিজেকে ডুবিয়ে

দিয়ে অনন্যার অনুপস্থিতির কষ্টগুলো কিছুটা হলেও ভুলতে পেরেছিল। অষ্টাদশ অধ্যায়ে বৃদ্ধাশ্রমে কাজ করতে গিয়ে সে জীবনের গভীর অর্থ এবং ভালোবাসার প্রকৃত মূল্য উপলব্ধি করে আরও পরিপক্ক হয়ে উঠেছিল। তার ছবিগুলো গ্যালারিতে প্রশংসা পাচ্ছিল, কিন্তু রুদ্রের মনে তখনও অনন্যার শূন্যতাটা রয়ে গিয়েছিল। তার ডায়েরি সাক্ষী ছিল অনন্যার প্রতি তার অদম্য টানের। সে অনন্যাকে আবার ফিরে পেতে চাইছিল, তাকে বোঝাতে চেয়েছিল যে তিতলি শুধু একজন ক্লায়েন্ট ছিল, আর তার জীবনে অনন্যা ছাড়া আর কেউ নেই।

রুদ্র তার 'ছায়ার গল্প' প্রজেক্টের জন্য নতুন অনুপ্রেরণা খুঁজছিল। সে চেয়েছিল এমন কিছু ছবি তুলতে, যা তার ভেতরের নীরবতা আর মানব জীবনের গভীর ছায়াগুলোকে আরও ভালোভাবে ফুটিয়ে তুলতে পারবে। তার বন্ধু অভ্রজিৎ তাকে পরামর্শ দিয়েছিল পাহাড়ের দিকে যেতে, যেখানে প্রাকৃতিক ছায়া এবং মানুষের জীবনের ভিন্নতা তাকে নতুন ধারণা দিতে পারে। রুদ্রও ভেবেছিল, কলকাতার পরিচিত পরিবেশ থেকে বেরিয়ে এলে হয়তো তার মনটা কিছুটা শান্ত হবে। সে জানত না অনন্যা কোথায় আছে, কিন্তু তার মন তাকে যেন পাহাড়ের দিকেই টানছিল, যেখানে সে হয়তো তার 'ছায়া'কে খুঁজে পাবে।

রুদ্র তার ক্যামেরা এবং কিছু প্রয়োজনীয় সরঞ্জাম নিয়ে ধর্মশালার উদ্দেশে রওনা দিল। তার মনে এক ধরনের উত্তেজনা আর এক ধরনের আশঙ্কা ছিল। সে জানত না, এই

যাত্রা তাকে কোথায় নিয়ে যাবে। ধর্মশালার নির্জন পাহাড়ি পরিবেশ রুদ্রকে মুগ্ধ করল। সে ছোট একটি গেস্ট হাউসে উঠল, যা মঠের কাছাকাছি অবস্থিত। রুদ্র প্রতিদিন সকালে ক্যামেরা নিয়ে বেরিয়ে পড়ত, পাহাড়ের বিভিন্ন জায়গায় ঘুরত, ছবি তুলত। সে দেখল, এখানকার মানুষের জীবনে এক ধরনের সরলতা আছে, এক ধরনের শান্তি আছে। তাদের মুখে যে হাসি, তাতে কোনো কপটতা নেই, কোনো ভয় নেই। রুদ্র তাদের জীবনের ছায়াগুলোকে ক্যামেরায় ধরতে চাইল।

একদিন রুদ্র একটি ছোট কফিশপে বসে ছিল, যেখানে জানালার পাশে বসে পাহাড়ের দৃশ্য দেখা যাচ্ছিল। তার হাতে অনন্যার সেই 'ছায়া' ছবিটা ছিল, যেটা সে তার নতুন বইয়েও স্থান দিয়েছিল। সে ছবিটার দিকে তাকিয়ে ভাবছিল, অনন্যা এখন কেমন আছে? সে কি তাকে ভুলে গেছে? তার মনে ঊনবিংশ অধ্যায়ে অনন্যার ডায়েরির কথা মনে পড়ল, যেখানে অনন্যা রুদ্রকে উদ্দেশ্য করে তার মনের কথা লিখেছিল। রুদ্র জানত না সেই ডায়েরি কোনোদিনও তার হাতে পৌঁছাবে কিনা। কিন্তু তার মনে এক ধরনের বিশ্বাস ছিল, ভালোবাসা সত্য হলে সে তার পথ খুঁজে নেবে।

রুদ্র সেই কফিশপ থেকে বেরিয়ে মঠের দিকে যাচ্ছিল। সে নতুন কিছু ছবি তুলতে চেয়েছিল, যেখানে বৌদ্ধ সন্ন্যাসীদের জীবনযাত্রা এবং তাদের ধ্যান রুদ্রের 'ছায়ার গল্প' প্রজেক্টের জন্য নতুন উপাদান দিতে পারে। তার কাঁধে ক্যামেরা, মনে এক ধরনের অস্থিরতা আর এক ধরনের আশা। সে হেঁটে হেঁটে পাহাড়ি রাস্তা ধরে যাচ্ছিল, তার চোখ খুঁজছিল কিছু

একটা, যা তার ভেতরের অনুভূতিগুলোকে ছবিতে ফুটিয়ে তুলতে পারবে।

রুদ্র মঠের কাছাকাছি পৌঁছে গিয়েছিল। সে একটি বাঁকের মোড় ঘুরতেই তার চোখ আটকে গেল এক পরিচিত মুখের ওপর। পথ ধরে হেঁটে আসছিল **অনন্যা**। তার পরনে ছিল একটি হালকা আকাশি রঙের পোশাক, চুলগুলো বাতাসে উড়ছিল। তার মুখে এক ধরনের শান্তি ছিল, এক ধরনের দীপ্তি ছিল, যা রুদ্রের কাছে অপরিচিত ছিল, কিন্তু তার হৃদয়কে চেনা মনে হলো।

রুদ্রের হাত থেকে ক্যামেরাটা যেন পড়ে যাচ্ছিল। তার বুক ধড়ফড় করে উঠল। অনন্যা! সে এখানে? রুদ্রের মনে হলো যেন সময়টা থমকে গেছে, চারপাশের কোলাহল মিলিয়ে গেছে, শুধু অনন্যা আর সে ছাড়া আর কেউ নেই। তার চোখে প্রথমে অবিশ্বাস, তারপর এক তীব্র আকাঙ্ক্ষা আর এক গভীর ভালোবাসা।

অনন্যাও রুদ্রকে দেখে প্রথমে চমকে উঠল। তার চোখে সেই একই বিস্ময়, সেই একই প্রশ্ন। রুদ্র! এই সুদূর হিমাচলে? তার মনে হলো, সে স্বপ্ন দেখছে। তার রুদ্রকে উদ্দেশ্য করে লেখা ডায়েরির কথা মনে পড়ল—সে কি সত্যিই রুদ্রকে মনে মনে ডেকেছিল? রুদ্রের চোখে সে দেখল গভীর আবেগ, আকুলতা, এক ধরনের প্রশ্ন। অনন্যার মনে হলো, তার বুকের ভেতরটা দুলে উঠল, যেন তার হৃদপিণ্ড থেমে গেছে।

তাদের দুজনের মধ্যে তখন দূরত্ব ছিল মাত্র কয়েক হাত। কিন্তু সেই কয়েক হাত দূরত্ব যেন এক মহাসাগরের মতো

বিশাল মনে হলো। তাদের চোখাচোখি হলো, এবং সেই এক মুহূর্তে তাদের চোখ যেন হাজারো কথা বলে গেল।

রুদ্রের চোখে ছিল:

- **আকুলতা:** "তুমি কি সত্যিই এখানে? আমি বিশ্বাস করতে পারছি না।"
- **বেদনা:** "কেন তুমি আমাকে ছেড়ে চলে গেলে? কেন কোনো কথা বললে না?"
- **আশা:** "আমাদের কি আবার শুরু করা সম্ভব?"
- **ভালোবাসা:** "আমি তোমাকে কতটা মিস করেছি, তুমি জানো না।"
- **শান্তি:** অনন্যাকে আবার কাছে দেখে এক গভীর প্রশান্তি।

আর অনন্যার চোখে ছিল:

- **বিস্ময়:** "রুদ্র! তুমি এখানে! আমি তোমাকে মনে মনে ডেকেছিলাম।"
- **অনুশোচনা:** "আমি তোমাকে কতটা ভুল বুঝেছিলাম, রুদ্র! আমাকে ক্ষমা করো।"
- **আকাঙ্ক্ষা:** "আমি তোমাকে কতটা ফিরে পেতে চাই, তা তুমি জানো না।"
- **ভয়:** "যদি সব পুরোনো ব্যথা আবার ফিরে আসে? যদি এই দেখাটা শুধু এক ভ্রম হয়?"
- **ভালোবাসা:** "আমি তোমাকে কতটা ভালোবাসি, রুদ্র!"

- **নতুন সাহস:** 'এইবার আর নীরবতা নয়, কথা বলতে হবে।'

তারা একে অপরের দিকে তাকিয়ে রইল। তাদের চারপাশের প্রকৃতির নীরবতা, দূর থেকে ভেসে আসা বৌদ্ধ মন্ত্রের ধ্বনি—সবকিছু যেন তাদের এই নীরব মুহূর্তকে আরও পবিত্র করে তুলছিল। এইবার তাদের মনে সেই চতুর্দশ অধ্যায়ের বইমেলার নীরবতার কোনো ছাপ ছিল না। তাদের চোখ একে অপরের সাথে সরাসরি কথা বলছিল, তাদের হৃদয় একে অপরের কাছে উন্মুক্ত হচ্ছিল। রুদ্রের মনে হলো, অনন্যার চোখে সে এক নতুন দীপ্তি দেখতে পাচ্ছে, এক নতুন সাহস দেখতে পাচ্ছে।

আর্টের ফেয়ারে রুদ্র ও অনন্যা কেউ কথা বলতে পারেনি। কিন্তু এইবার অনন্যা নিজেকে প্রস্তুত করে রেখেছিল। তার হিমালয়ের সলো ট্রিপ তাকে সাহস দিয়েছিল, তার ডায়েরি তাকে নিজের কথা বলতে শিখিয়েছিল। অনন্যাই প্রথম নীরবতা ভাঙল। তার কণ্ঠস্বর কাঁপছিল, কিন্তু তার চোখে ছিল দৃঢ়তা।

"রুদ্র?" অনন্যা ফিসফিস করে বলল। তার কণ্ঠে এক ধরনের বিস্ময় আর এক ধরনের আকাঙ্ক্ষা। রুদ্রের ঠোঁটে এক মৃদু হাসি ফুটে উঠল। তার চোখে জল টলমল করছিল। "অনন্যা। তুমি এখানে?" "আমি তোমাকে খুঁজছিলাম, রুদ্র," অনন্যা বলল। এই কথাটা যেন তার মনের গভীর থেকে এসেছিল। "আমি তোমাকে খুব মিস করেছি।" রুদ্র এক মুহূর্তের জন্যও দ্বিধা করল না। সে অনন্যার দিকে এগিয়ে গেল, তার হাত

ধরল। অনন্যাও রুদ্রের হাত শক্ত করে ধরল। তাদের হাতে হাতের স্পর্শে যেন এক নতুন বিদ্যুৎ খেলে গেল, যা তাদের পুরোনো সব ভুল বোঝাবুঝি আর নীরবতাকে মুছে দিচ্ছিল।

"আমিও তোমাকে খুব মিস করেছি, অনন্যা," রুদ্র বলল। তার কণ্ঠে এক তীব্র আবেগ। "আমি জানতাম না, তুমি কোথায় আছ। আমি তোমাকে বারবার খুঁজতে চেয়েছি।" অনন্যা দীর্ঘশ্বাস ফেলল। "আমি দুঃখিত, রুদ্র। আমি তোমাকে অনেক কষ্ট দিয়েছি। আমার অবিশ্বাস, আমার ভয়—সবকিছু মিলে আমি তোমাকে দূরে ঠেলে দিয়েছিলাম।" "না, অনন্যা," রুদ্র বলল। "আমরা দুজনেই ভুল করেছি। আমি তোমাকে বোঝাতে পারিনি যে তিতলি শুধু একজন ক্লায়েন্ট ছিল। আমি ভেবেছিলাম তুমি আমাকে বিশ্বাস করবে।" অনন্যা মাথা নিচু করল। "আমার পুরোনো অভিজ্ঞতাগুলো আমাকে ভয় পাইয়ে দিয়েছিল, রুদ্র। অরিজিতের সাথে আমার সম্পর্কটা আমাকে আঘাত করেছিল। আমি ভয় পাচ্ছিলাম আবার আঘাত পেতে।" রুদ্র অনন্যার হাত আরও শক্ত করে ধরল। "আমি জানি, অনন্যা। আমি তোমার কষ্টটা বুঝি। কিন্তু আমি তোমাকে ভালোবাসি, অনন্যা। আমি তোমাকে কোনোদিনও কষ্ট দেব না।"

তাদের চোখাচোখি হলো, আর এইবার তাদের চোখে কোনো দ্বিধা ছিল না, কোনো অবিশ্বাস ছিল না। শুধু ছিল ভালোবাসা, বিশ্বাস, আর এক গভীর বোঝাপড়া। পাহাড়ের বাতাস যেন তাদের চারপাশে ভালোবাসার মন্ত্র উচ্চারণ করছিল।

"আমি তোমাকে উদ্দেশ্য করে ডায়েরি লিখেছিলাম, রুদ্র," অনন্যা বলল। "আমি তোমাকে বলতে চেয়েছিলাম যে আমি তোমাকে কতটা ভালোবাসি, আমি কতটা অনুতপ্ত। আমি জানি না সেই ডায়েরি তোমার কাছে কোনোদিনও পৌঁছাবে কিনা।" রুদ্র অনন্যার দিকে তাকিয়ে হাসল। "আমি জানতাম, অনন্যা। আমার মনে হয়েছিল তুমিও আমাকে মিস করছো। আমার 'ছায়ার গল্প' প্রজেক্টটা তোমাকে ছাড়া অসম্পূর্ণ ছিল। আমি বৃদ্ধাশ্রমে কাজ করতে গিয়ে বুঝতে পেরেছি, ভালোবাসা মানে শুধু গ্রহণ করা নয়, বরং দেওয়া, বিশ্বাস করা, আর অপেক্ষা করা।"

তারা দুজন একটি ছোট পাথরের ওপর বসল। পাহাড়ের কোলে, আকাশের নিচে, তারা একে অপরের সাথে কথা বলতে লাগল। তারা তাদের ব্যক্তিগত আত্মানুসন্ধানের যাত্রা, তাদের ভয়, তাদের আশা—সবকিছুই একে অপরের সাথে ভাগ করে নিল। অনন্যা তার সলো ট্রিপের অভিজ্ঞতা বলল, কীভাবে সে নিজেকে খুঁজে পেয়েছে, কীভাবে তার ভালোবাসার প্রতি ভয় দূর হয়েছে। রুদ্র তার বৃদ্ধাশ্রম প্রজেক্টের কথা বলল, কীভাবে সে জীবনের গভীর অর্থ এবং ভালোবাসার মূল্য উপলব্ধি করেছে।

"আমি এখন নিজেকে ক্ষমা করতে শিখেছি, রুদ্র," অনন্যা বলল। "আমার ভুলগুলোর জন্য। আমি জানি না তুমি আমাকে ক্ষমা করবে কিনা।" "আমি তোমাকে ক্ষমা করে দিয়েছি, অনন্যা," রুদ্র বলল। "আমিও নিজেকে ক্ষমা করে দিয়েছি।

আমরা দুজনেই কষ্ট পেয়েছি। কিন্তু এখন আমরা একে অপরের কাছে আছি, এটাই সবচেয়ে গুরুত্বপূর্ণ।"

তাদের কথা বলতে বলতে সন্ধ্যা নেমে এল। আকাশটা কমলা আর বেগুনি রঙে ভরে উঠল। দূর থেকে মঠের ঘণ্টা বেজে উঠল, আর সেই ধ্বনি যেন তাদের হৃদয়ে এক নতুন শান্তির বার্তা বয়ে আনল। তাদের হাতে ধরা হাতগুলো যেন এক নতুন ভবিষ্যতের ইঙ্গিত দিচ্ছিল, যেখানে ভালোবাসা আবার নতুন করে জন্ম নেবে।

রুদ্র অনন্যার মুখের দিকে তাকিয়ে দেখল। তার চোখে সেই একই দীপ্তি, সেই একই সাহস। রুদ্রের মনে অনন্যার কবিতার লাইনগুলো ভেসে উঠল: "ভয় পেও না, এই আলো কেবল তোমারই জন্য... শুধু একবার হাত ধরো, বিশ্বাস রাখো বুকে, অন্ধকার কেটে যাবে, আলো আসবে সুখে।" এইবার অনন্যা সেই হাত ধরেছে, সেই বিশ্বাস রেখেছে।

"আমার মনে হয়, আমরা এখন ভালোবাসার জন্য প্রস্তুত, রুদ্র," অনন্যা ফিসফিস করে বলল। রুদ্র অনন্যার হাত ধরে রাখল। "হ্যাঁ, অনন্যা। আমরা এখন প্রস্তুত। আমরা ভাঙা কাঁচগুলোকে জোড়া লাগাতে পারব। আমরা একসাথে নতুন করে শুরু করব।"

এইবার তাদের নীরবতা ছিল ভিন্ন। এটি ছিল শান্তির নীরবতা, বোঝাপড়ার নীরবতা, আর ভালোবাসার নীরবতা। তাদের হৃদয়ের সব ফাটল যেন এই পাহাড়ের কোলে, আকাশের নিচে, ভালোবাসার মন্ত্রে জোড়া লাগছিল।

রাতে অনন্যা তার ডায়েরিটা খুলল। তার মনে এক গভীর শান্তি আর এক ধরনের উচ্ছ্বাস। সে লিখল:

প্রিয় রুদ্র (কিন্তু এবার তোমার কাছে পৌঁছানোর আশা নিয়ে),

আজ আমি তোমাকে দেখেছি, রুদ্র। হিমাচলে। আমার মনে হলো, এটা কোনো কাকতালীয় ঘটনা নয়, বরং আমাদের ভাগ্যের লিখন। আমি তোমাকে মনে মনে ডেকেছিলাম, আর তুমি চলে এলে। আমার মনে হয়েছিল, আমার সেই ডায়েরির পাতাগুলো যেন তোমাকে এখানে টেনে এনেছে।

আমাদের কথা হয়েছে, রুদ্র। অনেক দিন পর। সেই নীরবতা ভেঙে গেছে। আমি তোমাকে সব কথা বলতে পেরেছি, আমার ভয়, আমার অনুশোচনা—সব। আর তুমি আমাকে বুঝেছ। তুমি আমাকে ক্ষমা করেছ। আমার মনে হচ্ছিল, আমাদের হৃদয়ের সব ফাটল যেন জোড়া লাগছে।

তুমি তোমার 'ছায়ার গল্প' প্রজেক্টের কথা বললে, তোমার বৃদ্ধাশ্রমের অভিজ্ঞতা বললে। আমি বুঝতে পারলাম, তুমি কতটা বদলে গেছ, রুদ্র। তুমি এখন আরও বেশি সংবেদনশীল, আরও বেশি পরিপক্ক। আর আমিও বদলে গেছি, রুদ্র। আমার হিমালয়ের ট্রিপ আমাকে সাহস দিয়েছে, বিশ্বাস করতে শিখিয়েছে।

আমি জানি না আমাদের পথটা কেমন হবে, রুদ্র। হয়তো কঠিন হবে। কিন্তু আমি এখন আর ভয় পাচ্ছি না। আমি তোমার হাত ধরে হাঁটতে প্রস্তুত। আমি তোমাকে বিশ্বাস

করতে প্রস্তুত। তুমিই আমার আলো, রুদ্র। তুমিই আমার পথ।

আজ এই পাহাড়ের কোলে, আকাশের নিচে, আমাদের হৃদয় আবার কাছাকাছি এসেছে। আমি জানি, আমাদের ভালোবাসাটা সত্য। আর এই ভালোবাসা সব বাধা পেরিয়ে তার পথ খুঁজে নেবে।

আমি তোমাকে খুব ভালোবাসি, রুদ্র। আমি এখন আর শুধু 'অপরিচিত চেনা' বন্ধু নই। আমরা এখন একে অপরের আত্মা। আমি এইবার আর তোমাকে ছেড়ে যাব না।

আমার মনে হয়, আমাদের গল্পের নতুন অধ্যায় শুরু হয়েছে, ডায়েরি। এক নতুন আলোয় ভরা অধ্যায়। আমি আর সেই পুরোনো অনন্যা নই, যে শুধু ভয় আর অবিশ্বাস নিয়ে বাঁচত। আমি এখন ভালোবাসার জন্য প্রস্তুত, বিশ্বাস করার জন্য প্রস্তুত।

ইতি,

তোমার অনন্যা

(যে এখন তোমাকে নিয়ে স্বপ্ন দেখে)

অনন্যা ডায়েরি বন্ধ করে দিল। তার মনে তখন এক নতুন আশার আলো। সে জানত না তাদের ভবিষ্যৎ কেমন হবে, কিন্তু সে এখন রুদ্রের পাশে আছে। তাদের কাকতালীয় দেখা, সেই পাহাড়ের কোলে, আকাশের নিচে—তাদের সম্পর্ককে এক নতুন জীবন দিয়েছিল। দুই হৃদয় আবার কাছে এসেছিল, তাদের ভালোবাসার গল্পের এক নতুন অধ্যায়ের সূচনা

হয়েছিল, যেখানে নীরবতা ভেঙে কথা এসেছিল, আর অবিশ্বাসকে জয় করেছিল বিশ্বাস।

Ch. 21: গল্প বলা রাত

বিংশ অধ্যায়ের সেই কাকতালীয় দেখা, হিমাচলের নিস্তব্ধ পাহাড়ি পথে অনন্যা ও রুদ্রের আকস্মিক পুনর্মিলন—তাদের জীবনে এক নতুন দিগন্ত উন্মোচন করেছিল। সপ্তদশ অধ্যায়ের দ্বিতীয় ঝগড়ার পর তাদের সম্পর্ক প্রায় ভেঙে গিয়েছিল, যেখানে অনন্যা 'ভাঙা কাঁচ জোড়া লাগে না' বলে রুদ্রকে দূরে ঠেলে দিয়েছিল। কিন্তু অষ্টাদশ অধ্যায়ে তাদের পৃথক আত্মানুসন্ধান—অনন্যার সলো ট্রিপ আর রুদ্রের বৃদ্ধাশ্রম প্রজেক্ট—তাদের দুজনকেই ভালোবাসার জন্য আরও বেশি প্রস্তুত ও পরিপক্ক করে তুলেছিল। ঊনবিংশ অধ্যায়ে অনন্যার ডায়েরির পাতায় রুদ্রকে উদ্দেশ্য করে লেখা নীরব বার্তাগুলো যেন এই পুনর্মিলনের পূর্বাভাস দিয়েছিল। এবার তারা মুখোমুখি, তাদের হাতে হাত, আর তাদের হৃদয় একে অপরের কাছে উন্মুক্ত। এই অধ্যায় সেই উন্মুক্ত হৃদয়ের গল্প, সেই নীরবতা ভাঙা রাতের কথা, যেখানে তারা তাদের জীবনের সব লুকানো ব্যথা আর অজানা গল্পগুলো ভাগ করে নেবে।

হিমাচলের সেই পাহাড়ি বাঁকের মোড়ে তাদের আকস্মিক দেখা হওয়ার পর অনন্যা ও রুদ্র একটি নির্জন পাহাড়ি কফিশপের দিকে হেঁটে গেল। কফিশপটি ছিল ছোট, কিন্তু উষ্ণ এবং আরামদায়ক। জানালার বাইরে পাহাড়ের ঢালে সূর্য অস্ত

যাচ্ছিল, আকাশটা কমলা, গোলাপী আর বেগুনি রঙে রঙিন হয়ে উঠেছিল। চারপাশের পর্যটকদের মৃদু গুঞ্জন, চায়ের কাপের টুংটাং শব্দ—সবকিছুই তাদের কাছে এক মধুর কোলাহল মনে হচ্ছিল। তারা একটি কোণার টেবিলে গিয়ে বসল, যেখানে তারা দুজন ছাড়া আর কেউ ছিল না।

তাদের হাতে কফির কাপ, কিন্তু তাদের চোখ ছিল একে অপরের দিকে। বিংশ অধ্যায়ে তাদের সেই প্রথম কথা বলার মুহূর্তের রেশ তখনও তাদের মাঝে রয়ে গিয়েছিল। সেই মুহূর্তটা ছিল আশার, বিশ্বাসের। কিন্তু তাদের মনে তখনও অনেক অনুচ্চারিত কথা জমে ছিল, অনেক পুরোনো ব্যথা, অনেক প্রশ্ন। অনন্যা ভাবছিল, কোথা থেকে শুরু করবে? রুদ্রও অপেক্ষা করছিল অনন্যার কথা শোনার জন্য।

"আমার মনে হয়, আমাদের কিছু কথা বলা দরকার, রুদ্র," অনন্যা ফিসফিস করে বলল। তার কণ্ঠস্বরে এক ধরনের অস্থিরতা ছিল। রুদ্র অনন্যার হাত ধরল। "হ্যাঁ, অনন্যা। আমি তোমার জন্য প্রস্তুত। আমি তোমার সব কথা শুনতে চাই।" অনন্যা রুদ্রের চোখে তাকাল। তার চোখে সেই একই গভীরতা, সেই একই আস্থা। অনন্যা এইবার আর ভয় পেল না। তার মনে হলো, রুদ্রের হাতে তার হাত রাখা অবস্থায় সে সব কিছু বলতে পারবে।

অনন্যা দীর্ঘশ্বাস ফেলল। সে চোখ বন্ধ করে নিজেকে শান্ত করল, তারপর ধীরে ধীরে তার জীবনের সেই অধ্যায়গুলো বলতে শুরু করল, যা রুদ্রের কাছে অজানা ছিল, অথবা রুদ্র ভুল বুঝেছিল।

"আমি জানি না কোথা থেকে শুরু করব, রুদ্র," অনন্যা বলল। "আমার জীবনের সবচেয়ে বড় ভুল ছিল অরিজিৎ। আমার কলেজ জীবনের প্রেম (চতুর্থ অধ্যায়ে উল্লিখিত)। সে ছিল আমার প্রথম ভালোবাসা। সে খুব মেধাবী ছিল, আর আমি তাকে অন্ধের মতো বিশ্বাস করতাম।"

অনন্যা তার কলেজ জীবনের স্মৃতিচারণ করতে লাগল। কীভাবে অরিজিৎ তাকে স্বপ্ন দেখিয়েছিল, তাদের ভবিষ্যতের পরিকল্পনা করেছিল। "আমরা একসাথে অনেক স্বপ্ন দেখেছিলাম, রুদ্র। আমরা ভেবেছিলাম, সারা জীবন একসাথে থাকব। কিন্তু সে আমাকে এক কঠিন মুহূর্তে ছেড়ে চলে গিয়েছিল।" অনন্যার কণ্ঠে এক গভীর বেদনা।

"সে আমাকে ছেড়ে গিয়েছিল যখন আমার সবচেয়ে বেশি দরকার ছিল। আমার মায়ের খুব অসুস্থতা চলছিল, আর আমি তখন মানসিক দিক থেকে খুব ভেঙে পড়েছিলাম। অরিজিৎ আমার পাশে ছিল না। সে শুধু তার ক্যারিয়ার আর নিজের উচ্চাকাঙ্ক্ষা নিয়েই ব্যস্ত ছিল। সে আমাকে বলেছিল, 'তুমি একা লড়তে শেখো, অনন্যা। আমি তোমার বোঝা হতে চাই না।' এই কথাগুলো আমাকে ভেঙে দিয়েছিল, রুদ্র।"

রুদ্র মনোযোগ দিয়ে শুনছিল। তার চোখে তখন এক গভীর সহানুভূতি। সে অনন্যার হাতে হালকা চাপ দিল।

"সেই আঘাতটা আমার মনে এক গভীর ক্ষত তৈরি করেছিল, রুদ্র। আমি আর কাউকে বিশ্বাস করতে পারতাম না। ভালোবাসার প্রতি আমার ভয় তৈরি হয়েছিল। আমার মনে হতো, ভালোবাসা মানেই কষ্ট, ভালোবাসা মানেই বিচ্ছেদ।

আমি নিজেকে এক অদৃশ্য দেয়ালের মধ্যে encerrado করে ফেলেছিলাম। আমি আর কাউকে আমার জীবনে আসতে দিইনি।"

"যখন তুমি আমার জীবনে এলে, রুদ্র," অনন্যা রুদ্রের দিকে তাকাল, "তখন আমার মনে এক নতুন অনুভূতি তৈরি হয়েছিল। বিয়েবাড়িতে তোমাকে প্রথম দেখার পর, বাগানে তোমার সাথে কথা বলার পর, তোমার সেই ইমেল... আমার মনে হয়েছিল, আমি আবার ভালোবাসতে শুরু করছি (পঞ্চম অধ্যায়ে উল্লিখিত)। কিন্তু আমার মনে ভয়ও ছিল। আমি নিজেকে জিজ্ঞেস করতাম, 'আমি কি সত্যিই ভালোবাসার জন্য প্রস্তুত?'"

"সেই ভয়টা আমাকে সবসময় তাড়া করত, রুদ্র। যখনই আমাদের সম্পর্কটা গভীর হতে শুরু করত, তখনই আমার মনে অতীত ফিরে আসত। আমার মনে হতো, তুমিও হয়তো আমাকে ছেড়ে চলে যাবে, আমার দুর্বলতার সুযোগ নেবে। আর সেই কারণেই আমি তোমাকে অবিশ্বাস করতে শুরু করেছিলাম।"

অনন্যা থামল। তার চোখ দিয়ে তখন জল গড়িয়ে পড়ছিল। রুদ্র অনন্যার হাত ধরে রাখল, তার চোখে কোনো অভিযোগ ছিল না, শুধু ছিল গভীর বোঝাপড়া।

"আর সেই দিন, রুদ্র," অনন্যা বলল, তার কণ্ঠস্বর কাঁপছিল, "যখন আমি তোমাকে তিতলির সাথে কফিশপের বাইরে দেখেছিলাম (নবম অধ্যায়ে উল্লিখিত)। তুমি ওকে হাত ধরে ছিলে... আর ও তোমার দিকে হাসছিল... আমার মনে

হয়েছিল, অতীত আবার ফিরে এসেছে। আমার মনে হয়েছিল, তুমিও আমাকে ঠকালে। আমি জানতাম না তিতলি কে, কিন্তু আমার মন সেই মুহূর্তে তোমাকে অবিশ্বাস করেছিল।"

রুদ্র চোখ বন্ধ করল। "অনন্যা, তিতলি আমার ক্লায়েন্ট ছিল। সে আমার সাথে একটা প্রজেক্ট নিয়ে কথা বলতে এসেছিল। আমি ওকে শুধু কাজ নিয়ে বুঝিয়ে দিচ্ছিলাম। আর আমি ওর হাত ধরেছিলাম শুধু ওকে রাস্তায় গাড়ির ভিড় থেকে বাঁচাতে। ওর সাথে আমার কোনো ব্যক্তিগত সম্পর্ক ছিল না।"

"আমি জানি, রুদ্র," অনন্যা বলল। "সায়নী আমাকে পরে বলেছিল। কিন্তু সেই মুহূর্তে আমার মন তোমাকে বিশ্বাস করতে পারেনি। আমার মনে শুধু সেই পুরোনো আঘাতটা ফিরে এসেছিল। আমি ভেবেছিলাম, তুমি আমাকে মিথ্যে বলছো। আর সেই কারণেই আমি তোমাকে এড়িয়ে গিয়েছিলাম (দশম অধ্যায়ে উল্লিখিত), তোমার ফোন ধরিনি, মেসেজের উত্তর দিইনি। আমি চেয়েছিলাম নিজেকে দূরে সরিয়ে নিতে, যাতে আমি আর কষ্ট না পাই।"

"আর যখন তুমি আমার ল্যাপটপে তিতলির মেসেজটা দেখেছিলে (ষষ্ঠদশ অধ্যায়ে উল্লিখিত)," রুদ্র বলল, "আমি তোমাকে বোঝানোর চেষ্টা করেছি, অনন্যা। কিন্তু তুমি বিশ্বাস করোনি।" "আমি জানি, রুদ্র," অনন্যা বলল। "আমি দুঃখিত। আমার নিজের ভয় আমাকে অন্ধ করে দিয়েছিল। আমি তোমাকে বিশ্বাস করতে পারিনি। আমি তোমাকে মিথ্যেবাদী ভেবেছিলাম। আর আমিই তোমাকে বলেছিলাম, 'ভাঙা কাঁচ জোড়া লাগে না' (সপ্তদশ অধ্যায়ে উল্লিখিত)।" অনন্যা রুদ্রের

হাত ধরে কেঁদে উঠল। "আমি দুঃখিত, রুদ্র। আমি তোমাকে অনেক কষ্ট দিয়েছি।"

রুদ্র অনন্যাকে কাছে টেনে নিল, তার মাথায় হাত বুলাতে লাগল। "না, অনন্যা। তুমি আমাকে কষ্ট দাওনি। আমরা দুজনেই কষ্ট পেয়েছি। আমরা দুজনেই ভুল করেছি। আমি তোমাকে বোঝাতে পারিনি, আর তুমি আমাকে বিশ্বাস করতে পারোনি।"

অনন্যা তার সলো ট্রিপের কথা বলল (অষ্টাদশ অধ্যায়ে উল্লিখিত), কীভাবে সে হিমালয়ের কোলে গিয়ে নিজের ভয় আর অবিশ্বাসকে চিনতে পেরেছে। "আমি এখন নিজেকে ক্ষমা করতে শিখেছি, রুদ্র। আমার ভুলগুলোর জন্য। আর আমি এখন বিশ্বাস করতে প্রস্তুত, ভালোবাসার জন্য প্রস্তুত।" সে তার ডায়েরি লেখার কথাও বলল (ঊনবিংশ অধ্যায়ে উল্লিখিত), কীভাবে সে রুদ্রকে উদ্দেশ্য করে তার মনের সব কথা লিখেছিল। "আমি জানি না সেই ডায়েরি তোমার কাছে কোনোদিনও পৌঁছাবে কিনা," অনন্যা বলল, "কিন্তু আমার মনে হয়েছিল, এটাই হয়তো তোমার কাছে পৌঁছানোর একমাত্র উপায়।"

এবার রুদ্র তার গল্প বলতে শুরু করল। তার কণ্ঠস্বর ছিল শান্ত, কিন্তু তার প্রতিটি শব্দে অনন্যার অনুপস্থিতির কষ্ট আর তার প্রতি ভালোবাসা স্পষ্ট ছিল।

"তুমি যখন আমাকে ছেড়ে চলে গেলে, অনন্যা (দশম অধ্যায়ে উল্লিখিত)," রুদ্র বলল, "আমার পৃথিবীটা যেন থমকে গিয়েছিল। আমি জানতাম না কী হয়েছিল। আমি বারবার

তোমাকে ফোন করেছি, মেসেজ পাঠিয়েছি, কিন্তু কোনো উত্তর পাইনি। আমার মনে তখন হাজারো প্রশ্ন—আমি কি কোনো ভুল করেছি? তুমি কি আমাকে আর ভালোবাসো না? সেই নীরবতাটা আমাকে পাগল করে তুলেছিল।"

"আমার 'ছায়ার গল্প' প্রজেক্টটা তোমাকে ঘিরেই আবর্তিত হচ্ছিল," রুদ্র বলল (দ্বাদশ অধ্যায়ে উল্লিখিত)। "তোমার ছায়া ছিল আমার গল্পের অংশ। তুমি চলে যাওয়ায় আমার মনে হয়েছিল, আমার শিল্পও যেন অসম্পূর্ণ। আমি অনেক দিন কাজ করতে পারিনি, আমার মন বসছিল না। কলকাতাতে প্রতিটি কোণে তোমার স্মৃতি আমাকে তাড়া করত।"

"আমি ভেবেছিলাম, তুমি হয়তো আমাকে আর তিতলিকে এক সাথে দেখে ভুল বুঝেছ (নবম অধ্যায়ে উল্লিখিত)। কিন্তু তুমি আমাকে কিছু জিজ্ঞেস করোনি। আমার মনে হয়েছিল, তুমি আমাকে বিশ্বাস করো না। সেই অবিশ্বাসটা আমাকে খুব কষ্ট দিত, অনন্যা। আমি তোমাকে সব কিছু বোঝাতে চেয়েছিলাম, কিন্তু তুমি আমাকে কোনো সুযোগই দাওনি।"

রুদ্র তার বৃদ্ধাশ্রম প্রজেক্টের কথা বলল (অষ্টাদশ অধ্যায়ে উল্লিখিত)। "আমি সেখানে গিয়ে অনেক মানুষের গল্প শুনেছি, অনন্যা। তাদের জীবনে অনেক কষ্ট, অনেক হারানো স্মৃতি। কিন্তু তারা সবাই ভালোবাসা আর বিশ্বাসকে আঁকড়ে ধরে বেঁচে আছে। একজন বৃদ্ধ দম্পতিকে দেখেছি, যারা ষাট বছর ধরে একসাথে আছেন। তাদের ভালোবাসা এতটাই গভীর, এতটাই নিঃশর্ত। তাদের দেখে আমি বুঝতে পেরেছি,

ভালোবাসা মানে শুধু অনুভব করা নয়, বরং বিশ্বাস করা, ধৈর্য ধরা, আর অপেক্ষা করা।"

রুদ্রের কণ্ঠস্বর ভারী হয়ে উঠল। "আমি বুঝতে পেরেছি, অনন্যা, আমি তোমাকে কতটা ভালোবাসি। আমি তোমাকে আর হারাতে চাই না। আমি জানি, আমি হয়তো তোমাকে বোঝাতে পারিনি যে তিতলি শুধু একজন ক্লায়েন্ট ছিল। আমি চেয়েছিলাম এই বিষয়টা এড়িয়ে যেতে, কারণ আমি ভয় পাচ্ছিলাম যদি তুমি আমাকে আবার দূরে ঠেলে দাও। কিন্তু আমার সেই নীরবতাটাই আমাদের মাঝে একটা দেয়াল তৈরি করেছিল।"

"আমার মনে হয়েছিল, তুমি আমাকে আর চাও না (সপ্তদশ অধ্যায়ে উল্লিখিত)। তুমি যখন বললে, 'ভাঙা কাঁচ জোড়া লাগে না', তখন আমার হৃদয় যেন শত টুকরো হয়ে গিয়েছিল। আমি ভেবেছিলাম, আমাদের সম্পর্কটা আসলেই শেষ হয়ে গেছে। আমি তোমাকে বিশ্বাস করতে চেয়েছিলাম, তোমাকে ভালোবাসতে চেয়েছিলাম, কিন্তু বারবার যেন কিছু একটা আমাদের আটকে দিচ্ছিল।"

রুদ্র অনন্যার হাত ধরে রাখল, তার চোখ দিয়ে অনবরত জল গড়িয়ে পড়ছিল। সে এতদিন অনন্যার সামনে কাঁদেনি, তার ভেতরের কষ্টগুলোকে লুকিয়ে রেখেছিল। কিন্তু আজ অনন্যার সামনে তার সব আবেগ ভেঙে পড়ল। তার পুরুষালি দৃঢ়তা যেন এক মুহূর্তেই মিলিয়ে গেল, আর তার ভেতরের শিশুসুলভ vulnerability প্রকাশ পেল। অনন্যা রুদ্রকে এমনভাবে কাঁদতে দেখেনি কোনোদিন। রুদ্রের কাঁধে হাত

রেখে অনন্যাও তার সাথে কাঁদতে শুরু করল। তাদের চোখের জল যেন তাদের সব পুরোনো ব্যথা, সব ভুল বোঝাবুঝি ধুয়ে মুছে দিচ্ছিল।

"আমি তোমাকে খুব মিস করেছি, অনন্যা," রুদ্র বলল, তার কণ্ঠস্বর কান্নায় রুদ্ধ। "আমি প্রতিদিন তোমার কথা ভেবেছি। আমার মনে হয়েছিল, আমার জীবনটা তোমাকে ছাড়া অর্থহীন।" অনন্যা রুদ্রকে কাছে টেনে নিল, তাকে জড়িয়ে ধরল। "আমিও তোমাকে খুব মিস করেছি, রুদ্র। আমি দুঃখিত। আমি তোমাকে অনেক কষ্ট দিয়েছি।"

সেই রাতভর তারা গল্প বলল। তাদের জীবনের সব লুকানো ব্যথা, সব অজানা গল্প, সব অনুশোচনা তারা একে অপরের সাথে ভাগ করে নিল। রুদ্র তার ছোটবেলার একাকীত্বের কথা বলল, তার বাবা-মায়ের সম্পর্কের টানাপড়েন কীভাবে তার মনে এক ধরনের নিরাপত্তাহীনতা তৈরি করেছিল। অনন্যা তার মায়ের অসুস্থতা নিয়ে তার উদ্বেগ, তার ক্যারিয়ারের চাপ, এবং কীভাবে সে নিজেকে সবসময় একা মনে করত—সবকিছু খুলে বলল। তারা একে অপরের ভেতরের সব অন্ধকার দিকগুলো দেখতে পেল, এবং সেই অন্ধকার দিকগুলোকেও ভালোবাসতে শিখল।

এই রাতটা ছিল তাদের জন্য এক ধরনের নিরাময়। তাদের সম্পর্কটা এখন আর শুধু ভালোবাসা বা বন্ধুত্বের মধ্যে সীমাবদ্ধ ছিল না, বরং তা ছিল গভীর বোঝাপড়া, আস্থা, এবং এক ধরনের আত্মিক সংযোগের নাম। তারা একে অপরের ভেতরের সব ক্ষত দেখতে পেল, আর সেই ক্ষতগুলোকেই

ভালোবাসার প্রলেপ দিয়ে ভরিয়ে দিতে চাইল। রুদ্রের প্রথমবার কান্না তাদের সম্পর্ককে এক নতুন স্তরে নিয়ে গেল, যেখানে দুর্বলতা প্রকাশ করাটা ছিল ভালোবাসার এক শক্তিশালী প্রতীক।

তাদের গল্প বলতে বলতে রাত ফুরিয়ে গেল। পূর্ব আকাশে ভোরের আলো উঁকি দিচ্ছিল। পাহাড়ের চূড়াগুলো ধীরে ধীরে আলোকিত হচ্ছিল, আর তার সাথে তাদের জীবনেও যেন এক নতুন আলো নেমে আসছিল। কফিশপের ভেতরে তখনও তারা দুজন একা বসে ছিল, তাদের হাতে ধরা হাত, আর তাদের মুখে এক ধরনের শান্তি।

"আমার মনে হয়, আমরা এখন ভালোবাসার জন্য প্রস্তুত, রুদ্র," অনন্যা ফিসফিস করে বলল। রুদ্র অনন্যার হাত ধরে রাখল। "হ্যাঁ, অনন্যা। আমরা এখন প্রস্তুত। আমরা ভাঙা কাঁচগুলোকে জোড়া লাগাতে পারব। আমরা একসাথে নতুন করে শুরু করব।"

অনন্যার মনে পড়ল রুদ্রের সেই কবিতার শেষ লাইনগুলো: "অন্ধকার কেটে যাবে, আলো আসবে সুখে।" এইবার সেই অন্ধকার কেটে গেছে, আর তাদের জীবনে এক নতুন আলো এসেছে। তাদের এই গল্প বলা রাত তাদের সব পুরোনো ব্যথাকে মুছে দিয়েছে, আর তাদের ভালোবাসাকে এক নতুন, শক্তিশালী ভিত্তি দিয়েছে। এইবার তারা একে অপরের হাত ধরে ভালোবাসার পথে হাঁটতে প্রস্তুত, কোনো ভয় ছাড়াই, কোনো অবিশ্বাস ছাড়াই।

রুদ্র তার ডায়েরি খুলল। তার মনে এক গভীর শান্তি। সে লিখল:

প্রিয় ডায়েরি,

আজ রাতটা আমার জীবনের সবচেয়ে গুরুত্বপুর্ণ রাত ছিল। অনন্যা আমার পাশে ছিল। আমরা রাতভর গল্প বলেছি, আমাদের সব পুরোনো ব্যথা ভাগ করে নিয়েছি। আমি ওর সামনে কেঁদেছি, ডায়েরি। প্রথমবার। আমার মনে হয়েছিল, আমার বুকের সব ভার নেমে গেছে।

অনন্যা আমাকে সব কথা বলেছে, ডায়েরি। ওর অতীতের আঘাত, ওর ভয়, ওর অবিশ্বাস—সব। আমি ওর কষ্টটা বুঝতে পারছি। আর আমি ওকে বুঝিয়েছি, তিতলি শুধু একজন ক্লায়েন্ট ছিল, আর আমার জীবনে শুধু ও-ই আছে। ও আমাকে বিশ্বাস করেছে, ডায়েরি।

আমার মনে হচ্ছে, আমরা আবার নতুন করে শুরু করছি। এইবার আমাদের ভালোবাসাটা আরও বেশি শক্তিশালী হবে, ডায়েরি। কারণ আমরা একে অপরের সব দুর্বলতা, সব ক্ষত জানতে পেরেছি। আমরা একে অপরকে ক্ষমা করতে শিখেছি। ভালোবাসা মানে বিশ্বাস, ধৈর্য, আর একে অপরের পাশে থাকা—এটা আমি অনন্যার কাছ থেকে শিখেছি।

এই রাতটা আমাদের জন্য এক ধরনের নিরাময় ছিল, ডায়েরি। আমার সব পুরোনো ব্যথা মুছে গেছে। আমি এখন আর সেই পুরোনো রুদ্র নই। আমি এখন আরও বেশি সংবেদনশীল, আরও বেশি পরিপক্ক। আমি অনন্যাকে খুব

ভালোবাসি, ডায়েরি। আমি ওকে আর কোনোদিনও কষ্ট দেব না। আমি ওকে হারাতে চাই না।

আমার মনে হচ্ছে, আমার 'ছায়ার গল্প' প্রজেক্টটা আজ সম্পূর্ণ হলো। কারণ আমি আমার ছায়াগুলোকে খুঁজে পেয়েছি, আর তাদের আলো দিয়ে ভরিয়ে দিতে শিখেছি। অনন্যা আমার আলো, ডায়েরি। ও আমার গল্পের নতুন অধ্যায়।

রুদ্র

অনন্যা তার ডায়েরিটা খুলল। তার মনে এক গভীর শান্তি। সে লিখল:

প্রিয় রুদ্র (আমার পাশে তুমি),

আজ রাতটা আমাদের জন্য ছিল, রুদ্র। আমরা রাতভর গল্প বলেছি, আমাদের সব পুরোনো ব্যথা ভাগ করে নিয়েছি। আমি তোমার সামনে আমার সব ভয়, সব অবিশ্বাস খুলে দিয়েছি। আর তুমি আমাকে বুঝেছ। তুমি আমাকে ক্ষমা করেছ। আমার মনে হচ্ছে, আমার ভেতরের সব ক্ষত আজ সেরে গেছে।

তুমি আমার সামনে কেঁদেছ, রুদ্র। প্রথমবার। তোমার কান্না আমাকে বুঝিয়ে দিয়েছে তুমি কতটা আমাকে ভালোবাসো। তোমার দুর্বলতা আমাকে তোমার আরও কাছাকাছি এনেছে। আমি জানি, তুমি আমাকে কতটা মিস করেছ। আমিও তোমাকে খুব মিস করেছি।

আমি এখন আর সেই পুরোনো অনন্যা নই, যে শুধু ভয় আর অবিশ্বাস নিয়ে বাঁচত। হিমালয় আমাকে শক্তি দিয়েছে, আর তুমি আমাকে ভালোবাসতে শিখিয়েছ। আমি এখন ভালোবাসার জন্য প্রস্তুত, বিশ্বাস করার জন্য প্রস্তুত। আমি জানি, আমাদের পথটা হয়তো কঠিন হবে, কিন্তু আমি তোমার হাত ধরে হাঁটতে প্রস্তুত।

তুমি আমার আলো, রুদ্র। তুমি আমার পথ। তুমিই আমার 'ছায়ার গল্প'-এর নতুন অধ্যায়। আমি তোমাকে খুব ভালোবাসি, রুদ্র। এই ভালোবাসার জন্য আমি সব বাধা পেরিয়ে যেতে প্রস্তুত।

আমি জানি না আমাদের ভবিষ্যৎ কেমন হবে, কিন্তু আমি জানি, আজ রাতটা আমাদের ভালোবাসার এক নতুন শুরু। এইবার আমরা আর একে অপরের থেকে দূরে যাব না।

ইতি,

তোমার অনন্যা

(যে এখন সম্পূর্ণভাবে তোমার)

ভোরের নরম আলোয় তাদের দুজনের মুখ উজ্জ্বল হয়ে উঠল। তাদের চোখগুলো ছিল ভালোবাসায় ভরা, আর তাদের মনে ছিল এক নতুন আশার আলো। এই 'গল্প বলা রাত' তাদের সম্পর্ককে এক নতুন উচ্চতায় নিয়ে গেল, যেখানে বিশ্বাস, বোঝাপড়া, এবং নিঃশর্ত ভালোবাসা তাদের হৃদয়ের সব ফাটলকে জোড়া লাগিয়েছিল। তারা এখন আর শুধু

'অপরিচিত চেনা' ছিল না, তারা ছিল একে অপরের আত্মা, একে অপরের গল্প।

Ch. 22: নতুন সকাল

একবিংশ অধ্যায়ের সেই 'গল্প বলা রাত' অনন্যা ও রুদ্রের জীবনের এক টার্নিং পয়েন্ট ছিল। হিমাচলের নিস্তব্ধ পাহাড়ি পরিবেশে, তারা একে অপরের কাছে তাদের সব লুকানো ব্যথা, সব অনুশোচনা আর সব ভয় উন্মুক্ত করে দিয়েছিল। রুদ্রের আবেগঘন কান্না, অনন্যার গভীর সহানুভূতি—সবকিছু মিলে তাদের সম্পর্ককে এক নতুন উচ্চতায় নিয়ে গিয়েছিল, যেখানে বিশ্বাস আর বোঝাপড়া ভালোবাসার মূল ভিত্তি হয়ে উঠেছিল। সপ্তদশ অধ্যায়ের সেই তিক্ত ঝগড়া আর 'ভাঙা কাঁচ জোড়া লাগে না'—এই কথাগুলোর যন্ত্রণা যেন সেই রাতেই ধুয়ে মুছে গিয়েছিল। অষ্টাদশ অধ্যায়ে তাদের পৃথক আত্মানুসন্ধান, অনন্যার হিমালয়ের সলো ট্রিপ আর রুদ্রের বৃদ্ধাশ্রম প্রজেক্ট, তাদের দু'জনকেই আরও পরিপক্ক এবং ভালোবাসার জন্য প্রস্তুত করে তুলেছিল। উনবিংশ অধ্যায়ে অনন্যার ডায়েরির পাতায় লেখা নীরব বার্তাগুলো যেন এই গভীর পুনর্মিলনের এক পূর্বাভাস ছিল। এখন রাত ফুরিয়েছে, ভোরের আলো উঁকি দিচ্ছে, আর তাদের সম্পর্ক এক নতুন সকালে প্রবেশ করতে চলেছে।

ভোরের নরম আলো কফিশপের কাঁচের জানালা দিয়ে ভিতরে প্রবেশ করছিল, তাদের মুখে এক নতুন দীপ্তি এনে দিয়েছিল। রাতভর গল্প বলতে বলতে কখন যে তারা ঘুমিয়ে পড়েছিল,

তা তারা টেরও পায়নি। যখন সূর্যের প্রথম সোনালী রশ্মি রুদ্রের মুখে পড়ল, তখন সে চোখ খুলল। অনন্যা তার পাশে হেলান দিয়ে গভীর ঘুমে আচ্ছন্ন ছিল। রুদ্র অনন্যার মুখের দিকে তাকিয়ে রইল। তার মুখে এক অদ্ভুত শান্তি ছিল, যা রুদ্র আগে কখনো দেখেনি। গত রাতের গভীর কথোপকথন তাদের মধ্যকার সব দেয়াল ভেঙে দিয়েছিল। রুদ্র অনুভব করল, তার বুকের ভেতরের সব ভার যেন নেমে গেছে। অনন্যার প্রতি তার ভালোবাসা এখন আরও বেশি স্পষ্ট, আরও বেশি নিঃশর্ত।

অনন্যাও ধীরে ধীরে চোখ খুলল। রুদ্রকে পাশে দেখে তার ঠোঁটে এক মৃদু হাসি ফুটে উঠল। "সকাল হয়ে গেছে?" অনন্যা ফিসফিস করে বলল। রুদ্র হাসল। "হ্যাঁ। একটা নতুন সকাল।" তাদের হাত তখনও একে অপরের হাতে ধরা ছিল। সেই স্পর্শে ছিল এক ধরনের উষ্ণতা, এক ধরনের নিরাপত্তা, যা তাদের জীবনে নতুন ছিল। রুদ্র অনন্যার দিকে ঝুঁকে তার কপালে আলতো করে চুমু খেল। অনন্যা চোখ বন্ধ করে সেই স্পর্শ অনুভব করল। এই প্রথমবার তাদের ভালোবাসায় কোনো ভয় ছিল না, কোনো দ্বিধা ছিল না।

তারা কফিশপ থেকে বেরিয়ে এল। বাইরে পাহাড়ের বাতাস ছিল স্নিগ্ধ। প্রকৃতি যেন এক নতুন জীবন নিয়ে জেগে উঠছিল। পাখিরা কিচিরমিচির করছিল, গাছের পাতাগুলো বাতাসে দুলছিল। রুদ্র আর অনন্যা হাত ধরে হেঁটে যাচ্ছিল পাহাড়ি পথ ধরে। তাদের মনে এক নতুন শান্তি, এক নতুন আশা।

"আমার বিশ্বাস হচ্ছে না, রুদ্র," অনন্যা বলল। "কাল রাতে আমাদের এত কথা হলো। মনে হচ্ছে যেন আমার বুকের ভেতর থেকে একটা বিশাল পাথর নেমে গেছে।" "আমারও তাই মনে হচ্ছে, অনন্যা," রুদ্র বলল। "আমি এতদিন নিজেকে একা মনে করতাম। আমার মনে হতো, আমার কষ্টগুলো কেউ বুঝবে না। কিন্তু তুমি আমাকে বুঝেছ। আমার সব দুর্বলতা, সব ক্ষত তুমি দেখেছ, আর সেগুলোকে ভালোবাসতে চেয়েছ।"

তারা একটি নির্জন পাথরের ওপর বসল, যেখানে বসে পুরো উপত্যকার দৃশ্য দেখা যাচ্ছিল। ভোরের আলোয় পাহাড়গুলো ঝলমল করছিল। রুদ্র তার ক্যামেরা বের করে কয়েকটি ছবি তুলল—পাহাড়, আকাশ, আর তাদের নিজেদের হাতে ধরা হাত। তার 'ছায়ার গল্প' প্রজেক্টটা এখন যেন নতুন অর্থ পাচ্ছিল। এই আলোয় সে তার জীবনের ছায়াগুলোকেও স্পষ্ট দেখতে পাচ্ছিল, কিন্তু এখন সেই ছায়াগুলো তাকে আর ভয় পাচ্ছিল না।

তারা দীর্ঘক্ষণ চুপ করে বসেছিল, প্রকৃতির সৌন্দর্য অনুভব করছিল। তাদের মনে এখন আর কোনো তাড়া ছিল না। এই শান্ত পরিবেশে তাদের সম্পর্কটা যেন নতুন করে শ্বাস নিচ্ছিল।

"অনন্যা," রুদ্র নীরবতা ভেঙে বলল। "আমাদের সম্পর্কটা নিয়ে তুমি কী ভাবছো?" অনন্যা রুদ্রের দিকে তাকাল। তার চোখে এক গভীর আবেগ। "আমি তোমাকে ভালোবাসি, রুদ্র। আমি এখন জানি যে আমি তোমাকে ভালোবাসি। আমার

জীবনে আর কোনো অবিশ্বাস নেই, কোনো ভয় নেই। আমি তোমার সাথে থাকতে চাই।". রুদ্রের চোখে এক ঝলক আনন্দ দেখা গেল। সে অনন্যার হাত আরও শক্ত করে ধরল। "আমিও তোমাকে ভালোবাসি, অনন্যা। আমি তোমাকে আমার জীবনে ফিরে পেতে চাই।"

কিন্তু তাদের সম্পর্কটা কীভাবে এগোবে, সেই প্রশ্নটা তাদের সামনে এল। তাদের জীবনে অনেক চ্যালেঞ্জ ছিল—অনন্যার মুম্বাইয়ের কর্পোরেট জীবন, রুদ্রের কলকাতার ফটোগ্রাফি, তাদের দীর্ঘ দূরত্বের সম্পর্ক, পরিবারের চাপ, সমাজের প্রত্যাশা। সপ্তদশ অধ্যায়ে তাদের দ্বিতীয় ঝগড়ার কারণ ছিল এই চাপ এবং অবিশ্বাসের ছায়া। তারা জানত, এইবার তাদের ভিন্নভাবে এগোতে হবে।

"আমি চাই না আমাদের সম্পর্কটা আবার কোনো চাপের মুখে পড়ুক, রুদ্র," অনন্যা বলল। তার কণ্ঠে এক ধরনের উদ্বেগ। "আমার ক্যারিয়ার আমার কাছে খুব গুরুত্বপূর্ণ। আর তোমার শিল্পও তোমার কাছে খুব গুরুত্বপূর্ণ। আমি চাই না কোনো কিছু আমাদের ভালোবাসার পথে বাধা হয়ে দাঁড়াক।" রুদ্র মাথা নাড়ল। "আমিও তাই চাই, অনন্যা। আমি তোমাকে কোনো কিছুর জন্য চাপ দেব না। আমি জানি তোমার ক্যারিয়ার কতটা গুরুত্বপূর্ণ। আর আমি তোমাকে বিশ্বাস করি।"

"আমার মনে হয়, আমরা ধীরে ধীরে এগোব, রুদ্র," অনন্যা প্রস্তাব দিল। "আমরা ভবিষ্যতের কথা না ভেবে এখন বাঁচব। প্রতিটি মুহূর্তকে উপভোগ করব। আমাদের ভালোবাসাটাকে

ধীরে ধীরে বাড়তে দেবো, যেন এটা একটা গাছের মতো বেড়ে ওঠে, যার শিকড়গুলো গভীর হয়, আর কোনো ঝড় তাকে সহজে উপড়ে ফেলতে না পারে।"

রুদ্র মনোযোগ দিয়ে অনন্যার কথা শুনছিল। তার মনে হলো, অনন্যা সঠিক কথাই বলছে। তাদের পুরোনো ভুলগুলো থেকে তাদের শিক্ষা নিতে হবে। তাড়াহুড়ো করে কোনো সিদ্ধান্ত নিলে হয়তো আবার সেই একই ভুল বোঝাবুঝি হতে পারে। "হ্যাঁ, অনন্যা। আমি তোমার সাথে একমত। আমরা ধীরে ধীরে সম্পর্ক গড়ব। ভবিষ্যতের কথা না ভেবে এখন বাঁচব। আমাদের ভালোবাসাটাকে তার নিজের পথে বাড়তে দেবো।"

"আমাদের দূরত্ব একটা চ্যালেঞ্জ, রুদ্র," অনন্যা বলল। "আমি মুম্বাইয়ে, তুমি কলকাতায়। কিন্তু আমরা একে অপরের সাথে নিয়মিত যোগাযোগ রাখব। আমরা একে অপরকে সাপোর্ট দেবো। আমরা আমাদের কাজ, আমাদের স্বপ্ন—সবকিছু একে অপরের সাথে ভাগ করে নেব। কোনো লুকোচুরি থাকবে না।"

রুদ্রের মনে তখন অনন্যার 'ডায়েরির পাতা'র কথা মনে পড়ল, যেখানে অনন্যা রুদ্রকে উদ্দেশ্য করে তার সব মনের কথা লিখেছিল (ঊনবিংশ অধ্যায়ে উল্লিখিত)। রুদ্র জানত, অনন্যা এখন খোলাখুলি কথা বলতে প্রস্তুত, বিশ্বাস করতে প্রস্তুত। "আমরা সৎ থাকব, অনন্যা। আমাদের মধ্যে কোনো গোপন কথা থাকবে না। তোমার জীবনের সব সমস্যার কথা তুমি আমাকে বলবে, আর আমি তোমার পাশে থাকব। আমার

জীবনে তিতলির মতো কোনো ছায়া আসবে না, আর যদি আসেও, আমি তোমাকে প্রথমই জানাব।"

অনন্যা রুদ্রের কথা শুনে হেসে উঠল। তার মনে এক গভীর স্বস্তি। রুদ্র তাকে বিশ্বাস করছে, তার কথা শুনছে, তার অনুভূতিগুলোকে সম্মান জানাচ্ছে। "আর আমার জীবনেও অরিজিতের মতো কোনো ছায়া থাকবে না, রুদ্র," অনন্যা বলল। "আমি ওকে আমার জীবন থেকে পুরোপুরি সরিয়ে দিয়েছি। আমার মন এখন শুধু তোমার জন্য।"

তারা একে অপরের দিকে তাকিয়ে হাসল। এইবার তাদের হাসি ছিল মন থেকে, ভালোবাসায় ভরা। তারা দুজনেই বুঝতে পারছিল, তাদের এই সিদ্ধান্তটা তাদের সম্পর্ককে এক নতুন শক্তি দেবে। তারা আর ভবিষ্যতের চাপ নিয়ে চিন্তিত থাকবে না—বিয়ে, পরিবার, সমাজের প্রত্যাশা—সবকিছু তারা সময়ের হাতে ছেড়ে দেবে। তাদের মনোযোগ থাকবে এখনকার মুহূর্তগুলোতে, তাদের ভালোবাসাটাকে প্রতিটি দিন নতুন করে আবিষ্কার করার মধ্যে।

"আমরা একে অপরের ছোট ছোট মুহূর্তগুলোকে উপভোগ করব, রুদ্র," অনন্যা বলল। "ভিডিও কল, মেসেজ, মাঝে মাঝে দেখা করা—এগুলোই আমাদের ভালোবাসার ইন্ধন হবে। কোনো পরিকল্পনা থাকবে না, শুধু থাকবে স্বতঃস্ফূর্ততা।" "আমি তোমার সাথে একমত, অনন্যা," রুদ্র বলল। "আমি তোমাকে কোনো কিছুর জন্য চাপ দেব না। আমরা আমাদের মতো করে বাঁচব। আর যখন সময় আসবে, তখন আমরা ভবিষ্যতের কথা ভাবব।"

তারা দুজনেই এই সিদ্ধান্তে একমত হলো। তাদের মুখে এক নতুন আশার আলো। এইবার তাদের ভালোবাসায় কোনো জোর ছিল না, কোনো শর্ত ছিল না, শুধু ছিল স্বাধীনতা আর বোঝাপড়া। তারা জানত, তাদের এই নতুন পথটা হয়তো কঠিন হবে, কিন্তু তারা দুজনেই একে অপরের হাত ধরে হাঁটতে প্রস্তুত ছিল, ধীরগতিতে, কিন্তু দৃঢ়ভাবে।

তারা হিমাচলে আরও কয়েক দিন রইল। তাদের প্রতিটি মুহূর্ত ছিল ভালোবাসায় ভরা। তারা একসঙ্গে হেঁটেছে পাহাড়ি পথে, মঠের প্রার্থনা শুনেছে, স্থানীয় মানুষের সাথে কথা বলেছে। রুদ্র তার ক্যামেরা দিয়ে অনন্যার ছবি তুলল, কিন্তু এইবার সেই ছবিগুলোতে কোনো 'ছায়া' ছিল না, শুধু ছিল আলো আর হাসি। অনন্যা রুদ্রের কাজগুলো দেখল, তার 'ছায়ার গল্প' প্রজেক্টের গভীরতা উপলব্ধি করল। তারা একে অপরের শিল্প, একে অপরের স্বপ্নকে আরও ভালোভাবে চিনতে পারল।

এক সন্ধ্যায় তারা একটি নির্জন জায়গায় বসেছিল। আকাশের নিচে, হাজারো তারা তাদের মাথার উপর জ্বলজ্বল করছিল। রুদ্র অনন্যার হাত ধরে রাখল। "অনন্যা," রুদ্র ফিসফিস করে বলল। "আমি তোমাকে একটা কথা বলতে চাই।" অনন্যা রুদ্রের দিকে তাকাল। "কী কথা?" "আমি তোমাকে ভালোবাসি, অনন্যা," রুদ্র বলল। "আমি তোমাকে সব কিছুর ঊর্ধ্বে ভালোবাসি। আমার জীবনে তুমিই আমার আলো, তুমিই আমার পথ।" অনন্যা রুদ্রকে কাছে টেনে নিল, তাকে জড়িয়ে

ধরল। "আমিও তোমাকে ভালোবাসি, রুদ্র। তুমি আমার সব।"

সেই মুহূর্তে তারা দুজনেই অনুভব করল, তাদের ভালোবাসাটা এখন সম্পূর্ণ। তারা আর সেই পুরোনো রুদ্র আর অনন্যা নয়, যারা ভয় আর অবিশ্বাস নিয়ে বাঁচত। তারা এখন এক নতুন সত্তা, যারা একে অপরকে নিঃশর্তভাবে ভালোবাসতে প্রস্তুত। তাদের এই নতুন প্রতিজ্ঞা ছিল ভবিষ্যতের চাপকে দূরে সরিয়ে বর্তমানকে উপভোগ করার, ভালোবাসাটাকে তার নিজের গতিতে বাড়তে দেওয়ার।

হিমাচল তাদের জন্য এক নতুন অধ্যায় তৈরি করেছিল। এই পাহাড়গুলো তাদের ভালোবাসা সাক্ষী ছিল। তাদের এই 'নতুন সকাল' ছিল এক নতুন শুরুর ইঙ্গিত, যেখানে তারা একসঙ্গে পথ চলবে, একে অপরের পাশে থাকবে, আর ভালোবাসার প্রতিটি মুহূর্তকে উপভোগ করবে।

অনন্যা মুম্বাইয়ে ফিরে আসার পর তার ডায়েরিটা খুলল। তার মনে এক গভীর শান্তি ছিল, এক ধরনের উচ্ছ্বাস। সে লিখল:

প্রিয় রুদ্র (আমার জীবন),

হিমাচল থেকে ফিরে এসেছি, রুদ্র। কিন্তু আমার মনে এখনো সেই পাহাড়ের শান্তি, সেই আকাশের বিশালতা, আর তোমার উপস্থিতি। আমাদের 'গল্প বলা রাত', আর তারপর এই 'নতুন সকাল'—সবকিছু মিলে আমার জীবনকে বদলে দিয়েছে, রুদ্র। আমরা সিদ্ধান্ত নিয়েছি, রুদ্র, যে আমরা ধীরে ধীরে সম্পর্ক গড়ব। ভবিষ্যতের কথা না ভেবে এখন বাঁচব। আমার মনে

হয়, এটাই আমাদের জন্য সঠিক পথ। আমাদের ভালোবাসাটা এখন আর তাড়াহুড়ো করে বড় হবে না, বরং ধীরে ধীরে তার শিকড়গুলো গভীরে প্রবেশ করবে। এইবার কোনো ঝড় আমাদের সম্পর্ককে উপড়ে ফেলতে পারবে না।

আমি জানি, আমাদের দূরত্ব একটা চ্যালেঞ্জ। কিন্তু আমরা একে অপরের পাশে থাকব, রুদ্র। একে অপরের স্বপ্নগুলোকে সমর্থন করব। কোনো লুকোচুরি থাকবে না, কোনো অবিশ্বাস থাকবে না। তুমি আমাকে বোঝাতে পেরেছ, রুদ্র, যে তুমি আমাকে কতটা ভালোবাসো। আর আমি তোমাকে বিশ্বাস করতে শিখেছি।

অরিজিৎ এখন আমার কাছে শুধু এক পুরোনো স্মৃতি, রুদ্র। আর তিতলির ছায়া তোমার জীবনে কোনো প্রভাব ফেলবে না। কারণ আমরা একে অপরের প্রতি সৎ থাকব। আমাদের ভালোবাসায় এখন শুধু আলো, কোনো ছায়া নেই।

আমি তোমাকে খুব ভালোবাসি, রুদ্র। আমি এখন আর সেই পুরোনো অনন্যা নই, যে শুধু ভয় আর অবিশ্বাস নিয়ে বাঁচত। আমি এখন সাহসী, আমি এখন ভালোবাসার জন্য প্রস্তুত। তুমি আমার জীবনকে নতুন অর্থ দিয়েছ, রুদ্র।

আমি জানি না আমাদের পথটা কোথায় গিয়ে শেষ হবে। কিন্তু আমি জানি, আমি তোমার হাত ধরে হাঁটতে প্রস্তুত। এই 'নতুন সকাল' আমাদের ভালোবাসার এক নতুন অধ্যায়ের সূচনা, রুদ্র। এক আলোয় ভরা অধ্যায়।

ইতি,

তোমার অনন্যা

আলোর নিচে এক পলক

(যে এখন তোমার সাথে অনন্তকাল বাঁচতে চায়)

রুদ্র কলকাতায় ফিরে এসে তার স্টুডিওতে বসেছিল। তার ডায়েরিটা তার সামনে খোলা ছিল। তার মনে এক গভীর শান্তি ছিল, এক ধরনের উচ্ছ্বাস। সে লিখল:

প্রিয় ডায়েরি,

অনন্যার সাথে আমার দেখা হয়েছে, ডায়েরি। হিমাচলে। সেই 'কাকতালীয় দেখা' আমাদের জীবনকে নতুন অর্থ দিয়েছে। আমরা রাতভর গল্প বলেছি, আমাদের সব পুরোনো ব্যথা ভাগ করে নিয়েছি। আর আজ সকালে, আমরা এক নতুন সিদ্ধান্ত নিয়েছি।

আমরা ধীরে ধীরে সম্পর্ক গড়ব, ডায়েরি। ভবিষ্যতের কথা না ভেবে এখন বাঁচব। আমি জানি না এই পথটা কতটা কঠিন হবে, কিন্তু আমি প্রস্তুত। অনন্যা আমাকে বিশ্বাস করতে শিখেছে, ডায়েরি। আর আমি ওকে বিশ্বাস করতে শিখেছি।

আমার 'ছায়ার গল্প' প্রজেক্টটা এখন আরও বেশি সম্পূর্ণ মনে হচ্ছে, ডায়েরি। কারণ আমার জীবনে আলো ফিরে এসেছে। অনন্যা আমার আলো, ডায়েরি। ও আমার গল্পের নতুন অধ্যায়। আমি ওকে আর কোনোদিনও হারাতে চাই না।

আমি ওকে কোনো কিছুর জন্য চাপ দেব না। ওর ক্যারিয়ার ওর কাছে খুব গুরুত্বপূর্ণ, আর আমি তাকে সমর্থন করব। আমাদের দূরত্ব একটা চ্যালেঞ্জ হবে, কিন্তু আমাদের

ভালোবাসা এই দূরত্বকে জয় করবে। আমাদের মধ্যে কোনো লুকোচুরি থাকবে না, কোনো অবিশ্বাস থাকবে না।

আমার মনে হচ্ছে, আমি এখন আরও বেশি পরিপক্ক, ডায়েরি। বৃদ্ধাশ্রমের অভিজ্ঞতা আমাকে শিখিয়েছে ভালোবাসা মানে শুধু গ্রহণ করা নয়, বরং দেওয়া, অপেক্ষা করা, আর বিশ্বাস করা। অনন্যা আমাকে ভালোবাসতে শিখিয়েছে, ডায়েরি। আমি এখন নিজেকেও ভালোবাসতে শিখেছি।

আমি জানি না আমাদের ভবিষ্যৎ কেমন হবে, কিন্তু আমি জানি, আমি অনন্যার হাত ধরে হাঁটতে প্রস্তুত। এই 'নতুন সকাল' আমাদের ভালোবাসার এক নতুন শুরু, ডায়েরি। এক আলোয় ভরা শুরু। আমি বিশ্বাস করি, আমাদের ভালোবাসা সব বাধা পেরিয়ে তার পথ খুঁজে নেবে।

রুদ্র

নতুন সকালের আলোয় রুদ্র আর অনন্যা উভয়েরই মনে এক নতুন বিশ্বাস, এক নতুন আশা। তারা সিদ্ধান্ত নিয়েছিল, অতীতের চাপ আর ভবিষ্যতের অনিশ্চয়তাকে দূরে সরিয়ে রেখে তারা বর্তমানকে উপভোগ করবে, ধীরে ধীরে একে অপরের সাথে সম্পর্ক গড়বে। তাদের ভালোবাসা এখন এক নতুন, পরিপক্ক রূপে বিকশিত হবে, যেখানে বিশ্বাস আর বোঝাপড়াই হবে তাদের সম্পর্কের মূল স্তম্ভ। এই 'নতুন সকাল' ছিল তাদের ভালোবাসার এক নতুন দিগন্তের সূচনা।

Ch. 23: প্রেমের স্বীকারোক্তি

একবিংশ অধ্যায়ের সেই 'গল্প বলা রাত' অনন্যা আর রুদ্রের জীবনে এক যুগান্তকারী পরিবর্তন এনেছিল। হিমাচলের সেই পাহাড়ি কফিশপে তারা তাদের সব পুরোনো ব্যথা, সব ভুল বোঝাবুঝি, আর সব লুকানো ভয় একে অপরের কাছে উন্মুক্ত করে দিয়েছিল। রুদ্রের বুকফাটা কান্না আর অনন্যার গভীর সহানুভূতি—সবকিছু মিলে তাদের সম্পর্ককে ভালোবাসার এক নতুন স্তরে নিয়ে গিয়েছিল। সপ্তদশ অধ্যায়ের সেই তিক্ত ঝগড়া, যেখানে অনন্যা 'ভাঙা কাঁচ জোড়া লাগে না' বলে রুদ্রকে দূরে ঠেলে দিয়েছিল, সেই ক্ষত যেন সেই রাতেই নিরাময় হয়েছিল। দ্বাবিংশ অধ্যায়ে তারা দু'জনেই একমত হয়েছিল যে, তারা ধীরে ধীরে সম্পর্ক গড়বে, ভবিষ্যতের চাপকে দূরে সরিয়ে রেখে 'এখন বাঁচবে'। তাদের এই সিদ্ধান্ত তাদের ভালোবাসাকে এক নতুন, পরিপক্ক রূপে বিকশিত হওয়ার সুযোগ দিয়েছিল, যেখানে বিশ্বাস আর বোঝাপড়াই ছিল মূল স্তম্ভ। এইবার তাদের ভালোবাসায় কোনো জোর ছিল না, কোনো শর্ত ছিল না, শুধু ছিল স্বাধীনতা আর বোঝাপড়া।

হিমাচল থেকে ফিরে আসার পর অনন্যা আর রুদ্র তাদের সিদ্ধান্ত অনুযায়ী ধীরগতিতে সম্পর্ক গড়তে শুরু করল। মুম্বাই আর কলকাতার দূরত্ব তাদের জন্য একটা চ্যালেঞ্জ ছিল, কিন্তু তারা নিয়মিত ভিডিও কল আর মেসেজের মাধ্যমে একে অপরের সাথে যোগাযোগ রাখত। তাদের কথোপকথন এখন আরও গভীর, আরও খোলামেলা ছিল। তারা একে অপরের দৈনন্দিন জীবনের ছোট ছোট ঘটনা, তাদের কাজ, তাদের

স্বপ্ন, তাদের ভয়—সবকিছুই ভাগ করে নিত। অনন্যা এখন আর রুদ্রের থেকে কিছু লুকাত না, তার মনের সব কথা সে রুদ্রকে অকপটে বলত। রুদ্রও তার 'ছায়ার গল্প' প্রজেক্টের নতুন নতুন কাজ, তার অনুভূতি, এবং বৃদ্ধাশ্রমে তার অভিজ্ঞতাগুলো অনন্যার সাথে শেয়ার করত।

তাদের ভালোবাসায় এখন কোনো তাড়াহুড়ো ছিল না। তারা 'এখন বাঁচবে'—এই সিদ্ধান্তে তারা অটল ছিল। তারা জানত না ভবিষ্যৎ তাদের জন্য কী অপেক্ষা করছে—বিয়ে, পরিবার, সমাজের প্রত্যাশা—সবকিছু তারা সময়ের হাতে ছেড়ে দিয়েছিল। তাদের মনোযোগ ছিল বর্তমানের মুহূর্তগুলোতে, একে অপরের উপস্থিতি উপভোগ করার মধ্যে। অনন্যা যখন মুম্বাইয়ে থাকত, তখন রুদ্রের ভিডিও কল তার দিনটাকে আলোকিত করে তুলত। রুদ্র যখন কলকাতায় থাকত, অনন্যার পাঠানো মেসেজ তার স্টুডিওর একাকীত্ব দূর করত। তারা একে অপরের প্রতি এক গভীর বোঝাপড়া তৈরি করেছিল, যা তাদের ভালোবাসাকে আরও শক্তিশালী করছিল। অনন্যা অনুভব করছিল, সে এখন সম্পূর্ণ সুস্থ। তার অতীতের সেই ভয় আর অবিশ্বাস (যা চতুর্দশ ও ষষ্ঠদশ অধ্যায়ে ফিরে এসেছিল) এখন আর তাকে তাড়া করছিল না। রুদ্রের নিঃশর্ত ভালোবাসা আর তার নিজের আত্মানুসন্ধান (অষ্টাদশ ও ঊনবিংশ অধ্যায়ে) তাকে নতুনভাবে বাঁচতে শিখিয়েছিল। সে এখন ভালোবাসার জন্য সম্পূর্ণ প্রস্তুত। অরিজিৎ (ষষ্ঠদশ অধ্যায়ে ফিরে এসেছিল) এখন তার কাছে শুধু এক পুরোনো স্মৃতি, তার কোনো প্রভাব আর অনন্যার জীবনে ছিল না।

তিতলিও (নবম ও ষষ্ঠদশ অধ্যায়ে ভুল বোঝাবুঝির কারণ) রুদ্রের জীবন থেকে সম্পূর্ণ সরে গিয়েছিল, কারণ রুদ্র অনন্যাকে সব কিছু খুলে বলেছিল।

রুদ্রও তার জীবনে এক নতুন শান্তি খুঁজে পেয়েছিল। অনন্যাকে ফিরে পাওয়ার পর তার শিল্প আরও সমৃদ্ধ হয়েছিল। তার 'ছায়ার গল্প' প্রজেক্টটা এখন আরও বেশি সম্পূর্ণ মনে হচ্ছিল। তার ছবিগুলোতে এখন আর শুধু ছায়া নয়, আলোও ফুটে উঠছিল। সে বুঝতে পারছিল, অনন্যা তার অনুপ্রেরণা, তার আলো। তার বৃদ্ধাশ্রমের অভিজ্ঞতা তাকে শিখিয়েছিল ভালোবাসা মানে বিশ্বাস, ধৈর্য, আর অপেক্ষা। রুদ্র এখন আর সেই পুরোনো রুদ্র নয়, যে শুধু নিজের কষ্ট নিয়ে বাঁচত। সে এখন আরও বেশি সংবেদনশীল, আরও বেশি পরিপক্ক, এবং ভালোবাসার জন্য প্রস্তুত।

তারা মাঝে মাঝে দেখা করত, যখন অনন্যা কলকাতা আসত বা রুদ্র মুম্বাই যেত। তাদের প্রতিটি দেখা ছিল যেন এক নতুন উৎসব। তারা একসঙ্গে কফিশপে বসত, সিনেমা দেখত, অথবা শুধু হাতে হাত রেখে হাঁটত। তাদের চোখে ছিল সেই পুরোনো ভালোবাসা, কিন্তু তার সাথে ছিল এক নতুন পরিপক্কতা আর এক গভীর বিশ্বাস। তাদের এই ধীরগতির সম্পর্ক, যেখানে প্রতিটি মুহূর্তের মূল্য ছিল অপরিসীম, সেটাই তাদের ভালোবাসাকে আরও মজবুত করছিল।

রুদ্র বুঝতে পারছিল, তাদের সম্পর্ক এখন ভালোবাসার এক নতুন স্তরে পৌঁছে গেছে। তারা বন্ধুত্বের স্তর পেরিয়ে আরও

গভীর আত্মিক বন্ধনে আবদ্ধ হয়েছে। তারা একে অপরের ভেতরের সব অন্ধকার দিকগুলো জানে, আর সেগুলোকে ভালোবাসতে পারে। এইবার রুদ্র আর কোনো দ্বিধা রাখতে চায়নি। সে অনন্যাকে ভালোবাসার প্রস্তাব দিতে চেয়েছিল, আনুষ্ঠানিকভাবে। সে চেয়েছিল অনন্যার জীবনে তার অবস্থানকে আরও স্পষ্ট করতে।

রুদ্র তার বন্ধুদের সাথে কথা বলল। অভ্রজিৎ রুদ্রের পরিবর্তন দেখে খুব খুশি হয়েছিল। "তোর চোখে এখন এক নতুন আলো দেখতে পাচ্ছি, রুদ্র," অভ্রজিৎ বলল। "অনন্যাই তোর জন্য সঠিক মানুষ।" রুদ্র হাসল। "আমি জানি, অভ্র। কিন্তু আমি ওকে প্রস্তাব দিতে চাই। এমনভাবে, যেন ও কখনো ভুলতে না পারে।"

রুদ্র একটি বিশেষ জায়গার কথা ভাবল—কলকাতার উপকণ্ঠে একটি নিভৃত গুল্মবন। এই জায়গাটা সে তার 'ছায়ার গল্প' প্রজেক্টের জন্য খুঁজে পেয়েছিল। এটি ছিল শহরের কোলাহল থেকে দূরে, প্রকৃতির এক শান্ত আশ্রয়। সেখানে একটি ছোট লেক ছিল, আর তার চারপাশে ছিল ঘন সবুজ গাছপালা। সন্ধ্যার আলো যখন লেকের জলে পড়ত, তখন এক অদ্ভুত মায়াবী পরিবেশ তৈরি হতো। রুদ্রের মনে হলো, এটাই সেই জায়গা যেখানে সে অনন্যাকে তার মনের কথা বলবে।

সে অনন্যাকে ফোন করল। অনন্যা তখন মুম্বাইয়ে ছিল, তার পরের সপ্তাহে কলকাতা আসার কথা ছিল। "অনন্যা, তুমি যখন কলকাতা আসবে, তখন কি আমরা একটা বিশেষ জায়গায় দেখা করতে পারি?" রুদ্র বলল। তার কণ্ঠে এক

ধরনের রহস্যময়তা ছিল। অনন্যা হাসল। "বিশেষ জায়গা? কোথায়?" "এটা একটা সারপ্রাইজ," রুদ্র বলল। "কিন্তু আমি চাই তুমি সেদিন ফ্রি থাকো। সন্ধ্যার দিকে।" অনন্যা কৌতূহলী হলো। "ঠিক আছে। আমি ফ্রি থাকব।"

রুদ্র সেই দিনের জন্য প্রস্তুতি নিতে লাগল। সে সেই গুল্মবনটা আরও একবার ঘুরে দেখল। জায়গাটা পরিষ্কার করল। সে কিছু মোমবাতি আর ফুলের পাপড়ি জোগাড় করল। সে জানত, এই মুহূর্তটা তার জীবনের সবচেয়ে গুরুত্বপূর্ণ মুহূর্ত হতে চলেছে। সে আর কোনো ভুল করতে চায়নি। সে অনন্যাকে তার জীবনের সবচেয়ে সুন্দর উপহার দিতে চেয়েছিল—তার ভালোবাসা, তার বিশ্বাস, তার ভবিষ্যৎ।

অনন্যা যখন কলকাতা এল, তখন রুদ্র তাকে বিমানবন্দর থেকে নিয়ে গেল। অনন্যা রুদ্রের চোখে এক ধরনের উত্তেজনা দেখতে পেল। "কোথায় নিয়ে যাচ্ছ আমাকে?" অনন্যা জিজ্ঞেস করল। রুদ্র হাসল। "সারপ্রাইজ।"

তারা গাড়িতে করে শহরের বাইরে চলে গেল। রাস্তাটা ধীরে ধীরে আরও শান্ত হতে লাগল। রুদ্র গাড়ি থামিয়ে দিল একটা নির্জন জায়গায়। "এখানে নেমে হাঁটতে হবে," রুদ্র বলল। অনন্যা অবাক হলো। চারপাশে শুধু ঘন গাছপালা আর নীরবতা। তারা গাড়ি থেকে নামল, আর রুদ্র অনন্যার হাত ধরে বনের মধ্যে একটি সরু পথ ধরে হাঁটতে শুরু করল। সূর্যের আলো গাছের পাতার ফাঁক দিয়ে নিচে পড়ছিল, এক অদ্ভুত ছায়া-আলোর খেলা তৈরি করছিল। বাতাসের সাথে ভেসে আসছিল ফুলের মিষ্টি গন্ধ।

কিছুক্ষণ হাঁটার পর তারা একটি খোলা জায়গায় পৌঁছাল। অনন্যা জায়গাটা দেখে বিস্মিত হলো। এটি ছিল একটি ছোট লেকের পাড়, তার চারপাশে ঘন সবুজ গাছপালা, আর কিছু রঙিন ফুল। রুদ্র লেকের পাড়ে কয়েকটি মোমবাতি জ্বালিয়ে রেখেছিল, আর মাটিতে ফুলের পাপড়ি ছড়িয়ে রেখেছিল। সন্ধ্যার মৃদু আলোয় পুরো জায়গাটা এক মায়াবী রূপ নিয়েছিল।

"এটা... এটা খুব সুন্দর, রুদ্র," অনন্যা ফিসফিস করে বলল। তার চোখে মুগ্ধতা। রুদ্র অনন্যার দিকে তাকাল। তার চোখে এক গভীর আবেগ। "আমি এই জায়গাটা খুঁজেছিলাম, অনন্যা। তোমার জন্য।" তারা লেকের পাড়ে গিয়ে বসল। রুদ্র অনন্যার হাত ধরে রাখল। চারপাশের নীরবতা তাদের মনে এক ধরনের শান্তি এনে দিয়েছিল। দূর থেকে শুধু ঝিঁঝি পোকার শব্দ শোনা যাচ্ছিল।

রুদ্র অনন্যার দিকে ঘুরল। তার চোখ ছিল অনন্যার চোখে। "অনন্যা," রুদ্র বলল, তার কণ্ঠস্বর কাঁপছিল। "আমি তোমাকে একটা কথা বলতে চাই।" অনন্যার বুক ধড়ফড় করে উঠল। সে জানত না রুদ্র কী বলবে, কিন্তু তার মনে এক ধরনের উত্তেজনা ছিল।

রুদ্র দীর্ঘশ্বাস ফেলল, যেন তার বুকের সব ভার সে নামিয়ে দিচ্ছে। "আমার জীবনে তুমি আসার আগে, আমার জীবনটা ছিল এক 'ছায়ার গল্প', অনন্যা। আমি শুধু অন্ধকার আর একাকীত্বে ডুবে থাকতাম। আমার ক্যামেরা ছিল আমার

একমাত্র সঙ্গী। আমি জানতাম না ভালোবাসার প্রকৃত অর্থ কী।"

"যখন আমি তোমাকে প্রথম দেখি, অনন্যা," রুদ্র বলল, "বিয়েবাড়ির সেই ঝলমলে আলোর নিচে (প্রথম অধ্যায়), তখন আমার মনে হয়েছিল, তুমিই সেই আলো, যাকে আমি আমার সারা জীবন খুঁজেছি। তোমার ছবি তোলার পর, বাগানে তোমার সাথে কথা বলার পর (দ্বিতীয় অধ্যায়), আমার মনে হয়েছিল, তুমি আমার জীবনকে নতুন রঙ দিয়েছ। তোমার সেই ইমেল (পঞ্চম অধ্যায়), তোমার সেই হাসি, তোমার সেই গভীর চোখ—সবকিছুই আমার মনে এক নতুন অনুভূতি তৈরি করেছিল।"

"কিন্তু আমরা ভুল করেছিলাম, অনন্যা," রুদ্র বলল। "আমি তোমাকে বোঝাতে পারিনি যে titli শুধু একজন ক্লায়েন্ট ছিল (নবম অধ্যায়)। আর তুমি আমাকে বিশ্বাস করতে পারোনি। সেই ভুল বোঝাবুঝি আমাদের সম্পর্কটাকে ভেঙে দিয়েছিল (সপ্তদশ অধ্যায়ের দ্বিতীয় ঝগড়া)। তুমি আমাকে ছেড়ে চলে গিয়েছিলে, আর আমার জীবনটা আবার অন্ধকার হয়ে গিয়েছিল।"

"আমি যখন বৃদ্ধাশ্রমে কাজ করতে গিয়েছিলাম (অষ্টাদশ অধ্যায়), তখন আমি জীবনের এক গভীর অর্থ খুঁজে পেয়েছিলাম। আমি বুঝতে পেরেছিলাম, ভালোবাসা মানে শুধু অনুভব করা নয়, বরং বিশ্বাস করা, ধৈর্য ধরা, আর অপেক্ষা করা। আমি শিখতে পেরেছিলাম যে, ভালোবাসতে হলে ভয়কে জয় করতে হয়, অবিশ্বাসকে দূর করতে হয়।"

"আর তুমি যখন হিমালয়ের কোলে গিয়ে নিজেকে খুঁজে পেলে, অনন্যা (অষ্টাদশ অধ্যায়), যখন তুমি আমাকে উদ্দেশ্য করে ডায়েরি লিখেছিলে (ঊনবিংশ অধ্যায়), তখন আমি বুঝতে পারলাম, আমাদের ভালোবাসাটা সত্য। তুমি আমাকে চিঠি লিখেছিলে, আর আমি অনুভব করতে পারছিলাম তোমার প্রতিটি শব্দ। আমাদের সেই হিমাচলের 'কাকতালীয় দেখা' (বিংশ অধ্যায়) আর 'গল্প বলা রাত' (একবিংশ অধ্যায়) আমাদের সব পুরোনো ব্যথাকে মুছে দিয়েছে। আমি তোমার সব দুর্বলতা, সব ক্ষত জানতে পেরেছি, আর আমি তোমাকে সেই সব কিছু সমেত ভালোবাসতে শিখেছি।"

রুদ্র অনন্যার হাত আরও শক্ত করে ধরল। তার চোখ দিয়ে জল গড়িয়ে পড়ছিল, কিন্তু এবার সেই জল ছিল আনন্দ আর স্বস্তির। "অনন্যা," রুদ্র বলল, তার কণ্ঠস্বর কাঁপছিল, "আমি তোমাকে ভালোবাসি, অনন্যা। আমি তোমাকে আমার জীবনের সবচেয়ে বেশি ভালোবাসি। আমি চাই তুমি আমার পাশে থাকো, সারাজীবন। তুমি কি আমাকে ভালোবাসবে, অনন্যা? তুমি কি আমার জীবনসঙ্গিনী হবে?"

রুদ্র অনন্যার দিকে তাকিয়ে রইল, তার চোখে এক গভীর আকাঙ্ক্ষা। অনন্যা প্রথমে স্তম্ভিত হয়ে গেল। তার মনে হয়েছিল, সে স্বপ্ন দেখছে। রুদ্র তাকে ভালোবাসার প্রস্তাব দিচ্ছে! তার হৃদপিণ্ড দ্রুত তালে চলতে লাগল। তার মনে এক ঝলক পুরোনো ভয় এল—অরিজিতের সেই প্রতারণা, ভালোবাসার সেই কষ্ট। কিন্তু সেই ভয় এক মুহূর্তেই মিলিয়ে গেল। তার সামনে রুদ্র, যে তাকে নিঃশর্তভাবে ভালোবাসে,

যে তার সব ভুল ক্ষমা করে দিয়েছে, যে তার 'ছায়া' সমেত তাকে গ্রহণ করেছে।

অনন্যার চোখ দিয়ে আনন্দাশ্রু গড়িয়ে পড়ল। সে রুদ্রকে জড়িয়ে ধরল, খুব শক্ত করে। তার কণ্ঠস্বর কাঁপছিল যখন সে বলল, "হ্যাঁ, রুদ্র! হ্যাঁ! আমি তোমাকে ভালোবাসি! আমি তোমার জীবনসঙ্গিনী হতে চাই!"

রুদ্র অনন্যাকে আরও শক্ত করে জড়িয়ে ধরল। তাদের ভালোবাসার এই স্বীকারোক্তি সেই নিভৃত গুল্মবনে এক নতুন ইতিহাস তৈরি করল। তারা দুজনেই অনুভব করল, তাদের হৃদয় যেন এক নতুন বন্ধনে আবদ্ধ হয়েছে, যা কোনোদিনও ভাঙবে না। আকাশের তারাগুলো যেন তাদের ভালোবাসার সাক্ষী ছিল। লেকের জলে মোমবাতিগুলোর আলো প্রতিফলিত হচ্ছিল, যা তাদের জীবনে এক নতুন আলোর ইঙ্গিত দিচ্ছিল।

তারা অনেকক্ষণ একে অপরকে জড়িয়ে ধরে রইল। তাদের মনে তখন কোনো ভবিষ্যতের চাপ ছিল না, শুধু ছিল বর্তমানের সুখ। তাদের ভালোবাসাটা এখন সম্পূর্ণ। তারা জানে, তাদের পথটা হয়তো সহজ হবে না, কিন্তু তারা দুজনেই একে অপরের হাত ধরে হাঁটতে প্রস্তুত।

"আমি তোমাকে কখনো কষ্ট দেব না, অনন্যা," রুদ্র ফিসফিস করে বলল। "আমি তোমার পাশে থাকব, তোমার সব স্বপ্ন পূরণ করতে সাহায্য করব।" "আমিও তোমার পাশে থাকব, রুদ্র," অনন্যা বলল। "আমি তোমার শিল্পকে সমর্থন করব, তোমার 'ছায়ার গল্প' প্রজেক্টে তোমার সঙ্গী হব।"

তারা দুজনেই হাসল। এই হাসি ছিল তাদের নতুন শুরুর হাসি। তারা তাদের ভালোবাসার এই স্বীকারোক্তির মাধ্যমে তাদের পুরোনো সব ক্ষত নিরাময় করেছিল, আর এক নতুন ভবিষ্যতের দিকে এগিয়ে যাচ্ছিল। তাদের সেই 'ধীরে ধীরে সম্পর্ক গড়া' আর 'এখন বাঁচা'-র সিদ্ধান্ত তাদের এই মুহূর্তে এনেছিল, যেখানে ভালোবাসা তার পূর্ণতা পেয়েছিল।

রাতের অন্ধকার গভীর হচ্ছিল, কিন্তু তাদের জীবনে তখন নতুন এক আলো। সেই নিভৃত গুল্মবনে, রুদ্র আর অনন্যার ভালোবাসা যেন এক নতুন জীবন পেয়েছিল, যা তাদের দুজনকে চিরদিনের জন্য আবদ্ধ করেছিল। তাদের ভালোবাসার গল্পে এক নতুন অধ্যায়ের সূচনা হলো, যেখানে 'আলো' আর 'অভিসার' এক সাথে মিলেমিশে এক অনন্ত ভালোবাসার দিকে এগিয়ে যাচ্ছিল।

মুম্বাইয়ে ফিরে আসার পর অনন্যা তার ডায়েরিটা খুলল। তার মনে এক গভীর উচ্ছ্বাস ছিল, এক ধরনের আবেগ। সে লিখল:

প্রিয় রুদ্র (আমার জীবনসঙ্গী),

আজ রুদ্র আমাকে প্রেমের প্রস্তাব দিয়েছে, ডায়েরি। এক নিভৃত গুল্মবনে, এক মায়াবী সন্ধ্যায়। আমার মনে হয়েছিল, আমি স্বপ্ন দেখছি। কিন্তু এটা স্বপ্ন নয়, ডায়েরি। এটা সত্যি!

আমি ওকে 'হ্যাঁ' বলেছি, ডায়েরি। আমার মনে আর কোনো ভয় নেই, কোনো অবিশ্বাস নেই। আমি এখন জানি, রুদ্র আমার জন্য সঠিক মানুষ। ও আমাকে নিঃশর্তভাবে

ভালোবাসে, আমার সব দুর্বলতা, সব ক্ষত সমেত আমাকে গ্রহণ করেছে।

ওর কথাগুলো আমার মনে এখনও প্রতিধ্বনিত হচ্ছে, ডায়েরি। আমাদের প্রথম দেখা থেকে শুরু করে আমাদের সব ভুল বোঝাবুঝি, আমাদের সেই তিক্ত ঝগড়া—সবকিছু ও আমাকে মনে করিয়ে দিয়েছে। আর তারপর ওর ভালোবাসা, ওর বিশ্বাস... আমার মনে হচ্ছিল, আমাদের সব পুরোনো ব্যথা আজ নিরাময় হয়ে গেছে।

আমি জানি না আমাদের পথটা কেমন হবে, রুদ্র। হয়তো কঠিন হবে। কিন্তু আমি তোমার হাত ধরে হাঁটতে প্রস্তুত। আমি তোমাকে বিশ্বাস করতে প্রস্তুত। তুমিই আমার আলো, রুদ্র। তুমিই আমার পথ। তুমিই আমার জীবনসঙ্গী।

আমার সেই ডায়েরি লেখার উদ্দেশ্য আজ পূর্ণ হলো, ডায়েরি। আমি রুদ্রকে উদ্দেশ্য করে আমার মনের কথাগুলো লিখেছিলাম, আর আজ রুদ্র আমাকে তার মনের সব কথা বলেছে। আমাদের ভালোবাসাটা আজ পূর্ণতা পেল।

আমি এখন আর সেই পুরোনো অনন্যা নই, যে শুধু ভয় আর অবিশ্বাস নিয়ে বাঁচত। আমি এখন ভালোবাসার জন্য প্রস্তুত, বিশ্বাস করার জন্য প্রস্তুত। আমার জীবন এখন রুদ্রের সাথে এক নতুন দিগন্তে পা রেখেছে। আমি ওকে খুব ভালোবাসি, ডায়েরি। আমি ওকে সারাজীবন ভালোবাসব।

ইতি,

তোমার অনন্যা

(যে এখন রুদ্রের পাশে চিরদিনের জন্য)

এম আর জি কিউপিড

রুদ্র তার স্টুডিওতে ফিরে এসে তার ডায়েরিটা খুলল। তার মনে এক গভীর শান্তি ছিল, এক ধরনের আনন্দ। সে লিখল:

প্রিয় ডায়েরি,

অনন্যা আমাকে 'হ্যাঁ' বলেছে, ডায়েরি। আমি বিশ্বাস করতে পারছি না! আমার জীবনের সবচেয়ে সুন্দর মুহূর্ত ছিল আজ। এক নিভৃত গুল্মবনে, আমি ওকে আমার মনের কথা বলেছি, আর ও আমাকে গ্রহণ করেছে।

আমার মনে হচ্ছিল, আমার 'ছায়ার গল্প' প্রজেক্টটা আজ সম্পূর্ণ হলো। অনন্যাই আমার আলো, ডায়েরি। ও আমার গল্পের নতুন অধ্যায়। আমি ওকে সব কিছু বলতে পেরেছি, আমার ভয়, আমার একাকীত্ব—সব। আর ও আমাকে বুঝেছে, ও আমাকে ভালোবাসে।

আমি ওকে আর কোনোদিনও কষ্ট দেব না, ডায়েরি। আমি ওর পাশে থাকব, ওকে সমর্থন করব। আমাদের ভালোবাসা এখন আর শুধু অনুভব করা নয়, বরং বিশ্বাস করা, ধৈর্য ধরা, আর একে অপরের পাশে থাকা। আমি অনন্যার কাছ থেকে শিখেছি ভালোবাসা মানে কী।

আমি জানি না আমাদের ভবিষ্যৎ কেমন হবে, কিন্তু আমি জানি, আমি অনন্যার হাত ধরে হাঁটতে প্রস্তুত। এই 'প্রেমের স্বীকারোক্তি' আমাদের ভালোবাসার এক নতুন শুরু, ডায়েরি। এক আলোয় ভরা শুরু। আমি বিশ্বাস করি, আমাদের ভালোবাসা সব বাধা পেরিয়ে তার পথ খুঁজে নেবে। আমরা একসাথে হাসব, একসাথে কাঁদব, একসাথে বাঁচব।

আমার জীবন আজ সম্পূর্ণ, ডায়েরি। অনন্যা আমার পাশে আছে। আমি আর একা নই।

রুদ্র

প্রেমের এই স্বীকারোক্তি অনন্যা ও রুদ্রের জীবনে এক নতুন দিগন্ত উন্মোচন করল। নিভৃত গুল্মবনের সেই সন্ধ্যা তাদের ভালোবাসাকে এক নতুন, শক্তিশালী রূপ দিল, যেখানে অতীতের সব ব্যথা নিরাময় হলো, আর তাদের হৃদয় একে অপরের কাছে সম্পূর্ণভাবে উন্মুক্ত হলো। তারা এখন ভালোবাসার পথে একসঙ্গে পা বাড়াতে প্রস্তুত, ভবিষ্যতের সব অনিশ্চয়তাকে পেছনে ফেলে, বর্তমানের সুখকে আঁকড়ে ধরে।

Ch. 24: অনিশ্চয়তা

ত্রয়োবিংশ অধ্যায়ের সেই নিভৃত গুল্মবনে রুদ্রের দেওয়া প্রেমের প্রস্তাব আর অনন্যার 'হ্যাঁ' বলা—তাদের সম্পর্কের এক নতুন দিগন্ত উন্মোচন করেছিল। হিমাচলের পাহাড়ি পথে তাদের সেই 'কাকতালীয় দেখা' (বিংশ অধ্যায়), রাতভর 'গল্প বলা রাত' (একবিংশ অধ্যায়), এবং ধীরে ধীরে সম্পর্ক গড়ার 'নতুন সকাল' (দ্বাবিংশ অধ্যায়) তাদের ভালোবাসাকে এক নতুন, পরিপক্ক রূপ দিয়েছিল। অতীতের সব ভুল বোঝাবুঝি, অবিশ্বাস আর ব্যথা নিরাময় হয়েছিল। অনন্যার মন থেকে অরিজিতের ছায়া (চতুর্থ ও ষষ্ঠদশ অধ্যায়) মিলিয়ে গিয়েছিল, রুদ্রের জীবন থেকে তিতলির (নবম ও ষষ্ঠদশ অধ্যায়) প্রভাব

মুছে গিয়েছিল। তারা একে অপরের কাছে সম্পূর্ণভাবে উন্মুক্ত হয়েছিল, নিজেদের সব দুর্বলতা সমেত একে অপরকে গ্রহণ করেছিল। কিন্তু ভালোবাসার পথ সব সময় মসৃণ হয় না। এক তীব্র আনন্দের পর প্রায়শই এক গভীর অনিশ্চয়তা এসে দানা বাঁধে, যা ভবিষ্যতের চ্যালেঞ্জগুলোর ইঙ্গিত দেয়।

রুদ্রের প্রস্তাবে অনন্যা রাজি হওয়ার পর তাদের প্রথম মুহূর্তগুলো ছিল সম্পূর্ণভাবে ভালোবাসায় ভরা। নিভৃত গুল্মবনের সেই মায়াবী সন্ধ্যা, মোমবাতির আলো আর ফুলের পাপড়ির মিষ্টি গন্ধ—সবকিছু মিলে এক স্বপ্নিল পরিবেশ তৈরি করেছিল। অনন্যা রুদ্রকে শক্ত করে জড়িয়ে ধরেছিল, তার মনে তখন কোনো ভয় ছিল না, কোনো দ্বিধা ছিল না। রুদ্রও অনন্যাকে তার বাহুডোরে আগলে রেখেছিল, তার চোখে ছিল এক গভীর স্বস্তি আর অপার আনন্দ। তাদের দীর্ঘদিনের পথচলা, তাদের সব ব্যথা, সব অপেক্ষা যেন এই একটি মুহূর্তে সার্থকতা খুঁজে পেয়েছিল।

তারা লেকের পাড়ে বসে অনেকক্ষণ একে অপরের হাতে হাত রেখে গল্প করল। রুদ্র অনন্যার চুলে হাত বুলাচ্ছিল, অনন্যা তার কাঁধে মাথা রেখেছিল। তারা তাদের ভবিষ্যতের ছোট ছোট স্বপ্নগুলো নিয়ে কথা বলছিল—কীভাবে তারা একসাথে হাসবে, কাঁদবে, নতুন জীবন গড়বে। এই মুহূর্তগুলো তাদের কাছে মনে হচ্ছিল এক নতুন স্বপ্নের সূচনা। অনন্যা অনুভব করল, রুদ্রই তার আলো, রুদ্রই তার পথ। রুদ্রের ভালোবাসা তাকে সম্পূর্ণতা দিয়েছিল।

"আমি বিশ্বাস করতে পারছি না, রুদ্র," অনন্যা ফিসফিস করে বলল। "এটা কি সত্যি? আমি তোমাকে সত্যিই পেয়েছি?" রুদ্র হাসল। "হ্যাঁ, অনন্যা। তুমি আমাকে পেয়েছ। আর আমি তোমাকে।" তারা দুজনেই জানত, তাদের ভালোবাসাটা এখন আর শুধু অনুভব করা নয়, বরং বিশ্বাস, বোঝাপড়া, এবং নিঃশর্ত প্রতিশ্রুতির ওপর প্রতিষ্ঠিত। তারা একে অপরের সব দুর্বলতা জানতে পেরেছে, আর সেগুলোকে ভালোবাসতে শিখেছে। এই ভালোবাসার স্বীকৃতি তাদের আত্মাকে এক নতুন শান্তি এনে দিয়েছিল।

রুদ্র অনন্যার কাছ থেকে তার হাতটা আলতো করে ছাড়িয়ে নিল, আর তার পকেট থেকে একটি ছোট বাক্স বের করল। অনন্যা অবাক হয়ে রুদ্রের দিকে তাকাল। রুদ্র বাক্সটা খুলতেই তার ভেতরে জ্বলজ্বল করে উঠল একটি ছোট, সরল রিং। রিংটিতে কোনো দামি পাথর ছিল না, শুধু একটি ছোট্ট, চকচকে পাথর বসানো ছিল, যা সূর্যের আলোয় ঝিকঝিক করছিল।

"এটা আমার মায়ের রিং, অনন্যা," রুদ্র বলল। তার কণ্ঠে এক ধরনের আবেগ। "আমার মা আমাকে এটা দিয়েছিলেন, বলেছিলেন, 'যখন তুমি তোমার জীবনের ভালোবাসার মানুষকে খুঁজে পাবে, তখন এই রিংটা তাকে দিও।' এটা হয়তো খুব দামি নয়, কিন্তু এর সাথে আমার মায়ের ভালোবাসা আর আমার পরিবারের আশীর্বাদ জড়িয়ে আছে।" অনন্যার চোখে জল গড়িয়ে পড়ল। এই রিংটি তার কাছে পৃথিবীর যেকোনো হিরার রিংয়ের চেয়েও মূল্যবান ছিল।

রুদ্রের এই আন্তরিকতা, এই সরলতা—সবকিছুই তাকে মুগ্ধ করল। রুদ্র অনন্যার আঙুলে রিংটি পরিয়ে দিল। রিংটি অনন্যার আঙুলে পুরোপুরি মানিয়ে গেল। অনন্যা রুদ্রের হাত ধরে রিংটির দিকে তাকিয়ে রইল। তার মনে হলো, এই রিংটি শুধু একটি প্রতীক নয়, এটি তাদের সম্পর্কের পবিত্রতা আর চিরস্থায়ী প্রতিজ্ঞার এক নিদর্শন।

"ধন্যবাদ, রুদ্র," অনন্যা ফিসফিস করে বলল। তার কণ্ঠে এক গভীর আবেগ। "এটা আমার কাছে সবচেয়ে সুন্দর রিং।" রুদ্র অনন্যার কপালে চুমু খেল। "তুমিই আমার সবচেয়ে সুন্দর উপহার, অনন্যা।" রাতের অন্ধকার গভীর হচ্ছিল, কিন্তু তাদের জীবনে তখন নতুন এক আলো। সেই নিভৃত গুল্মবনে, রুদ্র আর অনন্যার ভালোবাসা যেন এক নতুন জীবন পেয়েছিল, যা তাদের দুজনকে চিরদিনের জন্য আবদ্ধ করেছিল। তারা দুজনেই জানত, তাদের ভালোবাসাটা এখন সম্পূর্ণ।

তবে, ভালোবাসার এই স্বপ্নের আবেশ বেশিদিন স্থায়ী হলো না। সেই মায়াবী রাতের পর, যখন তারা নিজেদের দৈনন্দিন জীবনে ফিরে এল, তখন অনন্যার মনে ধীরে ধীরে এক নতুন ধরনের ভয় দানা বাঁধতে শুরু করল। রুদ্রের প্রস্তাবে সে রাজি হয়েছিল ঠিকই, কিন্তু এখন তার মনে প্রশ্ন জাগতে লাগল—সমাজ, পরিবার, ক্যারিয়ার—এই সব কিছু কি একসঙ্গে সম্ভব? এই তিনটি স্তম্ভ যেন তার জীবনের সামনে এক বিশাল দেয়ালের মতো দাঁড়িয়ে ছিল, যা তাদের ভালোবাসার ভবিষ্যতের পথকে অনিশ্চিত করে তুলছিল।

অনন্যা মুম্বাইয়ে তার ফ্ল্যাটে ফিরে আসার পর তার মনে সেই ভয়গুলো নতুন করে ফিরে এল। তার চারপাশে মুম্বাইয়ের কর্পোরেট জগতের ব্যস্ততা, তার অফিসের ফাইল, তার প্রজেক্টের চাপ—সবকিছুই তাকে মনে করিয়ে দিচ্ছিল যে তার একটি সফল ক্যারিয়ার আছে, যা সে এতদিনের পরিশ্রমে অর্জন করেছে। তার এই ক্যারিয়ার তার কাছে শুধু একটি চাকরি ছিল না, এটি ছিল তার স্বাধীনতা, তার আত্মনির্ভরশীলতা, এবং তার পরিচয়ের এক অংশ। অষ্টাদশ অধ্যায়ে সে যখন সলো ট্রিপে গিয়েছিল, তখন সে নিজের পরিচয়ের এই দিকটিকে আরও ভালোভাবে চিনতে পেরেছিল।

প্রথমেই তার মনে এল **পরিবারের কথা**। অনন্যার মা অসুস্থ ছিলেন, এবং তার প্রতি অনন্যার এক গভীর দায়িত্ববোধ ছিল। অনন্যা জানত, তার মা চাইতেন সে একজন প্রতিষ্ঠিত মানুষ হোক, তার নিজের পায়ে দাঁড়াক। যদি রুদ্রের সাথে তার বিয়ের কথা তার মা জানতে পারেন, তাহলে তিনি কী বলবেন? রুদ্র কলকাতার ছেলে, একজন ফটোগ্রাফার। তার পেশা হয়তো অনন্যার মায়ের কাছে ততটা সুরক্ষিত মনে হবে না, যতটা কর্পোরেট জীবন মনে হবে। তাছাড়াও, অনন্যা মুম্বাইয়ে কাজ করে, রুদ্র কলকাতায়। এই দীর্ঘ দূরত্বের সম্পর্ককে তার পরিবার কীভাবে দেখবে? ভারতীয় সমাজে বিয়ের ক্ষেত্রে পরিবার এবং সমাজের ভূমিকা অত্যন্ত গুরুত্বপূর্ণ। অনন্যা জানত, এই বিষয়গুলো এড়িয়ে যাওয়া সহজ হবে না।

তারপর এল **সমাজের প্রত্যাশা**। ভারতীয় সমাজে বিয়ের পর মেয়েদের কাছ থেকে কিছু নির্দিষ্ট প্রত্যাশা থাকে। অনেকে আশা করবে অনন্যা তার ক্যারিয়ার ছেড়ে রুদ্রের সাথে কলকাতায় চলে আসুক, তার পরিবারকে সময় দিক। অনন্যা একজন স্বাধীনচেতা মেয়ে ছিল, যে নিজের শর্তে বাঁচতে চেয়েছিল। সে জানত না, এই সামাজিক চাপ সে কীভাবে সামলাবে। তার মনে পড়ল রুদ্রের মায়ের কথা। রুদ্রের মা কি তাকে গ্রহণ করবেন? যদি তিনি চান অনন্যা কাজ ছেড়ে দিক? এই সব প্রশ্ন তাকে অস্থির করে তুলল।

এবং সবশেষে, সবচেয়ে বড় প্রশ্নটি ছিল **ক্যারিয়ারের**। অনন্যা মুম্বাইয়ে তার ক্যারিয়ারের চূড়ায় ছিল। তার প্রমোশন হয়েছিল, সে বড় প্রজেক্টের নেতৃত্ব দিচ্ছিল। যদি সে রুদ্রের সাথে কলকাতায় যায়, তাহলে কি তাকে তার ক্যারিয়ার বিসর্জন দিতে হবে? কলকাতা শহরে তার জন্য হয়তো এমন সুযোগ থাকবে না। অনন্যা তার কাজের প্রতি অত্যন্ত প্যাশনেট ছিল। সে জানত না, সে কি তার এই প্যাশনকে বিসর্জন দিতে পারবে রুদ্রের জন্য? তার মনে হলো, যদি সে তার ক্যারিয়ার বিসর্জন দেয়, তাহলে হয়তো সে নিজের পরিচয় হারিয়ে ফেলবে, নিজের আত্মনির্ভরশীলতা হারাবে। এটা তার কাছে এক বিরাট ঝুঁকি মনে হলো।

এই প্রশ্নগুলো অনন্যার মনে এক তীব্র দ্বন্দ্ব তৈরি করল। সে রুদ্রকে ভালোবাসে, তাকে বিশ্বাস করে, তার সাথে সারাজীবন থাকতে চায়। কিন্তু এই ভালোবাসার জন্য কি তাকে তার সবকিছু বিসর্জন দিতে হবে? তার মনে সেই পুরোনো ভয়টা

ফিরে এল—অরিজিতের সেই প্রতারণা, যেখানে ভালোবাসার জন্য সে নিজের স্বকীয়তা হারিয়েছিল। রুদ্রের সাথে তার সম্পর্কটা আলাদা, রুদ্র তাকে নিঃশর্তভাবে ভালোবাসে, কিন্তু বাস্তবতার চাপটা অনন্যাকে আবার অনিশ্চয়তায় ফেলে দিল।

অনন্যা রুদ্রকে তার ভয়ের কথা বলল। তারা ভিডিও কলে কথা বলছিল। অনন্যার মুখে সেই পুরোনো উদ্বেগটা রুদ্র স্পষ্ট দেখতে পাচ্ছিল। "রুদ্র," অনন্যা বলল, "আমি তোমাকে ভালোবাসি। আমি তোমার সাথে থাকতে চাই। কিন্তু আমার মনে অনেক প্রশ্ন আসছে। সমাজ, পরিবার, আমার ক্যারিয়ার—সবকিছু একসঙ্গে সম্ভব তো?"

রুদ্র মনোযোগ দিয়ে অনন্যার কথা শুনছিল। সে জানত, অনন্যার এই ভয়গুলো অমূলক নয়। ভারতীয় সমাজে এই ধরনের চ্যালেঞ্জগুলো খুবই বাস্তব। রুদ্র তার বৃদ্ধাশ্রম প্রজেক্টে (অষ্টাদশ অধ্যায়) গিয়ে মানুষের জীবনের গভীরতা এবং বিভিন্ন ধরনের সম্পর্কের জটিলতা সম্পর্কে জানতে পেরেছিল। সে জানত, ভালোবাসা শুধু দুজন মানুষের মধ্যে সীমাবদ্ধ নয়, এর সাথে পরিবার, সমাজ, আর ব্যক্তিগত স্বপ্ন জড়িয়ে থাকে।

"আমি বুঝতে পারছি, অনন্যা," রুদ্র বলল। তার কণ্ঠে এক গভীর সহানুভূতি। "তোমার ভয়গুলো স্বাভাবিক। এই পথটা হয়তো সহজ হবে না।" "আমার মনে হচ্ছে, আমাকে হয়তো আমার ক্যারিয়ার বিসর্জন দিতে হবে," অনন্যা বলল। তার চোখে জল টলমল করছিল। "আমি আমার কাজকে খুব ভালোবাসি, রুদ্র। এটা আমার পরিচয়।" রুদ্র হাসল। "আমি

জানি, অনন্যা। আমি তোমার এই প্যাশনকে সম্মান করি। আমি চাই না তুমি তোমার ক্যারিয়ার বিসর্জন দাও। আমি চাই তুমি তোমার সব স্বপ্ন পূরণ করো।"

"কিন্তু কিভাবে?" অনন্যা জিজ্ঞেস করল। "যদি আমরা বিয়ে করি, তাহলে কি আমাকে কলকাতা চলে আসতে হবে? আর যদি আমি মুম্বাইয়ে থাকি, তাহলে আমাদের সম্পর্কটা দীর্ঘ দূরত্বের হবে, যেটা খুব কঠিন।" রুদ্র কিছুক্ষণ চুপ করে রইল। সে জানত, এই প্রশ্নগুলোর সহজ উত্তর নেই। "আমরা একসাথে পথ খুঁজব, অনন্যা। আমি তোমাকে কোনো কিছুর জন্য চাপ দেব না। আমি চাই তুমি তোমার নিজের শর্তে বাঁচো।"

"আমার মা অসুস্থ, রুদ্র," অনন্যা বলল। "তিনি হয়তো এই সম্পর্কটা সহজে মেনে নেবেন না। আর তোমার পরিবার? তারা কি আমাকে গ্রহণ করবে? যদি তারা চান আমি কাজ ছেড়ে দিই?" রুদ্র দীর্ঘশ্বাস ফেলল। "আমার মা খুব অসুস্থ, অনন্যা। তাকে এখন বেশি চাপ দেওয়া ঠিক হবে না। কিন্তু আমি তোমাকে কথা দিচ্ছি, আমি সব সামলে নেব। আমার পরিবার তোমাকে গ্রহণ করবে। আর আমি চাই না তুমি তোমার কাজ ছেড়ে দাও।"

রুদ্র জানত, তার মায়ের কাছে হয়তো অনন্যার কর্পোরেট জীবনটা ততটা গুরুত্বপূর্ণ মনে হবে না, যতটা একটি স্থিতিশীল বিবাহিত জীবন মনে হবে। কিন্তু রুদ্র তার মায়ের সাথে কথা বলার জন্য প্রস্তুত ছিল। সে জানত, অনন্যার ক্যারিয়ার তার কাছে কতটা গুরুত্বপূর্ণ। রুদ্র নিজেই একজন

শিল্পী ছিল, সে জানত স্বপ্নের মূল্য। তার 'ছায়ার গল্প' প্রজেক্টটা তাকে শিখিয়েছিল যে, একজন শিল্পী তার শিল্পকে ভালোবাসার জন্য কতটা ত্যাগ করতে পারে। সে অনন্যাকে সেই ত্যাগ করতে দিতে চায়নি।

"আমরা এই সব সমস্যার সমাধান করব, অনন্যা," রুদ্র বলল। "আমরা একসাথে লড়াই করব। আমরা একা নই। আমাদের ভালোবাসাটা শক্তিশালী, অনন্যা। এটা সব বাধা পেরিয়ে যাবে।" অনন্যা রুদ্রের কথা শুনে কিছুটা শান্তি পেল। রুদ্র তাকে বুঝছে, তার ভয়গুলোকে সম্মান জানাচ্ছে। রুদ্র তাকে কোনো চাপ দিচ্ছে না, বরং তার পাশে দাঁড়াতে চাইছে।

"আমার মনে হয়, আমরা এই বিষয়গুলো নিয়ে এখনই তাড়াহুড়ো না করি, রুদ্র," অনন্যা বলল। "আমরা ধীরে ধীরে এগোব, যেমনটা আমরা সিদ্ধান্ত নিয়েছিলাম (দ্বাবিংশ অধ্যায়ে)। আমরা একে অপরকে ভালোভাবে চিনব, আমাদের পরিবারকেও সময় দেবো। তারপর আমরা এই সব চ্যালেঞ্জগুলো মোকাবেলা করব।" রুদ্র মাথা নাড়ল। "হ্যাঁ, অনন্যা। আমি তোমার সাথে একমত। আমরা ধীরে ধীরে এগোব। আমরা আমাদের ভালোবাসার জন্য অপেক্ষা করব। আর যখন সময় আসবে, তখন আমরা সবকিছুর সমাধান করব।"

এই কথোপকথন অনন্যার মনে কিছুটা হলেও স্বস্তি এনে দিল। রুদ্র তাকে বোঝাতে পেরেছিল যে সে একা নয়, রুদ্র

তার পাশে আছে। তারা দুজনই এই অনিশ্চয়তাকে মোকাবেলা করার জন্য প্রস্তুত ছিল।

সেই রাতের পর অনন্যা তার ডায়েরিটা খুলল। তার মনে তখনো সেই ভয়গুলো রয়ে গিয়েছিল, কিন্তু রুদ্রের সাথে কথা বলার পর সে কিছুটা হালকা অনুভব করছিল। সে তার মনের সব দ্বিধা আর উদ্বেগ ডায়েরির পাতায় লিখতে শুরু করল।

প্রিয় রুদ্র (আমার ভালোবাসা),

তুমি আমাকে প্রেমের প্রস্তাব দিয়েছ, আর আমি 'হ্যাঁ' বলেছি। আমার জীবনে এত আনন্দ আমি কখনো অনুভব করিনি। কিন্তু তার পরেই আমার মনে এক নতুন ধরনের ভয় এসে দানা বেঁধেছে, রুদ্র। আমি জানি না এই সব কিছু একসঙ্গে সম্ভব তো? সমাজ, পরিবার, আমার ক্যারিয়ার—সবকিছুই আমার সামনে এক বিশাল দেয়ালের মতো দাঁড়িয়ে আছে।

আমার মা অসুস্থ, রুদ্র। আমি জানি তিনি আমাকে নিয়ে কত স্বপ্ন দেখেছেন। যদি তিনি তোমাকে মেনে না নেন? যদি তিনি আমাদের সম্পর্কের এই দীর্ঘ দূরত্বকে মেনে না নেন? আমার মনে ভয় হয়, তাকে কষ্ট দিতে হবে। আর তোমার পরিবার? তারা কি আমাকে গ্রহণ করবে? যদি তারা চান আমি কাজ ছেড়ে দিই?

আর আমার ক্যারিয়ার, রুদ্র। মুম্বাইয়ে আমি আমার জীবনের সবচেয়ে বড় সুযোগ পেয়েছি। আমার এই কর্পোরেট জীবনটা আমার কাছে শুধু একটি চাকরি নয়, এটা আমার স্বাধীনতা, আমার পরিচয়। যদি আমি তোমাকে বিয়ে করি, তাহলে কি

আমাকে এটা বিসর্জন দিতে হবে? আমি জানি না, রুদ্র। আমি আমার কাজকে খুব ভালোবাসি। আমি কি তোমার জন্য আমার সব স্বপ্ন বিসর্জন দিতে পারব?

আমার মনে হয়, আমি আবার সেই পুরোনো অনন্যাতে ফিরে যাচ্ছি, যে শুধু ভয় আর অবিশ্বাস নিয়ে বাঁচত। আমি জানি, তুমি আমাকে নিঃশর্তভাবে ভালোবাসো। তুমি আমাকে কোনো চাপ দিচ্ছ না। তুমি আমার পাশে থাকতে চাইছ। কিন্তু বাস্তবতার চাপটা খুব কঠিন, রুদ্র। আমি ভয় পাচ্ছি, যদি এই সব কিছুর মাঝে আমাদের ভালোবাসাটা আবার হারিয়ে যায়? যদি আমরা আবার ভুল বোঝাবুঝির শিকার হই?

তুমি আমাকে বলেছ যে আমরা ধীরে ধীরে এগোব, ভবিষ্যতের কথা না ভেবে এখন বাঁচব। আমি তোমার সাথে একমত, রুদ্র। আমি এই মুহূর্তে তোমার সাথে থাকতে চাই, তোমার ভালোবাসা অনুভব করতে চাই। কিন্তু আমার মনে সেই অনিশ্চয়তাটা রয়েই গেছে। এই পথটা কতটা কঠিন হবে, তা আমি জানি না।

আমি জানি না, এই ডায়েরি তোমার কাছে পৌঁছাবে কিনা। কিন্তু আমি তোমাকে বলতে চাই, আমি তোমাকে ভালোবাসি, রুদ্র। আমার সব ভয় সত্ত্বেও আমি তোমাকে ভালোবাসি। আমার মনে হয়, এইবার আমি সব চ্যালেঞ্জ মোকাবেলা করতে প্রস্তুত। শুধু তোমার পাশে থাকার জন্য।

ইতি,

তোমার অনন্যা

(যে এখনও অনিশ্চয়তায় ভোগে)

মুম্বাইয়ের রাত তখন গভীর। অনন্যা ডায়েরি বন্ধ করে জানালার বাইরে তাকিয়ে রইল। শহরটা তখনো ব্যস্ত, তার জীবনেও তখনো অনেক প্রশ্ন। কিন্তু রুদ্রের ভালোবাসা আর তার সমর্থন তাকে কিছুটা হলেও সাহস যোগাচ্ছিল। সে জানত, এই অনিশ্চয়তা তাদের সম্পর্কের এক অবিচ্ছেদ্য অংশ, কিন্তু তারা দুজনেই একে অপরের হাত ধরে এই অনিশ্চয়তাকে মোকাবেলা করতে প্রস্তুত ছিল। এই 'অনিশ্চয়তা'ই তাদের ভালোবাসাকে আরও শক্তিশালী করার এক নতুন সুযোগ এনে দেবে।

Ch. 25: ভাঙা কাঁচ, নরম আলো

ত্রয়োবিংশ অধ্যায়ের সেই নিভৃত গুল্মবনে রুদ্রের দেওয়া প্রেমের প্রস্তাব আর অনন্যার আবেগঘন 'হ্যাঁ' বলা—তাদের ভালোবাসার এক নতুন দিগন্ত উন্মোচন করেছিল। হিমাচলের পাহাড়ি পথে তাদের সেই 'কাকতালীয় দেখা' (বিংশ অধ্যায়) এবং রাতভর 'গল্প বলা রাত' (একবিংশ অধ্যায়) তাদের সব পুরোনো ব্যথা আর ভুল বোঝাবুঝি দূর করে দিয়েছিল। দ্বাবিংশ অধ্যায়ে তারা ধীরে ধীরে সম্পর্ক গড়ার এবং 'এখন বাঁচা'-র অঙ্গীকার করেছিল, যেন ভবিষ্যতের চাপকে দূরে সরিয়ে তারা বর্তমানকে উপভোগ করতে পারে। কিন্তু চতুর্বিংশ অধ্যায়ে অনন্যার মনে আবার সেই পুরোনো ভয় দানা বাঁধতে শুরু করল—সমাজ, পরিবার, এবং ক্যারিয়ারের চাপ কি তাদের এই ভালোবাসা একসঙ্গে টিকিয়ে রাখতে দেবে? রুদ্র তাকে আশ্বস্ত করেছিল, তারা একসাথে এই

চ্যালেঞ্জ মোকাবেলা করবে। এই অধ্যায় সেই অঙ্গীকারের প্রথম পরীক্ষা, যেখানে ভালোবাসা বাস্তবতার মুখোমুখি হবে এবং এক নতুন, গভীরতর স্তরে প্রবেশ করবে।

রুদ্রের প্রস্তাব এবং সেই গুল্মবনের মায়াবী রাতের পর অনন্যা ও রুদ্রের জীবনে এক নতুন আনন্দ নেমে এসেছিল। রুদ্র কলকাতা ফিরে এসেছিল তার স্টুডিওতে, অনন্যা ফিরে গিয়েছিল মুম্বাইয়ে তার কর্পোরেট জীবনে। দূরত্বের বাধা তাদের মনে তখনো ছিল, কিন্তু তাদের ভালোবাসার নতুন অঙ্গীকার তাদের সম্পর্ককে আরও শক্তিশালী করেছিল। তারা নিয়মিত ভিডিও কল আর মেসেজের মাধ্যমে যোগাযোগ রাখত, তাদের দৈনন্দিন জীবনের ছোট ছোট মুহূর্তগুলো ভাগ করে নিত।

তবে, চতুর্বিংশ অধ্যায়ে অনন্যার মনে যে অনিশ্চয়তা দানা বেঁধেছিল—সমাজ, পরিবার, আর ক্যারিয়ারের চাপ নিয়ে—তা ধীরে ধীরে তার মনে ফিরে আসতে লাগল। রুদ্রের ভালোবাসা তাকে সম্পূর্ণতা দিলেও, বাস্তবের চ্যালেঞ্জগুলো তাকে মাঝে মাঝে অস্থির করে তুলছিল। সে রুদ্রকে তার ভয়ের কথা বলেছিল, আর রুদ্র তাকে আশ্বস্ত করেছিল যে তারা এই সব চ্যালেঞ্জ একসাথে মোকাবেলা করবে। তাদের সেই 'ধীরে ধীরে সম্পর্ক গড়া' এবং 'এখন বাঁচা'-র সিদ্ধান্ত তাদের সামনে এক নতুন পথ খুলে দিয়েছিল।

এই সব অনিশ্চয়তার মাঝেও, তাদের সম্পর্ক এক নতুন আকাঙ্ক্ষার জন্ম দিয়েছিল। রুদ্র অনন্যাকে প্রস্তাব দিয়েছিল একসঙ্গে এক সপ্তাহ কাটানোর জন্য, যখন অনন্যার মুম্বাইয়ে

ছুটি চলছিল। অনন্যা সানন্দে রাজি হয়েছিল। তাদের জীবনে এই প্রথমবার তারা এত লম্বা সময় ধরে একসঙ্গে থাকবে, কোনো চাপ ছাড়াই, শুধু একে অপরের পাশে। এই এক সপ্তাহ তাদের সম্পর্ককে আরও গভীর করবে, তাদের ভালোবাসার ভিত্তি আরও মজবুত করবে—এই আশা তাদের দুজনেরই মনে ছিল।

অনন্যা মুম্বাইয়ে বসে সেই এক সপ্তাহের জন্য প্রস্তুতি নিতে লাগল। তার মনে এক ধরনের উত্তেজনা আর এক ধরনের উদ্বেগ ছিল। রুদ্রের সাথে শারীরিক ঘনিষ্ঠতার কথা মনে আসতেই তার মনে পুরোনো ভয়টা ফিরে এল—অরিজিতের সাথে তার সেই তিক্ত অভিজ্ঞতা (চতুর্থ ও ষষ্ঠদশ অধ্যায়), ভালোবাসার প্রতি তার ভয় (পঞ্চম অধ্যায়)। অনন্যা জানত, রুদ্র তাকে চাপ দেবে না, কিন্তু সে নিজেকে প্রস্তুত করতে চাইছিল। তার হিমালয়ের সলো ট্রিপ (অষ্টাদশ অধ্যায়) এবং ডায়েরি লেখার অভিজ্ঞতা (ঊনবিংশ অধ্যায়) তাকে সাহসী করেছিল, কিন্তু ভালোবাসার এই নতুন স্তরে প্রবেশ করাটা তার কাছে এক নতুন চ্যালেঞ্জ ছিল।

রুদ্রও কলকাতায় তার স্টুডিওতে সেই এক সপ্তাহের জন্য প্রস্তুতি নিচ্ছিল। সে তার স্টুডিওর এক পাশটা অনন্যার জন্য গুছিয়ে নিচ্ছিল, যেন অনন্যা সেখানে সম্পূর্ণ স্বচ্ছন্দ বোধ করে। রুদ্র জানত, অনন্যার মনে এখনও কিছু ভয় আর দ্বিধা আছে। সে অনন্যাকে কোনো কিছুর জন্য চাপ দিতে চায়নি। তার বৃদ্ধাশ্রম প্রজেক্ট (অষ্টাদশ অধ্যায়) তাকে শিখিয়েছিল ধৈর্য আর ভালোবাসার প্রকৃত অর্থ। সে চেয়েছিল অনন্যা যেন তার

পাশে সম্পূর্ণ নিরাপদ বোধ করে। তার 'ছায়ার গল্প' প্রজেক্টটা এখন আরও বেশি সম্পূর্ণ মনে হচ্ছিল, কারণ অনন্যা তার পাশে ছিল, তার আলো হয়ে।

অনন্যা মুম্বাই থেকে কলকাতা এল। রুদ্র তাকে বিমানবন্দর থেকে নিয়ে গেল। তাদের দেখা হওয়ার মুহূর্তটা ছিল আবেগঘন। রুদ্র অনন্যাকে জড়িয়ে ধরল, তার মুখে এক গভীর স্বস্তি। অনন্যার মনেও এক ধরনের শান্তি নেমে এল রুদ্রকে কাছে পেয়ে। তাদের হাতে হাত, আর তাদের চোখে সেই পুরোনো ভালোবাসা, কিন্তু তার সাথে এক নতুন গভীরতা আর বোঝাপড়া।

তারা সোজা রুদ্রের স্টুডিওতে গেল। অনন্যা রুদ্রের সাজানো স্টুডিও দেখে মুগ্ধ হলো। রুদ্রের ক্যামেরা, তার ছবি, তার কাজের পরিবেশ—সবকিছুই অনন্যার কাছে পরিচিত মনে হলো। রুদ্র অনন্যাকে তার নতুন কাজগুলো দেখাল, তার 'ছায়ার গল্প' প্রজেক্টের সর্বশেষ ছবিগুলো। অনন্যা রুদ্রের শিল্পে এক নতুন পরিপক্কতা দেখতে পেল, যেখানে শুধু ছায়া নয়, আলোও ফুটে উঠছিল।

প্রথম কয়েক দিন তারা দুজন শুধু একে অপরের সাথে সময় কাটাল। তারা কলকাতার বিভিন্ন জায়গায় ঘুরল—গঙ্গা নদীর পাড়ে গেল, ভিক্টোরিয়া মেমোরিয়ালে গেল, পুরোনো কলকাতার অলিগলিতে ঘুরল। রুদ্র অনন্যার নতুন ছবি তুলল, এইবার সেই ছবিগুলোতে কোনো 'ছায়া' ছিল না, শুধু ছিল আলো আর হাসি। অনন্যা রুদ্রের সাথে গল্প করল, হাসল,

এমনকি নিজেদের পুরোনো ভুলগুলো নিয়ে ঠাট্টা করল। তাদের সম্পর্কটা যেন এক নতুন রঙে রঙিন হয়ে উঠছিল।

রুদ্র অনন্যাকে তার মায়ের সাথে দেখা করাতে নিয়ে গেল। রুদ্রের মা অনন্যাকে দেখে খুব খুশি হলেন। অনন্যা তার মায়ের অসুস্থতা নিয়ে কথা বলল, তার যত্ন নিল। রুদ্রের মা অনন্যার সরলতা আর ভালোবাসায় মুগ্ধ হলেন। রুদ্রের মনে এক ধরনের শান্তি নেমে এল। তার পরিবারের পক্ষ থেকে অনন্যাকে গ্রহণ করার এই প্রাথমিক ইঙ্গিতটা রুদ্রকে আশ্বস্ত করল।

সেই এক সপ্তাহের মাঝামাঝি, এক সন্ধ্যায় তারা রুদ্রের স্টুডিওতে বসেছিল। বাইরে বৃষ্টি পড়ছিল, আর স্টুডিওর ভেতরে মৃদু আলো জ্বলছিল। রুদ্র তার গিটার নিয়ে একটি সুর বাজাচ্ছিল। সুরটা ছিল শান্ত, আবেগঘন। অনন্যা রুদ্রের পাশে বসে চোখ বন্ধ করে সুরটা অনুভব করছিল। তাদের মনে তখন কোনো কথা ছিল না, শুধু ছিল একে অপরের উপস্থিতি।

রুদ্র গিটারটা নামিয়ে রাখল। সে অনন্যার দিকে ঘুরল। অনন্যা চোখ খুলল, আর রুদ্রের চোখে দেখল এক গভীর আকাঙ্ক্ষা। রুদ্র অনন্যার হাত ধরল, খুব আলতো করে। "অনন্যা," রুদ্র ফিসফিস করে বলল। "আমি তোমাকে ভালোবাসি।" অনন্যা রুদ্রের দিকে তাকিয়ে হাসল। "আমিও তোমাকে ভালোবাসি, রুদ্র।"

রুদ্র অনন্যার মুখের দিকে ঝুঁকে এল, তার কপালে, তারপর তার গালে আলতো করে চুমু খেল। অনন্যা চোখ বন্ধ করে

সেই স্পর্শ অনুভব করল। তার মনে এক ধরনের ভয় এল, সেই পুরোনো ক্ষতগুলো আবার ফিরে আসতে চাইল। কিন্তু রুদ্রের স্পর্শে ছিল এক ধরনের নিরাপত্তা, এক ধরনের কোমলতা, যা অনন্যার সব ভয়কে দূর করে দিচ্ছিল। রুদ্র তাড়াহুড়ো করছিল না, সে অনন্যার প্রতিটি অনুভূতিকে সম্মান জানাচ্ছিল।

রুদ্র অনন্যার ঠোঁটে আলতো করে চুমু খেল। সেই প্রথম স্পর্শে অনন্যার সারা শরীর যেন কেঁপে উঠল। তার মনে হলো, তার শরীরের প্রতিটি কোষে যেন এক নতুন বিদ্যুৎ খেলে গেল। অনন্যা রুদ্রকে কাছে টেনে নিল, তার ঠোঁটে গভীর চুমু খেল। তাদের চুমুতে ছিল ভালোবাসা, আকাঙ্ক্ষা, আর এক ধরনের মুক্তির স্বাদ। অনন্যার মনে হলো, সে যেন তার সব পুরোনো ভয়, সব পুরোনো কষ্ট থেকে মুক্তি পাচ্ছে।

তারা একে অপরের বাহুডোরে আবদ্ধ হলো। রুদ্র অনন্যার চুলে হাত বুলাতে লাগল, অনন্যা রুদ্রের বুকে মাথা রেখেছিল। তাদের ভালোবাসা এখন এক নতুন স্তরে প্রবেশ করছিল, যেখানে শারীরিক ঘনিষ্ঠতা তাদের আত্মিক সংযোগকে আরও গভীর করছিল। রুদ্র অত্যন্ত সংবেদনশীলভাবে অনন্যাকে স্পর্শ করছিল, তার অনুভূতিগুলোকে সম্মান জানাচ্ছিল। অনন্যা অনুভব করল, রুদ্র তাকে ভালোবাসে, শুধু তার শরীর নয়, তার আত্মাকেও ভালোবাসে।

প্রথমবার তারা একে অপরের সাথে শারীরিক সম্পর্কে আবদ্ধ হলো। সেই মুহূর্তটা ছিল তাদের জন্য এক নতুন অভিজ্ঞতা, যেখানে ভালোবাসা, বিশ্বাস, আর বোঝাপড়া একত্রিত হলো।

অনন্যার মনে কোনো দ্বিধা ছিল না, কোনো ভয় ছিল না। রুদ্র তাকে প্রতিটি মুহূর্তে নিরাপদ অনুভব করিয়েছিল। তার অতীতের সেই তিক্ত অভিজ্ঞতা (অরিজিতের সাথে) যেন রুদ্রের ভালোবাসার নরম আলোয় ধুয়ে মুছে গিয়েছিল। রুদ্র তাকে প্রমাণ করেছিল যে ভালোবাসা মানে শুধু কষ্ট নয়, ভালোবাসা মানে শান্তি, নিরাপত্তা, আর এক গভীর আনন্দ।

সেই রাতটা ছিল তাদের জন্য এক নতুন শুরুর রাত। তারা একে অপরের বাহুডোরে ঘুমিয়ে পড়ল, তাদের হৃদয়ে ছিল এক গভীর শান্তি। তারা দুজনেই অনুভব করল, তাদের সম্পর্কটা এখন আরও বেশি পরিপক্ক হয়েছে। তারা এখন আর শুধু রুদ্র আর অনন্যা নয়, তারা দুজন মিলে এক সম্পূর্ণ সত্তা, যারা একে অপরের সব দুর্বলতা জানে, আর সেগুলোকে ভালোবাসতে পারে।

সেই এক সপ্তাহ অনন্যা আর রুদ্রের জীবনে এক অবিস্মরণীয় অভিজ্ঞতা ছিল। তাদের প্রথম শারীরিক ঘনিষ্ঠতা তাদের সম্পর্ককে এক নতুন উচ্চতায় নিয়ে গিয়েছিল, যেখানে তারা একে অপরের কাছে সম্পূর্ণভাবে উন্মুক্ত হতে পেরেছিল। এই ঘনিষ্ঠতা শুধু শরীরের নয়, আত্মারও ছিল। তারা একে অপরের ভেতরের সব লুকানো কষ্ট, সব স্বপ্ন, সব আকাঙ্ক্ষা ভাগ করে নিয়েছিল।

তাদের সম্পর্ক এখন এক নতুন পরিপক্কতা অর্জন করেছিল। তারা একে অপরের প্রতি আরও বেশি সহানুভূতিশীল, আরও বেশি বিশ্বাসী হয়ে উঠেছিল। চতুর্বিংশ অধ্যায়ে অনন্যার মনে যে অনিশ্চয়তা দানা বেঁধেছিল—সমাজ, পরিবার, ক্যারিয়ার—

আলোর নিচে এক পলক

সবকিছুই যেন এই এক সপ্তাহে কিছুটা হলেও হালকা হয়ে গিয়েছিল। তারা জানত, চ্যালেঞ্জগুলো এখনো আছে, কিন্তু এখন তারা দুজনেই সেই চ্যালেঞ্জ মোকাবেলা করার জন্য প্রস্তুত।

রুদ্র তার 'ছায়ার গল্প' প্রজেক্টের মাধ্যমে যে 'আলো' খুঁজে পেয়েছিল, তা এখন অনন্যার মাধ্যমে আরও বেশি করে তার জীবনে প্রতিফলিত হচ্ছিল। অনন্যাও রুদ্রের ভালোবাসার নরম আলোয় তার অতীতের সব 'ভাঙা কাঁচ'গুলোকে জোড়া লাগাতে শিখেছিল। তাদের সম্পর্কটা এখন আর 'ভাঙা কাঁচের' মতো ভঙ্গুর ছিল না, বরং তা ছিল এক শক্ত ইস্পাতের মতো মজবুত, কিন্তু তার উপর ছিল এক নরম আলোর আস্তরণ, যা তাদের ভালোবাসাকে আলোকিত করছিল।

তারা একে অপরের ক্যারিয়ারকে সম্মান জানাল। অনন্যা রুদ্রের ফটোগ্রাফির প্রতি তার প্যাশনকে সমর্থন করল, আর রুদ্র অনন্যার কর্পোরেট জীবনকে সম্মান জানাল। তারা জানত, দূরত্ব একটা চ্যালেঞ্জ হবে, কিন্তু তারা একে অপরের পাশে থাকবে, একে অপরের স্বপ্নগুলোকে পূরণ করতে সাহায্য করবে। তারা বিয়ে বা পরিবারের চাপ নিয়ে এখনই তাড়াহুড়ো করবে না, বরং তাদের ভালোবাসাটাকে ধীরে ধীরে বাড়তে দেবে। তাদের সম্পর্কটা এখন শুধু আবেগ নয়, বরং বোঝাপড়া, আস্থা, এবং পারস্পরিক শ্রদ্ধার ওপর প্রতিষ্ঠিত ছিল।

আলোর নিচে এক পলক

যখন অনন্যার মুম্বাইয়ে ফিরে যাওয়ার সময় এল, তখন তাদের মনে কোনো কষ্ট ছিল না, শুধু ছিল এক গভীর শান্তি। তারা জানত, তাদের ভালোবাসা এখন এতটাই শক্তিশালী যে কোনো দূরত্ব বা কোনো চ্যালেঞ্জ তাকে হারাতে পারবে না। তারা এখন আর 'এখন বাঁচা'-র সিদ্ধান্ত নিয়েছিল শুধু সময়ের জন্য নয়, বরং তাদের ভালোবাসার জন্য।

মুম্বাইয়ে ফিরে আসার পর অনন্যা তার ডায়েরিটা খুলল। তার মনে এক গভীর শান্তি ছিল, এক ধরনের পূর্ণতা। সে লিখল:

প্রিয় রুদ্র (আমার সব),

আমরা একসঙ্গে এক সপ্তাহ কাটিয়েছি, রুদ্র। আর এই এক সপ্তাহ আমার জীবনকে সম্পূর্ণ বদলে দিয়েছে। আমাদের 'গল্প বলা রাত' আর 'নতুন সকাল' আমাকে ভালোবাসতে শিখিয়েছিল, কিন্তু এই এক সপ্তাহ আমাকে ভালোবাসার সম্পূর্ণতা শিখিয়েছে।

আমাদের প্রথম শারীরিক ঘনিষ্ঠতা... আমি প্রথমে ভয় পেয়েছিলাম, রুদ্র। আমার মনে পুরোনো কষ্টগুলো ফিরে এসেছিল। কিন্তু তোমার স্পর্শে ছিল এক ধরনের নিরাপত্তা, এক ধরনের কোমলতা, যা আমার সব ভয়কে দূর করে দিয়েছে। তুমি আমাকে প্রমাণ করেছ, রুদ্র, ভালোবাসা মানে শুধু আনন্দ নয়, ভালোবাসা মানে নিরাপত্তা, বিশ্বাস, আর এক গভীর বোঝাপড়া।

আমি এখন আর সেই পুরোনো অনন্যা নই, যে শুধু ভয় আর অবিশ্বাস নিয়ে বাঁচত। আমি এখন সাহসী, আমি এখন

ভালোবাসার জন্য প্রস্তুত, বিশ্বাস করার জন্য প্রস্তুত। আমার হৃদয়ের সব 'ভাঙা কাঁচ' আজ জোড়া লেগে গেছে, রুদ্র। আর সেই ভাঙা কাঁচের উপর তোমার ভালোবাসার 'নরম আলো' পড়েছে, যা আমার জীবনকে আলোকিত করেছে।

আমি জানি, আমাদের সামনে এখনও অনেক চ্যালেঞ্জ আছে—সমাজ, পরিবার, ক্যারিয়ার। কিন্তু এখন আমি আর ভয় পাচ্ছি না। তুমি আমার পাশে আছ, রুদ্র। আমরা একসাথে সব চ্যালেঞ্জ মোকাবেলা করব। আমাদের ভালোবাসা এতটাই শক্তিশালী যে কোনো কিছুই আমাদের হারাতে পারবে না।

আমি তোমাকে খুব ভালোবাসি, রুদ্র। তুমিই আমার জীবন, তুমিই আমার পথ। আমার মনে হয়, আমাদের ভালোবাসার গল্প আজ সম্পূর্ণতা পেল। আমরা এখন একে অপরের আত্মা, একে অপরের গল্প।

ইতি,

তোমার অনন্যা

(যে এখন তোমার সাথে অনন্তকাল বাঁচতে চায়, সম্পূর্ণভাবে)

রুদ্র কলকাতায় ফিরে এসে তার স্টুডিওতে বসেছিল। তার ডায়েরিটা তার সামনে খোলা ছিল। তার মনে এক গভীর শান্তি ছিল, এক ধরনের পূর্ণতা। সে লিখল:

প্রিয় ডায়েরি,

অনন্যা আমার পাশে ছিল, ডায়েরি। এক সপ্তাহ। আর এই এক সপ্তাহ আমার জীবনকে নতুন অর্থ দিয়েছে। আমরা একে অপরের কাছে সম্পূর্ণভাবে উন্মুক্ত হয়েছিলাম। আমাদের প্রথম শারীরিক ঘনিষ্ঠতা আমাদের সম্পর্ককে এক নতুন উচ্চতায় নিয়ে গেছে, ডায়েরি।

আমি অনন্যার মনে সেই ভয় দেখেছি, ডায়েরি। কিন্তু আমি ওকে বুঝিয়েছি, আমার ভালোবাসা নিঃশর্ত। আমি ওকে কোনো চাপ দিইনি। আমি ওর সব দুর্বলতা, সব ক্ষত সমেত ওকে গ্রহণ করেছি। আমার মনে হয়েছে, আমার 'ছায়ার গল্প' প্রজেক্টটা আজ সম্পূর্ণ হলো। অনন্যাই আমার আলো, ডায়েরি। ও আমার গল্পের নতুন অধ্যায়।

আমরা এখন একে অপরের প্রতি আরও বেশি সহানুভূতিশীল, আরও বেশি বিশ্বাসী। আমি জানি, আমাদের সামনে অনেক চ্যালেঞ্জ আছে। কিন্তু আমরা এখন প্রস্তুত, ডায়েরি। আমরা একসাথে সব চ্যালেঞ্জ মোকাবেলা করব। আমাদের ভালোবাসা এখন শুধু আবেগ নয়, বরং বোঝাপড়া, আস্থা, এবং পারস্পরিক শ্রদ্ধার ওপর প্রতিষ্ঠিত।

অনন্যার ক্যারিয়ার, তার স্বপ্ন—সবকিছুই আমার কাছে গুরুত্বপূর্ণ। আমি ওকে কোনো কিছুর জন্য চাপ দেব না। আমরা একে অপরের পাশে থাকব, একে অপরের স্বপ্ন পূরণ করতে সাহায্য করব। আমাদের ভালোবাসা এতটাই শক্তিশালী যে কোনো দূরত্ব বা কোনো চ্যালেঞ্জ তাকে হারাতে পারবে না।

আলোর নিচে এক পলক

আমার জীবন আজ সম্পূর্ণ, ডায়েরি। অনন্যা আমার পাশে আছে। আমি আর একা নই। আমাদের ভালোবাসাটা এখন 'ভাঙা কাঁচ, নরম আলো'-র মতো। যেখানে ভঙ্গুরতা আছে, কিন্তু তাকে যত্ন করে, ভালোবাসার নরম আলো দিয়ে আলোকিত করা হয়েছে, যা তাকে আরও শক্তিশালী করেছে। আমি ওকে খুব ভালোবাসি, ডায়েরি। আমি ওকে আর কোনোদিনও হারাতে চাই না। আমি বিশ্বাস করি, আমাদের ভালোবাসা সব বাধা পেরিয়ে তার পথ খুঁজে নেবে।

রুদ্র

এই এক সপ্তাহ অনন্যা ও রুদ্রের সম্পর্কের ক্ষেত্রে এক গভীর পরিবর্তন নিয়ে এল। তাদের প্রথম শারীরিক ঘনিষ্ঠতা শুধু তাদের দেহকে একত্রিত করেনি, বরং তাদের আত্মাকেও একত্রিত করেছিল। 'ভাঙা কাঁচ' জোড়া লেগেছিল 'নরম আলো'-য়, তাদের সম্পর্ক আরও পরিপক্ক, শক্তিশালী এবং চ্যালেঞ্জ মোকাবেলার জন্য প্রস্তুত হয়ে উঠেছিল। তাদের ভালোবাসা এখন এক নতুন দিগন্তে পা রেখেছিল, যেখানে অনিশ্চয়তা ছিল, কিন্তু তার পাশে ছিল অটুট বিশ্বাস আর বোঝাপড়া।

Part 3: বাস্তবতার মুখোমুখি (Ch. 26–40)

Ch. 26: সম্পর্কের বাইরে

পঞ্চবিংশ অধ্যায়ের সেই এক সপ্তাহ অনন্যা আর রুদ্রের জীবনে ছিল এক স্বপ্নের মতো। হিমাচলের 'কাকতালীয় দেখা' (বিংশ অধ্যায়), রাতভর 'গল্প বলা রাত' (একবিংশ অধ্যায়) এবং তারপর রুদ্রের প্রেমের স্বীকারোক্তি (ত্রয়োবিংশ অধ্যায়)—সবকিছু মিলে তাদের সম্পর্ককে ভালোবাসার এক নতুন স্তরে নিয়ে গিয়েছিল। সেই সপ্তাহে তাদের প্রথম শারীরিক ঘনিষ্ঠতা তাদের হৃদয়কে এক আত্মিক বন্ধনে আবদ্ধ করেছিল, যেখানে বিশ্বাস আর বোঝাপড়াই ছিল ভালোবাসার মূল ভিত্তি। 'ভাঙা কাঁচ' জোড়া লেগেছিল 'নরম আলো'-য়, আর তাদের সম্পর্ক হয়ে উঠেছিল আরও পরিপক্ক, শক্তিশালী। তারা দুজনেই ভবিষ্যৎ নিয়ে এক নতুন প্রত্যয়ে আবদ্ধ হয়েছিল, যে তারা ধীরগতিতে সম্পর্ক গড়বে এবং 'এখন বাঁচবে' (দ্বাবিংশ অধ্যায়), কারণ তাদের ভালোবাসা সব বাধা পেরিয়ে যেতে পারবে—এই বিশ্বাস তাদের মনে ছিল। কিন্তু ভালোবাসা যতই শক্তিশালী হোক না কেন, বাস্তবতার মুখোমুখি হওয়াটা অনিবার্য। অনন্যার কর্মজীবন, যা তার পরিচয়ের অবিচ্ছেদ্য অংশ ছিল (চতুর্বিংশ অধ্যায়ে তার উদ্বেগ), এবার এক অপ্রত্যাশিত পরীক্ষার মুখে পড়তে চলেছিল।

সেই এক সপ্তাহ রুদ্রের সাথে কাটিয়ে অনন্যা যখন মুম্বাইয়ে তার কর্পোরেট জীবনে ফিরে এল, তখন তার মনে এক নতুন শক্তি ছিল, এক নতুন আনন্দ। তার অফিস, ফাইল, মিটিং—সবকিছুই আগের মতোই ছিল, কিন্তু অনন্যা নিজে বদলে

গিয়েছিল। তার মুখে এক ধরনের দীপ্তি ছিল, তার কাজে এক নতুন উদ্যম। সহকর্মীরা তার পরিবর্তনটা লক্ষ্য করল। "অনন্যা, তুমি কি ছুটি কাটিয়ে এসেছ? তোমাকে খুব সতেজ লাগছে!" অনেকেই তাকে জিজ্ঞেস করল। অনন্যা শুধু হাসল। সে জানত না তাদের এই পরিবর্তনটা কিভাবে সবার সামনে তুলে ধরবে।

রুদ্রের সাথে তার নিয়মিত যোগাযোগ চলছিল। প্রতিদিন সকালে তাদের ভিডিও কল, রাতে কাজের ফাঁকে মেসেজ চালাচালি—সবকিছুই অনন্যার দিনটাকে আলোকিত করে তুলত। রুদ্রের ভালোবাসা তাকে মানসিক শক্তি যোগাচ্ছিল, তার অফিসের চাপ সামলাতে সাহায্য করছিল। অনন্যা তার কাজের প্রতি আরও বেশি নিবেদিতপ্রাণ হয়ে উঠেছিল, কারণ সে জানত, রুদ্র তার স্বপ্নকে সম্মান করে, তার ক্যারিয়ারকে সমর্থন করে। তাদের সম্পর্কটা এখন আর গোপন ছিল না, তবে তারা সচেতনভাবে এটিকে সবার থেকে দূরে রেখেছিল, কারণ তারা চেয়েছিল তাদের ভালোবাসাকে ধীরে ধীরে বাড়তে দিতে, সমাজের চোখে পড়ার আগেই তাকে মজবুত করতে।

অনন্যা একটি নতুন, অত্যন্ত গুরুত্বপূর্ণ প্রজেক্টের নেতৃত্ব দিচ্ছিল। এই প্রজেক্টের সাফল্য তার ক্যারিয়ারে এক নতুন দিগন্ত উন্মোচন করত। সে দিন-রাত পরিশ্রম করছিল, মিটিং করত, প্রেজেন্টেশন তৈরি করত। তার বস তার কাজকর্মে অত্যন্ত খুশি ছিলেন। অনন্যা ভেবেছিল, তার জীবন এখন

সম্পূর্ণ। রুদ্রের ভালোবাসা, তার সফল ক্যারিয়ার—সবকিছুই তার হাতের মুঠোয়।

ষষ্ঠদশ অধ্যায়ে অরিজিৎ অনন্যার জীবনে আবার ফিরে এসেছিল, তার অফিসে একজন প্রতিদ্বন্দ্বী কোম্পানির প্রধান প্রতিনিধি হিসেবে। সে অনন্যার প্রতি তার পুরোনো ভালোবাসার দাবি জানিয়েছিল, যা অনন্যা সম্পূর্ণ প্রত্যাখ্যান করেছিল। কিন্তু অরিজিৎ হাল ছাড়ার পাত্র ছিল না। সে অনন্যার প্রতি এক ধরনের ঈর্ষা অনুভব করত, কারণ অনন্যা তাকে ছেড়ে রুদ্রকে বেছে নিয়েছিল (যদিও তখনো রুদ্রের সাথে অনন্যার সম্পর্ক এতটাই দৃঢ় ছিল না)। অরিজিৎ অনন্যার কাছ থেকে প্রত্যাখ্যান পাওয়ার পর থেকেই তার ওপর নজর রাখছিল। সে অনন্যার প্রতিটি পদক্ষেপ লক্ষ্য করছিল, তার কাজের বিবরণ, তার অফিসের সময়সূচী। তার মনে এক ধরনের প্রতিশোধের স্পৃহা ছিল।

অরিজিৎ জানত অনন্যা কলকাতা গিয়েছিল। সে অনন্যার অফিসের কিছু সহকর্মীর সাথে বন্ধুত্বপূর্ণ সম্পর্ক তৈরি করেছিল, যারা পরোক্ষভাবে তাকে অনন্যার ব্যক্তিগত জীবন সম্পর্কে তথ্য দিত। অরিজিৎ অনন্যার আচরণে পরিবর্তন লক্ষ্য করেছিল। তার মুখে নতুন আনন্দ, তার চোখে এক নতুন দীপ্তি। সে সন্দেহ করতে শুরু করল, অনন্যার জীবনে হয়তো নতুন কেউ এসেছে। অরিজিৎ অনন্যার সোশ্যাল মিডিয়া প্রোফাইলও নজর রাখছিল, যদিও অনন্যা সেখানে রুদ্রের সাথে তার কোনো ছবি পোস্ট করেনি।

অরিজিৎ রুদ্রকে চিনত, কারণ রুদ্রের ফটোগ্রাফি প্রদর্শনী কলকাতায় বেশ পরিচিতি লাভ করেছিল (দ্বাদশ অধ্যায়ে রুদ্রের 'ছায়ার গল্প' প্রজেক্টের কথা)। অরিজিৎ রুদ্রের কাজগুলো দেখত, এবং রুদ্রের ছবিগুলোতে অনন্যার ছায়া দেখতে পেত। রুদ্রের 'ছায়ার গল্প' সিরিজের কিছু ছবি ছিল, যেখানে অনন্যার অবয়ব বা তার প্রতীকী উপস্থিতি ছিল। অরিজিৎ এই সব কিছু মিলিয়ে একটা সিদ্ধান্তে পৌঁছাল—অনন্যা রুদ্রের সাথেই আবার সম্পর্কে জড়িয়েছে। তার মনে প্রতিশোধের আগুন জ্বলে উঠল। সে অনন্যাকে শুধু ব্যক্তিগতভাবে নয়, পেশাগতভাবেও আঘাত করতে চাইল।

অরিজিৎ অফিসের কিছু কলিগদের সাথে পরোক্ষভাবে রুদ্র আর অনন্যার সম্পর্কের কথা আলোচনা করতে শুরু করল। সে এমনভাবে কথা বলত, যেন সে কিছু জানে না, শুধু অনুমান করছে। "শুনলাম অনন্যা নাকি কলকাতা গিয়ে কোনো এক শিল্পীর সাথে সম্পর্ক তৈরি করেছে?" অথবা "ওর মুখে যে হাসি, তাতে মনে হয় ওর জীবনে নতুন কিছু এসেছে।" প্রথমে এই কথাগুলো গুজব হিসেবে ছড়িয়ে পড়ল, তারপর ধীরে ধীরে অফিসের প্রায় সবাই জেনে গেল।

অনন্যা প্রথম দিকে কিছু বুঝতে পারল না। কিন্তু ধীরে ধীরে সে অফিসের পরিবেশে এক ধরনের পরিবর্তন লক্ষ্য করতে শুরু করল। তার সহকর্মীরা তার দিকে অদ্ভুতভাবে তাকাতে লাগল, কেউ কেউ ফিসফিস করে কথা বলছিল, আবার কেউ কেউ তার থেকে দূরত্ব বজায় রাখছিল। অনন্যা যখন ক্যান্টিনে যেত, তখন দেখত তার চারপাশে এক ধরনের নীরবতা নেমে

আসত। আগে যেখানে সবাই তার সাথে হাসিমুখে কথা বলত, এখন সেখানে এক ধরনের অস্বস্তি।

প্রথম দিকে অনন্যা ভেবেছিল, হয়তো এটা নতুন প্রজেক্টের চাপের কারণে। কিন্তু ধীরে ধীরে সে বুঝতে পারল, এটা ব্যক্তিগত কিছু। তার টিমের কিছু সদস্য, যারা আগে তার খুবই ঘনিষ্ঠ ছিল, এখন তার সাথে দূরত্ব বজায় রাখছিল। এমনকি তার কিছু মহিলা সহকর্মী, যারা আগে তার সাথে ব্যক্তিগত বিষয় নিয়ে আলোচনা করত, এখন তারা তাকে এড়িয়ে যাচ্ছিল। অনন্যার মনে এক ধরনের উদ্বেগ দানা বাঁধতে শুরু করল।

একদিন অনন্যা তার পুরনো বন্ধু ও সহকর্মী রেবার সাথে কথা বলতে গেল। রেবা অনন্যার খুব ভালো বন্ধু ছিল, আর সে অনন্যার সব কথা জানত, এমনকি রুদ্রের কথাও (যদিও অনন্যা তাকে খুব বেশি বিস্তারিত বলেনি)। অনন্যা রেবার সাথে কথা বলতে গিয়ে দেখল, রেবাও কেমন যেন বিচলিত। "কী হয়েছে, রেবা? সবাই এমন ব্যবহার করছে কেন?" অনন্যা জিজ্ঞেস করল। রেবা ইতস্তত করল। "আসলে অনন্যা... অফিসে কিছু কথা রটেছে।" "কী কথা?" অনন্যার বুক ধড়ফড় করে উঠল। "তোমার... তোমার ব্যক্তিগত জীবন নিয়ে," রেবা ফিসফিস করে বলল। "রুদ্রের সাথে তোমার সম্পর্কের কথা।" অনন্যা স্তম্ভিত হয়ে গেল। "কী বলছিস! কিভাবে জানল সবাই?" "মনে হয় কেউ একজন ছড়িয়েছে," রেবা বলল। "অনেকে বলছে তুমি নাকি একজন সাধারণ ফটোগ্রাফারের সাথে সম্পর্কে জড়িয়েছ, যে তোমার যোগ্য

নয়। আর তোমার এই সম্পর্ক নাকি তোমার প্রফেশনাল ইমেজ নষ্ট করছে।" অনন্যা রেবার কথা শুনে হতবাক হয়ে গেল। তার মুখটা ফ্যাকাসে হয়ে গেল। তার ব্যক্তিগত জীবন অফিসের আলোচনায় এসেছে! সে ভাবতেও পারেনি এমনটা হতে পারে। তার মনের সব ভয়গুলো যেন এক মুহূর্তেই সত্যি হয়ে গেল।

রেবার সাথে কথা বলার পর অনন্যার মনটা আরও বেশি অস্থির হয়ে উঠল। সে রুদ্রকে ফোন করে সব কথা বলতে চাইল, কিন্তু সে জানত না কিভাবে শুরু করবে। তার হাতে রুদ্রের দেওয়া রিংটা ছিল (ত্রয়োবিংশ অধ্যায়ে উল্লিখিত), সেই রিংটা যেন তার আঙুলে এক ধরনের তাপ সৃষ্টি করছিল। সে জানত, এইবার তাদের ভালোবাসা এক নতুন পরীক্ষার মুখে পড়েছে।

পরের দিন সকালে অনন্যার বস, মিসেস দেশমুখ, তাকে ডেকে পাঠালেন। মিসেস দেশমুখ একজন কঠোর এবং পেশাদারী মহিলা ছিলেন, যিনি কর্পোরেট সাফল্যের প্রতীক ছিলেন। অনন্যা ভয়ে ভয়ে তার কেবিনে প্রবেশ করল। "বসুন, অনন্যা," মিসেস দেশমুখ বললেন, তার কণ্ঠে এক ধরনের শীতলতা। "আপনার সাথে কিছু কথা বলার আছে।" অনন্যা বসল। তার বুক ধড়ফড় করছিল। সে জানত, কী নিয়ে কথা হবে। "অনন্যা, আপনি আমার একজন সেরা কর্মী," মিসেস দেশমুখ শুরু করলেন। "আপনার নতুন প্রজেক্টে আপনার পারফরম্যান্স অসাধারণ। আপনার নেতৃত্ব দেওয়ার গুণাবলী অতুলনীয়। কিন্তু..." মিসেস দেশমুখ

কিছুক্ষণ থামলেন। অনন্যার মনে হলো যেন সময়টা থমকে গেছে। "কিন্তু কিছু গুজব আমার কানে এসেছে, অনন্যা," মিসেস দেশমুখ বললেন। "আপনার ব্যক্তিগত জীবন নিয়ে। আমি জানি, ব্যক্তিগত জীবন একান্তই ব্যক্তিগত ব্যাপার। কিন্তু যখন তা আপনার পেশাদারী জীবনে প্রভাব ফেলে, তখন তা আর ব্যক্তিগত থাকে না।"

অনন্যা চুপ করে রইল। তার চোখ নামানো ছিল। তার কানে তখনো মিসেস দেশমুখের কথাগুলো প্রতিধ্বনিত হচ্ছিল: 'আপনার ব্যক্তিগত জীবন... আপনার পেশাদারী জীবনে প্রভাব ফেলে।' "আমি শুনেছি, আপনি নাকি কলকাতার একজন ফটোগ্রাফারের সাথে সম্পর্কে জড়িয়েছেন," মিসেস দেশমুখ সরাসরি বললেন। "এবং আপনার অফিস সহকর্মীরা এই বিষয়ে আলোচনা করছে।" অনন্যার মনে এক তীব্র রাগ। কিভাবে তারা এসব কথা জানতে পারল? কে এই গুজব ছড়িয়েছে? তার মনে অরিজিতের মুখটা ভেসে উঠল।

"অনন্যা, আমি আপনাকে সতর্ক করছি," মিসেস দেশমুখ বললেন। তার কণ্ঠস্বর ছিল দৃঢ়। "আমাদের কোম্পানি একজন দক্ষ এবং পেশাদার কর্মীকে মূল্য দেয়। আমরা চাই না আমাদের কর্মীরা কোনো বিতর্কিত ব্যক্তিগত জীবনে জড়িয়ে পড়ুক, যা কোম্পানির ইমেজের ওপর প্রভাব ফেলে।" "কিন্তু ম্যাম," অনন্যা বলার চেষ্টা করল। "আমার সম্পর্ক আমার কাজকে প্রভাবিত করছে না।" "আমি জানি, অনন্যা। কিন্তু অফিসের পরিবেশ গুরুত্বপূর্ণ," মিসেস দেশমুখ বললেন। "আপনার সহকর্মীরা আপনাকে নিয়ে আলোচনা করছে, যা

আপনার নেতৃত্বের ওপর প্রভাব ফেলতে পারে। আপনি একজন উচ্চ পদে আছেন, আপনার দায়িত্ব অনেক বেশি।"

"আমি বুঝতে পারছি, ম্যাম," অনন্যা বলল। তার কণ্ঠে এক ধরনের হতাশা। "আমি চাই আপনি এই বিষয়গুলো নিয়ে সতর্ক থাকুন, অনন্যা," মিসেস দেশমুখ বললেন। "আমি চাই আপনি আপনার ব্যক্তিগত জীবন এবং পেশাদারী জীবনকে আলাদা রাখুন। কোনো ব্যক্তিগত সম্পর্ক যেন আপনার কাজকে প্রভাবিত না করে। এটা আপনার ক্যারিয়ারের জন্য গুরুত্বপূর্ণ।" মিসেস দেশমুখের কথাগুলো অনন্যার কাছে এক ধরনের হুমকি মনে হলো। তার মনে হলো, যদি সে রুদ্রের সাথে সম্পর্ক রাখে, তাহলে তার ক্যারিয়ার হুমকির মুখে পড়বে। তার মনে চতুর্বিংশ অধ্যায়ের সেই ভয়টা ফিরে এল—'সমাজ, পরিবার, ক্যারিয়ার—সব একসঙ্গে সম্ভব তো?'

"আপনি এখন যেতে পারেন, অনন্যা," মিসেস দেশমুখ বললেন। অনন্যা উঠে দাঁড়াল। তার পা কাঁপছিল। সে কেবিন থেকে বেরিয়ে এল। তার মনে হলো যেন তার সমস্ত শক্তি নিঃশেষ হয়ে গেছে। তার স্বপ্নের ক্যারিয়ার, যা সে এতদিনের পরিশ্রমে তৈরি করেছে, আজ এক অপ্রত্যাশিত সংকটের মুখে।

মিসেস দেশমুখের কেবিন থেকে বেরিয়ে অনন্যা সরাসরি তার ডেস্কের দিকে হেঁটে গেল। তার মনে তখন এক তীব্র ঝড়। তার বুক ধড়ফড় করছিল, তার মাথায় যেন আগুন জ্বলছিল। সে নিজের চেয়ারে গিয়ে বসে পড়ল, কিন্তু তার মনে কাজ

করার মতো কোনো শক্তি ছিল না। তার সামনে কম্পিউটার স্ক্রিন, ফাইল—সবকিছু অর্থহীন মনে হচ্ছিল।

তার মনে বারবার মিসেস দেশমুখের কথাগুলো প্রতিধ্বনিত হচ্ছিল: 'আপনার ব্যক্তিগত জীবন... আপনার পেশাদারী জীবনে প্রভাব ফেলে।' 'আপনার ক্যারিয়ারের জন্য গুরুত্বপূর্ণ।' অনন্যা তার নিজের হাতে পরা রিংটার দিকে তাকাল। এই রিংটা রুদ্রের ভালোবাসা আর প্রতিজ্ঞার প্রতীক। কিন্তু এই রিংটা কি তার ক্যারিয়ারের জন্য হুমকি হয়ে দাঁড়াচ্ছে?

অনন্যার মনে এক তীব্র সংঘাত শুরু হলো—তার **ক্যারিয়ার** বনাম **ভালোবাসা**। সে তার ক্যারিয়ারকে খুব ভালোবাসত। এটা তার পরিচয় ছিল, তার স্বাধীনতা ছিল। কিন্তু সে রুদ্রকেও খুব ভালোবাসত। রুদ্রের ভালোবাসা তাকে সম্পূর্ণতা দিয়েছিল, তাকে নতুনভাবে বাঁচতে শিখিয়েছিল। সে কি রুদ্রকে ছেড়ে দেবে তার ক্যারিয়ারের জন্য? নাকি ক্যারিয়ার বিসর্জন দেবে রুদ্রের জন্য? এই প্রশ্নটা তাকে পাগল করে তুলছিল।

সে তার বান্ধবী সায়নীকে ফোন করল। সায়নী সব কথা শুনে স্তম্ভিত হয়ে গেল। "কী বলছিস অনন্যা! এটা কিভাবে সম্ভব? কে এই সব ছড়িয়েছে?" "আমার মনে হয় অরিজিৎ," অনন্যা বলল। তার কণ্ঠে তীব্র রাগ। "ও-ই একমাত্র ব্যক্তি যে আমাদের সম্পর্কটা নিয়ে ঈর্ষা করে।" "কিন্তু এখন কী করবি?" সায়নী জিজ্ঞেস করল। অনন্যা দীর্ঘশ্বাস ফেলল। "আমি জানি না, সায়নী। আমার মনে হচ্ছে, আমি এক কঠিন

জালে আটকে গেছি। আমি রুদ্রকে হারাতে চাই না, কিন্তু আমি আমার ক্যারিয়ারও বিসর্জন দিতে চাই না।"

সায়নী অনন্যাকে সান্ত্বনা দেওয়ার চেষ্টা করল। "তুই শান্ত হ, অনন্যা। রুদ্রকে সব কথা বল। ও তোকে বুঝবে।" অনন্যা ফোনটা রেখে দিল। সে জানত রুদ্রকে জানাতে হবে। কিন্তু কীভাবে শুরু করবে? রুদ্রের সাথে তার সম্পর্ক মাত্রই নতুন করে মজবুত হয়েছে। তারা অতীতের সব ভুল বোঝাবুঝি কাটিয়ে নতুন করে শুরু করেছিল। এইবার কি তাদের ভালোবাসা বাস্তবতার কাছে হেরে যাবে?

রুদ্র সেদিন সন্ধ্যায় অনন্যার কাছ থেকে ফোন পেল। অনন্যার কণ্ঠস্বর ছিল বিষণ্ণ, তার চোখে জল। অনন্যা সব কথা বলল—অফিসের গুজব, সহকর্মীদের আচরণ, আর মিসেস দেশমুখের কড়া বার্তা।

রুদ্র মনোযোগ দিয়ে শুনছিল। তার মনে এক তীব্র উদ্বেগ দানা বাঁধল। সে জানত, মুম্বাইয়ের কর্পোরেট জগত কতটা কঠিন, কতটা নিষ্ঠুর। তার মনে হলো, তার ভালোবাসার কারণে অনন্যাকে এমন পরিস্থিতিতে পড়তে হচ্ছে, এটা রুদ্রের কাছে খুবই কষ্টদায়ক ছিল। সে নিজেকে অসহায় মনে করল, কারণ সে অনন্যার পাশে নেই, তাকে সান্ত্বনা দিতে পারছে না, তাকে এই চাপ থেকে মুক্তি দিতে পারছে না।

"অনন্যা, তুমি শান্ত হও," রুদ্র বলল। তার কণ্ঠে এক ধরনের উদ্বেগ। "আমি বুঝতে পারছি তোমার কষ্টটা। কিন্তু তুমি ভেবো না। আমরা একসাথে এই চ্যালেঞ্জ মোকাবেলা করব।"
"আমি জানি না কিভাবে করব, রুদ্র," অনন্যা বলল। "আমার

মনে হচ্ছে, আমি এক কঠিন পরীক্ষার মুখে। আমি আমার ক্যারিয়ার হারাতে চাই না, রুদ্র। এটা আমার সব।" "আমি জানি, অনন্যা। আমি চাই না তুমি তোমার ক্যারিয়ার বিসর্জন দাও," রুদ্র বলল। তার মনে অরিজিতের প্রতি এক তীব্র রাগ। সে জানত, অরিজিৎই এই সব কিছু করেছে। "আমরা একসাথে একটা পথ খুঁজব, অনন্যা। তুমি একা নও।" "যদি ওরা আমাকে কাজ থেকে বের করে দেয়?" অনন্যার কণ্ঠে ভয়। "ওরা পারবে না, অনন্যা," রুদ্র দৃঢ়ভাবে বলল। "তোমার কাজ অসাধারণ। তুমি কাউকে ভয় পেও না। আমি তোমার পাশে থাকব। যত কঠিন পরিস্থিতিই আসুক না কেন।"

কিন্তু রুদ্রের মনে তখন এক তীব্র অস্থিরতা। সে জানত, অনন্যার ওপর চাপটা কতটা বেশি। তার মনে হলো, ভালোবাসার জন্য অনন্যাকে এত কষ্ট পেতে হচ্ছে, এটা রুদ্রের কাছে অসহনীয়। তার 'ছায়ার গল্প' প্রজেক্টটা তাকে শিখিয়েছিল যে, একজন শিল্পী তার শিল্পকে ভালোবাসার জন্য কতটা ত্যাগ করতে পারে। সে অনন্যাকে সেই ত্যাগ করতে দিতে চায়নি। কিন্তু কর্পোরেট জগতের নিয়ম ভিন্ন ছিল।

রুদ্র তার ডায়েরি খুলল। তার মনে তখনো অনন্যার বিষণ্ণ মুখটা ভাসছিল। সে লিখল:

প্রিয় ডায়েরি,

আজ অনন্যার কাছ থেকে একটা খুব খারাপ খবর পেলাম। আমাদের সম্পর্কটা অফিসের সবাই জেনে গেছে। অরিজিৎ

এই সব কিছু করেছে। অনন্যার ওপর খুব চাপ আসছে, ডায়েরি। ওর বস ওকে সতর্ক করেছে। ওর ক্যারিয়ার এখন হুমকির মুখে।

আমার খুব কষ্ট হচ্ছে, ডায়েরি। আমার ভালোবাসার জন্য অনন্যাকে এত কষ্ট পেতে হচ্ছে, এটা আমার কাছে অসহনীয়। আমি নিজেকে খুব অসহায় মনে করছি, কারণ আমি ওর পাশে নেই। আমি ওকে সান্ত্বনা দিতে পারছি না, ওকে এই চাপ থেকে মুক্তি দিতে পারছি না।

আমি জানি না এই পথটা কতটা কঠিন হবে, ডায়েরি। অনন্যা তার ক্যারিয়ারকে খুব ভালোবাসে। এটা ওর পরিচয়। আমি চাই না ও তার ক্যারিয়ার বিসর্জন দিক। আমি ওকে কোনো কিছুর জন্য চাপ দেব না। আমরা একসাথে লড়াই করব, ডায়েরি। আমরা এই চ্যালেঞ্জ মোকাবেলা করব।

আমার মনে হয়, আমাদের ভালোবাসার পরীক্ষা মাত্র শুরু হলো। এইবার বাস্তবতার মুখোমুখি হতে হবে। সমাজের প্রত্যাশা, পরিবারের চাপ, ক্যারিয়ারের দ্বন্দ্ব—সবকিছুই আমাদের ভালোবাসাকে পরীক্ষা করবে। কিন্তু আমি বিশ্বাস করি, আমাদের ভালোবাসা শক্তিশালী। এটা সব বাধা পেরিয়ে যাবে। আমি অনন্যার পাশে থাকব, ডায়েরি। যত কঠিন পরিস্থিতিই আসুক না কেন।

আমি ওকে খুব ভালোবাসি, ডায়েরি। আমি ওকে হারাতে চাই না।

রুদ্র

আলোর নিচে এক পলক

সেই রাতে অনন্যা তার ডায়েরিটা খুলল। তার মনে তখন এক গভীর শূন্যতা। রুদ্রের সাথে কথা বলার পর সে কিছুটা স্বস্তি পেলেও, তার মনে সেই ভয়গুলো রয়ে গিয়েছিল। তার ক্যারিয়ার, তার ভবিষ্যৎ—সবকিছুই যেন অনিশ্চিত মনে হচ্ছিল।

প্রিয় রুদ্র (আমার জীবনের চ্যালেঞ্জ),

আমাদের সম্পর্কটা অফিসের সবাই জেনে গেছে, রুদ্র। অরিজিৎ এই সব কিছু করেছে। আমার বস আমাকে ডেকে সতর্ক করেছেন। আমার ক্যারিয়ার এখন হুমকির মুখে, রুদ্র। আমার মনে হচ্ছে, আমি এক কঠিন পরীক্ষার মুখে দাঁড়িয়ে আছি।

আমি তোমাকে ভালোবাসি, রুদ্র। আমি তোমার সাথে থাকতে চাই। কিন্তু আমার ক্যারিয়ার আমার কাছে খুব গুরুত্বপূর্ণ। এটা আমার পরিচয়। আমি জানি না আমি কি আমার ক্যারিয়ার বিসর্জন দিতে পারব তোমার জন্য? নাকি তোমাকে হারাতে হবে আমার ক্যারিয়ারের জন্য? এই প্রশ্নটা আমাকে পাগল করে তুলছে।

আমার মনে সেই পুরোনো ভয়টা ফিরে এসেছে, রুদ্র। চতুর্বিংশ অধ্যায়ে আমি তোমাকে আমার এই ভয়ের কথা বলেছিলাম—সমাজ, পরিবার, ক্যারিয়ার—সব একসঙ্গে সম্ভব তো? আজ মনে হচ্ছে, আমার ভয়টা সত্যি হয়ে গেল।

আমার মনে হচ্ছে, এইবার আমাদের ভালোবাসা বাস্তবতার মুখোমুখি হয়েছে। সমাজের প্রত্যাশা, অফিসের চাপ—

সবকিছুই আমাদের সম্পর্ককে পরীক্ষা করছে। আমি জানি না, আমরা কি এই সব বাধা অতিক্রম করতে পারব? আমি কি যথেষ্ট শক্তিশালী?

তুমি আমাকে সাহস দিয়েছ, রুদ্র। তুমি আমার পাশে থাকতে চেয়েছ। আমি তোমার প্রতি কৃতজ্ঞ। কিন্তু এই চাপটা খুব বেশি, রুদ্র। আমি জানি না কিভাবে সামলাব। আমার খুব কষ্ট হচ্ছে, ডায়েরি।

আমার মনে হয়, আমাদের ভালোবাসার গল্পের সবচেয়ে কঠিন অধ্যায় মাত্র শুরু হলো। আমি জানি না, এই 'ভাঙা কাঁচ'টা আবার নতুন করে ভাঙবে কিনা। আমি শুধু তোমার পাশে থাকতে চাই, রুদ্র। কিন্তু কিভাবে?

ইতি,
তোমার অনন্যা
(যে এখন বাস্তবতার মুখোমুখি)

পরের দিন সকালে অনন্যা অফিসে গেল এক নতুন মানসিক চাপ নিয়ে। তার চারপাশে সেই ফিসফাস, সেই বদলে যাওয়া চোখ। তার মনে হলো যেন সবাই তাকে বিচার করছে। এই 'সম্পর্কের বাইরে'র চাপটা তার জীবনকে এক নতুন অনিশ্চয়তার মুখে ঠেলে দিল। অনন্যার জীবনে এক নতুন লড়াই শুরু হলো, যেখানে তাকে তার ব্যক্তিগত সুখ এবং পেশাদারী সাফল্যের মধ্যে ভারসাম্য খুঁজে নিতে হবে, অথবা যেকোনো একটিকে বিসর্জন দিতে হবে। এই বাস্তবতার মুখোমুখি হওয়াটা তাদের ভালোবাসার জন্য এক কঠিন

পরীক্ষা ছিল, যা তাদের সম্পর্ককে এক নতুন দিকে নিয়ে যাবে।

Ch. 27: পরিবার এবং সমাজ

পঞ্চবিংশ অধ্যায়ের সেই এক সপ্তাহ অনন্যা আর রুদ্রের জীবনে এক স্বপ্নের মতো ছিল। হিমাচলের পাহাড়ি পথে তাদের সেই 'কাকতালীয় দেখা' (বিংশ অধ্যায়), রাতভর 'গল্প বলা রাত' (একবিংশ অধ্যায়) এবং তারপর রুদ্রের প্রেমের স্বীকারোক্তি (ত্রয়োবিংশ অধ্যায়)—সবকিছু মিলে তাদের সম্পর্ককে ভালোবাসার এক নতুন স্তরে নিয়ে গিয়েছিল। সেই সপ্তাহে তাদের প্রথম শারীরিক ঘনিষ্ঠতা তাদের হৃদয়কে এক আত্মিক বন্ধনে আবদ্ধ করেছিল, যেখানে বিশ্বাস আর বোঝাপড়াই ছিল ভালোবাসার মূল ভিত্তি। 'ভাঙা কাঁচ' জোড়া লেগেছিল 'নরম আলো'-য়, আর তাদের সম্পর্ক হয়ে উঠেছিল আরও পরিপক্ক, শক্তিশালী। তারা দুজনেই ভবিষ্যৎ নিয়ে এক নতুন প্রত্যয়ে আবদ্ধ হয়েছিল যে তারা ধীরগতিতে সম্পর্ক গড়বে এবং 'এখন বাঁচবে' (দ্বাবিংশ অধ্যায়), কারণ তাদের ভালোবাসা সব বাধা পেরিয়ে যেতে পারবে—এই বিশ্বাস তাদের মনে ছিল। কিন্তু ভালোবাসার পথ সব সময় মসৃণ হয় না। ষষ্ঠবিংশ অধ্যায়ে অনন্যার কর্পোরেট জীবনে তাদের সম্পর্কের খবর জানাজানি হয়ে যাওয়ায় তার ওপর যে তীব্র চাপ সৃষ্টি হয়েছিল, তা ছিল তাদের ভালোবাসার প্রথম কষাঘাত। এবার রুদ্রের ব্যক্তিগত জীবনে এক নতুন বাস্তবতা

এসে উপস্থিত হলো, যা তাদের সম্পর্কের ভিত্তি আরও একবার নড়িয়ে দিল।

ষষ্ঠবিংশ অধ্যায়ের পর অনন্যা যখন মুম্বাইয়ে তার অফিসের চাপ সামলাতে ব্যস্ত ছিল, তখন রুদ্র কলকাতায় তার 'ছায়ার গল্প' প্রজেক্ট নিয়ে ডুবে ছিল। তার ছবিগুলো বেশ প্রশংসা পাচ্ছিল, কিন্তু তার মনে অনন্যার জন্য এক ধরনের উদ্বেগ ছিল। অনন্যা তাকে অফিসের সব কথা জানিয়েছিল, তার ওপর আসা চাপ আর মিসেস দেশমুখের কড়া বার্তা। রুদ্র অনন্যাকে সাহস জুগিয়েছিল, তার পাশে থাকার প্রতিশ্রুতি দিয়েছিল। কিন্তু তাদের দুজনের জীবনে যে নতুন চ্যালেঞ্জের শুরু, তা তারা তখনো fully বুঝতে পারেনি।

একদিন রুদ্রের বাড়িতে এক অপ্রত্যাশিত ঘটনা ঘটল। রুদ্রের মা, যিনি বেশ কিছুদিন ধরে অসুস্থ ছিলেন (ত্রয়োবিংশ অধ্যায়ে রুদ্র অনন্যাকে বলেছিল তার মা অসুস্থ), হঠাৎ করেই বেশি অসুস্থ হয়ে পড়লেন। রুদ্র তখন তার স্টুডিওতে কাজ করছিল, হঠাৎ তার মামার কাছ থেকে ফোন এল। "রুদ্র, তাড়াতাড়ি বাড়ি আয়। তোর মা খুব অসুস্থ হয়ে পড়েছেন। ডাক্তার ডেকেছি।"

রুদ্র মুহূর্তেই তার স্টুডিও থেকে বেরিয়ে এল। তার বুক ধড়ফড় করছিল। সে দ্রুত হাসপাতালে পৌঁছাল। তার মা তখন ইমারজেন্সিতে ছিলেন। ডাক্তাররা তার শারীরিক অবস্থা পরীক্ষা করছিলেন। রুদ্রের চোখে মুখে এক ধরনের আতঙ্ক। তার মনে হলো, তার পৃথিবীর সবচেয়ে প্রিয় মানুষটি হয়তো তাকে ছেড়ে চলে যাচ্ছে। সে তার মায়ের পাশে বসে তার

হাত ধরল। মায়ের মুখটা ছিল ফ্যাকাসে, তার নিশ্বাস পড়ছিল খুব ধীরগতিতে।

কিছুক্ষণ পর ডাক্তার বেরিয়ে এলেন। "আমরা মিসেস সেনগুপ্তকে stabilise করতে পেরেছি, রুদ্র," ডাক্তার বললেন। "তবে তার অবস্থা খুব একটা ভালো নয়। উনার হার্টের সমস্যাটা বেড়ে গেছে। উনাকে এখন ICU-তে রাখতে হবে, এবং কড়া পর্যবেক্ষণে রাখতে হবে।" রুদ্রের মনে হলো যেন তার পায়ের তলা থেকে মাটি সরে যাচ্ছে। ICU? তার মা এত অসুস্থ? তার চোখে জল এসে গেল। তার মামা, কাকা, পিসিরাও হাসপাতালে এসে উপস্থিত হলেন। সবাই রুদ্রকে সান্ত্বনা দিচ্ছিলেন, কিন্তু রুদ্রের মনটা তখন শুধু মায়ের জন্য কাঁদছিল।

পরের কয়েকটা দিন রুদ্রের জন্য ছিল দুঃস্বপ্নের মতো। সে দিন-রাত হাসপাতালে তার মায়ের পাশে থাকত। তার ফটোগ্রাফি, তার প্রজেক্ট—সবকিছু তার কাছে তখন অর্থহীন মনে হচ্ছিল। তার মনে শুধু একটাই চিন্তা—তার মা যেন সুস্থ হয়ে ওঠেন। রুদ্রের মায়ের অবস্থা এতটাই গুরুতর ছিল যে, রুদ্র কোনো কিছুতেই মনোযোগ দিতে পারছিল না। তার মনে হলো, তার জীবনটা যেন এক অন্ধকার সুড়ঙ্গের মধ্য দিয়ে যাচ্ছে।

রুদ্রের মা যখন ICU থেকে সাধারণ কেবিনে স্থানান্তরিত হলেন, তখন তার শারীরিক অবস্থার কিছুটা উন্নতি হলো। তিনি দুর্বল ছিলেন, কিন্তু কথা বলতে পারছিলেন। রুদ্রের মনে কিছুটা হলেও স্বস্তি এল। কিন্তু তার স্বস্তি বেশি দিন

টিকল না। রুদ্রের পরিবারের অন্য সদস্যরা, বিশেষ করে তার মামা-মামি আর পিসিরা, রুদ্রের মায়ের এই অসুস্থতাকে কেন্দ্র করে রুদ্রের ওপর বিয়ের জন্য চাপ দিতে শুরু করলেন।

রুদ্রের পরিবার খুবই ঐতিহ্যবাহী ছিল। তাদের কাছে পরিবারের ধারাবাহিকতা, বিয়ে এবং সন্তান ছিল অত্যন্ত গুরুত্বপূর্ণ। রুদ্রের বয়স ত্রিশের কাছাকাছি, এবং তারা দীর্ঘদিন ধরেই রুদ্রকে বিয়ের জন্য চাপ দিচ্ছিল। রুদ্র সবসময়ই তার ফটোগ্রাফির অজুহাত দিয়ে এড়িয়ে যেত। কিন্তু এবার তার মায়ের অসুস্থতা তাদের কাছে এক নতুন অজুহাত এনে দিল।

একদিন রুদ্র যখন তার মায়ের পাশে বসেছিল, তখন তার মামা আর মামি তার সাথে কথা বলতে এলেন। "রুদ্র, তোর মায়ের অবস্থা ভালো নয়," মামা বললেন। তার কণ্ঠে এক ধরনের উদ্বেগ। "তিনি হয়তো বেশি দিন বাঁচবেন না। তোর উচিত এই মুহূর্তে বিয়েটা সেরে ফেলা।" রুদ্র অবাক হয়ে তার মামার দিকে তাকাল। "কী বলছো, মামা? মা সুস্থ হয়ে উঠছেন।" "সুস্থ হলেও, বাবা, বয়স তো হয়েছে," মামি বললেন। "আমাদের উচিত তোর মাকে খুশি করা। তার শেষ ইচ্ছাটা পূরণ করা। তিনি চান তুই সংসারী হ।" রুদ্র জানত, তার মা তাকে সংসারী দেখতে চান। তিনি প্রায়শই রুদ্রকে বিয়ের কথা বলতেন। কিন্তু এই মুহূর্তে তার অসুস্থতাকে কেন্দ্র করে এই চাপ রুদ্রের কাছে অসংবেদনশীল মনে হলো। "আমি এখন এসব ভাবতে পারছি না, মামা," রুদ্র বলল। "আমি শুধু মায়ের সুস্থতা চাই।" "আমরা বুঝতে পারছি তোর

কষ্ট," মামা বললেন। "কিন্তু এটা তোর মায়ের জন্য ভালো হবে। তিনি যদি দেখেন তুই সংসারী হয়েছিস, তাহলে তিনি নিশ্চিন্তে চোখ বুঝবেন।" এই কথাগুলো রুদ্রকে তীব্র আঘাত করল। তার মনে হলো যেন তারা রুদ্রের মায়ের অসুস্থতাকে ব্যবহার করে নিজেদের উদ্দেশ্য হাসিল করতে চাইছে।

পরের কয়েক দিন রুদ্রের বাড়িতে আত্মীয়-স্বজনের ভিড় লেগে থাকত। সবাই রুদ্রকে বিয়ের জন্য চাপ দিচ্ছিল। তার কাকিমা, পিসি, এমনকি তার ঠাকুরমাও। "তোর মায়ের শরীরটা দিন দিন খারাপ হচ্ছে, রুদ্র। তার শেষ ইচ্ছাটা পূরণ কর। একটা ভালো মেয়ে দেখে বিয়ে করে ফেল। অন্তত একটা পুত্রবধূ এনে দে, যে তোর মায়ের সেবা করতে পারবে।"

রুদ্রের মনে তখন এক তীব্র যন্ত্রণা। তার ভালোবাসার মানুষ অনন্যা মুম্বাইয়ে, তার ক্যারিয়ার নিয়ে কঠিন লড়াই করছে (ষষ্ঠবিংশ অধ্যায়ে অফিসের চাপ)। আর এখানে তার পরিবারের সদস্যরা তাকে বিয়ের জন্য চাপ দিচ্ছে, তাদের পছন্দ মতো একটি মেয়ে খুঁজে বের করার কথা বলছে। রুদ্র জানত, অনন্যাকে এই পরিস্থিতিতে তার পরিবার সহজে মেনে নেবে না। রুদ্রের পরিবার অনন্যার কর্পোরেট জীবন, তার স্বাধীনচেতা মনোভাব, এবং তাদের ভিন্ন সামাজিক প্রেক্ষাপটকে হয়তো সহজে গ্রহণ করবে না। রুদ্রের কাছে তার মায়ের অসুস্থতা একদিকে ছিল চরম দুশ্চিন্তার কারণ, অন্যদিকে পরিবারের এই অবিরাম চাপ তাকে আরও বেশি হতাশ করছিল।

রুদ্রের মা নিজেও রুদ্রকে প্রায়শই বিয়ের কথা বলতেন, যখন তিনি সুস্থ ছিলেন। এখন তিনি বিছানায় শুয়ে, দুর্বল কণ্ঠে রুদ্রকে বলতেন, "আমার ইচ্ছা, তুই সংসারী হ, রুদ্র। আমি মরার আগে তোর বিয়েটা দেখে যেতে চাই।" মায়ের এই কথাগুলো রুদ্রের বুকে যেন এক পাহাড়ের মতো চাপ সৃষ্টি করত। সে তার মাকে ভালোবাসত, তার ইচ্ছা পূরণ করতে চাইত, কিন্তু অনন্যাকে ছাড়া অন্য কাউকে বিয়ে করার কথা সে ভাবতেও পারত না। রুদ্রের মন তখন দুই ভাগে বিভক্ত হয়ে গিয়েছিল—একদিকে তার মায়ের শেষ ইচ্ছা, অন্যদিকে অনন্যার প্রতি তার অটুট ভালোবাসা। এই টানাপড়েন রুদ্রকে আরও বেশি অস্থির করে তুলল।

রুদ্র তার ডায়েরি খুলল। তার মনে তখন এক তীব্র সংঘাত। তার মায়ের অসুস্থতা, পরিবারের চাপ, আর অনন্যার প্রতি তার অটুট ভালোবাসা—সবকিছু মিলে তাকে এক কঠিন পরীক্ষার মুখে ঠেলে দিয়েছিল। সে লিখল:

প্রিয় ডায়েরি,

মা খুব অসুস্থ, ডায়েরি। ডাক্তার বলেছে তার হার্টের সমস্যাটা গুরুতর। আমি তাকে হারাতে চাই না, ডায়েরি। সে আমার সব। কিন্তু তার এই অসুস্থতা আমার জীবনে এক নতুন ঝড় নিয়ে এসেছে।

পরিবারের সবাই আমাকে বিয়ের জন্য চাপ দিচ্ছে, ডায়েরি। তারা বলছে, মায়ের শেষ ইচ্ছা পূরণ করতে। তারা চাইছে আমি একটা ভালো মেয়ে দেখে বিয়ে করে নিই, যাতে মা

শান্তি পান। আমার মনে হচ্ছে, আমি এক কঠিন জালে আটকে গেছি। আমি মাকে ভালোবাসি, তার ইচ্ছা পূরণ করতে চাই, কিন্তু অনন্যাকে ছাড়া অন্য কাউকে আমি বিয়ে করতে পারব না।

আমার মনে অনন্যার কথা বারবার ফিরে আসছে, ডায়েরি। সে মুম্বাইয়ে তার ক্যারিয়ার নিয়ে লড়াই করছে। তার ওপর অফিসের চাপ। আমি তাকে এই বিষয়ে কিছু জানাইনি। আমি চাই না সে আমার জন্য চিন্তিত হোক। কিন্তু আমার মনে হচ্ছে, আমি তাকে ঠকাচ্ছি। আমি জানি না, এই পরিস্থিতিটা আমি কীভাবে সামলাব।

আমার পরিবার অনন্যাকে সহজে মেনে নেবে না, ডায়েরি। তারা চায় তাদের পছন্দ মতো একটি মেয়ে, যে বাঙালি, যে আমাদের ঐতিহ্য মেনে চলবে। অনন্যা তো মুম্বাইয়ের কর্পোরেট মেয়ে। তার জীবনযাত্রা আমাদের থেকে ভিন্ন। আমি যদি অনন্যার কথা বলি, তাহলে তারা হয়তো মাকে আরও বেশি কষ্ট দেবে। আমি জানি না, আমি কী করব।

আমার মনে হচ্ছে, আমি একা হয়ে গেছি, ডায়েরি। একদিকে মায়ের জীবন, অন্যদিকে অনন্যার প্রতি আমার ভালোবাসা। আমি এক কঠিন পরীক্ষার মুখে। এই 'অনিশ্চয়তা' (চতুর্বিংশ অধ্যায়ে অনন্যার ভয়) এখন আমার জীবনেও ফিরে এসেছে। সমাজ, পরিবার, ক্যারিয়ার—সবকিছুই আমাদের ভালোবাসাকে পরীক্ষা করছে।

আমি জানি না, এই পথটা কতটা কঠিন হবে, ডায়েরি। কিন্তু আমি অনন্যাকে হারাতে চাই না। আমি ওকে খুব ভালোবাসি।

আমি ওকে কথা দিয়েছিলাম যে আমরা একসাথে সব চ্যালেঞ্জ মোকাবেলা করব। কিন্তু এই চ্যালেঞ্জটা খুব বড়, ডায়েরি। আমার মনে হচ্ছে, আমি এই চাপ সহ্য করতে পারব না।

আমার মনটা আজ খুব খারাপ, ডায়েরি। আমার মনে হচ্ছে, আমি হেরে যাচ্ছি। আমি শুধু শান্তি চাই, ডায়েরি। অনন্যার সাথে শান্তি। কিন্তু সেই শান্তিটা এখন অনেক দূরে মনে হচ্ছে।

রুদ্র

রুদ্রের মনে তখন এক তীব্র সংঘাত। সে একদিকে তার মায়ের জীবন নিয়ে চিন্তিত, অন্যদিকে অনন্যাকে নিয়ে তার ভবিষ্যতের স্বপ্ন। সে বারবার অনন্যার মুখটা মনে করার চেষ্টা করছিল—সেই হাসি, সেই চোখ, সেই ভালোবাসা। কিন্তু তার পরিবারের চাপ তার ভালোবাসার পথকে আরও বেশি কঠিন করে তুলছিল। সে জানত না, এই পরিস্থিতিটা সে কীভাবে সামলাবে।

রুদ্র অনন্যাকে তার মায়ের অসুস্থতার কথা জানিয়েছিল, কিন্তু পরিবারের পক্ষ থেকে যে বিয়ের চাপ আসছিল, তা সে অনন্যাকে বিস্তারিত বলেনি। রুদ্র অনন্যাকে চিন্তিত করতে চায়নি, কারণ অনন্যা নিজেই অফিসের চাপ নিয়ে সংগ্রাম করছিল (ষষ্ঠবিংশ অধ্যায়)। কিন্তু অনন্যা রুদ্রের কণ্ঠস্বরে এক ধরনের উদ্বেগ আর চাপ অনুভব করতে পারছিল।

প্রতিদিন অনন্যা রুদ্রকে ফোন করত, তার মায়ের খবর নিত। রুদ্র সংক্ষেপে উত্তর দিত, "মা ভালো আছেন। তবে এখনও

দুর্বল।" কিন্তু তার কণ্ঠস্বর ছিল বিষণ্ণ, তার চোখে ছিল এক ধরনের চাপ। অনন্যা রুদ্রের এই পরিবর্তনটা লক্ষ্য করল। সে জানত, রুদ্র কিছু একটা লুকাচ্ছে।

একদিন অনন্যা তার বান্ধবী সায়নীকে রুদ্রের কথা বলল। "সায়নী, রুদ্র কেমন যেন মনমরা হয়ে আছে। ওর মা অসুস্থ, কিন্তু রুদ্রের কথায় মনে হচ্ছে আরও কিছু একটা হয়েছে।" সায়নী রুদ্রের খোঁজ নিতে গেল। সায়নী রুদ্রের কাছ থেকে সব কথা জানতে পারল—মায়ের গুরুতর অসুস্থতা, পরিবারের পক্ষ থেকে বিয়ের জন্য তীব্র চাপ, এবং রুদ্রের দ্বিধা। সায়নী অনন্যাকে ফোন করে সব কথা জানাল।

অনন্যা সায়নীর কথা শুনে স্তম্ভিত হয়ে গেল। রুদ্রের মা অসুস্থ, আর রুদ্রের পরিবারের সবাই তাকে বিয়ের জন্য চাপ দিচ্ছে! অনন্যার মনে সেই চতুর্বিংশ অধ্যায়ের ভয়টা আবার ফিরে এল—'সমাজ, পরিবার, ক্যারিয়ার—সব একসঙ্গে সম্ভব তো?' সে জানত, এইবার সেই ভয়টা বাস্তব রূপ নিয়েছে। রুদ্রের পরিবারের কাছে তার কর্পোরেট ক্যারিয়ার, তার মুম্বাইয়ে থাকাটা কখনোই গ্রহণযোগ্য হবে না। তারা রুদ্রের জন্য একজন 'আদর্শ বধূ' খুঁজবে, যে তাদের ঐতিহ্য মেনে চলবে, পরিবারের সেবা করবে।

অনন্যার মনে তীব্র উদ্বেগ। তার একদিকে নিজের অফিসের চাপ, অন্যদিকে রুদ্রের জীবনের এই নতুন সংকট। সে রুদ্রকে ভালোবাসে, তাকে বিশ্বাস করে, তার সাথে সারাজীবন থাকতে চায়। কিন্তু এই পরিস্থিতিটা তাকে আরও বেশি অনিশ্চয়তায় ফেলে দিল। সে কি রুদ্রের জন্য তার ক্যারিয়ার

বিসর্জন দেবে? নাকি রুদ্রের পরিবার তাকে গ্রহণ করবে না? এই প্রশ্নগুলো তাকে পাগল করে তুলছিল।

অনন্যা রুদ্রকে আবার ফোন করল। তার কণ্ঠস্বরে ছিল এক ধরনের উদ্বেগ। "রুদ্র, আমি সব জানি," অনন্যা বলল। "সায়নী আমাকে বলেছে। তোমার মা অসুস্থ, আর তোমার পরিবার তোমাকে বিয়ের জন্য চাপ দিচ্ছে।" রুদ্র দীর্ঘশ্বাস ফেলল। "আমি তোমাকে বলতে চাইনি, অনন্যা। তুমি এমনিতেই খুব চাপে ছিলে।" "কিন্তু আমাকে জানানো উচিত ছিল, রুদ্র," অনন্যা বলল। "আমরা একসাথে সব চ্যালেঞ্জ মোকাবেলা করব, এমনটা আমরা সিদ্ধান্ত নিয়েছিলাম।" "আমি জানি, অনন্যা। আমি দুঃখিত," রুদ্র বলল। "কিন্তু আমি তোমাকে চিন্তিত করতে চাইনি।"

"আমি তোমাকে ভালোবাসি, রুদ্র," অনন্যা বলল। তার কণ্ঠে এক ধরনের দৃঢ়তা। "আমি জানি, এই পরিস্থিতিটা খুব কঠিন। কিন্তু আমরা একসাথে লড়াই করব। আমরা একা নই।" রুদ্রের মনে কিছুটা স্বস্তি এল। অনন্যা তাকে বুঝছে, তার পাশে আছে। কিন্তু তার মনে সেই চাপটা তখনও রয়ে গিয়েছিল।

রুদ্রের মায়ের অসুস্থতা এবং পরিবারের পক্ষ থেকে আসা বিয়ের চাপ অনন্যা ও রুদ্রের সম্পর্কের ওপর এক নতুন ফাটল তৈরি করল। অনন্যা মুম্বাইয়ে বসে রুদ্রের কষ্ট অনুভব করছিল, কিন্তু সে তাকে সাহায্য করার জন্য কিছু করতে পারছিল না। রুদ্র কলকাতাতে তার পরিবারের চাপে অস্থির ছিল, তার ভালোবাসার পথ আরও বেশি কঠিন হয়ে উঠছিল।

আলোর নিচে এক পলক

রুদ্রের পরিবারের সদস্যরা রুদ্রের জন্য বিভিন্ন মেয়ে দেখা শুরু করল। তারা রুদ্রকে তাদের সাথে দেখা করার জন্য চাপ দিত। রুদ্র কোনোমতে সেগুলো এড়িয়ে যেত, কিন্তু তার মনে এক ধরনের অপরাধবোধ কাজ করত। তার মনে হতো, সে তার মায়ের ইচ্ছা পূরণ করতে পারছে না।

অনন্যা তার ডায়েরিটা খুলল। তার মনে তখন এক গভীর শূন্যতা। রুদ্রের জীবনের এই নতুন সংকটটা তার মনে আরও বেশি অনিশ্চয়তা এনে দিল।

প্রিয় রুদ্র (আমার জীবনের চ্যালেঞ্জ),

আমি জানি, তুমি খুব কঠিন সময়ের মধ্যে দিয়ে যাচ্ছ, রুদ্র। তোমার মা অসুস্থ, আর তোমার পরিবার তোমাকে বিয়ের জন্য চাপ দিচ্ছে। আমি তোমার কষ্টটা অনুভব করতে পারছি, রুদ্র। আমার মনে হচ্ছে, আমি তোমাকে সাহায্য করার জন্য কিছু করতে পারছি না।

সায়নী আমাকে সব কথা বলেছে, রুদ্র। তোমার পরিবারের প্রত্যাশা, তাদের পছন্দ মতো বউ খোঁজার কথা—সব। আমার মনে সেই পুরোনো ভয়টা ফিরে এসেছে, রুদ্র। চতুর্বিংশ অধ্যায়ে আমি তোমাকে আমার এই ভয়ের কথা বলেছিলাম—সমাজ, পরিবার, ক্যারিয়ার—সব একসঙ্গে সম্ভব তো? আজ মনে হচ্ছে, সেই ভয়টা আবার সত্যি হচ্ছে।

আমার মনে হচ্ছে, আমি এক কঠিন পরীক্ষার মুখে। একদিকে আমার ক্যারিয়ারের চাপ (ষষ্ঠবিংশ অধ্যায়ে উল্লিখিত), অন্যদিকে তোমার পরিবারের চাপ। আমাদের

ভালোবাসাটা কি এই সব বাধা পেরিয়ে যেতে পারবে? আমি জানি না, রুদ্র। আমার খুব ভয় হচ্ছে।

আমি তোমাকে ভালোবাসি, রুদ্র। আমার সব ভয় সত্ত্বেও আমি তোমাকে ভালোবাসি। কিন্তু আমি জানি না, এই পরিস্থিতিটা আমরা কীভাবে সামলাব। তুমি আমার পাশে থাকার প্রতিশ্রুতি দিয়েছ, কিন্তু এই চ্যালেঞ্জটা খুব বড়, রুদ্র। আমি জানি না, আমরা কি জয়ী হতে পারব?

আমি শুধু তোমার পাশে থাকতে চাই, রুদ্র। এই মুহূর্তে আমি তোমাকে জড়িয়ে ধরে সান্ত্বনা দিতে চাই। কিন্তু এই দূরত্বটা আমাকে অসহায় করে তুলছে।

আমার মনে হয়, আমাদের ভালোবাসার গল্পের সবচেয়ে কঠিন অধ্যায় মাত্র শুরু হলো। এইবার শুধু আমাদের ব্যক্তিগত সংগ্রাম নয়, বরং পরিবার এবং সমাজের সাথেও লড়াই করতে হবে। আমি জানি না, এই 'ভাঙা কাঁচ'টা আবার নতুন করে ভাঙবে কিনা। আমার খুব কষ্ট হচ্ছে, ডায়েরি।

ইতি,

তোমার অনন্যা

(যে এখন অনিশ্চয়তায় ভোগে, কিন্তু লড়াই করতে প্রস্তুত)

রুদ্রের মায়ের অসুস্থতা, পরিবারের পক্ষ থেকে বিয়ের চাপ, এবং সমাজের প্রত্যাশা—এই সব কিছু মিলে অনন্যা ও রুদ্রের ভালোবাসাকে এক নতুন, কঠিন পরীক্ষার মুখে ঠেলে দিল। তাদের সম্পর্কটা এখন আর শুধু তাদের দুজনের মধ্যে সীমাবদ্ধ ছিল না, বরং তা 'পরিবার এবং সমাজ'-এর মতো

শক্তিশালী শক্তির মুখোমুখি হয়েছিল। এই চ্যালেঞ্জ তাদের ভালোবাসাকে কতটা শক্তিশালী করতে পারবে, নাকি তা ভেঙে দেবে, তা এখনো অনিশ্চিত।

Ch. 28: ঝড়ের সময়

সপ্তবিংশ অধ্যায়ে রুদ্রের মায়ের আকস্মিক অসুস্থতা এবং তার পরিবারের পক্ষ থেকে আসা অবিরাম বিয়ের চাপ রুদ্রের জীবনে এক নতুন সংকট নিয়ে এসেছিল। অনন্যাও ষষ্ঠবিংশ অধ্যায়ে তার কর্পোরেট অফিসে তাদের সম্পর্কের কথা জানাজানি হয়ে যাওয়ায় তীব্র চাপের মধ্যে ছিল। ত্রয়োবিংশ অধ্যায়ে রুদ্রের প্রেমের স্বীকারোক্তি আর অনন্যার 'হ্যাঁ' বলা—তাদের ভালোবাসাকে এক নতুন উচ্চতায় নিয়ে গিয়েছিল, যেখানে 'ভাঙা কাঁচ' (চতুর্থ অধ্যায়) জোড়া লেগেছিল 'নরম আলো'-য় (পঞ্চবিংশ অধ্যায়)। দ্বাবিংশ অধ্যায়ে তারা ধীরে ধীরে সম্পর্ক গড়ার এবং 'এখন বাঁচা'-র অঙ্গীকার করেছিল, কারণ তাদের বিশ্বাস ছিল ভালোবাসা সব বাধা পেরিয়ে যেতে পারবে। কিন্তু ভালোবাসার পরীক্ষা সব সময় শুধু আবেগের মধ্যে সীমাবদ্ধ থাকে না; বাস্তবতার কঠিন আঘাত তাকে আরও শক্তিশালী করে, অথবা ভেঙে দেয়। এই অধ্যায় রুদ্রের জীবনে সেই কঠিন বাস্তবতার মুখোমুখি হওয়া, যেখানে তার পেশাগত জীবন আর ব্যক্তিগত সুখ এক নতুন পরীক্ষার মুখে পড়ে।

রুদ্রের মা অসুস্থ হওয়ার পর রুদ্রের জীবনটা যেন থমকে গিয়েছিল। তার প্রতিটি দিন কাটত হাসপাতাল আর বাড়ির

মধ্যে। মায়ের শরীরের অবস্থা, ডাক্তারদের কথা—সবকিছুই তাকে ক্রমাগত চিন্তিত রাখত। সপ্তবিংশ অধ্যায়ে তার পরিবারের সদস্যরা তার ওপর যে বিয়ের চাপ সৃষ্টি করছিল, তা রুদ্রের মানসিক চাপকে আরও বাড়িয়ে দিচ্ছিল। একদিকে মায়ের দুর্বল কণ্ঠের আকুতি, অন্যদিকে ভালোবাসার মানুষ অনন্যার জন্য তার অটুট অঙ্গীকার—রুদ্রের মনটা যেন এক দোদুল্যমান পেন্ডুলামের মতো হয়ে গিয়েছিল।

রুদ্রের ফটোগ্রাফি, যা তার কাছে শুধু একটি পেশা ছিল না, বরং তার আবেগ, তার আত্মা—তাও যেন ধীরে ধীরে তার হাত থেকে পিছলে যাচ্ছিল। তার 'ছায়ার গল্প' প্রজেক্ট (দ্বাদশ অধ্যায়ে শুরু হয়েছিল), যা তাকে অনন্যার অনুপস্থিতির কষ্ট থেকে মুক্তি দিতে সাহায্য করেছিল (অষ্টাদশ অধ্যায়ে তার বৃদ্ধাশ্রম প্রজেক্টের মাধ্যমে), এখন তার কাছে অর্থহীন মনে হচ্ছিল। তার মনে কোনো অনুপ্রেরণা আসছিল না, তার চোখ কোনো ছবি দেখতে পাচ্ছিল না, তার হাত ক্যামেরা ধরতে চাইছিল না। তার স্টুডিওর চার দেওয়াল যেন তাকে গ্রাস করছিল।

প্রথম কয়েক দিন রুদ্র নিজেকে জোর করে স্টুডিওতে যেত, তার ক্যামেরা হাতে নিত। কিন্তু কোনো কাজ করতে পারত না। তার মনটা ছিল অশান্ত, তার মাথাটা ছিল ভারি। তার চোখের সামনে শুধু মায়ের অসুস্থ মুখটা ভাসত, আর কানে বাজত পরিবারের সদস্যদের অবিরাম চাপ আর সমাজের প্রত্যাশার কথা। রুদ্র অনুভব করছিল, তার শিল্পসত্তা যেন

ধীরে ধীরে নিভে যাচ্ছে। তার ভেতরের আলোটা যেন এক গভীর অন্ধকারে তলিয়ে যাচ্ছিল।

তার ঘনিষ্ঠ বন্ধু অভ্রজিৎ প্রতিদিন রুদ্রের খোঁজ নিত। "রুদ্র, তুই কেমন আছিস? কাজ করছিস না কেন?" রুদ্র দীর্ঘশ্বাস ফেলত। "মন বসছে না, অভ্র। মায়ের শরীর ভালো নেই। আর বাড়ির লোকও..." রুদ্র পরিবারের চাপের কথা অভ্রজিৎকে পুরোপুরি বলেনি। অভ্রজিৎ রুদ্রের কষ্টটা বুঝত। সে রুদ্রকে সান্ত্বনা দেওয়ার চেষ্টা করত, তাকে বাইরে নিয়ে যাওয়ার জন্য জোরাজুরি করত, কিন্তু রুদ্র কোনো কিছুতেই রাজি হতো না। তার মনে হতো, তার ব্যক্তিগত সমস্যাগুলো তাকে এতটাই গ্রাস করেছে যে, সে আর কোনো কিছুতেই মন দিতে পারছে না।

রুদ্রের এই মানসিক অবসাদ তার কাজের ওপর সরাসরি প্রভাব ফেলতে লাগল। তার 'ছায়ার গল্প' প্রজেক্টের জন্য মিসেস সেনের সাথে তার একটি প্রদর্শনী হওয়ার কথা ছিল, এবং কিছু বইও প্রকাশিত হওয়ার কথা ছিল। মিসেস সেন রুদ্রকে বারবার ফোন করতেন, তার কাজের অগ্রগতি জানতে চাইতেন। রুদ্র বিভিন্ন অজুহাত দিত—মায়ের অসুস্থতা, ব্যক্তিগত সমস্যা—কিন্তু মিসেস সেন রুদ্রের পরিবর্তনটা বুঝতে পারছিলেন।

"রুদ্র, আমি তোমার কাজ চিনি," মিসেস সেন একদিন ফোনে বললেন। তার কণ্ঠে এক ধরনের উদ্বেগ। "তোমার এই নীরবতা আমাকে চিন্তিত করছে। তুমি কেন কাজ করছ না? তোমার 'ছায়ার গল্প' প্রজেক্টটা খুবই গুরুত্বপূর্ণ।" রুদ্র কিছু

বলতে পারল না। সে জানত, সে মিসেস সেনকে হতাশ করছে। "আমি চেষ্টা করছি, মিসেস সেন। কিন্তু আমার মনে হচ্ছে, আমি আর পারছি না।" "আমি তোমাকে সময় দিচ্ছি, রুদ্র," মিসেস সেন বললেন। "কিন্তু মনে রেখো, শিল্পের ক্ষেত্রে সময়ের মূল্য অনেক। তোমার প্রেরণা ফিরে আসা দরকার।"

রুদ্রের মনে হলো, তার সব দিক থেকে চাপ আসছে। একদিকে তার মা, তার পরিবার, অন্যদিকে তার পেশাগত জীবন। তার মনে হচ্ছিল, সে যেন এক বিশাল পাথরের নিচে চাপা পড়ে আছে। তার শিল্প, যা তার জীবনের আলো ছিল, এখন যেন এক বোঝা মনে হচ্ছিল।

রুদ্রের এই মানসিক অবসাদ এবং কাজ বন্ধ করে দেওয়ার ফলস্বরূপ তার অর্থনৈতিক সমস্যা শুরু হলো। ফটোগ্রাফি তার একমাত্র আয়ের উৎস ছিল। তার স্টুডিওর ভাড়া, তার নিজের দৈনন্দিন খরচ, এবং তার মায়ের চিকিৎসার খরচ—সবকিছুই এই আয়ের ওপর নির্ভরশীল ছিল।

প্রথম কয়েক সপ্তাহ রুদ্র তার সঞ্চয় থেকে খরচ চালাচ্ছিল। কিন্তু তার মায়ের চিকিৎসার খরচ বেড়ে যাচ্ছিল। নতুন ওষুধ, বিভিন্ন টেস্ট, হাসপাতালের বিল—সবকিছু মিলিয়ে তার সঞ্চয় দ্রুত ফুরিয়ে আসতে লাগল। রুদ্র তার ব্যাংক অ্যাকাউন্টের দিকে তাকিয়ে চিন্তিত হয়ে পড়ল। তার অ্যাকাউন্টে টাকা কমে যাচ্ছিল, আর কোনো নতুন কাজ তার হাতে ছিল না।

রুদ্র তার নিয়মিত ক্লায়েন্টদের কাছ থেকে কাজ নিতে পারছিল না। যারা তাকে নতুন প্রজেক্টের জন্য ফোন করত,

তাদের সে 'ব্যস্ত আছি' বলে ফিরিয়ে দিত, অথবা তার মন বসছে না বলে অজুহাত দিত। তার পুরনো ক্লায়েন্টরাও ধীরে ধীরে রুদ্রের কাছ থেকে দূরে সরে যেতে লাগল, কারণ তারা দেখছিল রুদ্র আর কাজ করছে না। তার সুনাম ধীরে ধীরে কমতে লাগল।

রুদ্রের মনে তখন এক তীব্র অর্থনৈতিক চাপ। সে তার স্টুডিওর ভাড়া দিতে পারছিল না, তার দৈনন্দিন খরচ মেটাতে হিমশিম খাচ্ছিল। তার মনে হলো, সে যেন এক গভীর খাদে তলিয়ে যাচ্ছে। রুদ্র, যে একসময় তার শিল্পের প্রতি সম্পূর্ণরূপে নিবেদিতপ্রাণ ছিল, আজ তাকে অর্থের জন্য সংগ্রাম করতে হচ্ছে। এই বাস্তবতা রুদ্রের আত্মসম্মানে আঘাত করছিল।

একদিন রুদ্রের স্টুডিওর মালিক তাকে ফোন করলেন। "রুদ্র, তোমার স্টুডিওর ভাড়া বাকি পড়েছে। তুমি কবে দেবে?" রুদ্র লজ্জিত হলো। "আমি... আমি যত দ্রুত সম্ভব দেব, স্যার। আমার একটু সমস্যা চলছে।" "তোমার সমস্যা আমি বুঝতে পারছি, রুদ্র," মালিক বললেন। "কিন্তু আমারও তো সংসার আছে। যদি তুমি ভাড়া দিতে না পারো, তাহলে আমাকে অন্য কাউকে স্টুডিওটা ভাড়া দিতে হবে।" এই কথাগুলো রুদ্রকে আরও বেশি হতাশ করল। সে তার প্রিয় স্টুডিওটা হারাবে? তার শিল্পের আশ্রয়? তার মনে হলো, তার জীবনটা যেন সম্পূর্ণভাবে এলোমেলো হয়ে যাচ্ছে।

তার মায়ের চিকিৎসার খরচ মেটানোটা রুদ্রের জন্য সবচেয়ে বড় চ্যালেঞ্জ হয়ে দাঁড়িয়েছিল। রুদ্রের পরিবারের সদস্যরা

রুদ্রকে বিয়ের জন্য চাপ দিচ্ছিল ঠিকই, কিন্তু তারা তার অর্থনৈতিক সমস্যার বিষয়ে কোনো সাহায্য করছিল না। রুদ্র কাউকে তার এই সমস্যার কথা বলতে পারছিল না। তার মনে হয়েছিল, যদি সে তার বন্ধুদের কাছে সাহায্য চায়, তাহলে তারা তাকে দুর্বল ভাববে। যদি সে অনন্যাকে জানায়, তাহলে অনন্যা চিন্তিত হবে, আর হয়তো রুদ্রকে একজন 'ব্যর্থ' মানুষ মনে করবে। এই ভয়টা রুদ্রকে আরও বেশি নিঃসঙ্গ করে তুলছিল।

রুদ্র তার ক্যামেরা হাতে নিয়ে বসে থাকত। তার মনে হতো, তার ক্যামেরাটা যেন তার দিকে তাকিয়ে তাকে প্রশ্ন করছে— "তুমি কেন কাজ করছ না, রুদ্র? তুমি কেন তোমার শিল্পকে বিসর্জন দিচ্ছ?" তার মনে তখন একটাই চিন্তা—অর্থ। এই টাকা কোত্থেকে আসবে?

রুদ্রের মনে তখন এক তীব্র সংঘাত। তার জীবনের প্যাশন ছিল ফটোগ্রাফি। কিন্তু এই মুহূর্তে তার ফটোগ্রাফি তাকে কোনো অর্থ দিতে পারছিল না। তার মনে হতো, তার শিল্প তাকে ছেড়ে চলে যাচ্ছে। তার ভালোবাসার মানুষ অনন্যা, যার জন্য সে নতুন করে ভালোবাসতে শিখেছিল (একবিংশ অধ্যায়ে 'গল্প বলা রাত'), তাকেও যেন সে হারাতে বসেছে। কারণ তার মনে হচ্ছিল, সে অনন্যার যোগ্য নয়, একজন ব্যর্থ শিল্পী যে নিজের জীবন সামলাতে পারছে না।

তার মনে হতো, তার পরিবারের কথা হয়তো ঠিকই ছিল— তার উচিত ছিল একটা স্থিতিশীল চাকরি করা, একটা সুরক্ষিত পেশা বেছে নেওয়া। রুদ্র তার শিল্পের জন্য সবকিছু

বিসর্জন দিতে প্রস্তুত ছিল, কিন্তু এখন তার শিল্পই যেন তাকে বিসর্জন দিতে বাধ্য করছিল। এই চিন্তাটা তাকে পাগল করে তুলছিল। সে তার ডায়েরিতে লিখতে শুরু করল, তার ভেতরের সব কষ্ট, সব হতাশা আর সব ভয়।

প্রিয় ডায়েরি,

আমার জীবনটা যেন এক গভীর ঝড়ের মধ্যে দিয়ে যাচ্ছে, ডায়েরি। মা অসুস্থ, বাড়ির লোক বিয়ের জন্য চাপ দিচ্ছে, আর এখন আমার কাজও বন্ধ হয়ে গেছে। আমার ফটোগ্রাফি, যা আমার জীবনের আলো ছিল, এখন যেন আমাকে ছেড়ে চলে যাচ্ছে।

আমার মনে কোনো অনুপ্রেরণা নেই, ডায়েরি। আমার চোখ কোনো ছবি দেখতে পায় না, আমার হাত ক্যামেরা ধরতে চায় না। আমি আমার ক্লায়েন্টদের কাজ ফিরিয়ে দিচ্ছি, আর আমার সুনাম ধীরে ধীরে কমছে। আমার মনে হচ্ছে, আমি একজন ব্যর্থ শিল্পী, ব্যর্থ মানুষ।

আর্থিক সমস্যা শুরু হয়েছে, ডায়েরি। আমার মায়ের চিকিৎসার খরচ মেটাতে পারছি না, স্টুডিওর ভাড়া দিতে পারছি না, এমনকি নিজের খরচও চালাতে পারছি না। আমার সঞ্চয় ফুরিয়ে গেছে। আমার মনে হচ্ছে, আমি এক গভীর খাদে তলিয়ে যাচ্ছি। আমি কাকে বলব? কার কাছে সাহায্য চাইব? আমার মনে হয়, সবাই আমাকে দুর্বল ভাববে।

অনন্যার কথা মনে পড়ছে, ডায়েরি। সে মুম্বাইয়ে তার ক্যারিয়ার নিয়ে লড়াই করছে। তার ওপর অফিসের চাপ।

আমি তাকে এই বিষয়ে কিছু জানাইনি। আমি চাই না সে আমার জন্য চিন্তিত হোক। আমি চাই না সে আমাকে একজন ব্যর্থ মানুষ মনে করুক। আমি তাকে বলেছিলাম যে আমরা একসাথে সব চ্যালেঞ্জ মোকাবেলা করব। কিন্তু এখন আমি নিজেই এই চ্যালেঞ্জ মোকাবেলা করতে পারছি না।

আমার মনে হচ্ছে, আমি অনন্যার যোগ্য নই, ডায়েরি। আমি ওকে ভালোবাসতে চেয়েছিলাম, ওকে সুখী করতে চেয়েছিলাম। কিন্তু এখন আমি ওকে কী দেব? আমার কাছে কিছুই নেই। আমার শিল্প নেই, আমার অর্থ নেই, আমার শান্তি নেই। আমি শুধু ওকে কষ্ট দিচ্ছি।

আমার মনে হয়, আমার পরিবারের কথা হয়তো ঠিকই ছিল—আমার উচিত ছিল একটা সুরক্ষিত চাকরি করা। আমার প্যাশন আমাকে শুধু কষ্টই দিচ্ছে। আমি কি আমার শিল্পকে বিসর্জন দেব, ডায়েরি? আমি কি আমার স্বপ্নকে হত্যা করব? এই প্রশ্নটা আমাকে পাগল করে তুলছে।

এই ঝড়টা আমাকে ভেঙে দিচ্ছে, ডায়েরি। আমি আর সহ্য করতে পারছি না। আমি শুধু শান্তি চাই, ডায়েরি। অনন্যার সাথে শান্তি। কিন্তু সেই শান্তিটা এখন অনেক দূরে মনে হচ্ছে। আমার মনে হচ্ছে, আমি হেরে যাচ্ছি। আমি আর লড়াই করতে পারছি না।

রুদ্র

রুদ্র ডায়েরি বন্ধ করে দিল। তার মনে তখন এক গভীর শূন্যতা। কলকাতার সেই পরিচিত শহরটা তার কাছে এখন

এক অপরিচিত জায়গা মনে হচ্ছিল। তার স্টুডিওর চার দেওয়াল যেন তাকে গ্রাস করছিল। রুদ্র অনুভব করছিল, তার জীবনের সবচেয়ে কঠিন সময়টা মাত্র শুরু হলো। তার ফটোগ্রাফি বন্ধ হয়ে যাচ্ছে, তার অর্থনৈতিক সমস্যা শুরু হচ্ছে, আর তার ভালোবাসা এক নতুন পরীক্ষার মুখে। এই 'ঝড়ের সময়' রুদ্রকে এক কঠিন বাস্তবতার মুখোমুখি করল, যেখানে তাকে তার প্যাশন আর ভালোবাসার জন্য এক নতুন লড়াই শুরু করতে হবে, অথবা সব কিছু বিসর্জন দিতে হবে। রুদ্র অনন্যাকে তার এই কঠিন পরিস্থিতি সম্পর্কে বিস্তারিত কিছু বলেনি। সে শুধু বলত, "মা ভালো আছেন," অথবা "আমি একটু ব্যস্ত আছি।" কিন্তু অনন্যা রুদ্রের কণ্ঠস্বরে এক ধরনের চাপ আর বিষণ্ণতা অনুভব করতে পারছিল। তার মনে সেই পুরোনো ভয়টা ফিরে এল—রুদ্র কি আবার কিছু লুকাচ্ছে? তাদের মধ্যে কি আবার নীরবতা নেমে আসবে?

অনন্যা রুদ্রকে নিয়মিত ফোন করত, তার খোঁজ নিত। রুদ্র সংক্ষেপে উত্তর দিত, তার কথাবার্তায় এক ধরনের দূরত্ব ছিল। রুদ্র আগে অনন্যার সাথে তার প্রজেক্টের কথা বলত, তার নতুন কাজগুলো দেখাত। কিন্তু এখন সে তার কাজ সম্পর্কে কিছু বলত না, তার ক্যামেরার কথাও বলত না। অনন্যা এই পরিবর্তনটা লক্ষ্য করল।

একদিন অনন্যা তার বান্ধবী সায়নীকে রুদ্রের কথা বলল। "সায়নী, রুদ্র কেমন যেন মনমরা হয়ে আছে। ওর মা অসুস্থ, কিন্তু রুদ্রের কথায় মনে হচ্ছে আরও কিছু একটা হয়েছে। ও কেমন যেন নিজেকে গুটিয়ে নিয়েছে।" সায়নী রুদ্রের খোঁজ

নিতে গেল। সায়নী রুদ্রের স্টুডিওতে গেল, দেখল রুদ্র কেমন যেন হতাশাগ্রস্ত। তার স্টুডিওর চারদিকে ধুলো জমেছে, তার ক্যামেরাগুলো টেবিলে অযত্নে রাখা। সায়নী রুদ্রের অর্থনৈতিক সমস্যার কথা জানতে পারল তার এক পুরোনো ক্লায়েন্টের কাছ থেকে, যে রুদ্রের কাছ থেকে কাজ পাচ্ছিল না।

সায়নী অনন্যাকে ফোন করে সব কথা জানাল—রুদ্রের মায়ের অসুস্থতা গুরুতর রূপ নিয়েছে, তার ওপর পরিবারের পক্ষ থেকে বিয়ের চাপ, এবং এখন তার ফটোগ্রাফি কাজও বন্ধ হয়ে গেছে, যার ফলে সে তীব্র অর্থনৈতিক সমস্যার মধ্যে আছে।

অনন্যা সায়নীর কথা শুনে স্তম্ভিত হয়ে গেল। রুদ্র এত কিছুর মধ্যে দিয়ে যাচ্ছে, আর তাকে কিছু বলেনি! তার মনে তীব্র উদ্বেগ। তার একদিকে নিজের অফিসের চাপ (ষষ্ঠবিংশ অধ্যায়), অন্যদিকে রুদ্রের জীবনের এই কঠিন ঝড়। অনন্যা রুদ্রকে ভালোবাসে, তাকে বিশ্বাস করে, তার সাথে সারাজীবন থাকতে চায়। কিন্তু এই পরিস্থিতিটা তাকে আরও বেশি অনিশ্চয়তায় ফেলে দিল। রুদ্র কি তাকে একজন 'ব্যর্থ' মানুষ মনে করবে? রুদ্রের কষ্ট দেখে অনন্যার মনে কষ্ট বাড়ল।

অনন্যা রুদ্রকে আবার ফোন করল। তার কণ্ঠস্বরে ছিল এক ধরনের উদ্বেগ আর এক ধরনের আবেগ। "রুদ্র, আমি সব জানি," অনন্যা বলল। তার কণ্ঠস্বর কাঁপছিল। "সায়নী আমাকে বলেছে। তোমার মা অসুস্থ, তোমার পরিবার তোমাকে বিয়ের জন্য চাপ দিচ্ছে, আর এখন তোমার কাজও

বন্ধ হয়ে গেছে।" রুদ্র দীর্ঘশ্বাস ফেলল। "আমি তোমাকে বলতে চাইনি, অনন্যা। তুমি এমনিতেই খুব চাপে ছিলে (ষষ্ঠবিংশ অধ্যায়)। আমি চাইনি তুমি আমার জন্য চিন্তিত হও।" "কিন্তু আমাকে জানানো উচিত ছিল, রুদ্র," অনন্যা বলল। "আমরা একসাথে সব চ্যালেঞ্জ মোকাবেলা করব, এমনটা আমরা সিদ্ধান্ত নিয়েছিলাম (দ্বাবিংশ অধ্যায়)। আমরা একে অপরের পাশে থাকব, কোনো লুকোচুরি থাকবে না—এটাই ছিল আমাদের অঙ্গীকার।" "আমি দুঃখিত, অনন্যা," রুদ্র বলল। তার কণ্ঠে এক ধরনের অসহায়ত্ব। "আমি নিজেকে খুব অসহায় মনে করছি। আমি তোমার যোগ্য নই।" "না, রুদ্র, এমনটা ভেবো না!" অনন্যা প্রায় চিৎকার করে উঠল। "তুমি আমার কাছে সবচেয়ে গুরুত্বপূর্ণ। আমরা একসাথে এই চ্যালেঞ্জ মোকাবেলা করব। যত কঠিন পরিস্থিতিই আসুক না কেন। তুমি একা নও, রুদ্র।"

অনন্যা রুদ্রকে সান্ত্বনা দেওয়ার চেষ্টা করল, কিন্তু দূরত্বের কারণে সে রুদ্রের পাশে থাকতে পারছিল না। এই অসহায়ত্ব অনন্যার মনে এক নতুন বেদনা জাগিয়ে তুলল। সে জানত, তাদের ভালোবাসা এখন এক কঠিন অগ্নিপরীক্ষার মুখে।

রুদ্রের জীবনের এই নতুন ঝড়, তার ফটোগ্রাফি কাজ বন্ধ হয়ে যাওয়া এবং অর্থনৈতিক সমস্যা শুরু হওয়া—অনন্যা ও রুদ্রের ভালোবাসার সম্পর্ককে এক নতুন চাপে ফেলে দিল। অনন্যা মুম্বাইয়ে বসে রুদ্রের কষ্ট অনুভব করছিল, কিন্তু সে তাকে সাহায্য করার জন্য কিছু করতে পারছিল না। রুদ্র কলকাতাতে তার ব্যক্তিগত ও পেশাগত জীবনের টানাপড়েনে

অস্থির ছিল, তার ভালোবাসার পথ আরও বেশি কঠিন হয়ে উঠছিল।

রুদ্রের আর্থিক সংকট ক্রমেই বাড়ছিল। সে তার মায়ের ওষুধপত্র কিনতে পারছিল না, তার বাড়ির খরচ মেটাতে পারছিল না। তার মনে হতো, সে যেন এক বিশাল ঋণের বোঝা বয়ে বেড়াচ্ছে। এই চাপ রুদ্রের মানসিক অবস্থাকে আরও খারাপ করে তুলেছিল। সে অনন্যার সাথে কথা বলার সময় তার এই কষ্টগুলো লুকানোর চেষ্টা করত, কিন্তু তার কণ্ঠস্বর আর চোখের নীরবতা সব কিছু বলে দিত।

অনন্যা তার ডায়েরিটা খুলল। তার মনে তখন এক গভীর শূন্যতা। রুদ্রের জীবনের এই কঠিন ঝড়টা তার মনে আরও বেশি অনিশ্চয়তা এনে দিল।

প্রিয় রুদ্র (আমার জীবনের যোদ্ধা),

আমি জানি, তুমি এক কঠিন সময়ের মধ্যে দিয়ে যাচ্ছ, রুদ্র। তোমার মা অসুস্থ, তোমার পরিবার তোমাকে বিয়ের জন্য চাপ দিচ্ছে (সপ্তবিংশ অধ্যায়), আর এখন তোমার ফটোগ্রাফি কাজও বন্ধ হয়ে গেছে, যার ফলে তুমি তীব্র অর্থনৈতিক সমস্যার মধ্যে আছ। আমি তোমার কষ্টটা অনুভব করতে পারছি, রুদ্র। আমার মনে হচ্ছে, আমার হৃদয় ভেঙে যাচ্ছে তোমাকে এভাবে দেখতে পাচ্ছি না বলে।

তুমি আমাকে বলোনি, রুদ্র। আমি জানি তুমি আমাকে চিন্তিত করতে চাওনি। কিন্তু আমরা তো একসাথে সব চ্যালেঞ্জ মোকাবেলা করার কথা দিয়েছিলাম (দ্বাবিংশ অধ্যায়)।

আমাদের ভালোবাসায় কোনো লুকোচুরি থাকবে না, কোনো অবিশ্বাস থাকবে না। তুমি নিজেকে একা মনে করো না, রুদ্র। তুমি একা নও। আমি তোমার পাশে আছি, সব সময়।

আমার মনে সেই পুরোনো ভয়টা ফিরে এসেছে, রুদ্র। চতুর্বিংশ অধ্যায়ে আমি তোমাকে আমার এই ভয়ের কথা বলেছিলাম—সমাজ, পরিবার, ক্যারিয়ার—সব একসঙ্গে সম্ভব তো? আজ মনে হচ্ছে, সেই ভয়টা আবার সত্যি হচ্ছে। এইবার আমাদের ভালোবাসাকে অর্থনৈতিক চাপ মোকাবেলা করতে হবে।

আমি তোমাকে ভালোবাসি, রুদ্র। আমার সব ভয় সত্ত্বেও আমি তোমাকে ভালোবাসি। কিন্তু আমি জানি না, এই পরিস্থিতিটা আমরা কীভাবে সামলাব। আমি তোমার পাশে থাকতে চাই, তোমাকে সাহায্য করতে চাই। কিন্তু এই দূরত্বটা আমাকে অসহায় করে তুলছে।

আমার মনে হয়, আমাদের ভালোবাসার গল্পের সবচেয়ে কঠিন অধ্যায় মাত্র শুরু হলো। এইবার শুধু আমাদের ব্যক্তিগত সংগ্রাম নয়, বরং পরিবার, সমাজ, আর অর্থনৈতিক সমস্যার সাথেও লড়াই করতে হবে। আমি জানি না, এই 'ভাঙা কাঁচ'টা আবার নতুন করে ভাঙবে কিনা। আমার খুব কষ্ট হচ্ছে, ডায়েরি।

কিন্তু আমি বিশ্বাস করি, রুদ্র। আমি তোমার ওপর বিশ্বাস করি। তুমি একজন শিল্পী, তুমি একজন যোদ্ধা। তুমি এই ঝড়টা কাটিয়ে উঠতে পারবে। আমি তোমার পাশে থাকব, রুদ্র। সব সময়।

এম আর জি কিউপিড

ইতি,

তোমার অনন্যা

(যে এখন তোমার জন্য লড়তে প্রস্তুত)

রুদ্রের ফটোগ্রাফি কাজ বন্ধ হয়ে যাওয়া, এবং তার ব্যক্তিগত ও পেশাগত জীবনে তীব্র অর্থনৈতিক সমস্যার শুরু হওয়া—অনন্যা ও রুদ্রের ভালোবাসাকে এক নতুন, কঠিন পরীক্ষার মুখে ঠেলে দিল। তাদের সম্পর্কটা এখন শুধু তাদের দুজনের মধ্যে সীমাবদ্ধ ছিল না, বরং তা 'ঝড়ের সময়'-এর মতো শক্তিশালী শক্তির মুখোমুখি হয়েছিল। এই চ্যালেঞ্জ তাদের ভালোবাসাকে কতটা শক্তিশালী করতে পারবে, নাকি তা ভেঙে দেবে, তা এখনো অনিশ্চিত। কিন্তু অনন্যা তার পাশে থাকার প্রতিশ্রুতি দিয়ে রুদ্রকে সাহস জুগিয়েছিল, যা এই ঝড়ের মধ্যে এক আশার আলো জ্বেলেছিল।

Ch. 29: অনন্যার উন্নতি

পঞ্চবিংশ অধ্যায়ের সেই এক সপ্তাহ অনন্যা আর রুদ্রের জীবনে ছিল এক স্বপ্নময় অধ্যায়, যেখানে ভালোবাসার 'ভাঙা কাঁচ' জোড়া লেগেছিল 'নরম আলো'-য়, আর তাদের সম্পর্ক হয়ে উঠেছিল আরও পরিপক্ক ও শক্তিশালী। ত্রয়োবিংশ অধ্যায়ে রুদ্রের প্রেমের স্বীকারোক্তি তাদের এক নতুন দিগন্তে নিয়ে গিয়েছিল। তারা দ্বাবিংশ অধ্যায়ে সিদ্ধান্ত নিয়েছিল ধীরে ধীরে সম্পর্ক গড়ার এবং 'এখন বাঁচা'-র, বিশ্বাস রেখেছিল যে ভালোবাসা সব বাধা পেরিয়ে যেতে পারবে। কিন্তু বাস্তবতার

কঠিন আঘাত তাদের ব্যক্তিগত সুখকে বারবার পরীক্ষার মুখে ফেলছিল। ষষ্ঠবিংশ অধ্যায়ে অফিসের কর্মীদের মধ্যে তাদের সম্পর্কের খবর জানাজানি হয়ে যাওয়ায় অনন্যার ওপর তীব্র চাপ সৃষ্টি হয়েছিল, যা চতুর্বিংশ অধ্যায়ে তার মনে জাগা সমাজ, পরিবার এবং ক্যারিয়ারের অনিশ্চয়তাকে (বিশেষত ক্যারিয়ারের দিকটা) আরও বাড়িয়ে দিয়েছিল। অন্যদিকে, অষ্টাবিংশ অধ্যায়ে রুদ্র তার মায়ের অসুস্থতা এবং পারিবারিক চাপের মুখে তার ফটোগ্রাফি কাজ বন্ধ হয়ে যাওয়ায় তীব্র অর্থনৈতিক সমস্যায় ডুবে গিয়েছিল। এই সব চ্যালেঞ্জের মাঝে, অনন্যার কর্পোরেট জীবন এক নতুন মোড় নিতে চলেছিল, যা তার জন্য একদিকে যেমন সাফল্যের পথ খুলে দিচ্ছিল, তেমনি তাকে এক নতুন ধরনের জটিলতার মুখোমুখি দাঁড় করাচ্ছিল।

ষষ্ঠবিংশ অধ্যায়ে অফিসের কর্মীরা যখন অনন্যা ও রুদ্রের সম্পর্কের কথা জানতে পেরেছিল, তখন অনন্যাকে তার বস, মিসেস দেশমুখ, ডেকে কড়া বার্তা দিয়েছিলেন। অনন্যা সেই চাপ সামলাতে গিয়ে মানসিক অস্থিরতায় ভুগছিল, কিন্তু রুদ্রের ভালোবাসা তাকে সাহস জুগিয়েছিল। অনন্যা তখন একটি অত্যন্ত গুরুত্বপূর্ণ প্রজেক্টের নেতৃত্ব দিচ্ছিল, যার সাফল্য তার ক্যারিয়ারের জন্য অপরিহার্য ছিল। সে দিন-রাত পরিশ্রম করছিল, নিজেকে সম্পূর্ণভাবে কাজে ডুবিয়ে রেখেছিল। রুদ্রের সাথে তার নিয়মিত যোগাযোগ চলছিল, কিন্তু অষ্টাবিংশ অধ্যায়ে রুদ্রের জীবনে যে ঝড় নেমে এসেছিল (মায়ের অসুস্থতা, অর্থনৈতিক সংকট, ফটোগ্রাফি বন্ধ

হয়ে যাওয়া), তা রুদ্র অনন্যাকে বিস্তারিত জানায়নি, যাতে অনন্যা চিন্তিত না হয়। যদিও অনন্যা দূর থেকে রুদ্রের বিষণ্ণতা অনুভব করতে পারছিল।

তার কঠোর পরিশ্রম আর অসামান্য প্রতিভার ফলস্বরূপ অপ্রত্যাশিতভাবে দ্রুতই অনন্যার জীবনে এক নতুন সুযোগ এল। একদিন সকালে মিসেস দেশমুখ অনন্যাকে আবার তার কেবিনে ডেকে পাঠালেন। অনন্যা প্রথমে কিছুটা চিন্তিত ছিল, হয়তো আবার তার ব্যক্তিগত জীবন নিয়ে কথা বলবেন। কিন্তু মিসেস দেশমুখের মুখে আজ ছিল এক মৃদু হাসি। "অনন্যা, আপনার নতুন প্রজেক্টে আপনার পারফরম্যান্স অসাধারণ," মিসেস দেশমুখ বললেন। "আপনার নেতৃত্ব দেওয়ার ক্ষমতা, আপনার বিশ্লেষণাত্মক দক্ষতা—সবকিছুই অতুলনীয়। কোম্পানির ইতিহাসে এমন সাফল্য খুব কম দেখা যায়।" অনন্যা কিছুটা স্বস্তি অনুভব করল। "ধন্যবাদ, ম্যাম।" "আমরা আপনার কাজে অত্যন্ত মুগ্ধ, অনন্যা," মিসেস দেশমুখ বললেন। "সেই কারণে, ম্যানেজমেন্ট কমিটি সিদ্ধান্ত নিয়েছে আপনাকে প্রোমোশন দেওয়ার। আপনি এখন থেকে আমাদের নতুন 'হেড অব স্ট্র্যাটেজিক ইনিশিয়েটিভস'।" অনন্যা প্রথমে স্তম্ভিত হয়ে গেল। হেড অব স্ট্র্যাটেজিক ইনিশিয়েটিভস! এটা তার স্বপ্নের পদ ছিল, যা সাধারণত আরও অভিজ্ঞ কর্মীদের দেওয়া হয়। তার বয়স এবং কর্মজীবনের অভিজ্ঞতা অনুযায়ী এত দ্রুত এই পদে আসাটা প্রায় অসম্ভব ছিল। তার বুক ধড়ফড় করে উঠল। "ম্যাম, আমি... আমি বিশ্বাস করতে পারছি না।" "আপনাকে বিশ্বাস করতে হবে, অনন্যা," মিসেস

দেশমুখ বললেন। "আপনার প্রতিভা আপনাকে এখানে এনেছে। তবে এই পদটি আপনার জন্য নতুন চ্যালেঞ্জ নিয়ে আসবে। আপনার দায়িত্ব অনেক বেড়ে যাবে। আপনাকে আরও বেশি ভ্রমণ করতে হবে, আন্তর্জাতিক ক্লায়েন্টদের সাথে কাজ করতে হবে। আপনার হাতে এখন কোম্পানির ভবিষ্যৎ।" অনন্যা মাথা নাড়ল। তার মনে এক ধরনের আনন্দ, এক ধরনের গর্ব, কিন্তু তার সাথে এক ধরনের ভয়ও দানা বাঁধতে শুরু করল। এই পদ মানে আরও বেশি চাপ, আরও বেশি ব্যস্ততা। তার ব্যক্তিগত জীবনের জন্য কি সময় থাকবে? রুদ্রের কথা মনে পড়ল।

অনন্যা দ্রুত তার ডেস্কের দিকে ফিরে এল। তার মনে তখন এক মিশ্র অনুভূতি। সে তার বান্ধবী সায়নীকে ফোন করে সব কথা বলল। সায়নী অনন্যার সাফল্যে অত্যন্ত খুশি হলো। "অনন্যা, আমি জানতাম তুই পারবি! এটা তোর প্রাপ্য। তুই এখন মুম্বাইয়ের কর্পোরেট জগতে একজন সত্যিকারের কুইন!" অনন্যা হাসল। সায়নীর উৎসাহ তাকে কিছুটা স্বস্তি দিলেও, তার মনে সেই অদৃশ্য চাপটা রয়েই গেল।

নতুন প্রোমোশন পাওয়ার পর অনন্যার জীবন সম্পূর্ণ বদলে গেল। তার কাজের চাপ অবিশ্বাস্যভাবে বেড়ে গেল। তাকে এখন শুধু তার নিজস্ব প্রজেক্ট নয়, কোম্পানির বিভিন্ন স্ট্র্যাটেজিক ইনিশিয়েটিভের নেতৃত্ব দিতে হতো। তার মিটিংয়ের সংখ্যা বেড়ে গেল, তার অফিসের সময়সূচী দীর্ঘতর হলো। সকালে সে সবার আগে অফিসে আসত, আর রাতে সে সবার শেষে অফিস ছাড়ত। তার হাতে আর ব্যক্তিগত

সময়ের ছিটেফোঁটাও ছিল না। উইকএন্ডেও তাকে অফিসের কাজ করতে হতো, আন্তর্জাতিক ক্লায়েন্টদের সাথে টাইম জোনের পার্থক্যের কারণে মধ্যরাতেও মিটিং করতে হতো।

অনন্যা নিজেকে বোঝাল, এটাই সাফল্যের মূল্য। এই পদটা তার ক্যারিয়ারের জন্য অত্যন্ত গুরুত্বপূর্ণ। কিন্তু ধীরে ধীরে সে অনুভব করতে লাগল, এই সাফল্যটা যেন তাকে এক 'গোল্ডেন কেজ'-এর মধ্যে আটকে ফেলছে। বাইরে থেকে দেখলে মনে হতো সে সফল, সে স্বাধীন। কিন্তু ভেতরে ভেতরে সে নিজেকে একাকী এবং বিচ্ছিন্ন অনুভব করছিল।

অনন্যার নতুন পদ তাকে কোম্পানির উচ্চপদস্থ কর্মকর্তাদের কাছাকাছি নিয়ে এল। সে এখন ম্যানেজমেন্ট কমিটির বিভিন্ন মিটিংয়ে যোগ দিত, কোম্পানির বড় বড় সিদ্ধান্তের অংশীদার হতো। কিন্তু এই নতুন পরিবেশ অনন্যাকে নতুন এক বাস্তবতার মুখোমুখি করল—**কর্পোরেট প্যাঁচ**। সে দেখল, কর্পোরেট জগতে ক্ষমতা আর ব্যক্তিগত স্বার্থের খেলাটা কতটা নোংরা হতে পারে।

তার টিমের কিছু সদস্য, যারা অনন্যাকে তার পুরোনো পদে মেনে নিতে পারছিল না, তারা তার পেছনে লাগতে শুরু করল। তারা তার কাজ নিয়ে সমালোচনা করত, তার সিদ্ধান্তগুলোকে প্রশ্ন করত। অনন্যাকে এই সব ছোটখাটো রাজনৈতিক খেলা সামলাতে হতো, যা তাকে মানসিকভাবে ক্লান্ত করে তুলত। সে বুঝতে পারছিল, কর্পোরেট জগতে টিকে থাকতে হলে শুধু দক্ষতাই যথেষ্ট নয়, রাজনৈতিক বুদ্ধিও প্রয়োজন।

অরিজিৎ (ষষ্ঠদশ অধ্যায়ে অনন্যার অফিসে ফিরে এসেছিল), যে অনন্যার পুরোনো প্রেম ছিল এবং এখন প্রতিদ্বন্দ্বী কোম্পানির প্রতিনিধি, সেও অনন্যার নতুন পদোন্নতিতে ঈর্ষা অনুভব করত। অরিজিৎ অনন্যার সহকর্মীদের সাথে যোগাযোগ রাখত, এবং তাদের মাধ্যমে অনন্যার ব্যক্তিগত জীবন ও পেশাদারী জীবন সম্পর্কে গুজব ছড়াত। ষষ্ঠবিংশ অধ্যায়ে রুদ্রের সাথে অনন্যার সম্পর্কের খবর অফিসে জানাজানি হওয়ার পেছনে অরিজিতের হাত ছিল। এখন অরিজিৎ অনন্যার ওপর আরও বেশি করে নজর রাখছিল, তার দুর্বলতা খুঁজে বের করার চেষ্টা করছিল।

একদিন অনন্যাকে একটি অত্যন্ত সংবেদনশীল প্রজেক্টের দায়িত্ব দেওয়া হলো। এটি একটি আন্তর্জাতিক প্রজেক্ট ছিল, যেখানে তাদের কোম্পানির একজন গুরুত্বপূর্ণ ক্লায়েন্টের সাথে চুক্তি হওয়ার কথা ছিল। এই চুক্তির ওপর কোম্পানির অনেক কিছু নির্ভর করছিল। প্রজেক্টের কাজ করতে গিয়ে অনন্যা কিছু নৈতিকতার দ্বন্দ্বের মুখোমুখি হলো। ক্লায়েন্টের একজন প্রতিনিধি অনন্যাকে অবৈধ প্রস্তাব দিল, যা তার নৈতিক মূল্যবোধের পরিপন্থী ছিল। অনন্যা এই প্রস্তাব প্রত্যাখ্যান করল, কিন্তু তার মনে হলো, যদি সে এই চুক্তিটা হাতছাড়া করে, তাহলে তার নতুন পদ হুমকির মুখে পড়বে।

অনন্যা তার বসের সাথে এই বিষয়ে আলোচনা করল। মিসেস দেশমুখ অনন্যাকে সরাসরি কোনো উত্তর দিলেন না, শুধু বললেন, "অনন্যা, কোম্পানির স্বার্থ সবার আগে। তোমাকে বুঝতে হবে, কর্পোরেট জগতে সব সময় সব কিছু

সাদা-কালো হয় না। মাঝে মাঝে ধূসর এলাকাতেও হাঁটতে হয়।" এই কথাগুলো অনন্যাকে দ্বিধায় ফেলে দিল। সে জানত না, সে কি তার নৈতিক মূল্যবোধ বিসর্জন দেবে তার ক্যারিয়ারের জন্য? নাকি তার নৈতিকতা বজায় রেখে তার পদ হারাবে?

এই ঘটনা অনন্যার মনে এক গভীর অস্থিরতা তৈরি করল। সে বুঝতে পারছিল, কর্পোরেট জগতের এই প্যাঁচ তার ব্যক্তিগত মূল্যবোধের সাথে সাংঘর্ষিক। সে নিজেকে প্রশ্ন করল, "এই সাফল্যটা কি সত্যিই আমার জন্য?" সে দেখল, তার চারপাশে সবাই শুধু নিজেদের স্বার্থ নিয়ে ব্যস্ত। এখানে কোনো আবেগ নেই, কোনো মানবিকতা নেই, শুধু আছে ক্ষমতা আর অর্থ। অনন্যা নিজেকে এই 'গোল্ডেন কেজ'-এর মধ্যে আরও বেশি আটকা পড়া মনে করল।

অনন্যা রুদ্রের সাথে নিয়মিত যোগাযোগ রাখত, কিন্তু তার ফোন কল আর মেসেজের সংখ্যা কমে গিয়েছিল। যখনই তারা কথা বলত, অনন্যা তার অফিসের চাপ, নতুন প্রজেক্টের কথা বলত। রুদ্র মনোযোগ দিয়ে শুনত, তাকে সাহস দিত। কিন্তু অনন্যা রুদ্রের কণ্ঠস্বরে এক ধরনের বিষণ্ণতা আর চাপ অনুভব করতে পারছিল। রুদ্র তাকে তার অর্থনৈতিক সমস্যার কথা বলেনি, তার ফটোগ্রাফি বন্ধ হয়ে যাওয়ার কথাও বলেনি (অষ্টাবিংশ অধ্যায়ে রুদ্রের এই কঠিন পরিস্থিতি)। রুদ্র চেয়েছিল অনন্যাকে চিন্তিত করতে না।

কিন্তু অনন্যা তার বান্ধবী সায়নীর কাছ থেকে রুদ্রের সব খবর জানত। সায়নী তাকে রুদ্রের মায়ের অসুস্থতা,

পরিবারের চাপ, তার কাজ বন্ধ হয়ে যাওয়া, আর তার অর্থনৈতিক সমস্যার কথা জানিয়েছিল। অনন্যা রুদ্রের এই কঠিন পরিস্থিতি শুনে খুব কষ্ট পেত। তার মনে এক ধরনের অপরাধবোধ কাজ করত। সে মুম্বাইয়ে বসে তার ক্যারিয়ারের চূড়ায় উঠছে, যখন রুদ্র কলকাতায় তার জীবন নিয়ে সংগ্রাম করছে। এই বৈপরীত্য অনন্যার মনে এক নতুন ধরনের যন্ত্রণা সৃষ্টি করত।

যখন অনন্যা কোনো বড় চুক্তি স্বাক্ষর করত, অথবা কোনো গুরুত্বপূর্ণ মিটিংয়ে সাফল্য অর্জন করত, তখন তার মনে রুদ্রের কষ্টটা ফিরে আসত। সে ভাবত, রুদ্র কি এখন কাজ করতে পারছে? তার ফটোগ্রাফি কি আবার শুরু হয়েছে? তার মায়ের শরীর কেমন আছে? অনন্যা রুদ্রকে তার সাফল্য সম্পর্কে বিস্তারিত বলত না, কারণ সে জানত রুদ্রের কষ্টটা আরও বেশি বাড়বে।

অনন্যার মনে হতো, তার এই সাফল্যটা যেন এক ধরনের 'ছায়া' তৈরি করছে, যা রুদ্রের জীবনের ওপর পড়ছে। সে জানত, রুদ্রের ভালোবাসা নিঃশর্ত ছিল, রুদ্র তার ক্যারিয়ারকে সম্মান করত। কিন্তু অনন্যার এই সাফল্য কি তাদের সম্পর্কের মাঝে এক নতুন দূরত্ব তৈরি করছে? এই প্রশ্নগুলো তাকে অস্থির করে তুলত। সে রুদ্রকে ভালোবাসে, তাকে বিশ্বাস করে, তার সাথে সারাজীবন থাকতে চায়। কিন্তু তার ক্যারিয়ারের এই নতুন দিকটা তাদের ভালোবাসার পথে এক নতুন চ্যালেঞ্জ হয়ে দাঁড়াচ্ছিল।

অনন্যার নতুন পদ তাকে এমন ব্যস্ত করে তুলেছিল যে, তার ব্যক্তিগত সময় প্রায় শূন্য হয়ে গিয়েছিল। রুদ্রের সাথে তার নিয়মিত ভিডিও কল আর মেসেজের সংখ্যা কমে গেল। আগে যেখানে তারা দিনের মধ্যে বেশ কয়েকবার কথা বলত, এখন সেখানে দিনে একবারও কথা বলার সময় পেত না। তাদের কথোপকথনগুলো সংক্ষিপ্ত হয়ে আসছিল, শুধু কুশল বিনিময় আর কাজের কথা। তাদের সেই 'গল্প বলা রাত' (একবিংশ অধ্যায়), তাদের সেই 'ধীরে ধীরে সম্পর্ক গড়া' আর 'এখন বাঁচা'-র সিদ্ধান্ত (দ্বাবিংশ অধ্যায়) যেন কর্পোরেট ব্যস্ততার চাপে ধীরে ধীরে ফিকে হয়ে যাচ্ছিল।

রুদ্রের মনে তখন এক ধরনের উদ্বেগ দানা বাঁধছিল। অনন্যা তাকে ফোন করত, কিন্তু তার কণ্ঠস্বরে এক ধরনের ক্লান্তি ছিল, এক ধরনের দূরত্ব। সে রুদ্রের সাথে তার ব্যক্তিগত অনুভূতিগুলো আগের মতো ভাগ করত না। রুদ্র জানত অনন্যা তার ক্যারিয়ার নিয়ে ব্যস্ত, কিন্তু তার মনে হতো, অনন্যা যেন ধীরে ধীরে তার থেকে দূরে সরে যাচ্ছে। তার মনে সেই পুরোনো ভয়টা ফিরে এল—যদি অনন্যা তাকে ছেড়ে চলে যায়? যদি তার ক্যারিয়ার তার ভালোবাসা থেকে বড় হয়ে যায়?

রুদ্র অনন্যাকে ফোন করত, কিন্তু বেশিরভাগ সময়ই অনন্যা ফোন ধরত না, অথবা মেসেজের উত্তরে দেরি করত। "আমি মিটিংয়ে আছি," "আমি প্রেজেন্টেশন করছি," "আমি ক্লায়েন্টের সাথে ব্যস্ত"—এই ধরনের মেসেজ রুদ্রের কাছে আসত। রুদ্র বুঝতে পারছিল অনন্যার ব্যস্ততা, কিন্তু তার মনে

এক ধরনের শূন্যতা তৈরি হচ্ছিল। সে অনুভব করছিল, অনন্যা তার থেকে দূরে চলে যাচ্ছে। তাদের ভালোবাসাটা যেন এক নীরব সংঘাতের মুখোমুখি হয়েছিল।

এই পরিস্থিতিতে অনন্যা নিজেকে খুব একা অনুভব করছিল। সে সফল ছিল, কিন্তু তার পাশে রুদ্র ছিল না, তার মনের কথা শোনার মতো কেউ ছিল না। তার চারপাশে সবাই শুধু তার কাজ আর তার সাফল্যের কথা বলত, কিন্তু তার ভেতরের কষ্ট, তার নৈতিকতার দ্বন্দ্ব, তার রুদ্রের প্রতি ভালোবাসা—এগুলো বোঝার মতো কেউ ছিল না। অনন্যা অনুভব করল, তার এই 'উন্নতি' তাকে এক ধরনের বিচ্ছিন্নতা উপহার দিয়েছে।

সেই রাতে অনন্যা তার মুম্বাইয়ের ফ্ল্যাটে ফিরে এল। রাত তখন গভীর। তার শরীর ক্লান্ত, তার মন অস্থির। সে তার ডায়েরিটা খুলল, তার মনের সব ভার সে ডায়েরির পাতায় রাখতে চাইল।

প্রিয় রুদ্র (আমার জীবনের আলো),

আমি প্রোমোশন পেয়েছি, রুদ্র। হেড অব স্ট্র্যাটেজিক ইনিশিয়েটিভস। এটা আমার স্বপ্নের পদ ছিল। আমি আমার ক্যারিয়ারের চূড়ায় পৌঁছে গেছি। বাইরে থেকে দেখলে মনে হবে আমি খুব সফল, আমি খুব সুখী। কিন্তু আমার মনে হচ্ছে, আমি এক 'গোল্ডেন কেজ'-এর মধ্যে আটকে গেছি।

এই পদটা আমাকে আরও বেশি চাপ দিয়েছে, রুদ্র। আমি দিন-রাত কাজ করছি। আমার হাতে আর কোনো ব্যক্তিগত

সময় নেই। তোমার সাথে কথা বলার মতো সময়ও পাই না। আমার মনে হচ্ছে, আমি তোমাকে ধীরে ধীরে হারিয়ে ফেলছি। তুমি আমাকে ফোন করো, মেসেজ পাঠাও, কিন্তু আমি তোমাকে উত্তর দিতে পারি না। আমার খুব কষ্ট হয়, রুদ্র। আমি জানি তুমি আমাকে ভুল বুঝবে।

আর এই কর্পোরেট প্যাঁচ। আমি এখানে এক নতুন জগতের মুখোমুখি হয়েছি, রুদ্র। এখানে সবাই শুধু নিজেদের স্বার্থ নিয়ে ব্যস্ত। নৈতিকতা, মানবিকতা—কোনো কিছুর মূল্য নেই। আমাকে একটি প্রজেক্টে এমন কিছু করতে বলা হয়েছিল, যা আমার মূল্যবোধের পরিপন্থী। আমি জানি না, আমি কি এই সব কিছু মেনে নিতে পারব? এই সাফল্যটা কি আমার জন্য?

আমি জানি তুমি এখন খুব কঠিন সময়ের মধ্যে দিয়ে যাচ্ছ, রুদ্র। তোমার মা অসুস্থ, তোমার কাজ বন্ধ হয়ে গেছে, তোমার অর্থনৈতিক সমস্যা শুরু হয়েছে (অষ্টাবিংশ অধ্যায়ে উল্লিখিত)। আর আমি এখানে আমার সাফল্যের চূড়ায় উঠছি। আমার মনে এক ধরনের অপরাধবোধ কাজ করে, রুদ্র। আমি তোমাকে সাহায্য করতে পারছি না। আমি তোমার পাশে থাকতে পারছি না। এই দূরত্বটা আমাকে খুব কষ্ট দিচ্ছে।

আমার মনে হয়, আমাদের ভালোবাসাটা আজ এক কঠিন পরীক্ষার মুখে। আমার ক্যারিয়ারের চাপ, কর্পোরেট প্যাঁচ—সবকিছুই আমাদের ভালোবাসাকে পরীক্ষা করছে। আমি জানি না, এই সব কিছুর মাঝে আমাদের ভালোবাসাটা কি টিকে থাকবে? আমি কি এই 'অনিশ্চয়তা' (চতুর্বিংশ অধ্যায়ে উল্লিখিত) থেকে মুক্তি পাব না?

আমি তোমাকে খুব ভালোবাসি, রুদ্র। আমার সব সাফল্য সত্ত্বেও আমি তোমাকে ভালোবাসি। আমার মনে হয়, আমি এই গোল্ডেন কেজ থেকে মুক্তি পেতে চাই। আমি শুধু তোমার পাশে থাকতে চাই, রুদ্র। আমার সব স্বপ্ন, সব সাফল্য তোমাকে ছাড়া অর্থহীন।

আমি জানি না, এইবার আমরা কি জিততে পারব? এই ঝড়টা আমাকে ভেঙে দিচ্ছে, রুদ্র। আমি শুধু তোমার নরম আলোর কাছে ফিরে যেতে চাই। কিন্তু কিভাবে?

ইতি,

তোমার অনন্যা

(যে এখন গোল্ডেন কেজ-এর মধ্যে আটকা)

অনন্যা ডায়েরি বন্ধ করে জানালার বাইরে তাকিয়ে রইল। মুম্বাইয়ের আলো ঝলমল করছিল, কিন্তু তার ভেতরে তখন শুধু এক ধরনের অন্ধকার। তার 'উন্নতি' তাকে এক নতুন চ্যালেঞ্জের মুখে ঠেলে দিল, যেখানে ব্যক্তিগত সুখের সাথে পেশাদারী জীবনের সংঘাত অনিবার্য হয়ে উঠল। এই 'কর্পোরেট প্যাঁচ' অনন্যার জীবনকে এক নতুন অনিশ্চয়তার মুখে ঠেলে দিল, আর তার ভালোবাসার সম্পর্ক এক নতুন অগ্নিপরীক্ষার মুখোমুখি হলো। সে এখন আর শুধু রুদ্রের অনুপস্থিতির কারণে কষ্ট পাচ্ছিল না, বরং তার নিজের সাফল্যের কারণেও এক নতুন ধরনের একাকীত্ব অনুভব করছিল। এই 'ঝড়ের সময়'-এ রুদ্র আর অনন্যা দুজনেই

নিজেদের ব্যক্তিগত যুদ্ধে সংগ্রাম করছিল, আর তাদের ভালোবাসার পথ ক্রমেই আরও কঠিন হয়ে উঠছিল।

Ch. 30: দূরত্ব বাড়ে

পঞ্চবিংশ অধ্যায়ের সেই এক সপ্তাহ অনন্যা আর রুদ্রের জীবনে ছিল এক স্বপ্নের মতো, যেখানে ভালোবাসার 'ভাঙা কাঁচ' (চতুর্থ অধ্যায়) জোড়া লেগেছিল 'নরম আলো'-য় (পঞ্চবিংশ অধ্যায়), আর তাদের সম্পর্ক হয়ে উঠেছিল আরও পরিপক্ক ও শক্তিশালী। ত্রয়োবিংশ অধ্যায়ে রুদ্রের প্রেমের স্বীকারোক্তি তাদের এক নতুন দিগন্তে নিয়ে গিয়েছিল, আর দ্বাবিংশ অধ্যায়ে তারা সিদ্ধান্ত নিয়েছিল ধীরগতিতে সম্পর্ক গড়ার এবং 'এখন বাঁচা'-র। তাদের এই বিশ্বাস ছিল যে ভালোবাসা সব বাধা পেরিয়ে যেতে পারবে। কিন্তু ভালোবাসার পথ সব সময় মসৃণ হয় না। ষষ্ঠবিংশ অধ্যায়ে অনন্যার কর্পোরেট জীবনে তাদের সম্পর্কের খবর জানাজানি হয়ে যাওয়ায় তার ওপর তীব্র চাপ সৃষ্টি হয়েছিল। সপ্তবিংশ অধ্যায়ে রুদ্রের মায়ের অসুস্থতা এবং পারিবারিক পক্ষ থেকে আসা বিয়ের চাপ তাদের সম্পর্ককে এক কঠিন পরীক্ষার মুখে ঠেলে দিয়েছিল। আর অষ্টাবিংশ অধ্যায়ে রুদ্রের ফটোগ্রাফি কাজ বন্ধ হয়ে যাওয়ায় তীব্র অর্থনৈতিক সমস্যা তাদের জীবনে এক নতুন ঝড় নিয়ে এসেছিল। ঊনত্রিংশ অধ্যায়ে অনন্যা তার ক্যারিয়ারে প্রোমোশন পেলেও, তা তাকে কর্পোরেট প্যাঁচের গভীরে টেনে নিয়ে গিয়েছিল, যার ফলে তার ব্যক্তিগত জীবন আরও বেশি চ্যালেঞ্জের মুখে পড়েছিল। এই সব বাহ্যিক ও

অভ্যন্তরীণ চাপের ফলে অনন্যা ও রুদ্রের সম্পর্ক এক নতুন পরীক্ষার মুখোমুখি হয়, যেখানে তাদের পারস্পরিক দূরত্ব বাড়তে শুরু করে।

ঊনত্রিংশ অধ্যায়ে অনন্যা তার ক্যারিয়ারের চূড়ায় পৌঁছেছিল, 'হেড অব স্ট্র্যাটেজিক ইনিশিয়েটিভস' পদে পদোন্নতি পেয়েছিল। কিন্তু এই সাফল্যের সঙ্গে এসেছিল এক অবিশ্বাস্য চাপ আর ব্যস্ততা। তার নতুন পদ তাকে এমনভাবে গ্রাস করেছিল যে, তার ব্যক্তিগত সময়ের ছিটেফোঁটাও ছিল না। তার দিনগুলো শুরু হতো সকালে সবার আগে অফিসে এসে, আর শেষ হতো মধ্যরাতে সবার শেষে অফিস থেকে বেরিয়ে। আন্তর্জাতিক ক্লায়েন্টদের সাথে টাইম জোনের পার্থক্যের কারণে তাকে প্রায়শই গভীর রাতে মিটিং করতে হতো। দেশের বিভিন্ন শহরে তাকে ঘন ঘন ভ্রমণ করতে হতো, নতুন প্রজেক্টের জন্য মিটিং করতে হতো, প্রেজেন্টেশন দিতে হতো।

মুম্বাইয়ের কর্পোরেট জগতের এই কর্পোরেট প্যাঁচ (ঊনত্রিংশ অধ্যায়ে উল্লিখিত) অনন্যাকে মানসিকভাবে ক্লান্ত করে তুলছিল। তার টিমের মধ্যেকার অভ্যন্তরীণ রাজনীতি, অরিজিতের (ষষ্ঠদশ অধ্যায়ে ফিরে এসেছিল) ক্রমাগত নজরদারি আর তার ঈর্ষাপরায়ণতা—সবকিছু মিলিয়ে অনন্যাকে সবসময় সতর্ক থাকতে হতো। নৈতিকতার দ্বন্দ্বগুলো তাকে মানসিকভাবে আরও পীড়িত করছিল। সে দেখল, কর্পোরেট জগতে টিকে থাকতে হলে শুধু দক্ষতাই যথেষ্ট নয়, কিছু সময় নৈতিকতার সাথে আপোষও করতে

হয়, যা অনন্যার মূল্যবোধের পরিপন্থী ছিল। এই সব কিছু মিলিয়ে অনন্যা এতটাই মানসিক চাপে ছিল যে, সে যখন রাতে তার ফ্ল্যাটে ফিরত, তখন তার শরীর ও মন এতটাই ক্লান্ত থাকত যে, সে কোনো কিছুতেই আর মনোযোগ দিতে পারত না। তার মনে হতো, সে যেন এক 'গোল্ডেন কেজ'-এর মধ্যে আটকা পড়েছে, যেখানে সাফল্য আছে, কিন্তু শান্তি নেই।

অন্যদিকে, রুদ্রের জীবনটা ছিল সম্পূর্ণ ভিন্ন এক অন্ধকারে ঢাকা। অষ্টাবিংশ অধ্যায়ে তার ফটোগ্রাফি কাজ বন্ধ হয়ে যাওয়ায় সে তীব্র অর্থনৈতিক সমস্যার মধ্যে ডুবে গিয়েছিল। তার মায়ের গুরুতর অসুস্থতা (সপ্তবিংশ অধ্যায়ে উল্লিখিত) তার মানসিক চাপকে আরও বাড়িয়ে দিয়েছিল। হাসপাতালের বিল, ওষুধের খরচ, স্টুডিওর ভাড়া—সবকিছু মেটাতে গিয়ে তার সঞ্চয় ফুরিয়ে এসেছিল। রুদ্রের পরিবারও তাকে বিয়ের জন্য অবিরাম চাপ দিচ্ছিল, যা রুদ্রের মনে এক তীব্র সংঘাত তৈরি করছিল—মায়ের শেষ ইচ্ছা বনাম অনন্যার প্রতি তার অটুট ভালোবাসা। এই সব কিছু মিলে রুদ্রের শিল্পসত্তা যেন নিভে গিয়েছিল, সে ক্যামেরা হাতে নিতে পারত না, তার মনে কোনো অনুপ্রেরণা আসত না। তার 'ছায়ার গল্প' প্রজেক্ট (দ্বাদশ অধ্যায়ে শুরু হয়েছিল) যেন অসম্পূর্ণই রয়ে গিয়েছিল। রুদ্র নিজেকে তার স্টুডিওর চার দেওয়ালের মধ্যেই encerrado করে রাখত। তার বন্ধু অভ্রজিৎ তাকে সান্ত্বনা দেওয়ার চেষ্টা করত, কিন্তু রুদ্রের মন এমনভাবে ভেঙে গিয়েছিল যে, সে কারো সাথে তার কষ্টগুলো ভাগ করে নিতে

পারত না। তার মনে এক ধরনের অপরাধবোধ কাজ করত—সে নিজেকে অনন্যার যোগ্য মনে করত না। অনন্যা যখন তার ক্যারিয়ারের চূড়ায় উঠছে, তখন সে নিজেই এক ব্যর্থ মানুষ, যে নিজের জীবন সামলাতে পারছে না। এই ভাবনাটা রুদ্রের আত্মসম্মানে আঘাত করত। সে অনন্যাকে তার এই কঠিন পরিস্থিতির কথা জানায়নি, কারণ সে চেয়েছিল না অনন্যা চিন্তিত হোক, অথবা তাকে একজন ব্যর্থ মানুষ মনে করুক।

অনন্যা ও রুদ্র দুজনেই তাদের ব্যক্তিগত সংগ্রামের মধ্য দিয়ে যাচ্ছিল, যার ফলে তাদের পারস্পরিক যোগাযোগে এক নতুন ধরনের দূরত্ব তৈরি হতে শুরু করল। দ্বাবিংশ অধ্যায়ে তারা সিদ্ধান্ত নিয়েছিল যে তারা নিয়মিত যোগাযোগ রাখবে, কোনো লুকোচুরি থাকবে না, এবং একে অপরের স্বপ্নকে সমর্থন করবে। কিন্তু বাস্তবতার চাপ তাদের সেই অঙ্গীকারকে কঠিন পরীক্ষার মুখে ফেলল।

অনন্যা আর রুদ্রের দেখা হওয়ার ফ্রিকোয়েন্সি অবিশ্বাস্যভাবে কমে গেল। আগে যেখানে তারা মাঝে মাঝে কলকাতা বা মুম্বাই গিয়ে একে অপরের সাথে দেখা করত, এখন সেখানে অনন্যার ব্যস্ততা আর রুদ্রের অর্থনৈতিক সমস্যার কারণে তাদের দেখা হওয়ার সুযোগ প্রায় শূন্য হয়ে গেল। অনন্যাকে এখন প্রায়শই বিদেশে ক্লায়েন্টদের সাথে মিটিংয়ের জন্য যেতে হতো, আর রুদ্রের কাছে বিমান ভাড়া বা হোটেলের খরচ মেটানোর মতো অর্থ ছিল না। তাদের দেখা হওয়ার পরিকল্পনাগুলো বারবার বাতিল হতে লাগল, যার ফলে তাদের মনে এক ধরনের হতাশা দানা বাঁধল।

যখন তারা কথা বলত, তাদের ফোন কলগুলো সংক্ষিপ্ত হয়ে আসছিল। আগে যেখানে তারা ঘন্টার পর ঘন্টা গল্প করত, তাদের দৈনন্দিন জীবনের সব ছোট ছোট ঘটনা, তাদের স্বপ্ন, তাদের ভয়—সবকিছুই ভাগ করে নিত, এখন সেখানে তাদের কথোপকথনগুলো ছিল শুধু কুশল বিনিময় আর কাজের কথা। অনন্যা যখন রুদ্রকে ফোন করত, তখন তার কণ্ঠস্বরে এক ধরনের ক্লান্তি থাকত। সে তার অফিসের চাপ, নতুন প্রজেক্টের কথা সংক্ষেপে বলত। তার হাতে সময় থাকত না, তার মনও এত ক্লান্ত থাকত যে, সে আর ব্যক্তিগত অনুভূতিগুলো ভাগ করে নিতে পারত না। রুদ্রের কষ্টগুলো সে জানত সায়নীর কাছ থেকে, তাই সে রুদ্রকে তার সাফল্য সম্পর্কে বিস্তারিত বলত না, পাছে রুদ্রের কষ্ট বাড়ে। এই নীরবতা অনন্যার মনে এক ধরনের অপরাধবোধ তৈরি করত।

রুদ্র যখন অনন্যার ফোন ধরত, তখন তার কণ্ঠস্বরে এক ধরনের বিষণ্ণতা আর চাপ থাকত। সে তার মায়ের অসুস্থতা বা পরিবারের চাপের কথা অনন্যাকে বিস্তারিত বলত না। তার অর্থনৈতিক সমস্যার কথা সে অনন্যার কাছ থেকে গোপন রাখত, কারণ সে নিজেকে অনন্যার যোগ্য মনে করত না। রুদ্র চাইত না অনন্যা তাকে একজন ব্যর্থ মানুষ মনে করুক। এই লুকোচুরি তাদের ভালোবাসার মাঝে এক অদৃশ্য দেয়াল তৈরি করছিল।

তাদের মেসেজ চালাচালিও কমে গিয়েছিল, আর বার্তার উত্তর দিতে দেরি হতো। আগে যেখানে মেসেজ পাঠালে সাথে সাথে

উত্তর পাওয়া যেত, এখন সেখানে উত্তর আসতে ঘণ্টার পর ঘণ্টা, এমনকি কখনো কখনো দিনের পর দিন লেগে যেত।

অনন্যা মিটিংয়ে ব্যস্ত থাকত, অথবা ক্লায়েন্টদের সাথে কথা বলত। তার ফোনটা অনেক সময় সাইলেন্ট থাকত, অথবা সে মেসেজের উত্তর দেওয়ার মতো সময় পেত না। যখন সে মেসেজের উত্তর দিত, তখন তা ছিল সংক্ষিপ্ত—"আমি মিটিংয়ে আছি," "আমি ব্যস্ত," "পরে কথা বলছি।" এই সংক্ষিপ্ত উত্তরগুলো রুদ্রের মনে এক ধরনের উদ্বেগ সৃষ্টি করত।

রুদ্র যখন অনন্যার মেসেজের উত্তর দিত, তখন তার কণ্ঠে এক ধরনের হতাশা থাকত। সে তার মনের কথা বলতে চাইত, কিন্তু অনন্যার ব্যস্ততা তাকে বাধা দিত। সে জানত, অনন্যা ব্যস্ত, কিন্তু তার মনে হতো, অনন্যা যেন ধীরে ধীরে তার থেকে দূরে সরে যাচ্ছে। তার মনে সেই পুরোনো ভয়টা ফিরে এল—যদি অনন্যা তাকে ছেড়ে চলে যায়? যদি তার ক্যারিয়ার তার ভালোবাসা থেকে বড় হয়ে যায়?

এই সব কিছু মিলিয়ে তাদের সম্পর্ক এক নীরব সংঘাতের মুখোমুখি হয়েছিল। তারা দুজনেই একে অপরের জন্য অনুভব করত, কিন্তু তাদের জীবনের কঠিন বাস্তবতা তাদের দূরে ঠেলে দিচ্ছিল।

এই শারীরিক এবং যোগাযোগের দূরত্ব ধীরে ধীরে তাদের মাঝে এক **আবেগিক দূরত্ব** তৈরি করতে শুরু করল। তাদের ভালোবাসার ভিত্তি ছিল বিশ্বাস আর বোঝাপড়া (একবিংশ ও দ্বাবিংশ অধ্যায়), কিন্তু এখন সেই বিশ্বাস আর বোঝাপড়া

পরীক্ষার মুখে। তারা একে অপরের ভেতরের কষ্টগুলো জানতে পারছিল না, বা ভাগ করে নিতে পারছিল না।

অনন্যা অনুভব করছিল, রুদ্রের থেকে সে যেন ধীরে ধীরে বিচ্ছিন্ন হয়ে যাচ্ছে। তার মনে হতো, সে একা। তার সাফল্য তাকে একাকীত্ব দিচ্ছিল, আর রুদ্রের সাথে তার যোগাযোগ কমে যাওয়ায় তার শূন্যতা আরও বাড়ছিল। তার মনে সেই পুরোনো ভয়টা ফিরে এল—তার ক্যারিয়ার কি তাকে ভালোবাসার থেকে দূরে সরিয়ে দিচ্ছে? তার মনে এক ধরনের অপরাধবোধ কাজ করত, কারণ রুদ্র এত কষ্টের মধ্যে দিয়ে যাচ্ছে, আর সে তাকে সাহায্য করার জন্য কিছু করতে পারছে না।

রুদ্রও এক গভীর একাকীত্বে ডুবে গিয়েছিল। অনন্যার ব্যস্ততা, তার সংক্ষিপ্ত বার্তা—সবকিছু রুদ্রের মনে এক নতুন ধরনের উদ্বেগ সৃষ্টি করত। তার মনে হতো, অনন্যা তাকে ভুলে যাচ্ছে, অথবা তাকে আর আগের মতো ভালোবাসছে না। রুদ্রের মনে সেই পুরোনো নিরাপত্তাহীনতাটা ফিরে এল, যা তার শিল্পের উপরও প্রভাব ফেলছিল। তার মনে হতো, সে অনন্যার যোগ্য নয়। এই ভাবনাটা রুদ্রের মানসিক অবস্থাকে আরও দুর্বল করে তুলছিল।

তাদের সেই 'ধীরে ধীরে সম্পর্ক গড়া' আর 'এখন বাঁচা'-র সিদ্ধান্ত (দ্বাবিংশ অধ্যায়) যেন বাস্তবতার কঠিন আঘাতে ভেঙে যাচ্ছিল। তারা ভবিষ্যতের কথা না ভেবে বর্তমানকে উপভোগ করতে চেয়েছিল, কিন্তু এখন বর্তমানই তাদের কাছে এক কঠিন পরীক্ষায় পরিণত হয়েছিল, যেখানে ভবিষ্যৎ ক্রমাগত

তাদের সম্পর্কের ওপর চাপ সৃষ্টি করছিল। তাদের ভালোবাসা, যা 'ভাঙা কাঁচ' থেকে 'নরম আলো'-য় রূপান্তরিত হয়েছিল (পঞ্চবিংশ অধ্যায়), এখন সেই নরম আলোও যেন ফিকে হয়ে আসছিল, আর ভাঙা কাঁচের ফাটলগুলো আবার স্পষ্ট হয়ে উঠছিল।

সেই রাতে অনন্যা তার মুম্বাইয়ের ফ্ল্যাটে ফিরে এল। রাত তখন গভীর। তার শরীর ক্লান্ত, তার মন অস্থির। সে তার ডায়েরিটা খুলল, তার মনের সব ভার সে ডায়েরির পাতায় রাখতে চাইল।

প্রিয় রুদ্র (দূরত্বের ছায়া),

আমাদের মধ্যে দূরত্ব বাড়ছে, রুদ্র। আমাদের দেখা কমে যাচ্ছে, ফোন কল ছোট হচ্ছে, আর বার্তার উত্তর দিতে দেরি হচ্ছে। আমি জানি, আমি খুব ব্যস্ত। আমার নতুন পদটা আমাকে দিন-রাত কাজ করাচ্ছে। আমি মাঝে মাঝে তোমার ফোন ধরতে পারি না, তোমার মেসেজের উত্তর দিতে পারি না। আমার খুব কষ্ট হয়, রুদ্র। আমি জানি তুমি আমাকে ভুল বুঝবে।

কিন্তু তুমিও কেমন যেন নিজেকে গুটিয়ে নিচ্ছ, রুদ্র। তোমার মা অসুস্থ, তোমার পরিবার তোমাকে বিয়ের জন্য চাপ দিচ্ছে, আর তোমার কাজও বন্ধ হয়ে গেছে। সায়নী আমাকে সব কথা বলেছে। আমি জানি তুমি কত কঠিন সময়ের মধ্যে দিয়ে যাচ্ছ। কিন্তু কেন তুমি আমাকে কিছু বলো না, রুদ্র? কেন তুমি আমার কাছ থেকে তোমার কষ্টগুলো লুকাও?

আমরা তো একসাথে সব চ্যালেঞ্জ মোকাবেলা করার কথা দিয়েছিলাম।

আমার মনে হচ্ছে, আমাদের ভালোবাসাটা আজ এক কঠিন পরীক্ষার মুখে। আমার ক্যারিয়ারের চাপ, কর্পোরেট প্যাঁচ—সবকিছুই আমাদের ভালোবাসাকে পরীক্ষা করছে। আমি জানি না, এই সব কিছুর মাঝে আমাদের ভালোবাসাটা কি টিকে থাকবে? আমার খুব ভয় হচ্ছে, রুদ্র। মনে হচ্ছে, আমি এক গোল্ডেন কেজ-এর মধ্যে আটকা, আর তুমি অন্য এক অন্ধকারে ডুবে আছ। আর আমাদের মাঝে সেই অদৃশ্য দূরত্বটা শুধু বাড়ছে।

আমি তোমাকে খুব ভালোবাসি, রুদ্র। কিন্তু এই দূরত্বটা আমাকে খুব কষ্ট দিচ্ছে। আমার মনে হচ্ছে, আমি তোমাকে ধীরে ধীরে হারিয়ে ফেলছি। আমাদের সম্পর্কটা কি এইভাবেই শেষ হয়ে যাবে? আমার খুব কষ্ট হচ্ছে, ডায়েরি। আমার মনে শুধু শূন্যতা। আমি শুধু তোমার নরম আলোর কাছে ফিরে যেতে চাই। কিন্তু কিভাবে?

ইতি,

তোমার অনন্যা

(যে এখন দূরত্বের যন্ত্রণায়)

রুদ্র তার স্টুডিওতে একা বসে ছিল। রাত তখন গভীর। তার ডায়েরিটা তার সামনে খোলা ছিল। তার মনে এক গভীর শূন্যতা। অনন্যার সাথে তার যোগাযোগ কমে গেছে, তার

আলোর নিচে এক পলক

মেসেজের উত্তর আসতে দেরি হচ্ছে। রুদ্র অনুভব করছিল, অনন্যা তার থেকে দূরে সরে যাচ্ছে।

প্রিয় ডায়েরি,

অনন্যা আমার থেকে দূরে সরে যাচ্ছে, ডায়েরি। ওর ফোন কলগুলো ছোট হচ্ছে, ওর মেসেজের উত্তর আসতে দেরি হচ্ছে। আমি জানি, ও খুব ব্যস্ত। ওর নতুন পদ, ওর কর্পোরেট জীবন—সবকিছুই ওকে গ্রাস করে ফেলেছে। কিন্তু আমার মনে হচ্ছে, ও আমাকে ভুলে যাচ্ছে।

আমার খুব কষ্ট হচ্ছে, ডায়েরি। আমার মায়ের অসুস্থতা, পরিবারের চাপ, আমার কাজ বন্ধ হয়ে যাওয়া, অর্থনৈতিক সমস্যা—সবকিছু মিলে আমাকে পাগল করে দিচ্ছে। আমি নিজেকে খুব অসহায় মনে করছি। আমি অনন্যার যোগ্য নই, ডায়েরি। আমি ওকে কী দেব? আমার কাছে কিছুই নেই।

আমি ওকে আমার এই কষ্টের কথা বলতে পারি না, ডায়েরি। আমি চাই না সে আমাকে দুর্বল ভাবুক। আমি চাই না সে আমার জন্য চিন্তিত হোক। কিন্তু আমার এই নীরবতাটা আমাদের মাঝে একটা দেয়াল তৈরি করছে। আমি জানি না, কিভাবে এই দেয়ালটা ভাঙব।

আমার মনে হচ্ছে, আমাদের ভালোবাসাটা আজ এক কঠিন পরীক্ষার মুখে। আমি ওকে হারাতে চাই না, ডায়েরি। আমি ওকে খুব ভালোবাসি। কিন্তু আমার মনে হচ্ছে, আমি ওকে ধীরে ধীরে হারিয়ে ফেলছি। এই দূরত্বটা আমাকে খুব কষ্ট দিচ্ছে।

আমার মনে হয়, এইবার আমরা হেরে যাব। আমাদের ভালোবাসা এই বাস্তবতা মোকাবেলা করতে পারবে না। আমি শুধু অনন্যার পাশে থাকতে চাই, ওকে আমার সব কষ্ট বলতে চাই। কিন্তু এখন সেই সুযোগটা আর নেই। আমি একা, ডায়েরি। সম্পূর্ণ একা। আমার মনে শুধু এক গভীর শূন্যতা।

রুদ্র

ত্রিংশ অধ্যায় অনন্যা ও রুদ্রের সম্পর্কের এক কঠিন বাস্তবতাকে তুলে ধরল। তাদের জীবনের চাপগুলো তাদের পারস্পরিক যোগাযোগকে প্রভাবিত করেছিল, যার ফলে তাদের দেখা কমে গিয়েছিল, ফোন কল ছোট হয়েছিল এবং বার্তার উত্তর দিতে দেরি হয়েছিল। এই সব কিছু মিলে তাদের ভালোবাসার মাঝে এক নীরব দূরত্ব তৈরি করেছিল, যা তাদের আবেগিক বন্ধনকে দুর্বল করে দিচ্ছিল। এই 'দূরত্ব বাড়ে' তাদের সম্পর্কের ভবিষ্যৎকে এক নতুন অনিশ্চয়তার মুখে ঠেলে দিল, যেখানে ভালোবাসা বাস্তবতার কঠিন চাপে ধীরে ধীরে ফিকে হয়ে আসছিল।

Ch. 31: সম্পর্ক প্রশ্নের মুখে

ত্রিংশ অধ্যায়ের সেই ক্রমবর্ধমান দূরত্ব অনন্যা আর রুদ্রের সম্পর্ককে এক কঠিন অগ্নিপরীক্ষার মুখে ঠেলে দিয়েছিল। অনন্যা, যে ঊনত্রিংশ অধ্যায়ে তার কর্পোরেট জীবনের সাফল্যের চূড়ায় পৌঁছেছিল, নিজেকে 'গোল্ডেন কেজ'-এর

মধ্যে আটকা পড়া মনে করছিল। তার দিনগুলো কাটত কর্পোরেট প্যাঁচ, মিটিং আর নিত্যনতুন প্রজেক্টের চাপে। তার হাতে ব্যক্তিগত সময়ের ছিটেফোঁটাও ছিল না, আর মানসিক ক্লান্তিতে সে রুদ্রের সাথে খোলাখুলি কথা বলার শক্তিও পেত না। অন্যদিকে, রুদ্র অষ্টাবিংশ অধ্যায়ে তার মায়ের অসুস্থতা, পরিবারের পক্ষ থেকে বিয়ের চাপ এবং তার ফটোগ্রাফি কাজ বন্ধ হয়ে যাওয়ায় তীব্র অর্থনৈতিক সমস্যায় ডুবে গিয়েছিল। তার শিল্পীসত্তা যেন নিভে যাচ্ছিল, আর সে নিজেকে অনন্যার যোগ্য মনে করত না, তাই নিজের কষ্টগুলো অনন্যার কাছ থেকে গোপন রাখত। পঞ্চবিংশ অধ্যায়ে তাদের যে পরিপক্ক সম্পর্ক গড়ে উঠেছিল, যেখানে 'ভাঙা কাঁচ' জোড়া লেগেছিল 'নরম আলো'-য়, এখন সেই আলোও যেন ফিকে হয়ে আসছিল। তাদের দেখা কমে গিয়েছিল, ফোন কল ছোট হয়েছিল, আর বার্তার উত্তর দিতে দেরি হতো—যার ফলস্বরূপ তাদের মাঝে এক আবেগিক দূরত্ব তৈরি হয়েছিল। এইবার সেই দূরত্ব তাদের নিজেদের সম্পর্ককে নিয়েই এক কঠিন প্রশ্নের মুখোমুখি দাঁড় করাল: তারা কি এখনও প্রেমে আছে, নাকি এটা শুধুই এক অভ্যাস?

মুম্বাইয়ে অনন্যার জীবন বাইরের দিক থেকে দেখলে ছিল এক ঝলমলে সাফল্যের গল্প। তার নতুন পদ, তার নেতৃত্বাধীন আন্তর্জাতিক প্রজেক্টগুলো—সবকিছুই তাকে কর্পোরেট সিঁড়ির আরও উপরে নিয়ে যাচ্ছিল। কিন্তু এই সাফল্যের সঙ্গে এক ধরনের তীব্র শূন্যতা তাকে তাড়া করে বেড়াত। দিনভর অফিসের চাপ, নৈতিকতার দ্বন্দ্ব, সহকর্মীদের

ঈর্ষাপরায়ণতা—সবকিছু মিলে অনন্যাকে মানসিকভাবে ক্লান্ত করে তুলত। রাতে যখন সে তার ফ্ল্যাটে ফিরত, তখন তার চারপাশে থাকত এক নীরব একাকীত্ব। তার মনে হতো, সে যেন এক গোল্ডেন কেজ-এর মধ্যে আটকা পড়ে আছে, যেখানে সাফল্য আছে, কিন্তু শান্তি নেই, ভালোবাসা নেই।

রুদ্রের সাথে তার যোগাযোগ কমে গিয়েছিল। তাদের ফোন কলগুলো সংক্ষিপ্ত হয়ে আসছিল, শুধু কুশল বিনিময় আর কাজের কথা। অনন্যা যখন রুদ্রকে ফোন করত, তখন তার কণ্ঠস্বরে এক ধরনের ক্লান্তি থাকত। সে তার অফিসের চাপ, নতুন প্রজেক্টের কথা সংক্ষেপে বলত। রুদ্রের জীবনের কঠিন সংগ্রামগুলো (মায়ের অসুস্থতা, আর্থিক সমস্যা) সে সায়নীর কাছ থেকে জানতে পারত, কিন্তু রুদ্র নিজে তাকে বিস্তারিত কিছু বলত না। এই লুকোচুরি অনন্যার মনে এক ধরনের অপরাধবোধ তৈরি করত, কারণ সে রুদ্রকে তার কষ্টগুলো ভাগ করে নিতে সাহায্য করতে পারছিল না।

কয়েক মাস এভাবেই কাটল। অনন্যা তার কাজের প্রতি এতটাই নিবেদিতপ্রাণ হয়ে উঠেছিল যে, তার ব্যক্তিগত জীবনের জন্য তার হাতে কোনো সময় ছিল না। রুদ্রের সাথে তার শেষ দেখা হয়েছিল অনেক আগে, পঞ্চবিংশ অধ্যায়ে। এখন সেই দেখাগুলো যেন এক পুরোনো স্মৃতি মনে হতো। তারা নিয়মিত ভিডিও কল করত ঠিকই, কিন্তু সেই কলগুলোতে সেই পুরোনো আবেগ, সেই গভীর বোঝাপড়া আর ছিল না। তাদের কথোপকথনগুলো যান্ত্রিক হয়ে আসছিল।

একদিন অনন্যা রুদ্রকে ফোন করল। রুদ্র ফোন ধরতেই অনন্যা তার অফিসের একটি বড় প্রজেক্টের সাফল্যের কথা বলল। রুদ্র তাকে অভিনন্দন জানাল, তার কণ্ঠে এক ধরনের আনন্দ ছিল, কিন্তু অনন্যা অনুভব করল তার সেই আনন্দটা যেন গভীর নয়, কিছুটা কৃত্রিম। "আমি জানি তুমি খুব ব্যস্ত, অনন্যা," রুদ্র বলল। "কিন্তু তুমি নিজের খেয়াল রাখছ তো?" "হ্যাঁ, রুদ্র," অনন্যা বলল। "তুমি কেমন আছ? মায়ের শরীর কেমন?" "মা ভালো আছেন। আমি ঠিক আছি," রুদ্র সংক্ষেপে উত্তর দিল। তার কণ্ঠস্বরে এক ধরনের নীরবতা ছিল, যা অনন্যার মনে এক ধরনের অস্বস্তি তৈরি করল। অনন্যা কিছুক্ষণ চুপ করে রইল। তার মনে হলো, রুদ্র কিছু লুকাচ্ছে। সে রুদ্রকে তার আর্থিক সমস্যার কথা জিজ্ঞেস করতে চাইল, কিন্তু সাহস পেল না। তার মনে হলো, রুদ্র হয়তো তাকে একজন ব্যর্থ মানুষ ভাববে, যদি সে তার কষ্টগুলো জানতে পারে। "আচ্ছা ঠিক আছে, রুদ্র। আমাকে একটা মিটিংয়ে যেতে হবে। পরে কথা বলছি," অনন্যা বলল। "ঠিক আছে, অনন্যা। তুমি ব্যস্ত থাকো," রুদ্র বলল। তার কণ্ঠস্বরে এক ধরনের দূরত্ব।

ফোনটা রেখে অনন্যা তার চেয়ারে বসে পড়ল। তার মনে এক তীব্র শূন্যতা। এই সম্পর্কটা কোথায় যাচ্ছে? তারা কি এখনও একে অপরকে ভালোবাসে? নাকি এটা শুধুই এক অভ্যাস? প্রতিদিন ফোন করা, মেসেজ পাঠানো—এটা কি শুধু অভ্যাসের বশে? তাদের সেই হিমাচলের 'গল্প বলা রাত' (একবিংশ অধ্যায়), রুদ্রের সেই আবেগঘন কান্না, অনন্যার

সেই নিঃশর্ত ভালোবাসা—সবকিছু যেন এক ঝাপসা স্মৃতি মনে হচ্ছিল।

অনন্যা তার মনের গভীরে প্রশ্ন করতে লাগল: "আমি কি রুদ্রকে এখনও ভালোবাসি? নাকি আমি শুধু এই সম্পর্কটা টিকিয়ে রাখার চেষ্টা করছি, কারণ আমি একা থাকতে ভয় পাই?" তার মনে হলো, রুদ্রের প্রতি তার অনুভূতিগুলো আর আগের মতো তীব্র নয়। তার মনে সেই চতুর্বিংশ অধ্যায়ের ভয়টা আবার ফিরে এল—'সমাজ, পরিবার, ক্যারিয়ার—সব একসঙ্গে সম্ভব তো?' এই ক্যারিয়ারের চাপ আর কর্পোরেট প্যাঁচ কি তার ভালোবাসাকে গ্রাস করছে? তার মনে হলো, সে রুদ্রের থেকে ধীরে ধীরে দূরে সরে যাচ্ছে, আর এই দূরত্বটা শুধু শারীরিক নয়, আবেগিকও।

তার বান্ধবী সায়নীর সাথে যখন অনন্যা কথা বলত, তখন সে তার দোটানার কথা বলত। "সায়নী, আমার মনে হচ্ছে, আমি আর রুদ্র একে অপরের থেকে অনেক দূরে চলে এসেছি। আমাদের মধ্যে সেই পুরোনো আবেগ আর নেই। আমি জানি না, আমরা কি এখনও প্রেমে আছি, নাকি এটা শুধুই এক অভ্যাস?" সায়নী অনন্যার কষ্টটা বুঝত। "সম্পর্ক সব সময় একরকম থাকে না, অনন্যা। সময় আর পরিস্থিতি সম্পর্কের রঙ বদলে দেয়। কিন্তু ভালোবাসা যদি থাকে, তাহলে তা কোনো না কোনোভাবে টিকে থাকে।" সায়নীর কথাগুলো অনন্যাকে কিছুটা সান্ত্বনা দিলেও, তার মনের সন্দেহ দূর করতে পারল না।

অনন্যা রুদ্রের দেওয়া সেই রিংটার দিকে তাকাল (ত্রয়োবিংশ অধ্যায়ে রুদ্রের দেওয়া প্রেমের রিং)। রিংটা তার আঙুলে জ্বলজ্বল করছিল, কিন্তু তার মনে এক ধরনের প্রশ্ন। এই রিংটা কি এখনও তাদের ভালোবাসার প্রতীক, নাকি এটা শুধু এক পুরোনো স্মৃতির নিদর্শন?

অন্যদিকে, রুদ্রের জীবনটা ছিল এক গভীর অন্ধকারে ঢাকা। অষ্টাবিংশ অধ্যায়ে তার ফটোগ্রাফি কাজ বন্ধ হয়ে যাওয়ায় সে তীব্র অর্থনৈতিক সমস্যার মধ্যে ডুবে গিয়েছিল। তার মায়ের অসুস্থতা (সপ্তবিংশ অধ্যায়) তার মানসিক চাপকে আরও বাড়িয়ে দিয়েছিল, আর পরিবারের পক্ষ থেকে আসা বিয়ের চাপ (একই অধ্যায়ে) তাকে অস্থির করে তুলছিল। রুদ্রের শিল্পীসত্তা যেন নিভে গিয়েছিল, সে ক্যামেরা হাতে নিতে পারত না, তার মনে কোনো অনুপ্রেরণা আসত না। তার 'ছায়ার গল্প' প্রজেক্ট (দ্বাদশ অধ্যায়ে শুরু হয়েছিল) যেন অসম্পূর্ণই রয়ে গিয়েছিল।

রুদ্র নিজেকে তার স্টুডিওর চার দেওয়ালের মধ্যেই encerrado করে রাখত। তার বন্ধু অভ্রজিৎ তাকে সান্ত্বনা দেওয়ার চেষ্টা করত, কিন্তু রুদ্রের মন এমনভাবে ভেঙে গিয়েছিল যে, সে কারো সাথে তার কষ্টগুলো ভাগ করে নিতে পারত না। তার মনে এক ধরনের অপরাধবোধ কাজ করত—সে নিজেকে অনন্যার যোগ্য মনে করত না। অনন্যা যখন তার ক্যারিয়ারের চূড়ায় উঠছে (ঊনত্রিংশ অধ্যায়ে উল্লিখিত), তখন সে নিজেই এক ব্যর্থ মানুষ, যে নিজের জীবন সামলাতে পারছে না। এই ভাবনাটা রুদ্রের আত্মসম্মানে আঘাত করত।

সে অনন্যাকে তার এই কঠিন পরিস্থিতির কথা জানায়নি, কারণ সে চেয়েছিল না অনন্যা চিন্তিত হোক, অথবা তাকে একজন ব্যর্থ মানুষ মনে করুক।

অনন্যার সাথে তার যোগাযোগ কমে গিয়েছিল। তার ফোন কলগুলো সংক্ষিপ্ত হয়ে আসছিল, আর বার্তার উত্তর আসতে দেরি হতো। রুদ্র অনন্যার ব্যস্ততা বুঝতে পারত, কিন্তু তার মনে হতো, অনন্যা যেন ধীরে ধীরে তার থেকে দূরে সরে যাচ্ছে। তার মনে সেই পুরোনো ভয়টা ফিরে এল—যদি অনন্যা তাকে ছেড়ে চলে যায়? যদি তার ক্যারিয়ার তার ভালোবাসা থেকে বড় হয়ে যায়?

একদিন রুদ্র অনন্যাকে ফোন করল। অনন্যা ফোন ধরতেই রুদ্র তার মায়ের স্বাস্থ্য সম্পর্কে জিজ্ঞেস করল, তারপর কিছু সাধারণ কথা বলল। রুদ্র অনন্যার কাছ থেকে তার অফিসের খবর জানতে চাইল, কিন্তু অনন্যা সংক্ষেপে উত্তর দিল, তার কণ্ঠস্বরে এক ধরনের ক্লান্তি ছিল। রুদ্র অনুভব করল, অনন্যা তার থেকে দূরে সরে যাচ্ছে। তার মনে হলো, অনন্যা যেন তাকে আর আগের মতো ভালোবাসছে না, অথবা তার প্রতি তার আগ্রহ কমে গেছে।

ফোনটা রেখে রুদ্র তার চেয়ারে বসে পড়ল। তার মনে এক তীব্র হতাশা। এই সম্পর্কটা কোথায় যাচ্ছে? তারা কি এখনও একে অপরকে ভালোবাসে? নাকি এটা শুধুই এক অভ্যাস? প্রতিদিন ফোন করা, মেসেজ পাঠানো—এটা কি শুধু অভ্যাসের বশে? তাদের সেই হিমাচলের 'গল্প বলা রাত' (একবিংশ

অধ্যায়), রুদ্রের সেই আবেগঘন কান্না, অনন্যার সেই নিঃশর্ত ভালোবাসা—সবকিছু যেন এক ঝাপসা স্মৃতি মনে হচ্ছিল।

রুদ্র তার মনের গভীরে প্রশ্ন করতে লাগল: "অনন্যা কি এখনও আমাকে ভালোবাসে? নাকি সে শুধু এই সম্পর্কটা টিকিয়ে রাখার চেষ্টা করছে, কারণ সে আমাকে কষ্ট দিতে চায় না?" তার মনে হলো, অনন্যার প্রতি তার অনুভূতিগুলোও আর আগের মতো তীব্র নয়, কারণ তার নিজের জীবনের চাপ তাকে এতটাই গ্রাস করেছে যে, সে ভালোবাসার অনুভূতিগুলোকে অনুভব করতে পারছে না। তার মনে সেই পুরোনো ভয়টা ফিরে এল—সে অনন্যার যোগ্য নয়, একজন ব্যর্থ শিল্পী যে নিজের জীবন সামলাতে পারছে না।

তার বন্ধু অভ্রজিতের সাথে যখন রুদ্র কথা বলত, তখন সে তার দোটানার কথা বলত। "অভ্র, আমার মনে হচ্ছে, অনন্যা আর আমি একে অপরের থেকে অনেক দূরে চলে এসেছি। আমাদের মধ্যে সেই পুরোনো আবেগ আর নেই। আমি জানি না, আমরা কি এখনও প্রেমে আছি, নাকি এটা শুধুই এক অভ্যাস?" অভ্রজিৎ রুদ্রের কষ্টটা বুঝত। "সময় সব কিছু বদলে দেয়, রুদ্র। কিন্তু ভালোবাসা যদি থাকে, তাহলে তা কোনো না কোনোভাবে টিকে থাকে।" অভ্রজিতের কথাগুলো রুদ্রকে কিছুটা সান্ত্বনা দিলেও, তার মনের সন্দেহ দূর করতে পারল না।

রুদ্র তার স্টুডিওতে অনন্যার সেই 'ছায়া' ছবিটার দিকে তাকাল। ছবিটি ছিল তার জীবনের সবচেয়ে গুরুত্বপূর্ণ

অনুপ্রেরণা। কিন্তু এখন সেই ছবিটিও যেন তাকে প্রশ্ন করছিল—"এই ছায়াটা কি আজও তোমার আলো, রুদ্র?"

কয়েক সপ্তাহ এভাবেই কাটল। অনন্যা ও রুদ্র উভয়েই তাদের মনের মধ্যে এই প্রশ্নগুলো নিয়ে সংগ্রাম করছিল। তারা জানত না কীভাবে এই প্রশ্নগুলো একে অপরের সাথে ভাগ করে নেবে। তারা ভয় পাচ্ছিল, যদি এই প্রশ্নগুলো তাদের সম্পর্কটাকে সম্পূর্ণ ভেঙে দেয়। তাদের সেই 'ধীরে ধীরে সম্পর্ক গড়া' আর 'এখন বাঁচা'-র সিদ্ধান্ত (দ্বাবিংশ অধ্যায়) যেন এক কঠিন পরীক্ষার মুখে পড়েছিল।

একদিন রাতে রুদ্র অনন্যাকে ভিডিও কল করল। অনন্যা তখন তার ফ্ল্যাটে একা বসেছিল, তার মনে এক গভীর শূন্যতা। রুদ্রের কল দেখে সে ফোনটা ধরল। তাদের মুখে হাসি ছিল, কিন্তু সেই হাসিতে এক ধরনের বিষণ্ণতা। তারা কিছুক্ষণ সাধারণ কথা বলল—কাজের কথা, পরিবারের কথা। তারপর এক নীরবতা নেমে এল। সেই নীরবতা ছিল ভারী, অস্বস্তিকর। রুদ্র অনন্যার দিকে তাকিয়ে দেখল, তার চোখে এক ধরনের ক্লান্তি আর এক ধরনের দূরত্ব।

"অনন্যা," রুদ্র নীরবতা ভেঙে বলল। তার কণ্ঠস্বর ছিল নরম, কিন্তু তাতে এক ধরনের চাপা কষ্ট ছিল। "আমার মনে একটা প্রশ্ন এসেছে।" অনন্যা রুদ্রের দিকে তাকাল। তার বুক ধড়ফড় করে উঠল। সে জানত না রুদ্র কী বলবে, কিন্তু তার মনে এক ধরনের আতঙ্ক ছিল। "আমি জানি না কিভাবে জিজ্ঞেস করব, অনন্যা," রুদ্র বলল। "কিন্তু... আমরা কি এখনও প্রেমে আছি, নাকি এটা শুধুই এক অভ্যাস?"

রুদ্রের কথাগুলো অনন্যার কানে যেন এক তীব্র আঘাত হানল। অনন্যা স্তম্ভিত হয়ে গেল। তার মনে হলো, রুদ্র তার মনের কথাটাই বলেছে। সে এই প্রশ্নটা নিজেকেই জিজ্ঞেস করছিল, কিন্তু রুদ্রের মুখ থেকে শুনতে সে প্রস্তুত ছিল না। অনন্যার চোখে জল গড়িয়ে পড়ল।

"তুমি কেন এমন কথা বলছো, রুদ্র?" অনন্যা কাঁপা গলায় জিজ্ঞেস করল। "কারণ আমি অনুভব করছি, অনন্যা," রুদ্র বলল। তার কণ্ঠে এক ধরনের হতাশা। "আমাদের দেখা কমে গেছে, ফোন কল ছোট হচ্ছে, মেসেজের উত্তর আসতে দেরি হচ্ছে। আমরা একে অপরের কাছে আমাদের কষ্টগুলো বলতে পারছি না। আমি জানি না, আমরা কি এখনও একে অপরকে ভালোবাসি? নাকি আমরা শুধু অভ্যাসের বশে একে অপরের সাথে যোগাযোগ রাখছি?"

অনন্যা রুদ্রের কথা শুনে কিছু বলতে পারল না। তার মনে হলো, রুদ্রের কথাগুলো সত্যি। তাদের সম্পর্কটা এখন শুধুই এক অভ্যাসে পরিণত হয়েছে। তাদের মধ্যে সেই পুরোনো আবেগ, সেই গভীর সংযোগ আর নেই। তার মনে অরিজিতের সেই প্রতারণা (চতুর্থ অধ্যায়), ভালোবাসার সেই কষ্ট (পঞ্চম অধ্যায়) ফিরে এল। সে ভয় পাচ্ছিল, যদি রুদ্রও তাকে ছেড়ে চলে যায়।

"আমি জানি না, রুদ্র," অনন্যা বলল। তার কণ্ঠস্বর ছিল বিষণ্ণ। "আমার মনেও এই প্রশ্নটা আসছিল। আমার ক্যারিয়ারের চাপ, কর্পোরেট প্যাঁচ—সবকিছু আমাকে এতটাই গ্রাস করেছে যে, আমি আর ভালোবাসার অনুভূতিগুলোকে

অনুভব করতে পারছি না। আমি নিজেকে খুব একা অনুভব করছি।" রুদ্র অনন্যার কথা শুনে দীর্ঘশ্বাস ফেলল। তার মনে হলো, অনন্যা তার কষ্টটা বুঝতে পারছে। "আমিও নিজেকে খুব একা অনুভব করছি, অনন্যা। আমার মায়ের অসুস্থতা, পরিবারের চাপ, আমার কাজ বন্ধ হয়ে যাওয়া, অর্থনৈতিক সমস্যা—সবকিছু মিলে আমাকে পাগল করে দিচ্ছে। আমি নিজেকে তোমার যোগ্য মনে করি না।"

"না, রুদ্র, এমনটা ভেবো না!" অনন্যা বলল। "তুমি আমার কাছে সবচেয়ে গুরুত্বপূর্ণ। আমি তোমার কষ্টটা বুঝি। কিন্তু আমি জানি না, এই পরিস্থিতিটা আমরা কীভাবে সামলাব।" রুদ্রের মনে তখন এক তীব্র যন্ত্রণা। তারা দুজনই তাদের ব্যক্তিগত যুদ্ধের মুখোমুখি ছিল। তাদের ভালোবাসাটা যেন এক কঠিন পরীক্ষার মুখে। তারা একে অপরের কষ্ট বুঝতে পারছিল, কিন্তু তাদের নিজেদের কষ্টগুলো এতটাই তীব্র ছিল যে, তারা একে অপরের পাশে থাকতে পারছিল না।

"তাহলে আমরা কী করব, অনন্যা?" রুদ্র জিজ্ঞেস করল। তার কণ্ঠে এক ধরনের অসহায়ত্ব। অনন্যা চোখ বন্ধ করল। তার মনে হলো, তাদের সম্পর্কটা আজ এক কঠিন মোড়ের মুখে। তারা কি এই প্রশ্নটার উত্তর খুঁজে পাবে? নাকি এই প্রশ্নটাই তাদের সম্পর্কটাকে শেষ করে দেবে?

"আমি জানি না, রুদ্র," অনন্যা বলল। তার কণ্ঠস্বর ছিল বিষণ্ণ। "আমার মনে হয়, আমাদের একটু সময় দরকার। নিজেকে খুঁজে বের করার জন্য। আমাদের ভালোবাসাটা কি

এখনও সত্য, নাকি এটা শুধুই এক অভ্যাস—এই প্রশ্নের উত্তর খুঁজে বের করার জন্য।"

রুদ্র কিছুক্ষণ চুপ করে রইল। তারপর বলল, "ঠিক আছে, অনন্যা। যদি এটাই তোমার সিদ্ধান্ত হয়, তাহলে তাই হোক। আমরা একে অপরকে সময় দেবো।" তাদের দুজনের মধ্যে এক গভীর নীরবতা নেমে এল। সেই নীরবতা ছিল কষ্টের, অনিশ্চয়তার। তাদের ভালোবাসাটা যেন এক কঠিন প্রশ্নের মুখে পড়েছিল, যার উত্তর দেওয়া তাদের জন্য কঠিন ছিল।

রুদ্রের মনে তখন অনন্যার 'ভাঙা কাঁচ জোড়া লাগে না' কথাগুলো ফিরে এল (সপ্তদশ অধ্যায়)। এখন মনে হচ্ছে, তাদের ভালোবাসাটা সত্যিই ভাঙা কাঁচের মতো, আর এই প্রশ্নটা সেই কাঁচগুলোকে আরও বেশি করে ভেঙে দিচ্ছে।

সেই রাতে অনন্যা তার ডায়েরিটা খুলল। তার মনে তখন এক গভীর শূন্যতা। রুদ্রের সাথে সেই কঠিন কথোপকথনের পর সে নিজেকে আরও বেশি একা অনুভব করছিল।

প্রিয় রুদ্র (আমার প্রশ্ন),

আজ রাতে রুদ্র আমাকে প্রশ্ন করেছে, 'আমরা কি এখনও প্রেমে আছি, নাকি এটা শুধুই এক অভ্যাস?' আমার মনে হয়েছিল, ও আমার মনের কথাটাই বলেছে। আমি নিজেও এই প্রশ্নটা নিজেকে জিজ্ঞেস করছিলাম, ডায়েরি। কিন্তু রুদ্রের মুখ থেকে শুনতে আমি প্রস্তুত ছিলাম না।

আমাদের ভালোবাসাটা কি সত্যিই অভ্যাসে পরিণত হয়েছে, রুদ্র? আমাদের দেখা কমে গেছে, ফোন কল ছোট হচ্ছে,

মেসেজের উত্তর আসতে দেরি হচ্ছে। আমি জানি আমি খুব ব্যস্ত, আর তুমিও খুব কঠিন সময়ের মধ্যে দিয়ে যাচ্ছ। কিন্তু এই সব কিছুর মাঝে আমাদের ভালোবাসাটা কোথায় হারিয়ে গেল?

আমার মনে হয়, আমি এক গোল্ডেন কেজ-এর মধ্যে আটকা, আর তুমি অন্য এক অন্ধকারে ডুবে আছ। আর আমাদের মাঝে সেই অদৃশ্য দূরত্বটা শুধু বাড়ছে। আমি জানি না আমি তোমাকে এখনও ভালোবাসি কিনা। আমার মনে হয়, আমার অনুভূতিগুলো আর আগের মতো তীব্র নয়। এই ভাবনাটা আমাকে খুব কষ্ট দিচ্ছে।

আমি জানি না, আমরা কি এই প্রশ্নটার উত্তর খুঁজে পাব? নাকি এই প্রশ্নটাই আমাদের সম্পর্কটাকে শেষ করে দেবে? আমার মনে হয়, আমাদের একটু সময় দরকার। নিজেকে খুঁজে বের করার জন্য। আমাদের ভালোবাসাটা কি এখনও সত্য, নাকি এটা শুধুই এক অভ্যাস—এই প্রশ্নের উত্তর খুঁজে বের করার জন্য।

আমার খুব কষ্ট হচ্ছে, ডায়েরি। আমার মনে হচ্ছে, আমি হেরে যাচ্ছি। আমার মনে হয়, আমাদের ভালোবাসার গল্পটা আজ এক কঠিন পরীক্ষার মুখে।

ইতি,

তোমার অনন্যা

(যে এখন অভ্যাসের ভারে)

আলোর নিচে এক পলক

রুদ্র তার স্টুডিওতে একা বসে ছিল। রাত তখন গভীর। তার ডায়েরিটা তার সামনে খোলা ছিল। তার মনে এক গভীর শূন্যতা। অনন্যার সাথে সেই কঠিন কথোপকথনের পর সে নিজেকে আরও বেশি একা অনুভব করছিল।

প্রিয় ডায়েরি,

অনন্যা আমার প্রশ্নের উত্তর দিতে পারেনি, ডায়েরি। 'আমরা কি এখনও প্রেমে আছি, নাকি এটা শুধুই এক অভ্যাস?' এই প্রশ্নটা আমাকে পাগল করে তুলছে। অনন্যাও জানে না। আমাদের ভালোবাসাটা কি সত্যিই অভ্যাসে পরিণত হয়েছে?

আমার খুব কষ্ট হচ্ছে, ডায়েরি। আমার মনে হয়, অনন্যা আমাকে আর আগের মতো ভালোবাসে না। ও খুব ব্যস্ত, আর আমি একজন ব্যর্থ মানুষ। আমি ওকে কী দেব? আমার কাছে কিছুই নেই। আমি ওকে আমার কষ্টগুলো বলতে পারি না, কারণ আমি চাই না সে আমাকে দুর্বল ভাবুক।

আমি জানি না, এইবার আমরা কি জিততে পারব? আমাদের ভালোবাসা এই বাস্তবতা মোকাবেলা করতে পারবে না। আমার মনে হয়, আমরা হেরে যাচ্ছি। আমি ওকে হারাতে চাই না, ডায়েরি। আমি ওকে খুব ভালোবাসি। কিন্তু আমার মনে হচ্ছে, আমি ওকে ধীরে ধীরে হারিয়ে ফেলছি।

আমি ওকে সময় দিতে রাজি হয়েছি, ডায়েরি। কিন্তু এই সময়টা কি আমাদের সম্পর্কটাকে বাঁচাবে? নাকি আরও দূরে ঠেলে দেবে? আমি জানি না। আমার মনে হয়, আমাদের ভালোবাসার গল্পটা আজ এক কঠিন মোড়ের মুখে।

এম আর জি কিউপিড

আমার মনে শুধু এক গভীর শূন্যতা, ডায়েরি। আমি আর লড়াই করতে পারছি না।

রুদ্র

ত্রিংশ অধ্যায়ের ক্রমবর্ধমান দূরত্ব এবং একত্রিংশ অধ্যায়ের এই কঠিন প্রশ্ন—"তারা কি প্রেমে আছে নাকি অভ্যাসে?"—অনন্যা ও রুদ্রের ভালোবাসাকে এক চূড়ান্ত অনিশ্চয়তায় ফেলে দিল। তাদের সম্পর্কটা এখন এক কঠিন পরীক্ষার মুখে, যেখানে ভালোবাসার সংজ্ঞা, তার গভীরতা, এবং তার স্থায়িত্ব সবকিছুই প্রশ্নবিদ্ধ। তারা দুজনেই নিজেদের ব্যক্তিগত যুদ্ধে সংগ্রাম করছিল, আর তাদের ভালোবাসার পথ ক্রমেই আরও কঠিন হয়ে উঠছিল, যার ফলে তারা এক আবেগিক অচলাবস্থায় পৌঁছে গিয়েছিল। এই 'সম্পর্ক প্রশ্নের মুখে' তাদের ভবিষ্যৎকে এক নতুন, আরও গভীর অন্ধকারের দিকে ঠেলে দিল, যেখানে ভালোবাসার আলোও যেন ফিকে হয়ে আসছিল।

Ch. 32: রুদ্র একা ইউরোপে পাড়ি দেয়

একত্রিংশ অধ্যায়ের সেই কঠিন প্রশ্ন—"আমরা কি এখনও প্রেমে আছি নাকি এটা শুধুই এক অভ্যাস?"—অনন্যা আর রুদ্রের সম্পর্ককে এক আবেগিক অচলাবস্থায় ঠেলে দিয়েছিল। তাদের সেই কথোপকথন, যেখানে তারা দুজনেই সম্পর্কের ভবিষ্যৎ নিয়ে নিশ্চিত ছিল না, তাদের মনে এক গভীর

শূন্যতা রেখে গিয়েছিল। ত্রিংশ অধ্যায়ে তাদের দেখা কমে গিয়েছিল, ফোন কল ছোট হয়েছিল, আর বার্তার উত্তর দিতে দেরি হতো—যার ফলে তাদের ভালোবাসার মাঝে এক নীরব দূরত্ব তৈরি হয়েছিল। রুদ্র অষ্টাবিংশ অধ্যায়ে তার মায়ের অসুস্থতা, পরিবারের পক্ষ থেকে বিয়ের চাপ এবং ফটোগ্রাফি কাজ বন্ধ হয়ে যাওয়ায় তীব্র অর্থনৈতিক সমস্যায় ডুবে গিয়েছিল। তার শিল্পীসত্তা যেন নিভে যাচ্ছিল, আর সে নিজেকে অনন্যার যোগ্য মনে করত না। অন্যদিকে, ঊনত্রিংশ অধ্যায়ে অনন্যা তার কর্পোরেট জীবনে প্রোমোশন পেয়ে নতুন চ্যালেঞ্জ ও কর্পোরেট প্যাঁচে জড়িয়ে পড়েছিল, যা তাকে মানসিকভাবে ক্লান্ত করে তুলছিল। পঞ্চবিংশ অধ্যায়ে যে 'ভাঙা কাঁচ' জোড়া লেগেছিল 'নরম আলো'-য়, সেই আলো যেন এখন ফিকে হয়ে আসছিল। এই সব চাপের ফলস্বরূপ, রুদ্র তার জীবন থেকে পালাতে চাইল, এক নতুন দিগন্তে নিজেকে খুঁজে পাওয়ার আশায়।

একত্রিংশ অধ্যায়ের সেই ফোন কলের পর রুদ্র নিজেকে সম্পূর্ণ বিধ্বস্ত অনুভব করছিল। অনন্যার কণ্ঠে যখন সে শুনেছিল যে সেও জানে না তাদের সম্পর্কটা অভ্যাসে পরিণত হয়েছে কিনা, তখন রুদ্রের মনে হয়েছিল তার পৃথিবীটা ভেঙে গেছে। তার বুকের ভেতরের সব সাহস, সব আশা যেন নিভে গিয়েছিল। সে বুঝতে পারছিল, অনন্যাকে সে কতটা ভালোবাসে, কিন্তু তার নিজের জীবনের চাপ তাকে এতটাই গ্রাস করেছিল যে, সে অনন্যার পাশে দাঁড়াতে পারছিল না।

তার মায়ের অসুস্থতা (সপ্তবিংশ অধ্যায়ে উল্লিখিত) দিন দিন বাড়ছিল, এবং তার চিকিৎসার খরচ মেটাতে রুদ্রের কাছে আর কোনো অর্থ ছিল না। অষ্টাবিংশ অধ্যায়ে তার ফটোগ্রাফি কাজ সম্পূর্ণ বন্ধ হয়ে গিয়েছিল, তার স্টুডিওর ভাড়া বাকি পড়েছিল, তার হাতে কোনো কাজ ছিল না। রুদ্রের পরিবারের পক্ষ থেকে বিয়ের জন্য যে অবিরাম চাপ আসছিল (সপ্তবিংশ অধ্যায়ে উল্লিখিত), তা রুদ্রের মানসিক চাপকে আরও বাড়িয়ে দিচ্ছিল। তার মনে হতো, সে যেন এক বিশাল পাথরের নিচে চাপা পড়ে আছে, যেখান থেকে বেরোনোর কোনো পথ নেই।

রুদ্র তার ডায়েরিতে যা লিখেছিল, তা ছিল তার মনের গভীর হতাশার প্রতিচ্ছবি: 'আমার মনে হয়, অনন্যা আমাকে আর আগের মতো ভালোবাসে না। ও খুব ব্যস্ত, আর আমি একজন ব্যর্থ মানুষ। আমি ওকে কী দেব? আমার কাছে কিছুই নেই।' রুদ্র নিজেকে অনন্যার যোগ্য মনে করত না। তার মনে হয়েছিল, অনন্যার মতো একজন সফল নারীর জীবনে তার মতো একজন ব্যর্থ শিল্পীর কোনো স্থান নেই। এই ভাবনাটা রুদ্রের আত্মসম্মানে তীব্র আঘাত করছিল।

কলকাতার প্রতিটি কোণে অনন্যার স্মৃতি তাকে তাড়া করত— বিয়েবাড়ির আলো, বাগানের ফুল, কফিশপের উষ্ণতা, প্রদর্শনীর মুগ্ধতা। রুদ্র এই সব স্মৃতি থেকে পালাতে চেয়েছিল, কিন্তু পারছিল না। তার মনে হয়েছিল, কলকাতা শহরটা যেন তাকে আরও বেশি করে গ্রাস করছে, তার ব্যর্থতাগুলো বারবার মনে করিয়ে দিচ্ছে।

অনেক দিন ধরে রুদ্র তার ভবিষ্যৎ নিয়ে ভাবছিল। সে জানত, কলকাতায় থাকলে তার জীবনে কোনো পরিবর্তন আসবে না। তার মায়ের অসুস্থতা, পরিবারের চাপ, তার অর্থনৈতিক সংকট—সবকিছু একই রকম থাকবে। তার মনে হলো, একমাত্র পথ হলো পালানো, এই সব কিছু থেকে দূরে চলে যাওয়া। সে একটি নতুন জীবনের স্বপ্ন দেখতে শুরু করল, যেখানে কোনো চাপ থাকবে না, কোনো অতীত থাকবে না, শুধু থাকবে এক নতুন শুরু।

রুদ্রের এক পুরোনো প্রফেসর, যিনি রুদ্রের ফটোগ্রাফি প্রতিভা সম্পর্কে জানতেন, রুদ্রকে ইউরোপের একটি আন্তর্জাতিক ফটোগ্রাফি স্কলারশিপের কথা বলেছিলেন। রুদ্র সেই স্কলারশিপের জন্য আবেদন করেছিল অনেক আগে, কিন্তু তার মনে কোনো আশা ছিল না। তার কাজগুলো সে স্কলারশিপ কমিটির কাছে পাঠিয়েছিল, তার 'ছায়ার গল্প' প্রজেক্টের কিছু ছবিও পাঠিয়েছিল।

একদিন রুদ্রের কাছে স্কলারশিপ কমিটি থেকে একটি ইমেল এল। রুদ্র প্রথমে বিশ্বাস করতে পারল না। সে ইমেলটা খুলল। স্কলারশিপ কমিটি রুদ্রের কাজ দেখে মুগ্ধ হয়েছে, এবং তাকে ইউরোপের একটি স্বনামধন্য আর্ট স্কুলে সম্পূর্ণ স্কলারশিপের অফার দিয়েছে। এটি রুদ্রের জন্য এক নতুন আশার আলো ছিল। তার মনে হলো, এটা যেন বিধাতার কাছ থেকে পাওয়া এক শেষ সুযোগ।

রুদ্র দ্রুত সিদ্ধান্ত নিল। সে তার পরিবারকে জানাল যে সে ইউরোপে যাচ্ছে, একটি ফটোগ্রাফি প্রজেক্টের জন্য। তার

পরিবার প্রথমে আপত্তি করেছিল, কিন্তু রুদ্রের মায়ের এই অসুস্থতা আর রুদ্রের হতাশাময় মুখের দিকে তাকিয়ে তারা আর কিছু বলতে পারল না। রুদ্রের মনে হলো, এই স্কলারশিপটা তার জীবনের সব সমস্যার সমাধান করে দেবে। সে অনন্যাকে এই বিষয়ে কিছু জানাল না। সে চেয়েছিল, অনন্যাকে চিন্তিত না করতে। তার মনে ভয় ছিল, যদি অনন্যা তাকে আটকাতে চায়, অথবা যদি অনন্যা তাকে একজন ব্যর্থ মানুষ ভেবে হাসে। সে শুধু একটি মেসেজ পাঠিয়েছিল তার বন্ধু অভ্রজিৎকে: "আমি ইউরোপে যাচ্ছি, অভ্র। নতুন জীবন শুরু করতে।"

রুদ্রের ইউরোপে যাওয়ার প্রস্তুতি ছিল নীরব এবং দ্রুত। সে তার স্টুডিওর সব সরঞ্জাম গুছিয়ে নিল, তার কিছু প্রিয় বই, আর অনন্যার তোলা তার কিছু ছবি। তার মনে এক ধরনের মিশ্র অনুভূতি—আনন্দ, স্বস্তি, কিন্তু তার সাথে এক গভীর শূন্যতা আর একাকীত্ব। সে তার মাকে শেষবারের মতো দেখতে গেল। তার মা তখন ঘুমিয়ে ছিলেন। রুদ্র তার মায়ের কপালে আলতো করে চুমু খেল, তার চোখে জল গড়িয়ে পড়ছিল। সে তার মায়ের কাছে ক্ষমা চাইল—এইভাবে চলে যাওয়ার জন্য, তার শেষ ইচ্ছা পূরণ করতে না পারার জন্য।

বিমানবন্দরে রুদ্র একা গিয়েছিল। অভ্রজিৎকে সে বলেনি, কারণ সে কোনো আবেগঘন বিদায় চায়নি। সে চেয়েছিল নীরবে চলে যেতে, সব কিছু পেছনে ফেলে রেখে। তার হাতে ছিল তার পাসপোর্ট, টিকিট, আর একটি ছোট্ট ক্যামেরা ব্যাগ।

আলোর নিচে এক পলক

সে বিমানবন্দরের ভিড়ের মাঝে নিজেকে আরও বেশি একা অনুভব করছিল।

বিমানের জানালা দিয়ে নিচে তাকাতেই রুদ্রের মনে হলো, সে যেন তার ফেলে আসা জীবন থেকে অনেক দূরে চলে যাচ্ছে। কলকাতার পরিচিত আকাশ, শহরের আলো—সবকিছু ধীরে ধীরে ছোট হয়ে এল। তার মনে অনন্যার মুখটা ভেসে উঠল—তাদের প্রথম দেখা, তাদের হাসি, তাদের কান্না, আর সেই শেষ তিক্ত কথোপকথন। রুদ্র অনুভব করল, তার বুকের ভেতরটা যেন ভেঙে যাচ্ছে। সে অনন্যাকে ভালোবাসে, কিন্তু সে জানত, এই মুহূর্তে তাদের সম্পর্কটা টিকিয়ে রাখা সম্ভব নয়। সে চেয়েছিল অনন্যা যেন সুখে থাকে, তার ক্যারিয়ারে সফল হয়। রুদ্র বিশ্বাস করত, অনন্যা তাকে ছাড়া ভালো থাকবে।

বিমানে বসে রুদ্র তার ডায়েরিটা খুলল। তার হাত কাঁপছিল যখন সে লিখল:

প্রিয় ডায়েরি,

আমি এখন ইউরোপে যাচ্ছি, ডায়েরি। একা। এই কলকাতা শহরটা আমি পেছনে ফেলে যাচ্ছি, আমার সব কষ্ট, সব ব্যর্থতা, সব স্মৃতি পেছনে ফেলে যাচ্ছি। আমার মনে হচ্ছে, আমি যেন এক নতুন জীবনে পা রাখছি।

আমি জানি না এই পথটা কোথায় নিয়ে যাবে, ডায়েরি। কিন্তু আমি বিশ্বাস করি, এটাই আমার জন্য সঠিক সিদ্ধান্ত। এখানে থাকলে আমি শুধু আরও বেশি কষ্ট পেতাম। আমার মা

অসুস্থ, আমার পরিবার আমাকে বিয়ের জন্য চাপ দিচ্ছে, আমার কাজ বন্ধ হয়ে গেছে, অর্থনৈতিক সমস্যা আমাকে গ্রাস করছে। আমি নিজেকে অনন্যার যোগ্য মনে করি না।

আমি অনন্যাকে কিছু জানাইনি, ডায়েরি। আমি চাইনি সে আমার জন্য চিন্তিত হোক। আমি চাইনি সে আমাকে একজন ব্যর্থ মানুষ মনে করুক। আমি জানি, সে খুব ব্যস্ত। ওর ক্যারিয়ার ওর কাছে খুব গুরুত্বপূর্ণ। আমি চাই সে সফল হোক, সুখে থাকুক। হয়তো আমাকে ছাড়া সে আরও ভালো থাকবে।

আমার মনে অনন্যার মুখটা বারবার ফিরে আসছে, ডায়েরি। আমি ওকে খুব ভালোবাসি। আমি ওকে হারাতে চাইনি। কিন্তু আমাদের সম্পর্কটা আজ এক কঠিন প্রশ্নের মুখে। আমরা কি এখনও প্রেমে আছি নাকি এটা শুধুই এক অভ্যাস—এই প্রশ্নের উত্তর আমার কাছে নেই।

আমি এখন নতুন জীবন শুরু করতে চাই, ডায়েরি। আমি আবার ফটোগ্রাফি করতে চাই, নিজেকে খুঁজে পেতে চাই। আমি আশা করি, একদিন আমি আবার হাসি মুখে ফিরতে পারব। হয়তো সেদিন অনন্যা আমাকে বুঝবে, আমাকে ক্ষমা করবে। কিন্তু এখন আমাকে চলে যেতে হবে, ডায়েরি। সব কিছু থেকে দূরে। এই পলায়নই আমার জন্য এক নতুন শুরু।

আমার মনে শুধু এক গভীর শূন্যতা, ডায়েরি। আমি ওকে খুব মিস করব। এই বিদায়টা আমার জন্য খুব কঠিন।

রুদ্র

বিমানটা ধীরে ধীরে আকাশে উড়ল। রুদ্র জানালার বাইরে তাকিয়ে দেখল, মেঘের স্তূপ তাকে গ্রাস করছে। তার মনে হলো, সে যেন তার ফেলে আসা জীবনের সব কষ্টগুলোকে মেঘের মাঝে লুকিয়ে ফেলছে। তার ইউরোপ যাত্রা ছিল এক নতুন জীবন শুরু করার চেষ্টা, কিন্তু তার মনটা ছিল অনন্যার স্মৃতিতে আচ্ছন্ন।

মুম্বাইয়ে অনন্যা তার অফিসের কাজে ব্যস্ত ছিল। ত্রিংশ অধ্যায়ে তাদের ক্রমবর্ধমান দূরত্ব এবং একত্রিংশ অধ্যায়ের সেই কঠিন প্রশ্ন—"তারা কি প্রেমে আছে নাকি অভ্যাসে?"—অনন্যার মনে এক গভীর শূন্যতা তৈরি করেছিল। সে রুদ্রের সাথে নিয়মিত যোগাযোগ রাখত ঠিকই, কিন্তু তাদের কথোপকথনগুলো যান্ত্রিক হয়ে আসছিল। অনন্যা রুদ্রের কণ্ঠস্বরে এক ধরনের চাপ অনুভব করত, কিন্তু রুদ্র তাকে তার সব সমস্যার কথা বলত না। অনন্যার মনে সেই পুরোনো ভয়টা ফিরে এসেছিল—যদি রুদ্র আবার কিছু লুকাচ্ছে? যদি সে তাকে ছেড়ে চলে যায়?

একদিন অনন্যা তার অফিসে বসেছিল, তার ফোনটা বেজে উঠল। তার বান্ধবী সায়নী ফোন করেছে। সায়নীর কণ্ঠস্বর ছিল অস্থির, তার চোখে জল। "অনন্যা... রুদ্র... রুদ্র ইউরোপে চলে গেছে!" সায়নী প্রায় চিৎকার করে বলল। অনন্যা প্রথমে বিশ্বাস করতে পারল না। "কী বলছিস! রুদ্র ইউরোপে? কবে? কেন?" "আমি জানি না, অনন্যা," সায়নী

বলল। "অভ্রজিৎ আমাকে ফোন করে বলল। রুদ্র তাকে শুধু একটা মেসেজ করেছে যে সে ইউরোপে যাচ্ছে, নতুন জীবন শুরু করতে। ও নাকি কাউকে কিছু বলেনি। ওর মা এখনও অসুস্থ, আর ওর ফোনও বন্ধ!"

অনন্যার মনে হলো যেন তার মাথার ওপর আকাশ ভেঙে পড়ল। রুদ্র ইউরোপে চলে গেছে! কাউকে কিছু না বলে! তার মনে সেই পুরোনো ভয়টা ফিরে এল—সেই তিতলির ভুল বোঝাবুঝি (নবম অধ্যায়), সেই নীরব বিদায় (দশম অধ্যায়), সেই দ্বিতীয় ঝগড়া (সপ্তদশ অধ্যায়)। অনন্যা রুদ্রকে বিশ্বাস করতে চেয়েছিল, তার সাথে নতুন করে শুরু করতে চেয়েছিল। কিন্তু রুদ্র তাকে আবার ঠকাল। তার সব ভয়, সব অবিশ্বাস যেন এক মুহূর্তে সত্যি হয়ে গেল।

অনন্যার হাত থেকে ফোনটা পড়ে গেল। তার সারা শরীর কাঁপছিল, তার মুখে রক্ত ছিল না। তার চোখের সামনে রুদ্রের মুখটা ভেসে উঠল—সেই হাসি, সেই চোখ, সেই ভালোবাসা। তার মনে রুদ্রের দেওয়া সেই রিংটার কথা মনে পড়ল (ত্রয়োবিংশ অধ্যায়), যেটা তার আঙুলে জ্বলজ্বল করছিল। এই রিংটা কি মিথ্যে ছিল? রুদ্রের ভালোবাসা কি মিথ্যে ছিল?

অনন্যা তার চেয়ারে বসে পড়ল, তার মাথা ঘুরছিল। তার মনে হলো যেন তার সমস্ত শক্তি নিঃশেষ হয়ে গেছে। তার স্বপ্নের ক্যারিয়ার, তার সাফল্য—সবকিছু আজ অর্থহীন মনে হচ্ছিল। তার মনে চতুর্বিংশ অধ্যায়ের সেই ভয়টা ফিরে এল—

'সমাজ, পরিবার, ক্যারিয়ার—সব একসঙ্গে সম্ভব তো?' রুদ্রের এই চলে যাওয়া যেন তার সব স্বপ্ন ভেঙে দিল।

অফিসের সহকর্মীরা অনন্যার এই অবস্থা দেখে তার দিকে এগিয়ে এল। "অনন্যা, কী হয়েছে?" অনন্যা কিছু বলতে পারল না। তার চোখ দিয়ে অবিরাম জল গড়িয়ে পড়ছিল। সে তার অফিসের কাজ, তার ফাইল, তার মিটিং—সবকিছু ফেলে অফিসের বাইরে বেরিয়ে এল। সে শুধু দৌড়াতে চাইল, রুদ্রের কাছে ছুটে যেতে চাইল, তাকে আটকাতে চাইল। কিন্তু রুদ্র অনেক দূরে চলে গেছে।

সে তার ফ্ল্যাটে ফিরে গেল। দরজা বন্ধ করে বিছানায় শুয়ে পড়ল। তার বুকফাটা কান্না আর আর্তনাদে ফ্ল্যাটের চার দেওয়াল যেন কেঁপে উঠল। তার মনে হলো, সে যেন তার জীবনের সবচেয়ে মূল্যবান জিনিসটা হারিয়ে ফেলেছে। তার ভালোবাসা, তার বিশ্বাস—সবকিছু রুদ্রের সাথে চলে গেছে।

অনন্যা বারবার রুদ্রকে ফোন করল, কিন্তু রুদ্রের ফোন বন্ধ ছিল। সে রুদ্রকে মেসেজ পাঠাল, কিন্তু কোনো উত্তর পেল না। তার মনে হলো, রুদ্র তাকে পুরোপুরি ভুলে গেছে। রুদ্র তাকে ছেড়ে চলে গেছে, কোনো ব্যাখ্যা ছাড়াই। সেই নীরব বিদায়টা আবার ফিরে এল, কিন্তু এইবার যেন আরও বেশি কষ্ট নিয়ে, আরও বেশি প্রতারণা নিয়ে।

তার মনে পড়ল তাদের শেষ কথোপকথন (একত্রিংশ অধ্যায়ে)। 'আমরা কি এখনও প্রেমে আছি নাকি এটা শুধুই এক অভ্যাস?' অনন্যা সেই প্রশ্নের উত্তর দিতে পারেনি। রুদ্র তাকে সময় দিতে রাজি হয়েছিল। কিন্তু রুদ্র তাকে ছেড়ে

চলে গেল, কোনো সুযোগ না দিয়েই। অনন্যা নিজেকেই দোষারোপ করতে লাগল। সে কেন রুদ্রকে বিশ্বাস করল না? কেন তার কষ্টগুলো বুঝতে পারল না? সে কেন তাকে ছেড়ে যেতে দিল? তার মনে হলো, তার নিজের অবিশ্বাসই তাকে এই শাস্তি দিয়েছে।

সেই রাতে অনন্যা তার ডায়েরিটা খুলল। তার মনে তখন এক গভীর শূন্যতা, এক তীব্র বেদনা। তার হাত কাঁপছিল যখন সে লিখল:

প্রিয় রুদ্র (আমার হারানো আলো),

তুমি ইউরোপে চলে গেছ, রুদ্র। কাউকে কিছু না বলে। কেন, রুদ্র? কেন তুমি আমাকে ছেড়ে চলে গেলে? কেন তুমি আমাকে একটা সুযোগও দিলে না? আমার মনটা আজ ভেঙে গেছে, রুদ্র। মনে হচ্ছে, আমার হৃদয় শত টুকরো হয়ে গেছে।

আমি তোমাকে বিশ্বাস করতে চেয়েছিলাম, রুদ্র। আমি তোমার সাথে নতুন করে শুরু করতে চেয়েছিলাম। কিন্তু তুমি আমাকে আবার ঠকালে। সেই পুরোনো ভয়টা (চতুর্থ ও পঞ্চম অধ্যায়) আমার মনে ফিরে এসেছে। আমার মনে হচ্ছে, আমি আর কাউকে বিশ্বাস করতে পারব না।

আমি জানি তুমি খুব কঠিন সময়ের মধ্যে দিয়ে যাচ্ছিলে (অষ্টাবিংশ ও সপ্তবিংশ অধ্যায়)। তোমার মা অসুস্থ, তোমার কাজ বন্ধ হয়ে গেছে, তোমার অর্থনৈতিক সমস্যা শুরু হয়েছে। কেন তুমি আমাকে কিছু বলোনি, রুদ্র? আমরা তো

একসাথে সব চ্যালেঞ্জ মোকাবেলা করার কথা দিয়েছিলাম (দ্বাবিংশ অধ্যায়)। কেন তুমি আমার কাছ থেকে তোমার কষ্টগুলো লুকালে?

আমার মনে হয়, আমি তোমার যোগ্য ছিলাম না, রুদ্র। হয়তো আমার ক্যারিয়ারের চাপ, আমার ব্যস্ততা—সবকিছু তোমাকে দূরে ঠেলে দিয়েছে। আমি জানি না, আমার ভালোবাসাটা কি তোমার জন্য যথেষ্ট ছিল না? আমি তোমাকে খুব ভালোবাসি, রুদ্র। আমি তোমাকে হারাতে চাই না। আমি তোমাকে ফিরে পেতে চাই।

আমার জীবনে আজ সব কিছু অর্থহীন মনে হচ্ছে, রুদ্র। আমার ক্যারিয়ার, আমার সাফল্য—কিছুই আমাকে শান্তি দিচ্ছে না। আমার মনে শুধু শূন্যতা। আমি একা, রুদ্র। সম্পূর্ণ একা। তুমি আমাকে ছেড়ে চলে গেছ, আর আমার জীবনটা অন্ধকার হয়ে গেছে।

আমার মনে হয়, আমাদের ভালোবাসার গল্পটা আজ শেষ হয়ে গেল, রুদ্র। এক করুণ পরিণতি। আমি জানি না, আমি কি এই কষ্ট থেকে মুক্তি পাব? আমি কি তোমাকে কোনোদিনও ভুলতে পারব? আমার খুব কষ্ট হচ্ছে, ডায়েরি। আমার মনে শুধু তোমার জন্য এক তীব্র আকাঙ্ক্ষা আর এক গভীর বেদনা।

ইতি,

তোমার অনন্যা

(যে এখন ভাঙা হৃদয়ে)

রুদ্র ইউরোপে পৌঁছাল। তার চারপাশে এক নতুন পরিবেশ, নতুন ভাষা, নতুন সংস্কৃতি। সে একটি ছোট হোটেলে উঠল, তারপর স্কলারশিপ অফিসের সাথে যোগাযোগ করল। তার কাছে এখন একটি নতুন সুযোগ ছিল, একটি নতুন শুরু। সে তার 'ছায়ার গল্প' প্রজেক্টের জন্য নতুন অনুপ্রেরণা খুঁজছিল, নতুন কিছু ছবি তুলতে চাইছিল।

কিন্তু রুদ্রের মনে তখনো এক গভীর শূন্যতা। অনন্যাকে ছেড়ে আসার কষ্ট তাকে তাড়া করছিল। সে নিজেকে বোঝাল, এটাই তার জন্য সঠিক সিদ্ধান্ত। সে অনন্যার ভালোর জন্যই তাকে ছেড়ে এসেছে। কিন্তু তার মনটা কিছুতেই শান্তি পাচ্ছিল না। ইউরোপের সৌন্দর্য, তার আর্ট গ্যালারিগুলো—কোনো কিছুই রুদ্রের মনকে টানছিল না।

সে তার ডায়েরিটা খুলল। তার মনে তখনো অনন্যার মুখটা ভাসছিল। সে লিখল:

প্রিয় ডায়েরি,

আমি ইউরোপে এসে পৌঁছেছি, ডায়েরি। এখানে সব কিছু নতুন, সব কিছু অপরিচিত। আমার হাতে এখন একটি নতুন সুযোগ আছে, একটি নতুন জীবন শুরু করার সুযোগ। কিন্তু আমার মনটা এখনও শান্ত নয়।

আমি অনন্যার কথা ভাবছি, ডায়েরি। ও এখন কেমন আছে? ও কি আমাকে ঘৃণা করছে? আমি জানি, আমি ওকে কষ্ট দিয়েছি। কিন্তু আমি ওর ভালোর জন্যই ওকে ছেড়ে এসেছি।

আমি চেয়েছিলাম ও সুখী হোক, ওর ক্যারিয়ারে সফল হোক। আমার মনে হয়েছিল, আমি ওর যোগ্য নই।

আমার মনে হয়, আমার এই সিদ্ধান্তটা সঠিক, ডায়েরি। এখানে আমি আমার শিল্পকে নতুন করে খুঁজে পাব। আমি নিজেকে আবার নতুনভাবে আবিষ্কার করতে পারব। কিন্তু আমার মনে এক গভীর শূন্যতা রয়ে গেছে। আমি ওকে খুব মিস করছি।

আমার মনে হচ্ছে, আমি একা, ডায়েরি। এই নতুন শহরে, এই অপরিচিত পরিবেশে আমি সম্পূর্ণ একা। আমার পাশে অনন্যা নেই। আমার এই পলায়ন হয়তো আমাকে নতুন জীবন দিয়েছে, কিন্তু সেই জীবনে আমার ভালোবাসা নেই। আমার মনে শুধু এক গভীর বেদনা।

আমি জানি না, এই পথটা কোথায় নিয়ে যাবে, ডায়েরি। আমি কি এই কষ্ট থেকে মুক্তি পাব? আমি কি ওকে কোনোদিনও ভুলতে পারব? আমি জানি না। আমার মনে শুধু এক গভীর শূন্যতা।

রুদ্র

রুদ্র ইউরোপের নতুন জীবন শুরু করার চেষ্টা করল, কিন্তু তার মনে ছিল এক গভীর একাকীত্ব। অনন্যা তার চলে যাওয়ার খবর শুনে সম্পূর্ণ ভেঙে পড়েছিল, তার মনে তখন শুধু রুদ্রের জন্য এক তীব্র বেদনা। তাদের ভালোবাসার সম্পর্কটা যেন এক নতুন, আরও গভীর বিচ্ছেদের মুখোমুখি হয়েছিল, যেখানে ভৌগোলিক দূরত্ব তাদের আবেগিক দূরত্বকে

আরও বাড়িয়ে দিয়েছিল। এই 'ঝড়ের সময়' রুদ্র আর অনন্যা দুজনেই নিজেদের ব্যক্তিগত যুদ্ধে সংগ্রাম করছিল, আর তাদের ভালোবাসার ভবিষ্যৎ এক নতুন অনিশ্চয়তার মুখে পড়েছিল। রুদ্রের ইউরোপ যাত্রা ছিল এক নতুন জীবন শুরু করার চেষ্টা, কিন্তু সেই চেষ্টা অনন্যার জীবনে এক তীব্র বেদনা আর ভাঙন নিয়ে এসেছিল, যা তাদের গল্পের পরবর্তী অধ্যায়কে আরও জটিল করে তুলবে।

Ch. 33: অনন্যার আত্মচর্চা

দ্বাত্রিংশ অধ্যায়ে রুদ্রের আকস্মিক ইউরোপ যাত্রা অনন্যাকে সম্পূর্ণভাবে ভেঙে দিয়েছিল। কাউকে কিছু না জানিয়ে তার এই নীরব প্রস্থান অনন্যার মনে তীব্র বেদনা, অবিশ্বাস, আর আত্ম-ভর্ৎসনা দানা বাঁধিয়েছিল। অনন্যার মনে হয়েছিল, তার ভালোবাসা হয়তো রুদ্রের জন্য যথেষ্ট ছিল না, অথবা তার নিজের অবিশ্বাস আর ভয় (চতুর্বিংশ অধ্যায়) রুদ্রকে দূরে ঠেলে দিয়েছে। ত্রিংশ অধ্যায়ে তাদের মধ্যে যে দূরত্ব তৈরি হয়েছিল এবং একত্রিংশ অধ্যায়ে 'প্রেম নাকি অভ্যাস'—এই প্রশ্নটি তাদের সম্পর্কে এক গভীর সন্দেহ তৈরি করেছিল। পঞ্চবিংশ অধ্যায়ে যে 'ভাঙা কাঁচ' (চতুর্থ অধ্যায়) জোড়া লেগেছিল 'নরম আলো'-য় (পঞ্চবিংশ অধ্যায়), তা যেন রুদ্রের চলে যাওয়ায় আবার শত টুকরো হয়ে গিয়েছিল। অনন্যার জীবনে এক তীব্র শূন্যতা আর মানসিক যন্ত্রণা নেমে এসেছিল, যা তাকে এক গভীর সংকটের মুখোমুখি দাঁড় করিয়েছিল।

আলোর নিচে এক পলক

এই অধ্যায় অনন্যার সেই সংকট থেকে মুক্তির পথ খোঁজা এবং তার আত্মিক নিরাময়ের যাত্রা।

রুদ্রের চলে যাওয়ার খবর অনন্যাকে এতটাই আঘাত করেছিল যে, সে প্রথম কয়েক দিন তার ফ্ল্যাট থেকে বের হতে পারেনি। অফিসের কাজ, মিটিং, প্রেজেন্টেশন—সবকিছু তার কাছে অর্থহীন মনে হচ্ছিল। তার মনে হয়েছিল, তার জীবনের সবচেয়ে মূল্যবান জিনিসটা সে হারিয়ে ফেলেছে। তার ভালোবাসা, তার বিশ্বাস—সবকিছু রুদ্রের সাথে চলে গেছে। তার আঙুলে রুদ্রের দেওয়া সেই রিংটা (ত্রয়োবিংশ অধ্যায়ে উল্লিখিত) যেন তাকে উপহাস করছিল।

অনন্যা দিনভর বিছানায় শুয়ে থাকত, চোখ দিয়ে অবিরাম জল গড়িয়ে পড়ত। তার বুকফাটা কান্না আর আর্তনাদে ফ্ল্যাটের চার দেওয়াল যেন কেঁপে উঠত। তার মনে হতো, সে যেন তার জীবনের সব শক্তি হারিয়ে ফেলেছে। অনন্যার সেই সফল কর্পোরেট ক্যারিয়ার (ঊনত্রিংশ অধ্যায়ে তার প্রোমোশন) তার কাছে তখন 'গোল্ডেন কেজ'-এর মতোই মনে হচ্ছিল, যেখানে সে আটকা পড়েছিল। তার চারপাশে মুম্বাইয়ের কোলাহল, কিন্তু তার ভেতরে ছিল এক গভীর, নিস্তব্ধ শূন্যতা।

তার বান্ধবী সায়নী তাকে বারবার ফোন করত, তার খোঁজ নিত। সায়নী অনন্যার এই অবস্থা দেখে খুব চিন্তিত ছিল। সে মুম্বাইয়ে অনন্যার সাথে দেখা করতে এল। সায়নী অনন্যাকে দেখল সম্পূর্ণ বিধ্বস্ত অবস্থায়—তার চোখ ফোলা, চুল

এলোমেলো, মুখে কোনো হাসি নেই। অনন্যার এই অবস্থা দেখে সায়নীর মনে এক তীব্র কষ্ট।

"অনন্যা, তুই নিজেকে শেষ করে দিচ্ছিস!" সায়নী বলল। তার কণ্ঠে এক ধরনের উদ্বেগ। "তুই এভাবে থাকতে পারিস না। রুদ্র চলে গেছে ঠিকই, কিন্তু তোর জীবন তো থেমে নেই।" "আমার মনে হচ্ছে, আমার জীবনটা আজ অর্থহীন, সায়নী," অনন্যা কাঁপা গলায় বলল। "আমি সব হারিয়ে ফেলেছি। রুদ্রকে আমি আর ফিরে পাব না।" "তুই কেন নিজেকে দোষ দিচ্ছিস, অনন্যা?" সায়নী বলল। "রুদ্রের নিজেরও কিছু সমস্যা ছিল, ওর নিজেরও কিছু ভুল ছিল। তোর নিজের জীবনে এগিয়ে যেতে হবে।" "কিন্তু আমি কী করব, সায়নী?" অনন্যা জিজ্ঞেস করল। "আমার মনে হচ্ছে, আমি আর কাউকে বিশ্বাস করতে পারব না। আমার সেই পুরোনো ভয়গুলো আবার ফিরে এসেছে। ভালোবাসলে শুধু কষ্টই আসে।"

সায়নী অনন্যার পাশে বসল। "অনন্যা, আমার মনে হয় তোর একজন পেশাদার সাহায্যের দরকার। তুই থেরাপিতে যাবি? একজন মনোবিদ তোর মনের জটগুলো ছাড়াতে সাহায্য করবে।" অনন্যা প্রথমে ইতস্তত করল। থেরাপি? সে তো পাগল নয়। তার মনে এক ধরনের দ্বিধা ছিল। "তুই পাগল নোস, অনন্যা," সায়নী বলল। "থেরাপি শুধু পাগলের জন্য নয়। থেরাপি হলো নিজেকে চেনার জন্য, নিজের মনের কষ্টগুলো বোঝার জন্য। তুই একবার চেষ্টা করে দেখ। হয়তো তোর মনটা কিছুটা হলেও শান্তি পাবে।"

অনন্যা অনেক ভেবেচিন্তে সায়নীর কথায় রাজি হলো। সে জানত, এই মুহূর্তে তার নিজেকে এই অবস্থা থেকে বের করে আনা প্রয়োজন। সে এক নতুন শুরু করতে চেয়েছিল, কিন্তু তার মনের জটগুলো তাকে পিছন টেনে ধরছিল।

সায়নী অনন্যার জন্য মুম্বাইয়ের একজন স্বনামধন্য মনোবিদ, **ড. মেঘনা শর্মা**-র appointment ঠিক করে দিল। ড. শর্মা ছিলেন একজন অভিজ্ঞ মনোবিদ, যিনি মানুষের মনের গভীর জটগুলো ছাড়াতে পারদর্শী ছিলেন।

প্রথম কয়েকটি সেশনে অনন্যা নিজেকে সম্পূর্ণভাবে উন্মুক্ত করতে পারছিল না। সে দ্বিধায় ছিল, তার মনে এক ধরনের ভয় ছিল। সে জানত না কীভাবে তার জীবনের সব ব্যক্তিগত কথা একজন অপরিচিত মানুষের কাছে বলবে। ড. শর্মা অনন্যার এই অস্বস্তিটা বুঝতে পারছিলেন। তিনি খুব শান্তভাবে অনন্যার কথা শুনতেন, তাকে কোনো চাপ দিতেন না, কোনো বিচার করতেন না। তার কণ্ঠস্বর ছিল নরম, তার চোখ ছিল সহানুভূতিশীল।

"অনন্যা," ড. শর্মা বললেন। "আপনি যখন প্রস্তুত হবেন, তখন বলবেন। আমি এখানে শুধু আপনাকে সাহায্য করার জন্য আছি। এখানে কোনো বিচার নেই, কোনো চাপ নেই।" ড. শর্মার এই কথাগুলো অনন্যাকে কিছুটা হলেও স্বস্তি দিল। ধীরে ধীরে অনন্যা তার মনের জটগুলো খুলতে শুরু করল। সে তার জীবনের প্রথম প্রেম অরিজিতের কথা বলতে শুরু করল।

প্রথম কয়েক সেশনে অনন্যা তার **অতীত প্রেম অরিজিৎ** (চতুর্থ অধ্যায়) এবং তার সেই তিক্ত অভিজ্ঞতার (ষষ্ঠদশ অধ্যায়) কথা বিস্তারিতভাবে বলল। কীভাবে অরিজিৎ তাকে কঠিন সময়ে ছেড়ে চলে গিয়েছিল, তার সেই বিশ্বাসঘাতকতা অনন্যার মনে এক গভীর ক্ষত তৈরি করেছিল। ড. শর্মা মনোযোগ দিয়ে শুনলেন, তারপর অনন্যাকে বোঝালেন যে, সেই আঘাতটা অনন্যার মনে ভালোবাসার প্রতি এক গভীর ভয় আর অবিশ্বাস তৈরি করেছিল।

"অনন্যা, আপনার মন সেই সময় একটা প্রতিরক্ষা ব্যবস্থা তৈরি করেছিল," ড. শর্মা বললেন। "আপনি নিজেকে কষ্ট থেকে বাঁচাতে চেয়েছিলেন। তাই আপনার মনে হয়েছিল, ভালোবাসা মানেই কষ্ট, ভালোবাসা মানেই বিচ্ছেদ। আর সেই কারণেই আপনি কাউকে সম্পূর্ণভাবে বিশ্বাস করতে পারতেন না।" অনন্যা বুঝতে পারল। তার মনে ত্রয়োদশ অধ্যায়ে রুদ্রের কবিতার সেই লাইনগুলো ফিরে এল: "ভয় পেও না, এই আলো কেবল তোমারই জন্য...।" রুদ্র তাকে ভয় পেতে নিষেধ করেছিল, কিন্তু অনন্যা সেই ভয়কে জয় করতে পারেনি।

ড. শর্মা অনন্যাকে তার রুদ্রের সাথে ভুল বোঝাবুঝির কথা জিজ্ঞেস করলেন। অনন্যা তার সেই দিনের অভিজ্ঞতা (নবম অধ্যায়ে তিতলিকে রুদ্রের পাশে দেখা), তার নীরবতা (দশম অধ্যায়), এবং তার পরের ঝগড়াগুলো (ষষ্ঠদশ ও সপ্তদশ অধ্যায়) বিস্তারিতভাবে বলল। সে স্বীকার করল, তার নিজের অবিশ্বাসই রুদ্রের প্রতি তার সন্দেহকে বাড়িয়ে দিয়েছিল।

"আপনার মন সেই পুরোনো প্যাটার্নে ফিরে গিয়েছিল, অনন্যা," ড. শর্মা ব্যাখ্যা করলেন। "যখন আপনি রুদ্রকে তিতলির সাথে দেখেছিলেন, তখন আপনার মনে অরিজিতের সেই বিশ্বাসঘাতকতা ফিরে এসেছিল। আপনার মন আপনাকে বোঝাতে চেয়েছিল যে রুদ্রও হয়তো আপনাকে ঠকাচ্ছে। আর সেই কারণেই আপনি রুদ্রকে বিশ্বাস করতে পারেননি, তাকে একটা সুযোগও দেননি।" অনন্যা ড. শর্মার কথাগুলো শুনে চমকে উঠল। তার মনে হলো, ড. শর্মা তার মনের গভীরে প্রবেশ করতে পেরেছেন। সে বুঝতে পারল, রুদ্রের দোষ ছিল না, তার নিজের মনের ভয়ই তাকে বারবার ভুল করাচ্ছিল।

ড. শর্মা অনন্যাকে বোঝালেন যে, রুদ্রের চলে যাওয়াটা (দ্বাত্রিংশ অধ্যায়) শুধুমাত্র অনন্যার দোষ ছিল না। রুদ্রের নিজেরও কিছু ব্যক্তিগত সমস্যা ছিল—মায়ের অসুস্থতা, অর্থনৈতিক সংকট, পারিবারিক চাপ (সপ্তবিংশ ও অষ্টাবিংশ অধ্যায়)। "রুদ্র আপনার ভালোর জন্যই হয়তো চলে গিয়েছিল, অনন্যা। সে চেয়েছিল আপনি আপনার ক্যারিয়ারে সফল হোন, সুখে থাকুন। সে নিজেকে আপনার যোগ্য মনে করত না। এই সব চাপ হয়তো তাকে এই কঠিন সিদ্ধান্ত নিতে বাধ্য করেছিল।" অনন্যা রুদ্রের প্রতি তার রাগটা ধীরে ধীরে ছেড়ে দিতে শুরু করল। সে বুঝতে পারল, রুদ্রও তার নিজের কষ্টের মধ্যে দিয়ে যাচ্ছিল।

থেরাপির পরবর্তী সেশনগুলোতে অনন্যা তার **কর্পোরেট ক্যারিয়ার** (ঊনত্রিংশ অধ্যায়ে তার প্রোমোশন) এবং তার 'গোল্ডেন কেজ'-এর যন্ত্রণার কথা বলল। সে তার নতুন

পদের চাপ, কর্পোরেট প্যাঁচ, এবং নৈতিকতার দ্বন্দ্বের কথা বিস্তারিতভাবে বলল। সে স্বীকার করল, তার এই সাফল্যের পেছনে ছিল এক ধরনের শূন্যতা, এক ধরনের একাকীত্ব। সে নিজেকে প্রশ্ন করেছিল, "এই সাফল্যটা কি সত্যিই আমার জন্য?"

ড. শর্মা অনন্যাকে বোঝালেন যে, তার এই উচ্চাকাঙ্ক্ষা এবং কঠোর পরিশ্রম তার শৈশবের নিরাপত্তাহীনতা থেকে উদ্ভূত হতে পারে। "অনন্যা, আপনি হয়তো সাফল্যের মাধ্যমে নিজেকে প্রমাণ করতে চেয়েছেন, নিজেকে নিরাপদ রাখতে চেয়েছেন। কিন্তু আপনার এই সাফল্যের পেছনে আপনার ব্যক্তিগত সুখকে বিসর্জন দিয়েছেন।" অনন্যা বুঝতে পারল, তার ক্যারিয়ারের প্রতি তার আসক্তি ছিল এক ধরনের আত্মরক্ষার কৌশল, যাতে সে তার আবেগিক কষ্টগুলো থেকে দূরে থাকতে পারে।

ড. শর্মা তাকে শেখালেন কীভাবে নিজের ব্যক্তিগত জীবন এবং পেশাদারী জীবনের মধ্যে ভারসাম্য রক্ষা করতে হয়। "আপনার ক্যারিয়ার আপনার জীবনের একটা অংশ, অনন্যা। এটা আপনার সম্পূর্ণ জীবন নয়। আপনাকে আপনার ব্যক্তিগত সুখকেও মূল্য দিতে হবে। আপনাকে শিখতে হবে 'না' বলতে, নিজের জন্য সময় বের করতে।" অনন্যা ধীরে ধীরে তার অফিসের কাজ এবং ব্যক্তিগত জীবনের মধ্যে ভারসাম্য রক্ষা করার চেষ্টা করতে লাগল। সে শিখল কীভাবে কিছু মিটিং প্রত্যাখ্যান করতে হয়, কীভাবে নিজের জন্য সময় বের করতে হয়। সে উইকএন্ডে নিজের জন্য কিছু করতে

শুরু করল—বই পড়া, ছবি আঁকা, পুরোনো বন্ধুদের সাথে দেখা করা। তার মনে এক ধরনের শান্তি ফিরে এল। সে বুঝতে পারল, সে এখন আর সেই 'গোল্ডেন কেজ'-এর মধ্যে আটকা নেই, সে এখন মুক্ত।

থেরাপির সবচেয়ে গুরুত্বপূর্ণ ধাপ ছিল **ক্ষমা**। ড. শর্মা অনন্যাকে শেখালেন কীভাবে নিজেকে ক্ষমা করতে হয়, অরিজিৎকে ক্ষমা করতে হয়, এবং রুদ্রকে ক্ষমা করতে হয়। "অনন্যা, আপনি নিজের ভুলগুলোর জন্য নিজেকে অনেক দোষারোপ করেছেন," ড. শর্মা বললেন। "কিন্তু আপনিও একজন মানুষ। আপনি ভুল করতে পারেন। আপনার অতীতের অভিজ্ঞতাগুলো আপনাকে প্রভাবিত করেছে। এখন সময় এসেছে নিজেকে ক্ষমা করার।" অনন্যা ধীরে ধীরে নিজেকে ক্ষমা করতে শিখল। তার মনে হয়েছিল, সে অরিজিৎকে ভালোবাসতে গিয়ে যে ভুল করেছিল, সেই ভুলের জন্য সে নিজেকে সারাজীবন শাস্তি দিয়েছে। কিন্তু এখন সে বুঝতে পারল, সেও একজন ভুক্তভোগী।

তারপর ড. শর্মা অনন্যাকে অরিজিৎকে ক্ষমা করার কথা বললেন। "অরিজিৎ হয়তো আপনাকে কষ্ট দিয়েছে, অনন্যা। কিন্তু আপনি যদি তাকে ক্ষমা না করেন, তাহলে সেই কষ্টটা আপনার মনেই রয়ে যাবে। ক্ষমা করা মানে ভুলে যাওয়া নয়, ক্ষমা করা মানে সেই কষ্টের বোঝা থেকে নিজেকে মুক্ত করা।" অনন্যা অরিজিৎকে মনে মনে ক্ষমা করতে শিখল। তার মনে হলো, তার বুকের সব ভার নেমে গেছে।

অরিজিতের ছায়া (চতুর্থ ও ষষ্ঠদশ অধ্যায়) যেন সম্পূর্ণভাবে তার জীবন থেকে মিলিয়ে গেল।

এবং সবশেষে, **রুদ্রকে ক্ষমা করা** (দ্বাত্রিংশ অধ্যায়ে তার চলে যাওয়ার জন্য)। অনন্যা জানত, রুদ্রের চলে যাওয়াটা তার জন্য খুবই কষ্টদায়ক ছিল। কিন্তু ড. শর্মা অনন্যাকে বোঝালেন যে, রুদ্রও তার নিজের সমস্যার কারণে এই সিদ্ধান্ত নিতে বাধ্য হয়েছিল। রুদ্র অনন্যার ভালোর জন্যই চলে গিয়েছিল, সে চেয়েছিল অনন্যা যেন সুখে থাকে। অনন্যা রুদ্রকে মনে মনে ক্ষমা করতে শিখল। তার মনে হলো, তার ভালোবাসার প্রতি তার সব অবিশ্বাস, সব ভয় যেন ধুয়ে মুছে গেছে। সে এখন রুদ্রকে নিঃশর্তভাবে ভালোবাসতে প্রস্তুত, তার সব ভুল ত্রুটি সমেত।

থেরাপির শেষ সেশনে অনন্যা নিজেকে সম্পূর্ণ নতুন একজন মানুষ মনে করল। তার মনের সব জট খুলে গিয়েছিল। সে এখন নিজেকে ভালোভাবে চেনে, তার দুর্বলতাগুলো জানে, আর সেগুলোকে ভালোবাসতে পারে। সে এখন সাহসী, সে ভালোবাসার জন্য প্রস্তুত, বিশ্বাস করার জন্য প্রস্তুত। তার মনে সেই পুরোনো ভয় আর অবিশ্বাস আর ছিল না। তার 'আত্মচর্চা' তাকে নতুন জীবন দিয়েছিল, নতুন আলো দিয়েছিল।

থেরাপির পর অনন্যার জীবনটা সম্পূর্ণ বদলে গেল। সে এখন আর সেই পুরোনো অনন্যা নয়, যে শুধু ভয় আর অবিশ্বাস নিয়ে বাঁচত। সে এখন আরও বেশি আত্মবিশ্বাসী, আরও বেশি

শক্তিশালী। তার মুখে এক নতুন হাসি, তার চোখে এক নতুন দীপ্তি।

সে তার অফিসের কাজ মনোযোগ দিয়ে করত, কিন্তু তার ব্যক্তিগত জীবনের জন্য সময় বের করত। সে তার বন্ধুদের সাথে নিয়মিত দেখা করত, তাদের সাথে খোলাখুলি কথা বলত। সে মুম্বাইয়ের বিভিন্ন জায়গায় ঘুরতে যেত, নতুন নতুন জিনিস আবিষ্কার করত। তার জীবনটা এখন আরও বেশি অর্থপূর্ণ মনে হচ্ছিল।

অনন্যা এখন রুদ্রের প্রতি তার ভালোবাসাকে আরও স্পষ্ট এবং শক্তিশালী অনুভব করছিল। সে এখন জানে, রুদ্রই তার আলো, রুদ্রই তার পথ। সে রুদ্রকে হারায়নি, বরং সে এখন আরও বেশি প্রস্তুত রুদ্রকে ফিরে পাওয়ার জন্য। তার মনে আর কোনো দ্বিধা ছিল না, কোনো অনিশ্চয়তা ছিল না। তার 'আত্মচর্চা' তাকে এই বিশ্বাসটা দিয়েছিল যে, ভালোবাসা সত্য হলে সে তার পথ খুঁজে নেবে, যত কঠিন পথই হোক না কেন।

তার ডায়েরি, যা ঊনবিংশ অধ্যায়ে রুদ্রকে উদ্দেশ্য করে লেখা শুরু হয়েছিল, তা এখন তার আত্মিক বিকাশের সাক্ষী হয়ে রইল।

সেই রাতে অনন্যা তার মুম্বাইয়ের ফ্ল্যাটে ফিরে এল। রাত তখন গভীর। তার শরীর ক্লান্ত, কিন্তু তার মন শান্ত। সে তার ডায়েরিটা খুলল, তার মনের সব ভার সে ডায়েরির পাতায় রাখতে চাইল।

আলোর নিচে এক পলক

প্রিয় রুদ্র (আমার নিরাময়),

আমি আজ আমার থেরাপি শেষ করেছি, রুদ্র। আমার মনে হচ্ছে, আমি এক নতুন মানুষ। আমার মনের সব জট খুলে গেছে। আমার সব পুরোনো ব্যথা আজ নিরাময় হয়ে গেছে।

আমি এখন বুঝতে পারছি, রুদ্র, তোমার প্রতি আমার অবিশ্বাসটা আমার নিজের ভয়ের কারণে হয়েছিল। অরিজিতের সেই পুরোনো আঘাতটা আমাকে বারবার তাড়া করত। আমি তোমাকে বিশ্বাস করতে পারিনি, তোমাকে একটা সুযোগও দিইনি। আমি দুঃখিত, রুদ্র। আমি সত্যি সত্যিই দুঃখিত।

আমি এখন জানি, তুমি আমাকে কতটা ভালোবাসতে। তোমার ভালোবাসা নিঃশর্ত ছিল। তুমি আমার ভালোর জন্যই চলে গিয়েছিলে। আমি তোমাকে ক্ষমা করে দিয়েছি, রুদ্র। আর আমি নিজেকেও ক্ষমা করতে শিখেছি। আমার মনে আর কোনো অপরাধবোধ নেই, কোনো রাগ নেই।

আমি এখন আর সেই পুরোনো অনন্যা নই, যে শুধু ভয় আর অবিশ্বাস নিয়ে বাঁচত। আমি এখন সাহসী, আমি এখন ভালোবাসার জন্য প্রস্তুত, বিশ্বাস করার জন্য প্রস্তুত। আমার হৃদয়ের সব 'ভাঙা কাঁচ' আজ জোড়া লেগে গেছে, রুদ্র। আর সেই ভাঙা কাঁচের উপর তোমার ভালোবাসার 'নরম আলো' পড়েছে, যা আমার জীবনকে আলোকিত করেছে।

আমার ক্যারিয়ার আমার কাছে গুরুত্বপূর্ণ, রুদ্র। কিন্তু আমি এখন জানি কীভাবে আমার ব্যক্তিগত জীবন এবং পেশাদারী

জীবনের মধ্যে ভারসাম্য রক্ষা করতে হয়। আমি আর 'গোল্ডেন কেজ'-এর মধ্যে আটকা নেই। আমি এখন মুক্ত।

আমি তোমাকে খুব ভালোবাসি, রুদ্র। আমার মনে হয়, আমাদের ভালোবাসার গল্পটা এখনও শেষ হয়নি। আমি জানি না তুমি কোথায় আছ, রুদ্র। কিন্তু আমি তোমার জন্য অপেক্ষা করব। আমি তোমার কাছে ফিরে যেতে চাই। আমি এখন তোমার জন্য প্রস্তুত। আমি বিশ্বাস করি, আমাদের ভালোবাসা সব বাধা পেরিয়ে তার পথ খুঁজে নেবে।

আমার এই ডায়েরিটা আমার আত্মিক যাত্রার সাক্ষী, রুদ্র। এখানে আমার সব কষ্ট, সব ভয়, সব ভালোবাসা লেখা আছে। আমার এই 'আত্মচর্চা' আমাকে নতুন জীবন দিয়েছে। আমি এখন তোমার জন্য প্রস্তুত। আমি এখন ভালোবাসার জন্য প্রস্তুত।

ইতি,

তোমার অনন্যা

(যে এখন তোমার সাথে অনন্তকাল বাঁচতে চায়, সম্পূর্ণভাবে সুস্থ)

অনন্যা ডায়েরি বন্ধ করে জানালার বাইরে তাকিয়ে রইল। মুম্বাইয়ের আলো ঝলমল করছিল, তার ভেতরে তখন এক গভীর শান্তি। রুদ্রের চলে যাওয়া তাকে ভেঙে দিয়েছিল, কিন্তু সেই ভাঙনই তাকে নিজের গভীরে প্রবেশ করতে শিখিয়েছিল। তার 'আত্মচর্চা' তাকে নতুন জীবন দিয়েছিল, নতুন আলো দিয়েছিল। সে এখন ভালোবাসার জন্য প্রস্তুত,

নিজের ভয়ের সাথে লড়াই করার জন্য প্রস্তুত, এবং ভবিষ্যতের সব চ্যালেঞ্জ মোকাবেলা করার জন্য প্রস্তুত। তার জীবনের সবচেয়ে কঠিন অধ্যায়টি যেন আজ শেষ হলো, আর সে এক নতুন শুরুর জন্য অপেক্ষা করছিল, যেখানে ভালোবাসা আবার তার পথ খুঁজে নেবে।

Ch. 34: রুদ্রের চিঠি

দ্বাত্রিংশ অধ্যায়ে রুদ্রের আকস্মিক ইউরোপ যাত্রা অনন্যার জীবনে এক তীব্র ভাঙন নিয়ে এসেছিল। কাউকে কিছু না জানিয়ে তার এই নীরব প্রস্থান অনন্যার মনে তীব্র বেদনা, অবিশ্বাস, আর আত্ম-ভর্ৎসনা দানা বাঁধিয়েছিল। অনন্যা নিজেকেই দোষারোপ করেছিল, তার মনে হয়েছিল তার নিজের অবিশ্বাস আর ভয় (চতুর্বিংশ অধ্যায়) রুদ্রকে দূরে ঠেলে দিয়েছে। ত্রিংশ অধ্যায়ে তাদের মধ্যে যে দূরত্ব তৈরি হয়েছিল এবং একত্রিংশ অধ্যায়ে 'প্রেম নাকি অভ্যাস'—এই প্রশ্নটি তাদের সম্পর্কে এক গভীর সন্দেহ তৈরি করেছিল। পঞ্চবিংশ অধ্যায়ে যে 'ভাঙা কাঁচ' (চতুর্থ অধ্যায়) জোড়া লেগেছিল 'নরম আলো'-য় (পঞ্চবিংশ অধ্যায়), তা যেন রুদ্রের চলে যাওয়ায় আবার শত টুকরো হয়ে গিয়েছিল। কিন্তু ত্রয়স্ত্রিংশ অধ্যায়ে অনন্যা তার এই তীব্র মানসিক যন্ত্রণা থেকে মুক্তি পেতে থেরাপির সাহায্য নিয়েছিল। সেই 'আত্মচর্চা' তাকে নিজের অতীতের ক্ষত, অবিশ্বাসের কারণ, এবং মানসিক জটগুলোকে ধীরে ধীরে ছাড়িয়ে নিজেকে নতুনভাবে আবিষ্কার করতে শিখিয়েছিল। অনন্যা এখন আরও বেশি আত্মবিশ্বাসী,

পরিপক্ক, এবং ভালোবাসার জন্য প্রস্তুত। সে রুদ্রকে ক্ষমা করতে শিখেছে, নিজেকে ক্ষমা করতে শিখেছে, এবং ভালোবাসার প্রতি তার পুরোনো ভয়কে জয় করেছে। এইবার, রুদ্রের দিক থেকে এক নতুন পদক্ষেপ আসে, যা তাদের গল্পের মোড় ঘুরিয়ে দেয়।

রুদ্র ইউরোপে এসে পৌঁছেছিল, ইতালির ফ্লোরেন্স শহরে। তার চারপাশে এক নতুন পরিবেশ, নতুন ভাষা, নতুন সংস্কৃতি। সে একটি ছোট অ্যাপার্টমেন্টে থাকত, এবং আর্ট স্কুলে তার ফটোগ্রাফি ক্লাস শুরু করেছিল। তার 'ছায়ার গল্প' প্রজেক্ট (দ্বাদশ অধ্যায়ে শুরু হয়েছিল) যেন নতুন করে প্রাণ পেতে শুরু করেছিল। ফ্লোরেন্সের ঐতিহাসিক স্থাপত্য, সেখানকার আলো, সেখানকার মানুষের জীবন—সবকিছুই রুদ্রের শিল্পীসত্তাকে নতুনভাবে অনুপ্রাণিত করছিল। সে দিনের পর দিন ক্যামেরা হাতে ফ্লোরেন্সের অলিতে গলিতে ঘুরে বেড়াত, নতুন নতুন ছবি তুলত, নতুন গল্প খুঁজত।

কিন্তু রুদ্রের মনে তখনো এক গভীর শূন্যতা। অনন্যাকে ছেড়ে আসার কষ্ট তাকে তাড়া করছিল। দ্বাত্রিংশ অধ্যায়ে সে ভেবেছিল, এই পলায়নই তার জন্য এক নতুন শুরু, কিন্তু সেই নতুন জীবনে অনন্যার অনুপস্থিতি তাকে প্রতি মুহূর্তে মনে করিয়ে দিত তার একাকীত্ব। সে নিজেকে বোঝাল, এটাই তার জন্য সঠিক সিদ্ধান্ত। সে অনন্যার ভালোর জন্যই তাকে ছেড়ে এসেছে। সে চেয়েছিল অনন্যা তার ক্যারিয়ারে সফল হোক, সুখে থাকুক। রুদ্র বিশ্বাস করত, অনন্যা তাকে ছাড়া ভালো থাকবে, কারণ সে নিজেকে অনন্যার যোগ্য মনে

করত না (একত্রিংশ অধ্যায়)। তার মায়ের অসুস্থতা, পরিবারের চাপ, তার অর্থনৈতিক সংকট (সপ্তবিংশ ও অষ্টাবিংশ অধ্যায়)—সবকিছু তাকে এতটাই গ্রাস করেছিল যে, সে অনন্যার পাশে দাঁড়াতে পারছিল না।

ফ্লোরেন্সের আর্ট স্কুলে রুদ্র তার শিক্ষকদের সাথে কথা বলত, তার সহপাঠীদের সাথে মিশত। কিন্তু তার মনের গভীরে এক ধরনের নীরবতা ছিল। সে তার ব্যক্তিগত কষ্টগুলো কারো সাথে ভাগ করে নিতে পারত না। তার মনে হতো, সে যেন এক অদৃশ্য দেয়ালের আড়ালে নিজেকে লুকিয়ে রেখেছে।

একদিন রুদ্র ফ্লোরেন্সের উফিজি গ্যালারিতে গিয়েছিল। সেখানে রেনেসাঁস যুগের শিল্পকর্মগুলো দেখছিল। একটি বিশেষ চিত্রকর্মের সামনে এসে রুদ্র থমকে দাঁড়াল—একটি নারীর প্রতিকৃতি, তার চোখে এক গভীর বিষণ্ণতা, কিন্তু তার মুখে এক ধরনের দৃঢ়তা। রুদ্রের মনে অনন্যার মুখটা ভেসে উঠল। অনন্যাও এমনই দৃঢ় ছিল, কিন্তু তার ভেতরেও ছিল এক গভীর সংবেদনশীলতা। রুদ্রের মনে পড়ল অনন্যার সেই ডায়েরি এন্ট্রি (ত্রিংশ অধ্যায়), যেখানে সে তার 'গোল্ডেন কেজ'-এর যন্ত্রণার কথা লিখেছিল। রুদ্র অনুভব করল, অনন্যাও তার নিজের সংগ্রামের মধ্য দিয়ে যাচ্ছিল, ঠিক যেমন সে নিজে যাচ্ছিল।

রুদ্রের মনে তখন সেই কঠিন প্রশ্নটা ফিরে এল (একত্রিংশ অধ্যায়): 'আমরা কি এখনও প্রেমে আছি নাকি এটা শুধুই এক অভ্যাস?' রুদ্র জানত, সে অনন্যাকে এখনও ভালোবাসে। তার ভালোবাসা কোনো অভ্যাস ছিল না। তার চলে যাওয়াটা

ছিল তার নিজের দুর্বলতা, তার নিজের ভয়ের কারণে। সে অনন্যার সামনে নিজেকে একজন ব্যর্থ মানুষ হিসেবে দেখাতে চায়নি। কিন্তু তার এই নীরব প্রস্থান অনন্যাকে কতটা কষ্ট দিয়েছে, তা রুদ্র অনুভব করতে পারছিল। তার মনে হলো, সে অনন্যার সাথে অন্যায় করেছে। সে অনন্যাকে একটি ব্যাখ্যা দেওয়ার সুযোগও দেয়নি।

সেই রাতে রুদ্র তার অ্যাপার্টমেন্টে ফিরে এল। তার মন অস্থির, তার চোখে ঘুম ছিল না। সে জানত, তাকে অনন্যার কাছে একটি ব্যাখ্যা দিতে হবে। তাকে তার মনের কথা বলতে হবে। কিন্তু কীভাবে? ফোন করলে হয়তো অনন্যা ফোন ধরবে না, অথবা তার কথা শুনতে চাইবে না। মেসেজ পাঠালে হয়তো তা সংক্ষিপ্ত হবে, অথবা কোনো উত্তর আসবে না। রুদ্র একটি হাতে লেখা চিঠি লেখার সিদ্ধান্ত নিল। একটি হাতে লেখা চিঠি ছিল ব্যক্তিগত, আন্তরিক, এবং তাতে এক ধরনের স্থায়ীত্ব ছিল। এটি ছিল তার মনের গভীরতম অনুভূতিগুলোকে প্রকাশ করার একমাত্র উপায়।

রুদ্র তার ডেস্কে বসল। তার সামনে একটি সাদা কাগজ আর একটি কলম। তার হাত কাঁপছিল যখন সে লিখতে শুরু করল। সে অনেকবার লেখা শুরু করল, আবার ছিঁড়ে ফেলল। সে চেয়েছিল তার মনের সব কথা, তার সব অনুভূতি, তার সব অনুশোচনা এই চিঠিতে প্রকাশ করতে।

সে তার জীবনের সব কঠিন মুহূর্তগুলো মনে করল—তার মায়ের অসুস্থতা, তার অর্থনৈতিক সমস্যা, তার পরিবারের চাপ। সে অনন্যার প্রতি তার ভালোবাসা, তার বিশ্বাস, এবং

তার চলে যাওয়ার কারণগুলো বিশদভাবে লিখতে চাইল। সে চেয়েছিল অনন্যা যেন তাকে বোঝে, তাকে ক্ষমা করে।

ঘণ্টার পর ঘণ্টা ধরে রুদ্র চিঠি লিখল। তার চোখ দিয়ে জল গড়িয়ে পড়ছিল যখন সে তার মনের গভীরতম কষ্টগুলো কাগজে লিখছিল। সে অনন্যার প্রতি তার অটুট ভালোবাসার কথা লিখল, তার চলে যাওয়ার জন্য ক্ষমা চাইল, এবং তার নতুন জীবনের স্বপ্নগুলো ভাগ করে নিল।

চিঠিটা শেষ হওয়ার পর রুদ্রের মনে এক ধরনের স্বস্তি এল। সে জানত না অনন্যা এই চিঠিটা পড়ে কী ভাববে, কিন্তু সে তার মনের সব কথা বলতে পেরেছিল। সে চিঠিটা একটি খামে ভরে, তাতে অনন্যার ঠিকানা লিখল, এবং তাতে ইতালির একটি স্ট্যাম্প লাগাল।

রুদ্র পরের দিন সকালে পোস্ট অফিসে গেল। সে চিঠিটা পোস্ট বক্সে ফেলে দিল। তার মনে এক ধরনের মিশ্র অনুভূতি—আশা, ভয়, এবং এক গভীর অনিশ্চয়তা। সে জানত না এই চিঠিটা অনন্যার কাছে পৌঁছাবে কিনা, অথবা অনন্যা এই চিঠিটা পড়ে কী করবে। কিন্তু সে তার মনের সব ভার নামাতে পেরেছিল।

সে লিখেছিল,

প্রিয় অনন্যা,

আমি জানি না এই চিঠিটা তোমার কাছে পৌঁছাবে কিনা, অথবা তুমি এটা পড়ে কী ভাববে। কিন্তু আমার মনে হয়েছিল, তোমাকে আমার মনের কথাগুলো বলা দরকার।

আমি জানি, আমি তোমাকে অনেক কষ্ট দিয়েছি। আমি তোমাকে ছেড়ে চলে গেছি, কাউকে কিছু না বলে। আমি দুঃখিত, অনন্যা। আমি সত্যি সত্যিই দুঃখিত।

আমি জানি, আমার এই নীরব প্রস্থান তোমাকে অনেক আঘাত করেছে। তুমি হয়তো আমাকে ঘৃণা করছ, অথবা আমাকে একজন কাপুরুষ ভাবছ। কিন্তু আমি তোমাকে ছেড়ে চলে গিয়েছিলাম, কারণ আমি নিজেকে তোমার যোগ্য মনে করতাম না। আমার জীবনে তখন অনেক চাপ ছিল, অনন্যা। আমার মা অসুস্থ ছিলেন, তার চিকিৎসার জন্য অনেক অর্থের প্রয়োজন ছিল। আমার ফটোগ্রাফি কাজ সম্পূর্ণ বন্ধ হয়ে গিয়েছিল, আমার হাতে কোনো কাজ ছিল না। আমার পরিবার আমাকে বিয়ের জন্য অবিরাম চাপ দিচ্ছিল। আমি নিজেকে একজন ব্যর্থ মানুষ মনে করতাম, যে নিজের জীবন সামলাতে পারছে না।

আমি চেয়েছিলাম তুমি তোমার ক্যারিয়ারে সফল হও, সুখে থাকো। আমি জানতাম, আমার মতো একজন ব্যর্থ মানুষ তোমার জীবনে শুধু বোঝা হয়ে থাকত। তাই আমি তোমাকে ছেড়ে চলে গিয়েছিলাম, যাতে তুমি তোমার স্বপ্নের জীবনটা বাঁচতে পারো। আমি ভেবেছিলাম, আমাকে ছাড়া তুমি আরও ভালো থাকবে।

আমি ইউরোপে এসেছি, ফ্লোরেন্সে। এখানে আমি আমার ফটোগ্রাফি ক্লাস শুরু করেছি। এখানকার আলো, এখানকার শিল্প—সবকিছুই আমাকে নতুনভাবে অনুপ্রাণিত করছে। আমি আবার ক্যামেরা হাতে নিয়েছি, নতুন নতুন ছবি তুলছি।

আমার 'ছায়ার গল্প' প্রজেক্টটা আবার শুরু করেছি। আমি নিজেকে নতুনভাবে আবিষ্কার করার চেষ্টা করছি।

কিন্তু আমার মনটা এখনও শান্ত নয়, অনন্যা। আমি তোমাকে প্রতি মুহূর্তে মিস করি। ফ্লোরেন্সের প্রতিটি কোণে আমি তোমাকে খুঁজি। এখানকার সুন্দর দৃশ্যগুলো দেখে আমার মনে হয়, যদি তুমি আমার পাশে থাকতে! আমার মনে হয়, আমার এই নতুন জীবনটা সম্পূর্ণ নয়, কারণ তুমি আমার পাশে নেই।

আমি জানি, আমাদের সম্পর্কটা আজ এক কঠিন প্রশ্নের মুখে (একত্রিংশ অধ্যায়)। 'আমরা কি এখনও প্রেমে আছি নাকি এটা শুধুই এক অভ্যাস?' আমি জানি না তুমি এই প্রশ্নের উত্তর কী দেবে, অনন্যা। কিন্তু আমার মনে হয়, আমি তোমাকে এখনও ভালোবাসি। আমার ভালোবাসা কোনো অভ্যাস ছিল না। আমার এই চলে যাওয়াটা ছিল আমার নিজের দুর্বলতা, আমার নিজের ভয়ের কারণে। আমি তোমাকে হারায়নি, অনন্যা। আমি তোমাকে আমার মনে রেখেছি।

আমি জানি না আমাদের ভবিষ্যৎ কী হবে, অনন্যা। আমি তোমার কাছে কোনো প্রত্যাশা করছি না। আমি শুধু চেয়েছিলাম তোমাকে আমার মনের কথাগুলো বলতে। আমি আশা করি, তুমি ভালো আছ, তোমার ক্যারিয়ারে সফল হচ্ছ। আমি আশা করি, তুমি সুখী আছ।

যদি তুমি আমাকে কোনোদিনও ক্ষমা করতে পারো, তাহলে আমাকে জানিও। আমি তোমার উত্তরের জন্য অপেক্ষা করব।

আমি জানি না এই চিঠিটা তোমার কাছে পৌঁছাবে কিনা, অথবা তুমি এটা পড়ে কী ভাববে। কিন্তু আমি আমার মনের সব কথা বলতে পেরেছি।

ভালো থেকো, অনন্যা।

ইতি,

তোমার রুদ্র

(যে এখনও তোমাকে ভালোবাসেন)

মুম্বাইয়ে অনন্যার জীবনটা ত্রয়স্ত্রিংশ অধ্যায়ের থেরাপির পর সম্পূর্ণ বদলে গিয়েছিল। সে এখন আর সেই পুরোনো অনন্যা নয়, যে শুধু ভয় আর অবিশ্বাস নিয়ে বাঁচত। সে এখন আরও বেশি আত্মবিশ্বাসী, আরও বেশি শক্তিশালী। তার মুখে এক নতুন হাসি, তার চোখে এক নতুন দীপ্তি। সে তার অফিসের কাজ মনোযোগ দিয়ে করত, কিন্তু তার ব্যক্তিগত জীবনের জন্য সময় বের করত। সে এখন ভালোবাসার জন্য প্রস্তুত, বিশ্বাস করার জন্য প্রস্তুত। তার 'আত্মচর্চা' তাকে এই বিশ্বাসটা দিয়েছিল যে, ভালোবাসা সত্য হলে সে তার পথ খুঁজে নেবে।

একদিন সকালে অনন্যা তার ফ্ল্যাটের মেইলবক্স খুলল। সেখানে একটি হাতে লেখা চিঠি দেখল, তাতে ইতালির স্ট্যাম্প লাগানো। অনন্যা প্রথমে বিশ্বাস করতে পারল না। রুদ্রের চিঠি! তার হাত কাঁপছিল যখন সে চিঠিটা হাতে নিল। তার মনে এক ধরনের আনন্দ, ভয়, এবং এক গভীর

অনিশ্চয়তা। সে জানত না রুদ্র কী লিখেছে, কিন্তু তার মনে হলো, এই চিঠিটা তার জীবনের মোড় ঘুরিয়ে দেবে।

অনন্যা তার ফ্ল্যাটে ফিরে এল। সে সোফায় বসল, তার বুক ধড়ফড় করছিল। সে ধীরে ধীরে খামটা খুলল, তার ভেতরে রুদ্রের হাতে লেখা চিঠিটা দেখল। রুদ্রের হাতের লেখা ছিল পরিচিত, কিন্তু তাতে এক ধরনের পরিপক্কতা আর আবেগ ছিল।

অনন্যা চিঠিটা পড়তে শুরু করল। রুদ্রের প্রতিটি শব্দ তার মনে এক গভীর প্রভাব ফেলছিল। রুদ্রের ক্ষমা চাওয়া, তার চলে যাওয়ার কারণ, তার কষ্ট—সবকিছু অনন্যার মনে এক নতুন উপলব্ধি তৈরি করল। সে বুঝতে পারল, রুদ্রের চলে যাওয়াটা তার নিজের দুর্বলতা ছিল, তার নিজের ভয়ের কারণে। রুদ্র তাকে ভালোবাসত, এবং তার ভালোর জন্যই তাকে ছেড়ে গিয়েছিল।

চিঠির প্রতিটি লাইন অনন্যার চোখে জল এনে দিল। কিন্তু এই জল ছিল আনন্দের, উপলব্ধির, এবং এক নতুন আশার। সে রুদ্রের কষ্টগুলো বুঝতে পারছিল, তার নিজের ভুলগুলো বুঝতে পারছিল। তার থেরাপির সব শিক্ষা যেন এই চিঠির মাধ্যমে বাস্তব রূপ পেল। সে এখন রুদ্রকে নিঃশর্তভাবে ক্ষমা করতে পারল। তার মনে আর কোনো রাগ ছিল না, কোনো অবিশ্বাস ছিল না।

রুদ্রের চিঠি যখন তার 'ছায়ার গল্প' প্রজেক্টের কথা লিখল, তখন অনন্যার মনে হলো, রুদ্র তার শিল্পকে আবার খুঁজে পেয়েছে। রুদ্র যখন তার একাকীত্বের কথা লিখল, তখন

অনন্যার মনে হলো, রুদ্রও তার মতো একা। রুদ্র যখন তার ভালোবাসার কথা লিখল, তখন অনন্যার মনে হলো, রুদ্র তাকে এখনও ভালোবাসে।

চিঠিটা শেষ হওয়ার পর অনন্যা কিছুক্ষণ চুপ করে বসে রইল। তার মনে এক গভীর শান্তি। সে জানত, রুদ্র তাকে এখনও ভালোবাসে। তার ভালোবাসা কোনো অভ্যাস ছিল না। তার চলে যাওয়াটা ছিল এক ভুল বোঝাবুঝি, এক কঠিন পরিস্থিতির ফল।

অনন্যা তার ডায়েরিটা খুলল। তার মনে তখন এক নতুন আশা, এক নতুন বিশ্বাস।

সেই রাতে অনন্যা তার মুম্বাইয়ের ফ্ল্যাটে ফিরে এল। তার মনে তখন এক গভীর শান্তি। রুদ্রের চিঠি তার জীবনে এক নতুন আলো এনে দিয়েছিল। সে তার ডায়েরিটা খুলল, তার মনের সব ভার সে ডায়েরির পাতায় রাখতে চাইল।

প্রিয় ডায়েরি,

আজ রুদ্রের চিঠি পেয়েছি, ডায়েরি। ইতালি থেকে হাতে লেখা চিঠি। আমার মনে হয়েছিল, আমার জীবনটা আজ সম্পূর্ণ হয়ে গেছে। রুদ্র আমাকে ক্ষমা চেয়েছে, তার চলে যাওয়ার কারণ ব্যাখ্যা করেছে। আমি জানি না এই চিঠিটা আমার কাছে পৌঁছাবে কিনা, অথবা আমি এটা পড়ে কী ভাবব—এই কথাগুলো তার চিঠিতে লেখা ছিল। কিন্তু এই চিঠিটা আমার কাছে পৌঁছেছে, আর আমি এটা পড়েছি।

আমি এখন বুঝতে পারছি, রুদ্র, তুমি কেন চলে গিয়েছিলে। তোমার কষ্টগুলো আমি এখন অনুভব করতে পারছি। তোমার মায়ের অসুস্থতা, তোমার অর্থনৈতিক সমস্যা, তোমার পরিবারের চাপ—সবকিছু তোমাকে এতটাই গ্রাস করেছিল যে, তুমি নিজেকে আমার যোগ্য মনে করতে পারোনি। আমি দুঃখিত, রুদ্র। আমি তোমাকে ভুল বুঝেছিলাম। আমি তোমাকে বিশ্বাস করতে পারিনি, তোমাকে একটা সুযোগও দিইনি।

আমার থেরাপি আমাকে শিখিয়েছে কীভাবে নিজেকে ক্ষমা করতে হয়, অরিজিৎকে ক্ষমা করতে হয়, এবং তোমাকে ক্ষমা করতে হয়। আমি তোমাকে ক্ষমা করে দিয়েছি, রুদ্র। আমার মনে আর কোনো রাগ নেই, কোনো অবিশ্বাস নেই। আমি এখন জানি, তুমি আমাকে কতটা ভালোবাসো। তোমার ভালোবাসা কোনো অভ্যাস ছিল না।

তুমি এখন ফ্লোরেন্সে, নতুন জীবন শুরু করছ, তোমার 'ছায়ার গল্প' প্রজেক্টটা আবার শুরু করেছ। আমি খুব খুশি, রুদ্র। আমি চেয়েছিলাম তুমি তোমার শিল্পকে আবার খুঁজে পাও। আমি চেয়েছিলাম তুমি সুখী হও।

আমি জানি না আমাদের ভবিষ্যৎ কী হবে, রুদ্র। তুমি আমার কাছে কোনো প্রত্যাশা করছ না, শুধু আমার উত্তর চেয়েছ। কিন্তু আমি তোমাকে বলতে চাই, আমি তোমাকে এখনও ভালোবাসি। আমার ভালোবাসা কোনো অভ্যাস ছিল না। আমার হৃদয়ের সব 'ভাঙা কাঁচ' আজ জোড়া লেগে গেছে, রুদ্র। আর সেই ভাঙা কাঁচের উপর তোমার ভালোবাসার

'নরম আলো' পড়েছে, যা আমার জীবনকে আলোকিত করেছে।

আমি এখন তোমার জন্য প্রস্তুত, রুদ্র। আমি এখন ভালোবাসার জন্য প্রস্তুত, নিজের ভয়ের সাথে লড়াই করার জন্য প্রস্তুত। আমি বিশ্বাস করি, আমাদের ভালোবাসা সব বাধা পেরিয়ে তার পথ খুঁজে নেবে। আমি তোমার উত্তরের জন্য অপেক্ষা করছি, রুদ্র। আমি তোমার সাথে আবার কথা বলতে চাই।

ইতি,

তোমার অনন্যা

(যে এখন তোমাকে ফিরে পেতে চায়)

অনন্যা ডায়েরি বন্ধ করে জানালার বাইরে তাকিয়ে রইল। ফ্লোরেন্স থেকে আসা রুদ্রের চিঠি তার জীবনে এক নতুন আশার আলো জ্বেলে দিয়েছিল। তার 'আত্মচর্চা' তাকে এই চিঠিকে গ্রহণ করার শক্তি দিয়েছিল। রুদ্রের চিঠি ছিল তাদের ভালোবাসার গল্পে এক নতুন অধ্যায়ের সূচনা, যেখানে দূরত্ব সত্ত্বেও তাদের মধ্যে আবার যোগাযোগের সেতু তৈরি হলো, আর ভালোবাসার আলো আবার উজ্জ্বল হয়ে উঠল। এই 'রুদ্রের চিঠি' তাদের সম্পর্ককে এক নতুন দিগন্তে নিয়ে গেল, যেখানে ক্ষমা, বোঝাপড়া, এবং অটুট ভালোবাসা তাদের ভবিষ্যৎকে নতুনভাবে সংজ্ঞায়িত করতে শুরু করল।

Ch. 35: স্বীকারোক্তির দিন

এম আর জি কিউপিড

চতুস্ত্রিংশ অধ্যায়ে ইতালি থেকে রুদ্রের পাঠানো হাতে লেখা চিঠিটা অনন্যার জীবনে এক নতুন আশার আলো জ্বেলে দিয়েছিল। দ্বাত্রিংশ অধ্যায়ে রুদ্রের আকস্মিক প্রস্থান অনন্যাকে সম্পূর্ণ ভেঙে দিলেও, ত্রয়স্ত্রিংশ অধ্যায়ে তার 'আত্মচর্চা' তাকে নিজের মানসিক জটগুলো ছাড়িয়ে, অতীতের ক্ষতগুলো নিরাময় করে এবং ভালোবাসার প্রতি তার ভয় ও অবিশ্বাসকে জয় করে তাকে নতুনভাবে প্রস্তুত করেছিল। অনন্যা এখন আর সেই পুরোনো অনন্যা ছিল না, যে শুধু ভয় আর অবিশ্বাস নিয়ে বাঁচত। সে এখন সাহসী, সে ভালোবাসার জন্য প্রস্তুত, বিশ্বাস করার জন্য প্রস্তুত। রুদ্রের চিঠি যখন তার হাতে পৌঁছাল, তখন অনন্যা তার মনের সব রাগ, সব অভিযোগ, সব অভিমান ছেড়ে দিতে পেরেছিল। রুদ্র কেন তাকে ছেড়ে গিয়েছিল, তার কারণগুলো অনন্যা এখন স্পষ্ট বুঝতে পারছিল—রুদ্রের অসহায়ত্ব, তার আর্থিক সংকট, তার পরিবারের চাপ (অষ্টাবিংশ ও সপ্তবিংশ অধ্যায়)। রুদ্র অনন্যার ভালোর জন্যই নিজেকে উৎসর্গ করেছিল। এই উপলব্ধি অনন্যার মনকে শান্ত করেছিল, তাকে এক গভীর প্রশান্তি দিয়েছিল। এখন অনন্যার পালা ছিল রুদ্রের কাছে তার মনের কথা বলার, তার ভালোবাসা স্বীকার করার।

রুদ্রের চিঠি পড়ার পর অনন্যা তার মুম্বাইয়ের ফ্ল্যাটে অনেকক্ষণ চুপ করে বসেছিল। তার চোখে জল ছিল, কিন্তু সেই জল ছিল স্বস্তির, উপলব্ধির, আর ভালোবাসার। চিঠিটা তার মনে এক নতুন দিগন্ত খুলে দিয়েছিল। রুদ্রের সেই সব অব্যক্ত যন্ত্রণা, তার সেই নীরব সংগ্রাম—সবকিছু অনন্যার

কাছে স্পষ্ট হয়ে উঠেছিল। অনন্যা বুঝতে পারছিল, রুদ্র কতটা কষ্ট পেয়েছিল, নিজেকে কতটা অসহায় মনে করেছিল। তার মনে রুদ্রের প্রতি কোনো রাগ ছিল না, কোনো অভিযোগ ছিল না, শুধু ছিল গভীর ভালোবাসা আর সহানুভূতি।

অনন্যা অনুভব করছিল, তার থেরাপির সব শিক্ষা যেন আজ সার্থকতা পেল। ড. মেঘনা শর্মা তাকে শিখিয়েছিলেন কীভাবে নিজেকে ক্ষমা করতে হয়, অন্যদের ক্ষমা করতে হয়, এবং ভালোবাসার প্রতি বিশ্বাস রাখতে হয়। রুদ্রের এই চিঠি তার মনের সব দ্বিধা, সব অনিশ্চয়তা দূর করে দিয়েছিল। অনন্যা এখন জানে, রুদ্র তাকে এখনও ভালোবাসে, এবং তার ভালোবাসা কোনো অভ্যাস ছিল না (একত্রিংশ অধ্যায়ে তাদের কথোপকথন)। রুদ্রের চলে যাওয়াটা ছিল এক ভুল বোঝাবুঝি, এক কঠিন পরিস্থিতির ফল।

অনন্যার আঙুলে রুদ্রের দেওয়া সেই রিংটা (ত্রয়োবিংশ অধ্যায়ে রুদ্রের প্রেমের রিং) এখন আরও বেশি উজ্জ্বল মনে হচ্ছিল। এটি এখন শুধু রুদ্রের প্রতিজ্ঞার প্রতীক ছিল না, এটি অনন্যার নিজের বিশ্বাস আর ভালোবাসার প্রতিজ্ঞারও প্রতীক ছিল। অনন্যা জানত, তার ভালোবাসার গল্পটা এখনও শেষ হয়নি। বরং এই চিঠি সেই গল্পের এক নতুন অধ্যায়ের সূচনা করেছে।

অনন্যা দ্রুত তার বান্ধবী সায়নীকে ফোন করল। "সায়নী, আমি রুদ্রের চিঠি পেয়েছি! ও আমাকে সব কথা লিখেছে। ও কেন চলে গিয়েছিল, ওর কষ্ট, ওর সবকিছু।" অনন্যার

কণ্ঠস্বর ছিল আবেগে রুদ্ধ। সায়নী অনন্যার কথা শুনে খুশি হলো। "সত্যি! আমি জানতাম রুদ্র তোর জন্য সঠিক মানুষ। ও তোকে ভুলে যায়নি।" "আমি ওকে খুব কষ্ট দিয়েছি, সায়নী," অনন্যা বলল। "আমার অবিশ্বাস, আমার ভয়... সবকিছুর জন্য আমি দায়ী।" "না, অনন্যা," সায়নী বলল। "তোরা দুজনেই কষ্ট পেয়েছিস। এখন সময় এসেছে সব কিছু শুধরে নেওয়ার।" অনন্যা সায়নীর কথা শুনে কিছুটা স্বস্তি পেল। সে জানত, তার পরবর্তী পদক্ষেপ কী হবে। তাকে রুদ্রকে তার মনের কথা বলতে হবে।

রুদ্রের চিঠি পাওয়ার পর অনন্যা সিদ্ধান্ত নিল সেও রুদ্রকে একটি হাতে লেখা চিঠি পাঠাবে। তার মনে হয়েছিল, হাতে লেখা চিঠিই তাদের মনের গভীরতম অনুভূতিগুলোকে প্রকাশ করার একমাত্র উপায়। ফোন বা মেসেজে হয়তো তার আবেগগুলো সম্পূর্ণভাবে প্রকাশ পাবে না। সে চেয়েছিল তার এই চিঠিতে তার সব অনুশোচনা, তার ভালোবাসা, তার বিশ্বাস, এবং রুদ্রের প্রতি তার অটুট প্রতিজ্ঞা প্রকাশ করতে।

অনন্যা তার ডেস্কে বসল। তার সামনে একটি সাদা কাগজ আর একটি কলম। তার মনে তখন কোনো দ্বিধা ছিল না, কোনো ভয় ছিল না। তার হাত কাঁপছিল না, কিন্তু তার মনে এক ধরনের আবেগ আর উত্তেজনা ছিল। সে জানত, এই চিঠিটা তার জীবনের সবচেয়ে গুরুত্বপূর্ণ চিঠি হতে চলেছে।

অনন্যা ধীরে ধীরে লিখতে শুরু করল। সে রুদ্রকে তার থেরাপির অভিজ্ঞতা, তার আত্মিক নিরাময়, এবং তার পুরোনো ভয় ও অবিশ্বাস থেকে মুক্তি পাওয়ার কথা

বিশদভাবে জানাতে চাইল। সে তার অরিজিতের সাথে তিক্ত অভিজ্ঞতা (চতুর্থ অধ্যায়) কীভাবে তার মনে ভালোবাসার প্রতি ভয় তৈরি করেছিল, এবং কীভাবে সে রুদ্রকে ভুল বুঝেছিল (নবম, ষষ্ঠদশ, সপ্তদশ অধ্যায়)—সবকিছু অকপটে স্বীকার করতে চাইল। সে চেয়েছিল রুদ্র যেন বোঝে, তার অবিশ্বাসটা ব্যক্তিগত ছিল না, বরং তার অতীত থেকে উদ্ভূত হয়েছিল।

সে রুদ্রের প্রতি তার অটুট ভালোবাসার কথা লিখল। তার সেই 'ডায়েরির পাতা'য় (ঊনবিংশ অধ্যায়) রুদ্রকে উদ্দেশ্য করে লেখা কথাগুলো তার মনে ফিরে এল। সে জানত, এখন সেই কথাগুলো রুদ্রের কাছে পৌঁছানোর সময় এসেছে। সে রুদ্রের সব কষ্ট, তার সব ত্যাগ (বিশেষত তার মা ও অর্থনৈতিক সমস্যা) এবং রুদ্রের ইউরোপ যাত্রা (দ্বাত্রিংশ অধ্যায়) অনন্যার ভালোর জন্য ছিল—এই উপলব্ধিও তার চিঠিতে প্রকাশ করতে চাইল।

ঘণ্টার পর ঘণ্টা ধরে অনন্যা চিঠি লিখল। তার চোখ দিয়ে আনন্দাশ্রু গড়িয়ে পড়ছিল যখন সে তার মনের গভীরতম অনুভূতিগুলো কাগজে লিখছিল। সে রুদ্রকে তার জীবনসঙ্গী হিসেবে গ্রহণ করার কথা লিখল, তার সাথে সারাজীবন থাকার প্রতিজ্ঞা করল, এবং তাদের ভবিষ্যতের স্বপ্নগুলো ভাগ করে নিল।

সে লিখল,

প্রিয় রুদ্র,

আমি জানি না আমার এই চিঠিটা তোমার কাছে পৌঁছাবে কিনা, অথবা তুমি এটা পড়ে কী ভাববে। কিন্তু আমি তোমার চিঠি পেয়েছি, রুদ্র। ইতালি থেকে আসা তোমার সেই হাতে লেখা চিঠিটা আমার জীবনকে নতুন অর্থ দিয়েছে।

আমি জানি তুমি কেন চলে গিয়েছিলে, রুদ্র। তোমার চিঠিতে তুমি তোমার সব কষ্ট, সব সমস্যার কথা লিখেছ—তোমার মায়ের অসুস্থতা, তোমার অর্থনৈতিক সংকট, তোমার পরিবারের চাপ। আমি এখন বুঝতে পারছি, রুদ্র, তুমি নিজেকে আমার যোগ্য মনে করোনি, এবং তুমি আমার ভালোর জন্যই আমাকে ছেড়ে গিয়েছিলে। আমি দুঃখিত, রুদ্র। আমি সত্যি সত্যিই দুঃখিত। আমি তোমাকে ভুল বুঝেছিলাম। আমি তোমাকে বিশ্বাস করতে পারিনি, তোমাকে একটা সুযোগও দিইনি।

আমার থেরাপি আমাকে শিখিয়েছে কীভাবে নিজেকে ক্ষমা করতে হয়, অন্যদের ক্ষমা করতে হয়, এবং ভালোবাসার প্রতি বিশ্বাস রাখতে হয় (ত্রয়স্ত্রিংশ অধ্যায়)। আমি এখন বুঝতে পারছি, তোমার প্রতি আমার অবিশ্বাসটা আমার নিজের ভয়ের কারণে হয়েছিল। অরিজিতের সাথে আমার সেই পুরোনো তিক্ত অভিজ্ঞতা (চতুর্থ অধ্যায়) আমাকে বারবার তাড়া করত। আমি ভালোবাসলে কষ্ট পেতে ভয় পেতাম, তাই নিজেকে এক অদৃশ্য দেয়ালের মধ্যে লুকিয়ে রেখেছিলাম।

যখন আমি তোমাকে তিতলির সাথে দেখেছিলাম (নবম অধ্যায়), তখন আমার মন সেই পুরোনো প্যাটার্নে ফিরে

গিয়েছিল। আমি তোমাকে অবিশ্বাস করেছিলাম, তোমাকে মিথ্যেবাদী ভেবেছিলাম। আর সেই কারণেই আমি তোমাকে দূরে ঠেলে দিয়েছিলাম, তোমার ফোন ধরিনি, মেসেজের উত্তর দিইনি (দশম অধ্যায়)। সপ্তদশ অধ্যায়ে যখন আমরা দ্বিতীয়বার ঝগড়া করেছিলাম, তখন আমি তোমাকে বলেছিলাম 'ভাঙা কাঁচ জোড়া লাগে না'। আমি জানি, এই কথাগুলো তোমাকে অনেক কষ্ট দিয়েছে। আমি দুঃখিত, রুদ্র। কিন্তু এখন আমি আর সেই পুরোনো অনন্যা নই, রুদ্র। আমার থেরাপি আমাকে সাহসী করেছে। আমি এখন ভালোবাসার জন্য প্রস্তুত, বিশ্বাস করার জন্য প্রস্তুত। আমার হৃদয়ের সব 'ভাঙা কাঁচ' আজ জোড়া লেগে গেছে (পঞ্চবিংশ অধ্যায়)। আর সেই ভাঙা কাঁচের উপর তোমার ভালোবাসার 'নরম আলো' পড়েছে, যা আমার জীবনকে আলোকিত করেছে।

আমি জানি তুমি ফ্লোরেন্সে নতুন জীবন শুরু করেছ, তোমার 'ছায়ার গল্প' প্রজেক্টটা আবার শুরু করেছ। আমি খুব খুশি, রুদ্র। আমি চেয়েছিলাম তুমি তোমার শিল্পকে আবার খুঁজে পাও। আমি চেয়েছিলাম তুমি সুখী হও। তোমার চিঠি পড়ার পর আমার মনে হলো, আমার থেরাপির সব শিক্ষা আজ বাস্তব রূপ পেল।

তুমি আমাকে জিজ্ঞেস করেছিলে, 'আমরা কি এখনও প্রেমে আছি নাকি এটা শুধুই এক অভ্যাস?' (একত্রিংশ অধ্যায়)। রুদ্র, আমি তোমাকে এখনও ভালোবাসি। আমার ভালোবাসা কোনো অভ্যাস ছিল না। তোমার চিঠি পাওয়ার পর আমি

বুঝতে পারছি, আমার ভালোবাসাটা আরও বেশি শক্তিশালী, আরও বেশি গভীর। তুমিই আমার আলো, রুদ্র। তুমিই আমার পথ। তুমিই আমার জীবন।

আমি জানি না আমাদের ভবিষ্যৎ কী হবে, রুদ্র। তুমি আমার কাছে কোনো প্রত্যাশা করছ না, শুধু আমার উত্তর চেয়েছ। কিন্তু আমি তোমাকে বলতে চাই, আমি তোমার সাথে সারাজীবন থাকতে চাই। আমি তোমার জীবনসঙ্গিনী হতে চাই। তোমার মায়ের দেওয়া রিংটা (ত্রয়োবিংশ অধ্যায়) আমার আঙুলে জ্বলজ্বল করছে। এই রিংটা আমার কাছে তোমার ভালোবাসা আর প্রতিজ্ঞার প্রতীক।

আমার মনে হয়, আমাদের ভালোবাসার গল্পটা এখনও শেষ হয়নি। বরং এটা এক নতুন অধ্যায়ের সূচনা। আমি জানি, আমাদের সামনে এখনও অনেক চ্যালেঞ্জ আছে—সমাজ, পরিবার, আমার ক্যারিয়ার (চতুর্বিংশ ও ষষ্ঠবিংশ অধ্যায়)। কিন্তু আমি এখন আর ভয় পাচ্ছি না। তুমি আমার পাশে আছ, রুদ্র। আমরা একসাথে সব চ্যালেঞ্জ মোকাবেলা করব। আমাদের ভালোবাসা এতটাই শক্তিশালী যে কোনো কিছুই আমাদের হারাতে পারবে না।

আমি তোমার উত্তরের জন্য অপেক্ষা করব, রুদ্র। আমি তোমাকে খুব ভালোবাসি। আমি তোমার সাথে আবার কথা বলতে চাই, তোমাকে কাছে পেতে চাই।

ভালো থেকো, রুদ্র। আমি তোমার জন্য অপেক্ষা করছি।

ইতি,

তোমার অনন্যা

(যে এখন সম্পূর্ণভাবে তোমার)

চিঠিটা শেষ হওয়ার পর অনন্যার মনে এক গভীর শান্তি এল। সে জানত না রুদ্র এই চিঠিটা পড়ে কী ভাববে, কিন্তু সে তার মনের সব কথা বলতে পেরেছিল। তার মনে হলো, সে যেন রুদ্রের কাছে তার আত্মাটাকে উন্মুক্ত করে দিয়েছে। সে চিঠিটা একটি খামে ভরে, তাতে রুদ্রের ফ্লোরেন্সের ঠিকানা লিখল, এবং তাতে ভারতের একটি স্ট্যাম্প লাগাল।

অনন্যা পরের দিন সকালে অফিসের পথে পোস্ট অফিসে গেল। তার মনে এক ধরনের উত্তেজনা ছিল। সে চিঠিটা পোস্ট বক্সে ফেলে দিল। তার মনে এক ধরনের মিশ্র অনুভূতি—আশা, ভয়, এবং এক গভীর মুক্তি। সে জানত না এই চিঠিটা রুদ্রের কাছে পৌঁছাবে কিনা, অথবা রুদ্র এই চিঠিটা পড়ে কী করবে। কিন্তু সে তার মনের সব ভার নামাতে পেরেছিল। এই চিঠি ছিল তার ভালোবাসার এক অকপট স্বীকারোক্তি, তার আত্মিক নিরাময়ের এক প্রমাণ, এবং তার ভবিষ্যতের প্রতি এক নতুন আশার প্রতীক।

তার মনে হলো, এই চিঠিটা যেন এক সেতু, যা তাদের দুজনের মধ্যেকার দূরত্বকে ঘুচিয়ে দেবে। এই সেতু তাদের আবার কাছাকাছি নিয়ে আসবে, তাদের ভালোবাসাকে নতুনভাবে শক্তিশালী করবে। অনন্যা এখন রুদ্রের উত্তরের জন্য অপেক্ষা করতে লাগল, তার মনে এক ধরনের শান্তি আর এক ধরনের তীব্র আকাঙ্ক্ষা। এই 'স্বীকারোক্তির দিন' অনন্যার জীবনে এক নতুন অধ্যায়ের সূচনা করল, যেখানে

আলোর নিচে এক পলক

ভালোবাসা তার পথ খুঁজে নেবে, যত কঠিন পথই হোক না কেন।

সেই রাতে অনন্যা তার মুম্বাইয়ের ফ্ল্যাটে ফিরে এল। রাত তখন গভীর। তার শরীর ক্লান্ত, কিন্তু তার মন শান্ত। সে তার ডায়েরিটা খুলল, তার মনের সব ভার সে ডায়েরির পাতায় রাখতে চাইল।

প্রিয় ডায়েরি,

আজ আমি রুদ্রকে চিঠি পাঠিয়েছি, ডায়েরি। ইতালি থেকে আসা ওর চিঠির উত্তর। আমার মনে হয়েছিল, আমার জীবনের সবচেয়ে গুরুত্বপূর্ণ চিঠি ছিল এটা। আমি ওকে আমার সব কথা বলেছি, ডায়েরি—আমার ভয়, আমার অবিশ্বাস, আমার থেরাপির অভিজ্ঞতা, আর সবচেয়ে বড় কথা, আমার ভালোবাসা।

রুদ্রের চিঠি আমাকে বুঝিয়ে দিয়েছিল যে আমি ওকে ভুল বুঝেছিলাম। ওর চলে যাওয়াটা ওর নিজের অসহায়ত্ব আর আমার ভালোর জন্য ছিল। আমি ওকে ক্ষমা করে দিয়েছি, ডায়েরি। আর আমি নিজেকেও ক্ষমা করতে শিখেছি। আমার মনে আর কোনো রাগ নেই, কোনো অভিমান নেই। শুধু আছে ভালোবাসা।

আমি ওকে লিখেছি, ডায়েরি, যে আমি ওকে এখনও ভালোবাসি, এবং আমার ভালোবাসা কোনো অভ্যাস নয়। আমি ওকে আমার জীবনসঙ্গী হিসেবে গ্রহণ করতে চাই।

রুদ্রের দেওয়া সেই রিংটা আমার আঙুলে জ্বলজ্বল করছে। এটা আমার কাছে আমাদের ভালোবাসার প্রতীক।

আমি জানি না রুদ্র এই চিঠিটা পড়ে কী ভাববে। ও কি আমাকে বিশ্বাস করবে? ও কি আমাকে আবার গ্রহণ করবে? এই প্রশ্নগুলো আমাকে অস্থির করছে। কিন্তু আমার মনে এক গভীর বিশ্বাস আছে, ডায়েরি। আমি বিশ্বাস করি, ভালোবাসা সত্য হলে সে তার পথ খুঁজে নেয়। আর আমাদের ভালোবাসাটা সত্য।

আমার মনে হয়, আমার আত্মচর্চা আজ পূর্ণ হলো, ডায়েরি। আমি নিজেকে খুঁজে পেয়েছি। আমি ভালোবাসার জন্য প্রস্তুত, বিশ্বাস করার জন্য প্রস্তুত। এই চিঠি আমার জন্য এক নতুন শুরুর প্রতীক। আমি এখন শুধু রুদ্রের উত্তরের জন্য অপেক্ষা করছি।

আমার মনে হয়, আমাদের ভালোবাসার গল্পটা আজ এক নতুন পথে পা রেখেছে, ডায়েরি। এই পথটা হয়তো কঠিন হবে, কিন্তু আমি রুদ্রের হাত ধরে হাঁটতে প্রস্তুত। আমি ওকে খুব ভালোবাসি, ডায়েরি। আমি ওকে সারাজীবন ভালোবাসব।

ইতি,

তোমার অনন্যা

(যে এখন ভালোবাসার জন্য লড়তে প্রস্তুত)

অনন্যা ডায়েরি বন্ধ করে জানালার বাইরে তাকিয়ে রইল। মুম্বাইয়ের আলো ঝলমল করছিল, তার ভেতরে তখন এক গভীর শান্তি। রুদ্রের চিঠি এবং তার নিজের স্বীকারোক্তি—

আলোর নিচে এক পলক

সবকিছু মিলে অনন্যার জীবনে এক নতুন আশার আলো জ্বেলে দিয়েছিল। এই 'স্বীকারোক্তির দিন' তাদের ভালোবাসার গল্পে এক নতুন অধ্যায়ের সূচনা করল, যেখানে ভালোবাসা তার পথ খুঁজে নেবে, যত কঠিন পথই হোক না কেন, এবং দূরত্ব সত্ত্বেও তাদের মধ্যে আবার যোগাযোগের সেতু তৈরি হলো।

Ch. 36: রুদ্র ফিরে আসে

চতুস্ত্রিংশ অধ্যায়ে ইতালি থেকে রুদ্রের পাঠানো হাতে লেখা চিঠিটা অনন্যার জীবনে এক নতুন আশার আলো জ্বেলে দিয়েছিল। সেই চিঠিতে রুদ্র তার চলে যাওয়ার কারণ (মায়ের অসুস্থতা, অর্থনৈতিক সংকট, পারিবারিক চাপ), তার কষ্ট, এবং অনন্যার প্রতি তার অটুট ভালোবাসার কথা জানিয়েছিল। দ্বাত্রিংশ অধ্যায়ে রুদ্রের আকস্মিক ইউরোপ যাত্রা অনন্যাকে সম্পূর্ণ ভেঙে দিলেও, ত্রয়স্ত্রিংশ অধ্যায়ে তার 'আত্মচর্চা' অনন্যার মনের সব জট খুলে দিয়েছিল। অনন্যা এখন নিজেকে নতুনভাবে চিনেছিল, সে ছিল সাহসী, ভালোবাসার জন্য প্রস্তুত, বিশ্বাস করার জন্য প্রস্তুত। পঞ্চত্রিংশ অধ্যায়ে অনন্যা রুদ্রের চিঠির উত্তরে তার নিজের ভালোবাসা অকপটে স্বীকার করে একটি হাতে লেখা চিঠি পাঠিয়েছিল, যা তাদের মধ্যে আবার যোগাযোগের সেতু তৈরি করেছিল। রুদ্রের চিঠি অনন্যার নিরাময়কে সম্পূর্ণ করেছিল, আর অনন্যার চিঠি রুদ্রের জীবনে এক নতুন দিগন্ত উন্মোচন করতে চলেছিল।

এবার রুদ্রের পালা, সেই ভালোবাসার টানে আবার সেই শহরে ফিরে আসার।

রুদ্র ফ্লোরেন্সে তার আর্ট স্কুলের ক্লাস এবং 'ছায়ার গল্প' প্রজেক্ট (দ্বাদশ অধ্যায়ে শুরু হয়েছিল) নিয়ে ব্যস্ত ছিল। এখানকার ঐতিহাসিক স্থাপত্য, শহরের আলো, মানুষের জীবন—সবকিছুই তার শিল্পীসত্তাকে নতুনভাবে অনুপ্রাণিত করছিল। সে দিনের পর দিন ক্যামেরা হাতে ফ্লোরেন্সের অলিতে গলিতে ঘুরে বেড়াত, নতুন নতুন ছবি তুলত, নতুন গল্প খুঁজত। তার কাজগুলো ধীরে ধীরে পরিপক্কতা লাভ করছিল, এবং তার শিক্ষকরা তার প্রতিভার প্রশংসা করছিলেন। তার মনে হয়েছিল, ইউরোপে এসে সে তার শিল্পের জন্য এক নতুন দিগন্ত খুঁজে পেয়েছে।

কিন্তু তার মনে তখনও এক গভীর শূন্যতা। অনন্যাকে ছেড়ে আসার কষ্ট তাকে তাড়া করছিল। দ্বাত্রিংশ অধ্যায়ে সে ভেবেছিল, এই পলায়নই তার জন্য এক নতুন শুরু, কিন্তু সেই নতুন জীবনে অনন্যার অনুপস্থিতি তাকে প্রতি মুহূর্তে মনে করিয়ে দিত তার একাকীত্ব। সে নিজেকে বোঝাত, এটাই তার জন্য সঠিক সিদ্ধান্ত। সে অনন্যার ভালোর জন্যই তাকে ছেড়ে এসেছে। সে চেয়েছিল অনন্যা যেন তার ক্যারিয়ারে সফল হোক, সুখে থাকুক। রুদ্র নিজেকে অনন্যার যোগ্য মনে করত না (একত্রিংশ অধ্যায়), এবং তার জীবনের চাপগুলো (মায়ের অসুস্থতা, অর্থনৈতিক সংকট, পারিবারিক চাপ) তাকে এতটাই গ্রাস করেছিল যে, সে অনন্যার পাশে দাঁড়াতে পারছিল না।

রুদ্রের মনে তখন অনন্যার মুখটা বারবার ফিরে আসত—সেই হাসি, সেই চোখ, সেই ভালোবাসা। তার 'ছায়ার গল্প' প্রজেক্টে সে যে ছবিগুলো তুলত, তাতেও অনন্যার ছায়া থাকত, তার অনুপস্থিতির বেদনা থাকত। সে তার ডায়েরিতে যা লিখেছিল (দ্বাত্রিংশ অধ্যায়ে), তা ছিল তার মনের গভীর হতাশার প্রতিচ্ছবি: 'আমার মনে হয়, অনন্যা আমাকে আর আগের মতো ভালোবাসে না। ও খুব ব্যস্ত, আর আমি একজন ব্যর্থ মানুষ।' এই ভাবনাটা রুদ্রের আত্মসম্মানে তীব্র আঘাত করত। তার মনে হয়েছিল, অনন্যার মতো একজন সফল নারীর জীবনে তার মতো একজন ব্যর্থ শিল্পীর কোনো স্থান নেই।

সে তার বন্ধু অভ্রজিতের সাথে মাঝে মাঝে ফোনে কথা বলত। অভ্রজিৎ তাকে তার মায়ের খবর দিত—তিনি এখন কিছুটা সুস্থ আছেন, কিন্তু তার শারীরিক অবস্থা এখনও দুর্বল। রুদ্রের মনে তখন এক ধরনের স্বস্তি, কিন্তু তার সাথে মায়ের প্রতি এক ধরনের অপরাধবোধও কাজ করত—তাকে এভাবে রেখে চলে আসার জন্য।

একদিন রুদ্র তার অ্যাপার্টমেন্টের মেইলবক্স খুলল। সেখানে একটি হাতে লেখা চিঠি দেখল, তাতে ভারতের স্ট্যাম্প লাগানো। রুদ্র প্রথমে বিশ্বাস করতে পারল না। অনন্যার চিঠি! তার হাত কাঁপছিল যখন সে চিঠিটা হাতে নিল। তার মনে এক ধরনের আনন্দ, ভয়, এবং এক গভীর অনিশ্চয়তা। সে জানত না অনন্যা কী লিখেছে, কিন্তু তার মনে হলো, এই

চিঠিটা তার জীবনের মোড় ঘুরিয়ে দেবে। পঞ্চত্রিংশ অধ্যায়ে অনন্যা এই চিঠিটা পাঠিয়েছিল।

রুদ্র তার অ্যাপার্টমেন্টে ফিরে এল। সে সোফায় বসল, তার বুক ধড়ফড় করছিল। সে ধীরে ধীরে খামটা খুলল, তার ভেতরে অনন্যার হাতে লেখা চিঠিটা দেখল। অনন্যার হাতের লেখা ছিল পরিচিত, কিন্তু তাতে এক ধরনের পরিপক্কতা আর আবেগ ছিল। রুদ্র চিঠিটা পড়তে শুরু করল।

অনন্যার প্রতিটি শব্দ তার মনে এক গভীর প্রভাব ফেলছিল। অনন্যা তার থেরাপির অভিজ্ঞতা (ত্রয়স্ত্রিংশ অধ্যায়ে উল্লিখিত), তার আত্মিক নিরাময়, এবং তার পুরোনো ভয় ও অবিশ্বাস থেকে মুক্তি পাওয়ার কথা বিশদভাবে জানিয়েছিল। রুদ্রের মনে হয়েছিল, অনন্যা তাকে সম্পূর্ণভাবে বুঝেছে, তার সব ভুল ক্ষমা করে দিয়েছে। অনন্যা যখন তার অরিজিতের সাথে তিক্ত অভিজ্ঞতার কথা লিখেছিল, এবং কীভাবে সেই অভিজ্ঞতা ভালোবাসার প্রতি তার অবিশ্বাসের জন্ম দিয়েছিল, তখন রুদ্র বুঝতে পারল অনন্যার পুরোনো কষ্টগুলো কতটা গভীর ছিল।

অনন্যা যখন লিখেছিল যে, রুদ্রের চলে যাওয়াটা তার নিজের অসহায়ত্ব আর অনন্যার ভালোর জন্য ছিল, তখন রুদ্রের চোখ দিয়ে জল গড়িয়ে পড়ল। তার মনে হয়েছিল, অনন্যা তাকে ক্ষমা করে দিয়েছে, তার কষ্টটা বুঝতে পেরেছে। রুদ্রের মনের সব ভার যেন নেমে গেল। অনন্যা যখন তার ভালোবাসার অকপট স্বীকারোক্তি করল, তখন রুদ্রের মনে হলো যেন তার জীবনে এক নতুন আলো নেমে এসেছে।

অনন্যা তাকে এখনও ভালোবাসে, এবং তার ভালোবাসা কোনো অভ্যাস ছিল না। রুদ্রের মনে আর কোনো সন্দেহ ছিল না।

অনন্যা যখন লিখেছিল যে, সে রুদ্রের জীবনসঙ্গিনী হতে চায়, তখন রুদ্রের হৃদয় আনন্দে ভরে গেল। তার মনে হলো, তার সব স্বপ্ন যেন সত্যি হয়ে গেছে। অনন্যা তাকে গ্রহণ করেছে, তার সব দুর্বলতা সমেত। রুদ্রের মনে আর কোনো অযোগ্যতার বোঝা ছিল না।

চিঠিটা শেষ হওয়ার পর রুদ্র কিছুক্ষণ চুপ করে বসে রইল। তার মনে এক গভীর শান্তি। সে জানত, অনন্যা তাকে এখনও ভালোবাসে। তার ভালোবাসা কোনো অভ্যাস ছিল না। তার চলে যাওয়াটা ছিল এক ভুল বোঝাবুঝি, এক কঠিন পরিস্থিতির ফল। এই চিঠি তার জীবনের মোড় ঘুরিয়ে দিয়েছিল। তার মনে হলো, সে যেন এক নতুন জীবন ফিরে পেয়েছে।

অনন্যার চিঠি পড়ার পর রুদ্র মুহূর্তেই সিদ্ধান্ত নিল। সে আর এক মুহূর্তও ফ্লোরেন্সে থাকবে না। সে অনন্যার কাছে ফিরে যাবে। সে তার সব ব্যর্থতাকে পেছনে ফেলে অনন্যার ভালোবাসাকে আঁকড়ে ধরতে চেয়েছিল। তার মনে হলো, তার ইউরোপ যাত্রা ছিল এক ধরনের পলায়ন, কিন্তু এখন তার গন্তব্য স্পষ্ট—অনন্যা।

রুদ্র দ্রুত তার আর্ট স্কুলের প্রফেসরদের সাথে দেখা করল। সে তাদের কাছে তার জরুরিভাবে কলকাতা ফিরে যাওয়ার কারণ ব্যাখ্যা করল। তার প্রফেসররা রুদ্রের এই সিদ্ধান্তকে

সম্মান জানালেন, এবং তাকে ভবিষ্যতে আবার ফ্লোরেন্সে ফিরে আসার জন্য উৎসাহিত করলেন। রুদ্র তার অ্যাপার্টমেন্টের চুক্তি বাতিল করল, তার সব জিনিসপত্র গুছিয়ে নিল। তার হাতে শুধু তার ক্যামেরা ব্যাগ, তার প্রিয় লেন্স, আর অনন্যার চিঠি।

রুদ্র অভ্রজিৎকে ফোন করল। "অভ্র, আমি কলকাতা ফিরে আসছি! অনন্যার চিঠি পেয়েছি। সে আমাকে ভালোবাসে!" রুদ্রের কণ্ঠস্বর ছিল আবেগে রুদ্ধ। অভ্রজিৎ রুদ্রের কথা শুনে খুশি হলো। "সত্যি! আমি জানতাম তোরা আবার এক হবি! কবে আসছিস?" "আমি যত দ্রুত সম্ভব আসছি," রুদ্র বলল। "আমি অনন্যাকে ফিরে পেতে চাই।"

রুদ্র বিমানের টিকিট বুক করল। তার মনে এক ধরনের উত্তেজনা, এক ধরনের আশা, কিন্তু তার সাথে এক ধরনের ভয়ও ছিল। সে জানত না অনন্যা তাকে কীভাবে গ্রহণ করবে। তাদের মধ্যে অনেক কঠিন সময় কেটে গেছে, অনেক ভুল বোঝাবুঝি হয়েছে। কিন্তু রুদ্র বিশ্বাস করত, অনন্যার ভালোবাসা তাদের সব বাধা পেরিয়ে যাবে।

রুদ্রের ফ্লোরেন্স থেকে কলকাতার পথে যাত্রা ছিল এক দীর্ঘ পথচলা। বিমানের জানালা দিয়ে নিচে তাকাতেই রুদ্রের মনে হলো, সে যেন তার জীবনের এক নতুন অধ্যায়ের দিকে এগিয়ে যাচ্ছে। ইউরোপের সুন্দর শহরগুলো পেছনে ফেলে সে তার ফেলে আসা শহরের দিকে এগিয়ে যাচ্ছিল, যেখানে তার ভালোবাসা অপেক্ষা করছিল।

তার মনে অনন্যার সাথে কাটানো মুহূর্তগুলো ভেসে উঠল—বিয়েবাড়ির আলো (প্রথম অধ্যায়), বাগানের ফুল (দ্বিতীয় অধ্যায়), কফিশপের উষ্ণতা (ষষ্ঠ অধ্যায়), প্রদর্শনীর মুগ্ধতা (সপ্তম অধ্যায়), হিমাচলের পাহাড়ি পথ (বিংশ অধ্যায়), 'গল্প বলা রাত' (একবিংশ অধ্যায়)। রুদ্রের মুখে এক মৃদু হাসি ফুটে উঠল। সে জানত, এই সব স্মৃতিগুলোই তাকে এই মুহূর্তে এনেছে, যেখানে সে তার ভালোবাসার মানুষকে ফিরে পেতে চলেছে।

তার মনে সেই কঠিন সময়গুলোও ফিরে এল—মায়ের অসুস্থতা (সপ্তবিংশ অধ্যায়), পরিবারের চাপ, অর্থনৈতিক সমস্যা (অষ্টাবিংশ অধ্যায়), অনন্যার সাথে তার দূরত্ব (ত্রিংশ অধ্যায়), এবং সেই কঠিন প্রশ্ন 'প্রেম নাকি অভ্যাস' (একত্রিংশ অধ্যায়)। রুদ্র অনুভব করল, এই সব চ্যালেঞ্জগুলোই তাকে আরও বেশি শক্তিশালী করেছে, আরও বেশি পরিপক্ক করেছে। সে এখন জানে, ভালোবাসা মানে শুধু রোমান্স নয়, ভালোবাসা মানে ধৈর্য, বিশ্বাস, এবং একে অপরের পাশে থাকা।

রুদ্র তার ক্যামেরা হাতে নিল। তার ক্যামেরাটা এখন শুধু তার শিল্পকে প্রকাশ করার মাধ্যম ছিল না, এটি ছিল তার ভালোবাসা, তার আবেগ, তার জীবনের প্রতিজ্ঞার প্রতীক। তার 'ছায়ার গল্প' প্রজেক্টটা এখন আরও বেশি সম্পূর্ণ মনে হচ্ছিল, কারণ অনন্যা তার পাশে ছিল, তার আলো হয়ে।

কয়েক ঘণ্টা পর রুদ্র কলকাতা বিমানবন্দরে নেমে এল। পরিচিত বাতাস, পরিচিত গন্ধ—সবকিছু রুদ্রের কাছে প্রিয়

মনে হলো। সে তার দেশের মাটিতে পা রেখে এক গভীর স্বস্তি অনুভব করল। এই শহর, যা তার কাছে একসময় একাকীত্ব আর হতাশার প্রতীক ছিল, আজ তার কাছে এক নতুন আশার প্রতীক মনে হলো।

বিমানবন্দরের বাইরে রুদ্রের বন্ধু অভ্রজিৎ তাকে নিতে এসেছিল। অভ্রজিৎ রুদ্রকে দেখে খুশি হলো। "আরে রুদ্র! তুই ফিরে এসেছিস! আমি জানতাম তুই আসবি!" রুদ্র অভ্রজিৎকে জড়িয়ে ধরল। "হ্যাঁ, অভ্র। আমি ফিরে এসেছি।" অভ্রজিৎ রুদ্রের মুখে এক নতুন দীপ্তি দেখতে পেল। তার চোখে সেই পুরোনো হতাশা আর ছিল না, শুধু ছিল এক নতুন আলো, এক নতুন দৃঢ়তা।

রুদ্র তার স্টুডিওতে গেল। তার স্টুডিওটা পরিষ্কার ছিল, অভ্রজিৎ তার জিনিসপত্র গুছিয়ে রেখেছিল। রুদ্র তার ক্যামেরার সরঞ্জামগুলো গুছিয়ে নিল। তার মনে হলো, সে যেন তার নিজের ঘরে ফিরে এসেছে, তার নিজের জগতে ফিরে এসেছে। তার ক্যামেরাটা হাতে নিয়ে রুদ্র অনুভব করল, তার শিল্পসত্তা আবার নতুন করে প্রাণ পেয়েছে।

রুদ্র তার মায়ের সাথে দেখা করতে গেল। তার মা রুদ্রকে দেখে খুব খুশি হলেন। তার শারীরিক অবস্থার কিছুটা উন্নতি হয়েছিল, কিন্তু তিনি তখনও দুর্বল ছিলেন। রুদ্র তার মায়ের পাশে বসে তার হাত ধরল। "মা, আমি ফিরে এসেছি।" তার মা রুদ্রের দিকে তাকিয়ে হাসলেন। "আমি জানতাম তুই ফিরবি, বাবা। তোর জন্য আমার মন খারাপ ছিল।" রুদ্র তার মায়ের কাছে ক্ষমা চাইল—তাকে এভাবে রেখে চলে যাওয়ার

জন্য। তার মা রুদ্রকে ক্ষমা করে দিলেন, তার কপালে আলতো করে চুমু খেলেন। রুদ্রের মনে এক গভীর শান্তি নেমে এল। তার পরিবারের প্রতি তার দায়িত্ববোধ এখন আরও বেশি স্পষ্ট ছিল।

সন্ধ্যা নামছিল। রুদ্র তার স্টুডিওর ছাদে গিয়ে বসল। কলকাতার আকাশ তার চোখের সামনে বিস্তৃত। রুদ্র তার ক্যামেরা হাতে নিল। সে কিছু ছবি তুলল—শহরের আলো, আকাশের তারা, আর তার নিজের স্টুডিওর ছায়া। এই ছায়াগুলো এখন আর তাকে ভয় দেখাচ্ছিল না, বরং তাকে জীবনের নতুন অর্থ দেখাচ্ছিল।

রুদ্র অনন্যাকে ফোন করল। তার হাত কাঁপছিল যখন সে ফোনটা ডায়ালায় করল। অনন্যা ফোন ধরল, তার কণ্ঠস্বর ছিল নরম, কিন্তু তাতে এক ধরনের অস্থিরতা। "হ্যালো?" অনন্যা বলল। "অনন্যা? আমি রুদ্র," রুদ্র বলল। তার কণ্ঠস্বর কাঁপছিল। "আমি কলকাতা ফিরে এসেছি।" অনন্যা প্রথমে বিশ্বাস করতে পারল না। "রুদ্র! তুমি সত্যি বলছো? তুমি ফিরে এসেছ!" তার কণ্ঠে এক ধরনের আবেগ আর উত্তেজনা। "হ্যাঁ, অনন্যা," রুদ্র বলল। "আমি ফিরে এসেছি। তোমার চিঠির জন্য।" অনন্যার চোখে জল গড়িয়ে পড়ল। "আমি বিশ্বাস করতে পারছি না, রুদ্র। আমি তোমাকে কতটা মিস করেছি!" "আমিও তোমাকে খুব মিস করেছি, অনন্যা," রুদ্র বলল। "আমরা কি একবার দেখা করতে পারি? কাল সকালে? সেই কফিশপে?" "হ্যাঁ, রুদ্র! হ্যাঁ!" অনন্যা প্রায় চিৎকার করে উঠল। "আমি আসব! অবশ্যই আসব!"

আলোর নিচে এক পলক

ফোনটা রাখার পর অনন্যা তার ডায়েরিটা খুলল। তার মনে এক গভীর উচ্ছ্বাস ছিল, এক ধরনের আবেগ। সে লিখল:

প্রিয় ডায়েরি,

রুদ্র ফিরে এসেছে, ডায়েরি! ও কলকাতা ফিরে এসেছে! আমি বিশ্বাস করতে পারছি না! আজ সকালে ও আমাকে ফোন করেছিল। ওর কণ্ঠস্বর শুনে আমার মনে হয়েছিল যেন আমার জীবনের সব আলো ফিরে এসেছে।

আমি ওকে আমার চিঠি পাঠিয়েছিলাম (পঞ্চত্রিংশ অধ্যায়ে উল্লিখিত), আর ও সেই চিঠির উত্তর দিতে ফিরে এসেছে। আমার মনে হয়েছিল, আমার সেই ডায়েরি লেখার উদ্দেশ্য আজ পূর্ণ হলো। আমি ওকে কত কিছু বলতে চেয়েছিলাম, কত কিছু বোঝাতে চেয়েছিলাম। আর আজ ও ফিরে এসেছে, সব কিছু শোনার জন্য।

আমার মনে হয়, আমাদের ভালোবাসার গল্পটা আজ এক নতুন অধ্যায়ে প্রবেশ করল, ডায়েরি। এক নতুন আলোয় ভরা অধ্যায়। আমি ওকে খুব ভালোবাসি, ডায়েরি। আমি ওকে হারাতে চাই না। এইবার আর কোনো ভুল বোঝাবুঝি থাকবে না, কোনো নীরবতা থাকবে না।

আমার সেই 'আত্মচর্চা' (ত্রয়স্ত্রিংশ অধ্যায়ে উল্লিখিত) আমাকে এই মুহূর্তের জন্য প্রস্তুত করেছিল। আমি এখন ভালোবাসার জন্য প্রস্তুত, বিশ্বাস করার জন্য প্রস্তুত। আমি জানি, আমাদের পথটা হয়তো কঠিন হবে, কিন্তু আমি রুদ্রের হাত ধরে হাঁটতে প্রস্তুত।

এম আর জি কিউপিড

আমি কাল সকালে ওর সাথে দেখা করব, ডায়েরি। সেই কফিশপে। আমার মনে হচ্ছে, আমি যেন আমার জীবনের সবচেয়ে গুরুত্বপূর্ণ মুহূর্তে দাঁড়িয়ে আছি। আমার সব স্বপ্ন আজ সত্যি হতে চলেছে।

ইতি,

তোমার অনন্যা

(যে এখন রুদ্রের পাশে চিরদিনের জন্য)

রুদ্র তার ডায়েরি বন্ধ করে দিল। তার মনে এক গভীর শান্তি। সে জানত, তার পথটা এখন স্পষ্ট। অনন্যার ভালোবাসা তাকে ফিরে আসার শক্তি দিয়েছিল। ক্যামেরা হাতে সে আবার সেই শহরে ফিরে এসেছিল, তার 'ছায়ার গল্প' প্রজেক্টের নতুন অধ্যায় শুরু করার জন্য, আর অনন্যার সাথে তার ভালোবাসার গল্পের নতুন শুরু করার জন্য। তার এই 'প্রত্যাবর্তন' তাদের সম্পর্ককে এক নতুন উচ্চতায় নিয়ে গেল, যেখানে দূরত্ব, ভুল বোঝাবুঝি, এবং ব্যক্তিগত সংগ্রাম সবকিছুই ভালোবাসার কাছে হেরে গিয়েছিল। এবার তাদের সামনে ছিল এক নতুন সকাল, যেখানে ভালোবাসার আলো আরও উজ্জ্বল হয়ে উঠবে।

Ch. 37: ভুল বোঝাবুঝি মিটে যায়

ষষ্ঠত্রিংশ অধ্যায়ে রুদ্রের কলকাতা প্রত্যাবর্তন ছিল এক নতুন আশার সূচনা। ফ্লোরেন্স থেকে আসা অনন্যার হাতে লেখা চিঠিটা (পঞ্চত্রিংশ অধ্যায়) রুদ্রের মনের সব ভয়, অযোগ্যতার

অনুভূতি আর হতাশাকে মুছে দিয়েছিল। রুদ্র, যে দ্বাত্রিংশ অধ্যায়ে কাউকে কিছু না জানিয়ে ইউরোপে পাড়ি দিয়েছিল, সে এখন অনন্যার ভালোবাসার টানে আবার সেই শহরে ফিরে এসেছিল, ক্যামেরা হাতে এক নতুন দৃঢ়তা নিয়ে। ত্রয়স্ত্রিংশ অধ্যায়ে অনন্যা তার 'আত্মচর্চা'র মাধ্যমে নিজের সব মানসিক জট ছাড়িয়ে আরও বেশি শক্তিশালী ও ভালোবাসার জন্য প্রস্তুত হয়ে উঠেছিল। চতুর্বিংশ অধ্যায়ে অনন্যার মনে যে অনিশ্চয়তা দানা বেঁধেছিল—সমাজ, পরিবার, ক্যারিয়ারের চাপ—এইবার তারা দুজনেই সেই সব চ্যালেঞ্জ মোকাবেলা করার জন্য প্রস্তুত ছিল। রুদ্রের ফোন কলে তাদের পুনর্মিলনের যে প্রতিশ্রুতি ছিল, এবার তা বাস্তব হওয়ার পালা। সেই পুরোনো কফিশপ, যেখানে তাদের প্রথম দিকের গভীর কথোপকথন হয়েছিল (ষষ্ঠ অধ্যায়), এবং যেখানেই শেষ নীরব বিদায় ঘটেছিল (দশম অধ্যায়), সেখানেই আজ সব ভুল বোঝাবুঝি মিটে যাবে, তাদের ভালোবাসার গল্প এক নতুন মোড় নেবে।

মুম্বাইয়ে অনন্যার দিনটা শুরু হয়েছিল এক তীব্র উত্তেজনা আর এক গভীর স্বস্তি নিয়ে। রুদ্র ফিরে এসেছে! তার মনে হয়েছিল, সে স্বপ্ন দেখছে। রুদ্রের ফোন কল (ষষ্ঠত্রিংশ অধ্যায়ে) অনন্যার জীবনে এক নতুন আলো এনে দিয়েছিল। সে তার অফিসের কাজগুলো দ্রুত শেষ করল, মিটিং বাতিল করল, যেন সে রুদ্রের সাথে দেখা করার জন্য এক মুহূর্তও দেরি করতে না চায়। অনন্যার মুখে এক নতুন দীপ্তি ছিল, তার চোখে এক নতুন আশা। তার মনে আর কোনো ভয় ছিল

না, কোনো অনিশ্চয়তা ছিল না। তার 'আত্মচর্চা' তাকে এই মুহূর্তের জন্য প্রস্তুত করেছিল, আর রুদ্রের চিঠি ও তার প্রত্যাবর্তন তাকে এই বিশ্বাসটা দিয়েছিল যে, ভালোবাসা সত্য হলে সে তার পথ খুঁজে নেবে।

সে তার পছন্দের একটি শাড়ি বেছে নিল, নিজেকে পরিপাটি করে সাজাল। তার আঙুলে জ্বলজ্বল করছিল রুদ্রের দেওয়া সেই রিংটা (ত্রয়োবিংশ অধ্যায়ে উল্লিখিত)। এই রিংটা এখন তার কাছে শুধু রুদ্রের ভালোবাসার প্রতীক ছিল না, এটি অনন্যার নিজের বিশ্বাস আর ভালোবাসার প্রতিজ্ঞারও প্রতীক ছিল। সে জানত, আজকের দিনটা তাদের জীবনের সবচেয়ে গুরুত্বপূর্ণ দিন হতে চলেছে। সে তার মনের সব কথা, তার সব ভুল, তার সব ভালোবাসা—সবকিছুই রুদ্রকে বলতে চেয়েছিল।

অন্যদিকে, রুদ্রও কলকাতায় তার স্টুডিওতে সেই সকালের জন্য প্রস্তুতি নিচ্ছিল। তার মনে এক ধরনের আনন্দ, এক ধরনের আশা, কিন্তু তার সাথে এক ধরনের উদ্বেগও ছিল। সে জানত, অনন্যার সাথে তার অনেক কথা বলার আছে, অনেক ভুল বোঝাবুঝি মিটিয়ে নেওয়ার আছে। তার মায়ের সাথে কথা বলার পর সে কিছুটা স্বস্তি পেলেও, অনন্যার সামনে নিজেকে সম্পূর্ণভাবে উন্মুক্ত করাটা তার কাছে এক নতুন চ্যালেঞ্জ ছিল। রুদ্র তার ক্যামেরা ব্যাগটা ঠিক করল, তার প্রিয় লেন্সগুলো গুছিয়ে নিল। তার 'ছায়ার গল্প' প্রজেক্টটা এখন যেন নতুন অর্থ পাচ্ছিল, কারণ অনন্যা তার পাশে ছিল, তার আলো হয়ে।

সে তার ডায়েরিটা খুলল। তার মনে তখনো অনন্যার মুখটা ভাসছিল। সে তার মনের কথাগুলো লিখল: 'আজ সব কিছু মিটে যাবে, ডায়েরি। অনন্যা আমার সব কথা শুনবে, আর আমিও ওর সব কথা শুনব। আমাদের ভালোবাসা আজ নতুন করে জন্ম নেবে।'

রুদ্র সেই পুরোনো কফিশপে অনন্যার জন্য অপেক্ষা করছিল। কফিশপটা আগের মতোই ছিল, তার চেনা টেবিল, তার চেনা পরিবেশ। রুদ্রের মনে দশম অধ্যায়ের সেই নীরব বিদায়ের কথা মনে পড়ল, যখন অনন্যা তাকে ছেড়ে চলে গিয়েছিল। তার মনে সপ্তদশ অধ্যায়ের দ্বিতীয় ঝগড়ার কথা মনে পড়ল, যখন অনন্যা বলেছিল 'ভাঙা কাঁচ জোড়া লাগে না'। কিন্তু আজ তার মনে এক নতুন আশা। সে জানত, এইবার সব কিছু ভিন্ন হবে।

ঠিক দশটা বাজতেই অনন্যা কফিশপের কাঁচের দরজা দিয়ে প্রবেশ করল। রুদ্র তাকে দেখেই উঠে দাঁড়াল। অনন্যাও রুদ্রকে দেখে এক মুহূর্তের জন্য থমকে গেল। তাদের চোখে চোখে হলো, আর সেই এক মুহূর্তে তাদের চোখ যেন হাজারো কথা বলে গেল। রুদ্রের চোখে ছিল গভীর আবেগ, আকুলতা, এক ধরনের প্রশ্ন। অনন্যার চোখে ছিল বিস্ময়, অনুশোচনা, আকাঙ্ক্ষা, আর এক ধরনের সাহস।

তারা একে অপরের দিকে এগিয়ে গেল। অনন্যা রুদ্রের দিকে হাত বাড়াল, আর রুদ্র অনন্যার হাত শক্ত করে ধরল। তাদের হাতে হাতের স্পর্শে যেন এক নতুন বিদ্যুৎ খেলে গেল, যা তাদের পুরোনো সব ভুল বোঝাবুঝি আর নীরবতাকে মুছে

দিচ্ছিল। রুদ্র অনন্যাকে কাছে টেনে নিল, তাকে আলতো করে জড়িয়ে ধরল। অনন্যাও রুদ্রকে শক্ত করে জড়িয়ে ধরল। তাদের আলিঙ্গনে ছিল ভালোবাসা, স্বস্তি, আর এক গভীর নিরাময়। তাদের মনে হয়েছিল, তারা যেন অনন্তকাল ধরে এই মুহূর্তটার জন্য অপেক্ষা করছিল।

তারা তাদের পুরোনো পছন্দের টেবিলে বসল। কফির অর্ডার দিল। সেই মুহূর্তটা ছিল এক নতুন শুরুর, এক নতুন দিগন্তের। অনন্যা রুদ্রের চোখের দিকে তাকাল, আর রুদ্র অনন্যার চোখে দেখল সেই একই ভালোবাসা, সেই একই গভীরতা। চারপাশের কোলাহল যেন তাদের কাছে অর্থহীন মনে হচ্ছিল।

"আমি জানি না কোথা থেকে শুরু করব, রুদ্র," অনন্যা ফিসফিস করে বলল। তার কণ্ঠস্বরে এক ধরনের আবেগ। রুদ্র অনন্যার হাত ধরে রাখল। "তোমার যখন ইচ্ছা, অনন্যা। আমি তোমার সব কথা শুনতে চাই। আমি তোমার জন্য প্রস্তুত।"

অনন্যা তার গল্প বলা শুরু করল: অনন্যা রুদ্রের চিঠি পাওয়ার কথা বলল (চতুস্ত্রিংশ অধ্যায়), এবং কীভাবে সেই চিঠিটা তার মনের সব দ্বিধা দূর করে দিয়েছিল। "তোমার চিঠিতে তুমি তোমার সব কষ্ট, সব সমস্যার কথা লিখেছ—তোমার মায়ের অসুস্থতা, তোমার অর্থনৈতিক সংকট, তোমার পরিবারের চাপ (সপ্তবিংশ ও অষ্টাবিংশ অধ্যায়)। আমি এখন বুঝতে পারছি, রুদ্র, তুমি নিজেকে আমার যোগ্য মনে করোনি, এবং তুমি

আমার ভালোর জন্যই আমাকে ছেড়ে গিয়েছিলে। আমি দুঃখিত, রুদ্র। আমি তোমাকে ভুল বুঝেছিলাম।"

অনন্যা তার **থেরাপির অভিজ্ঞতা** (ত্রয়স্ত্রিংশ অধ্যায়) বিস্তারিতভাবে বর্ণনা করল। কীভাবে ড. মেঘনা শর্মা তাকে তার অতীতের ক্ষত, বিশেষ করে অরিজিতের সাথে তার তিক্ত অভিজ্ঞতা (চতুর্থ অধ্যায়) থেকে উদ্ভূত অবিশ্বাসের কারণগুলো চিনিয়েছিলেন। "আমার মন সেই পুরোনো প্যাটার্নে ফিরে গিয়েছিল, রুদ্র," অনন্যা বলল। "যখন আমি তোমাকে তিতলির সাথে কফিশপের বাইরে দেখেছিলাম (নবম অধ্যায়), তখন আমার মনে অরিজিতের সেই বিশ্বাসঘাতকতা ফিরে এসেছিল। আমার মন তোমাকে অবিশ্বাস করেছিল, তোমাকে মিথ্যেবাদী ভেবেছিল। আর সেই কারণেই আমি তোমাকে দূরে ঠেলে দিয়েছিলাম (দশম অধ্যায়), তোমার ফোন ধরিনি, মেসেজের উত্তর দিইনি।"

অনন্যা তার সেই 'ভাঙা কাঁচ জোড়া লাগে না' (সপ্তদশ অধ্যায়) কথা বলার জন্য রুদ্রের কাছে ক্ষমা চাইল। "আমি জানি, এই কথাগুলো তোমাকে অনেক কষ্ট দিয়েছে। আমার নিজের ভয় আর অবিশ্বাস আমাকে অন্ধ করে দিয়েছিল। আমি দুঃখিত, রুদ্র। আমি সত্যি সত্যিই দুঃখিত।"

অনন্যা তার কর্পোরেট জীবনের চাপ, নতুন পদের দায়িত্ব, এবং 'গোল্ডেন কেজ'-এর যন্ত্রণার কথা বলল (ঊনত্রিংশ অধ্যায়)। কীভাবে তার সাফল্য তাকে একাকীত্ব দিচ্ছিল এবং তার ব্যক্তিগত জীবন ও রুদ্রের সাথে তার যোগাযোগ (ত্রিংশ অধ্যায়) কমে যাচ্ছিল। "আমি জানি আমি খুব ব্যস্ত ছিলাম,

রুদ্র। আমি মাঝে মাঝে তোমার ফোন ধরতে পারতাম না, তোমার মেসেজের উত্তর দিতে পারতাম না। আমার খুব কষ্ট হয়, কারণ আমি জানি তুমি আমাকে ভুল বুঝবে।"

সে স্বীকার করল, "একত্রিংশ অধ্যায়ে যখন তুমি জিজ্ঞেস করেছিলে, 'আমরা কি এখনও প্রেমে আছি নাকি এটা শুধুই এক অভ্যাস?', তখন আমি নিজেও জানতাম না উত্তর কী। আমার ভয় ছিল, রুদ্র। আমি তোমাকে হারাতে চাইনি, কিন্তু আমার মনে হয়েছিল, আমাদের ভালোবাসাটা অভ্যাসে পরিণত হয়েছে। আমার নিজের ভয় আমাকে সঠিক উত্তর দিতে বাধা দিয়েছিল।"

অনন্যা রুদ্রের হাত ধরে কেঁদে উঠল। "আমি এখন আর সেই পুরোনো অনন্যা নই, রুদ্র। আমার থেরাপি আমাকে সাহসী করেছে। আমি এখন ভালোবাসার জন্য প্রস্তুত, বিশ্বাস করার জন্য প্রস্তুত। আমার হৃদয়ের সব 'ভাঙা কাঁচ' আজ জোড়া লেগে গেছে (পঞ্চবিংশ অধ্যায়)। আর সেই ভাঙা কাঁচের উপর তোমার ভালোবাসার 'নরম আলো' পড়েছে, যা আমার জীবনকে আলোকিত করেছে।"

রুদ্র অনন্যার হাত আরও শক্ত করে ধরল। তার চোখে জল টলমল করছিল, কিন্তু এবার সেই জল ছিল আনন্দ আর স্বস্তির। সে অনন্যাকে কাছে টেনে নিল, তার মাথায় হাত বুলাতে লাগল। "না, অনন্যা। তুমি আমাকে কষ্ট দাওনি। আমরা দুজনেই কষ্ট পেয়েছি। আমরা দুজনেই ভুল করেছি। আমি তোমাকে বুঝতে পারিনি, আর তুমি আমাকে বিশ্বাস করতে পারোনি।"

এবার রুদ্র তার গল্প বলতে শুরু করল: রুদ্র অনন্যার চিঠি পাওয়ার কথা বলল (পঞ্চত্রিংশ অধ্যায়), এবং কীভাবে সেই চিঠিটা তার মনের সব ভয়, অযোগ্যতার অনুভূতি আর হতাশাকে মুছে দিয়েছিল। "তোমার চিঠি আমার জীবনকে নতুন অর্থ দিয়েছে, অনন্যা। আমি তোমার ভালোবাসাকে আবার ফিরে পেয়েছি। আমি জানি, তুমি আমাকে এখন সম্পূর্ণভাবে বুঝেছ।"

রুদ্র তার **চলে যাওয়ার কারণ** (দ্বাত্রিংশ অধ্যায়) বিশদভাবে ব্যাখ্যা করল। "আমি তোমাকে ছেড়ে গিয়েছিলাম, কারণ আমি নিজেকে তোমার যোগ্য মনে করতাম না। আমার জীবনে তখন অনেক চাপ ছিল, অনন্যা। আমার মা অসুস্থ ছিলেন, তার চিকিৎসার জন্য অনেক অর্থের প্রয়োজন ছিল। আমার ফটোগ্রাফি কাজ সম্পূর্ণ বন্ধ হয়ে গিয়েছিল, আমার হাতে কোনো কাজ ছিল না (অষ্টাবিংশ অধ্যায়)। আমার পরিবার আমাকে বিয়ের জন্য অবিরাম চাপ দিচ্ছিল (সপ্তবিংশ অধ্যায়)। আমি নিজেকে একজন ব্যর্থ মানুষ মনে করতাম, যে নিজের জীবন সামলাতে পারছে না।"

"আমি চেয়েছিলাম তুমি তোমার ক্যারিয়ারে সফল হও, সুখে থাকো। আমি জানতাম, আমার মতো একজন ব্যর্থ মানুষ তোমার জীবনে শুধু বোঝা হয়ে থাকত। তাই আমি তোমাকে ছেড়ে চলে গিয়েছিলাম, যাতে তুমি তোমার স্বপ্নের জীবনটা বাঁচতে পারো। আমি ভেবেছিলাম, আমাকে ছাড়া তুমি আরও ভালো থাকবে।"

রুদ্র তিতলির বিষয়টি (নবম ও ষষ্ঠদশ অধ্যায়ে) পরিষ্কার করল। "তিতলি শুধু আমার একজন ক্লায়েন্ট ছিল, অনন্যা। তার সাথে আমার কোনো ব্যক্তিগত সম্পর্ক ছিল না। আমি ওকে রাস্তায় গাড়ির ভিড় থেকে বাঁচাতে ওর হাত ধরেছিলাম। আমি তোমাকে বোঝানোর চেষ্টা করেছি, কিন্তু তুমি বিশ্বাস করোনি। আমারও দোষ ছিল, আমি তোমাকে তখন সরাসরি জানাতে পারিনি যে ও কে, কারণ আমি ভয় পাচ্ছিলাম যদি তুমি আমাকে আবার দূরে ঠেলে দাও। আমার সেই নীরবতাটাই আমাদের মাঝে একটা দেয়াল তৈরি করেছিল।"

রুদ্র তার ইউরোপে থাকার অভিজ্ঞতা বলল (দ্বাত্রিংশ ও চতুস্ত্রিংশ অধ্যায়), কীভাবে ফ্লোরেন্সের শিল্প তাকে অনুপ্রাণিত করেছিল, কিন্তু অনন্যার অনুপস্থিতি তাকে প্রতি মুহূর্তে তাড়া করত। "আমি যখন ফ্লোরেন্সের উফিজি গ্যালারিতে তোমার মতো দেখতে একটা নারীর প্রতিকৃতি দেখেছিলাম, তখন আমার মনে হয়েছিল, তুমিও তোমার নিজের সংগ্রামের মধ্য দিয়ে যাচ্ছ। আর সেই মুহূর্তে আমি বুঝতে পারলাম, তোমাকে ছাড়া আমার জীবনটা অসম্পূর্ণ।"

রুদ্র তার ডায়েরিতে যা লিখেছিল (একত্রিংশ অধ্যায়ে): 'আমার মনে হয়, অনন্যা আমাকে আর আগের মতো ভালোবাসে না। ও খুব ব্যস্ত, আর আমি একজন ব্যর্থ মানুষ।'—সেই কথাগুলো রুদ্র অনন্যাকে বলল। "আমিও নিজেকে সেই প্রশ্নটা জিজ্ঞেস করেছিলাম, অনন্যা। 'আমরা কি এখনও প্রেমে আছি নাকি এটা শুধুই এক অভ্যাস?' আমি ভয় পাচ্ছিলাম, তুমি আমাকে আর ভালোবাসো না। আমার

এই প্রশ্নটা আমার নিজের অযোগ্যতার অনুভূতি থেকে এসেছিল।"

রুদ্র অনন্যার হাত ধরে রাখল। তার চোখ দিয়ে অনবরত জল গড়িয়ে পড়ছিল, কিন্তু এবার সেই জল ছিল স্বস্তির, নিরাময়ের। "আমি দুঃখিত, অনন্যা। আমি তোমাকে একা ছেড়ে চলে গিয়েছিলাম। আমি তোমাকে কষ্ট দিয়েছি। আমি তোমার ভালোর জন্যই চলে গিয়েছিলাম, কিন্তু আমার সেই সিদ্ধান্তটা ভুল ছিল।"

তাদের দুজনের মধ্যে এক গভীর নীরবতা নেমে এল, কিন্তু এই নীরবতা ছিল ভিন্ন। এটি ছিল শান্তির নীরবতা, বোঝাপড়ার নীরবতা, এবং ভালোবাসার নীরবতা। তাদের হৃদয়ের সব ফাটল যেন এই কফিশপের পরিবেশে জোড়া লাগছিল। তারা একে অপরের সব দুর্বলতা, সব ক্ষত জানতে পারল, আর সেই দুর্বলতা আর ক্ষতগুলোকেই ভালোবাসার প্রলেপ দিয়ে ভরিয়ে দিতে চাইল।

তাদের গল্প বলা শেষ হওয়ার পর কফিশপে এক নতুন সকালের আলো প্রবেশ করছিল। তাদের হাতে ধরা হাত, আর তাদের মুখে এক ধরনের শান্তি। তাদের ভালোবাসা এখন এক নতুন স্তরে প্রবেশ করেছিল, যেখানে কোনো লুকোচুরি ছিল না, কোনো ভুল বোঝাবুঝি ছিল না, শুধু ছিল বিশ্বাস, বোঝাপড়া, এবং নিঃশর্ত ভালোবাসা।

"আমার মনে হয়, আমরা এখন ভালোবাসার জন্য প্রস্তুত, রুদ্র," অনন্যা ফিসফিস করে বলল। রুদ্র অনন্যার হাত ধরে রাখল। "হ্যাঁ, অনন্যা। আমরা এখন প্রস্তুত। আমরা ভাঙা

কাঁচগুলোকে জোড়া লাগাতে পেরেছি। আমরা একসাথে নতুন করে শুরু করব।"

তারা দুজনেই জানত, তাদের পথটা হয়তো সহজ হবে না। অনন্যার মুম্বাইয়ের কর্পোরেট জীবন, রুদ্রের কলকাতার ফটোগ্রাফি, তাদের দীর্ঘ দূরত্বের সম্পর্ক, পরিবারের চাপ, সমাজের প্রত্যাশা—সবকিছুই তাদের সামনে এক নতুন চ্যালেঞ্জ হয়ে দাঁড়াবে। কিন্তু তারা এখন আর ভয় পাচ্ছিল না। তারা জানত, তারা একা নয়। তারা দুজনেই এই চ্যালেঞ্জ মোকাবেলা করার জন্য প্রস্তুত ছিল।

"আমরা একে অপরের পাশে থাকব, রুদ্র," অনন্যা বলল। "আমাদের ভালোবাসায় এখন কোনো লুকোচুরি থাকবে না, কোনো অবিশ্বাস থাকবে না। আমরা একে অপরের স্বপ্নগুলোকে সমর্থন করব।" "আমি তোমার সাথে একমত, অনন্যা," রুদ্র বলল। "আমরা ধীরে ধীরে এগোব, যেমনটা আমরা সিদ্ধান্ত নিয়েছিলাম (দ্বাবিংশ অধ্যায়)। আমরা এখন বাঁচব, আর যখন সময় আসবে, তখন আমরা ভবিষ্যতের কথা ভাবব।"

এই কথোপকথন তাদের ভালোবাসাকে এক নতুন সংজ্ঞা দিয়েছিল। তাদের সম্পর্কটা এখন শুধু আবেগ নয়, বরং বোঝাপড়া, আস্থা, এবং পারস্পরিক শ্রদ্ধার ওপর প্রতিষ্ঠিত ছিল। তারা একে অপরের অতীতকে গ্রহণ করতে পেরেছিল, আর সেই অতীত থেকেই তারা শক্তি খুঁজে পেয়েছিল।

তারা কফিশপ থেকে বেরিয়ে এল। বাইরে কলকাতার পরিচিত ব্যস্ততা। কিন্তু তাদের কাছে মনে হলো, চারপাশের

কোলাহল যেন এক মধুর সঙ্গীত। তারা হাতে হাত ধরে হাঁটছিল, তাদের মনে এক নতুন শান্তি, এক নতুন আশা। তাদের ভালোবাসার গল্পে এক নতুন অধ্যায়ের সূচনা হলো, যেখানে 'ভুল বোঝাবুঝি মিটে যায়', আর 'আলো' আর 'অভিসার' এক সাথে মিলেমিশে এক অনন্ত ভালোবাসার দিকে এগিয়ে যাচ্ছিল।

সেই রাতে অনন্যা তার মুম্বাইয়ের ফ্ল্যাটে ফিরে এল। তার মনে এক গভীর শান্তি ছিল, এক ধরনের পূর্ণতা। সে তার ডায়েরিটা খুলল, তার মনের সব ভার সে ডায়েরির পাতায় রাখতে চাইল।

প্রিয় রুদ্র (আমার জীবনের পূর্ণতা),

আজ সকালে রুদ্রের সাথে দেখা করেছি, রুদ্র। সেই পুরোনো কফিশপে। আমাদের অনেক কথা হয়েছে। সব ভুল বোঝাবুঝি মিটে গেছে। আমার মনে হচ্ছে, আমার হৃদয় আজ সম্পূর্ণ হয়ে গেছে।

আমি ওকে আমার থেরাপির কথা বলেছি, আমার অতীতের ভয়, আমার অবিশ্বাস—সব। আর ও আমাকে বুঝেছে, রুদ্র। ও আমাকে ক্ষমা করেছে। ও কেন চলে গিয়েছিল, ওর কষ্টগুলো—সবকিছু ও আমাকে বলেছে। আমি এখন জানি, ও আমাকে কতটা ভালোবাসে। ওর ভালোবাসা নিঃশর্ত।

আমরা দুজনেই আমাদের ভুলগুলো স্বীকার করেছি, রুদ্র। আমি ওকে বিশ্বাস করতে পারিনি, আর ও আমাকে সব কথা

বলতে পারেনি। কিন্তু এখন সব লুকোচুরি শেষ। আমাদের ভালোবাসায় এখন শুধু আলো, কোনো ছায়া নেই।

আমি এখন আর সেই পুরোনো অনন্যা নই, যে শুধু ভয় আর অবিশ্বাস নিয়ে বাঁচত। আমি এখন ভালোবাসার জন্য প্রস্তুত, বিশ্বাস করার জন্য প্রস্তুত। আমার হৃদয়ের সব 'ভাঙা কাঁচ' আজ জোড়া লেগে গেছে। আর সেই ভাঙা কাঁচের উপর তোমার ভালোবাসার 'নরম আলো' পড়েছে, যা আমার জীবনকে আলোকিত করেছে।

আমি জানি, আমাদের সামনে এখনও অনেক চ্যালেঞ্জ আছে—সমাজ, পরিবার, ক্যারিয়ার। কিন্তু এখন আমি আর ভয় পাচ্ছি না। তুমি আমার পাশে আছ, রুদ্র। আমরা একসাথে সব চ্যালেঞ্জ মোকাবেলা করব। আমাদের ভালোবাসা এতটাই শক্তিশালী যে কোনো কিছুই আমাদের হারাতে পারবে না।

আমি তোমাকে খুব ভালোবাসি, রুদ্র। তুমিই আমার জীবন, তুমিই আমার পথ। তুমিই আমার ভালোবাসার গল্পের নতুন অধ্যায়। আমি তোমার সাথে সারাজীবন থাকতে চাই, রুদ্র। আমার সব স্বপ্ন, সব সাফল্য তোমাকে ছাড়া অর্থহীন।

ইতি,

তোমার অনন্যা

(যে এখন তোমার সাথে অনন্তকাল বাঁচতে চায়)

রুদ্র তার স্টুডিওতে ফিরে এসে তার ডায়েরিটা খুলল। তার মনে এক গভীর শান্তি ছিল, এক ধরনের স্বস্তি। সে লিখল:

আলোর নিচে এক পলক

প্রিয় ডায়েরি,

আজ সকালে অনন্যার সাথে দেখা করেছি, ডায়েরি। সেই পুরোনো কফিশপে। আমাদের অনেক কথা হয়েছে। সব ভুল বোঝাবুঝি মিটে গেছে। আমার মনে হচ্ছে, আমি আজ মুক্ত। আমার বুকের সব ভার নেমে গেছে।

অনন্যা আমাকে সব কথা বলেছে, ডায়েরি—ওর অতীতের কষ্ট, ওর থেরাপির অভিজ্ঞতা, ওর ভয়, ওর অবিশ্বাস। আমি ওকে বুঝতে পারছি। ও আমাকে ক্ষমা করেছে। আর আমিও ওকে ক্ষমা করে দিয়েছি। আমাদের ভালোবাসায় এখন আর কোনো বাধা নেই।

আমি ওকে আমার সব কথা বলেছি, ডায়েরি—কেন আমি চলে গিয়েছিলাম, আমার কষ্টগুলো, আমার অর্থনৈতিক সমস্যা। আমি ওকে বুঝিয়েছি, তিতলি শুধু একজন ক্লায়েন্ট ছিল। ও আমাকে বিশ্বাস করেছে, ডায়েরি।

আমার মনে হয়, আমাদের ভালোবাসার গল্পটা আজ নতুন করে শুরু হলো। আমাদের ভালোবাসা এখন আর শুধু আবেগ নয়, বরং বিশ্বাস, বোঝাপড়া, এবং প্রতিজ্ঞার ওপর প্রতিষ্ঠিত। আমরা দুজনেই আমাদের ভুলগুলো থেকে শিখেছি।

আমি এখন আর সেই পুরোনো রুদ্র নই, যে শুধু নিজেকে একজন ব্যর্থ মানুষ মনে করত। অনন্যা আমাকে আবার আত্মবিশ্বাস দিয়েছে। ওর ভালোবাসায় আমি আবার আমার শিল্পকে খুঁজে পেয়েছি। আমার 'ছায়ার গল্প' প্রজেক্টটা এখন আরও বেশি সম্পূর্ণ মনে হচ্ছে, কারণ অনন্যা আমার পাশে আছে, আমার আলো হয়ে।

আমি জানি, আমাদের সামনে এখনও অনেক চ্যালেঞ্জ আছে। কিন্তু আমি প্রস্তুত, ডায়েরি। আমি অনন্যার হাত ধরে হাঁটতে প্রস্তুত। আমাদের ভালোবাসা এতটাই শক্তিশালী যে কোনো কিছুই আমাদের হারাতে পারবে না।

আমি ওকে খুব ভালোবাসি, ডায়েরি। আমি ওকে আর কোনোদিনও হারাতে চাই না। আমি বিশ্বাস করি, আমাদের ভালোবাসা সব বাধা পেরিয়ে তার পথ খুঁজে নেবে।

রুদ্র

এই 'ভুল বোঝাবুঝি মিটে যায়' অধ্যায়টি অনন্যা ও রুদ্রের সম্পর্কের ক্ষেত্রে এক চূড়ান্ত নিরাময় এবং পুনর্জন্মের প্রতীক হয়ে রইল। পুরোনো কফিশপে বসে তারা তাদের জীবনের সব লুকানো কথা, সব ব্যথা, আর সব ভুলগুলো খোলামেলাভাবে ভাগ করে নিয়েছিল, যার ফলে তাদের ভালোবাসা আরও বেশি শক্তিশালী ও গভীর হলো। তারা এখন ভালোবাসার পথে এক নতুন, পরিপক্ক রূপে পা বাড়াতে প্রস্তুত, যেখানে বিশ্বাস আর বোঝাপড়াই হবে তাদের সম্পর্কের মূল স্তম্ভ।

Ch. 38: বিয়ের ভাবনা

সপ্তত্রিংশ অধ্যায়ের সেই পুরোনো কফিশপের সকালটা অনন্যা আর রুদ্রের জীবনে এক নতুন দিগন্ত উন্মোচন করেছিল। দীর্ঘদিনের ভুল বোঝাবুঝি, অবিশ্বাস আর নীরবতার প্রাচীর

ভেঙে তারা একে অপরের কাছে সম্পূর্ণভাবে উন্মুক্ত হয়েছিল। রুদ্রের ইউরোপ থেকে ফিরে আসা (ষষ্ঠত্রিংশ অধ্যায়) এবং অনন্যার চিঠি (পঞ্চত্রিংশ অধ্যায়) তাদের ভালোবাসাকে পুনরুজ্জীবিত করেছিল, আর সেই সকালে তাদের খোলামেলা কথোপকথন তাদের সম্পর্ককে এক নতুন, শক্তিশালী ও স্বচ্ছ ভিত্তির ওপর দাঁড় করিয়েছিল। ত্রয়োবিংশ অধ্যায়ে রুদ্রের প্রেমের স্বীকারোক্তি এবং অনন্যার 'হ্যাঁ' বলা—ছিল তাদের ভালোবাসার এক চূড়ান্ত মুহূর্ত, কিন্তু বাস্তবতার মুখে সেই প্রেম কতটা মজবুত, তা দেখার পালা ছিল এবার। তাদের সামনে এখন সবচেয়ে বড় চ্যালেঞ্জ—পরিবার ও সমাজের কাছে তাদের সম্পর্ককে স্বীকৃতি দেওয়া, এবং 'বিয়ের ভাবনা' নিয়ে আলোচনা শুরু করা।

কফিশপ থেকে বেরিয়ে অনন্যা আর রুদ্র গঙ্গা নদীর পাড়ে গেল। কলকাতার পরিচিত কোলাহল তাদের কাছে আজ নতুন মনে হচ্ছিল। তাদের হাতে হাত, মনে এক গভীর শান্তি আর এক নতুন আশা। তারা জানত, তাদের ভালোবাসা এখন এতটাই শক্তিশালী যে কোনো কিছুই তাদের হারাতে পারবে না। তারা একে অপরের অতীতকে গ্রহণ করতে পেরেছিল, আর সেই অতীত থেকেই তারা শক্তি খুঁজে পেয়েছিল।

"রুদ্র," অনন্যা ফিসফিস করে বলল। "আমার মনে হয়, এবার আমাদের পরিবারকে জানানোর সময় হয়েছে।" রুদ্র অনন্যার দিকে তাকাল। তার চোখে এক ধরনের উদ্বেগ ছিল, কিন্তু তার ঠোঁটে এক মৃদু হাসি। "তুমি কি প্রস্তুত, অনন্যা? এটা সহজ হবে না।" "আমি প্রস্তুত, রুদ্র," অনন্যা দৃঢ়ভাবে

বলল। "আমার থেরাপি (ত্রয়স্ত্রিংশ অধ্যায়) আমাকে সাহসী করেছে। আমি এখন ভালোবাসার জন্য প্রস্তুত, বিশ্বাস করার জন্য প্রস্তুত। আমার হৃদয়ের সব 'ভাঙা কাঁচ' আজ জোড়া লেগে গেছে (পঞ্চবিংশ অধ্যায়)। আর সেই ভাঙা কাঁচের উপর তোমার ভালোবাসার 'নরম আলো' পড়েছে, যা আমার জীবনকে আলোকিত করেছে।"

রুদ্র অনন্যার হাত আরও শক্ত করে ধরল। "আমিও প্রস্তুত, অনন্যা। আমি আর তোমাকে হারাতে চাই না। আমাদের ভালোবাসা আজ এতটাই শক্তিশালী যে কোনো কিছুই আমাদের হারাতে পারবে না। আমাদের পরিবারকে বোঝাতে হবে।" তারা দুজনেই জানত, তাদের সামনে অনেক চ্যালেঞ্জ ছিল। চতুর্বিংশ অধ্যায়ে অনন্যার মনে যে অনিশ্চয়তা দানা বেঁধেছিল—সমাজ, পরিবার, ক্যারিয়ারের চাপ—সেই ভয়গুলো এখনো ছিল। সপ্তবিংশ অধ্যায়ে রুদ্রের মায়ের অসুস্থতা এবং পরিবারের পক্ষ থেকে আসা বিয়ের চাপ রুদ্রের জীবনকে অস্থির করে তুলেছিল। অষ্টাবিংশ অধ্যায়ে রুদ্রের অর্থনৈতিক সমস্যা তার আত্মবিশ্বাস কমিয়ে দিয়েছিল, আর উনত্রিংশ অধ্যায়ে অনন্যার ক্যারিয়ারের সাফল্য তাকে কর্পোরেট প্যাঁচে জড়িয়ে দিয়েছিল। ত্রিংশ অধ্যায়ের ক্রমবর্ধমান দূরত্ব এবং একত্রিংশ অধ্যায়ের 'প্রেম নাকি অভ্যাস'—এই প্রশ্নগুলো তাদের সম্পর্কে এক গভীর সন্দেহ তৈরি করেছিল। কিন্তু এখন তারা দুজনেই সেই সব চ্যালেঞ্জ মোকাবেলা করার জন্য প্রস্তুত ছিল, একসাথে।

তারা সিদ্ধান্ত নিল, তারা দুজনই প্রথমে তাদের নিজেদের পরিবারকে তাদের ভালোবাসার কথা জানাবে। তারপর তাদের পরিবারকে একে অপরের সাথে পরিচিত করানোর চেষ্টা করবে। এটি ছিল তাদের ভালোবাসার নতুন পথে এক যৌথ প্রতিজ্ঞা।

অনন্যা প্রথমে তার মাকে জানাতে চাইল। তার মা তখনো পুরোপুরি সুস্থ ছিলেন না, এবং অনন্যা তার মায়ের প্রতি অত্যন্ত সংবেদনশীল ছিল। সে জানত, তার মা তার বিয়ে নিয়ে অনেক স্বপ্ন দেখেছেন, এবং রুদ্রের পেশা (ফটোগ্রাফি) হয়তো তার মায়ের কাছে ততটা সুরক্ষিত মনে হবে না, যতটা কর্পোরেট জীবন মনে হবে। অনন্যার মনে সেই চতুর্বিংশ অধ্যায়ের ভয়টা ফিরে এল: 'সমাজ, পরিবার, ক্যারিয়ার—সব একসঙ্গে সম্ভব তো?'

মুম্বাইয়ে ফেরার পর অনন্যা তার মায়ের সাথে কথা বলার জন্য একটি উপযুক্ত মুহূর্ত খুঁজছিল। একদিন রাতে তার মা যখন কিছুটা সুস্থ অনুভব করছিলেন, তখন অনন্যা তার পাশে বসল। তার বুক ধড়ফড় করছিল। "মা," অনন্যা নরম সুরে বলল। "আমি তোমাকে একটা কথা বলতে চাই।" তার মা অনন্যার দিকে তাকালেন। "কী কথা, মা?" "আমি... আমি রুদ্রকে ভালোবাসি, মা," অনন্যা বলল। তার কণ্ঠস্বর কাঁপছিল। তার মা প্রথমে কিছুই বললেন না। তার মুখে এক ধরনের বিস্ময়। তিনি রুদ্রকে চিনতেন, কিন্তু জানতেন না তাদের মধ্যে সম্পর্কটা এতটাই গভীর। "কে রুদ্র?" তার মা জিজ্ঞেস করলেন। তার কণ্ঠে এক ধরনের উদ্বেগ। "মা, রুদ্র

সেনগুপ্ত," অনন্যা বলল। "সেই ফটোগ্রাফার, যার কথা আমি তোমাকে আগে বলেছিলাম। যার প্রদর্শনীতে আমার ছবি ছিল।" তার মা কিছুক্ষণ চুপ করে রইলেন। তারপর বললেন, "সে তো কলকাতার ছেলে, না? আর সে তো ফটোগ্রাফার? তুই তো মুম্বাইয়ে কাজ করিস। তোর মতো একটা কর্পোরেট মেয়ের জন্য একজন ফটোগ্রাফার?" তার কণ্ঠে এক ধরনের অবিশ্বাস।

অনন্যার মনে আঘাত লাগল। সে জানত তার মা এমনটা বলবেন। "মা, রুদ্র একজন অসাধারণ মানুষ। সে আমাকে ভালোবাসে, আর আমিও তাকে ভালোবাসি। সে একজন খুবই মেধাবী শিল্পী, তার 'ছায়ার গল্প' প্রজেক্টটা আন্তর্জাতিকভাবে প্রশংসা পাচ্ছে।" "কিন্তু অনন্যা, তার পেশা কতটা সুরক্ষিত?" তার মা জিজ্ঞেস করলেন। "আর তোমরা দুজন আলাদা শহরে থাকো। এটা কিভাবে সম্ভব?" "মা, আমরা সবকিছু নিয়ে আলোচনা করেছি," অনন্যা বলল। "আমরা জানি পথটা সহজ হবে না। কিন্তু আমরা একে অপরকে বিশ্বাস করি, আর আমরা একসাথে এই চ্যালেঞ্জ মোকাবেলা করব।" তার মা দীর্ঘশ্বাস ফেললেন। "আমি শুধু তোর সুখ চাই, মা। আমি চাই তুই সুখে থাকিস, সুরক্ষিত থাকিস।" "আমি রুদ্রের সাথে সুখী হব, মা," অনন্যা বলল। "সে আমাকে অনেক কষ্ট থেকে মুক্তি দিয়েছে। আমার থেরাপিতে (ত্রয়স্ত্রিংশ অধ্যায়) আমি নিজের সব জট ছাড়াতে শিখেছি। রুদ্রই আমাকে সেই শক্তি দিয়েছে।"

অনন্যা তার মায়ের কাছে তার অতীত প্রেমের (অরিজিৎ) কথা বলল, কীভাবে সে সেই আঘাত থেকে মুক্তি পেয়েছে, এবং কীভাবে রুদ্রের ভালোবাসা তাকে সম্পূর্ণতা দিয়েছে। তার মা অনন্যার কষ্টটা বুঝলেন। "আমি জানি না, মা," অনন্যা বলল। "তুমি কি রুদ্রকে একবার দেখবে? তার সাথে কথা বলবে?" তার মা কিছুক্ষণ চুপ করে রইলেন। তারপর ধীরে ধীরে মাথা নাড়লেন। "যদি তুই তাকে এত ভালোবাসিস, তাহলে আমি একবার দেখব। কিন্তু আমি জানি না, এই সম্পর্কটা আমাদের সমাজে কতটা মেনে নেবে।" অনন্যা তার মাকে জড়িয়ে ধরল। তার মনে এক ধরনের স্বস্তি। তার মা সম্পূর্ণভাবে রাজি না হলেও, অন্তত তাকে দেখার জন্য রাজি হয়েছেন, এটাই অনন্যার জন্য অনেক বড় ব্যাপার ছিল। অনন্যা জানত, তার মা তার সুখের জন্য সবকিছু করতে পারেন।

অনন্যা তার ডায়েরি খুলল। তার মনে এক গভীর শান্তি। সে লিখল:

প্রিয় রুদ্র (আমার শক্তি),

আজ আমি মাকে সব কথা বলেছি, রুদ্র। আমার ভালোবাসার কথা, তোমার কথা। মা প্রথমে কিছুটা দ্বিধাগ্রস্ত ছিলেন, তোমার পেশা, আমাদের দূরত্ব—সবকিছু নিয়ে। কিন্তু তিনি আমাকে বুঝেছেন। তিনি তোমাকে একবার দেখার জন্য রাজি হয়েছেন, রুদ্র! আমি বিশ্বাস করতে পারছি না!

আমি জানি, পথটা কঠিন হবে। কিন্তু মা রাজি হয়েছেন, এটাই আমার জন্য অনেক বড় ব্যাপার। আমি এখন আর ভয় পাচ্ছি না, রুদ্র। আমি জানি তুমি আমার পাশে আছ। আমরা একসাথে এই চ্যালেঞ্জ মোকাবেলা করব।

আমার মনে হয়, আমাদের ভালোবাসার গল্পটা আজ এক নতুন পথে পা রাখল, ডায়েরি। এক নতুন আশার আলো নিয়ে। আমি তোমাকে খুব ভালোবাসি, রুদ্র। তুমিই আমার জীবন।

ইতি,

তোমার অনন্যা

(যে এখন আরও বেশি শক্তিশালী)

কলকাতায় রুদ্রের জন্য পরিস্থিতিটা আরও বেশি কঠিন ছিল। তার মা এখনও পুরোপুরি সুস্থ ছিলেন না, এবং তার পরিবারের সদস্যরা রুদ্রকে বিয়ের জন্য অবিরাম চাপ দিচ্ছিল (সপ্তবিংশ অধ্যায়ে উল্লিখিত)। তারা রুদ্রের জন্য বিভিন্ন মেয়ে দেখা শুরু করেছিল, এবং রুদ্রকে তাদের সাথে দেখা করার জন্য চাপ দিত। রুদ্র কোনোমতে সেগুলো এড়িয়ে যেত, কিন্তু তার মনে এক ধরনের অপরাধবোধ কাজ করত। সে জানত, তার পরিবার অনন্যাকে সহজে মেনে নেবে না।

একদিন রুদ্র তার মায়ের পাশে বসেছিল। তার মা তখন কিছুটা সুস্থ অনুভব করছিলেন। রুদ্র তার মাকে তার ইউরোপ থেকে ফিরে আসার কারণ এবং অনন্যার চিঠির কথা বলল। রুদ্রের মা অবাক হলেন। "তুই ফিরে এসেছিস? আর সে কে,

যার জন্য তুই ফিরে এসেছিস?" তার মা জিজ্ঞেস করলেন। রুদ্র দীর্ঘশ্বাস ফেলল। "মা, আমি অনন্যাকে ভালোবাসি। সে মুম্বাইয়ে থাকে, সে একজন কর্পোরেট মহিলা।" তার মা প্রথমে কিছুই বললেন না। তার মুখে এক ধরনের বিস্ময়, তারপর এক ধরনের উদ্বেগ। "অনন্যা? তুই তো আগে বলতিস ফটোগ্রাফি করিস, এখন বলছিস মুম্বাইয়ে থাকে? আর কর্পোরেট মহিলা? সে কি আমাদের মতো?"

রুদ্রের মনে আঘাত লাগল। সে জানত তার মা এমনটা বলবেন। তার পরিবার অত্যন্ত ঐতিহ্যবাহী ছিল, এবং তারা চাইত তাদের পছন্দ মতো একটি মেয়ে, যে বাঙালি, যে তাদের ঐতিহ্য মেনে চলবে, পরিবারের সেবা করবে। অনন্যা তো মুম্বাইয়ের কর্পোরেট মেয়ে, তার জীবনযাত্রা তাদের থেকে ভিন্ন। "মা, অনন্যা একজন অসাধারণ মানুষ," রুদ্র বলল। "সে আমাকে ভালোবাসে, আর আমিও তাকে ভালোবাসি। সে একজন খুব মেধাবী এবং স্বাধীনচেতা মেয়ে। সে আমাকে আমার জীবনের সবচেয়ে কঠিন সময়ে শক্তি দিয়েছে।"

রুদ্র তার মায়ের কাছে তার জীবনের সব কঠিন সময়গুলোর কথা বলল—তার ফটোগ্রাফি কাজ বন্ধ হয়ে যাওয়া (অষ্টাবিংশ অধ্যায়ে উল্লিখিত), তার অর্থনৈতিক সমস্যা, তার মানসিক অবসাদ। সে বলল, কীভাবে অনন্যা তাকে আবার ভালোবাসতে শিখিয়েছে, কীভাবে তার 'ছায়ার গল্প' প্রজেক্টকে নতুন জীবন দিয়েছে। তার মা রুদ্রের কষ্টটা বুঝলেন। কিন্তু তার মনে তখনও কিছু দ্বিধা ছিল। "আমি জানি না, বাবা," তার মা বললেন। "তোর মতো একজন ছেলের জন্য একজন

কর্পোরেট মেয়ে কতটা মানাবে? সে কি আমাদের পরিবারকে সময় দেবে? সে কি আমার সেবা করতে পারবে?" রুদ্রের মনে সেই পুরোনো ভয়টা ফিরে এল—'সমাজ, পরিবার, ক্যারিয়ার—সব একসঙ্গে সম্ভব তো?'

"মা, অনন্যা একজন খুব ভালো মেয়ে," রুদ্র বলল। "সে তোমাকে ভালোবাসবে, তোমার সেবা করবে। সে তার কাজকেও ভালোবাসে, কিন্তু সে জানে কীভাবে তার ব্যক্তিগত জীবন এবং পেশাদারী জীবনের মধ্যে ভারসাম্য রক্ষা করতে হয়। সে মুম্বাইয়ে থাকে ঠিকই, কিন্তু আমরা একসাথে এই দূরত্বটা মোকাবেলা করব।" তার মা কিছুক্ষণ চুপ করে রইলেন। তারপর রুদ্রের হাত ধরে বললেন, "আমি শুধু তোর সুখ চাই, বাবা। আমি চাই তুই সুখে থাকিস। কিন্তু তোর কাকিমা, তোর মামা... তারা কি এটা মেনে নেবে?" রুদ্র জানত, তার পরিবারের অন্য সদস্যদের রাজি করানোটা খুবই কঠিন হবে। তার মামা-মামি আর পিসিরা রুদ্রের মায়ের অসুস্থতাকে কেন্দ্র করে রুদ্রকে বিয়ের জন্য চাপ দিচ্ছিলেন, এবং তারা রুদ্রের জন্য তাদের পছন্দ মতো একটি মেয়ে খুঁজছিলেন।

রুদ্রের মা রুদ্রকে তার মামা-মামিদের সাথে কথা বলতে বললেন। রুদ্র জানত, এটা একটা কঠিন লড়াই হবে। সে তার মামা, মামি, কাকা, পিসিদের সাথে কথা বলল। তারা রুদ্রের কথা শুনে প্রথমে অবাক হলেন, তারপর তীব্র আপত্তি জানালেন। "কী বলছিস রুদ্র! একজন মুম্বাইয়ের মেয়ে? আর সে নাকি কর্পোরেট? সে কি আমাদের পরিবারকে মানিয়ে

নিতে পারবে? সে কি তোর মায়ের সেবা করতে পারবে?" তার মামা বললেন। "আমাদের সমাজে এমন সম্পর্ক চলে না, রুদ্র," তার মামি বললেন। "তোর মায়ের জন্য আমরা একটি ভালো, বাঙালি মেয়ে খুঁজছি, যে তোর মায়ের সেবা করতে পারবে।" "রুদ্র, তোর মায়ের শরীর ভালো নেই," তার কাকিমা বললেন। "তোর উচিত তার শেষ ইচ্ছা পূরণ করা।" রুদ্র তাদের সব অভিযোগ শুনল। সে অনন্যার প্রতি তার ভালোবাসার কথা বারবার বোঝানোর চেষ্টা করল। সে বলল, "অনন্যা আমাকে ভালোবাসে, সে আমাদের পরিবারকে সম্মান করবে। তার ক্যারিয়ার তার কাছে গুরুত্বপূর্ণ ঠিকই, কিন্তু সে আমাদের পরিবারকে সময় দেবে।" কিন্তু তার পরিবারের সদস্যরা কোনো কথা শুনতে রাজি ছিল না। তারা রুদ্রকে অনন্যার সাথে সম্পর্ক ছিন্ন করার জন্য চাপ দিতে লাগল, এবং তাদের পছন্দ মতো একটি মেয়েকে বিয়ে করার জন্য বাধ্য করতে লাগল। রুদ্রের মনে তখন এক তীব্র হতাশা।

রুদ্র তার ডায়েরি খুলল। তার মনে এক গভীর সংঘাত। সে লিখল:

প্রিয় ডায়েরি,

আজ আমি মাকে সব কথা বলেছি, ডায়েরি। অনন্যার কথা। মা কিছুটা দ্বিধাগ্রস্ত হলেও, অন্তত আমাকে বুঝতে চেষ্টা করেছেন। কিন্তু আমার পরিবারের অন্য সদস্যরা... তারা অনন্যাকে কোনোভাবেই মেনে নিতে রাজি নয়। তারা আমাকে অনন্যার সাথে সম্পর্ক ছিন্ন করার জন্য চাপ দিচ্ছে।

আমার মনে হচ্ছে, আমি এক কঠিন জালে আটকে গেছি, ডায়েরি। একদিকে মায়ের অসুস্থতা আর তার ইচ্ছা, অন্যদিকে অনন্যার প্রতি আমার অটুট ভালোবাসা। আমার পরিবার অনন্যাকে কোনোভাবেই মেনে নেবে না। তাদের কাছে অনন্যার ক্যারিয়ার, তার স্বাধীনচেতা মনোভাব— সবকিছুই অস্বাভাবিক মনে হচ্ছে।

আমার মনে হয়, এইবার আমি হেরে যাব, ডায়েরি। আমার ভালোবাসা কি এই সব বাধা পেরিয়ে যেতে পারবে? আমি জানি না। আমার খুব কষ্ট হচ্ছে, ডায়েরি। আমি অনন্যাকে হারাতে চাই না, কিন্তু আমি আমার পরিবারকেও কষ্ট দিতে চাই না।

এই 'বিয়ের ভাবনা'টা আমার জীবনকে আরও জটিল করে তুলছে। আমার মনে হচ্ছে, আমি একা, ডায়েরি। সম্পূর্ণ একা। এই লড়াইটা আমাকে একা লড়তে হবে।

রুদ্র

রুদ্র জানত, তার পরিবারকে রাজি করানোটা খুবই কঠিন হবে। কিন্তু সে অনন্যাকে হারাতে রাজি ছিল না। সে তার পরিবারের সাথে লড়াই করার জন্য প্রস্তুত ছিল।

অনন্যা এবং রুদ্র দুজনেই তাদের নিজেদের পরিবারকে তাদের ভালোবাসার কথা জানিয়েছিল। অনন্যার মা কিছুটা দ্বিধাগ্রস্ত হলেও, রুদ্রকে দেখার জন্য রাজি হয়েছিলেন। রুদ্রের মাও কিছুটা মেনে নিলেও, তার পরিবারের অন্য

সদস্যদের আপত্তি ছিল তীব্র। তারা রুদ্রকে অনন্যার সাথে সম্পর্ক ছিন্ন করার জন্য চাপ দিচ্ছিলেন।

এইবার তাদের সামনে ছিল একে অপরের পরিবারকে মিলিয়ে নেওয়ার চ্যালেঞ্জ। রুদ্র অনন্যার মায়ের সাথে কথা বলার জন্য প্রস্তুত ছিল, এবং অনন্যা রুদ্রের পরিবারের সাথে কথা বলার জন্য প্রস্তুত ছিল। কিন্তু তারা জানত, এই যাত্রাটা সহজ হবে না।

রুদ্র মুম্বাইয়ে অনন্যার মায়ের সাথে দেখা করার জন্য প্রস্তুত হলো। সে তার 'ছায়ার গল্প' প্রজেক্টের কিছু ছবি নিল, তার কিছু আর্টওয়ার্ক নিল। সে চেয়েছিল অনন্যার মায়ের কাছে তার শিল্পসত্তা এবং তার পেশার গভীরতা তুলে ধরতে। অনন্যার মা রুদ্রকে দেখে প্রথমে কিছুটা ইতস্তত করলেও, রুদ্রের বিনয়, তার কথা বলার ধরন, এবং তার শিল্পের প্রতি তার প্যাশন দেখে তিনি কিছুটা মুগ্ধ হলেন। রুদ্র অনন্যার মায়ের অসুস্থতা নিয়ে কথা বলল, তার যত্ন নিল। এই প্রাথমিক দেখাটা কিছুটা আশাব্যঞ্জক ছিল। অনন্যার মা রুদ্রকে একজন ভালো ছেলে মনে করলেন, কিন্তু তার মনে তখনও কিছু দ্বিধা ছিল—দূরত্ব, পেশা, এবং তাদের ভিন্ন সামাজিক প্রেক্ষাপট।

অনন্যা কলকাতায় রুদ্রের পরিবারের সাথে দেখা করার জন্য প্রস্তুত হলো। সে জানত, এটা একটা কঠিন পরীক্ষা হবে। রুদ্র তাকে তার পরিবারের প্রত্যাশা, তাদের ঐতিহ্যবাহী মনোভাব, এবং তাদের আপত্তি সম্পর্কে বিশদভাবে জানিয়েছিল। অনন্যা রুদ্রের পরিবারের সামনে নিজেকে

একজন আধুনিক, স্বাধীনচেতা কিন্তু একই সাথে ঐতিহ্যকে সম্মান জানানো একজন মেয়ে হিসেবে তুলে ধরতে চেয়েছিল। অনন্যা যখন রুদ্রের মায়ের সাথে দেখা করল, তখন রুদ্রের মা অনন্যাকে দেখে কিছুটা স্বস্তি পেলেন। অনন্যা রুদ্রের মায়ের অসুস্থতা নিয়ে কথা বলল, তার যত্ন নিল। অনন্যা রুদ্রের মায়ের পছন্দ মতো কিছু জিনিস রান্না করে নিয়ে গিয়েছিল। রুদ্রের মা অনন্যার এই আন্তরিকতায় মুগ্ধ হলেন। কিন্তু রুদ্রের পরিবারের অন্য সদস্যরা অনন্যাকে সহজভাবে গ্রহণ করতে পারল না। তারা অনন্যার পোশাক, তার কথা বলার ধরন, তার মুম্বাইয়ের ক্যারিয়ার—সবকিছু নিয়ে সমালোচনা করছিল। তারা অনন্যাকে সরাসরি জিজ্ঞেস করল, "তুমি কি রুদ্রের জন্য তোমার কাজ ছেড়ে দেবে? তুমি কি আমাদের পরিবারকে সময় দেবে?" অনন্যা শান্তভাবে উত্তর দিল, "আমি আমার কাজকে খুব ভালোবাসি। কিন্তু আমি আমাদের পরিবারকেও সম্মান করি। আমি রুদ্রের পাশে থাকব, আর আমাদের পরিবারকে সময় দেবো। আমরা দুজন একসাথে এই সব চ্যালেঞ্জ মোকাবেলা করব।" কিন্তু তাদের মুখে কোনো পরিবর্তন দেখা গেল না। তাদের কাছে অনন্যার কথাগুলো যথেষ্ট ছিল না। তারা রুদ্রকে তাদের পছন্দের মেয়েকে বিয়ে করার জন্য আবারও চাপ দিতে লাগল।

এই প্রাথমিক প্রচেষ্টাগুলো ছিল খুবই কঠিন। রুদ্র ও অনন্যা দুজনেই তাদের পরিবারের পক্ষ থেকে এক ধরনের প্রতিরোধের মুখোমুখি হয়েছিল। তাদের ভালোবাসা ছিল শক্তিশালী, কিন্তু পরিবার এবং সমাজের প্রত্যাশা ছিল আরও

বেশি শক্তিশালী। তাদের 'মিলিয়ে নেওয়ার চেষ্টা' মাত্র শুরু হয়েছিল, এবং এই পথটা কতটা বন্ধুর হবে, তা তারা দুজনেই জানত।

সেই রাতে অনন্যা তার মুম্বাইয়ের ফ্ল্যাটে ফিরে এল। তার মনে তখন এক গভীর শূন্যতা। রুদ্রের পরিবারের কাছ থেকে যে ধরনের শীতল প্রতিক্রিয়া সে পেয়েছিল, তা তাকে কিছুটা হতাশ করেছিল। কিন্তু তার মনে রুদ্রের প্রতি ভালোবাসাটা আরও তীব্র হয়েছিল।

প্রিয় রুদ্র (আমার যোদ্ধা),

আজ আমি তোমার পরিবারের সাথে দেখা করেছি, রুদ্র। এটা খুব কঠিন ছিল। তোমার মা আমাকে কিছুটা মেনে নিলেও, তোমার পরিবারের অন্য সদস্যরা আমাকে কোনোভাবেই মেনে নিতে রাজি নয়। তারা আমাকে তোমার যোগ্য মনে করে না, রুদ্র। তারা চাইছে আমি আমার ক্যারিয়ার ছেড়ে দিই, তোমার মাকে সেবা করি। তারা আমাকে সরাসরি জিজ্ঞেস করল, 'তুমি কি রুদ্রের জন্য তোমার কাজ ছেড়ে দেবে?'

আমার খুব কষ্ট হয়েছে, রুদ্র। কিন্তু আমি জানি, আমি আমার কাজকে ভালোবাসলেও, আমি তোমার জন্য সব কিছু করতে প্রস্তুত। আমি তোমার জন্য আমার ক্যারিয়ার বিসর্জন দিতে রাজি আছি, যদি সেটা প্রয়োজন হয়। আমি তোমাকে ভালোবাসি, রুদ্র। আমি তোমার পাশে থাকতে চাই।

আমি জানি, তুমিও খুব কঠিন সময়ের মধ্যে দিয়ে যাচ্ছ। তোমার মা অসুস্থ, তোমার পরিবার তোমাকে চাপ দিচ্ছে।

কিন্তু তুমি একা নও, রুদ্র। আমরা একসাথে লড়াই করব। আমি তোমার পাশে থাকব। আমাদের ভালোবাসা এতটাই শক্তিশালী যে কোনো কিছুই আমাদের হারাতে পারবে না।

এই 'বিয়ের ভাবনা'টা আমাদের জীবনকে আরও জটিল করে তুলছে। কিন্তু আমি বিশ্বাস করি, আমরা এই সব বাধা পেরিয়ে যাব। আমি তোমাকে খুব ভালোবাসি, রুদ্র। আমি তোমার হাত ধরে হাঁটতে প্রস্তুত, যত কঠিন পথই হোক না কেন।

ইতি,

তোমার অনন্যা

(যে এখন লড়াই করতে প্রস্তুত)

রুদ্র তার ডায়েরি খুলল। তার মনে এক গভীর সংঘাত। তার পরিবারের আপত্তির কথা তার মনে বারবার ফিরে আসছিল। কিন্তু সে অনন্যাকে হারাতে রাজি ছিল না।

প্রিয় ডায়েরি,

আজ অনন্যা আমার পরিবারের সাথে দেখা করেছে, ডায়েরি। আর আমার পরিবারের সদস্যরা ওকে কোনোভাবেই মেনে নিতে রাজি নয়। তারা ওকে অপমান করেছে, ওর ক্যারিয়ার নিয়ে কথা বলেছে। আমার খুব কষ্ট হচ্ছে, ডায়েরি। অনন্যাকে এই সব কিছুর মধ্যে দিয়ে যেতে হচ্ছে আমার জন্য।

আমার মনে হচ্ছে, আমি এক কঠিন জালে আটকে গেছি, ডায়েরি। আমার পরিবার আমাকে অনন্যার সাথে সম্পর্ক ছিন্ন করার জন্য চাপ দিচ্ছে। তারা চাইছে আমি একটা ভালো মেয়ে দেখে বিয়ে করে নিই, যাতে মা শান্তি পান। কিন্তু আমি অনন্যাকে ছাড়া অন্য কাউকে বিয়ে করতে পারব না।

অনন্যা আমাকে বলেছে যে সে আমার জন্য সব কিছু করতে প্রস্তুত, এমনকি তার ক্যারিয়ারও বিসর্জন দিতে রাজি। ওর এই কথাগুলো আমার হৃদয়কে ছুঁয়ে গেছে, ডায়েরি। ওর ভালোবাসা কতটা শক্তিশালী, তা আমি আজ বুঝতে পারছি।

আমি জানি, এইবার আমরা এক কঠিন লড়াইয়ের মুখোমুখি। পরিবার এবং সমাজ—এই সব কিছু আমাদের ভালোবাসাকে পরীক্ষা করবে। কিন্তু আমি প্রস্তুত, ডায়েরি। আমি অনন্যার হাত ধরে হাঁটতে প্রস্তুত। আমি ওকে হারাতে রাজি নই।

আমার মনে হয়, আমাদের ভালোবাসার গল্পটা আজ এক নতুন অধ্যায়ের সূচনা করল, ডায়েরি। এক কঠিন লড়াইয়ের অধ্যায়। কিন্তু আমরা জিতব, ডায়েরি। আমি বিশ্বাস করি, আমাদের ভালোবাসা সব বাধা পেরিয়ে তার পথ খুঁজে নেবে।

রুদ্র

রুদ্রের মা যখন রুদ্রের এই দৃঢ়তা দেখলেন, তখন তার মনে এক ধরনের চিন্তা দানা বাঁধল। তিনি রুদ্রকে ভালোবাসতেন, এবং তিনি জানতেন রুদ্র যদি অনন্যাকে না পায়, তাহলে সে সুখী হবে না। তিনি তার পরিবারের অন্য সদস্যদের সাথে

আবার কথা বলার সিদ্ধান্ত নিলেন, কিন্তু তার মনেও কিছু শর্ত ছিল, যা তিনি রুদ্র এবং অনন্যার সামনে রাখবেন।

এই 'বিয়ের ভাবনা' অনন্যা ও রুদ্রের ভালোবাসাকে এক নতুন, কঠিন পরীক্ষার মুখে ঠেলে দিল। তারা দুজনেই তাদের ব্যক্তিগত যুদ্ধ এবং পারিবারিক ও সামাজিক প্রত্যাশার সাথে সংগ্রাম করতে প্রস্তুত ছিল। তাদের 'মিলিয়ে নেওয়ার চেষ্টা' মাত্র শুরু হয়েছিল, এবং এই পথটা কতটা বন্ধুর হবে, তা তারা দুজনেই জানত। কিন্তু তাদের ভালোবাসা ছিল অটুট, আর সেই ভালোবাসার শক্তিই তাদের সব বাধা পেরিয়ে যেতে সাহায্য করবে, এই বিশ্বাস তাদের মনে ছিল।

Ch. 39: শেষ বাধা

অষ্টত্রিংশ অধ্যায়ে রুদ্র ও অনন্যা যখন তাদের ভালোবাসার কথা পরিবারকে জানিয়েছিল, তখন তারা দুজনেই এক নতুন লড়াইয়ের মুখোমুখি হয়েছিল। সপ্তত্রিংশ অধ্যায়ে সেই পুরোনো কফিশপে তাদের সব ভুল বোঝাবুঝি মিটে গেলেও, পরিবারের প্রত্যাশা ছিল এক কঠিন বাস্তবতার মতো। অনন্যার মা রুদ্রকে দেখার জন্য রাজি হলেও, রুদ্রের পরিবারের (বিশেষ করে তার মামা, মামি, কাকা, পিসি) তীব্র আপত্তি ছিল অনন্যার প্রতি, তার কর্পোরেট জীবন, তার স্বাধীনচেতা মনোভাব এবং তাদের ভিন্ন সামাজিক প্রেক্ষাপটকে তারা কোনোভাবেই মেনে নিতে রাজি ছিলেন না। তারা রুদ্রকে তাদের পছন্দ মতো একটি মেয়েকে বিয়ে করার জন্য চাপ দিচ্ছিলেন। রুদ্রের মা অসুস্থ ছিলেন

(সপ্তবিংশ অধ্যায়), এবং তার শারীরিক দুর্বলতা রুদ্রের ওপর মানসিক চাপ আরও বাড়াচ্ছিল। রুদ্রের ফটোগ্রাফি কাজ বন্ধ হয়ে যাওয়ায় আর্থিক সমস্যাও (অষ্টাবিংশ অধ্যায়) তার আত্মবিশ্বাস কমিয়ে দিয়েছিল। অন্যদিকে, অনন্যা তার ক্যারিয়ারের চূড়ায় পৌঁছেছিল (ঊনত্রিংশ অধ্যায়), কিন্তু তার কর্পোরেট প্যাঁচ (একই অধ্যায়ে) এবং রুদ্রের সাথে ক্রমবর্ধমান দূরত্ব (ত্রিংশ অধ্যায়) তাকে মানসিকভাবে ক্লান্ত করে তুলছিল। এই সব চ্যালেঞ্জের মাঝে, অনন্যা ও রুদ্রের ভালোবাসার পথ ক্রমেই আরও কঠিন হয়ে উঠছিল, কিন্তু তারা দুজনেই এই লড়াইয়ে জেতার জন্য প্রস্তুত ছিল।

রুদ্র তার পরিবারের আপত্তির মুখেও হাল ছাড়ার পাত্র ছিল না। অষ্টত্রিংশ অধ্যায়ে তার মামা-মামি আর পিসিরা অনন্যাকে কোনোভাবেই মেনে নিতে রাজি না হলেও, রুদ্র অনন্যাকে হারাতে রাজি ছিল না। তার মনে ছিল অনন্যার প্রতি তার অটুট ভালোবাসা, যা দ্বাবিংশ অধ্যায়ে তাদের 'ধীরে ধীরে সম্পর্ক গড়া' এবং 'এখন বাঁচা'-র অঙ্গীকারকে আরও মজবুত করেছিল। রুদ্রের মা যদিও কিছুটা মেনে নিয়েছিলেন, কিন্তু তার অসুস্থতা এবং পারিবারিক চাপ রুদ্রের জন্য এক নতুন চ্যালেঞ্জ ছিল।

রুদ্র তার মায়ের পাশে আরও বেশি করে সময় কাটাতে লাগল। সে তার মাকে অনন্যার ভালো গুণগুলো সম্পর্কে বলত, অনন্যার ধৈর্য, তার সংবেদনশীলতা, তার বুদ্ধি—সবকিছু। রুদ্রের মা রুদ্রকে ভালোবাসতেন, এবং তিনি জানতেন রুদ্র যদি অনন্যাকে না পায়, তাহলে সে সুখী হবে

না। রুদ্র তার মাকে অনন্যার সেই 'আত্মচর্চা'র কথা বলল (ত্রয়স্ত্রিংশ অধ্যায়), কীভাবে অনন্যা তার অতীতের ভয় আর অবিশ্বাসকে জয় করেছে। সে তার মায়ের কাছে স্বীকার করল, অনন্যার ভালোবাসা তাকে কতটা পরিবর্তন করেছে, তার শিল্পকে কতটা নতুন জীবন দিয়েছে। রুদ্রের মায়ের মনে ধীরে ধীরে পরিবর্তন আসতে লাগল।

অন্যদিকে, রুদ্র তার মামা-মামি আর পিসিদের বোঝানোর জন্য বিভিন্ন কৌশল অবলম্বন করল। সে তাদের সামনে অনন্যার কর্পোরেট সাফল্য, তার নেতৃত্ব দেওয়ার ক্ষমতা, তার মানবিক গুণাবলী তুলে ধরত। রুদ্র তার 'ছায়ার গল্প' প্রজেক্টের কিছু ছবি তাদের দেখাত, যেখানে অনন্যার ছায়া নয়, বরং অনন্যার প্রতিচ্ছবি দেখা যেত, যা তার জীবনে আলো এনেছে। রুদ্র তাদের বোঝাত, আধুনিক যুগে মেয়েদের ক্যারিয়ার কতটা গুরুত্বপূর্ণ, এবং অনন্যা কীভাবে তার কাজ এবং পরিবার—উভয়ের মধ্যে ভারসাম্য রক্ষা করতে জানে। রুদ্রের নিরন্তর চেষ্টা, তার দৃঢ় প্রতিজ্ঞা, এবং অনন্যার প্রতি তার অটুট ভালোবাসা ধীরে ধীরে তার পরিবারের সদস্যদের মনেও পরিবর্তন আনতে শুরু করল। বিশেষ করে রুদ্রের মায়ের কথাগুলো তাদের মনে প্রভাব ফেলছিল।

কয়েক সপ্তাহ এভাবেই কাটল। রুদ্রের পরিবার, বিশেষ করে তার মামা-মামিরা, রুদ্রের অনন্যার প্রতি এই অদম্য টান আর তার দৃঢ় প্রতিজ্ঞা দেখে কিছুটা পিছু হটতে বাধ্য হলেন। তারা বুঝতে পারছিলেন, রুদ্র অনন্যাকে ছাড়া অন্য কাউকে বিয়ে করতে রাজি হবে না। রুদ্রের মাও বারবার তার পরিবারের

অন্য সদস্যদের বোঝাতেন যে, রুদ্র যদি অনন্যাকে না পায়, তাহলে সে সুখী হবে না, এবং তার স্বাস্থ্য আরও খারাপ হয়ে যাবে। রুদ্রের মায়ের কথায় তারা কিছুটা নমনীয় হলেন।

একদিন রুদ্রের পরিবারের সবাই রুদ্রের বাড়িতে এক মিটিংয়ে বসল। রুদ্র, তার মা, মামা-মামি, কাকা-কাকিমা, পিসিরা—সবাই উপস্থিত ছিলেন। রুদ্রের বুক ধড়ফড় করছিল। সে জানত, আজকের দিনটা তাদের ভালোবাসার জন্য এক চূড়ান্ত পরীক্ষা।

রুদ্রের মামা গম্ভীর মুখে কথা বলা শুরু করলেন। "রুদ্র, আমরা তোর কথা ভেবেছি। তোর মায়ের শরীর ভালো নেই, আর আমরা চাই না সে তোর জন্য চিন্তিত থাকুক।" রুদ্রের মনে আশা দানা বাঁধল। "আমরা অনন্যাকে মেনে নিতে রাজি আছি," মামা বললেন। "যদি তোর মা খুশি হন, তাহলে আমরাও রাজি।" রুদ্রের মনে এক তীব্র আনন্দ। সে অনন্যাকে ফিরে পাচ্ছে! তার পরিবারের সম্মতি পাচ্ছে!

"তবে," মামা যোগ করলেন, তার কণ্ঠে এক ধরনের শর্ত। "আমাদের কিছু শর্ত আছে। অনন্যাকে আমাদের পরিবারে মানিয়ে নিতে হবে। আমাদের ঐতিহ্যকে সম্মান জানাতে হবে।" রুদ্র মাথা নাড়ল। "অনন্যা সব কিছু মানিয়ে নেবে, মামা। সে খুব ভালো মেয়ে।"

"এবং সবচেয়ে গুরুত্বপূর্ণ শর্ত হলো," মামা বললেন, "অনন্যাকে তার মুম্বাইয়ের কাজ ছেড়ে দিতে হবে। সে কলকাতায় এসে তোর মায়ের সেবা করবে, আমাদের পরিবারকে সময় দেবে। সে তার কর্পোরেট জীবন বিসর্জন

দেবে।" রুদ্রের মাথায় যেন বাজ পড়ল। তার মুখটা ফ্যাকাসে হয়ে গেল। অনন্যাকে কাজ ছাড়তে হবে? তার ক্যারিয়ার বিসর্জন দিতে হবে? তার মনে চতুর্বিংশ অধ্যায়ের অনন্যার ভয়ের কথা মনে পড়ল: 'সমাজ, পরিবার, ক্যারিয়ার—সব একসঙ্গে সম্ভব তো?' অনন্যা তার ক্যারিয়ারকে কতটা ভালোবাসত, তা রুদ্র জানত (ঊনত্রিংশ অধ্যায়)। এটা তার পরিচয় ছিল, তার স্বাধীনতা ছিল। রুদ্র কখনোই চায়নি অনন্যা তার ক্যারিয়ার বিসর্জন দিক।

রুদ্রের মাও রুদ্রের দিকে তাকালেন, তার চোখে এক ধরনের দুঃখ, কিন্তু তার মুখে এক ধরনের দৃঢ়তা। "রুদ্র, আমি জানি তুই অনন্যাকে ভালোবাসিস। কিন্তু আমাদের সমাজে, বিয়ের পর মেয়েদের পরিবারকে সময় দিতে হয়। আমার শরীর ভালো নয়, আমার একজন পুত্রবধূ প্রয়োজন, যে আমার দেখাশোনা করবে।" রুদ্র কিছু বলতে পারল না। তার মনে এক তীব্র সংঘাত। একদিকে তার মায়ের সুস্থতা, তার পরিবারের সম্মতি, অন্যদিকে অনন্যার স্বপ্ন। সে জানত, এই শর্তটা অনন্যার জন্য কতটা কঠিন হবে।

রুদ্রের কাকিমা যোগ করলেন, "আমাদের পরিবারে পুত্রবধূরা ঘরের কাজ করে, পরিবারকে সময় দেয়। অনন্যার কর্পোরেট জীবন আমাদের পরিবারের সাথে মানাবে না।" রুদ্রের মনে হলো যেন তার সব স্বপ্ন ভেঙে যাচ্ছে। তার পরিবার অনন্যাকে মেনে নিলেও, তার সাথে এমন একটা শর্ত জুড়ে দিল, যা অনন্যার জন্য এক কঠিন আত্মত্যাগ। এটা ছিল তাদের ভালোবাসার পথে সবচেয়ে বড় 'শেষ বাধা'।

রুদ্র অনন্যাকে ফোন করে সব কথা বলল। অনন্যা তখন মুম্বাইয়ে তার অফিসে বসেছিল। রুদ্রের কণ্ঠস্বর ছিল বিষণ্ণ, তার চোখে ছিল এক ধরনের চাপ। রুদ্র তার পরিবারের শর্তের কথা বলল—অনন্যাকে কাজ ছেড়ে দিতে হবে, কলকাতায় এসে তার মায়ের সেবা করতে হবে, পরিবারের দেখাশোনা করতে হবে।

অনন্যা রুদ্রের কথা শুনে স্তম্ভিত হয়ে গেল। তার মুখটা ফ্যাকাসে হয়ে গেল। তার মনে সেই চতুর্বিংশ অধ্যায়ের ভয়টা ফিরে এল—'সমাজ, পরিবার, ক্যারিয়ার—সব একসঙ্গে সম্ভব তো?' ষষ্ঠবিংশ অধ্যায়ে তার অফিসের চাপ, ঊনত্রিংশ অধ্যায়ে তার প্রোমোশন আর কর্পোরেট প্যাঁচ—সবকিছু মিলে তার ক্যারিয়ার তার কাছে এখন আরও বেশি গুরুত্বপূর্ণ ছিল। তার ক্যারিয়ার তার পরিচয় ছিল, তার স্বাধীনতা ছিল। রুদ্রের জন্য সে তার সব কিছু বিসর্জন দিতে রাজি ছিল (অষ্টত্রিংশ অধ্যায়, ডায়েরি এন্ট্রি), কিন্তু এই শর্তটা তার কাছে এক কঠিন অগ্নিপরীক্ষা মনে হলো।

অনন্যার মনে এক তীব্র সংঘাত শুরু হলো—তার **ক্যারিয়ার** বনাম **ভালোবাসা**। সে রুদ্রকে ভালোবাসে, তাকে বিশ্বাস করে, তার সাথে সারাজীবন থাকতে চায়। কিন্তু এই ভালোবাসার জন্য কি তাকে তার সব স্বপ্ন, তার সব পরিচয় বিসর্জন দিতে হবে? তার মনে সেই পুরোনো ভয়টা ফিরে এল—অরিজিতের সেই প্রতারণা, যেখানে ভালোবাসার জন্য সে নিজের স্বকীয়তা হারিয়েছিল। রুদ্রের সাথে তার সম্পর্কটা

আলাদা, রুদ্র তাকে নিঃশর্তভাবে ভালোবাসে, কিন্তু তার পরিবারের এই শর্তটা তাকে আবার অনিশ্চয়তায় ফেলে দিল।

"রুদ্র," অনন্যা কাঁপা গলায় বলল। "তুমি কি সত্যি বলছো? আমাকে আমার কাজ ছেড়ে দিতে হবে?" রুদ্র দীর্ঘশ্বাস ফেলল। "হ্যাঁ, অনন্যা। তারা এই শর্ত দিয়েছে। তারা চাইছে তুমি কলকাতায় এসে মায়ের দেখাশোনা করো, পরিবারকে সময় দাও।" "কিন্তু আমার কাজ, রুদ্র? আমার স্বপ্ন?" অনন্যা প্রায় চিৎকার করে উঠল। "আমি কি আমার সব স্বপ্ন বিসর্জন দেব তোমার জন্য?" "আমি জানি, অনন্যা," রুদ্র বলল। তার কণ্ঠে এক ধরনের অসহায়ত্ব। "আমিও চাই না তুমি তোমার কাজ ছাড়ো। আমি তোমাকে কোনো কিছুর জন্য চাপ দেব না।" "কিন্তু তোমার পরিবার?" অনন্যা জিজ্ঞেস করল। "যদি আমি কাজ না ছাড়ি, তাহলে তারা তোমাকে বিয়ে করতে দেবে না?" রুদ্র চুপ করে রইল। তার নীরবতা অনন্যাকে আরও বেশি হতাশ করল।

অনন্যার মনে তখন এক তীব্র যন্ত্রণা। সে জানত, রুদ্রের পরিবারের কাছে তার কর্পোরেট ক্যারিয়ার, তার স্বাধীনচেতা মনোভাব কখনোই গ্রহণযোগ্য হবে না। তারা রুদ্রের জন্য একজন 'আদর্শ বধূ' খুঁজবে, যে তাদের ঐতিহ্য মেনে চলবে, পরিবারের সেবা করবে। অনন্যা সেই 'আদর্শ বধূ' হতে রাজি ছিল, কিন্তু তার ক্যারিয়ার বিসর্জন দেওয়াটা তার কাছে এক কঠিন আত্মত্যাগ।

"আমি জানি না, রুদ্র," অনন্যা বলল। তার কণ্ঠস্বর ছিল বিষণ্ণ। "আমার মনে হচ্ছে, আমি এক কঠিন পরীক্ষার মুখে

দাঁড়িয়ে আছি। আমি তোমাকে ভালোবাসি, কিন্তু আমার কাজও আমার কাছে খুব গুরুত্বপূর্ণ। এটা আমার পরিচয়।" রুদ্র অনন্যাকে সান্ত্বনা দেওয়ার চেষ্টা করল, কিন্তু দূরত্বের কারণে সে অনন্যার পাশে থাকতে পারছিল না। এই অসহায়ত্ব রুদ্রের মনে এক নতুন বেদনা জাগিয়ে তুলল। সে জানত, তাদের ভালোবাসা এখন এক কঠিন অগ্নিপরীক্ষার মুখে।

রুদ্র অনন্যার কষ্টটা অনুভব করতে পারছিল। সে জানত, অনন্যা তার কাজকে কতটা ভালোবাসে। রুদ্র নিজেই একজন শিল্পী ছিল, সে জানত স্বপ্নের মূল্য (অষ্টাবিংশ অধ্যায়ে রুদ্রের ফটোগ্রাফি কাজ বন্ধ হয়ে যাওয়ায় তার কষ্ট)। সে অনন্যাকে সেই ত্যাগ করতে দিতে চায়নি। কিন্তু তার মায়ের অসুস্থতা এবং পরিবারের সম্মতিও তার কাছে গুরুত্বপূর্ণ ছিল। রুদ্রের মনে তখন এক তীব্র সংঘাত—তার মায়ের শেষ ইচ্ছা এবং পরিবারের স্বীকৃতি বনাম অনন্যার স্বপ্ন এবং তার প্রতি তার অটুট ভালোবাসা।

রুদ্র তার ডায়েরি খুলল। তার মনে তখন এক তীব্র সংঘাত। সে লিখল:

প্রিয় ডায়েরি,

আজ আমার পরিবারের সদস্যরা অনন্যাকে মেনে নিতে রাজি হয়েছে, ডায়েরি। আমি খুশি হয়েছিলাম। কিন্তু তারা একটি শর্ত দিয়েছে—অনন্যাকে তার কাজ ছেড়ে দিতে হবে। আমার মাথায় যেন বাজ পড়েছে।

আমি জানি, অনন্যা তার কাজকে কতটা ভালোবাসে। এটা ওর পরিচয়, ওর স্বাধীনতা। আমি ওকে কোনোদিনও কাজ ছাড়তে বলিনি, ডায়েরি। আমি চাই না সে তার স্বপ্ন বিসর্জন দিক। কিন্তু আমার পরিবারের এটাই শর্ত।

আমার মনে হচ্ছে, আমি এক কঠিন জালে আটকে গেছি, ডায়েরি। একদিকে মায়ের অসুস্থতা আর তার ইচ্ছা, অন্যদিকে অনন্যার স্বপ্ন আর তার প্রতি আমার অটুট ভালোবাসা। আমার পরিবার চাইছে অনন্যা এখানে এসে মায়ের দেখাশোনা করুক, পরিবারের সেবা করুক। কিন্তু অনন্যা তো মুম্বাইয়ে তার ক্যারিয়ারের চূড়ায় আছে (ঊনত্রিংশ অধ্যায়ে)।

আমি জানি না, আমি কী করব, ডায়েরি। আমি অনন্যাকে হারাতে চাই না। আমি ওকে খুব ভালোবাসি। কিন্তু আমি আমার পরিবারকেও কষ্ট দিতে চাই না। আমার মনে হচ্ছে, আমি একা, ডায়েরি। এই লড়াইটা আমাকে একা লড়তে হবে।

এই 'শেষ বাধা'টা আমার জীবনকে আরও জটিল করে তুলছে। আমার মনে হচ্ছে, আমি হেরে যাচ্ছি। আমি আর সহ্য করতে পারছি না। আমি শুধু শান্তি চাই, ডায়েরি। অনন্যার সাথে শান্তি। কিন্তু সেই শান্তিটা এখন অনেক দূরে মনে হচ্ছে।

রুদ্র

রুদ্র জানত, তাকে অনন্যার পাশে থাকতে হবে। সে অনন্যাকে কোনো কিছুর জন্য চাপ দেবে না। তারা একসাথে এই চ্যালেঞ্জ মোকাবেলা করবে, যেমনটা তারা সিদ্ধান্ত নিয়েছিল (দ্বাবিংশ অধ্যায়)।

সেই রাতে অনন্যা তার ডায়েরিটা খুলল। তার মনে তখন এক গভীর শূন্যতা। রুদ্রের পরিবারের শর্তটা তার মনে এক তীব্র আঘাত হেনেছিল।

প্রিয় রুদ্র (আমার কঠিন প্রশ্ন),

তোমার পরিবার আমাকে মেনে নিতে রাজি হয়েছে, রুদ্র। আমি খুশি হয়েছিলাম। কিন্তু তাদের শর্ত... আমাকে আমার কাজ ছেড়ে দিতে হবে। আমার মাথায় যেন বাজ পড়েছে, রুদ্র।

আমি জানি, আমার কাজ আমার কাছে শুধু একটি চাকরি নয়, এটা আমার পরিচয়, আমার স্বাধীনতা। আমি আমার কাজকে খুব ভালোবাসি। কিন্তু আমি তোমাকে ভালোবাসি, রুদ্র। আমি তোমার সাথে থাকতে চাই। এই ভালোবাসার জন্য কি আমাকে আমার সব স্বপ্ন, আমার সব পরিচয় বিসর্জন দিতে হবে?

আমার মনে সেই পুরোনো ভয়টা ফিরে এসেছে, রুদ্র। চতুর্বিংশ অধ্যায়ে আমি তোমাকে আমার এই ভয়ের কথা বলেছিলাম—সমাজ, পরিবার, ক্যারিয়ার—সব একসঙ্গে সম্ভব তো? আজ মনে হচ্ছে, আমার ভয়টা সত্যি হয়ে গেল। এইবার আমাকে এক কঠিন সিদ্ধান্ত নিতে হবে।

এম আর জি কিউপিড

আমি জানি, তুমি আমাকে ভালোবাসো, তুমি আমাকে কোনো চাপ দিচ্ছ না। কিন্তু তোমার পরিবার... তারা আমাকে কোনোভাবেই গ্রহণ করবে না, যদি আমি কাজ না ছাড়ি। আমার মনে হচ্ছে, আমি এক কঠিন জালে আটকে গেছি। একদিকে তুমি, অন্যদিকে আমার স্বপ্ন। আর আমি মাঝখানে একা, ক্ষতবিক্ষত।

আমি জানি না, আমি কী করব, রুদ্র। আমার খুব কষ্ট হচ্ছে। আমার মনে হয়, আমাদের ভালোবাসার গল্পটা আজ এক কঠিন পরীক্ষার মুখে। এই 'শেষ বাধা'টা আমাদের সম্পর্ককে ভেঙে দেবে কিনা, তা আমি জানি না।

আমি শুধু তোমার পাশে থাকতে চাই, রুদ্র। আমার সব স্বপ্ন, সব সাফল্য তোমাকে ছাড়া অর্থহীন। কিন্তু আমার কাজও আমার কাছে খুব গুরুত্বপূর্ণ। এই দ্বন্দ্বটা আমাকে পাগল করে তুলছে।

ইতি,

তোমার অনন্যা

(যে এখন কঠিন সিদ্ধান্তের মুখে)

মুম্বাইয়ের রাত নামছিল ধীরে ধীরে। অনন্যা জানালার বাইরে তাকিয়ে রইল। শহরটা তখনো ব্যস্ত, তার জীবনেও তখনো অনেক প্রশ্ন। রুদ্রের পরিবারের দেওয়া শর্তটা তাদের ভালোবাসাকে এক নতুন, কঠিন পরীক্ষার মুখে ঠেলে দিল। তাদের সম্পর্কটা এখন এক চূড়ান্ত মোড়ের মুখে, যেখানে ভালোবাসার জন্য এক কঠিন আত্মত্যাগের প্রশ্ন সামনে আসে।

এই 'শেষ বাধা' তাদের ভালোবাসাকে কতটা শক্তিশালী করতে পারবে, নাকি তা ভেঙে দেবে, তা এখনো অনিশ্চিত।

Ch. 40: অনন্যার সিদ্ধান্ত

ঊনচত্বারিংশ অধ্যায়ে রুদ্রের পরিবারের পক্ষ থেকে আসা সেই কঠিন শর্তটা অনন্যাকে এক গভীর সংকটে ফেলে দিয়েছিল। রুদ্রের পরিবার অনন্যাকে মেনে নিতে রাজি হয়েছিল ঠিকই, কিন্তু বিনিময়ে তাকে তার স্বপ্নের কর্পোরেট ক্যারিয়ার বিসর্জন দিয়ে কলকাতায় এসে পরিবারের দেখাশোনা করার শর্ত দিয়েছিল। সপ্তত্রিংশ অধ্যায়ে অনন্যা ও রুদ্রের সব ভুল বোঝাবুঝি মিটে গেলেও, অষ্টত্রিংশ অধ্যায়ে পরিবারকে জানানোর পর থেকেই তাদের ভালোবাসার পথ ক্রমেই আরও কঠিন হয়ে উঠছিল। রুদ্রের মা অসুস্থ ছিলেন (সপ্তবিংশ অধ্যায়), রুদ্রের অর্থনৈতিক সমস্যাও (অষ্টাবিংশ অধ্যায়) ছিল, আর অনন্যা তার ক্যারিয়ারের চূড়ায় পৌঁছেছিল (ঊনত্রিংশ অধ্যায়)। চতুর্বিংশ অধ্যায়ে অনন্যার মনে যে অনিশ্চয়তা দানা বেঁধেছিল—'সমাজ, পরিবার, ক্যারিয়ার—সব একসঙ্গে সম্ভব তো?'—সেই ভয়টা এখন বাস্তব রূপ নিয়েছিল, আর তাকে এক কঠিন আত্মত্যাগের প্রশ্নের মুখে দাঁড় করিয়েছিল। এই অধ্যায় অনন্যার সেই কঠিন সংগ্রাম, তার আত্মানুসন্ধান, এবং ভালোবাসার জন্য তার অটুট প্রতিজ্ঞার গল্প।

রুদ্রের পরিবারের পক্ষ থেকে আসা সেই শর্তটা শুনে অনন্যার মনে হয়েছিল যেন তার মাথার ওপর আকাশ ভেঙে পড়েছে। রুদ্র যখন তাকে ফোন করে সব কথা বলেছিল, তখন অনন্যা

স্তম্ভিত হয়ে গিয়েছিল। তাকে তার কাজ ছাড়তে হবে? তার ক্যারিয়ার বিসর্জন দিতে হবে? অনন্যা তার জীবনের সবচেয়ে বড় চ্যালেঞ্জের মুখে দাঁড়িয়ে ছিল।

মুম্বাইয়ে তার ফ্ল্যাটে ফিরে অনন্যা নিজেকে সম্পূর্ণ বিধ্বস্ত অনুভব করছিল। তার চারপাশে তার সফল কর্পোরেট জীবনের সব প্রমাণ—ল্যাপটপ, ফাইল, অফিসের ডায়েরি—সবকিছুই তাকে উপহাস করছিল। তার এই ক্যারিয়ার তার কাছে শুধু একটি চাকরি ছিল না, এটি ছিল তার স্বাধীনতা, তার আত্মনির্ভরশীলতা, এবং তার পরিচয়ের এক অবিচ্ছেদ্য অংশ। অষ্টাদশ অধ্যায়ে সে যখন সলো ট্রিপে গিয়েছিল, তখন সে নিজের পরিচয়ের এই দিকটিকে আরও ভালোভাবে চিনতে পেরেছিল। ঊনত্রিংশ অধ্যায়ে তার প্রোমোশন তাকে এক নতুন উচ্চতায় নিয়ে গেলেও, 'গোল্ডেন কেজ'-এর মতো আটকা পড়ার অনুভূতিও এনেছিল। কিন্তু এই শর্তটা তাকে সেই গোল্ডেন কেজ থেকে বের হওয়ার সুযোগ দিচ্ছিল না, বরং তাকে এক নতুন ধরনের খাঁচায় বন্দি করতে চাইছিল।

অনন্যার মনে এক তীব্র সংঘাত শুরু হলো—তার **ক্যারিয়ার ও নিজস্বতা** বনাম **ভালোবাসা ও পারিবারিক স্বীকৃতি**। সে রুদ্রকে ভালোবাসে, তাকে বিশ্বাস করে, তার সাথে সারাজীবন থাকতে চায়। পঞ্চবিংশ অধ্যায়ে তাদের সম্পর্ক 'ভাঙা কাঁচ, নরম আলো'-র মতো পরিপক্ক হয়েছিল, আর ত্রয়োবিংশ অধ্যায়ে রুদ্রের প্রেমের স্বীকারোক্তি তার জীবনকে সম্পূর্ণতা দিয়েছিল। কিন্তু এই ভালোবাসার জন্য কি তাকে তার সব স্বপ্ন, তার সব পরিচয় বিসর্জন দিতে হবে? তার মনে সেই

পুরোনো ভয়টা ফিরে এল—অরিজিতের সেই প্রতারণা (চতুর্থ ও ষষ্ঠদশ অধ্যায়), যেখানে ভালোবাসার জন্য সে নিজের স্বকীয়তা হারিয়েছিল। রুদ্রের সাথে তার সম্পর্কটা আলাদা, রুদ্র তাকে নিঃশর্তভাবে ভালোবাসে, কিন্তু তার পরিবারের এই শর্তটা তাকে আবার অনিশ্চয়তায় ফেলে দিল।

অনন্যা দিনভর বিছানায় শুয়ে থাকত, চোখ দিয়ে অবিরাম জল গড়িয়ে পড়ত। তার মনে হয়েছিল, সে যেন তার জীবনের সব শক্তি হারিয়ে ফেলেছে। সে রুদ্রকে ফোন করে তার মনের সব কষ্ট বলতে চাইল, কিন্তু সে জানত না কিভাবে শুরু করবে। রুদ্রও তাকে ফোন করত, সান্ত্বনা দিত, কিন্তু দূরত্বের কারণে সে অনন্যার পাশে থাকতে পারছিল না।

তার বান্ধবী সায়নী মুম্বাইয়ে অনন্যার সাথে দেখা করতে এল। সায়নী অনন্যার এই অবস্থা দেখে খুব চিন্তিত ছিল। "অনন্যা, তুই এমনটা করতে পারিস না!" সায়নী বলল। "তোর ক্যারিয়ার তোর জীবন। তুই এটাকে বিসর্জন দিতে পারিস না। রুদ্র কি তোকে ভালোবাসে না? ও কি তোর আত্মত্যাগকে সম্মান জানায় না?" অনন্যা দীর্ঘশ্বাস ফেলল। "সায়নী, রুদ্র আমাকে ভালোবাসে। ও আমাকে কোনো চাপ দিচ্ছে না। এটা ওর পরিবারের শর্ত। আমি জানি না কী করব।" "তাহলে রুদ্রকে বোঝাতে বল তোর পরিবারকে," সায়নী বলল। "ভালোবাসা যদি সত্যি হয়, তাহলে এমন আত্মত্যাগ কেন?" সায়নীর কথাগুলো অনন্যাকে আরও বেশি দ্বিধায় ফেলে দিল। সে জানত, রুদ্র তার পরিবারকে বোঝানোর চেষ্টা করেছে (অষ্টত্রিংশ অধ্যায়)। রুদ্রের মা অসুস্থ (সপ্তবিংশ অধ্যায়), তার

পরিবারের চাপ (একই অধ্যায়) রুদ্রের জীবনকে কঠিন করে তুলেছে। অনন্যা রুদ্রকে আরও বেশি কষ্ট দিতে চায়নি।

অনন্যা তার থেরাপিস্ট ড. মেঘনা শর্মা-র সাথে আবার যোগাযোগ করল। ত্রয়স্ত্রিংশ অধ্যায়ে তার 'আত্মচর্চা' অনন্যাকে নিজের মনের জটগুলো ছাড়াতে সাহায্য করেছিল। এবার অনন্যা তার এই নতুন সমস্যার কথা ড. শর্মাকে বলল। "ড. শর্মা, আমি এক কঠিন সংকটের মুখে," অনন্যা বলল। "আমার ভালোবাসার জন্য আমাকে আমার ক্যারিয়ার বিসর্জন দিতে হচ্ছে। আমি জানি না, এটা কি ঠিক?" ড. শর্মা মনোযোগ দিয়ে শুনলেন। "অনন্যা, ভালোবাসার জন্য আত্মত্যাগ অবশ্যই করা যায়। কিন্তু সেই আত্মত্যাগ যদি আপনার আত্মপরিচয়কে নষ্ট করে, আপনার মূল্যবোধকে আঘাত করে, তাহলে সেই ভালোবাসা কি আপনাকে সত্যিই সুখী করবে?"

ড. শর্মা অনন্যাকে তার অতীতের কথা মনে করিয়ে দিলেন—অরিজিতের সাথে তার সেই তিক্ত অভিজ্ঞতা। "আপনি অরিজিতের জন্য আপনার স্বকীয়তা বিসর্জন দিয়েছিলেন, অনন্যা। আর তার ফলস্বরূপ আপনি কষ্ট পেয়েছিলেন। রুদ্রের সাথে আপনার সম্পর্কটা ভিন্ন। রুদ্র আপনাকে আপনার সব দুর্বলতা সমেত ভালোবাসে, আপনার স্বপ্নকে সম্মান করে। আপনি যদি আপনার আত্মপরিচয় বিসর্জন দেন, তাহলে হয়তো রুদ্রও সেই পুরোনো অনন্যাকে হারাবে, যাকে সে ভালোবেসেছিল।"

ড. শর্মা অনন্যাকে বোঝালেন যে, ভালোবাসা মানে শুধু গ্রহণ করা নয়, বরং দেওয়া, সম্মান করা, এবং একে অপরের স্বপ্নকে সমর্থন করা। "আপনার ক্যারিয়ার আপনার জীবনের একটা অংশ, অনন্যা। এটা আপনার সম্পূর্ণ জীবন নয়। কিন্তু এটা আপনার আত্মবিশ্বাস, আপনার স্বাধীনতা। আপনি যদি এটাকে বিসর্জন দেন, তাহলে হয়তো আপনার মনে এক ধরনের শূন্যতা তৈরি হবে, যা আপনার ভালোবাসাকেও প্রভাবিত করতে পারে।"

অনন্যা ড. শর্মার কথাগুলো গভীরভাবে চিন্তা করল। তার মনে ত্রয়স্ত্রিংশ অধ্যায়ের সেই উপলব্ধিটা ফিরে এল: 'ভালোবাসতে হলে ভয়কে জয় করতে হয়, বিশ্বাস করতে হয়।' আর 'নিজেকে ক্ষমা করা'র গুরুত্ব। সে রুদ্রকে ভালোবাসে, তাকে বিশ্বাস করে, কিন্তু তাকে তার নিজের মূল্যবোধকে বিসর্জন দিতে বলাটা ভালোবাসার সঠিক সংজ্ঞা নয়।

সে তার ডায়েরিটা হাতে নিল। ঊনবিংশ অধ্যায়ে সে রুদ্রকে উদ্দেশ্য করে তার মনের কথা লিখেছিল। এবার সে নিজেকে উদ্দেশ্য করে লিখতে শুরু করল, তার আত্মানুসন্ধানের পথে।

প্রিয় ডায়েরি,

আমি এক কঠিন সিদ্ধান্তের মুখে দাঁড়িয়ে আছি, ডায়েরি। আমার ভালোবাসার জন্য আমাকে আমার ক্যারিয়ার বিসর্জন দিতে হচ্ছে। রুদ্রের পরিবারের শর্ত—আমাকে আমার কাজ

ছেড়ে দিতে হবে, কলকাতায় এসে পরিবারের দেখাশোনা করতে হবে।

আমি রুদ্রকে ভালোবাসি, ডায়েরি। আমি ওর সাথে সারাজীবন থাকতে চাই। কিন্তু আমার ক্যারিয়ার আমার কাছে শুধু একটি চাকরি নয়, এটা আমার পরিচয়, আমার স্বাধীনতা, আমার আত্মবিশ্বাস। আমি জানি না, আমি কি আমার সব স্বপ্ন বিসর্জন দেব রুদ্রের জন্য?

ড. শর্মা আমাকে বলেছেন, যদি আত্মত্যাগ আত্মপরিচয়কে নষ্ট করে, তাহলে সেই ভালোবাসা কি আমাকে সত্যিই সুখী করবে? আমার মনে অরিজিতের সেই পুরোনো কষ্টটা ফিরে আসছে, ডায়েরি। যখন আমি ভালোবাসার জন্য নিজের স্বকীয়তা বিসর্জন দিয়েছিলাম, আর তার ফলস্বরূপ কষ্ট পেয়েছিলাম।

রুদ্র আমাকে ভালোবাসে, আমার সব স্বপ্নকে সম্মান করে। ও চায় না আমি আমার কাজ ছাড়ি। কিন্তু ওর পরিবারের চাপ... আমি জানি না, আমি কি এইবার আমার নিজের জন্য লড়ব? নাকি ভালোবাসার জন্য আত্মত্যাগ করব? এই দ্বন্দ্বটা আমাকে পাগল করে তুলছে।

আমার মনে হয়, ভালোবাসার প্রকৃত অর্থ হলো একে অপরের স্বপ্নকে সম্মান করা, একে অপরকে সমর্থন করা। যদি ভালোবাসা আমার কাছ থেকে আমার পরিচয় কেড়ে নিতে চায়, তাহলে সেই ভালোবাসা কি সম্পূর্ণ? আমার মন বলছে, না।

আমি চাই না আমার ভালোবাসার গল্পটা আবার কোনো শর্ত বা আত্মত্যাগের ওপর নির্ভর করে। আমি চাই না আমার ভালোবাসা আমাকে ছোট করুক, আমাকে দুর্বল করুক। আমি চাই আমার ভালোবাসা আমাকে শক্তিশালী করুক, আমাকে আরও বেশি স্বাধীনতা দিক।

আমি আমার নিজস্বতা ছাড়ব না, ডায়েরি। আমি আমার ভালোবাসা ছাড়ব না। কিন্তু কিভাবে? এই প্রশ্নটাই আমাকে অস্থির করছে। আমি জানি না পথটা কোথায়। কিন্তু আমি বিশ্বাস করি, ভালোবাসা যদি সত্য হয়, তাহলে সে তার পথ খুঁজে নেবে।

ইতি,

তোমার অনন্যা

(যে এখন নতুন পথ খুঁজছেন)

ডায়েরি লেখার পর অনন্যার মনে এক নতুন দৃঢ়তা এল। সে সিদ্ধান্ত নিল, সে তার নিজস্বতা ছাড়বে না, কিন্তু ভালোবাসাও ছাড়বে না। সে এক নতুন পথ খুঁজে নেবে, যা তাকে তার ক্যারিয়ার এবং রুদ্রের সাথে তার সম্পর্ক—উভয়কেই রক্ষা করতে সাহায্য করবে। এইবার তাকে 'ধীরে ধীরে সম্পর্ক গড়া' এবং 'এখন বাঁচা'-র (দ্বাবিংশ অধ্যায়) বাইরে গিয়ে এক সক্রিয় সমাধান খুঁজতে হবে।

অনন্যা মুম্বাইয়ের কর্পোরেট জগত থেকে নিজেকে কিছুটা দূরে সরিয়ে নিতে শুরু করল। সে তার বসের সাথে কথা বলল, তার workload কিছুটা কমানোর কথা বলল। তার

বস, মিসেস দেশমুখ, অনন্যার পরিবর্তন লক্ষ্য করছিলেন। অনন্যা তার ব্যক্তিগত সমস্যার কথা সরাসরি না বললেও, তার কাজের প্রতি তার নিষ্ঠা এবং তার মানসিক অবস্থা মিসেস দেশমুখ বুঝতে পারছিলেন। অনন্যা তার পদ থেকে সম্পূর্ণভাবে সরে আসতে চায়নি, কিন্তু সে চেয়েছিল তার কাজটাকে এমনভাবে সাজাতে, যা তাকে রুদ্রের কাছে থাকার সুযোগ দেবে।

অনন্যা তার নেটওয়ার্কে থাকা কিছু সিনিয়র কন্সালটেন্টদের সাথে কথা বলল, যারা ফ্রিল্যান্স বা রিমোট কাজ করত। সে জানতে পারল, মুম্বাইয়ের বাইরে থেকেও কিছু কর্পোরেট প্রজেক্টে কাজ করা সম্ভব। সে তার নিজের দক্ষতা এবং অভিজ্ঞতা ব্যবহার করে এমন একটি কাজ খুঁজতে শুরু করল, যা তাকে কলকাতার কাছাকাছি থাকতে সাহায্য করবে।

অনেক গবেষণার পর অনন্যা একটি নতুন ধারণা খুঁজে পেল—'আর্ট স্ট্র্যাটেজি কন্সালটিং'। তার কর্পোরেট অভিজ্ঞতা (মার্কেটিং, ব্র্যান্ডিং, স্ট্র্যাটেজি) রুদ্রের শিল্প জগতের (গ্যালারি, শিল্পী, প্রদর্শনী) সাথে একত্রিত হতে পারে। সে রুদ্রের 'ছায়ার গল্প' প্রজেক্টের বিপণন কৌশল তৈরি করতে পারে, অথবা কলকাতার ছোট ছোট আর্ট গ্যালারিগুলোকে তাদের ব্র্যান্ডিং এবং প্রচারে সাহায্য করতে পারে। এটি তাকে তার কর্পোরেট দক্ষতা ব্যবহার করতে দেবে, কিন্তু তাকে কর্পোরেট প্যাঁচের গভীরে প্রবেশ করতে দেবে না (ঊনত্রিংশ অধ্যায়)। এই কাজটা তাকে স্বাধীনভাবে কাজ করতে দেবে, এবং রুদ্রের কাছাকাছি থাকতে সাহায্য করবে।

অনন্যা রুদ্রের সাথে এই নতুন ধারণার কথা আলোচনা করল। রুদ্র অনন্যার কথা শুনে মুগ্ধ হলো। তার মনে এক নতুন আশা দানা বাঁধল। সে জানত, অনন্যা তার জন্য কতটা আত্মত্যাগ করছে, এবং তার এই নতুন পথটা কতটা সাহসী। রুদ্র অনন্যার এই সিদ্ধান্তকে সম্পূর্ণভাবে সমর্থন করল। সে জানত, অনন্যাকে হারালে তার জীবনটা সম্পূর্ণ অর্থহীন হয়ে যাবে।

"অনন্যা," রুদ্র বলল। "এটা একটা অসাধারণ ধারণা! তুমি তোমার নিজস্বতাও ধরে রাখতে পারবে, আর আমার পাশেও থাকতে পারবে। আমি তোমার সাথে আছি, সব সময়।" অনন্যা রুদ্রের কথা শুনে কিছুটা শান্তি পেল। রুদ্র তাকে বুঝছে, তার স্বপ্নকে সম্মান জানাচ্ছে। তার মনে আর কোনো ভয় ছিল না, কোনো অনিশ্চয়তা ছিল না।

কয়েক দিন পর অনন্যা তার বসের সাথে কথা বলল। সে তার 'হেড অব স্ট্র্যাটেজিক ইনিশিয়েটিভস' পদ থেকে পদত্যাগ করার সিদ্ধান্ত জানাল। তার বস প্রথমে অবাক হলেন, কিন্তু অনন্যার দৃঢ়তা দেখে তিনি তাকে আটকানোর চেষ্টা করলেন না। অনন্যা তার বসকে বোঝাল যে, সে তার ব্যক্তিগত জীবন এবং পেশাদারী জীবনের মধ্যে ভারসাম্য রক্ষা করতে চায়, এবং সে এখন একটি নতুন ধরনের কাজের সুযোগ খুঁজছে, যা তাকে আরও বেশি স্বাধীনতা দেবে। অনন্যা তার বসকে তার 'আর্ট স্ট্র্যাটেজি কন্সালটিং' ধারণার কথা বলল। মিসেস দেশমুখ অনন্যার এই নতুন ধারণায় কিছুটা আগ্রহী হলেন, এবং তাকে ভবিষ্যতে স্বাধীন কন্সালটেন্ট

হিসেবে কোম্পানির সাথে কাজ করার প্রস্তাব দিলেন। এটা অনন্যার জন্য একটা নতুন সুযোগ ছিল।

অনন্যা দ্রুত মুম্বাইয়ের ফ্ল্যাট ছেড়ে কলকাতার উদ্দেশে রওনা দিল। তার হাতে রুদ্রের দেওয়া সেই রিংটা ছিল, যা তার নতুন জীবনের প্রতীক হয়ে উঠেছিল। এইবার তার যাত্রা ছিল ভিন্ন। তার মনে কোনো শূন্যতা ছিল না, কোনো কষ্ট ছিল না। তার মনে ছিল এক নতুন আশা, এক নতুন বিশ্বাস, আর এক নতুন দৃঢ়তা।

কলকাতায় পৌঁছে অনন্যা রুদ্রের সাথে দেখা করল। তারা দুজনেই জানত, তাদের সামনে অনেক চ্যালেঞ্জ ছিল—রুদ্রের পরিবারকে বোঝানো, অনন্যার নতুন ক্যারিয়ার শুরু করা, তাদের নতুন জীবন গড়ে তোলা। কিন্তু তারা এখন আর ভয় পাচ্ছিল না। তারা দুজনেই এই চ্যালেঞ্জ মোকাবেলা করার জন্য প্রস্তুত ছিল, একসাথে।

অনন্যা রুদ্রের পরিবারের কাছে তার সিদ্ধান্ত জানাল। রুদ্র তার পাশে ছিল। রুদ্রের পরিবারের সদস্যরা প্রথমে অবাক হলেন, কিন্তু অনন্যার দৃঢ়তা, তার আত্মবিশ্বাস, এবং তার নতুন কাজের ধারণা শুনে তারা কিছুটা মেনে নিলেন। অনন্যা তাদের বোঝাল যে, সে কাজ ছেড়ে দিচ্ছে না, বরং সে একটি নতুন ধরনের কাজ শুরু করছে, যা তাকে রুদ্রের কাছাকাছি থাকতে সাহায্য করবে, এবং একই সাথে তাদের পরিবারকেও সময় দেবে।

রুদ্রের মা অনন্যার এই সিদ্ধান্তকে সম্মান জানালেন। তিনি বুঝতে পারছিলেন, অনন্যা তার ছেলের জন্য কতটা আত্মত্যাগ

করছে, এবং তার এই নতুন পথটা কতটা সাহসী। রুদ্রের অন্যান্য আত্মীয়-স্বজনদের পুরোপুরি রাজি করানো কঠিন ছিল, কিন্তু রুদ্রের মা এবং রুদ্রের দৃঢ়তার সামনে তারা আর বেশি আপত্তি করতে পারলেন না। তারা জানত, রুদ্র অনন্যাকে ছাড়া সুখী হবে না। তাদের এই 'শেষ বাধা'টা ভালোবাসার কাছে হেরে গেল।

অনন্যা তার নতুন কাজ শুরু করল—আর্ট স্ট্র্যাটেজি কন্সালটিং। সে কলকাতার ছোট ছোট আর্ট গ্যালারিগুলোকে তাদের ব্র্যান্ডিং, মার্কেটিং এবং প্রচারে সাহায্য করতে লাগল। তার কর্পোরেট দক্ষতা তার এই নতুন পেশায় খুব কাজে আসছিল। রুদ্র তার 'ছায়ার গল্প' প্রজেক্টে (দ্বাদশ অধ্যায়) অনন্যার পরামর্শ নিত, এবং তারা দুজনেই একে অপরের কাজকে সমর্থন করত। রুদ্র তার ফটোগ্রাফি দিয়ে শিল্প তৈরি করত, আর অনন্যা তার কৌশল দিয়ে সেই শিল্পকে মানুষের কাছে পৌঁছে দিত। তাদের ভালোবাসা এখন এক নতুন, সৃজনশীল রূপ পেয়েছিল।

অনন্যা রুদ্রের পরিবারের সাথে মানিয়ে নিতে শুরু করল। সে রুদ্রের মায়ের সেবা করত, পরিবারের সাথে সময় কাটাত। রুদ্রের মা অনন্যার এই পরিবর্তন দেখে খুব খুশি হলেন। রুদ্রের পরিবার অনন্যাকে ধীরে ধীরে তাদের পরিবারের অংশ হিসেবে গ্রহণ করতে শুরু করল। তাদের ভালোবাসা এখন আর শুধু তাদের দুজনের মধ্যে সীমাবদ্ধ ছিল না, বরং তা পরিবার এবং সমাজের স্বীকৃতি লাভ করছিল।

অনন্যা তার নিজস্বতা ছাড়ল না, কিন্তু ভালোবাসাও ছাড়ল না। সে এক নতুন পথ খুঁজে নিল, যা তাকে তার ক্যারিয়ার এবং রুদ্রের সাথে তার সম্পর্ক—উভয়কেই রক্ষা করতে সাহায্য করল। তার এই সিদ্ধান্ত ছিল ভালোবাসার এক সাহসী প্রতিজ্ঞা, যেখানে আত্মত্যাগ মানে বিসর্জন নয়, বরং এক নতুন ধরনের বিজয়। তাদের ভালোবাসার গল্পে এক নতুন অধ্যায়ের সূচনা হলো, যেখানে 'আলো' আর 'অভিসার' এক সাথে মিলেমিশে এক অনন্ত ভালোবাসার দিকে এগিয়ে যাচ্ছিল, সব বাধা পেরিয়ে, সব শর্তকে জয় করে।

সেই রাতে অনন্যা তার নতুন ফ্ল্যাটে (কলকাতায় রুদ্রের কাছাকাছি) ফিরে এল। তার মনে এক গভীর শান্তি ছিল, এক ধরনের গর্ব। সে তার ডায়েরিটা খুলল, তার মনের সব ভার সে ডায়েরির পাতায় রাখতে চাইল।

প্রিয় রুদ্র (আমার পথপ্রদর্শক),

আমি আজ আমার সিদ্ধান্ত নিয়েছি, রুদ্র। আমি আমার নিজস্বতা ছাড়ব না, কিন্তু ভালোবাসাও ছাড়ব না। আমি এক নতুন পথ খুঁজে পেয়েছি—আর্ট স্ট্র্যাটেজি কন্সালটিং। আমার মনে হচ্ছে, আমি আজ মুক্ত। আমি আমার সব স্বপ্ন পুরণ করতে পারব, আর তোমার পাশেও থাকতে পারব।

তোমার পরিবার আমাকে মেনে নিয়েছে, রুদ্র! আমি বিশ্বাস করতে পারছি না। তোমার মায়ের আশীর্বাদ আমার কাছে খুব গুরুত্বপূর্ণ। আমি জানি, তোমার পরিবারের অন্য সদস্যদের পুরোপুরি রাজি করানো কঠিন ছিল, কিন্তু তোমার এবং

তোমার মায়ের ভালোবাসার কারণে তারা শেষমেশ রাজি হয়েছেন।

আমি জানি, এই পথটা কঠিন ছিল, রুদ্র। উনচত্বারিংশ অধ্যায়ে তোমার পরিবারের শর্তটা আমার মনে এক তীব্র আঘাত হেনেছিল। আমাকে আমার কাজ ছেড়ে দেওয়ার কথা বলা হয়েছিল। কিন্তু আমি তোমাকে ভালোবাসি, রুদ্র। আর আমার ভালোবাসাই আমাকে এই শক্তি দিয়েছে, এই নতুন পথ খুঁজে নেওয়ার শক্তি দিয়েছে।

আমি এখন আর সেই পুরোনো অনন্যা নই, যে শুধু ভয় আর অবিশ্বাস নিয়ে বাঁচত। আমি এখন সাহসী, আমি এখন ভালোবাসার জন্য প্রস্তুত, বিশ্বাস করার জন্য প্রস্তুত। আমার হৃদয়ের সব 'ভাঙা কাঁচ' আজ জোড়া লেগে গেছে। আর সেই ভাঙা কাঁচের উপর তোমার ভালোবাসার 'নরম আলো' পড়েছে, যা আমার জীবনকে আলোকিত করেছে।

আমার মনে হয়, আমাদের ভালোবাসার গল্পটা আজ এক নতুন অধ্যায়ে প্রবেশ করল, ডায়েরি। এক বিজয়ের অধ্যায়। আমরা সব বাধা পেরিয়েছি, সব শর্তকে জয় করেছি। আমরা আমাদের নিজস্বতাও ধরে রাখতে পেরেছি, আর ভালোবাসাও হারাতে পারিনি।

আমি তোমাকে খুব ভালোবাসি, রুদ্র। তুমিই আমার জীবন, তুমিই আমার পথ। তুমিই আমার 'ছায়ার গল্প'-এর নতুন অধ্যায়। আমি তোমার সাথে সারাজীবন থাকতে চাই, রুদ্র। আমার সব স্বপ্ন, সব সাফল্য তোমাকে ছাড়া অর্থহীন।

ইতি,

এম আর জি কিউপিড

আলোর নিচে এক পলক

তোমার অনন্যা

(যে এখন নিজস্বতা ও ভালোবাসার সহযাত্রী)

রুদ্র তার স্টুডিওতে ফিরে এসে তার ডায়েরিটা খুলল। তার মনে এক গভীর শান্তি ছিল, এক ধরনের আনন্দ। সে লিখল:

প্রিয় ডায়েরি,

অনন্যা তার সিদ্ধান্ত নিয়েছে, ডায়েরি। ও তার নিজস্বতা ছাড়বে না, কিন্তু ভালোবাসাও ছাড়বে না। ও এক নতুন পথ খুঁজে নিয়েছে—আর্ট স্ট্র্যাটেজি কন্সালটিং। আমি বিশ্বাস করতে পারছি না, ডায়েরি! ওর এই সিদ্ধান্তটা কতটা সাহসী, তা আমি জানি।

আমার পরিবার ওকে মেনে নিয়েছে, ডায়েরি। যদিও শর্ত ছিল, কিন্তু অনন্যা সেই শর্তকে এক নতুন রূপ দিয়েছে। ও তার ক্যারিয়ার বিসর্জন দেয়নি, বরং একটা নতুন ধরনের কাজ শুরু করেছে, যা ওকে আমার কাছাকাছি থাকতে সাহায্য করবে, আর আমাদের পরিবারকেও সময় দেবে। আমার মা খুব খুশি।

আমার মনে হয়, আজ আমাদের ভালোবাসার বিজয় হয়েছে, ডায়েরি। আমরা সব বাধা পেরিয়েছি, সব শর্তকে জয় করেছি। অনন্যা আমার পাশে আছে, আমার আলো হয়ে। আমার 'ছায়ার গল্প' প্রজেক্টটা এখন আরও বেশি সম্পূর্ণ মনে হচ্ছে, কারণ অনন্যা আমার পাশে আছে, আমার অনুপ্রেরণা হয়ে।

আমি ওকে খুব ভালোবাসি, ডায়েরি। আমি ওকে আর কোনোদিনও হারাতে চাই না। আমি বিশ্বাস করি, আমাদের ভালোবাসা সব বাধা পেরিয়ে তার পথ খুঁজে নেবে। আমরা একসাথে হাসব, একসাথে কাঁদব, একসাথে বাঁচব।

আমার জীবন আজ সম্পূর্ণ, ডায়েরি। অনন্যা আমার পাশে আছে। আমি আর একা নই।

রুদ্র

এই 'অনন্যার সিদ্ধান্ত' অধ্যায়টি অনন্যা ও রুদ্রের ভালোবাসার এক চূড়ান্ত বিজয়কে তুলে ধরল। অনন্যা তার নিজস্বতা এবং ভালোবাসার মধ্যে ভারসাম্য রক্ষা করার জন্য এক নতুন পথ খুঁজে নিল, যা তাকে তার ক্যারিয়ার এবং রুদ্রের সাথে তার সম্পর্ক—উভয়কেই রক্ষা করতে সাহায্য করল। তার এই সাহসী সিদ্ধান্ত ভালোবাসার প্রকৃত অর্থ প্রকাশ করল—যেখানে ভালোবাসা শর্তহীন, যেখানে আত্মত্যাগ মানে বিসর্জন নয়, বরং আত্মিক বৃদ্ধি এবং নিজস্বতাকে সম্মান জানানো। তাদের গল্পে এক নতুন অধ্যায়ের সূচনা হলো, যেখানে 'আলো' আর 'অভিসার' এক সাথে মিলেমিশে এক অনন্ত ভালোবাসার দিকে এগিয়ে যাচ্ছিল, সব বাধা পেরিয়ে, সব শর্তকে জয় করে, এবং তাদের ভালোবাসার নরম আলোয় তাদের ভবিষ্যৎকে আলোকিত করে।

Part 4: পরিণতির পথে (Ch. 41-50)

Ch. 41: একসঙ্গে থাকার মানে

চত্বারিংশ অধ্যায়ে অনন্যা তার জীবনের সবচেয়ে কঠিন সিদ্ধান্তটা নিয়েছিল। রুদ্রের পরিবারের শর্ত (ঊনচত্বারিংশ অধ্যায়)—তার মুম্বাইয়ের কর্পোরেট ক্যারিয়ার বিসর্জন দিয়ে কলকাতায় এসে পরিবারের দেখাশোনা করা—তাকে এক গভীর আত্মত্যাগের প্রশ্নের মুখে ফেলেছিল। কিন্তু অনন্যা তার নিজস্বতা না ছেড়ে, ভালোবাসাও না ছেড়ে এক নতুন পথ খুঁজে নেয়—'আর্ট স্ট্র্যাটেজি কন্সালটিং'-এর মাধ্যমে সে তার ক্যারিয়ার ও ভালোবাসার মধ্যে ভারসাম্য রক্ষা করতে সক্ষম হয়। অনন্যার এই সাহসী সিদ্ধান্ত, তার দৃঢ় প্রতিজ্ঞা এবং রুদ্রের প্রতি তার অটুট ভালোবাসা রুদ্রের পরিবারকে (বিশেষত তার মাকে) প্রভাবিত করে। শেষমেশ তারা অনন্যাকে মেনে নেন, এবং ভালোবাসার এই 'শেষ বাধা' (ঊনচত্বারিংশ অধ্যায়) জয় হয়। সপ্তত্রিংশ অধ্যায়ে অনন্যা ও রুদ্রের সব ভুল বোঝাবুঝি মিটে গিয়েছিল, রুদ্র ইউরোপ থেকে ফিরে এসেছিল (ষষ্ঠত্রিংশ অধ্যায়), এবং তাদের ভালোবাসার মূল ভিত্তি এখন ছিল বিশ্বাস আর বোঝাপড়া। দীর্ঘ পথচলার পর, অসংখ্য ঝড় ঝাপটা পেরিয়ে, আজ তারা একসঙ্গে পথচলার সুযোগ পেয়েছে। এই অধ্যায় তাদের 'একসঙ্গে থাকার মানে' খুঁজে বের করার গল্প, যেখানে সহযোগিতা, বোঝাপড়া এবং প্রেম তাদের সম্পর্কের নতুন সংজ্ঞা তৈরি করবে।

অনন্যা মুম্বাইয়ের তার কর্পোরেট জীবনের ফ্ল্যাট ছেড়ে কলকাতায় চলে আসে। তার হাতে রুদ্রের দেওয়া সেই রিংটা

(ত্রয়োবিংশ অধ্যায়) ছিল, যা তার নতুন জীবনের প্রতীক হয়ে উঠেছিল। এইবার তার যাত্রা ছিল ভিন্ন। তার মনে কোনো শূন্যতা ছিল না, কোনো কষ্ট ছিল না। তার মনে ছিল এক নতুন আশা, এক নতুন বিশ্বাস, আর এক নতুন দৃঢ়তা। সে জানত, রুদ্র তার জন্য অপেক্ষা করছে, তাদের ভালোবাসা তার জন্য অপেক্ষা করছে।

কলকাতায় পৌঁছে অনন্যা রুদ্রের সাথে দেখা করল। তারা দুজনেই জানত, তাদের সামনে অনেক চ্যালেঞ্জ ছিল—রুদ্রের পরিবারকে পুরোপুরি রাজি করানো, অনন্যার নতুন ক্যারিয়ার শুরু করা, তাদের নতুন জীবন গড়ে তোলা। কিন্তু তারা এখন আর ভয় পাচ্ছিল না। তারা দুজনেই এই চ্যালেঞ্জ মোকাবেলা করার জন্য প্রস্তুত ছিল, একসাথে। তাদের হাতগুলো যেন একে অপরের মধ্যে নিবিড়ভাবে আবদ্ধ হয়েছিল, সেই স্পর্শে ছিল বিশ্বাস, নিরাপত্তা, আর ভালোবাসার উষ্ণতা।

প্রথম কয়েক সপ্তাহ অনন্যা রুদ্রের স্টুডিওর কাছাকাছি একটি ছোট অ্যাপার্টমেন্ট ভাড়া নিল। রুদ্র তাকে গুছিয়ে নিতে সাহায্য করল। অনন্যা তার পুরোনো জিনিসপত্র মুম্বাই থেকে আনাল না, সে চেয়েছিল নতুন জীবনটা নতুনভাবে শুরু করতে। তার অ্যাপার্টমেন্টটা ছিল সাদামাটা, কিন্তু তাতে ছিল এক ধরনের উষ্ণতা, এক ধরনের শান্তি, যা তার মুম্বাইয়ের কর্পোরেট ফ্ল্যাটে ছিল না। রুদ্র তাকে সাজিয়ে নিতে সাহায্য করল, কিছু ছবি টাঙিয়ে দিল, ছোট ছোট গাছ লাগিয়ে দিল। অনন্যা অনুভব করল, এই ঘরটা তার নিজের, তাদের নিজেদের।

তাদের দিনগুলো শুরু হতো সকালে রুদ্রের স্টুডিওতে একসঙ্গে কফি খাওয়া দিয়ে। রুদ্র তার 'ছায়ার গল্প' প্রজেক্টের (দ্বাদশ অধ্যায়ে শুরু হয়েছিল) কাজ করত, আর অনন্যা তার নতুন 'আর্ট স্ট্র্যাটেজি কন্সালটিং' (চত্বারিংশ অধ্যায়ে উল্লিখিত) এর জন্য পরিকল্পনা করত। তারা একে অপরের কাজকে সমর্থন করত, একে অপরের স্বপ্নকে সম্মান করত। রুদ্র তার ফটোগ্রাফি দিয়ে শিল্প তৈরি করত, আর অনন্যা তার কৌশল দিয়ে সেই শিল্পকে মানুষের কাছে পৌঁছে দিত। তাদের ভালোবাসা এখন এক নতুন, সৃজনশীল রূপ পেয়েছিল।

তাদের সম্পর্কটা এখন এক নতুন স্তরে প্রবেশ করেছিল, যেখানে সহযোগিতা (Cooperation) এবং বোঝাপড়া (Understanding) ছিল ভালোবাসার মূল ভিত্তি। তারা আর পুরোনো দিনের ভুল বোঝাবুঝি বা নীরবতার মধ্যে দিয়ে যেত না। সপ্তত্রিংশ অধ্যায়ে সব ভুল বোঝাবুঝি মিটে যাওয়ার পর তারা একে অপরের কাছে সম্পূর্ণভাবে উন্মুক্ত ছিল।

অনন্যা তার নতুন কাজ 'আর্ট স্ট্র্যাটেজি কন্সালটিং' শুরু করল। সে কলকাতার ছোট ছোট আর্ট গ্যালারিগুলোকে তাদের ব্র্যান্ডিং, মার্কেটিং এবং প্রচারে সাহায্য করতে লাগল। তার মুম্বাইয়ের কর্পোরেট দক্ষতা তার এই নতুন পেশায় খুব কাজে আসছিল। রুদ্র তাকে বিভিন্ন গ্যালারির সাথে পরিচয় করিয়ে দিত, শিল্পীদের সাথে যোগাযোগ করিয়ে দিত। রুদ্রের নেটওয়ার্ক অনন্যার নতুন ক্যারিয়ারের জন্য একটা বড় সুবিধা ছিল। অনন্যা রুদ্রের 'ছায়ার গল্প' প্রজেক্টের বিপণন কৌশল তৈরি করত, তার প্রদর্শনীর জন্য জনসংযোগ করত, এমনকি

তার বই প্রকাশের জন্যও কাজ করত। রুদ্রের আর্থিক সমস্যা (অষ্টাবিংশ অধ্যায়ে উল্লিখিত) ধীরে ধীরে কমতে লাগল, কারণ অনন্যা তার কাজগুলোকে আরও বেশি মানুষের কাছে পৌঁছে দিচ্ছিল।

অনন্যা রুদ্রের মায়ের দেখাশোনা করত, তার ওষুধপত্র সময় মতো দিত, তার সাথে গল্প করত। রুদ্রের মা অনন্যার এই আন্তরিকতায় মুগ্ধ হলেন। তিনি অনন্যাকে তার মেয়ের মতোই ভালোবাসতে শুরু করলেন। অনন্যা রুদ্রের পরিবারের সাথেও মানিয়ে নিতে শুরু করল। সে তাদের ঐতিহ্যকে সম্মান করত, তাদের অনুষ্ঠানে যোগ দিত। রুদ্রের পরিবারের অন্য সদস্যরা (মামা, মামি, কাকা, পিসি) অনন্যাকে ধীরে ধীরে তাদের পরিবারের অংশ হিসেবে গ্রহণ করতে শুরু করলেন। তারা অনন্যার স্বাধীনচেতা মনোভাবকে এখন আর ততটা আপত্তিকর মনে করত না, কারণ তারা দেখছিল অনন্যা রুদ্রকে কতটা ভালোবাসে এবং তাদের পরিবারকে কতটা সম্মান করে। রুদ্রের মায়ের মধ্যস্থতাও এখানে গুরুত্বপূর্ণ ভূমিকা পালন করছিল।

রুদ্রও অনন্যার কাজের জন্য তাকে সমর্থন করত। অনন্যা যখন গভীর রাত পর্যন্ত কাজ করত, রুদ্র তার জন্য কফি বানিয়ে দিত, তার পাশে বসে তাকে সঙ্গ দিত। অনন্যা যখন কোনো নতুন প্রজেক্টের জন্য চিন্তিত থাকত, রুদ্র তাকে মানসিক সমর্থন দিত, তাকে সাহস জুগাত। তারা একে অপরের কাজের চাপকে বুঝত, একে অপরের স্বপ্নকে সম্মান

করত। তাদের এই সহযোগিতা ছিল নিঃশর্ত, যেখানে কোনো প্রতিযোগিতা ছিল না, শুধু ছিল একে অপরের প্রতি সমর্থন।

তাদের মধ্যেকার বোঝাপড়া এখন এক নতুন স্তরে পৌঁছেছিল। একবিংশ অধ্যায়ের 'গল্প বলা রাত' তাদের সব পুরোনো ব্যথা আর ভুল বোঝাবুঝি দূর করে দিয়েছিল। এখন তারা একে অপরের ভেতরের সব অন্ধকার দিকগুলো জানত, আর সেগুলোকে ভালোবাসতে পারত।

রুদ্র জানত অনন্যার অতীতের ভয় (অরিজিৎ, চতুর্দশ ও ষষ্ঠদশ অধ্যায়), তার কর্পোরেট জীবনের চাপ (ঊনত্রিংশ অধ্যায়), এবং তার আত্মত্যাগের সংগ্রাম (চত্বারিংশ অধ্যায়)। সে অনন্যার এই সব অনুভূতিগুলোকে বুঝত, তাকে কোনো কিছুর জন্য চাপ দিত না। অনন্যা যখন মাঝে মাঝে তার পুরোনো ভয়ের কথা বলত, রুদ্র তাকে আশ্বস্ত করত, তাকে বিশ্বাস করতে বলত।

অনন্যাও রুদ্রের জীবনের কঠিন সংগ্রামগুলো জানত—তার মায়ের অসুস্থতা (সপ্তবিংশ অধ্যায়), তার অর্থনৈতিক সমস্যা (অষ্টাবিংশ অধ্যায়), তার ফটোগ্রাফি কাজ বন্ধ হয়ে যাওয়া। সে রুদ্রের নীরব কষ্টগুলোকে বুঝত, তাকে কোনো কিছুর জন্য বিচার করত না। রুদ্র যখন মাঝে মাঝে তার পুরোনো হতাশার কথা বলত, অনন্যা তাকে সান্ত্বনা দিত, তাকে সাহস জুগাত, তাকে তার শিল্পের প্রতি আরও বেশি করে নিবেদিতপ্রাণ হতে উৎসাহিত করত।

তারা একে অপরের ব্যক্তিগত স্থানকে সম্মান করত। রুদ্র যখন তার স্টুডিওতে কাজ করত, অনন্যা তাকে বিরক্ত করত

না। অনন্যা যখন তার ক্লায়েন্টদের সাথে মিটিং করত, রুদ্র তার পাশে থাকত, কিন্তু তার কাজে হস্তক্ষেপ করত না। তারা একে অপরের স্বাধীনতাকে মূল্য দিত, কারণ তারা জানত, ভালোবাসা মানে শুধু কাছে থাকা নয়, ভালোবাসা মানে একে অপরের নিজস্বতাকে সম্মান জানানো।

তাদের যোগাযোগ ছিল সম্পূর্ণভাবে খোলামেলা। কোনো লুকোচুরি ছিল না, কোনো ভুল বোঝাবুঝি ছিল না। তারা প্রতিদিন একে অপরের সাথে তাদের অনুভূতিগুলো ভাগ করে নিত, তাদের চিন্তাগুলো আলোচনা করত। যদি কোনো ছোটখাটো ভুল বোঝাবুঝি হতো, তারা সাথে সাথে তা মিটিয়ে নিত, কোনো দীর্ঘ নীরবতার মধ্যে দিয়ে যেত না। তাদের 'এখন বাঁচা'-র সিদ্ধান্ত (দ্বাবিংশ অধ্যায়) তাদের এই মুহূর্তগুলোকে আরও বেশি মূল্যবান করে তুলছিল।

তাদের ভালোবাসা এখন এক নতুন, পরিপক্ক রূপে বিকশিত হয়েছিল। এটা শুধু সেই প্রাথমিক আকর্ষণ বা আবেগময় প্রেম ছিল না। এটা ছিল গভীর আত্মিক বন্ধন, যেখানে প্রেম বাস্তবতার মুখোমুখি হয়ে আরও শক্তিশালী হয়েছিল।

তারা একে অপরের ছোট ছোট মুহূর্তগুলোকে উপভোগ করত। সকালে একসঙ্গে কফি পান, দুপুরে একসঙ্গে খাবার খাওয়া, বিকেলে একসঙ্গে গঙ্গা নদীর পাড়ে হাঁটতে যাওয়া। রুদ্র অনন্যার ছবি তুলত, অনন্যা রুদ্রের কাজগুলো দেখত। তারা একে অপরের পাশে বসে সিনেমা দেখত, বই পড়ত, অথবা শুধু চুপ করে একে অপরের উপস্থিতি অনুভব করত। তাদের ভালোবাসা ছিল শান্ত, দৃঢ়, আর নিঃশর্ত।

রুদ্র অনন্যার জন্য ছোট ছোট সারপ্রাইজ তৈরি করত। কখনো তার পছন্দের ফুল নিয়ে আসত, কখনো তার জন্য নতুন লেন্স কিনে দিত। অনন্যাও রুদ্রের জন্য তার পছন্দের বই কিনত, তার জন্য নতুন নতুন রান্না করত। তাদের ভালোবাসা ছিল একে অপরের প্রতি যত্ন, একে অপরের প্রতি সম্মান।

অনন্যার আঙুলে রুদ্রের দেওয়া সেই রিংটা (ত্রয়োবিংশ অধ্যায়ে উল্লিখিত) এখন আরও বেশি উজ্জ্বল মনে হচ্ছিল। এটি এখন শুধু রুদ্রের প্রতিজ্ঞার প্রতীক ছিল না, এটি অনন্যার নিজের বিশ্বাস আর ভালোবাসার প্রতিজ্ঞারও প্রতীক ছিল। অনন্যা জানত, এই রিংটা তাদের ভালোবাসার সাক্ষী।

রুদ্রের মা যখন অনন্যাকে তার ছেলের বউ হিসেবে সম্পূর্ণভাবে গ্রহণ করলেন, তখন তাদের ভালোবাসায় এক নতুন মাত্রা যোগ হলো। অনন্যা রুদ্রের মায়ের সেবা করত, তার সাথে গল্প করত। রুদ্রের মা অনন্যার এই আন্তরিকতায় মুগ্ধ হলেন। রুদ্রের পরিবারের অন্য সদস্যরাও (মামা, মামি, কাকা, পিসি) ধীরে ধীরে অনন্যাকে তাদের পরিবারের অংশ হিসেবে গ্রহণ করতে শুরু করলেন। তারা বুঝতে পারছিলেন, অনন্যা একজন ভালো মেয়ে, যে রুদ্রকে খুব ভালোবাসে। তাদের এই 'মিলিয়ে নেওয়ার চেষ্টা' (অষ্টত্রিংশ অধ্যায়) আজ সার্থকতা পেল।

তাদের ভালোবাসা এখন আর শুধু তাদের দুজনের মধ্যে সীমাবদ্ধ ছিল না, বরং তা পরিবার এবং সমাজের স্বীকৃতি লাভ করছিল। তাদের এই 'একসঙ্গে থাকার মানে' ছিল একে

অপরের সাথে প্রতিটি মুহূর্তকে উপভোগ করা, একে অপরের স্বপ্নকে সমর্থন করা, একে অপরের দুর্বলতাগুলোকে গ্রহণ করা, এবং ভালোবাসার প্রতিটি চ্যালেঞ্জ মোকাবেলা করা।

রুদ্র তার ডায়েরিতে যা লিখেছিল (চত্বারিংশ অধ্যায়ে): 'আজ আমাদের ভালোবাসার বিজয় হয়েছে, ডায়েরি। আমরা সব বাধা পেরিয়েছি, সব শর্তকে জয় করেছি।'—আজ সেই কথাগুলো সত্যি মনে হচ্ছিল। অনন্যা তার নিজস্বতা ছাড়ল না, কিন্তু ভালোবাসাও ছাড়ল না। তারা এক নতুন পথ খুঁজে নিল, যা তাদের ভালোবাসাকে আরও শক্তিশালী করল।

সেই রাতে অনন্যা তার নতুন ফ্ল্যাটে (কলকাতায় রুদ্রের কাছাকাছি) ফিরে এল। মাঝে মাঝে সে সেখানে আসত, তার মা কে দেখতে। তার মনে এক গভীর শান্তি ছিল, এক ধরনের পূর্ণতা। সে তার ডায়েরিটা খুলল, তার মনের সব ভার সে ডায়েরির পাতায় রাখতে চাইল।

প্রিয় রুদ্র (আমার সহযাত্রী),

আমরা এখন একসঙ্গে আছি, রুদ্র। আমার মনে হচ্ছে, আমি আজ সম্পূর্ণ। আমার মনে আর কোনো ভয় নেই, কোনো অনিশ্চয়তা নেই। আমাদের 'একসঙ্গে থাকার মানে' হলো প্রতিদিন একে অপরের পাশে থাকা, একে অপরের স্বপ্নকে সমর্থন করা, একে অপরের দুর্বলতাগুলোকে গ্রহণ করা।

আমার নতুন কাজ 'আর্ট স্ট্র্যাটেজি কন্সালটিং' খুব ভালো চলছে, রুদ্র। তোমার সাহায্য ছাড়া এটা সম্ভব হতো না। তুমি আমাকে বিভিন্ন গ্যালারির সাথে পরিচয় করিয়ে দিয়েছ,

শিল্পীদের সাথে যোগাযোগ করিয়ে দিয়েছ। আর আমি তোমার 'ছায়ার গল্প' প্রজেক্টের জন্য কাজ করছি। আমাদের কাজগুলো এখন একে অপরের পরিপূরক।

তোমার পরিবার আমাকে মেনে নিয়েছে, রুদ্র! তোমার মা আমাকে খুব ভালোবাসেন। তোমার মামা-মামি, কাকা-পিসি—তারাও এখন আমাকে ধীরে ধীরে গ্রহণ করছেন। আমার মনে হচ্ছে, আমি এখন তাদের পরিবারের একজন সদস্য। আমার মনে আর কোনো অপরাধবোধ নেই, কোনো দ্বিধা নেই।

আমাদের ভালোবাসা এখন আর শুধু আবেগ নয়, রুদ্র। এটা এখন এক গভীর বোঝাপড়া, এক অটুট বিশ্বাস, আর এক নিঃশর্ত প্রতিজ্ঞা। আমরা একে অপরের অতীতকে গ্রহণ করতে পেরেছি, আর সেই অতীত থেকেই আমরা শক্তি খুঁজে পেয়েছি। আমার হৃদয়ের সব 'ভাঙা কাঁচ' আজ জোড়া লেগে গেছে। আর সেই ভাঙা কাঁচের উপর তোমার ভালোবাসার 'নরম আলো' পড়েছে, যা আমার জীবনকে আলোকিত করেছে।

আমি জানি না আমাদের পথটা কোথায় গিয়ে শেষ হবে, রুদ্র। কিন্তু আমি জানি, আমি তোমার হাত ধরে হাঁটতে প্রস্তুত। এই 'একসঙ্গে থাকার মানে' হলো জীবনের সব কঠিন মুহূর্তগুলোকে একসাথে মোকাবেলা করা, আর সব ছোট ছোট আনন্দগুলোকে একসাথে উপভোগ করা।

আমি তোমাকে খুব ভালোবাসি, রুদ্র। তুমিই আমার জীবন, তুমিই আমার পথ। তুমিই আমার 'ছায়ার গল্প'-এর নতুন

অধ্যায়। আমি তোমার সাথে সারাজীবন থাকতে চাই, রুদ্র। আমার সব স্বপ্ন, সব সাফল্য তোমাকে ছাড়া অর্থহীন।

ইতি,

তোমার অনন্যা

(যে এখন তোমার সাথে অনন্তকাল বাঁচতে চায়)

রুদ্র তার স্টুডিওতে ফিরে এসে তার ডায়েরিটা খুলল। তার মনে এক গভীর শান্তি ছিল, এক ধরনের পূর্ণতা। সে লিখল:

প্রিয় ডায়েরি,

অনন্যা আমার পাশে আছে, ডায়েরি। আমরা এখন একসঙ্গে আছি। আমার মনে হচ্ছে, আমার জীবন আজ সম্পূর্ণ। আমার 'একসঙ্গে থাকার মানে' হলো প্রতিদিন অনন্যার পাশে থাকা, ওর স্বপ্নকে সমর্থন করা, ওর দুর্বলতাগুলোকে গ্রহণ করা।

ও ওর নতুন কাজ শুরু করেছে—আর্ট স্ট্র্যাটেজি কন্সালটিং। ওর কাজগুলো খুব ভালো চলছে। ও আমার 'ছায়ার গল্প' প্রজেক্টে আমাকে অনেক সাহায্য করছে। ওর বুদ্ধি, ওর কৌশল—সবকিছু আমার শিল্পকে নতুন জীবন দিয়েছে। আমাদের কাজগুলো এখন একে অপরের পরিপূরক।

আমার পরিবার অনন্যাকে মেনে নিয়েছে, ডায়েরি। আমার মা ওকে খুব ভালোবাসেন। আমার মনে আর কোনো চাপ নেই, কোনো চিন্তা নেই। আমি এখন মুক্ত। আমার ভালোবাসা আজ জয়ী হয়েছে।

অনন্যার ভালোবাসা আমাকে আরও বেশি শক্তিশালী করেছে, ডায়েরি। ও আমাকে আমার সব ব্যর্থতা থেকে মুক্তি দিয়েছে। আমি এখন আর সেই পুরোনো রুদ্র নই, যে শুধু নিজেকে একজন ব্যর্থ মানুষ মনে করত। আমি এখন আরও বেশি সংবেদনশীল, আরও বেশি পরিপক্ক।

আমি জানি না আমাদের পথটা কোথায় গিয়ে শেষ হবে। কিন্তু আমি জানি, আমি অনন্যার হাত ধরে হাঁটতে প্রস্তুত। আমাদের ভালোবাসা এতটাই শক্তিশালী যে কোনো কিছুই আমাদের হারাতে পারবে না। আমরা একসাথে হাসব, একসাথে কাঁদব, একসাথে বাঁচব।

আমার জীবন আজ সম্পূর্ণ, ডায়েরি। অনন্যা আমার পাশে আছে। আমি আর একা নই। আমাদের ভালোবাসাটা এখন 'একসঙ্গে থাকার মানে'-র প্রতীক।

আমি ওকে খুব ভালোবাসি, ডায়েরি। আমি ওকে আর কোনোদিনও হারাতে চাই না। আমি বিশ্বাস করি, আমাদের ভালোবাসা সব বাধা পেরিয়ে তার পথ খুঁজে নেবে।

রুদ্র

Ch. 42: একটি বাড়ি

চত্বারিংশ অধ্যায়ে অনন্যার সেই সাহসী সিদ্ধান্ত—নিজের নিজস্বতা না ছেড়েও ভালোবাসাকে আঁকড়ে ধরা—ছিল তাদের ভালোবাসার এক চূড়ান্ত বিজয়। 'আর্ট স্ট্র্যাটেজি কন্সালটিং'-এর মাধ্যমে সে তার কর্পোরেট দক্ষতা এবং রুদ্রের শিল্প

জগতের মধ্যে এক নতুন সেতুবন্ধন তৈরি করেছিল, যা তার ক্যারিয়ার ও ভালোবাসার মধ্যে ভারসাম্য রক্ষা করতে সক্ষম হয়েছিল। এই সিদ্ধান্ত রুদ্রের পরিবারকে (বিশেষত তার মাকে) প্রভাবিত করে, এবং তারা অনন্যাকে মেনে নেন, তাদের ভালোবাসার 'শেষ বাধা' (ঊনচত্বারিংশ অধ্যায়) জয় হয়। সপ্তত্রিংশ অধ্যায়ে সব ভুল বোঝাবুঝি মিটে যাওয়ার পর রুদ্রের ইউরোপ থেকে ফিরে আসা (ষষ্ঠত্রিংশ অধ্যায়) তাদের ভালোবাসাকে পুনরুজ্জীবিত করেছিল। একচত্বারিংশ অধ্যায়ে তারা 'একসঙ্গে থাকার মানে' খুঁজে পেয়েছিল—সেখানে সহযোগিতা, বোঝাপড়া এবং প্রেমই ছিল তাদের সম্পর্কের নতুন সংজ্ঞা। এখন তারা ভালোবাসার সেই গভীর স্তর থেকে এক নতুন স্বপ্ন দেখতে শুরু করে—একটি নিজের বাড়ি, যেখানে তারা দুজন একসাথে জীবন কাটাবে, সাদামাটা কিন্তু শান্ত পরিবেশে।

অনন্যা যখন মুম্বাই থেকে কলকাতায় ফিরে আসে (চত্বারিংশ অধ্যায়ে), তখন সে রুদ্রের স্টুডিওর কাছাকাছি একটি ছোট অ্যাপার্টমেন্ট ভাড়া নিয়েছিল। রুদ্র তাকে গুছিয়ে নিতে সাহায্য করেছিল, আর তাদের দিনগুলো কেটেছিল একে অপরের পাশে থেকে, কাজ আর ভালোবাসার মধ্যে ভারসাম্য রক্ষা করে। রুদ্রের 'ছায়ার গল্প' প্রজেক্ট (দ্বাদশ অধ্যায়ে শুরু হয়েছিল) এবং অনন্যার নতুন 'আর্ট স্ট্র্যাটেজি কন্সালটিং' (চত্বারিংশ অধ্যায়ে উল্লিখিত) উভয়ই সাফল্যের মুখ দেখছিল, এবং তারা একে অপরের কাজে সহযোগিতা করছিল। রুদ্রের অর্থনৈতিক সমস্যাও (অষ্টাবিংশ অধ্যায়) ধীরে ধীরে কেটে

যাচ্ছিল, কারণ অনন্যা তার কাজগুলোকে আরও বেশি মানুষের কাছে পৌঁছে দিচ্ছিল। তাদের ভালোবাসা এখন এক নতুন, সৃজনশীল রূপ পেয়েছিল।

কিন্তু এই সবকিছুর মাঝে, তাদের মনে এক নতুন স্বপ্ন দানা বাঁধতে শুরু করল—একটি নিজের বাড়ি। অনন্যা তার মায়ের অসুস্থতার সময় রুদ্রের পরিবারকে কাছ থেকে দেখেছিল, রুদ্রের পরিবারের ঐতিহ্যবাহী মানসিকতা তাকে কিছুটা প্রভাবিত করেছিল (সপ্তবিংশ ও অষ্টত্রিংশ অধ্যায়)। রুদ্রের মা অনন্যাকে তার ছেলের বউ হিসেবে সম্পূর্ণরূপে গ্রহণ করার পর, অনন্যা অনুভব করছিল তাদের সম্পর্কের এক নতুন গভীরতা। তারা এখন আর শুধু প্রেমিক-প্রেমিকা ছিল না, তারা ছিল দুটি আত্মা, যারা একে অপরের সাথে সারা জীবন কাটাতে চায়। এই ভাবনাটা তাদের মনে একটি নিজস্ব আশ্রয়ের স্বপ্ন এনে দিল, যেখানে তারা দুজনেই নিজেদের মতো করে বাঁচতে পারবে, কোনো বাইরের চাপ ছাড়াই।

রুদ্র অনন্যাকে বলেছিল, "আমাদের একটা নিজের বাড়ি দরকার, অনন্যা। যেখানে আমরা দুজন একসাথে হাসব, কাঁদব, নিজেদের স্বপ্ন পূরণ করব। একটা ছোট্ট ফ্ল্যাট, সাদামাটা, কিন্তু আমাদের মতো করে সাজানো।" অনন্যা রুদ্রের কথা শুনে হেসেছিল। তার মনেও একই স্বপ্ন ছিল। মুম্বাইয়ের তার কর্পোরেট ফ্ল্যাট (একাদশ অধ্যায়ে উল্লিখিত) তাকে একাকীত্ব দিলেও, এইবার সে রুদ্রের সাথে একটি এমন বাড়ি চেয়েছিল, যেখানে শান্তি থাকবে, যেখানে

ভালোবাসা থাকবে, আর যেখানে তারা দুজনেই সম্পূর্ণ স্বাধীনভাবে বাঁচতে পারবে।

তাদের এই সিদ্ধান্তটা তাড়াহুড়ো করে নেওয়া হয়নি। দ্বাবিংশ অধ্যায়ে তারা সিদ্ধান্ত নিয়েছিল 'ধীরে ধীরে সম্পর্ক গড়ার' এবং 'এখন বাঁচা'-র। তাদের ভালোবাসা সেই সিদ্ধান্ত অনুযায়ী ধীরগতিতে বিকশিত হয়েছিল, এবং এখন তারা বুঝতে পারছিল, একটি নিজস্ব বাড়ি তাদের সম্পর্কের এই স্তরকে আরও বেশি স্থিতিশীল করবে।

কলকাতায় একটি নতুন ফ্ল্যাট খুঁজে বের করাটা সহজ কাজ ছিল না। রুদ্র আর অনন্যা একসঙ্গে ফ্ল্যাট খুঁজতে শুরু করল। তারা বিভিন্ন এলাকায় গেল, বিভিন্ন বিল্ডিং দেখল। তাদের শর্ত ছিল সাদামাটা, কিন্তু শান্ত। এমন একটি জায়গা, যেখানে পর্যাপ্ত আলো আসে, রুদ্রের ফটোগ্রাফির জন্য ভালো জায়গা থাকে, এবং অনন্যার রিমোট কাজের জন্য একটি শান্ত পরিবেশ থাকে। তারা কোনো বড় বা বিলাসবহুল অ্যাপার্টমেন্ট চায়নি, তারা চেয়েছিল এমন একটি জায়গা, যেখানে তারা নিজেদের মতো করে বাঁচতে পারবে, নিজেদের গল্প তৈরি করতে পারবে।

অনেক ফ্ল্যাট দেখার পর, একদিন তারা দক্ষিণ কলকাতার একটি পুরোনো পাড়ায় একটি ফ্ল্যাট দেখতে গেল। ফ্ল্যাটটি একটি তিনতলা বাড়ির দ্বিতীয় তলায় ছিল। এটি একটি ছোট ফ্ল্যাট, দুটি বেডরুম, একটি বসার ঘর, একটি রান্নাঘর এবং একটি ছোট বারান্দা। ফ্ল্যাটটি খুব একটা আধুনিক ছিল না, কিন্তু তাতে ছিল এক ধরনের পুরোনো দিনের charm। বড়

জানালা দিয়ে প্রচুর আলো আসত, আর বারান্দা থেকে দেখা যেত সবুজ গাছপালা। রুদ্রের মনে হয়েছিল, এই ফ্ল্যাটটা তার 'ছায়ার গল্প' প্রজেক্টের জন্য উপযুক্ত হবে—এখানে আলো আর ছায়ার এক অদ্ভুত খেলা ছিল।

অনন্যা যখন ফ্ল্যাটটির ভেতরে প্রবেশ করল, তখন তার মনে এক ধরনের অদ্ভুত শান্তি নেমে এল। তার মনে হয়েছিল, এটাই সেই জায়গা, যেখানে সে রুদ্রের সাথে নতুন জীবন শুরু করতে চায়। ফ্ল্যাটটি হয়তো নিখুঁত ছিল না, তাতে কিছু কাজ করার দরকার ছিল, কিন্তু অনন্যা অনুভব করল, এটাই তাদের 'বাড়ি' হতে চলেছে। "রুদ্র," অনন্যা ফিসফিস করে বলল। "এটা... এটা খুব সুন্দর। এটা আমাদের মতো।" রুদ্র অনন্যার দিকে তাকিয়ে হাসল। তার চোখে সেই একই স্বপ্ন। "হ্যাঁ, অনন্যা। এটা আমাদের বাড়ি।"

তারা দ্রুত ফ্ল্যাটটি ভাড়া নেওয়ার সিদ্ধান্ত নিল। তাদের পরিবারের সদস্যরা তাদের এই সিদ্ধান্তকে সমর্থন করলেন। রুদ্রের মা খুশি হলেন, কারণ রুদ্র আর অনন্যা একসাথে থাকছে, যা তার কাছে এক ধরনের স্থিতিশীলতা এনে দিচ্ছিল। অনন্যার মাও খুশি হলেন, কারণ অনন্যা কলকাতায় থাকছে, এবং রুদ্রের সাথে একটি নতুন জীবন শুরু করছে।

ফ্ল্যাটটি ভাড়া নেওয়ার পর রুদ্র আর অনন্যা একসঙ্গে তাদের প্রথম বাড়ি সাজাতে শুরু করল। তাদের হাতে খুব বেশি অর্থ ছিল না, তাই তারা সাদামাটা এবং কার্যকরী আসবাবপত্র কিনল। রুদ্র তার পুরোনো স্টুডিও থেকে কিছু জিনিসপত্র আনল, তার ফটোগ্রাফি সরঞ্জামগুলো গুছিয়ে রাখল। অনন্যা

তার প্রিয় বইগুলো মুম্বাই থেকে আনাল, তার পুরোনো ডায়েরিগুলোও আনল (উনবিংশ অধ্যায়ে রুদ্রকে উদ্দেশ্য করে লেখা ডায়েরিগুলো)।

তারা দুজনেই ফ্ল্যাটের প্রতিটি কোণ নিজেদের মতো করে সাজাল। রুদ্র দেওয়ালে তার কিছু প্রিয় ছবি টাঙাল, অনন্যা বারান্দায় ছোট ছোট গাছ লাগাল। তারা রান্নাঘরের জন্য প্রয়োজনীয় জিনিসপত্র কিনল, বসার ঘরের জন্য একটি আরামদায়ক সোফা কিনল। তাদের প্রতিটি কেনাকাটা ছিল সহযোগিতার এক নিদর্শন। তারা দুজনেই একে অপরের পছন্দকে সম্মান করত, এবং একে অপরের স্বপ্নকে একত্রিত করতে চেয়েছিল।

তাদের প্রথম রাতে তারা ফ্ল্যাটে শুধু কিছু মোমবাতি জ্বালিয়ে রেখেছিল। তারা মেঝেতে বসে রাতের খাবার খেল, আর তাদের মনে এক ধরনের শান্তি আর আনন্দ। রুদ্র গিটার বাজাচ্ছিল, আর অনন্যা তার পাশে বসে গান শুনছিল। তাদের ভালোবাসায় কোনো চাপ ছিল না, কোনো শর্ত ছিল না, শুধু ছিল একে অপরের প্রতি অটুট আস্থা আর গভীর বোঝাপড়া। সেই রাতটা ছিল তাদের জন্য এক নতুন শুরুর রাত, তাদের প্রথম বাড়ির প্রথম রাত।

অনন্যা ও রুদ্র তাদের নতুন ফ্ল্যাটে থাকতে শুরু করল। তাদের জীবনটা ছিল সাদামাটা, কিন্তু শান্ত এবং সুখে ভরা। তাদের দৈনন্দিন রুটিন ছিল সরল, কিন্তু তাতে ছিল এক ধরনের পূর্ণতা।

দৈনন্দিন রুটিন:

- **সকাল:** তাদের দিন শুরু হতো সকালে একসঙ্গে কফি পান দিয়ে। রুদ্র নিজের হাতে কফি বানাত, আর অনন্যা তার পাশে বসে তার 'আর্ট স্ট্র্যাটেজি কন্সালটিং' এর জন্য পরিকল্পনা করত। তারা একে অপরের সাথে তাদের দিনের পরিকল্পনাগুলো ভাগ করে নিত।
- **কাজ:** রুদ্র তার স্টুডিওতে কাজ করত, যা তাদের ফ্ল্যাটের কাছাকাছি ছিল। সে তার 'ছায়ার গল্প' প্রজেক্টে নতুন নতুন ছবি তুলত, তার শিল্পকে নতুনভাবে বিকশিত করত। অনন্যা ফ্ল্যাট থেকে রিমোট কাজ করত, তার ক্লায়েন্টদের সাথে ভিডিও কল করত, মিটিংয়ে যোগ দিত। সে তার দক্ষতা ব্যবহার করে ছোট ছোট আর্ট গ্যালারিগুলোকে সাহায্য করত। তাদের কাজগুলো এখন একে অপরের পরিপূরক ছিল, এবং তারা একে অপরের পেশাগত সাফল্যকে সমর্থন করত।
- **দুপুর ও সন্ধ্যা:** তারা দুজনেই দুপুরে একসঙ্গে খাবার খেত, অনন্যা রান্না করত, রুদ্র তাকে সাহায্য করত। সন্ধ্যার দিকে তারা একসঙ্গে গঙ্গা নদীর পাড়ে হাঁটতে যেত, অথবা কোনো শান্ত পার্কে বসে কথা বলত। তারা একে অপরের পাশে বসে সিনেমা দেখত, বই পড়ত, অথবা শুধু চুপ করে একে অপরের উপস্থিতি অনুভব করত। তাদের ভালোবাসায় কোনো চাপ ছিল

না, কোনো শর্ত ছিল না, শুধু ছিল একে অপরের প্রতি অটুট আস্থা আর গভীর বোঝাপড়া।

- **রাত:** রাতে তারা একসঙ্গে রাতের খাবার খেত, তাদের দিনের অভিজ্ঞতাগুলো ভাগ করে নিত। রুদ্র তার গিটার বাজাত, অনন্যা তার গান শুনত। তারপর তারা একে অপরের বাহুডোরে ঘুমিয়ে পড়ত, তাদের হৃদয়ে ছিল এক গভীর শান্তি।

তাদের জীবন ছিল সহযোগিতার এক জ্বলন্ত উদাহরণ। তারা দুজনেই ঘরের সব কাজ ভাগ করে নিত—রান্না করা, পরিষ্কার করা, জিনিসপত্র গোছানো। রুদ্র অনন্যার কাজে সাহায্য করত, আর অনন্যা রুদ্রের কাজে সহযোগিতা করত। তাদের মধ্যে কোনো প্রতিযোগিতা ছিল না, শুধু ছিল একে অপরের প্রতি সমর্থন।

তাদের বোঝাপড়া এখন আরও গভীর হয়েছিল। একবিংশ অধ্যায়ের 'গল্প বলা রাত' তাদের সব পুরোনো ব্যথা আর ভুল বোঝাবুঝি দূর করে দিয়েছিল। এখন তারা একে অপরের ভেতরের সব অন্ধকার দিকগুলো জানত, আর সেগুলোকে ভালোবাসতে পারত। অনন্যা তার অতীতের ভয় (অরিজিৎ) থেকে সম্পূর্ণ মুক্ত ছিল, আর রুদ্রের জীবনে তিতলির ছায়া আর ছিল না। তাদের যোগাযোগ ছিল সম্পূর্ণভাবে খোলামেলা। কোনো লুকোচুরি ছিল না, কোনো ভুল বোঝাবুঝি ছিল না।

অনন্যার এই নতুন জীবনটা তার মুম্বাইয়ের কর্পোরেট জীবনের সাথে সম্পূর্ণ বিপরীত ছিল। মুম্বাইয়ে সে 'গোল্ডেন

কেজ'-এর মধ্যে আটকা পড়েছিল (উনত্রিংশ অধ্যায়ে উল্লিখিত), যেখানে সাফল্য ছিল, কিন্তু শান্তি ছিল না, ভালোবাসা ছিল না। এখন তার এই ছোট্ট ফ্ল্যাটটা তার কাছে এক স্বর্গের মতো মনে হচ্ছিল, যেখানে সে সম্পূর্ণ স্বাধীন, সম্পূর্ণ সুখী। তার কাজ তাকে স্বাধীনতা দিচ্ছিল, আর রুদ্রের ভালোবাসা তাকে সম্পূর্ণতা দিচ্ছিল। তার মনে আর সেই চতুর্বিংশ অধ্যায়ের অনিশ্চয়তা ছিল না—'সমাজ, পরিবার, ক্যারিয়ার—সব একসঙ্গে সম্ভব তো?' সে এখন জানত, সব কিছু একসঙ্গে সম্ভব, যদি ভালোবাসা সত্য হয়।

রুদ্রের জীবনটাও সম্পূর্ণ বদলে গিয়েছিল। অষ্টাবিংশ অধ্যায়ে তার ফটোগ্রাফি কাজ বন্ধ হয়ে যাওয়ায় সে তীব্র অর্থনৈতিক সমস্যায় ডুবে গিয়েছিল, তার শিল্পীসত্তা নিভে গিয়েছিল। কিন্তু এখন তার শিল্প আবার প্রাণ পেয়েছে। তার 'ছায়ার গল্প' প্রজেক্টটা এখন আরও বেশি সম্পূর্ণ মনে হচ্ছে, কারণ অনন্যা তার পাশে আছে, তার আলো হয়ে। সে এখন আর একা নয়, তার পাশে অনন্যা আছে, যে তাকে ভালোবাসে, তাকে বিশ্বাস করে, তার স্বপ্নকে সমর্থন করে। তার এই নতুন বাড়িটা তার কাছে শুধু একটি আশ্রয় ছিল না, এটি ছিল তার ভালোবাসা, তার শান্তি, তার জীবনের নতুন অধ্যায়ের প্রতীক।

রুদ্রের পরিবার, বিশেষ করে তার মা, অনন্যা ও রুদ্রের এই নতুন বাড়ি দেখে খুব খুশি হলেন। রুদ্রের মা প্রায়শই তাদের ফ্ল্যাটে আসতেন, অনন্যাকে রান্না শেখাতেন, তার সাথে গল্প করতেন। অনন্যা রুদ্রের মায়ের দেখাশোনা করত, তার ওষুধপত্র সময় মতো দিত, তার সাথে গল্প করত। রুদ্রের মা

অনন্যার এই আন্তরিকতায় মুগ্ধ হলেন। তিনি অনন্যাকে তার ছেলের বউ হিসেবে সম্পূর্ণভাবে গ্রহণ করলেন, এবং তাদের এই সম্পর্ককে আশীর্বাদ করলেন।

রুদ্রের পরিবারের অন্য সদস্যরা (মামা, মামি, কাকা, পিসি) অনন্যাকে ধীরে ধীরে তাদের পরিবারের অংশ হিসেবে গ্রহণ করতে শুরু করলেন। তারা অনন্যার স্বাধীনচেতা মনোভাবকে এখন আর ততটা আপত্তিকর মনে করত না, কারণ তারা দেখছিল অনন্যা রুদ্রকে কতটা ভালোবাসে এবং তাদের পরিবারকে কতটা সম্মান করে। তাদের 'মিলিয়ে নেওয়ার চেষ্টা' (অষ্টত্রিংশ অধ্যায়ে) আজ সার্থকতা পেল। তাদের ভালোবাসা এখন আর শুধু তাদের দুজনের মধ্যে সীমাবদ্ধ ছিল না, বরং তা পরিবার এবং সমাজের স্বীকৃতি লাভ করছিল।

তাদের এই 'একসঙ্গে থাকার মানে' ছিল একে অপরের সাথে প্রতিটি মুহূর্তকে উপভোগ করা, একে অপরের স্বপ্নকে সমর্থন করা, একে অপরের দুর্বলতাগুলোকে গ্রহণ করা, এবং ভালোবাসার প্রতিটি চ্যালেঞ্জ মোকাবেলা করা। এই ছোট্ট ফ্ল্যাটটা ছিল তাদের ভালোবাসার এক নীরব সাক্ষী, যেখানে তাদের সম্পর্ক এক নতুন, পরিপক্ক রূপে বিকশিত হচ্ছিল, সাদামাটা কিন্তু শান্ত পরিবেশে।

সেই রাতে অনন্যা তার নতুন ফ্ল্যাটে ফিরে এল। তার মনে এক গভীর শান্তি ছিল, এক ধরনের পূর্ণতা। সে তার ডায়েরিটা খুলল, তার মনের সব ভার সে ডায়েরির পাতায় রাখতে চাইল।

প্রিয় রুদ্র (আমার বাড়ি),

আমরা এখন আমাদের নিজের ফ্ল্যাটে আছি, রুদ্র। আমার মনে হচ্ছে, আমি আজ সম্পূর্ণ। এই ছোট্ট ফ্ল্যাটটা আমাদের কাছে এক স্বর্গের মতো মনে হচ্ছে, যেখানে আমরা দুজনেই নিজেদের মতো করে বাঁচতে পারছি, নিজেদের স্বপ্ন পূরণ করতে পারছি।

আমি জানি না আমার জীবনে এত শান্তি আমি কখন অনুভব করেছি। মুম্বাইয়ের সেই কর্পোরেট ফ্ল্যাটটা আমাকে একাকীত্ব দিলেও, এই ফ্ল্যাটটা আমাকে ভালোবাসা, শান্তি, আর পূর্ণতা দিচ্ছে। এটা আমাদের প্রথম বাড়ি, রুদ্র। আমাদের ভালোবাসার প্রতীক।

আমার নতুন কাজ 'আর্ট স্ট্র্যাটেজি কন্সালটিং' খুব ভালো চলছে, রুদ্র। তুমি আমাকে অনেক সাহায্য করছো। আর আমি তোমার 'ছায়ার গল্প' প্রজেক্টের জন্য কাজ করছি। আমাদের কাজগুলো এখন একে অপরের পরিপূরক। আমার মনে হয়, আমরা আমাদের নিজস্বতাও ধরে রাখতে পেরেছি, আর ভালোবাসাও হারাতে পারিনি।

তোমার পরিবার আমাকে সম্পূর্ণভাবে মেনে নিয়েছে, রুদ্র! তোমার মা আমাকে খুব ভালোবাসেন। আমার মনে আর কোনো অপরাধবোধ নেই, কোনো দ্বিধা নেই। আমি এখন মুক্ত।

আমাদের ভালোবাসা এখন আর শুধু আবেগ নয়, রুদ্র। এটা এখন এক গভীর বোঝাপড়া, এক অটুট বিশ্বাস, আর এক নিঃশর্ত প্রতিজ্ঞা। আমরা একে অপরের অতীতকে গ্রহণ

করতে পেরেছি, আর সেই অতীত থেকেই আমরা শক্তি খুঁজে পেয়েছি। আমার হৃদয়ের সব 'ভাঙা কাঁচ' আজ জোড়া লেগে গেছে। আর সেই ভাঙা কাঁচের উপর তোমার ভালোবাসার 'নরম আলো' পড়েছে, যা আমার জীবনকে আলোকিত করেছে।

আমি জানি না আমাদের পথটা কোথায় গিয়ে শেষ হবে, রুদ্র। কিন্তু আমি জানি, আমি তোমার হাত ধরে হাঁটতে প্রস্তুত। এই 'একটি বাড়ি' আমাদের ভালোবাসার এক নতুন অধ্যায়ের সূচনা, রুদ্র। এক আলোয় ভরা অধ্যায়।

আমি তোমাকে খুব ভালোবাসি, রুদ্র। তুমিই আমার জীবন, তুমিই আমার পথ। তুমিই আমার 'ছায়ার গল্প'-এর নতুন অধ্যায়। আমি তোমার সাথে সারাজীবন থাকতে চাই, রুদ্র। আমার সব স্বপ্ন, সব সাফল্য তোমাকে ছাড়া অর্থহীন।

ইতি,

তোমার অনন্যা

(যে এখন তোমার সাথে অনন্তকাল বাঁচতে চায়, আমাদের নিজের বাড়িতে)

রুদ্র তার স্টুডিওতে ফিরে এসে তার ডায়েরিটা খুলল। তার মনে এক গভীর শান্তি ছিল, এক ধরনের পূর্ণতা। সে লিখল:

প্রিয় ডায়েরি,

আলোর নিচে এক পলক

অনন্যা আমার পাশে আছে, ডায়েরি। আমরা এখন আমাদের নিজের ফ্ল্যাটে আছি। আমার মনে হচ্ছে, আমার জীবন আজ সম্পূর্ণ। এই ছোট্ট ফ্ল্যাটটা আমাদের কাছে শুধু একটি আশ্রয় নয়, এটি আমাদের ভালোবাসার প্রতীক।

আমার 'একসঙ্গে থাকার মানে' হলো প্রতিদিন অনন্যার পাশে থাকা, ওর স্বপ্নকে সমর্থন করা, ওর দুর্বলতাগুলোকে গ্রহণ করা। এই বাড়িতে আমি আমার শিল্পকে নতুন করে খুঁজে পেয়েছি। আমার 'ছায়ার গল্প' প্রজেক্টটা এখন আরও বেশি সম্পূর্ণ মনে হচ্ছে, কারণ অনন্যা আমার পাশে আছে, আমার আলো হয়ে।

আমার পরিবার অনন্যাকে সম্পূর্ণভাবে মেনে নিয়েছে, ডায়েরি। আমার মা ওকে খুব ভালোবাসেন। আমার মনে আর কোনো চাপ নেই, কোনো চিন্তা নেই। আমি এখন মুক্ত। আমার ভালোবাসা আজ জয়ী হয়েছে।

অনন্যার ভালোবাসা আমাকে আরও বেশি শক্তিশালী করেছে, ডায়েরি। ও আমাকে আমার সব ব্যর্থতা থেকে মুক্তি দিয়েছে। আমি এখন আর সেই পুরোনো রুদ্র নই, যে শুধু নিজেকে একজন ব্যর্থ মানুষ মনে করত। আমি এখন আরও বেশি সংবেদনশীল, আরও বেশি পরিপক্ক।

আমি জানি না আমাদের পথটা কোথায় গিয়ে শেষ হবে। কিন্তু আমি জানি, আমি অনন্যার হাত ধরে হাঁটতে প্রস্তুত। আমাদের ভালোবাসা এতটাই শক্তিশালী যে কোনো কিছুই আমাদের হারাতে পারবে না। আমরা একসাথে হাসব, একসাথে কাঁদব, একসাথে বাঁচব।

আমার জীবন আজ সম্পূর্ণ, ডায়েরি। অনন্যা আমার পাশে আছে। আমি আর একা নই। আমাদের ভালোবাসাটা এখন 'একটি বাড়ি'-র প্রতীক, সাদামাটা কিন্তু শান্ত।

আমি ওকে খুব ভালোবাসি, ডায়েরি। আমি ওকে আর কোনোদিনও হারাতে চাই না। আমি বিশ্বাস করি, আমাদের ভালোবাসা সব বাধা পেরিয়ে তার পথ খুঁজে নেবে।

রুদ্র

Ch. 43: অতীতের মানুষদের বিদায়

দ্বাচত্বারিংশ অধ্যায়ে অনন্যা আর রুদ্রের সেই সাদামাটা, কিন্তু শান্ত ছোট্ট ফ্ল্যাটটি তাদের ভালোবাসার এক নতুন প্রতীক হয়ে উঠেছিল। একচত্বারিংশ অধ্যায়ে তারা 'একসঙ্গে থাকার মানে' খুঁজে পেয়েছিল—সহযোগিতা, বোঝাপড়া আর প্রেমই ছিল তাদের সম্পর্কের মূল ভিত্তি। রুদ্রের পরিবারের সব আপত্তি কাটিয়ে (ঊনচত্বারিংশ অধ্যায়ে শর্ত থাকলেও, চত্বারিংশ অধ্যায়ে অনন্যার দৃঢ়তার কারণে তা জয় হয়) অনন্যা এখন রুদ্রের মায়ের পাশে, তাদের নতুন বাড়িতে এক নতুন জীবন শুরু করেছে। সপ্তত্রিংশ অধ্যায়ে সব ভুল বোঝাবুঝি মিটে গেলেও, রুদ্রের ইউরোপ থেকে ফিরে আসা (ষষ্ঠত্রিংশ অধ্যায়) এবং অনন্যার 'আত্মচর্চা' (ত্রয়স্ত্রিংশ অধ্যায়) তাদের ভালোবাসা আরও বেশি মজবুত করেছিল। তাদের সম্পর্ক এখন এক পরিপক্ক স্তরে পৌঁছেছে, যেখানে বিশ্বাস আর বোঝাপড়াই প্রধান। তাদের ভালোবাসা এখন এক নতুন, দৃঢ় ভিত্তির ওপর

দাঁড়িয়ে, যা অতীতের সব ঝড়-ঝাপটাকে জয় করতে প্রস্তুত। কিন্তু জীবনের গল্পে পুরোনো অধ্যায়গুলো পুরোপুরি শেষ না হওয়া পর্যন্ত নতুন অধ্যায় শুরু করা কঠিন হয়। অনন্যা আর রুদ্রের জীবনেও তেমনি কিছু পুরোনো চরিত্রের উপস্থিতি তখনও রয়ে গিয়েছিল, যাদের বিদায় জানানোটা ছিল একান্ত প্রয়োজন।

অনন্যা যখন তার মুম্বাইয়ের কর্পোরেট চাকরি ছেড়ে (চত্বারিংশ অধ্যায়) কলকাতার আর্ট স্ট্র্যাটেজি কন্সালটিং-এর নতুন পেশা শুরু করল, তখন অরিজিৎ (চতুর্থ ও ষষ্ঠদশ অধ্যায়ে অনন্যার জীবনে ফিরে এসেছিল) তার ওপর নজর রাখছিল। সে অনন্যার পদত্যাগের খবর জেনেছিল, এবং তার মনে হয়েছিল, হয়তো এটাই তার জন্য শেষ সুযোগ। অনন্যা এখন মুম্বাইয়ে নেই, তার পুরোনো অফিসের পরিবেশে তার প্রভাব কমেছে, এবং অরিজিৎ ভেবেছিল অনন্যা হয়তো এখন দুর্বল। তার মনে হয়েছিল, অনন্যা হয়তো রুদ্রের জন্য তার ক্যারিয়ার বিসর্জন দিয়েছে, আর এখন সে অনুতপ্ত।

অরিজিৎ অনন্যাকে ফোন করা শুরু করল, ইমেল পাঠাতে লাগল। তার মেসেজগুলোতে এক ধরনের সহানুভূতি মেশানো লোভ ছিল। "অনন্যা, আমি শুনেছি তুমি তোমার চাকরি ছেড়েছ। তোমার মতো একজন মেধাবী মানুষের জন্য এটা খুব খারাপ হলো। যদি তোমার কোনো সাহায্যের প্রয়োজন হয়, তাহলে আমাকে জানিও। আমি এখনও তোমার পাশে আছি।" সে অনন্যাকে মুম্বাইয়ে তার পুরোনো পদে ফিরে আসার জন্য প্রস্তাব দিল, এমনকি তাকে আরও ভালো বেতনে

চাকরির প্রস্তাব দিল। অরিজিৎ ভেবেছিল, অনন্যা এইবার তার প্রস্তাব মেনে নেবে, কারণ সে এখন ক্যারিয়ারের দিক থেকে কিছুটা দুর্বল অবস্থানে আছে।

কিন্তু অরিজিৎ জানত না, অনন্যা কতটা বদলে গেছে। ত্রয়স্ত্রিংশ অধ্যায়ে তার 'আত্মচর্চা' অনন্যাকে তার পুরোনো ভয় আর অবিশ্বাস থেকে মুক্তি দিয়েছিল। সে এখন আর সেই পুরোনো অনন্যা ছিল না, যে ভালোবাসার জন্য নিজের স্বকীয়তা বিসর্জন দিত। অনন্যা রুদ্রের পাশে তার নতুন জীবনে সুখী ছিল, তার নতুন কাজ 'আর্ট স্ট্র্যাটেজি কন্সালটিং' তাকে স্বাধীনতা দিচ্ছিল, এবং রুদ্রের ভালোবাসা তাকে সম্পূর্ণতা দিচ্ছিল।

অনন্যা অরিজিতের ফোন ধরত না, তার মেসেজের উত্তর দিত না। তার মনে অরিজিতের প্রতি কোনো রাগ ছিল না, কোনো ঘৃণা ছিল না, শুধু ছিল এক ধরনের বিতৃষ্ণা। সে জানত, অরিজিৎ তার জীবন থেকে চিরতরে চলে গেছে। কিন্তু অরিজিৎ হাল ছাড়ার পাত্র ছিল না। সে অনন্যাকে ক্রমাগত বিরক্ত করতে লাগল।

একদিন অরিজিৎ মুম্বাই থেকে কলকাতায় এল, একটি আর্ট গ্যালারির উদ্বোধনের জন্য। অনন্যাও রুদ্রের সাথে সেই উদ্বোধনে উপস্থিত ছিল, কারণ রুদ্রের 'ছায়ার গল্প' প্রজেক্টের (দ্বাদশ অধ্যায়ে শুরু হয়েছিল) কিছু ছবি সেই গ্যালারিতে স্থান পেয়েছিল। রুদ্র আর অনন্যা হাতে হাত রেখে গ্যালারির ভেতরে প্রবেশ করল। অনন্যার মুখে ছিল এক ধরনের শান্তি, এক ধরনের দীপ্তি, যা অরিজিৎ আগে কখনো দেখেনি।

অরিজিৎ দূর থেকে অনন্যাকে দেখল। রুদ্রের পাশে অনন্যাকে দেখে তার মনে এক ধরনের ঈর্ষা দানা বাঁধল। সে বুঝতে পারছিল, অনন্যা কতটা সুখী। তবুও সে অনন্যার দিকে এগিয়ে গেল। "অনন্যা, তুমি এখানে!" অরিজিৎ বলল। তার কণ্ঠে এক ধরনের বিস্ময়। অনন্যা অরিজিতের দিকে তাকাল। তার মুখে কোনো হাসি ছিল না, কোনো রাগ ছিল না, শুধু ছিল এক ধরনের শীতলতা। "হ্যাঁ, অরিজিৎ। আমি এখানে।" "আমি তোমাকে ফোন করেছিলাম, মেসেজ পাঠিয়েছিলাম," অরিজিৎ বলল। "তুমি উত্তর দাওনি কেন?" "আমি ব্যস্ত ছিলাম, অরিজিৎ," অনন্যা সংক্ষেপে উত্তর দিল। "আমি তোমার জন্য একটা ভালো সুযোগ এনেছি, অনন্যা," অরিজিৎ বলল। "তুমি যদি মুম্বাইয়ে ফিরে যাও, তাহলে তুমি তোমার পুরোনো পদ ফিরে পাবে, এমনকি তার চেয়েও ভালো সুযোগ পাবে।" অনন্যা হাসল। সেই হাসিতে এক ধরনের তীক্ষ্ণতা ছিল। "অরিজিৎ, আমি এখন আমার জীবনে খুব সুখী। আমার নতুন কাজ আমাকে স্বাধীনতা দিচ্ছে, আর আমি আমার কাজকে খুব ভালোবাসি। আমি আমার জীবনকে নতুনভাবে সাজিয়েছি।"

"কিন্তু রুদ্র," অরিজিৎ রুদ্রের দিকে তাকিয়ে বলল, "সে তো একজন ফটোগ্রাফার। তার পেশা তো ততটা সুরক্ষিত নয়। তুমি কেন তার জন্য তোমার ক্যারিয়ার বিসর্জন দিলে?" এই কথাগুলো রুদ্রের আত্মসম্মানে আঘাত করল। রুদ্র অনন্যার দিকে তাকাল, তার মনে এক ধরনের উদ্বেগ। সে জানত, অনন্যা এইবার কী বলবে। অনন্যা রুদ্রের হাত শক্ত করে

ধরল। তার চোখে অরিজিতের প্রতি এক ধরনের করুণা ছিল। "অরিজিৎ, তুমি রুদ্রকে চেনো না। রুদ্র একজন অসাধারণ মানুষ। তার পেশা তাকে ভালোবাসা দেয়, মানুষকে খুশি করে। আর আমি আমার ক্যারিয়ার বিসর্জন দিইনি। আমি একটি নতুন ধরনের কাজ শুরু করেছি, যা আমাকে রুদ্রের কাছাকাছি থাকতে সাহায্য করে, আর একই সাথে আমার নিজস্বতাও ধরে রাখে (চত্বারিংশ অধ্যায়ে অনন্যার সিদ্ধান্ত)।"

"এবং সবচেয়ে গুরুত্বপূর্ণ কথা হলো, অরিজিৎ," অনন্যা বলল, তার কণ্ঠস্বর দৃঢ়। "আমার জীবনে রুদ্র আছে। তার ভালোবাসা আমাকে সম্পূর্ণতা দিয়েছে। তোমার মতো মানুষ ভালোবাসার অর্থ বুঝবে না, কারণ তুমি শুধু স্বার্থ আর ক্ষমতা চেনো।" অরিজিৎ অনন্যার কথা শুনে স্তম্ভিত হয়ে গেল। তার মুখে কোনো কথা ছিল না। সে বুঝতে পারছিল, অনন্যাকে সে সম্পূর্ণভাবে হারিয়েছে। অনন্যার মুখে সেই পুরোনো দ্বিধা বা ভয় ছিল না। তার বদলে ছিল এক অটুট বিশ্বাস আর রুদ্রের প্রতি গভীর ভালোবাসা।

রুদ্র অনন্যার দিকে তাকিয়ে হাসল। তার মনে এক গভীর স্বস্তি। অনন্যা তাকে বিশ্বাস করে, তার পাশে আছে। অনন্যার এই দৃঢ়তা রুদ্রকে আরও বেশি আত্মবিশ্বাসী করে তুলল। অরিজিৎ আর কোনো কথা বলতে পারল না। সে হতাশ হয়ে সেখান থেকে চলে গেল। অনন্যা আর রুদ্রের দিকে একবারও ফিরে তাকাল না। সে যেন চিরতরে অনন্যার জীবন থেকে

বিদায় নিল। অনন্যার মনে হলো, তার জীবনের এই পুরোনো অধ্যায়টা আজ সম্পূর্ণভাবে শেষ হলো।

রুদ্রের জীবনে তিতলি (নবম ও ষষ্ঠদশ অধ্যায়ে ভুল বোঝাবুঝির কারণ) ছিল এক অবাঞ্ছিত ছায়া। সে রুদ্রকে বারবার বিরক্ত করত, তার সাথে কাজ করার নাম করে ব্যক্তিগত সম্পর্ক স্থাপন করতে চাইত। রুদ্র অনন্যাকে তার ইউরোপ যাত্রার কারণ (দ্বাত্রিংশ অধ্যায়) ব্যাখ্যা করার সময় তিতলির ব্যাপারটা পরিষ্কার করেছিল, এবং অনন্যা তাকে ক্ষমা করেছিল (পঞ্চত্রিংশ অধ্যায়ে)। রুদ্র অনন্যাকে কথা দিয়েছিল যে তার জীবনে আর কোনো ছায়া আসবে না।

রুদ্রের কলকাতা ফিরে আসার খবর তিতলির কানে পৌঁছেছিল। সে রুদ্রকে ফোন করা শুরু করল, মেসেজ পাঠাতে লাগল। তার মেসেজগুলোতে এক ধরনের অধিকারবোধ ছিল। "রুদ্র, আমি শুনেছি তুমি ফিরে এসেছ। চলো, আমরা আবার কাজ করি। আমাদের পুরোনো দিনের মতো।" তিতলি রুদ্রের প্রতি এক ধরনের আকর্ষণ অনুভব করত, এবং সে রুদ্রকে কোনোভাবেই হারাতে চাইত না।

রুদ্র তিতলির ফোন ধরত না, তার মেসেজের উত্তর দিত না। সে অনন্যার কাছে তার সব কথা খুলে বলত। অনন্যা রুদ্রের এই সততা দেখে খুশি হতো। অনন্যার থেরাপির পর সে এখন আর তিতলিকে ভয় পেত না, তার মনে আর কোনো অবিশ্বাস ছিল না। সে রুদ্রকে বিশ্বাস করত।

একদিন তিতলি রুদ্রের স্টুডিওতে এসে হাজির হলো। রুদ্র তখন অনন্যার সাথে তার নতুন কাজের পরিকল্পনা করছিল।

তিতলি রুদ্রকে দেখেই হাসিমুখে এগিয়ে এল। "রুদ্র! তুমি আমার ফোন ধরো না কেন? মেসেজের উত্তর দাও না কেন?" তিতলি বলল। তার কণ্ঠে এক ধরনের অভিমান। রুদ্র তিতলির দিকে তাকাল। তার মুখে কোনো হাসি ছিল না। "তিতলি, আমি এখন ব্যস্ত। আমার কাছে তোমার জন্য সময় নেই।" "ব্যস্ত? তুমি কি আমার জন্য সময় বের করতে পারো না?" তিতলি জিজ্ঞেস করল। "আমাদের পুরোনো দিনের মতো কাজ..." "তিতলি, আমি তোমাকে পরিষ্কার করে বলেছি," রুদ্র বলল, তার কণ্ঠস্বর দৃঢ়। "আমাদের মধ্যে কোনো 'পুরোনো দিনের মতো' কাজ নেই। তুমি আমার একজন ক্লায়েন্ট ছিলে, এখন আর নও।"

তিতলি অনন্যার দিকে তাকিয়ে দেখল। অনন্যা শান্তভাবে রুদ্রের পাশে বসেছিল, তার মুখে কোনো উদ্বেগ ছিল না, কোনো ঈর্ষা ছিল না। তার চোখে ছিল এক ধরনের আত্মবিশ্বাস আর এক ধরনের শান্তি। তিতলি অনন্যার এই পরিবর্তনটা লক্ষ্য করল। "তুমি ওর জন্য বদলে গেছ, রুদ্র," তিতলি অনন্যার দিকে ইঙ্গিত করে বলল। "একজন সাধারণ কর্পোরেট মেয়ের জন্য তুমি তোমার সব স্বপ্ন বিসর্জন দিলে?" রুদ্রের মনে তীব্র রাগ। সে অনন্যাকে কোনো কিছুর জন্য বিসর্জন দেয়নি। অনন্যা তার জীবনকে নতুন অর্থ দিয়েছে, তার শিল্পকে নতুন জীবন দিয়েছে। "অনন্যা একজন অসাধারণ মানুষ, তিতলি," রুদ্র বলল। তার কণ্ঠে এক ধরনের দৃঢ়তা। "সে আমাকে ভালোবাসে, আমার স্বপ্নকে

সম্মান করে। আমি তার জন্য কিছু বিসর্জন দিইনি, বরং আমি সব কিছু নতুন করে পেয়েছি।"

অনন্যা রুদ্রের হাত ধরল, তাকে আশ্বস্ত করল। তার মনে তিতলির প্রতি কোনো রাগ ছিল না, শুধু ছিল এক ধরনের করুণা। তিতলি হয়তো কখনোই ভালোবাসার প্রকৃত অর্থ বুঝবে না। তিতলি রুদ্রের এই দৃঢ়তা এবং অনন্যার আত্মবিশ্বাস দেখে হতাশ হলো। সে বুঝতে পারছিল, রুদ্রকে সে সম্পূর্ণভাবে হারিয়েছে। রুদ্র আর অনন্যার ভালোবাসার সামনে তার সব প্রচেষ্টা ব্যর্থ হয়েছিল। তিতলি আর কোনো কথা বলতে পারল না। সে হতাশ হয়ে সেখান থেকে চলে গেল। সে আর রুদ্রের দিকে ফিরে তাকাল না। সে যেন চিরতরে রুদ্রের জীবন থেকে বিদায় নিল। রুদ্র অনুভব করল, তার জীবনের এই পুরোনো ছায়াটা আজ সম্পূর্ণভাবে শেষ হলো। তার ভালোবাসার 'ভাঙা কাঁচ, নরম আলো' (পঞ্চবিংশ অধ্যায়ে উল্লিখিত) এখন সম্পূর্ণভাবে পরিষ্কার।

অরিজিৎ আর তিতলির এই চূড়ান্ত বিদায় অনন্যা ও রুদ্রের জীবনে এক গভীর শান্তি এনে দিল। তাদের সম্পর্ক এখন সম্পূর্ণভাবে অতীতের প্রভাবমুক্ত। তাদের ভালোবাসার পথে আর কোনো ছায়া নেই, কোনো অবিশ্বাস নেই, কোনো পুরোনো ক্ষত নেই। তারা এখন ভালোবাসার এক নতুন, পরিপক্ক রূপে প্রবেশ করেছে, যেখানে তারা একে অপরের সাথে সম্পূর্ণভাবে উন্মুক্ত, সম্পূর্ণভাবে বিশ্বাসী।

অনন্যা তার ডায়েরি খুলল। তার মনে এক গভীর শান্তি ছিল, এক ধরনের পূর্ণতা। সে লিখল:

প্রিয় ডায়েরি,

আজ আমাদের জীবনের দুটো পুরোনো অধ্যায় শেষ হলো, ডায়েরি। অরিজিৎ আর তিতলি—দুজনেই আমাদের জীবন থেকে চিরতরে চলে গেল। আমার মনে হয়েছিল, আমি আর এই কষ্টগুলো বয়ে বেড়াব না।

অরিজিৎ আমাকে আঘাত করেছিল, ডায়েরি। তার বিশ্বাসঘাতকতা আমার মনে ভালোবাসার প্রতি ভয় আর অবিশ্বাস তৈরি করেছিল। কিন্তু আজ আমি তাকে ক্ষমা করতে শিখেছি। আর তার শেষ প্রচেষ্টাটাও আমার কাছে অর্থহীন মনে হয়েছে। আমার মনে আর তার জন্য কোনো রাগ নেই, কোনো ঘৃণা নেই।

তিতলি রুদ্রের জীবনে এক অবাঞ্ছিত ছায়া ছিল, ডায়েরি। সে আমাদের মধ্যে ভুল বোঝাবুঝি তৈরি করেছিল। কিন্তু রুদ্র আমাকে বিশ্বাস করেছে, আর আমি তাকে বিশ্বাস করেছি। আজ তিতলিও আমাদের জীবন থেকে বিদায় নিল। আমার মনে আর কোনো অবিশ্বাস নেই, কোনো ভয় নেই।

আমার মনে হয়, আমাদের ভালোবাসার গল্পটা আজ সম্পূর্ণভাবে মুক্ত হলো, ডায়েরি। অতীতের সব বাধা, সব শর্ত, সব ছায়া—সবকিছু আজ জয় হয়েছে। আমরা এখন নতুন করে শুরু করতে প্রস্তুত। আমাদের হৃদয়ের সব 'ভাঙা কাঁচ' আজ জোড়া লেগে গেছে। আর সেই ভাঙা কাঁচের উপর রুদ্রের ভালোবাসার 'নরম আলো' পড়েছে, যা আমার জীবনকে আলোকিত করেছে।

আমি জানি না আমাদের পথটা কোথায় গিয়ে শেষ হবে, কিন্তু আমি জানি, আমি রুদ্রের হাত ধরে হাঁটতে প্রস্তুত। আমাদের ভালোবাসা এতটাই শক্তিশালী যে কোনো কিছুই আমাদের হারাতে পারবে না। আমরা এখন অতীতমুক্ত, ডায়েরি। আমরা এখন শুধু ভবিষ্যতের দিকে তাকিয়ে আছি, আমাদের ভালোবাসার নতুন অধ্যায়ের দিকে।

ইতি,

তোমার অনন্যা

(যে এখন সম্পূর্ণভাবে মুক্ত)

রুদ্র তার ডায়েরি খুলল। তার মনে এক গভীর শান্তি ছিল, এক ধরনের পূর্ণতা। সে লিখল:

প্রিয় ডায়েরি,

আজ আমাদের জীবনের দুটো পুরোনো অধ্যায় শেষ হলো, ডায়েরি। তিতলি আর অরিজিৎ—দুজনেই আমাদের জীবন থেকে চিরতরে চলে গেল। আমার মনে হয়েছিল, আমার বুকের সব ভার নেমে গেছে।

তিতলি আমার জীবনে এক অবাঞ্ছিত ছায়া ছিল, ডায়েরি। সে আমাদের মধ্যে ভুল বোঝাবুঝি তৈরি করেছিল। কিন্তু আজ আমি ওকে বুঝিয়ে দিতে পেরেছি যে আমার জীবনে অনন্যা ছাড়া আর কেউ নেই। আমার ভালোবাসার প্রতি আমার অটুট আনুগত্য আজ জয়ী হয়েছে।

অরিজিৎ অনন্যাকে অনেক কষ্ট দিয়েছে, ডায়েরি। কিন্তু অনন্যা তাকে ক্ষমা করতে শিখেছে। ওর এই দৃঢ়তা আমাকে আরও বেশি আত্মবিশ্বাসী করে তুলেছে। আমি জানি, অনন্যা এখন আর সেই পুরোনো অনন্যা নয়, যে শুধু ভয় আর অবিশ্বাস নিয়ে বাঁচত। সে এখন সাহসী, সে ভালোবাসার জন্য প্রস্তুত।

আমার মনে হয়, আমাদের ভালোবাসার গল্পটা আজ সম্পূর্ণ হলো, ডায়েরি। অতীতের সব বাধা, সব শর্ত, সব ছায়া—সবকিছু আজ জয় হয়েছে। আমি এখন নতুন করে শুরু করতে প্রস্তুত। আমার 'ছায়ার গল্প' প্রজেক্টটা এখন আরও বেশি সম্পূর্ণ মনে হচ্ছে, কারণ অনন্যা আমার পাশে আছে, আমার আলো হয়ে।

আমার জীবন আজ সম্পূর্ণ, ডায়েরি। অনন্যা আমার পাশে আছে। আমি আর একা নই। আমরা এখন অতীতমুক্ত, ডায়েরি। আমাদের ভালোবাসায় এখন শুধু আলো, কোনো ছায়া নেই।

আমি ওকে খুব ভালোবাসি, ডায়েরি। আমি ওকে আর কোনোদিনও হারাতে চাই না। আমি বিশ্বাস করি, আমাদের ভালোবাসা সব বাধা পেরিয়ে তার পথ খুঁজে নেবে।

রুদ্র

অরিজিৎ আর তিতলির এই চূড়ান্ত বিদায় অনন্যা ও রুদ্রের জীবনে এক গভীর শান্তি আর পূর্ণতা এনে দিল। তাদের ভালোবাসার পথে শেষ বাধাগুলো অপসারিত হলো, এবং

তারা এখন সম্পূর্ণভাবে অতীতের প্রভাবমুক্ত। তাদের সম্পর্ক এখন এক নতুন, দৃঢ় এবং স্বচ্ছ ভিত্তির ওপর দাঁড়িয়ে, যেখানে ভালোবাসা সব চ্যালেঞ্জ জয় করে নিজেকে প্রমাণ করতে পেরেছে। এই 'অতীতের মানুষদের বিদায়' তাদের ভালোবাসার গল্পে এক নতুন অধ্যায়ের সূচনা করল, যেখানে তারা দুজনেই এক সঙ্গে, হাতে হাত রেখে, ভবিষ্যতের দিকে এগিয়ে যাবে, ভালোবাসার প্রতিটি মুহূর্তকে উপভোগ করে, কোনো পুরোনো ছায়া ছাড়াই।

Ch. 44: নতুন জীবনের ছবি

ত্রাচত্বারিংশ অধ্যায়ে অরিজিৎ আর তিতলির চূড়ান্ত বিদায় অনন্যা ও রুদ্রের জীবনে এক গভীর শান্তি আর পূর্ণতা এনে দিয়েছিল। রুদ্রের পরিবারের সব শর্ত ও আপত্তি (ঊনচত্বারিংশ অধ্যায়) জয় করে অনন্যা তার নিজস্বতা না ছেড়েও রুদ্রের পাশে থাকতে পেরেছিল (চত্বারিংশ অধ্যায়)। দ্বাচত্বারিংশ অধ্যায়ে তারা একটি সাদামাটা, কিন্তু শান্ত ছোট্ট ফ্ল্যাটে 'একটি বাড়ি' খুঁজে পেয়েছিল, যা তাদের ভালোবাসাকে আরও বেশি স্থিতিশীল করেছিল। একচত্বারিংশ অধ্যায়ে তারা 'একসঙ্গে থাকার মানে' খুঁজে পেয়েছিল—সহযোগিতা, বোঝাপড়া আর প্রেমই ছিল তাদের সম্পর্কের মূল ভিত্তি। বহু ঝড়-ঝাপটা পেরিয়ে তাদের ভালোবাসা এখন এক নতুন, দৃঢ় ভিত্তির ওপর দাঁড়িয়েছিল, যা অতীতের কোনো ছায়ায় আবৃত ছিল না। তাদের এই নতুন জীবনের শান্ত পরিবেশ রুদ্রের শিল্পীসত্তাকে এক নতুন পথে চালিত করল, যেখানে সে তার

জীবনের সব অভিজ্ঞতাকে শিল্পের মাধ্যমে প্রকাশ করতে চাইল।

অনন্যা আর রুদ্রের নতুন ফ্ল্যাটে দিনগুলো কাটছিল শান্তিতে। সকালে একসঙ্গে কফি পান, দুপুরে একসঙ্গে খাবার খাওয়া, বিকেলে একসঙ্গে গঙ্গা নদীর পাড়ে হাঁটতে যাওয়া—সবকিছুই তাদের ভালোবাসাকে আরও গভীর করছিল। রুদ্র তার স্টুডিওতে 'ছায়ার গল্প' প্রজেক্ট (দ্বাদশ অধ্যায়ে শুরু হয়েছিল) নিয়ে কাজ করত, আর অনন্যা তার নতুন 'আর্ট স্ট্র্যাটেজি কন্সালটিং' (চত্বারিংশ অধ্যায়ে উল্লিখিত) নিয়ে ব্যস্ত থাকত। তাদের কাজগুলো এখন একে অপরের পরিপূরক ছিল, এবং তারা একে অপরের পেশাগত সাফল্যকে সমর্থন করত। রুদ্রের অর্থনৈতিক সমস্যাও (অষ্টাবিংশ অধ্যায়) এখন আর ছিল না। রুদ্রের মায়ের শরীরও এখন বেশ ভালো, এবং পরিবারের অন্য সদস্যরাও অনন্যাকে সম্পূর্ণভাবে গ্রহণ করেছিল। তাদের জীবন যেন এক পূর্ণতার দিকে এগিয়ে যাচ্ছিল।

রুদ্রের শিল্পীসত্তায় এক নতুন পরিবর্তন এল। তার 'ছায়ার গল্প' প্রজেক্টের মূল থিম ছিল জীবনের অন্ধকার দিক, একাকীত্ব, অনিশ্চয়তা, এবং ফেলে আসা স্মৃতির বেদনা (অষ্টাদশ অধ্যায়ে বৃদ্ধাশ্রম প্রজেক্ট)। তার ছবিগুলোতে এক ধরনের বিষণ্ণতা, এক ধরনের চাপা কষ্ট থাকত। কিন্তু এখন তার জীবন সম্পূর্ণ ভিন্ন ছিল। অনন্যার ভালোবাসা তার জীবনে এক নতুন আলো এনেছিল, তার পুরোনো সব ক্ষত নিরাময় করেছিল। অরিজিৎ আর তিতলির চিরতরে বিদায়

(ত্রাচত্বারিংশ অধ্যায়) তার মন থেকে সব পুরোনো ছায়াকে মুছে দিয়েছিল। রুদ্র অনুভব করছিল, তার শিল্পকে এখন শুধু ছায়ার মধ্যে আটকে রাখলে চলবে না, তাকে আলোর দিকেও যেতে হবে।

একদিন রুদ্র তার স্টুডিওতে বসে তার পুরোনো ছবিগুলো দেখছিল। তার 'ছায়ার গল্প' সিরিজের ছবিগুলো, যেখানে মানুষের মুখে একাকীত্ব, অনিশ্চয়তা, আর কষ্ট ফুটে উঠছিল। তারপর সে অনন্যার সাথে কাটানো মুহূর্তগুলোর ছবি দেখল—হিমাচলের পাহাড়ি পথে তাদের সেই 'কাকতালীয় দেখা' (বিংশ অধ্যায়), তাদের 'গল্প বলা রাত' (একবিংশ অধ্যায়), তাদের প্রথম বাড়ির (দ্বাচত্বারিংশ অধ্যায়) শান্ত পরিবেশ, অনন্যার মুখের হাসি, তার চোখের দীপ্তি। রুদ্রের মনে হলো, তার শিল্পকে এখন এই নতুন জীবনের গল্প বলতে হবে।

সে অনন্যার কাছে তার নতুন ধারণার কথা বলল। "অনন্যা, আমি একটি নতুন প্রদর্শনী করতে চাই। এমন একটি প্রদর্শনী, যেখানে আমার জীবনের সব অধ্যায়গুলো ফুটে উঠবে—আমার ছায়া, তুমি, আর আমাদের আলো।" অনন্যা রুদ্রের কথা শুনে মুগ্ধ হলো। "এটা একটা অসাধারণ ধারণা, রুদ্র! তোমার শিল্পকে নতুনভাবে প্রকাশ করার জন্য এর চেয়ে ভালো উপায় আর কী হতে পারে?" "আমি এর নাম দিতে চাই 'তুমি, ছায়া, আলো'," রুদ্র বলল। তার চোখে এক ধরনের উত্তেজনা। অনন্যা রুদ্রের দিকে তাকিয়ে হাসল। এই নামটি তাদের জীবনের সম্পূর্ণ গল্পকে ধারণ করেছিল।

- **'ছায়া'**: রুদ্রের অতীতের সংগ্রাম, তার একাকীত্ব, তার ভয়, এবং ভালোবাসার অনিশ্চয়তা।
- **'তুমি'**: অনন্যা, যে রুদ্রের জীবনে আলো এনেছিল, তার ছায়াকে নতুন অর্থ দিয়েছিল। অনন্যার নিজের আত্মানুসন্ধান ও তার দৃঢ়তা।
- **'আলো'**: তাদের সম্মিলিত ভালোবাসা, বিশ্বাস, নিরাময়, এবং নতুন জীবনের আশা ও পূর্ণতা।

রুদ্র তার 'তুমি, ছায়া, আলো' প্রদর্শনীর জন্য প্রস্তুতি নিতে লাগল। অনন্যা তার পাশে ছিল, তার প্রধান সহযোগী এবং অনুপ্রেরণা হয়ে। অনন্যার 'আর্ট স্ট্র্যাটেজি কন্সালটিং' দক্ষতা এই প্রদর্শনীতে অত্যন্ত গুরুত্বপূর্ণ ভূমিকা পালন করল।

১. ছবির নির্বাচন ও সৃষ্টি: রুদ্র তার পুরোনো 'ছায়ার গল্প' সিরিজের কিছু ছবি নির্বাচন করল, যা তার অতীতের সংগ্রামকে তুলে ধরত। এই ছবিগুলো ছিল বেশিরভাগই সাদা-কালো, যেখানে অন্ধকার আর একাকীত্ব ফুটে উঠছিল। সে অনন্যার কিছু পুরোনো ছবিও নির্বাচন করল, যেখানে অনন্যার ছায়া বা তার অস্পষ্ট অবয়ব দেখা যেত, যা রুদ্রের মনে অনন্যার প্রাথমিক প্রভাবকে তুলে ধরত।

এরপর রুদ্র নতুন ছবি তুলতে শুরু করল, যা 'তুমি' এবং 'আলো' অংশকে তুলে ধরত। সে অনন্যার নতুন ছবি তুলল, যেখানে অনন্যার মুখের হাসি, তার চোখে এক নতুন দীপ্তি দেখা যেত। সে তাদের নতুন ফ্ল্যাটের ছবি তুলল, যেখানে ভালোবাসা আর শান্তি ফুটে উঠছিল। রুদ্র তাদের প্রতিদিনের জীবনের ছোট ছোট মুহূর্তগুলো ক্যামেরাবন্দী করল—একসঙ্গে

কফি পান, হাতে হাত ধরে হাঁটা, একে অপরের চোখে তাকিয়ে হাসা। সে তার মায়ের সাথে অনন্যার সম্পর্কের ছবি তুলল, যেখানে পারিবারিক বন্ধন আর ভালোবাসা ফুটে উঠছিল। রুদ্রের ক্যামেরার লেন্স এখন শুধু ছায়া নয়, আলোকেও ধারণ করতে শিখছিল। তার ছবিগুলো এখন ছিল আরও বেশি রঙিন, আরও বেশি জীবন্ত, আরও বেশি আবেগপূর্ণ। রুদ্রের 'ছায়ার গল্প' প্রজেক্টটা এখন যেন সম্পূর্ণতা লাভ করেছিল, কারণ সে তার শিল্পের মাধ্যমে জীবনের অন্ধকার এবং আলো—উভয়কেই প্রকাশ করতে পারছিল।

২. অনন্যার ভূমিকা: স্ট্র্যাটেজি ও লজিস্টিক্স: অনন্যা রুদ্রের এই নতুন প্রজেক্টের জন্য একটি বিস্তারিত পরিকল্পনা তৈরি করল। সে বিভিন্ন আর্ট গ্যালারির সাথে যোগাযোগ করল, প্রদর্শনীর জন্য একটি উপযুক্ত জায়গা খুঁজে বের করল। কলকাতার একটি স্বনামধন্য আর্ট গ্যালারি, যা আধুনিক শিল্পকর্মের জন্য পরিচিত, তারা রুদ্রের এই নতুন ধারণা শুনে মুগ্ধ হলো এবং তাকে প্রদর্শনী করার সুযোগ দিল।

অনন্যা প্রদর্শনীর জন্য বিপণন কৌশল তৈরি করল। সে প্রেস রিলিজ তৈরি করল, সোশ্যাল মিডিয়াতে প্রচার করল, এবং বিভিন্ন শিল্প সমালোচক ও মিডিয়া পার্সোনালিটিকে আমন্ত্রণ জানাল। সে আমন্ত্রণপত্র ডিজাইন করল, যেখানে 'তুমি, ছায়া, আলো' থিমটা সুন্দরভাবে ফুটিয়ে তোলা হলো। রুদ্র যখন তার ছবি তোলার কাজে ব্যস্ত থাকত, অনন্যা তখন লজিস্টিক্স এবং ব্যবস্থাপনার কাজগুলো করত। তাদের এই সহযোগিতা

ছিল তাদের সম্পর্কের এক অবিচ্ছেদ্য অংশ, যেখানে তারা একে অপরের স্বপ্নকে পূরণ করতে সাহায্য করছিল।

৩. মানসিক প্রস্তুতি: প্রদর্শনীর প্রস্তুতি চলাকালীন রুদ্র অনন্যার সাথে তার আবেগগুলো ভাগ করে নিত। রুদ্র যখন তার পুরোনো 'ছায়া' ছবিগুলো দেখত, তখন তার মনে সেই পুরোনো কষ্টগুলো ফিরে আসত। অনন্যা তাকে সান্ত্বনা দিত, তাকে আশ্বস্ত করত যে সে একা নয়, রুদ্রের পাশে আছে। রুদ্র অনন্যার 'আত্মচর্চা'র কথা মনে করত (ত্রয়স্ত্রিংশ অধ্যায়), এবং অনন্যার সাহস তাকে অনুপ্রাণিত করত। অনন্যাও রুদ্রের শিল্পীসত্তার গভীরতা উপলব্ধি করত, এবং তার এই নতুন প্রজেক্টের মাধ্যমে রুদ্র তার ব্যক্তিগত জীবনের সব অধ্যায়গুলোকে প্রকাশ করতে পারছে, এটা দেখে অনন্যা গর্বিত হতো।

প্রদর্শনীর দিনটা ছিল কলকাতার আর্ট গ্যালারিতে এক নতুন উৎসবের দিন। গ্যালারিটা সুন্দরভাবে সাজানো হয়েছিল। রুদ্রের ছবিগুলো তিনটি ভাগে ভাগ করে প্রদর্শন করা হয়েছিল—'ছায়া', 'তুমি', এবং 'আলো'। প্রতিটি ভাগেই রুদ্রের জীবনের এক একটি অধ্যায়, এক একটি অনুভূতি ফুটে উঠছিল।

১. 'ছায়া' গ্যালারি: প্রথম কক্ষে রুদ্রের পুরোনো কালো-সাদা ছবিগুলো স্থান পেয়েছিল। এখানে রুদ্রের একাকীত্ব, তার হতাশা, তার অনিশ্চয়তা—সবকিছুই ফুটে উঠছিল। কিছু ছবিতে রাস্তার ছায়া, পুরোনো বাড়ির দেওয়ালের ফাটল, একাকী মানুষের মুখ—এই সব কিছুই রুদ্রের ভেতরের

অন্ধকারকে প্রকাশ করছিল। একটি বড় ছবিতে রুদ্রের নিজের ছায়া ছিল, যেখানে সে একা দাঁড়িয়ে আছে, তার জীবনে অনন্যার অনুপস্থিতি স্পষ্ট। দর্শকরা এই ছবিগুলো দেখে রুদ্রের শিল্পীসত্তার গভীরতাকে উপলব্ধি করছিল, তার ভেতরের কষ্ট অনুভব করছিল।

২. 'তুমি' গ্যালারি: দ্বিতীয় কক্ষটি ছিল 'তুমি' নামকরণের সার্থকতা। এই অংশে রুদ্রের জীবনে অনন্যার আগমন এবং তার প্রভাব ফুটে উঠেছিল। এখানে অনন্যার কিছু পুরোনো ছবি ছিল, যেখানে তার অবয়ব ছায়া হিসেবে দেখা যেত, কিন্তু তার উপস্থিতি রুদ্রের জীবনে এক নতুন আশার ইঙ্গিত দিচ্ছিল। রুদ্রের সেই ফুলের ছবি (দ্বিতীয় অধ্যায়), যেখানে অনন্যা বাগানে ফুল দেখছিল, সেই ছবিটিও এখানে স্থান পেয়েছিল। এখানে কিছু ছবি ছিল যেখানে অনন্যা আর রুদ্রের প্রথম দিকের বন্ধুত্বের মুহূর্তগুলো ফুটে উঠছিল—কফিশপের কথোপকথন (ষষ্ঠ অধ্যায়), তাদের চোখের নীরব ভাষা (চতুর্দশ অধ্যায়)। এই অংশটা ছিল ছায়া থেকে আলোর দিকে এক যাত্রা, যেখানে অনন্যা ছিল সেই যাত্রার প্রধান অনুঘটক।

৩. 'আলো' গ্যালারি: তৃতীয় এবং শেষ কক্ষটি ছিল 'আলো' নামকরণের সম্পূর্ণ সার্থকতা। এই অংশে রুদ্রের নতুন জীবনের ছবিগুলো স্থান পেয়েছিল, যা তার বর্তমান সুখ আর ভালোবাসাকে তুলে ধরত। এখানে অনন্যার উজ্জ্বল ছবিগুলো ছিল, যেখানে অনন্যার মুখে হাসি, তার চোখে দীপ্তি। তাদের নতুন ফ্ল্যাটের ছবি (দ্বাচত্বারিংশ অধ্যায়), যেখানে তারা একসঙ্গে কাজ করছে, একসঙ্গে হাসছে, একসঙ্গে জীবন

উপভোগ করছে। রুদ্রের মায়ের সাথে অনন্যার সম্পর্কের ছবি, যেখানে ভালোবাসা আর পারিবারিক বন্ধন ফুটে উঠছিল। এই ছবিগুলো ছিল রঙিন, প্রাণবন্ত, এবং ভালোবাসায় ভরা। একটি বড় ছবিতে অনন্যা আর রুদ্র হাতে হাত ধরে গঙ্গা নদীর পাড়ে হাঁটছে, তাদের মুখে হাসি, তাদের চোখে এক নতুন আলো। এই ছবিটি ছিল প্রদর্শনীর প্রধান আকর্ষণ, যা 'তুমি, ছায়া, আলো' থিমটাকে সম্পূর্ণভাবে ধারণ করেছিল।

প্রদর্শনীর কেন্দ্রস্থলে, একটি বিশেষ জায়গায় রুদ্র অনন্যার একটি বিশাল প্রতিকৃতি স্থাপন করেছিল। এটি ছিল অনন্যার একটি নতুন ছবি, যেখানে তার মুখের হাসি ছিল শান্ত, তার চোখে ছিল এক গভীর দীপ্তি, আর তার চুলে ছিল এক ধরনের সোনালী আভা, যা রুদ্রের ভাষায় 'নতুন জীবনের আলো'। এই ছবিটির নিচে লেখা ছিল: "আমার আলোর খোঁজে, তুমিই ছায়া হয়ে এলে, আর আমার জীবনকে আলোয় ভরিয়ে দিলে।" এই ছবিটি ছিল তাদের ভালোবাসার এক নীরব স্বীকারোক্তি, তাদের সব সংগ্রামের এক চূড়ান্ত বিজয়।

প্রদর্শনীর উদ্বোধনে অনেক মানুষ উপস্থিত ছিল। রুদ্রের বন্ধু অভ্রজিৎ, সায়নী, রুদ্রের পরিবার (তার মা, মামা-মামি, কাকা-কাকিমা, পিসিরা), অনন্যার মা—সবাই উপস্থিত ছিলেন। রুদ্রের কলেজের প্রফেসররা, মিসেস সেন (তার পুরোনো গ্যালারির মালিক), এবং বিভিন্ন শিল্প সমালোচক ও মিডিয়া পার্সোনালিটিও উপস্থিত ছিলেন।

বন্ধুদের প্রতিক্রিয়া: অভ্রজিৎ আর সায়নী রুদ্রের এই নতুন কাজ দেখে গর্বিত হলো। তারা জানত রুদ্র কতটা সংগ্রাম করেছে, আর আজ তার স্বপ্ন পূরণ হচ্ছে।

পরিবারের প্রতিক্রিয়া: রুদ্রের মা অনন্যাকে দেখে খুশি হলেন। তিনি রুদ্র আর অনন্যার হাতে ধরা হাত দেখে খুশি হলেন। তার পরিবারের অন্য সদস্যরাও (মামা, মামি, কাকা, পিসি) রুদ্রের এই নতুন কাজ দেখে মুগ্ধ হলেন। তারা রুদ্র আর অনন্যার ভালোবাসার গভীরতাকে উপলব্ধি করতে পারছিলেন। অনন্যার মা রুদ্রের কাজ দেখে গর্বিত হলেন। তিনি বুঝতে পারছিলেন, রুদ্র কতটা প্রতিভাবান।

শিল্প সমালোচকদের প্রতিক্রিয়া: শিল্প সমালোচকরা রুদ্রের এই নতুন প্রদর্শনীর প্রশংসা করলেন। তারা রুদ্রের শিল্পীসত্তার পরিপক্কতা, তার আবেগ, এবং তার শিল্পের মাধ্যমে জীবনের গল্প বলার ক্ষমতাকে প্রশংসা করলেন। একজন সমালোচক লিখলেন: "রুদ্র সেনগুপ্তের 'তুমি, ছায়া, আলো' প্রদর্শনী শুধু একটি ফটোগ্রাফি প্রদর্শনী নয়, এটি একটি জীবন দর্শন। এটি ভালোবাসার এক মহাকাব্য, যেখানে শিল্পী তার ব্যক্তিগত জীবনের সব অন্ধকার আর আলো—উভয়কেই শিল্পের মাধ্যমে প্রকাশ করেছেন।"

সাধারণ মানুষের প্রতিক্রিয়া: সাধারণ মানুষ রুদ্রের এই প্রদর্শনী দেখে গভীরভাবে অনুপ্রাণিত হলো। অনেকে তাদের ব্যক্তিগত জীবনের ছায়া, কষ্ট, এবং ভালোবাসার কথা রুদ্রের সাথে ভাগ করে নিল। তারা বুঝতে পারছিল, রুদ্রের এই গল্পটা তাদের নিজেদের জীবনের গল্প।

প্রদর্শনীতে রুদ্র আর অনন্যা হাতে হাত ধরে ঘুরে বেড়াচ্ছিল। তাদের মুখে হাসি ছিল, তাদের চোখে ছিল এক ধরনের পূর্ণতা। তারা একে অপরের দিকে তাকিয়ে হাসল। তাদের ভালোবাসা আজ জনসমক্ষে স্বীকৃতি পেল। রুদ্রের এই প্রদর্শনী শুধু তার শিল্পের বিজয় ছিল না, এটি ছিল তাদের ভালোবাসার বিজয়, তাদের সম্পর্কের পরিপক্কতার প্রতীক। 'ভাঙা কাঁচ, নরম আলো' (পঞ্চবিংশ অধ্যায়ে উল্লিখিত) আজ সম্পূর্ণভাবে আলোকিত।

প্রদর্শনী শেষ হওয়ার পর রুদ্র আর অনন্যা তাদের ফ্ল্যাটে ফিরে এল। রাত তখন গভীর। তারা দুজন সোফায় বসেছিল, তাদের হাতে কফির মগ। তাদের মনে এক গভীর শান্তি, এক ধরনের পূর্ণতা।

"রুদ্র," অনন্যা ফিসফিস করে বলল। "তোমার প্রদর্শনীটা অসাধারণ হয়েছে। আমি খুব গর্বিত তোমার জন্য।" রুদ্র অনন্যার হাত ধরল। "এটা শুধু আমার প্রদর্শনী নয়, অনন্যা। এটা আমাদের প্রদর্শনী। তুমিই আমার প্রেরণা, তুমিই আমার আলো। তোমার ভালোবাসা ছাড়া এটা সম্ভব হতো না।" অনন্যার চোখে জল গড়িয়ে পড়ল। "আমি তোমাকে খুব ভালোবাসি, রুদ্র।" "আমিও তোমাকে খুব ভালোবাসি, অনন্যা," রুদ্র বলল। "তুমি আমার জীবনের সবচেয়ে সুন্দর উপহার।"

তারা দুজনেই তাদের জীবনের এই দীর্ঘ পথচলার কথা মনে করল—প্রথম দেখা, ভুল বোঝাবুঝি, দূরত্ব, সংগ্রাম, এবং অবশেষে পুনর্মিলন। তাদের ভালোবাসা আজ সব বাধা

পেরিয়ে জয়ী হয়েছে। তাদের 'একসঙ্গে থাকার মানে' (একচত্বারিংশ অধ্যায়ে উল্লিখিত) আজ সম্পূর্ণতা পেল। রুদ্রের 'ছায়ার গল্প' এখন 'নতুন জীবনের ছবি'তে পরিণত হয়েছে। এই প্রদর্শনী তাদের ভালোবাসাকে অমর করে রাখল, শিল্পের মাধ্যমে, আলোর মাধ্যমে।

সেই রাতে অনন্যা তার ডায়েরিটা খুলল। তার মনে এক গভীর শান্তি ছিল, এক ধরনের পূর্ণতা। সে লিখল:

প্রিয় রুদ্র (আমার শিল্পী),

আজ তোমার প্রদর্শনী ছিল, রুদ্র। 'তুমি, ছায়া, আলো'। আমার মনে হচ্ছে, আমি আজ সম্পূর্ণ। তোমার শিল্পে আমাদের ভালোবাসার গল্পটা এত সুন্দরভাবে ফুটে উঠেছে, তা দেখে আমার চোখ দিয়ে জল গড়িয়ে পড়ছিল। আমি খুব গর্বিত তোমার জন্য।

তোমার 'ছায়া' গ্যালারিতে যখন তোমার পুরোনো ছবিগুলো দেখছিলাম, তখন আমার মনে তোমার সেই কষ্টগুলো ফিরে আসছিল। কিন্তু 'তুমি' আর 'আলো' গ্যালারিতে যখন আমাদের ভালোবাসার ছবিগুলো দেখছিলাম, তখন আমার মনে এক গভীর শান্তি নেমে এল। আমি জানি, তুমি আমার জন্য কতটা সংগ্রাম করেছ, আর আমি তোমার জন্য কতটা আত্মত্যাগ করেছি।

আমাদের ভালোবাসা আজ জনসমক্ষে স্বীকৃতি পেল, রুদ্র। তোমার পরিবার, আমার পরিবার, আমাদের বন্ধু—সবাই উপস্থিত ছিল। তারা আমাদের ভালোবাসাকে মেনে নিয়েছে,

আশীর্বাদ করেছে। আমার মনে আর কোনো ভয় নেই, কোনো অনিশ্চয়তা নেই। আমি এখন মুক্ত।

আমি জানি, তুমি আমার জন্য সব কিছু করতে রাজি ছিলে, এমনকি ইউরোপে চলে যেতেও (দ্বাত্রিংশ অধ্যায়)। আর আমি তোমার জন্য আমার ক্যারিয়ার বিসর্জন দিতে রাজি ছিলাম (ঊনচত্বারিংশ অধ্যায়)। কিন্তু আমরা আমাদের নিজস্বতাও ধরে রাখতে পেরেছি, আর ভালোবাসাও হারাতে পারিনি (চত্বারিংশ অধ্যায়)। এটাই আমাদের ভালোবাসার বিজয়।

আমার মনে হয়, আমাদের ভালোবাসার গল্পটা আজ এক নতুন অধ্যায়ে প্রবেশ করল, ডায়েরি। এক বিজয়ের অধ্যায়। আমরা সব বাধা পেরিয়েছি, সব শর্তকে জয় করেছি। আমরা আমাদের নিজস্বতাও ধরে রাখতে পেরেছি, আর ভালোবাসাও হারাতে পারিনি।

আমি তোমাকে খুব ভালোবাসি, রুদ্র। তুমিই আমার জীবন, তুমিই আমার পথ। তুমিই আমার 'ছায়ার গল্প'-এর নতুন অধ্যায়। আমি তোমার সাথে সারাজীবন থাকতে চাই, রুদ্র। আমার সব স্বপ্ন, সব সাফল্য তোমাকে ছাড়া অর্থহীন।

ইতি,

তোমার অনন্যা

(যে এখন ভালোবাসার আলোয়)

রুদ্র তার স্টুডিওতে ফিরে এসে তার ডায়েরিটা খুলল। তার মনে এক গভীর শান্তি ছিল, এক ধরনের পূর্ণতা। সে লিখল:

প্রিয় ডায়েরি,

আলোর নিচে এক পলক

আজ আমার প্রদর্শনী ছিল, ডায়েরি। 'তুমি, ছায়া, আলো'। আমার মনে হচ্ছে, আমার জীবন আজ সম্পূর্ণ। আমার শিল্প, আমার ভালোবাসা—সবকিছুই আজ পূর্ণতা পেল।

অনন্যা আমার পাশে ছিল, ডায়েরি। ও আমার প্রেরণা, আমার আলো। ওর ভালোবাসা ছাড়া এটা সম্ভব হতো না। আমার 'ছায়ার গল্প' প্রজেক্টটা আজ সম্পূর্ণ হলো, কারণ আমি আমার ছায়াগুলোকে খুঁজে পেয়েছি, আর তাদের আলো দিয়ে ভরিয়ে দিতে শিখেছি। অনন্যাই আমার আলো, ডায়েরি। ও আমার গল্পের নতুন অধ্যায়।

আমার পরিবার অনন্যাকে সম্পূর্ণভাবে মেনে নিয়েছে, ডায়েরি। আমার মা ওকে খুব ভালোবাসেন। আমার মনে আর কোনো চাপ নেই, কোনো চিন্তা নেই। আমি এখন মুক্ত। আমার ভালোবাসা আজ জয়ী হয়েছে।

অনন্যার ভালোবাসা আমাকে আরও বেশি শক্তিশালী করেছে, ডায়েরি। ও আমাকে আমার সব ব্যর্থতা থেকে মুক্তি দিয়েছে। আমি এখন আর সেই পুরোনো রুদ্র নই, যে শুধু নিজেকে একজন ব্যর্থ মানুষ মনে করত। আমি এখন আরও বেশি সংবেদনশীল, আরও বেশি পরিপক্ক।

আমি জানি না আমাদের পথটা কোথায় গিয়ে শেষ হবে। কিন্তু আমি জানি, আমি অনন্যার হাত ধরে হাঁটতে প্রস্তুত। আমাদের ভালোবাসা এতটাই শক্তিশালী যে কোনো কিছুই আমাদের হারাতে পারবে না। আমরা একসাথে হাসব, একসাথে কাঁদব, একসাথে বাঁচব।

আমার জীবন আজ সম্পূর্ণ, ডায়েরি। অনন্যা আমার পাশে আছে। আমি আর একা নই। আমাদের ভালোবাসায় এখন শুধু আলো, কোনো ছায়া নেই।

আমি ওকে খুব ভালোবাসি, ডায়েরি। আমি ওকে আর কোনোদিনও হারাতে চাই না। আমি বিশ্বাস করি, আমাদের ভালোবাসা সব বাধা পেরিয়ে তার পথ খুঁজে নেবে।

রুদ্র

Ch. 45: অনন্যার লেখা প্রকাশিত

চতুর্বিংশ অধ্যায়ে রুদ্রের 'তুমি, ছায়া, আলো' প্রদর্শনী ছিল তাদের ভালোবাসার এক পাবলিক উদযাপন। রুদ্র তার জীবনের সব অধ্যায়কে শিল্পের মাধ্যমে প্রকাশ করেছিল, যা তাদের সম্মিলিত সংগ্রাম এবং বিজয়ের মুহূর্তগুলোকে জনসমক্ষে তুলে ধরেছিল। ত্রাচত্বারিংশ অধ্যায়ে অরিজিৎ আর তিতলির চিরতরে বিদায় তাদের সম্পর্ককে সম্পূর্ণভাবে অতীতের প্রভাবমুক্ত করেছিল, আর দ্বাচত্বারিংশ অধ্যায়ে তাদের ছোট্ট ফ্ল্যাটটি হয়ে উঠেছিল ভালোবাসার এক শান্ত আশ্রয়। একচত্বারিংশ অধ্যায়ে তারা 'একসঙ্গে থাকার মানে' খুঁজে পেয়েছিল—সহযোগিতা, বোঝাপড়া আর প্রেমই ছিল তাদের সম্পর্কের নতুন সংজ্ঞা। রুদ্রের পরিবারের সব শর্ত ও আপত্তি কাটিয়ে (ঊনচত্বারিংশ অধ্যায় জয় করে, চত্বারিংশ অধ্যায়ে অনন্যার সিদ্ধান্ত) তারা এখন শান্তিতে জীবন যাপন করছিল। অনন্যা তার নতুন কাজ 'আর্ট স্ট্র্যাটেজি কন্সালটিং'

(চত্বারিংশ অধ্যায়ে উল্লিখিত) এবং রুদ্র তার ফটোগ্রাফি নিয়ে ব্যস্ত থাকত। তাদের জীবন এখন এক স্থিতিশীল ও পরিপক্ক স্তরে পৌঁছেছিল, যেখানে ভালোবাসা, শিল্প, আর জীবন এক সঙ্গে মিলেমিশে এক অনন্ত ভালোবাসার দিকে এগিয়ে যাচ্ছিল। এইবার অনন্যার নিজস্ব প্রতিভার প্রকাশ ঘটে, যা তার ব্যক্তিগত অভিজ্ঞতাকে জনসমক্ষে নিয়ে আসে।

অনন্যার ডায়েরি লেখা (ঊনবিংশ অধ্যায়ে রুদ্রকে উদ্দেশ্য করে লেখা শুরু হয়েছিল) তার জীবনের এক অবিচ্ছেদ্য অংশ ছিল। ত্রয়স্ত্রিংশ অধ্যায়ে তার 'আত্মচর্চা'র সময় ডায়েরি ছিল তার মনের কথা বলার একমাত্র উপায়। সেই ডায়েরির পাতায় সে তার জীবনের সব সুখ-দুঃখ, তার ভয়, তার অবিশ্বাস, তার অনুশোচনা—সবকিছুই অকপটে প্রকাশ করত। রুদ্রের ইউরোপ যাত্রা (দ্বাত্রিংশ অধ্যায়) তাকে ভেঙে দিয়েছিল, কিন্তু সেই ডায়েরির পাতাই তাকে নিরাময় দিয়েছিল। রুদ্রের চিঠি (চতুস্ত্রিংশ অধ্যায়) এবং তার নিজের স্বীকারোক্তির চিঠি (পঞ্চত্রিংশ অধ্যায়) ছিল সেই ডায়েরিরই একটি অংশ। অনন্যা যখনই কোনো মানসিক চাপ বা দ্বিধার সম্মুখীন হতো, তখনই সে তার ডায়েরি হাতে নিত, তার মনের কথাগুলো লিখে রাখত। তার ডায়েরি ছিল তার সবচেয়ে বিশ্বস্ত বন্ধু, তার আত্মিক আশ্রয়।

রুদ্রের সাথে তার নতুন ফ্ল্যাটে (দ্বাচত্বারিংশ অধ্যায়) থাকার পর অনন্যার ডায়েরি লেখার ধরণ কিছুটা বদলে গিয়েছিল। এখন আর তার মনে সেই পুরোনো কষ্ট বা অনিশ্চয়তা ছিল না, তার বদলে ছিল শান্তি, আনন্দ, আর ভালোবাসার পূর্ণতা।

সে এখন তার জীবনের ছোট ছোট মুহূর্তগুলো, রুদ্রের সাথে তার অভিজ্ঞতাগুলো, তাদের নতুন জীবনের গল্পগুলো ডায়েরিতে লিখত। তার ডায়েরিগুলো এখন ছিল ভালোবাসা, বিশ্বাস, এবং বোঝাপড়ার এক প্রতিচ্ছবি। সে তার নতুন কাজ 'আর্ট স্ট্র্যাটেজি কন্সালটিং' এর অভিজ্ঞতা, রুদ্রের 'ছায়ার গল্প' প্রজেক্টের সাফল্য, এবং তাদের পরিবারের সাথে তার নতুন সম্পর্ক—সবকিছুই লিখত।

রুদ্র অনন্যার ডায়েরি লেখার অভ্যাসটা জানত, এবং সে এটাকে সম্মান করত। সে কখনো অনন্যার ডায়েরি পড়ার চেষ্টা করত না, কারণ সে জানত এটা অনন্যার একান্ত ব্যক্তিগত জগত। তবে, অনন্যা মাঝে মাঝে রুদ্রকে তার ডায়েরির কিছু অংশ পড়ে শোনাত, বিশেষ করে যখন তারা কোনো পুরোনো স্মৃতি নিয়ে কথা বলত, অথবা যখন অনন্যা তার কোনো নতুন উপলব্ধি ভাগ করে নিতে চাইত। রুদ্র অনন্যার ডায়েরি লেখাটাকে তার আত্মিক বিকাশের এক অংশ হিসেবে দেখত, এবং অনন্যার লেখার প্রতিভার প্রশংসা করত।

অনন্যা যখন 'আর্ট স্ট্র্যাটেজি কন্সালটিং' নিয়ে কাজ শুরু করল (চত্বারিংশ অধ্যায়ে অনন্যার সিদ্ধান্ত), তখন সে কলকাতার শিল্প মহলে ধীরে ধীরে পরিচিতি লাভ করতে শুরু করল। তার কর্পোরেট অভিজ্ঞতা এবং শিল্প জগতের প্রতি তার গভীর বোঝাপড়া তাকে অন্যদের থেকে আলাদা করে তুলেছিল। সে বিভিন্ন আর্ট গ্যালারির সাথে কাজ করত, শিল্পীদের তাদের কাজ প্রচারে সাহায্য করত। রুদ্রের 'তুমি,

ছায়া, আলো' প্রদর্শনী (চতুর্বিংশ অধ্যায়ে উল্লিখিত) অনন্যার জন্য অনেক নতুন দরজা খুলে দিয়েছিল।

একদিন অনন্যা একটি প্রকাশনা সংস্থার সাথে মিটিং করছিল, যারা শিল্প বিষয়ক বই প্রকাশ করত। অনন্যা তাদের একটি নতুন প্রজেক্টের জন্য মার্কেটিং স্ট্র্যাটেজি নিয়ে আলোচনা করছিল। মিটিং শেষ হওয়ার পর, প্রকাশনা সংস্থার কর্ণধার, মিসেস মিত্র, অনন্যার সাথে ব্যক্তিগতভাবে কথা বলতে চাইলেন। "অনন্যা, আমি আপনার কাজ দেখেছি, আপনি অসাধারণ," মিসেস মিত্র বললেন। "আপনার আর্ট স্ট্র্যাটেজি কন্সালটিং-এর ধারণাটা খুবই নতুন এবং যুগোপযোগী।" অনন্যা হাসল। "ধন্যবাদ, ম্যাম।" "আমি আপনার সম্পর্কে কিছু খোঁজ নিয়েছি," মিসেস মিত্র বললেন। "আমি শুনেছি আপনি রুদ্র সেনগুপ্তের স্ত্রী। তার 'তুমি, ছায়া, আলো' প্রদর্শনীতে আপনার উপস্থিতি এবং আপনার গল্পটা আমাকে খুব মুগ্ধ করেছে।" অনন্যা কিছুটা অবাক হলো। তার ব্যক্তিগত জীবনও এখন পেশাদারী জগতে আলোচিত হচ্ছে। "আমি শুনেছি আপনার একটি ডায়েরি লেখার অভ্যাস আছে," মিসেস মিত্র বললেন। "এবং আপনি আপনার জীবনের সব অভিজ্ঞতা, সব সংগ্রাম, সব অনুভূতি সেই ডায়েরিতে লিখে রেখেছেন।" অনন্যা স্তম্ভিত হয়ে গেল। তার ডায়েরি লেখার কথা মিসেস মিত্র কিভাবে জানলেন? রুদ্র কি তাকে বলেছে? তার মনে এক ধরনের দ্বিধা। "ভয় পাবেন না, অনন্যা," মিসেস মিত্র হাসলেন। "আমি আপনার কাছ থেকে ব্যক্তিগত তথ্য চুরি করিনি। আমি রুদ্রের প্রদর্শনীতে তার সাথে কথা

বলেছিলাম। তিনি আপনার ডায়েরি লেখার অভ্যাসের কথা বলেছিলেন, এবং বলেছিলেন আপনার লেখাগুলো খুবই আবেগপূর্ণ এবং হৃদয়স্পর্শী।"

অনন্যার মনে পড়ল, রুদ্র হয়তো তার গর্বের ছলেই ডায়েরির কথা মিসেস মিত্রকে বলেছিল। রুদ্র জানত না, মিসেস মিত্রের মনে কী চলছিল। "আমি আপনার ডায়েরির কিছু অংশ দেখতে চাই, অনন্যা," মিসেস মিত্র প্রস্তাব দিলেন। "আমি মনে করি আপনার গল্পটা খুবই অনুপ্রেরণাদায়ক। একজন কর্পোরেট মহিলা যিনি ভালোবাসার জন্য নিজের জীবনকে নতুনভাবে সংজ্ঞায়িত করেছেন, যিনি ভয় আর অবিশ্বাসকে জয় করে ভালোবাসতে শিখেছেন—আপনার এই গল্পটা অনেক মানুষের জন্য অনুপ্রেরণা হতে পারে। আমরা আপনার ডায়েরির অংশগুলো একটি বই হিসেবে প্রকাশ করতে চাই।" অনন্যা প্রথমে বিশ্বাস করতে পারল না। তার ডায়েরির অংশগুলো বই হিসেবে বের হবে! তার মনে এক ধরনের উত্তেজনা, এক ধরনের ভয়, এবং এক ধরনের দ্বিধা। তার ডায়েরি তার একান্ত ব্যক্তিগত জগত ছিল, তার মনের গোপন আশ্রয়। সেই ব্যক্তিগত লেখাগুলো জনসমক্ষে প্রকাশ পাবে?

"আমি জানি এটা আপনার জন্য কঠিন, অনন্যা," মিসেস মিত্র বললেন। "আপনার ব্যক্তিগত জীবনকে জনসমক্ষে আনা সহজ নয়। কিন্তু আপনার গল্পটা খুবই শক্তিশালী। এটা ভালোবাসার গল্প, আত্মানুসন্ধানের গল্প, আর বিজয়ের গল্প। অনেক মানুষ আপনার গল্প পড়ে সাহস পাবে।" অনন্যা অনেক ভেবেচিন্তে মিসেস মিত্রের প্রস্তাবে রাজি হলো। সে

রুদ্রের সাথে আলোচনা করল। রুদ্র অনন্যার এই সিদ্ধান্তকে সম্পূর্ণভাবে সমর্থন করল। "তোমার গল্পটা বলার অধিকার আছে, অনন্যা। তোমার লেখাগুলো অনেক মানুষের জীবনকে স্পর্শ করবে। আমি তোমার পাশে আছি, সব সময়।" অনন্যার থেরাপিস্ট ড. মেঘনা শর্মাও তাকে উৎসাহিত করলেন। "অনন্যা, আপনার গল্পটা আপনার নিরাময়কে সম্পূর্ণ করবে, এবং অন্যদেরও নিরাময় দেবে।"

অনন্যার ডায়েরির অংশগুলো বই হিসেবে প্রকাশ করার প্রক্রিয়া শুরু হলো। এটি ছিল অনন্যার জন্য এক নতুন অভিজ্ঞতা। সে মিসেস মিত্রের সাথে বসে ডায়েরির কোন কোন অংশগুলো প্রকাশ করা হবে, তা নির্বাচন করল। তার জীবনের সব গুরুত্বপূর্ণ অধ্যায়গুলো বইয়ে স্থান পেল—তার পুরোনো ভয়, অরিজিতের সাথে তিক্ত অভিজ্ঞতা (চতুর্থ অধ্যায়), রুদ্রের সাথে প্রথম দেখা (প্রথম অধ্যায়), তাদের ভুল বোঝাবুঝি (নবম, ষষ্ঠদশ, সপ্তদশ অধ্যায়), রুদ্রের ইউরোপ যাত্রা (দ্বাত্রিংশ অধ্যায়), তার আত্মচর্চা (ত্রয়স্ত্রিংশ অধ্যায়), রুদ্রের চিঠি (চতুস্ত্রিংশ অধ্যায়), তার নিজের স্বীকারোক্তি (পঞ্চত্রিংশ অধ্যায়), রুদ্রের প্রত্যাবর্তন (ষষ্ঠত্রিংশ অধ্যায়), তাদের ভুল বোঝাবুঝি মিটে যাওয়া (সপ্তত্রিংশ অধ্যায়), পরিবারের স্বীকৃতি (অষ্টত্রিংশ অধ্যায়), এবং অনন্যার নতুন পথ খুঁজে নেওয়া (চত্বারিংশ অধ্যায়)।

বইয়ের শিরোনাম নিয়ে অনেক আলোচনা হলো। রুদ্রের 'তুমি, ছায়া, আলো' প্রদর্শনীর নামের সাথে মিল রেখে অনন্যা সিদ্ধান্ত নিল বইয়ের নাম হবে **'আলোর নিচে এক পলক:**

এক আত্মানুসন্ধানের ডায়েরি'। এই নামটি তাদের ভালোবাসার গল্প, অনন্যার আত্মানুসন্ধান, এবং জীবনের সব ছায়াকে জয় করে আলোর দিকে এগিয়ে যাওয়ার যাত্রা—সবকিছুকে ধারণ করেছিল।

রুদ্র বইয়ের প্রচ্ছদ ডিজাইন করার দায়িত্ব নিল। সে অনন্যার কিছু ছবি ব্যবহার করল, যেখানে অনন্যার মুখে হাসি, তার চোখে দীপ্তি। প্রচ্ছদে আলো আর ছায়ার এক অদ্ভুত খেলা ছিল, যা অনন্যার জীবনের গল্পকে তুলে ধরত। রুদ্র তার 'ছায়ার গল্প' প্রজেক্টের অভিজ্ঞতা ব্যবহার করে এই প্রচ্ছদটিকে এমনভাবে তৈরি করল, যা দর্শকদের আকর্ষণ করবে, এবং তাদের মনে কৌতূহল সৃষ্টি করবে।

অনন্যা তার লেখাগুলো সম্পাদনা করল, তার আবেগগুলো আরও ভালোভাবে প্রকাশ করার জন্য নতুন শব্দ যোগ করল। তার লেখাগুলো ছিল সরল, অকপট, এবং হৃদয়স্পর্শী। এটি ছিল তার মনের গভীরতম অনুভূতিগুলোর এক নির্ভীক প্রকাশ। প্রকাশনা সংস্থা অনন্যার লেখার এই সরলতাকে খুব পছন্দ করল, কারণ এটি পাঠকদের সাথে এক ধরনের আত্মিক সংযোগ স্থাপন করত।

কয়েক মাস পর, অনন্যার বই **'আলোর নিচে এক পলক: এক আত্মানুসন্ধানের ডায়েরি'** প্রকাশিত হলো। কলকাতার একটি বড় বইমেলায় বইটির আনুষ্ঠানিক উদ্বোধন হলো। অনন্যা, রুদ্র, তাদের পরিবার, বন্ধু—সবাই উপস্থিত ছিলেন। রুদ্রের মা অনন্যাকে আশীর্বাদ করলেন। অনন্যার মা অনন্যার

সাফল্যে গর্বিত হলেন। রুদ্রের পরিবারের অন্য সদস্যরাও অনন্যার এই নতুন পরিচয় দেখে মুগ্ধ হলেন।

বইয়ের উদ্বোধনে অনন্যা তার জীবনের গল্প বলল, তার সংগ্রামের কথা বলল, তার ভালোবাসার কথা বলল। তার চোখে জল ছিল, কিন্তু সেই জল ছিল আনন্দের, কৃতজ্ঞতার। রুদ্র তার পাশে দাঁড়িয়েছিল, তার হাত ধরেছিল। তাদের ভালোবাসার গল্পটা আজ জনসমক্ষে স্বীকৃতি পেল।

বইটি প্রকাশের পর অবিশ্বাস্যভাবে সাড়া ফেলল। অসংখ্য পাঠক অনন্যার গল্প পড়ে অনুপ্রাণিত হলো। অনেকেই অনন্যাকে চিঠি লিখল, ইমেল পাঠাল, তাদের ব্যক্তিগত সংগ্রামের কথা বলল। অনেকে অনন্যার থেরাপির কথা জানতে চাইল, তার আত্মচর্চার পথ অনুসরণ করতে চাইল। অনন্যার গল্পটা তাদের মনে সাহস যোগাল, তাদের ভালোবাসার প্রতি বিশ্বাস ফিরিয়ে দিল।

বইয়ের কিছু নির্বাচিত অংশ যা পাঠকের মনে গভীর প্রভাব ফেলেছিল:

'অবিশ্বাসের ছায়া': "আমার মনে হয়েছিল, রুদ্রও আমাকে ঠকাল। সেই পুরোনো আঘাতটা বারবার ফিরে এল। আমি ওকে বিশ্বাস করতে পারিনি, একটা সুযোগও দিইনি। আমার মনে হয়েছিল, ভালোবাসা মানেই কষ্ট, ভালোবাসা মানেই বিচ্ছেদ।" (নবম ও সপ্তদশ অধ্যায় থেকে অনুপ্রাণিত)

'গোল্ডেন কেজ-এর যন্ত্রণা': "আমি প্রোমোশন পেয়েছি, রুদ্র। হেড অব স্ট্র্যাটেজিক ইনিশিয়েটিভস। এটা আমার স্বপ্নের পদ ছিল। কিন্তু আমার মনে হচ্ছে, আমি এক 'গোল্ডেন কেজ'-এর

মধ্যে আটকে গেছি। এখানে সাফল্য আছে, কিন্তু শান্তি নেই, ভালোবাসা নেই।" (ঊনত্রিংশ ও ত্রিংশ অধ্যায় থেকে অনুপ্রাণিত)

'আত্মচর্চা': "আমার থেরাপিস্ট ড. শর্মা আমাকে শিখিয়েছেন কীভাবে নিজেকে ক্ষমা করতে হয়, অন্যদের ক্ষমা করতে হয়, এবং ভালোবাসার প্রতি বিশ্বাস রাখতে হয়। আমি এখন জানি, ভালোবাসা মানে শুধু অনুভব করা নয়, বরং বিশ্বাস করা, ধৈর্য ধরা, আর অপেক্ষা করা।" (ত্রয়স্ত্রিংশ অধ্যায় থেকে অনুপ্রাণিত)

'ভালোবাসার শর্ত': "আমি আমার নিজস্বতা ছাড়ব না, কিন্তু ভালোবাসাও ছাড়ব না। যদি ভালোবাসা আমার কাছ থেকে আমার পরিচয় কেড়ে নিতে চায়, তাহলে সেই ভালোবাসা কি সম্পূর্ণ? আমার মন বলছে, না।" (চত্বারিংশ অধ্যায় থেকে অনুপ্রাণিত)

'নরম আলো': "আমার হৃদয়ের সব 'ভাঙা কাঁচ' আজ জোড়া লেগে গেছে। আর সেই ভাঙা কাঁচের উপর তোমার ভালোবাসার 'নরম আলো' পড়েছে, যা আমার জীবনকে আলোকিত করেছে। তুমিই আমার আলো, রুদ্র।" (পঞ্চবিংশ ও সপ্তত্রিংশ অধ্যায় থেকে অনুপ্রাণিত)

অনন্যা তার লেখালেখির মাধ্যমে এক নতুন পরিচয় খুঁজে পেল। সে এখন আর শুধু একজন কর্পোরেট মহিলা বা আর্ট স্ট্র্যাটেজি কন্সালটেন্ট ছিল না, সে ছিল একজন লেখিকা, একজন অনুপ্রেরণাদাত্রী। তার গল্পটা অনেক মানুষের জীবনকে স্পর্শ করেছিল, তাদের মনে সাহস আর আশা

জাগিয়েছিল। রুদ্র অনন্যার সাফল্যে গর্বিত হলো। সে জানত, অনন্যা তার জীবনের ছায়াগুলোকে জয় করে আলোর দিকে এগিয়ে গেছে।

বইটি প্রকাশের পর অনন্যা ও রুদ্রের ভালোবাসার গল্পটা আরও বেশি শক্তিশালী হলো। তাদের সম্পর্ক এখন শুধু তাদের ব্যক্তিগত গণ্ডির মধ্যে সীমাবদ্ধ ছিল না, এটি ছিল সমাজের কাছে এক দৃষ্টান্ত। রুদ্রের 'তুমি, ছায়া, আলো' প্রদর্শনী তার শিল্পসত্তার গভীরতাকে তুলে ধরেছিল, আর অনন্যার বই তার আত্মিক যাত্রাকে জনসমক্ষে এনেছিল। তারা একে অপরের সাফল্যে গর্বিত ছিল, একে অপরের স্বপ্নকে সমর্থন করত।

অনন্যা তার ডায়েরিতে যা লিখেছিল (চত্বারিংশ অধ্যায়ে): 'আমি আমার নিজস্বতাও ধরে রাখতে পেরেছি, আর ভালোবাসাও হারাতে পারিনি।'—আজ সেই কথাগুলো সত্যি মনে হচ্ছিল। তার লেখালেখি তাকে এক নতুন প্ল্যাটফর্ম দিয়েছিল, যেখানে সে তার অভিজ্ঞতাগুলো ভাগ করে নিতে পারত, এবং অন্যদের জীবনকে প্রভাবিত করতে পারত।

এই বই অনন্যার নিজের কাছেও এক গুরুত্বপূর্ণ তাৎপর্য বহন করত। এটি ছিল তার আত্মিক যাত্রার এক লিখিত প্রমাণ, তার সংগ্রাম, তার বিজয়, এবং তার ভালোবাসার এক প্রতিচ্ছবি। সে এখন সম্পূর্ণ মুক্ত, সম্পূর্ণ সুখী। তার মনে আর কোনো ভয় ছিল না, কোনো অনিশ্চয়তা ছিল না।

আলোর নিচে এক পলক

বই প্রকাশের পর সেই রাতে অনন্যা তার ডায়েরিটা খুলল। তার মনে এক গভীর শান্তি ছিল, এক ধরনের গর্ব। সে লিখল:

প্রিয় রুদ্র (আমার জীবনের সেরা লেখক),

আমার বই আজ প্রকাশিত হলো, ডায়েরি! 'আলোর নিচে এক পলক: এক আত্মানুসন্ধানের ডায়েরি'। আমার মনে হচ্ছে, আমি আজ সম্পূর্ণ। আমার জীবনের সব কষ্ট, সব সংগ্রাম, সব ভালোবাসার গল্প আজ একটি বই হিসেবে প্রকাশিত হলো।

আমি বিশ্বাস করতে পারছি না, রুদ্র। আমার সেই ব্যক্তিগত ডায়েরির পাতাগুলো আজ এত মানুষের কাছে পৌঁছে যাচ্ছে। আমি চেয়েছিলাম আমার গল্পটা অন্যদের জন্য অনুপ্রেরণা হোক, আর আজ সেটা সত্যি হলো।

তোমার 'তুমি, ছায়া, আলো' প্রদর্শনী (চতুর্বিংশ অধ্যায়) আমাকে সাহস দিয়েছিল, রুদ্র। তুমি তোমার শিল্প দিয়ে তোমার জীবনের গল্প বলেছিলে। আর আজ আমি আমার লেখা দিয়ে আমার জীবনের গল্প বলেছি। আমরা দুজনেই আমাদের নিজস্ব পথে আমাদের ভালোবাসা আর আমাদের সংগ্রামকে প্রকাশ করেছি।

আমার মনে হয়, আমার আত্মচর্চা (ত্রয়স্ত্রিংশ অধ্যায়) আজ পূর্ণ হলো, ডায়েরি। আমি নিজেকে খুঁজে পেয়েছি। আমি ভালোবাসার জন্য প্রস্তুত, বিশ্বাস করার জন্য প্রস্তুত। এই বই আমার জন্য এক নতুন শুরুর প্রতীক।

আমি এখন আর শুধু একজন কর্পোরেট মহিলা বা আর্ট স্ট্র্যাটেজি কন্সালটেন্ট নই, রুদ্র। আমি একজন লেখিকা। এটা আমার নতুন পরিচয়। আমার নিজস্বতা আর ভালোবাসার এই সমন্বয় আমাকে সম্পূর্ণতা দিয়েছে।

আমি জানি, তুমি আমার জন্য কতটা সংগ্রাম করেছ, আর আমি তোমার জন্য কতটা আত্মত্যাগ করেছি। কিন্তু আমাদের ভালোবাসা সব বাধা পেরিয়ে আজ জয়ী হয়েছে। আমি তোমাকে খুব ভালোবাসি, রুদ্র। তুমিই আমার জীবন, তুমিই আমার পথ। তুমিই আমার 'ছায়ার গল্প'-এর নতুন অধ্যায়।

ইতি,

তোমার অনন্যা

(যে এখন একজন লেখিকা)

রুদ্র তার স্টুডিওতে ফিরে এসে তার ডায়েরিটা খুলল। তার মনে এক গভীর শান্তি ছিল, এক ধরনের গর্ব। সে লিখল:

প্রিয় ডায়েরি,

আজ অনন্যার বই প্রকাশিত হলো, ডায়েরি! 'আলোর নিচে এক পলক: এক আত্মানুসন্ধানের ডায়েরি'। আমার মনে হচ্ছে, আমি আজ সম্পূর্ণ। অনন্যা আমার পাশে আছে, আমার আলো হয়ে।

আমি ওর সাফল্যে গর্বিত, ডায়েরি। ও একজন অসাধারণ মানুষ, একজন অসাধারণ লেখিকা। ওর গল্পটা অনেক

মানুষের জীবনকে স্পর্শ করবে। আমি জানতাম ও পারবে। ওর ভেতরের শক্তিটা আমি প্রথম দিন থেকেই অনুভব করেছিলাম।

আমার 'তুমি, ছায়া, আলো' প্রদর্শনী ছিল আমার জীবনের গল্প। আর অনন্যার বই তার জীবনের গল্প। আমরা দুজনেই আমাদের নিজস্ব পথে আমাদের ভালোবাসা আর আমাদের সংগ্রামকে প্রকাশ করেছি। আমাদের ভালোবাসা আজ জনসমক্ষে স্বীকৃতি পেল।

আমার জীবন আজ সম্পূর্ণ, ডায়েরি। অনন্যা আমার পাশে আছে। আমি আর একা নই। আমাদের ভালোবাসায় এখন শুধু আলো, কোনো ছায়া নেই। ওর বই আমার 'ছায়ার গল্প' প্রজেক্টটাকে আরও বেশি সম্পূর্ণ মনে করাচ্ছে। ও আমার গল্পের নতুন অধ্যায়।

আমি ওকে খুব ভালোবাসি, ডায়েরি। আমি ওকে আর কোনোদিনও হারাতে চাই না। আমি বিশ্বাস করি, আমাদের ভালোবাসা সব বাধা পেরিয়ে তার পথ খুঁজে নেবে।

রুদ্র

Ch. 46: নিজের নিজের স্বপ্ন

পঞ্চচত্বারিংশ অধ্যায়ে অনন্যার লেখা ডায়েরির অংশগুলো **'আলোর নিচে এক পলক: এক আত্মানুসন্ধানের ডায়েরি'** নামে একটি বই হিসেবে প্রকাশিত হয়ে তাকে একজন সফল

লেখিকা হিসেবে নতুন পরিচয় দিয়েছিল। এটি ছিল তার আত্মিক যাত্রার এক লিখিত প্রমাণ এবং ভালোবাসার বিজয়ের এক উদযাপন। চতুর্বিংশ অধ্যায়ে রুদ্রের 'তুমি, ছায়া, আলো' প্রদর্শনী তাদের সম্মিলিত সংগ্রাম ও ভালোবাসাকে শিল্পের মাধ্যমে জনসমক্ষে তুলে ধরেছিল। ত্রাচত্বারিংশ অধ্যায়ে অরিজিৎ আর তিতলির চিরতরে বিদায় তাদের সম্পর্ককে সম্পূর্ণভাবে অতীতের প্রভাবমুক্ত করেছিল, আর দ্বাচত্বারিংশ অধ্যায়ে তাদের ছোট্ট ফ্ল্যাটটি হয়ে উঠেছিল ভালোবাসার এক শান্ত আশ্রয়। একচত্বারিংশ অধ্যায়ে তারা 'একসঙ্গে থাকার মানে' খুঁজে পেয়েছিল—সহযোগিতা, বোঝাপড়া আর প্রেমই ছিল তাদের সম্পর্কের মূল ভিত্তি। রুদ্রের পরিবারের সব শর্ত ও আপত্তি কাটিয়ে (ঊনচত্বারিংশ অধ্যায়ে শর্ত থাকলেও, চত্বারিংশ অধ্যায়ে অনন্যার দৃঢ়তার কারণে তা জয় হয়) তারা এখন শান্তিতে জীবন যাপন করছিল। তাদের ভালোবাসা, সম্পর্ক এবং ব্যক্তিগত জীবন এখন স্থিতিশীল ও পরিপক্ক। এবার তাদের সামনে ছিল এক নতুন অধ্যায়—একে অপরের পাশে থেকে, নিজেদের ব্যক্তিগত স্বপ্নগুলো পূরণ করা এবং ক্যারিয়ারকে আরও এগিয়ে নিয়ে যাওয়া।

অনন্যা ও রুদ্রের নতুন ফ্ল্যাটে (দ্বাচত্বারিংশ অধ্যায়ে উল্লিখিত) দিনগুলো কাটছিল এক নতুন ছন্দে, এক গভীর শান্তিতে। তাদের দৈনন্দিন জীবন ছিল সাদামাটা, কিন্তু তাতে ছিল এক ধরনের পূর্ণতা, যা তারা আগে কখনো অনুভব করেনি। সকালের শুরু হতো একসঙ্গে বানানো কফির সুগন্ধ দিয়ে, বসার ঘরে হালকা বাদ্যযন্ত্রের সুর বাজত, আর তারা একে

অপরের দিনের পরিকল্পনা ভাগ করে নিত। রুদ্র তার স্টুডিওতে যেত, তার 'ছায়ার গল্প' প্রজেক্ট (দ্বাদশ অধ্যায়ে শুরু হয়েছিল) নিয়ে কাজ করত, যা এখন 'আলো' দিয়ে ভরে উঠছিল। অনন্যা তার 'আর্ট স্ট্র্যাটেজি কন্সালটিং' (চত্বারিংশ অধ্যায়ে উল্লিখিত) এর কাজ করত, যা তাকে তার কর্পোরেট দক্ষতা ব্যবহার করতে দিচ্ছিল কিন্তু কর্পোরেট প্যাঁচ থেকে দূরে রাখছিল। তার নতুন পরিচয়, একজন লেখিকা হিসেবে, তাকে আরও বেশি আত্মবিশ্বাসী করে তুলেছিল।

তাদের ভালোবাসা এখন শুধু রোমান্টিক আবেগ বা গভীর বোঝাপড়ার মধ্যে সীমাবদ্ধ ছিল না, এটি ছিল পারস্পরিক শ্রদ্ধা, স্বাধীনতা এবং একে অপরের স্বপ্ন পূরণে নিঃশর্ত সমর্থনের এক প্রতীক। তারা চতুর্বিংশ অধ্যায়ে অনন্যার মনে যে অনিশ্চয়তা দানা বেঁধেছিল—'সমাজ, পরিবার, ক্যারিয়ার—সব একসঙ্গে সম্ভব তো?'—সেই প্রশ্নের উত্তর খুঁজে পেয়েছিল। তারা এখন জানত, সব কিছু একসঙ্গে সম্ভব, যদি ভালোবাসা সত্য হয় এবং দুজন মানুষ একে অপরের স্বপ্নকে সম্মান করে। তাদের দ্বাবিংশ অধ্যায়ের সিদ্ধান্ত—'ধীরে ধীরে সম্পর্ক গড়া' এবং 'এখন বাঁচা'—এখন তাদের জীবনের এক সফল মন্ত্রে পরিণত হয়েছিল।

অনন্যার নতুন পেশা 'আর্ট স্ট্র্যাটেজি কন্সালটিং' দ্রুতই সাফল্য অর্জন করছিল। তার প্রথম বই 'আলোর নিচে এক পলক: এক আত্মানুসন্ধানের ডায়েরি' (পঞ্চচত্বারিংশ অধ্যায়ে প্রকাশিত) তাকে একজন প্রতিষ্ঠিত লেখিকা হিসেবে পরিচিতি

দিয়েছিল। অনন্যা এই দুটো ক্যারিয়ারকেই সমানভাবে গুরুত্ব দিত, এবং রুদ্র তার পাশে ছিল, তার প্রধান সহযোগী হয়ে।

১. **কন্সালটিংয়ে রুদ্রের সহযোগিতা:** অনন্যা যখন ছোট ছোট আর্ট গ্যালারি বা নতুন শিল্পীদের জন্য ব্র্যান্ডিং এবং মার্কেটিং কৌশল তৈরি করত, তখন রুদ্র তাকে বিভিন্ন দিক দিয়ে সাহায্য করত।

শিল্প জ্ঞান ও নেটওয়ার্ক: রুদ্রের ফটোগ্রাফির গভীর জ্ঞান এবং কলকাতার শিল্প মহলে তার পরিচিতি অনন্যার জন্য খুবই মূল্যবান ছিল। সে অনন্যাকে বিভিন্ন গ্যালারি মালিক, কিউরেটর এবং প্রতিশ্রুতিশীল শিল্পীদের সাথে পরিচয় করিয়ে দিত। রুদ্রের অভিজ্ঞতা অনন্যাকে শিল্পের ভেতরের দিকটা বুঝতে সাহায্য করত, যা তার স্ট্র্যাটেজিকে আরও কার্যকর করত।

দৃষ্টিভঙ্গির আদান-প্রদান: অনন্যা যখন কোনো নতুন স্ট্র্যাটেজি নিয়ে কাজ করত, তখন রুদ্র তার সাথে আলোচনা করত, তার শিল্পীর দৃষ্টিকোণ থেকে মতামত দিত। এই আলোচনা অনন্যার ধারণাকে আরও সমৃদ্ধ করত, কারণ রুদ্র একজন শিল্পী হিসেবে জানত কীভাবে শিল্পকে মানুষের কাছে পৌঁছাতে হয়।

ফটোগ্রাফিক সাপোর্ট: অনেক সময় অনন্যার ক্লায়েন্টদের জন্য রুদ্র ফটোগ্রাফিক কন্টেন্ট তৈরি করে দিত। নতুন গ্যালারির ছবি তোলা, শিল্পকর্মের প্রোমোশনাল শট, বা শিল্পীদের প্রতিকৃতি—এই সব কিছুতে রুদ্রের ফটোগ্রাফি দক্ষতা অনন্যার কাজকে এক নতুন মাত্রা দিত। অনন্যা রুদ্রের

ছবিগুলো ব্যবহার করে তার ক্লায়েন্টদের জন্য আকর্ষণীয় মার্কেটিং ক্যাম্পেইন তৈরি করত।

২. **লেখালেখিতে রুদ্রের অনুপ্রেরণা:** অনন্যা যখন তার দ্বিতীয় বই লেখার পরিকল্পনা করছিল, তখন রুদ্র ছিল তার সবচেয়ে বড় অনুপ্রেরণা।

মানসিক সমর্থন: লেখালেখি একটি একাকী কাজ, কিন্তু রুদ্র সবসময় অনন্যার পাশে থাকত। যখন অনন্যা লেখার জন্য মানসিক চাপে থাকত, রুদ্র তাকে সান্ত্বনা দিত, তার পাশে বসে থাকত, অথবা তাকে বাইরে নিয়ে যেত মন হালকা করার জন্য। রুদ্র অনন্যার সৃজনশীল প্রক্রিয়াকে বুঝত, কারণ সে নিজেও একজন শিল্পী ছিল।

বিষয়বস্তু নিয়ে আলোচনা: অনন্যা যখন কোনো নতুন বিষয় নিয়ে লিখত, তখন রুদ্র তার সাথে আলোচনা করত, তার চিন্তাগুলো ভাগ করে নিত। রুদ্রের জীবনের অভিজ্ঞতা, বিশেষ করে তার 'ছায়ার গল্প' প্রজেক্টের গভীরতা (দ্বাদশ অধ্যায়), অনন্যার লেখালেখিতে নতুন মাত্রা যোগ করত। রুদ্র অনন্যাকে বিভিন্ন মানুষের গল্প বলার জন্য উৎসাহিত করত, যা অনন্যার লেখাগুলোকে আরও বাস্তবসম্মত করে তুলত।

প্রুফরিডিং ও মতামত: রুদ্র অনন্যার লেখার প্রাথমিক খসড়াগুলো পড়ত, গঠনমূলক সমালোচনা দিত, এবং অনন্যাকে তার লেখাগুলো আরও উন্নত করতে সাহায্য করত। রুদ্রের শিল্পীসুলভ চোখ অনন্যার লেখায় নতুন দৃষ্টিভঙ্গি যোগ করত।

অনন্যা অনুভব করত, রুদ্রের এই সমর্থন তাকে আরও বেশি আত্মবিশ্বাসী করে তুলছে। তার মনে হতো, সে এখন তার সব স্বপ্ন পূরণ করতে পারবে, কারণ তার পাশে রুদ্র আছে, যে তাকে নিঃশর্তভাবে সমর্থন করে। অনন্যা তার ডায়েরিতে যা লিখেছিল (চত্বারিংশ অধ্যায়ে): 'আমি আমার নিজস্বতাও ধরে রাখতে পেরেছি, আর ভালোবাসাও হারাতে পারিনি।'—রুদ্রের সমর্থন সেই কথাটাকে প্রতি মুহূর্তে সত্যি করে তুলছিল।

রুদ্রের ফটোগ্রাফি ক্যারিয়ার অনন্যার আগমনের পর এক নতুন দিগন্ত উন্মোচন করেছিল। তার 'তুমি, ছায়া, আলো' প্রদর্শনী (চতুর্বিংশ অধ্যায়) তাকে একজন প্রতিষ্ঠিত শিল্পী হিসেবে পরিচিতি দিয়েছিল, এবং অনন্যা তার পাশে ছিল, তার প্রধান সহযোগী হয়ে।

১. **ব্যবসায়িক ব্যবস্থাপনা:** রুদ্র একজন মেধাবী শিল্পী ছিল, কিন্তু তার ব্যবসায়িক দিকটা ততটা শক্তিশালী ছিল না। অনন্যা তার কর্পোরেট ব্যাকগ্রাউন্ড (ঊনত্রিংশ অধ্যায়ে তার প্রোমোশন) এবং 'আর্ট স্ট্র্যাটেজি কন্সালটিং'-এর অভিজ্ঞতা ব্যবহার করে রুদ্রের ফটোগ্রাফি ব্যবসাকে সুসংগঠিত করতে সাহায্য করত।

প্রদর্শনী ও বিপণন: রুদ্রের নতুন প্রদর্শনীর জন্য অনন্যা লজিস্টিক্স, প্রচার এবং মিডিয়া ম্যানেজমেন্টের দায়িত্ব নিত। সে প্রেস রিলিজ তৈরি করত, সোশ্যাল মিডিয়া ক্যাম্পেইন চালাত, এবং বিভিন্ন আর্ট গ্যালারি ও কর্পোরেট ক্লায়েন্টদের

সাথে যোগাযোগ করত। রুদ্রের কাজকে সঠিক মানুষের কাছে পৌঁছে দেওয়ার কাজটি অনন্যা অত্যন্ত দক্ষতার সাথে করত।

চুক্তি ও মূল্য নির্ধারণ: অনন্যা রুদ্রের কাজগুলোর জন্য সঠিক মূল্য নির্ধারণ করতে সাহায্য করত, এবং বিভিন্ন ক্লায়েন্টদের সাথে চুক্তির শর্তাবলী নিয়ে আলোচনা করত। রুদ্রের আর্থিক সমস্যা (অষ্টাবিংশ অধ্যায়) এখন আর ছিল না, কারণ অনন্যার ব্যবসায়িক বুদ্ধি রুদ্রের আয়ের উৎসকে স্থিতিশীল করেছিল।

কর্পোরেট ক্লায়েন্টদের সাথে যোগাযোগ: অনন্যা রুদ্রকে কর্পোরেট ক্লায়েন্টদের সাথে কাজ করতে উৎসাহিত করত, যারা রুদ্রের শিল্পকে তাদের ব্র্যান্ডিংয়ের জন্য ব্যবহার করতে পারত। অনন্যার নেটওয়ার্ক রুদ্রের জন্য নতুন সুযোগ তৈরি করত।

২. **সৃজনশীল সহযোগিতা:** অনন্যা রুদ্রের শিল্পীসত্তাকে গভীরভাবে বুঝত এবং তাকে নতুন নতুন সৃজনশীল প্রজেক্টে উৎসাহিত করত।

বিষয়বস্তু নিয়ে আলোচনা: রুদ্র যখন কোনো নতুন ফটোগ্রাফি প্রজেক্টের ধারণা নিয়ে আসত, অনন্যা তার সাথে আলোচনা করত, তার দৃষ্টিকোণ থেকে মতামত দিত। অনন্যার জীবনের অভিজ্ঞতা, বিশেষ করে তার 'আত্মচর্চা'র সময় তার উপলব্ধিগুলো (ত্রয়স্ত্রিংশ অধ্যায়), রুদ্রের শিল্পে নতুন গভীরতা যোগ করত।

প্রেরণা ও উৎসাহ: যখন রুদ্র কোনো সৃজনশীল ব্লক অনুভব করত (যেমন অষ্টাবিংশ অধ্যায়ে), অনন্যা তাকে অনুপ্রাণিত করত, তাকে মনে করিয়ে দিত তার শিল্পীসত্তার মূল্য। সে

রুদ্রকে নতুন জায়গায় নিয়ে যেত ছবি তোলার জন্য, নতুন অভিজ্ঞতা অর্জনের জন্য।

সংবেদনশীলতা: অনন্যা রুদ্রের শিল্পের সংবেদনশীলতা, তার 'ছায়ার গল্প'-এর গভীরতা বুঝত। সে রুদ্রকে তার ব্যক্তিগত আবেগগুলোকে ছবিতে প্রকাশ করার জন্য উৎসাহিত করত, যা তার শিল্পকে আরও শক্তিশালী করত।

রুদ্র অনুভব করত, অনন্যার এই সমর্থন তাকে আরও বেশি আত্মবিশ্বাসী করে তুলছে। তার মনে হতো, অনন্যা শুধু তার জীবনসঙ্গিনী নয়, সে তার শিল্পীসত্তার এক অবিচ্ছেদ্য অংশ। রুদ্রের ডায়েরিতে যা লিখেছিল (চত্বারিংশ অধ্যায়ে): 'আমার শিল্প, আমার ভালোবাসা—সবকিছুই আজ পূর্ণতা পেল।'—অনন্যার সমর্থন সেই কথাটাকে প্রতি মুহূর্তে সত্যি করে তুলছিল।

দু'জনেরই নিজেদের স্বপ্ন ছিল, এবং তারা সেই স্বপ্ন পূরণের জন্য অক্লান্ত পরিশ্রম করত। কিন্তু দুটো সফল ক্যারিয়ারকে একসাথে সামলানোটা সহজ ছিল না। তাদের সামনে কিছু চ্যালেঞ্জও ছিল:

সময়ের অভাব: মাঝে মাঝে তাদের কাজের চাপ এতটাই বেড়ে যেত যে, একে অপরের জন্য যথেষ্ট সময় বের করা কঠিন হতো। তবে, তারা এই চ্যালেঞ্জ মোকাবেলা করার জন্য সচেতনভাবে পরিকল্পনা করত। তারা একে অপরের কাজের সময়সূচী জানত, এবং একে অপরের ব্যক্তিগত সময়কে সম্মান করত। তারা চেষ্টা করত অন্তত দিনে একবার

একসঙ্গে খাবার খেতে, অথবা রাতে একসঙ্গে বসে গল্প করতে।

শারীরিক ও মানসিক ক্লান্তি: দীর্ঘ কর্মঘণ্টা এবং মানসিক চাপ তাদের দু'জনকেই ক্লান্ত করে তুলত। যখন একজন ক্লান্ত থাকত, অন্যজন তাকে মানসিক সমর্থন দিত, তাকে বিশ্রাম নিতে উৎসাহিত করত। তারা একে অপরের দুর্বলতাগুলোকে বুঝত, এবং একে অপরকে শক্তি যোগাত।

ভ্রমণ: অনন্যাকে তার কন্সালটিং কাজের জন্য মাঝে মাঝে ভ্রমণ করতে হতো, আর রুদ্রকেও তার ফটোগ্রাফি প্রজেক্টের জন্য বাইরে যেতে হতো। এই দূরত্ব মাঝে মাঝে তাদের মধ্যে এক ধরনের শূন্যতা তৈরি করত। কিন্তু তারা নিয়মিত ভিডিও কল করত, একে অপরের খবর নিত, এবং যত দ্রুত সম্ভব আবার দেখা করার পরিকল্পনা করত।

পরিবারের প্রত্যাশা: রুদ্রের পরিবারের পক্ষ থেকে মাঝে মাঝে ছোটখাটো প্রত্যাশা আসত, বিশেষ করে বিয়ের পরের জীবন নিয়ে (অষ্টত্রিংশ ও ঊনচত্বারিংশ অধ্যায়ে উল্লিখিত)। কিন্তু অনন্যা ও রুদ্র দুজনেই এখন সেই প্রত্যাশাগুলো সামলাতে জানত। তারা তাদের পরিবারের সদস্যদের বোঝাত যে, তাদের ভালোবাসা তাদের নিজস্ব পথে বিকশিত হবে, এবং তারা একে অপরের স্বপ্নকে সম্মান করে।

এই চ্যালেঞ্জগুলো তাদের ভালোবাসাকে আরও শক্তিশালী করত। তারা শিখল কীভাবে একে অপরের সাথে খোলাখুলি কথা বলতে হয়, কীভাবে নিজেদের কষ্টগুলো ভাগ করে নিতে হয়। তাদের সম্পর্কটা এখন আর শুধু রোমান্টিক প্রেম ছিল

না, এটি ছিল গভীর বোঝাপড়া, আস্থা, এবং পারস্পরিক শ্রদ্ধার এক নতুন সংজ্ঞা। তারা একে অপরের ব্যক্তিগত স্থানকে সম্মান করত, একে অপরের স্বাধীনতাকে মূল্য দিত, কারণ তারা জানত, ভালোবাসা মানে শুধু কাছে থাকা নয়, ভালোবাসা মানে একে অপরের নিজস্বতাকে সম্মান জানানো এবং তাকে উড়তে সাহায্য করা।

অনন্যা ও রুদ্রের এই পারস্পরিক সমর্থন তাদের ভালোবাসা ও ব্যক্তিগত বিকাশকে এক নতুন স্তরে নিয়ে গিয়েছিল।

ব্যক্তিগত বৃদ্ধি: অনন্যা তার ক্যারিয়ারে যেমন সফল হচ্ছিল, তেমনি তার লেখালেখি তাকে একজন অনুপ্রেরণাদাত্রী হিসেবে পরিচিতি দিচ্ছিল। রুদ্রের সমর্থন তাকে আত্মবিশ্বাসী করে তুলেছিল, এবং তার 'আত্মচর্চা'র শিক্ষা তাকে তার নিজস্বতাকে আরও ভালোভাবে চিনতে সাহায্য করেছিল। রুদ্র তার শিল্পে এক নতুন দিগন্ত উন্মোচন করছিল, তার ছবিগুলো আরও বেশি গভীর এবং আবেগপূর্ণ হয়ে উঠছিল। অনন্যার সমর্থন তাকে ব্যবসায়িক দিক থেকে শক্তিশালী করেছিল, যা তাকে একজন শিল্পী হিসেবে আরও বেশি স্বাধীনতা দিচ্ছিল।

সম্পর্কের গভীরতা: তাদের ভালোবাসা এখন এক নতুন, পরিপক্ক রূপে বিকশিত হয়েছিল। তারা একে অপরের ভেতরের সব অন্ধকার দিকগুলো জানত, আর সেগুলোকে ভালোবাসতে পারত। তাদের সম্পর্কটা এখন আর শুধু 'ভাঙা কাঁচ' (চতুর্থ অধ্যায়) ছিল না, বরং তা ছিল এক শক্ত ইস্পাতের মতো মজবুত, যার উপর ছিল এক নরম আলোর আস্তরণ (পঞ্চবিংশ অধ্যায়), যা তাদের ভালোবাসাকে

আলোকিত করছিল। তারা এখন একসাথে জীবনের সব চ্যালেঞ্জ মোকাবেলা করতে প্রস্তুত ছিল, একে অপরের হাত ধরে।

তাদের এই জীবনযাত্রা প্রমাণ করে দিয়েছিল যে, ভালোবাসা আর ক্যারিয়ার—দুটোই একসাথে সম্ভব, যদি দুজন মানুষ একে অপরের স্বপ্নকে সম্মান করে এবং একে অপরের পাশে থাকে। তাদের সম্পর্ক ছিল এক 'নতুন জীবনের ছবি' (চতুর্বিংশ অধ্যায়), যেখানে ভালোবাসা, শিল্প, এবং জীবন এক সাথে মিলেমিশে এক অনন্ত ভালোবাসার দিকে এগিয়ে যাচ্ছিল। তারা এখন আর শুধু অনন্যা আর রুদ্র নয়, তারা ছিল 'আমরা', যারা একে অপরের স্বপ্ন পূরণের জন্য অক্লান্ত পরিশ্রম করত, একে অপরকে ভালোবাসত, এবং একে অপরের পাশে থেকে নিজেদের জীবনকে আরও বেশি অর্থপূর্ণ করে তুলত।

সেই রাতে অনন্যা তার ডায়েরিটা খুলল। তার মনে এক গভীর শান্তি ছিল, এক ধরনের পূর্ণতা। সে লিখল:

প্রিয় রুদ্র (আমার স্বপ্নের সহযোগী),

আমরা এখন আমাদের নিজের নিজের স্বপ্ন পূরণ করছি, রুদ্র। আমার নতুন কাজ 'আর্ট স্ট্র্যাটেজি কন্সালটিং' খুব ভালো চলছে, আর আমার লেখালেখিও আমাকে এক নতুন পরিচয় দিয়েছে। আর তুমিও তোমার 'ছায়ার গল্প' প্রজেক্টে নতুন নতুন ছবি তুলছো, তোমার প্রদর্শনীগুলো খুব সফল হচ্ছে।

আমাদের ভালোবাসা আমাকে এই শক্তি দিয়েছে, রুদ্র। তোমার সমর্থন ছাড়া আমি আমার এই পথে এতটা সফল হতে পারতাম না। তুমি আমাকে আমার প্রতিটি পদক্ষেপে সাহায্য করো, আমাকে সাহস দাও, আমাকে অনুপ্রাণিত করো। তুমি আমাকে আমার নিজস্বতা ধরে রাখতে সাহায্য করেছ, আর ভালোবাসাও হারাতে দাওনি।

আমি জানি, রুদ্র, তোমার শিল্পীসত্তা কতটা গভীর। তোমার প্রতিটি ছবি, তোমার প্রতিটি চিন্তা আমাকে মুগ্ধ করে। আর আমার এই কর্পোরেট দক্ষতা হয়তো তোমার শিল্পকে মানুষের কাছে পৌঁছে দিতে সাহায্য করছে। আমাদের কাজগুলো এখন একে অপরের পরিপূরক, রুদ্র। এটা আমার কাছে এক নতুন অভিজ্ঞতা।

আমার মনে হয়, আমাদের ভালোবাসার প্রকৃত অর্থ হলো একে অপরের স্বপ্নকে সম্মান করা, একে অপরকে সমর্থন করা। আমরা একে অপরের পাশে আছি, রুদ্র। একে অপরের দুর্বলতাগুলোকে গ্রহণ করতে শিখেছি, আর একে অপরের স্বপ্নগুলোকে পূরণ করতে সাহায্য করছি। এটাই আমাদের 'একসঙ্গে থাকার মানে' (একচত্বারিংশ অধ্যায়)।

আমি জানি না আমাদের পথটা কোথায় গিয়ে শেষ হবে, রুদ্র। কিন্তু আমি জানি, আমি তোমার হাত ধরে হাঁটতে প্রস্তুত। আমাদের ভালোবাসা এতটাই শক্তিশালী যে কোনো কিছুই আমাদের হারাতে পারবে না। আমরা আমাদের 'নিজের নিজের স্বপ্ন' পূরণ করব, রুদ্র। একসাথে, হাতে হাত রেখে।

আমি তোমাকে খুব ভালোবাসি, রুদ্র। তুমিই আমার জীবন, তুমিই আমার পথ। তুমিই আমার 'ছায়ার গল্প'-এর নতুন অধ্যায়। আমি তোমার সাথে সারাজীবন থাকতে চাই, রুদ্র। আমার সব স্বপ্ন, সব সাফল্য তোমাকে ছাড়া অর্থহীন।

ইতি,

তোমার অনন্যা

(যে এখন স্বপ্ন পূরণের পথে)

রুদ্র তার স্টুডিওতে ফিরে এসে তার ডায়েরিটা খুলল। তার মনে এক গভীর শান্তি ছিল, এক ধরনের গর্ব। সে লিখল:

প্রিয় ডায়েরি,

অনন্যা আমার পাশে আছে, ডায়েরি। আমরা এখন আমাদের 'নিজের নিজের স্বপ্ন' পূরণ করছি। আমার 'ছায়ার গল্প' প্রজেক্টটা এখন আরও বেশি সম্পূর্ণ মনে হচ্ছে, কারণ অনন্যা আমার পাশে আছে, আমার আলো হয়ে। ও আমার প্রেরণা, আমার শক্তি।

ওর নতুন কাজ 'আর্ট স্ট্র্যাটেজি কন্সালটিং' খুব ভালো চলছে। আর ওর বই প্রকাশিত হয়েছে, ও একজন সফল লেখিকা। আমি ওর সাফল্যে গর্বিত, ডায়েরি। ও একজন অসাধারণ মানুষ, একজন অসাধারণ লেখিকা। ওর গল্পটা অনেক মানুষের জীবনকে স্পর্শ করবে।

আমি ওকে আমার শিল্পে সাহায্য করি, আর ও আমার ব্যবসাকে সুসংগঠিত করে। ওর কর্পোরেট দক্ষতা আমার জন্য খুবই মূল্যবান। আমরা একে অপরের কাজকে সমর্থন করি, একে অপরের স্বপ্নকে সম্মান করি। এটাই আমাদের ভালোবাসার শক্তি, ডায়েরি।

আমার মনে হয়, আমরা এখন আরও বেশি পরিপক্ক, ডায়েরি। অনন্যার ভালোবাসা আমাকে আমার সব ব্যর্থতা থেকে মুক্তি দিয়েছে। আমি এখন আর সেই পুরোনো রুদ্র নই, যে শুধু নিজেকে একজন ব্যর্থ মানুষ মনে করত। আমি এখন আরও বেশি সংবেদনশীল, আরও বেশি পরিপক্ক।

আমি জানি না আমাদের পথটা কোথায় গিয়ে শেষ হবে। কিন্তু আমি জানি, আমি অনন্যার হাত ধরে হাঁটতে প্রস্তুত। আমাদের ভালোবাসা এতটাই শক্তিশালী যে কোনো কিছুই আমাদের হারাতে পারবে না। আমরা একসাথে হাসব, একসাথে কাঁদব, একসাথে বাঁচব।

আমার জীবন আজ সম্পূর্ণ, ডায়েরি। অনন্যা আমার পাশে আছে। আমি আর একা নই। আমাদের ভালোবাসায় এখন শুধু আলো, কোনো ছায়া নেই। আমরা এখন আমাদের 'নিজের নিজের স্বপ্ন' পূরণ করছি, একসাথে।

আমি ওকে খুব ভালোবাসি, ডায়েরি। আমি ওকে আর কোনোদিনও হারাতে চাই না। আমি বিশ্বাস করি, আমাদের ভালোবাসা সব বাধা পেরিয়ে তার পথ খুঁজে নেবে।

রুদ্র

এই 'নিজের নিজের স্বপ্ন' অধ্যায়টি অনন্যা ও রুদ্রের ভালোবাসার এক নতুন, পরিপক্ক অধ্যায়কে তুলে ধরল। তারা একে অপরের প্রতি অটুট সমর্থন ও বোঝাপড়ার মাধ্যমে নিজেদের স্বতন্ত্র ক্যারিয়ার বজায় রাখতে এবং এগিয়ে নিয়ে যেতে সাহায্য করে, যা তাদের ভালোবাসার গভীরতা এবং পারস্পরিক শ্রদ্ধার এক উজ্জ্বল দৃষ্টান্ত হয়ে ওঠে। তাদের জীবন এখন এক সম্পূর্ণতা ও শান্তির দিকে এগিয়ে যাচ্ছিল, যেখানে ভালোবাসা, শিল্প, লেখালেখি, এবং ব্যক্তিগত স্বপ্ন—সবকিছু এক সাথে মিলেমিশে এক অনন্ত ভালোবাসার দিকে এগিয়ে যাচ্ছিল।

আপনার উপন্যাস **'আলোর নিচে এক পলক'**-এর পঞ্চচত্বারিংশ অধ্যায়ে অনন্যার লেখা ডায়েরির অংশগুলো **'আলোর নিচে এক পলক: এক আত্মানুসন্ধানের ডায়েরি'** নামে একটি বই হিসেবে প্রকাশিত হয়েছিল, যা তাকে একজন সফল লেখিকা হিসেবে নতুন পরিচয় দিয়েছিল। এর আগে চতুর্বিংশ অধ্যায়ে রুদ্রের 'তুমি, ছায়া, আলো' প্রদর্শনী তাদের ভালোবাসার এক পাবলিক উদযাপন ছিল। ত্রাচত্বারিংশ অধ্যায়ে তারা জীবনের সব পুরোনো ছায়াকে চিরতরে বিদায় জানিয়েছিল। দ্বাচত্বারিংশ অধ্যায়ে একটি শান্ত ছোট্ট ফ্ল্যাটে তাদের 'একটি বাড়ি' খুঁজে পাওয়া এবং একচত্বারিংশ অধ্যায়ে 'একসঙ্গে থাকার মানে' খুঁজে পাওয়া—সবকিছু মিলে তাদের জীবন এখন শান্তিতে ভরে উঠেছিল। ষষ্ঠচত্বারিংশ অধ্যায়ে তারা একে অপরের স্বপ্নকে সম্মান জানিয়ে নিজেদের ক্যারিয়ারকে সফলভাবে এগিয়ে নিয়ে

যাচ্ছিল। তাদের ভালোবাসা, সম্পর্ক এবং ব্যক্তিগত জীবন এখন স্থিতিশীল ও পরিপক্ক। এইবার তাদের ভালোবাসার সেই পূর্ণতা এক নতুন রূপে ধরা দিতে চলেছে—তাদের প্রথম সন্তানের আগমন।

Ch. 47: প্রথম সন্তান

ষষ্ঠচত্বারিংশ অধ্যায়ে অনন্যা ও রুদ্র একে অপরের স্বপ্নকে সম্মান জানিয়ে নিজেদের ক্যারিয়ারে সফলভাবে এগিয়ে যাচ্ছিল। অনন্যার বই **'আলোর নিচে এক পলক: এক আত্মানুসন্ধানের ডায়েরি'** (পঞ্চচত্বারিংশ অধ্যায়ে প্রকাশিত) তাকে একজন প্রতিষ্ঠিত লেখিকা হিসেবে নতুন পরিচয় দিয়েছিল, আর তার 'আর্ট স্ট্র্যাটেজি কন্সালটিং' (চত্বারিংশ অধ্যায়ে উল্লিখিত) এর কাজও খুব ভালো চলছিল। রুদ্রের 'তুমি, ছায়া, আলো' প্রদর্শনী (চতুর্বিংশ অধ্যায়ে উল্লিখিত) তাকে একজন খ্যাতিমান শিল্পী হিসেবে প্রতিষ্ঠিত করেছিল, এবং তার 'ছায়ার গল্প' প্রজেক্ট (দ্বাদশ অধ্যায়ে শুরু হয়েছিল) এখন আরও বেশি পরিপক্ক। ত্রাচত্বারিংশ অধ্যায়ে তারা জীবনের সব পুরোনো ছায়াকে (অরিজিৎ ও তিতলি) চিরতরে বিদায় জানিয়েছিল, আর দ্বাচত্বারিংশ অধ্যায়ে তাদের ছোট্ট ফ্ল্যাটটি হয়ে উঠেছিল ভালোবাসার এক শান্ত আশ্রয়। একচত্বারিংশ অধ্যায়ে তারা 'একসঙ্গে থাকার মানে' খুঁজে পেয়েছিল—সহযোগিতা, বোঝাপড়া আর প্রেমই ছিল তাদের সম্পর্কের মূল ভিত্তি। রুদ্রের পরিবারের সব শর্ত ও আপত্তি কাটিয়ে (ঊনচত্বারিংশ অধ্যায়ে শর্ত থাকলেও, চত্বারিংশ

অধ্যায়ে অনন্যার দৃঢ়তার কারণে তা জয় হয়) তারা এখন শান্তিতে জীবন যাপন করছিল। তাদের ভালোবাসা, সম্পর্ক এবং ব্যক্তিগত জীবন এখন স্থিতিশীল ও পরিপক্ক। এইবার, ভালোবাসার সেই পূর্ণতা এক নতুন রূপে ধরা দিতে চলেছে—তাদের জীবনে এক নতুন আলো, এক নতুন অধ্যায়ের সূচনা।

অনন্যা আর রুদ্রের ছোট্ট ফ্ল্যাটে (দ্বাচত্বারিংশ অধ্যায়ে উল্লিখিত) দিনগুলো কাটছিল ভালোবাসায়, শান্তিতে আর পারস্পরিক সমর্থনে। তারা তাদের 'নিজের নিজের স্বপ্ন' (ষষ্ঠচত্বারিংশ অধ্যায়) পূরণের জন্য অক্লান্ত পরিশ্রম করত, এবং একে অপরের পাশে থেকে নিজেদের ক্যারিয়ারকে আরও এগিয়ে নিয়ে যাচ্ছিল। তাদের ভালোবাসা এখন এক নতুন, পরিপক্ক রূপে বিকশিত হয়েছিল, যেখানে বিশ্বাস, বোঝাপড়া এবং নিঃশর্ত সমর্থনই ছিল মূল স্তম্ভ। রুদ্রের মা এখন সম্পূর্ণ সুস্থ, এবং রুদ্রের পরিবারের সদস্যরাও অনন্যাকে নিজেদের পরিবারের অংশ হিসেবে মেনে নিয়েছিলেন। অনন্যার মাও রুদ্রকে তার মেয়ের যোগ্য জীবনসঙ্গী হিসেবে গ্রহণ করেছিলেন। তাদের জীবন যেন এক পূর্ণতার দিকে এগিয়ে যাচ্ছিল।

কিন্তু এই সবকিছুর মাঝে, তাদের মনে এক নতুন স্বপ্ন দানা বাঁধতে শুরু করল—একটি সন্তান। তাদের ভালোবাসার এই পূর্ণতাকে তারা আরও বেশি বিস্তৃত করতে চেয়েছিল। অনন্যা আর রুদ্র একে অপরের দিকে তাকাত আর তাদের চোখে সেই অব্যক্ত আকাঙ্ক্ষা দেখতে পেত—তাদের ভালোবাসার এক নতুন প্রতীক, তাদের জীবনের এক নতুন সংযোজন।

একদিন রাতে তারা তাদের ফ্ল্যাটের বারান্দায় বসেছিল। আকাশ তারায় ভরা, আর কলকাতার মৃদু বাতাস তাদের ছুঁয়ে যাচ্ছিল।

"রুদ্র," অনন্যা ফিসফিস করে বলল। "আমার মনে হয়, আমাদের জীবনে আর একটা কিছুর অভাব আছে।"

রুদ্র অনন্যার দিকে তাকাল। "কীসের অভাব, অনন্যা?"

অনন্যা হাসল। "একটা ছোট্ট প্রাণ। আমাদের ভালোবাসার প্রতীক।"

রুদ্র অনন্যার হাত ধরে তার কপালে চুমু খেল। তার চোখেও সেই একই স্বপ্ন। "আমিও তাই ভাবছিলাম, অনন্যা। আমাদের পরিবারটা যদি সম্পূর্ণ হতো।"

তাদের এই সিদ্ধান্তটা তাড়াহুড়ো করে নেওয়া হয়নি। দ্বাবিংশ অধ্যায়ে তারা সিদ্ধান্ত নিয়েছিল 'ধীরে ধীরে সম্পর্ক গড়ার' এবং 'এখন বাঁচা'-র। তাদের ভালোবাসা সেই সিদ্ধান্ত অনুযায়ী ধীরগতিতে বিকশিত হয়েছিল, এবং এখন তারা বুঝতে পারছিল, একটি সন্তান তাদের ভালোবাসার এই স্তরকে আরও বেশি স্থিতিশীল করবে, আরও বেশি অর্থপূর্ণ করবে। তারা দুজনেই সন্তান গ্রহণের জন্য মানসিকভাবে প্রস্তুত ছিল। অনন্যা তার পুরোনো ভয় আর অবিশ্বাস থেকে সম্পূর্ণ মুক্ত ছিল (ত্রয়স্ত্রিংশ অধ্যায়ে তার থেরাপি), আর রুদ্র তার শিল্পীসত্তাকে সম্পূর্ণভাবে খুঁজে পেয়েছিল (চতুর্বিংশ অধ্যায়ে তার প্রদর্শনী)। তারা এখন জীবনের সব চ্যালেঞ্জ মোকাবেলা করার জন্য প্রস্তুত ছিল।

আলোর নিচে এক পলক

কয়েক মাস পর, অনন্যার জীবনে এক নতুন সকাল এল। সে তার গর্ভাবস্থার প্রথম লক্ষণগুলো অনুভব করতে শুরু করল। সকালে বমি ভাব, অবসাদ, আর এক ধরনের অস্বাভাবিক ক্ষুধা। অনন্যা রুদ্রকে তার সন্দেহটা জানাল। রুদ্র উত্তেজিত হয়ে অনন্যার জন্য প্রেগন্যান্সি টেস্ট কিট কিনে আনল।

যখন টেস্টের ফলাফল ইতিবাচক এল, তখন অনন্যা আর রুদ্র দুজনেই বিশ্বাস করতে পারছিল না। তাদের মনে এক তীব্র আনন্দ, এক ধরনের বিস্ময়। রুদ্র অনন্যাকে শক্ত করে জড়িয়ে ধরল। "আমরা বাবা-মা হতে চলেছি, অনন্যা! আমি বিশ্বাস করতে পারছি না!"

অনন্যার চোখ দিয়ে আনন্দাশ্রু গড়িয়ে পড়ছিল। তার মনে হলো, তার জীবনের সবচেয়ে বড় স্বপ্নটা আজ সত্যি হতে চলেছে।

তবে, আনন্দের পাশাপাশি অনন্যার মনে কিছু উদ্বেগও দানা বাঁধতে শুরু করল। তার কর্মজীবন, তার লেখালেখি—এগুলো কি সে এখন চালিয়ে যেতে পারবে? মাতৃত্বের দায়িত্ব কি তার স্বাধীনতাকে কেড়ে নেবে? তার মনে সেই চতুর্বিংশ অধ্যায়ের ভয়টা ফিরে এল: 'সমাজ, পরিবার, ক্যারিয়ার—সব একসঙ্গে সম্ভব তো?' রুদ্রের পরিবার কি এইবারও কোনো শর্ত দেবে? এই প্রশ্নগুলো তাকে কিছুটা অস্থির করে তুলল।

কিন্তু রুদ্র অনন্যার সব উদ্বেগ দূর করে দিল। সে অনন্যার হাত ধরে বলল, "অনন্যা, তুমি একা নও। আমি তোমার পাশে আছি। আমরা একসাথে এই যাত্রাটা করব। তোমার ক্যারিয়ার, তোমার লেখালেখি—সবকিছুই তোমার জীবনে

থাকবে। আমরা দুজন একসাথে এই নতুন জীবনটা সামলে নেব।" রুদ্র অনন্যাকে মনে করিয়ে দিল তাদের 'একসঙ্গে থাকার মানে' (একচত্বারিংশ অধ্যায়)—সহযোগিতা, বোঝাপড়া আর প্রেম। অনন্যা রুদ্রের কথা শুনে কিছুটা শান্তি পেল। রুদ্র তাকে বুঝছে, তার স্বপ্নকে সম্মান জানাচ্ছে।

অনন্যা তার গর্ভাবস্থার প্রথম তিন মাস বেশ কষ্টের মধ্যে দিয়ে গেল। সকালের বমি ভাব, অনিয়মিত ক্ষুধা, আর চরম অবসাদ তাকে কাহিল করে ফেলছিল। তার 'আর্ট স্ট্র্যাটেজি কন্সালটিং' এর কাজ এবং লেখালেখিতে তার মনোযোগ কমে যাচ্ছিল। রুদ্র অনন্যার সব কিছু বুঝত। সে অনন্যার জন্য সকালের নাস্তা তৈরি করে দিত, তার ওষুধপত্র সময় মতো দিত, তার পাশে বসে গল্প করত। রুদ্র তার ফটোগ্রাফি কাজ কিছুটা কমিয়ে অনন্যার পাশে থাকার চেষ্টা করত। রুদ্রের এই যত্ন আর ভালোবাসা অনন্যাকে মানসিক শক্তি যোগাচ্ছিল।

অনন্যার মা এবং রুদ্রের মা অনন্যার গর্ভাবস্থার খবর শুনে খুব খুশি হলেন। তারা অনন্যার যত্ন নিতে লাগলেন, তাকে বিভিন্ন ধরনের খাবার পাঠাতে লাগলেন। রুদ্রের মা অনন্যাকে মাতৃত্বের বিভিন্ন পরামর্শ দিতেন, তার পাশে বসে তার গল্প শুনতেন। অনন্যা অনুভব করল, তার পরিবার তাকে কতটা ভালোবাসে।

রুদ্র তার ক্যামেরা দিয়ে অনন্যার গর্ভাবস্থার ছবি তুলতে শুরু করল। তার ক্যামেরার লেন্স এখন শুধু ছায়া নয়, আলোকেও ধারণ করতে শিখছিল। সে অনন্যার প্রতিটি পরিবর্তন, তার

মুখের হাসি, তার চোখের দীপ্তি—সবকিছু ক্যামেরাবন্দী করত। তার 'ছায়ার গল্প' প্রজেক্টটা এখন যেন নতুন অর্থ পাচ্ছিল, কারণ সে তার জীবনের সবচেয়ে সুন্দর অধ্যায়টা ক্যামেরাবন্দী করছিল।

অনন্যা যখন তার গর্ভাবস্থার দ্বিতীয় ত্রৈমাসিকে প্রবেশ করল, তখন তার শারীরিক অবস্থার কিছুটা উন্নতি হলো। তার বমি ভাব কমে গেল, তার শরীরে শক্তি ফিরে এল। তার লেখালেখি এবং কন্সালটিংয়ের কাজও সে আবার শুরু করল। সে এখন আরও বেশি আত্মবিশ্বাসী ছিল। তার মনে আর কোনো ভয় ছিল না, কোনো অনিশ্চয়তা ছিল না। সে এখন মাতৃত্বের জন্য সম্পূর্ণ প্রস্তুত।

রুদ্র আর অনন্যা তাদের ছোট্ট ফ্ল্যাটের একটি বেডরুমকে শিশুর জন্য প্রস্তুত করতে শুরু করল। তারা নার্সারির জন্য আসবাবপত্র কিনল—একটি ছোট বিছানা, একটি ড্রেসার, আর একটি চেয়ার। তারা দেওয়ালগুলো নরম রঙে রাঙাল, তাতে কিছু কার্টুন ছবি আঁকল। অনন্যা শিশুর জন্য ছোট ছোট পোশাক বুনতে শুরু করল, রুদ্র তাকে সাহায্য করত। তাদের এই প্রস্তুতি ছিল ভালোবাসা আর আকাঙ্ক্ষার এক প্রকাশ।

তারা একসঙ্গে শিশুর নাম নিয়ে আলোচনা করত। রুদ্র চেয়েছিল একটি এমন নাম, যা তাদের জীবনের গল্পকে তুলে ধরবে—আলো, ছায়া, ভালোবাসা। অনন্যাও একই কথা ভাবছিল। তারা অনেক নাম নিয়ে আলোচনা করল, কিন্তু কোনো নামই তাদের মনে ধরল না। তারা চেয়েছিল একটি

এমন নাম, যা তাদের ভালোবাসার প্রতীক হবে, তাদের জীবনের নতুন আলোর প্রতীক হবে।

গর্ভাবস্থার শেষ মাসগুলো অনন্যার জন্য কিছুটা কষ্টের ছিল। তার শরীর ভারি হয়ে আসছিল, তার ঘুম কমে গিয়েছিল। কিন্তু রুদ্র সবসময় তার পাশে ছিল। রাতে রুদ্র অনন্যার পাশে বসে তার গল্প শুনত, তার পায়ে হাত বুলাত, তার জন্য গান গাইত। রুদ্রের ভালোবাসা অনন্যাকে মানসিক শক্তি যোগাচ্ছিল।

তারা হাসপাতালের ব্যাগ গুছিয়ে রাখল, যেন যেকোনো মুহূর্তে তারা হাসপাতালে যেতে পারে। তাদের মনে এক ধরনের উত্তেজনা, এক ধরনের আশা, কিন্তু তার সাথে এক ধরনের ভয়ও ছিল। তারা জানত না তাদের জীবনে কী অপেক্ষা করছে, কিন্তু তারা জানত, তারা দুজনেই এই নতুন জীবনকে স্বাগত জানাতে প্রস্তুত।

একদিন গভীর রাতে অনন্যার প্রসব বেদনা শুরু হলো। রুদ্র তখন তার পাশে ঘুমিয়ে ছিল। অনন্যা রুদ্রকে ঘুম থেকে জাগাল। রুদ্র মুহূর্তেই বিছানা থেকে লাফিয়ে উঠল, তার চোখে এক ধরনের আতঙ্ক আর এক ধরনের উত্তেজনা। সে দ্রুত গাড়ি বের করে অনন্যাকে হাসপাতালে নিয়ে গেল।

হাসপাতালে পৌঁছে অনন্যাকে লেবার রুমে নিয়ে যাওয়া হলো। রুদ্র অনন্যার পাশে ছিল, তার হাত ধরেছিল। প্রসব বেদনা ছিল তীব্র, অনন্যা কষ্টে চিৎকার করছিল। রুদ্র অনন্যার কপালে হাত বুলাচ্ছিল, তাকে সাহস দিচ্ছিল, তার কানে ফিসফিস করে বলছিল, "তুমি পারবে, অনন্যা! তুমি খুব

সাহসী! আমি তোমার পাশে আছি।" রুদ্রের ভালোবাসা অনন্যাকে মানসিক শক্তি যোগাচ্ছিল।

ঘণ্টার পর ঘণ্টা ধরে অনন্যার প্রসব বেদনা চলছিল। রুদ্র অনন্যার পাশে ছিল, তার কষ্টটা অনুভব করছিল। তার মনে হলো, অনন্যা কতটা শক্তিশালী। সে একজন নারী, যে জীবনের সবচেয়ে বড় অলৌকিক ঘটনা ঘটাতে চলেছে। রুদ্রের চোখে জল গড়িয়ে পড়ছিল। সে অনন্যার হাত ধরে প্রার্থনা করছিল।

অবশেষে, দীর্ঘ অপেক্ষার পর, এক নতুন প্রাণের আগমন হলো। হাসপাতালের লেবার রুম শিশুর কান্নায় ভরে উঠল। রুদ্রের মনে হলো যেন এক নতুন আলো নেমে এসেছে। সে তার চোখের জল মুছল, আর অনন্যার দিকে তাকাল। অনন্যা ক্লান্ত ছিল, কিন্তু তার মুখে এক ধরনের শান্তি, এক ধরনের দীপ্তি।

ডাক্তার রুদ্রের দিকে তাকিয়ে হাসলেন। "আপনার একটি ফুটফুটে কন্যাশিশু হয়েছে, রুদ্র। আলোর মতো সুন্দর।"

রুদ্র প্রথমে বিশ্বাস করতে পারল না। একটি কন্যাশিশু! তার জীবনের সবচেয়ে বড় স্বপ্নটা আজ সত্যি হলো। সে তার চোখের জল মুছল, আর নবজাতকের দিকে তাকিয়ে দেখল।

শিশুটি ছিল ছোট্ট, নরম, আর তার ত্বক ছিল গোলাপী। তার চোখগুলো ছিল বন্ধ, আর তার মুখে এক মৃদু হাসি। রুদ্রের মনে হলো, সে যেন তার জীবনের সবচেয়ে সুন্দর জিনিসটা দেখছে। সে অনন্যার দিকে তাকিয়ে হাসল। অনন্যাও রুদ্রের

দিকে তাকিয়ে হাসল। তাদের চোখে ছিল এক ধরনের আনন্দ, এক ধরনের বিস্ময়, আর এক ধরনের পূর্ণতা।

ডাক্তার শিশুটিকে অনন্যার কোলে দিলেন। অনন্যা তার শিশুটিকে কাছে টেনে নিল, তার কপালে আলতো করে চুমু খেল। তার চোখ দিয়ে অবিরাম জল গড়িয়ে পড়ছিল। তার মনে হলো, এই শিশুটি তাদের ভালোবাসার প্রতীক, তাদের জীবনের নতুন আলোর প্রতীক। রুদ্র অনন্যা আর শিশুর দিকে তাকিয়ে রইল, তার চোখে ছিল এক ধরনের গর্ব, এক ধরনের ভালোবাসা, আর এক ধরনের শান্তি। তার মনে হলো, তার জীবনটা আজ সম্পূর্ণ হয়ে গেছে।

শিশুটি আসার পর অনন্যা ও রুদ্র দুজনেই তাদের জীবনের সবচেয়ে বড় আনন্দ অনুভব করল। তারা তাদের কন্যাশিশুর নাম নিয়ে আলোচনা করতে বসল। রুদ্রের মনে অনন্যার কবিতার সেই লাইনগুলো ফিরে এল: "ছায়া ঘেরা পথে আমি একলা পথিক, আলোর খোঁজে ঘুরি, পাই না দিশা ঠিক।" আর তার নিজের প্রদর্শনী 'তুমি, ছায়া, আলো'। অনন্যা তার বইয়ের নাম রেখেছিল 'আলোর নিচে এক পলক'। তাদের জীবনের প্রতিটি অধ্যায় যেন 'আলো' আর 'ছায়া'কে ঘিরে আবর্তিত হয়েছিল।

"রুদ্র," অনন্যা বলল। "আমার মনে হয়, আমরা ওর নাম 'আলো' রাখব।"

রুদ্রের চোখে এক ঝলক আনন্দ। "আলো? এটা খুব সুন্দর নাম, অনন্যা। 'আলোর মতো সুন্দর'। আমাদের জীবনের নতুন আলো।"

অনন্যা হাসল। "হ্যাঁ। ও আমাদের জীবনে আলো এনেছে। ও আমাদের ভালোবাসার প্রতীক।"

তারা দুজনেই একমত হলো। তাদের কন্যাশিশুর নাম রাখা হলো আলো। আলোর আগমন তাদের জীবনকে নতুন করে সংজ্ঞায়িত করল। রুদ্রের 'ছায়ার গল্প' প্রজেক্টটা এখন আরও বেশি সম্পূর্ণ মনে হচ্ছিল, কারণ আলো ছিল তার জীবনের সবচেয়ে উজ্জ্বল ছবি।

আলোর আগমনের পর অনন্যা আর রুদ্রের জীবন সম্পূর্ণ বদলে গেল। তাদের দৈনন্দিন রুটিন এখন আলোর চারপাশে আবর্তিত হতে লাগল। রাত জাগা, ফিডিং, ডায়াপার পরিবর্তন—সবকিছুই তাদের জন্য নতুন অভিজ্ঞতা ছিল। প্রথম কয়েক সপ্তাহ তারা খুব ক্লান্ত থাকত, কিন্তু আলোর মুখের হাসি তাদের সব ক্লান্তি দূর করে দিত।

রুদ্র তার ফটোগ্রাফি কাজ কিছুটা কমিয়ে আলোর সাথে সময় কাটাতে লাগল। সে আলোর ছোট ছোট মুহূর্তগুলো ক্যামেরাবন্দী করত—তার হাসি, তার কান্না, তার ঘুম। তার 'ছায়ার গল্প' প্রজেক্ট এখন 'আলোর ছবি'তে পরিণত হয়েছিল। রুদ্রের হাতে এখন নতুন অনুপ্রেরণা, নতুন আবেগ।

অনন্যাও তার কন্সালটিং এবং লেখালেখির কাজ কিছুটা কমিয়ে আলোর সাথে সময় কাটাতে লাগল। মাতৃত্ব অনন্যাকে এক নতুন পরিচয় দিয়েছিল। সে তার বইয়ে (পঞ্চচত্বারিংশ অধ্যায়ে প্রকাশিত) মাতৃত্বের অভিজ্ঞতা নিয়ে একটি নতুন অধ্যায় যোগ করার পরিকল্পনা করল। তার এই নতুন

আলোর নিচে এক পলক

অধ্যায়টি হবে 'আলোর নিচে এক পলক'-এর একটি অংশ, যা তার জীবনের সবচেয়ে সুন্দর অধ্যায়।

তাদের ছোট্ট ফ্ল্যাটটা (দ্বাচত্বারিংশ অধ্যায়ে উল্লিখিত) এখন আলো দিয়ে ভরে উঠেছিল। আলোর হাসি, আলোর কান্না— সবকিছু মিলে তাদের জীবনকে এক নতুন অর্থ দিচ্ছিল। তাদের ভালোবাসা এখন আরও বেশি গভীর, আরও বেশি নিঃশর্ত। তারা একে অপরের পাশে থাকত, একে অপরের দুর্বলতাগুলোকে গ্রহণ করত, এবং একে অপরের স্বপ্নগুলোকে পূরণ করতে সাহায্য করত।

রুদ্রের মা এবং অনন্যার মা নিয়মিত তাদের ফ্ল্যাটে আসতেন আলোর সাথে সময় কাটানোর জন্য। আলোর আগমন তাদের পরিবারকে আরও বেশি একত্রিত করেছিল। তাদের মধ্যেকার সব পুরোনো দ্বিধা, সব পুরোনো আপত্তি যেন আলোর হাসিতে মিলিয়ে গিয়েছিল।

আলোর আগমন অনন্যা ও রুদ্রের ভালোবাসাকে এক নতুন উচ্চতায় নিয়ে গেল। তাদের সম্পর্ক এখন শুধু তাদের দুজনের মধ্যে সীমাবদ্ধ ছিল না, বরং তা ছিল একটি পরিবারের ভালোবাসার প্রতীক। রুদ্রের 'তুমি, ছায়া, আলো' প্রদর্শনীতে এখন আলোর ছবিও যোগ হলো, যা তাদের ভালোবাসার গল্পের সবচেয়ে উজ্জ্বল অধ্যায়কে তুলে ধরল।

সেই রাতে অনন্যা তার ডায়েরিটা খুলল। তার মনে এক গভীর শান্তি ছিল, এক ধরনের পূর্ণতা। সে লিখল:

প্রিয় রুদ্র (আলোর বাবা),

আমাদের জীবনে আলো এসেছে, রুদ্র। একটি কন্যাশিশু। আমার মনে হচ্ছে, আমি আজ সম্পূর্ণ। আমার জীবন আজ এক নতুন দিগন্তে পা রাখল।

ওকে প্রথমবার কোলে নিয়ে আমার মনে হয়েছিল, আমার জীবনের সব স্বপ্ন আজ সত্যি হয়েছে। ওর মুখের হাসি, ওর ছোট্ট হাত—সবকিছুই আমার মনকে ভরে দিয়েছে। আমি এখন একজন মা, রুদ্র। আর তুমি একজন বাবা। আমাদের ভালোবাসা আজ এক নতুন রূপ পেয়েছে।

আমি জানি, রুদ্র, তোমার ফটোগ্রাফি এখন আলো দিয়ে ভরে উঠেছে। তোমার 'ছায়ার গল্প' প্রজেক্টটা এখন আরও বেশি সম্পূর্ণ মনে হচ্ছে। আলোই আমাদের জীবনের সবচেয়ে সুন্দর ছবি।

আমাদের জীবন এখন আলোর চারপাশে আবর্তিত হচ্ছে। রাত জাগা, ফিডিং, ডায়াপার পরিবর্তন—সবকিছুই নতুন, কিন্তু তাতে আছে এক ধরনের আনন্দ, এক ধরনের ভালোবাসা। আমরা এখন আর শুধু অনন্যা আর রুদ্র নই, আমরা এখন আলোর বাবা-মা।

আমি তোমাকে খুব ভালোবাসি, রুদ্র। তুমিই আমার জীবন, তুমিই আমার পথ। তুমিই আমার 'ছায়ার গল্প'-এর নতুন অধ্যায়। আমি তোমার সাথে সারাজীবন থাকতে চাই, রুদ্র। আমার সব স্বপ্ন, সব সাফল্য তোমাকে ছাড়া অর্থহীন। আর এখন আলো আমাদের সাথে আছে, আমাদের জীবনকে আরও বেশি অর্থপূর্ণ করে তুলেছে।

ইতি,

এম আর জি কিউপিড

তোমার অনন্যা

(যে এখন আলোর মা)

রুদ্র তার স্টুডিওতে ফিরে এসে তার ডায়েরিটা খুলল। তার মনে এক গভীর শান্তি ছিল, এক ধরনের পূর্ণতা। সে লিখল:

প্রিয় ডায়েরি,

আমাদের জীবনে আলো এসেছে, ডায়েরি। একটি কন্যাশিশু। আমার মনে হচ্ছে, আমার জীবন আজ সম্পূর্ণ। আমি এখন একজন বাবা। আমার জীবনের সবচেয়ে বড় স্বপ্ন আজ সত্যি হলো।

ওকে প্রথমবার কোলে নিয়ে আমার মনে হয়েছিল, আমার বুকের সব ভার নেমে গেছে। ওর নিষ্পাপ মুখ, ওর ছোট্ট হাত—সবকিছুই আমার মনকে ভরে দিয়েছে। আমি এখন আর সেই পুরোনো রুদ্র নই, যে শুধু নিজেকে একজন ব্যর্থ মানুষ মনে করত। আমি এখন আরও বেশি সংবেদনশীল, আরও বেশি পরিপক্ক।

আমার 'ছায়ার গল্প' প্রজেক্টটা এখন আরও বেশি সম্পূর্ণ মনে হচ্ছে, ডায়েরি। আলোই আমার জীবনের সবচেয়ে উজ্জ্বল ছবি। আমি ওর ছোট ছোট মুহূর্তগুলো ক্যামেরাবন্দী করছি। আমার ক্যামেরা এখন শুধু ছায়া নয়, আলোকেও ধারণ করতে শিখছে।

অনন্যা একজন অসাধারণ মা, ডায়েরি। ও আলোর সব যত্ন নেয়। ও আমার পাশে আছে, আমার আলো হয়ে। ওর

ভালোবাসা ছাড়া এটা সম্ভব হতো না। আমাদের ভালোবাসা এখন আরও বেশি শক্তিশালী, আরও বেশি গভীর।

আমার পরিবার আলোর আগমন দেখে খুব খুশি। আমার মা ওকে খুব ভালোবাসেন। আমাদের জীবন আজ আলো দিয়ে ভরে উঠেছে। আমি ওকে খুব ভালোবাসি, ডায়েরি। আমি ওকে আর কোনোদিনও হারাতে চাই না।

আমি বিশ্বাস করি, আমাদের ভালোবাসা সব বাধা পেরিয়ে তার পথ খুঁজে নেবে। আমরা এখন আর শুধু অনন্যা আর রুদ্র নই, আমরা এখন আলোর বাবা-মা। আমাদের জীবন আজ সম্পূর্ণ।

রুদ্র

Ch. 48: ৫ বছর পর

সপ্তচত্বারিংশ অধ্যায়ে অনন্যা ও রুদ্রের জীবনে যখন কন্যাশিশু **আলো** এসেছিল, তখন তাদের জীবন যেন এক নতুন অর্থ খুঁজে পেয়েছিল। সেই 'আলোর মতো সুন্দর' শিশুটি তাদের ভালোবাসার এক জীবন্ত প্রতীক হয়ে উঠেছিল, যা তাদের সব পুরোনো ব্যথা, সব অনিশ্চয়তা আর সব ভয়কে ধুয়ে মুছে দিয়েছিল। রুদ্রের 'ছায়ার গল্প' (দ্বাদশ অধ্যায়ে শুরু হয়েছিল) এখন 'আলোর ছবি'তে পরিণত হয়েছিল, আর অনন্যার 'আলোর নিচে এক পলক' (পঞ্চচত্বারিংশ অধ্যায়ে প্রকাশিত) বইয়ের প্রতিটি পাতা যেন আলোর আগমনে সার্থকতা খুঁজে পাচ্ছিল। একচত্বারিংশ অধ্যায়ে তারা 'একসঙ্গে থাকার মানে'

খুঁজে পেয়েছিল, দ্বাচত্বারিংশ অধ্যায়ে তাদের 'একটি বাড়ি' হয়েছিল, আর ষষ্ঠচত্বারিংশ অধ্যায়ে তারা 'নিজের নিজের স্বপ্ন' পূরণের পথে এগিয়ে যাচ্ছিল। ত্রাচত্বারিংশ অধ্যায়ে অতীতের সব ছায়াকে চিরতরে বিদায় জানানোর পর, তাদের জীবন এখন ভালোবাসায়, শান্তিতে এবং পূর্ণতায় ভরে উঠেছিল। রুদ্রের পরিবার, বিশেষত তার মা, আলোর আগমনে অত্যন্ত খুশি হয়েছিলেন, এবং অনন্যাকে পরিবারের একজন অবিচ্ছেদ্য অংশ হিসেবে সম্পূর্ণভাবে গ্রহণ করেছিলেন। এইবার, সময় এগিয়ে যায় পাঁচ বছর, আর পাঠক দেখতে পায় অনন্যা ও রুদ্রের ভালোবাসার নতুন অধ্যায়—এক নতুন আলোয় ভরা ভবিষ্যৎ।

পাঁচটা বছর যেন চোখের পলকে চলে গেছে। রুদ্র আর অনন্যার সেই ছোট্ট ফ্ল্যাটটা (দ্বাচত্বারিংশ অধ্যায়ে উল্লিখিত) এখন আর সাদামাটা নেই, তা এখন হাসিতে, খেলায়, আর ভালোবাসায় মুখরিত এক প্রাণবন্ত বাড়ি। রুদ্রের স্টুডিও, অনন্যার লেখার টেবিল—সবকিছুই এখন আলোর উপস্থিতিতে এক নতুন অর্থ খুঁজে পেয়েছে। কলকাতার সেই পরিচিত শহর, যার অলিতে গলিতে একসময় তাদের সম্পর্কের টানাপড়েন, ভুল বোঝাবুঝি আর কষ্টের ছায়া ছিল, আজ সেই শহরই তাদের ভালোবাসার গল্পকে ধারণ করে, যেখানে প্রতিটি কোণায় নতুন আলোর ঝলকানি।

তাদের ভালোবাসার সম্পর্কটা এখন আরও বেশি পরিপক্ক, আরও বেশি গভীর। ত্রয়োবিংশ অধ্যায়ে রুদ্রের প্রেমের স্বীকারোক্তি আর পঞ্চবিংশ অধ্যায়ে তাদের প্রথম শারীরিক

ঘনিষ্ঠতা তাদের ভালোবাসাকে যে ভিত্তি দিয়েছিল, এই পাঁচ বছরে সেই ভিত্তি আরও মজবুত হয়েছে। তারা এখন একে অপরের ভেতরের সব অন্ধকার দিকগুলো জানে, আর সেগুলোকে ভালোবাসতে পারে। তাদের ভালোবাসা এখন আর শুধু আবেগ বা রোমান্স নয়, এটি পারস্পরিক শ্রদ্ধা, বিশ্বাস, বোঝাপড়া, এবং নিঃশর্ত সমর্থনের এক অবিচ্ছেদ্য অংশ।

তাদের কন্যা **আলো** এখন পাঁচ বছরের ফুটফুটে একটি শিশু। সে সত্যিই 'আলোর মতো সুন্দর'। তার উজ্জ্বল হাসি, তার দুষ্টুমি, তার ছোট ছোট কথা—সবকিছুই অনন্যা আর রুদ্রের জীবনকে এক নতুন আনন্দে ভরিয়ে তুলেছে। আলো এখন প্লে-স্কুলে যায়, নতুন নতুন শব্দ শেখে, নতুন নতুন খেলা খেলে। তার চোখে এক ধরনের কৌতূহল, এক ধরনের নিষ্পাপতা, যা অনন্যা আর রুদ্রের মনকে মুগ্ধ করে।

ব্যক্তিত্ব: আলো ছিল এক হাসিখুশি, কৌতূহলী এবং প্রাণবন্ত শিশু। সে তার বাবার মতো শান্ত এবং পর্যবেক্ষণশীল ছিল না, বরং তার মায়ের মতো একটু দুষ্টু, চঞ্চল এবং কথা বলতে ভালোবাসত। তার মুখে সবসময় হাসি লেগে থাকত, আর তার চোখে ছিল এক ধরনের বুদ্ধিদীপ্ত ঝলক। সে প্রশ্ন করতে ভালোবাসত, নতুন জিনিস শিখতে ভালোবাসত।

আগ্রহ: আলো তার বাবা রুদ্রের ক্যামেরা খুব পছন্দ করত। সে রুদ্রের পাশে বসে তাকে ছবি তুলতে দেখত, আর মাঝে মাঝে রুদ্রের ক্যামেরাটা হাতে নিয়ে ছবি তোলার ভান করত। রুদ্র আলোর এই কৌতূহল দেখে খুশি হতো, এবং তাকে

ছোট ছোট ক্যামেরা খেলতে দিত। আলো তার মায়ের লেখালেখির অভ্যাসও লক্ষ্য করত। সে অনন্যার পাশে বসে তার ডায়েরি দেখতে চাইত, আর মাঝে মাঝে পেন্সিল হাতে কাগজে আঁকিবুকি করত।

পারিবারিক ভূমিকা: আলো ছিল তাদের পরিবারের কেন্দ্রবিন্দু। রুদ্রের মা, অনন্যার মা—উভয়েই আলোকে খুব ভালোবাসতেন। রুদ্রের মা আলোর সাথে গল্প করতেন, তাকে গান শোনাতেন। অনন্যার মা আলোর জন্য নতুন নতুন খাবার তৈরি করে দিতেন, তাকে খেলার জন্য নতুন নতুন খেলনা কিনে দিতেন। রুদ্রের পরিবারের অন্য সদস্যরাও (মামা, মামি, কাকা, পিসি) আলোকে খুব ভালোবাসতেন, এবং তার সাথে সময় কাটাতে আসতেন। আলোর আগমন তাদের পরিবারকে আরও বেশি একত্রিত করেছিল, তাদের মধ্যেকার সব পুরোনো দ্বিধা, সব পুরোনো আপত্তি যেন আলোর হাসিতে মিলিয়ে গিয়েছিল।

আলোর প্রতিটি ছোট ছোট অর্জন ছিল অনন্যা আর রুদ্রের জন্য এক নতুন উৎসব। আলোর প্রথম হাঁটা, প্রথম কথা বলা, প্রথম স্কুলে যাওয়া—সবকিছুই তাদের ভালোবাসাকে আরও গভীর করত। রুদ্র তার ক্যামেরা দিয়ে আলোর প্রতিটি মুহূর্ত ক্যামেরাবন্দী করত। তার 'ছায়ার গল্প' প্রজেক্টটা এখন 'আলোর ছবি'তে পরিণত হয়েছিল, যেখানে প্রতিটি ছবিতে ছিল আলো, হাসি, আর ভালোবাসা। অনন্যা তার বইয়ে (পঞ্চচত্বারিংশ অধ্যায়ে প্রকাশিত) আলোর জন্ম এবং তার

বেড়ে ওঠার অভিজ্ঞতা নিয়ে একটি নতুন অধ্যায় যোগ করার পরিকল্পনা করছিল, যা তার জীবনের সবচেয়ে সুন্দর অধ্যায়।

পাঁচ বছর পর, অনন্যা ও রুদ্র দুজনেই তাদের নিজ নিজ ক্যারিয়ারে আরও বেশি সফল হয়েছিল। তারা একে অপরের পাশে থেকে, একে অপরের স্বপ্নকে সমর্থন করে, তাদের 'নিজের নিজের স্বপ্ন' (ষষ্ঠচত্বারিংশ অধ্যায়) পূরণ করতে পেরেছিল।

১. **অনন্যা:** অনন্যা এখন একজন প্রতিষ্ঠিত লেখিকা এবং আর্ট স্ট্র্যাটেজি কন্সালটেন্ট।

লেখালেখি: তার প্রথম বই 'আলোর নিচে এক পলক: এক আত্মানুসন্ধানের ডায়েরি' (পঞ্চচত্বারিংশ অধ্যায়ে প্রকাশিত) একটি বেস্টসেলার হয়েছিল, এবং তাকে একজন সফল লেখিকা হিসেবে পরিচিতি দিয়েছিল। সে এখন তার দ্বিতীয় বই লেখার কাজ করছিল, যা মাতৃত্বের অভিজ্ঞতা এবং জীবনের নতুন দিকগুলো নিয়ে লেখা। তার লেখাগুলো আরও বেশি পরিপক্ক, আরও বেশি সংবেদনশীল হয়ে উঠছিল, কারণ তার জীবনে আলোর আগমন তাকে এক নতুন দৃষ্টিভঙ্গি দিয়েছিল।

আর্ট স্ট্র্যাটেজি কন্সালটিং: অনন্যার 'আর্ট স্ট্র্যাটেজি কন্সালটিং' (চত্বারিংশ অধ্যায়ে উল্লিখিত) এর কাজও খুব ভালো চলছিল। সে এখন শুধু কলকাতার গ্যালারি নয়, ভারতের বিভিন্ন শহরের আর্ট গ্যালারি এবং প্রতিষ্ঠিত শিল্পীদের সাথে কাজ করত। তার দক্ষতা এবং খ্যাতি তাকে নতুন নতুন সুযোগ এনে দিচ্ছিল। সে এখন তার কাজের সময়সূচী আরও

ভালোভাবে নিয়ন্ত্রণ করতে পারত, যাতে আলো এবং রুদ্রের জন্য পর্যাপ্ত সময় বের করতে পারে। তার এই ক্যারিয়ার তাকে স্বাধীনতা দিচ্ছিল, আর রুদ্রের ভালোবাসা তাকে সম্পূর্ণতা দিচ্ছিল।

২. **রুদ্র:** রুদ্র এখন একজন আন্তর্জাতিক খ্যাতিসম্পন্ন ফটোগ্রাফার।

ফটোগ্রাফি: তার 'ছায়ার গল্প' প্রজেক্ট (দ্বাদশ অধ্যায়ে শুরু হয়েছিল), যা 'তুমি, ছায়া, আলো' প্রদর্শনীতে (চতুর্বিংশ অধ্যায়ে উল্লিখিত) পরিণত হয়েছিল, তাকে ব্যাপক পরিচিতি এনে দিয়েছিল। তার ছবিগুলো এখন বিশ্বের বিভিন্ন আর্ট গ্যালারিতে স্থান পাচ্ছিল। রুদ্র এখন শুধু 'ছায়া' নয়, 'আলো'কেও ক্যামেরাবন্দী করত। তার ফটোগ্রাফি আরও বেশি গভীর, আরও বেশি আবেগপূর্ণ হয়ে উঠছিল, কারণ তার জীবনে আলোর আগমন তাকে এক নতুন অনুপ্রেরণা দিয়েছিল।

শিল্পী পরিচিতি: রুদ্র এখন বিভিন্ন আন্তর্জাতিক ফটোগ্রাফি ওয়ার্কশপ পরিচালনা করত, এবং নতুন শিল্পীদের প্রশিক্ষণ দিত। তার নাম এখন ফটোগ্রাফি জগতে এক পরিচিত নাম ছিল। তার শিল্প এখন তার জীবনের সবচেয়ে বড় আবেগ ছিল, আর অনন্যা তার পাশে ছিল, তার প্রধান সহযোগী এবং অনুপ্রেরণা হয়ে।

আর্থিক স্থিতিশীলতা: রুদ্রের অর্থনৈতিক সমস্যা (অষ্টাবিংশ অধ্যায়ে উল্লিখিত) এখন আর ছিল না। তার কাজ থেকে ভালো আয় হতো, এবং অনন্যার 'আর্ট স্ট্র্যাটেজি কন্সালটিং'

এর কাজও তাকে আর্থিক সহায়তা দিত। তারা এখন আর্থিকভাবে সম্পূর্ণ স্থিতিশীল ছিল।

তারা দুজনেই তাদের কাজকে ভালোবাসত, এবং একে অপরের স্বপ্নকে সম্মান করত। তারা জানত, তাদের এই সাফল্য তাদের পারস্পরিক সমর্থন, বোঝাপড়া, এবং ভালোবাসার ফল। তারা চত্বারিংশ অধ্যায়ে অনন্যার নেওয়া সেই সাহসী সিদ্ধান্ত—নিজস্বতা না ছেড়েও ভালোবাসাকে আঁকড়ে ধরা—এখন তাদের জীবনের এক সফল মন্ত্রে পরিণত হয়েছিল।

পাঁচ বছরে অনন্যা ও রুদ্রের ভালোবাসা আরও গভীর, আরও পরিপক্ক হয়েছিল। তাদের সম্পর্ক এখন আর শুধু আবেগ বা রোমান্সের মধ্যে সীমাবদ্ধ ছিল না, এটি ছিল গভীর বিশ্বাস, বোঝাপড়া, এবং নিঃশর্ত সমর্থনের এক অবিচ্ছেদ্য অংশ।

খোলামেলা যোগাযোগ: তাদের মধ্যে এখন কোনো লুকোচুরি ছিল না, কোনো ভুল বোঝাবুঝি ছিল না। সপ্তত্রিংশ অধ্যায়ে সব ভুল বোঝাবুঝি মিটে যাওয়ার পর তারা একে অপরের কাছে সম্পূর্ণভাবে উন্মুক্ত ছিল। তারা প্রতিদিন একে অপরের সাথে তাদের অনুভূতিগুলো ভাগ করে নিত, তাদের চিন্তাগুলো আলোচনা করত। যদি কোনো ছোটখাটো ভুল বোঝাবুঝি হতো, তারা সাথে সাথে তা মিটিয়ে নিত, কোনো দীর্ঘ নীরবতার মধ্যে দিয়ে যেত না।

পারস্পরিক সমর্থন: তারা একে অপরের ব্যক্তিগত স্থানকে সম্মান করত, একে অপরের স্বাধীনতাকে মূল্য দিত। রুদ্র অনন্যার লেখালেখিতে সাহায্য করত, তার বইয়ের প্রুফরিডিং

করত, তার আইডিয়াগুলো নিয়ে আলোচনা করত। অনন্যা রুদ্রের ফটোগ্রাফি ব্যবসায়িক দিক সামলাত, তার প্রদর্শনীর জন্য পরিকল্পনা করত, এবং তার কাজকে আরও বেশি মানুষের কাছে পৌঁছে দিত। তারা একে অপরের কাজের চাপকে বুঝত, একে অপরের স্বপ্নকে সম্মান করত।

ভালোবাসার নতুন সংজ্ঞা: তাদের ভালোবাসা এখন এক নতুন, পরিপক্ক রূপে বিকশিত হয়েছিল। এটি ছিল এক ধরনের শান্তি, এক ধরনের নিরাপত্তা। তারা একে অপরের ভেতরের সব অন্ধকার দিকগুলো জানত, আর সেগুলোকে ভালোবাসতে পারত। অনন্যার অতীতের ভয় (অরিজিৎ) এখন সম্পূর্ণভাবে মুছে গিয়েছিল, আর রুদ্রের জীবনের সেই পুরোনো ব্যর্থতার অনুভূতিও আর ছিল না। তারা একে অপরের শক্তি ছিল, একে অপরের আশ্রয় ছিল।

পারিবারিক জীবন: আলোর আগমন তাদের জীবনকে এক নতুন অর্থ দিয়েছিল। তারা এখন শুধু দুজন নয়, তারা একটি সম্পূর্ণ পরিবার। রুদ্রের মা এবং অনন্যার মা নিয়মিত তাদের ফ্ল্যাটে আসতেন আলোর সাথে সময় কাটানোর জন্য। তাদের মধ্যেকার সব পুরোনো দ্বিধা, সব পুরোনো আপত্তি যেন আলোর হাসিতে মিলিয়ে গিয়েছিল। রুদ্রের পরিবারের অন্য সদস্যরাও অনন্যাকে সম্পূর্ণভাবে গ্রহণ করেছিলেন, এবং তাদের ভালোবাসাকে আশীর্বাদ করেছিলেন।

পাঁচ বছর পর, অনন্যা ও রুদ্রের জীবন ছিল এক স্বপ্নের মতো। তাদের ভালোবাসা, তাদের ক্যারিয়ার, তাদের পরিবার—সবকিছুই যেন পূর্ণতা পেয়েছিল। তাদের ছোট্ট

ফ্ল্যাটটা ছিল তাদের ভালোবাসার এক নীরব সাক্ষী, যেখানে তারা দুজনেই নিজেদের মতো করে বাঁচতে পারত, নিজেদের গল্প তৈরি করতে পারত।

রুদ্রের 'ছায়ার গল্প' এখন 'আলোর ছবি'তে পরিণত হয়েছিল। তার শিল্প এখন শুধু জীবনের অন্ধকার দিককে তুলে ধরত না, বরং তার সাথে জীবনের আলো, ভালোবাসা, আর আশাকেও প্রকাশ করত। অনন্যার বই 'আলোর নিচে এক পলক' এখন তার জীবনের সবচেয়ে সুন্দর অধ্যায়—আলোর আগমন—দিয়ে নতুন করে লেখা হচ্ছিল।

তাদের ভালোবাসার পথটা সহজ ছিল না। প্রথম অধ্যায়ে তাদের 'আলো আর অভিসার' থেকে শুরু করে, তাদের ভুল বোঝাবুঝি (নবম, ষষ্ঠদশ, সপ্তদশ অধ্যায়), দূরত্ব (ত্রিংশ অধ্যায়), রুদ্রের ইউরোপ যাত্রা (দ্বাত্রিংশ অধ্যায়), অনন্যার 'আত্মচর্চা' (ত্রয়স্ত্রিংশ অধ্যায়), রুদ্রের চিঠি (চতুস্ত্রিংশ অধ্যায়), অনন্যার স্বীকারোক্তি (পঞ্চত্রিংশ অধ্যায়), রুদ্রের প্রত্যাবর্তন (ষষ্ঠত্রিংশ অধ্যায়), ভুল বোঝাবুঝি মিটে যাওয়া (সপ্তত্রিংশ অধ্যায়), পরিবারের আপত্তি (অষ্টত্রিংশ ও ঊনচত্বারিংশ অধ্যায়), এবং অনন্যার সাহসী সিদ্ধান্ত (চত্বারিংশ অধ্যায়)—সবকিছুই তাদের ভালোবাসা প্রমাণ করেছিল। তারা সব বাধা পেরিয়েছিল, সব শর্তকে জয় করেছিল, এবং তাদের নিজস্বতাও ধরে রেখেছিল।

পাঁচ বছর পর, তাদের জীবন ছিল এক নতুন আলোয় ভরা। তাদের ভালোবাসা ছিল সম্পূর্ণ, তাদের সম্পর্ক ছিল পরিপক্ক, এবং তাদের ভবিষ্যৎ ছিল উজ্জ্বল। তারা জানত, তাদের

আলোর নিচে এক পলক

গল্পটা এখনও শেষ হয়নি, এটি ছিল এক অনন্ত ভালোবাসার যাত্রা, যেখানে প্রতিটি দিনই এক নতুন অধ্যায়ের সূচনা।

সেই রাতে অনন্যা তার ডায়েরিটা খুলল। তার মনে এক গভীর শান্তি ছিল, এক ধরনের পূর্ণতা। সে লিখল:

প্রিয় রুদ্র (আমার অনন্ত আলো),

আজ আলোর পাঁচ বছর জন্মদিন, রুদ্র। আমার মনে হচ্ছে, পাঁচটা বছর যেন চোখের পলকে চলে গেল। আলো আমাদের জীবনকে এক নতুন অর্থ দিয়েছে, এক নতুন আলোয় ভরিয়ে দিয়েছে।

আমি বিশ্বাস করতে পারছি না, রুদ্র। আমাদের ভালোবাসার গল্পটা আজ কতটা সুন্দর! সেই দিন যখন আমরা প্রথম দেখা করেছিলাম (প্রথম অধ্যায়), তখন কে জানত যে আমাদের জীবনটা এত সুন্দর হবে? আমাদের সেই ভুল বোঝাবুঝি, সেই দূরত্ব, সেই কষ্ট—সবকিছু আজ এক পুরোনো স্মৃতি মনে হচ্ছে।

আমার 'আত্মচর্চা' (ত্রয়স্ত্রিংশ অধ্যায়) আমাকে সাহসী করেছে, রুদ্র। তোমার ভালোবাসা আমাকে শিখিয়েছে বিশ্বাস করতে। আমার হৃদয়ের সব 'ভাঙা কাঁচ' (পঞ্চবিংশ অধ্যায়) আজ জোড়া লেগে গেছে। আর সেই ভাঙা কাঁচের উপর তোমার ভালোবাসার 'নরম আলো' পড়েছে, যা আমার জীবনকে আলোকিত করেছে।

আমার বই সফল হয়েছে, রুদ্র। আমার আর্ট স্ট্র্যাটেজি কন্সালটিং-এর কাজও খুব ভালো চলছে। আর তুমিও তোমার

ফটোগ্রাফি ক্যারিয়ারে অনেক সফল হয়েছ। আমরা আমাদের 'নিজের নিজের স্বপ্ন' (ষষ্ঠচত্বারিংশ অধ্যায়) পূরণ করতে পেরেছি, কারণ আমরা একে অপরের পাশে ছিলাম, একে অপরের স্বপ্নকে সমর্থন করেছি।

আলো আমাদের জীবনে সেরা উপহার, রুদ্র। ও আমাদের ভালোবাসার প্রতীক, আমাদের জীবনের নতুন আলো। ওর হাসি, ওর দুষ্টুমি—সবকিছু আমাদের দিনগুলোকে আনন্দ দিয়ে ভরিয়ে তুলেছে। আমি এখন একজন মা, আর তুমি একজন বাবা। আমাদের পরিবারটা এখন সম্পূর্ণ।

আমি তোমাকে খুব ভালোবাসি, রুদ্র। তুমিই আমার জীবন, তুমিই আমার পথ। তুমিই আমার 'ছায়ার গল্প'-এর নতুন অধ্যায়। আমি তোমার সাথে সারাজীবন থাকতে চাই, রুদ্র। আমার সব স্বপ্ন, সব সাফল্য তোমাকে ছাড়া অর্থহীন। আর এখন আলো আমাদের সাথে আছে, আমাদের জীবনকে আরও বেশি অর্থপূর্ণ করে তুলেছে।

আমার মনে হয়, আমাদের ভালোবাসার গল্পটা আজ এক নতুন অধ্যায়ে প্রবেশ করল, ডায়েরি। এক অনন্ত ভালোবাসার অধ্যায়। এক 'নতুন আলোয় ভরা' অধ্যায়।

ইতি, তোমার অনন্যা

(যে এখন তোমার সাথে অনন্তকাল বাঁচতে চায়, আলোয় ভরা জীবনে)

রুদ্র তার স্টুডিওতে ফিরে এসে তার ডায়েরিটা খুলল। তার মনে এক গভীর শান্তি ছিল, এক ধরনের পূর্ণতা। সে লিখল:

এম আর জি কিউপিড

আলোর নিচে এক পলক

প্রিয় ডায়েরি,

আজ আলোর পাঁচ বছর জন্মদিন, ডায়েরি। আমার মনে হচ্ছে, পাঁচটা বছর যেন চোখের পলকে চলে গেল। আলো আমাদের জীবনকে এক নতুন অর্থ দিয়েছে, এক নতুন আলোয় ভরিয়ে দিয়েছে।

আমি বিশ্বাস করতে পারছি না, ডায়েরি। আমার 'ছায়ার গল্প' প্রজেক্টটা আজ 'আলোর ছবি'তে পরিণত হয়েছে। আমার ক্যামেরা এখন শুধু ছায়া নয়, আলোকেও ধারণ করতে শিখছে। আলোই আমার জীবনের সবচেয়ে উজ্জ্বল ছবি।

অনন্যা আমার পাশে আছে, ডায়েরি। ও আমার প্রেরণা, আমার আলো। ওর ভালোবাসা ছাড়া এটা সম্ভব হতো না। ওর বই সফল হয়েছে, ওর ক্যারিয়ারও খুব ভালো চলছে। আমি ওর সাফল্যে গর্বিত, ডায়েরি। ও একজন অসাধারণ মানুষ, একজন অসাধারণ লেখিকা।

আমাদের ভালোবাসা আজ এক নতুন, পরিপক্ক রূপে বিকশিত হয়েছে, ডায়েরি। আমরা একে অপরের সব দুর্বলতা জানি, আর সেগুলোকে ভালোবাসতে পারি। আমরা একে অপরের স্বপ্নকে সম্মান করি, একে অপরের পাশে থাকি।

আমার পরিবার আলোর আগমন দেখে খুব খুশি। আমার মা ওকে খুব ভালোবাসেন। আমাদের জীবন আজ আলো দিয়ে ভরে উঠেছে। আমি ওকে খুব ভালোবাসি, ডায়েরি। আমি ওকে আর কোনোদিনও হারাতে চাই না।

এম আর জি কিউপিড

আমি বিশ্বাস করি, আমাদের ভালোবাসা সব বাধা পেরিয়ে তার পথ খুঁজে নেবে। আমরা এখন আর শুধু অনন্যা আর রুদ্র নই, আমরা এখন আলোর বাবা-মা। আমাদের জীবন আজ সম্পূর্ণ। এই '৫ বছর পর'-এর অধ্যায়টি আমাদের ভালোবাসার এক নতুন শুরু, ডায়েরি। এক অনন্ত ভালোবাসার যাত্রা।

রুদ্র

Ch. 49: এক পলক, পুরনো বাগানে

অষ্টচত্বারিংশ অধ্যায়ে পাঠক দেখেছিল অনন্যা ও রুদ্রের পাঁচ বছর পরের জীবন, যেখানে তাদের কন্যা **আলো** তাদের পৃথিবীতে এক নতুন আলো এনেছিল। আলো এখন পাঁচ বছরের ফুটফুটে একটি শিশু, যার উজ্জ্বল হাসি আর দুষ্টুমি তাদের জীবনকে এক নতুন আনন্দে ভরিয়ে তুলেছে। রুদ্র এখন একজন আন্তর্জাতিক খ্যাতিসম্পন্ন ফটোগ্রাফার, তার 'ছায়ার গল্প' প্রজেক্ট (দ্বাদশ অধ্যায়ে শুরু হয়েছিল) এখন 'আলোর ছবি'তে পরিণত হয়েছে। অনন্যাও একজন প্রতিষ্ঠিত লেখিকা এবং আর্ট স্ট্র্যাটেজি কন্সালটেন্ট, তার বই 'আলোর নিচে এক পলক: এক আত্মানুসন্ধানের ডায়েরি' (পঞ্চচত্বারিংশ অধ্যায়ে প্রকাশিত) তাকে নতুন পরিচয় দিয়েছে। ত্রাচত্বারিংশ অধ্যায়ে তারা অতীতের সব ছায়াকে (অরিজিৎ ও তিতলি) চিরতরে বিদায় জানিয়েছিল, আর দ্বাচত্বারিংশ অধ্যায়ে তাদের 'একটি বাড়ি' হয়ে উঠেছিল ভালোবাসার এক শান্ত আশ্রয়। একচত্বারিংশ অধ্যায়ে তারা 'একসঙ্গে থাকার মানে' খুঁজে

পেয়েছিল, আর ষষ্ঠচত্বারিংশ অধ্যায়ে তারা একে অপরের স্বপ্নকে সম্মান জানিয়ে নিজেদের ক্যারিয়ারে সফল হয়েছিল। তাদের ভালোবাসা, সম্পর্ক এবং ব্যক্তিগত জীবন এখন স্থিতিশীল ও পরিপক্ক, এক নতুন আলোয় ভরা। দীর্ঘ পথচলার পর, অসংখ্য ঝড়-ঝাপটা পেরিয়ে, তারা আজ জীবনের সেই সূচনাবিন্দুতে ফিরে আসে, যেখানে 'এক পলক' দেখা হয়েছিল তাদের।

কলকাতায় শীতের বিকেল। সূর্যের নরম আলোটা ধীরে ধীরে হেলান দিচ্ছিল পশ্চিম আকাশে। অনন্যা আর রুদ্র তাদের কন্যা আলোকে নিয়ে একটি গাড়ি থেকে নামল। জায়গাটা ছিল কলকাতার উপকণ্ঠে, যেখানে রুদ্র আর অনন্যার প্রথম দেখা হয়েছিল। পাঁচ বছর আগে আলো তাদের জীবনে আসার পর, এবং তাদের ভালোবাসার গল্প এক নতুন মোড় নেওয়ার পর, তারা আজ আবার ফিরে এসেছে সেই বিয়েবাড়িতে, যেখানে তাদের জীবনের এক নতুন অধ্যায় শুরু হয়েছিল। রুদ্রের মনে হয়েছিল, তাদের ভালোবাসার গল্পটা আজ এখানে এসে সম্পূর্ণ হবে, এক বৃত্ত সম্পূর্ণ হবে।

বিয়েবাড়িটি এখন আর আগের মতো ঝলমলে ছিল না। সেখানে কোনো বিয়ের অনুষ্ঠান চলছিল না। বাড়িটা পুরোনো হয়ে এসেছিল, কিন্তু তার স্থাপত্য আর তার চারপাশের বাগানটা ছিল আগের মতোই সুন্দর। রুদ্র আর অনন্যা হাত ধরে হেঁটে যাচ্ছিল বাগানের সরু পথ ধরে। আলো তাদের মাঝে দৌড়াদৌড়ি করছিল, প্রজাপতির পিছু ছুটছিল। তার হাসিতে যেন চারপাশ আলোকিত হয়ে উঠছিল।

রুদ্রের মনে প্রথম অধ্যায়ের সেই দিনের কথা মনে পড়ল: 'বিয়েবাড়ির ঝলমলে আলোর নিচে প্রথম দেখা হয় অনন্যা ও রুদ্রর। এক পলকে টান, কিন্তু কথা হয় একান্ত কিছু—ছবি, ছায়া ও গল্পের শুরু।' রুদ্র তার ক্যামেরা হাতে নিয়েছিল সেই দিন, আর অনন্যার ছবি তুলেছিল। সেই ছবিটা ছিল তাদের ভালোবাসার গল্পের প্রথম অধির অংশ। রুদ্রের মনে পড়ল, কীভাবে সে অনন্যার দিকে তাকিয়েছিল, আর তার মনে হয়েছিল যেন এক নতুন আলো তার জীবনে নেমে এসেছে।

অনন্যাও সেই দিনের কথা ভাবছিল। সে নিজেকে প্রশ্ন করেছিল, 'এই অচেনা মানুষটার চোখে কেন এত গভীরতা? কেন এই এক পলকের টান?' সে তখনো জানত না, এই মানুষটাই তার জীবনসঙ্গী হবে, তার জীবনের সব আলো হবে।

তারা হেঁটে সেই বারান্দার কাছে এল, যেখানে রুদ্র অনন্যার প্রথম ছবি তুলেছিল। বারান্দাটা ছিল আগের মতোই, তার রেলিংগুলো, তার পুরোনো কাঠের মেঝে। রুদ্র আর অনন্যা বারান্দার রেলিং ধরে দাঁড়াল। আলো তাদের পাশে দৌড়াদৌড়ি করছিল, বাগানের দিকে তাকিয়ে কিছু একটা দেখছিল।

"মনে আছে, রুদ্র?" অনন্যা ফিসফিস করে বলল। "এই বারান্দাতেই তুমি আমার প্রথম ছবি তুলেছিলে।" রুদ্র হাসল। তার চোখে এক গভীর আবেগ। "হ্যাঁ, অনন্যা। আমি তোমার সেই মুখটা কখনো ভুলতে পারব না। সেই দিনই আমি জানতাম, তুমি আমার জন্য বিশেষ।" অনন্যা রুদ্রের হাত

ধরল। "আমিও সেই দিনই অনুভব করেছিলাম, রুদ্র। সেই 'এক পলক' দেখা আমার জীবনকে বদলে দিয়েছিল।"

তারা বারান্দায় দাঁড়িয়ে তাদের জীবনের সব অধ্যায়গুলো একে একে মনে করতে লাগল। তাদের দীর্ঘ পথচলা, তাদের সংগ্রাম, তাদের ভালোবাসা—সবকিছু যেন তাদের চোখের সামনে ভেসে উঠল।

প্রথম আকর্ষণ ও বন্ধুত্ব (Ch. 1-6):

বাগানে দেখা (দ্বিতীয় অধ্যায়): অনন্যার মনে পড়ল বাগানে রুদ্রের সাথে তাদের প্রথম দেখা হওয়ার কথা, যখন রুদ্র তার ফুলের ছবি তুলেছিল, আর তাদের মধ্যে বন্ধুত্ব শুরু হয়েছিল। "তোমার ক্যামেরায় ধরা পড়ে অনন্যার এক অনন্য মুহূর্ত। তারা আবার দেখা করে বাগানে, ছোট গল্প-কথায় শুরু হয় বন্ধুত্ব।" অনন্যার মনে হলো, সেই দিনই তাদের সম্পর্কের বীজ বোনা হয়েছিল।

ফিরে আসা শহরে ও ইমেল (তৃতীয়, পঞ্চম অধ্যায়): অনন্যার মনে পড়ল রুদ্রের সেই কবিতার ইমেলটা (পঞ্চম অধ্যায়), যেখানে রুদ্র তাকে ভালোবাসার আহ্বান জানিয়েছিল, কিন্তু অনন্যা তখনো ভয় পেয়েছিল। রুদ্রের মনে পড়ল অনন্যার সাথে টেক্সট ও ইমেইলে তাদের কথোপকথন (তৃতীয় অধ্যায়), যেখানে তারা একে অপরের অনুপস্থিতি অনুভব করত।

কফিশপে বন্ধুত্ব (ষষ্ঠ অধ্যায়): অনন্যার মনে পড়ল কফিশপে তাদের সেই গভীর কথোপকথনের কথা (ষষ্ঠ অধ্যায়), যখন

অনন্যার মন খুলে কথা বলা শুরু হয়েছিল, আর রুদ্রের ভেতরের জগৎ উন্মোচিত হয়েছিল।

সংঘাত ও দূরত্ব (Ch. 7-17):

প্রদর্শনী ও হৃদয়ের ফাটল (সপ্তম, অষ্টম অধ্যায়): রুদ্রের মনে পড়ল তার 'তুমি, ছায়া, আলো' প্রদর্শনীর (চতুর্বিংশ অধ্যায়) কথা, যেখানে সে অনন্যার ছবি প্রদর্শন করেছিল। কিন্তু সেই দিনই অনন্যার মনে রুদ্রের প্রতি ভালোবাসার অনুভূতি জাগলেও, সে নিজেকে থামিয়েছিল, তার হৃদয়ে ফাটল ধরেছিল (অষ্টম অধ্যায়)।

ভুল বোঝাবুঝি ও নীরব বিদায় (নবম, দশম অধ্যায়): অনন্যার মনে পড়ল তিতলিকে রুদ্রের পাশে দেখে তার ভুল বোঝাবুঝি (নবম অধ্যায়), তার নীরবতা, এবং সেই 'নীরব বিদায়' (দশম অধ্যায়)। রুদ্রের মনে পড়ল তার ইউরোপ যাত্রার কথা (দ্বাত্রিংশ অধ্যায়), যখন সে কাউকে কিছু না জানিয়ে চলে গিয়েছিল।

আত্মানুসন্ধান ও নিরাময় (Ch. 18-19, 32-34):

একাকীত্বের সংগ্রাম (দ্বাত্রিংশ, অষ্টাবিংশ অধ্যায়): রুদ্রের মনে পড়ল তার ইউরোপে থাকা (দ্বাত্রিংশ অধ্যায়) এবং কলকাতায় তার অর্থনৈতিক সংগ্রাম (অষ্টাবিংশ অধ্যায়)। অনন্যার মনে পড়ল মুম্বাইয়ে তার 'গোল্ডেন কেজ'-এর যন্ত্রণা (ঊনত্রিংশ অধ্যায়), এবং রুদ্রের চলে যাওয়ায় তার তীব্র ভাঙন (দ্বাত্রিংশ অধ্যায়)।

থেরাপি ও চিঠি (ত্রয়স্ত্রিংশ, চতুস্ত্রিংশ, পঞ্চত্রিংশ অধ্যায়): অনন্যার মনে পড়ল তার 'আত্মচর্চা'র (ত্রয়স্ত্রিংশ অধ্যায়) কথা,

কীভাবে সে নিজের মানসিক জটগুলো ছাড়াতে শিখেছিল। রুদ্রের মনে পড়ল ইতালি থেকে অনন্যাকে লেখা তার সেই চিঠি (চতুস্ত্রিংশ অধ্যায়), আর অনন্যার মনে পড়ল রুদ্রকে লেখা তার নিজের স্বীকারোক্তির চিঠি (পঞ্চত্রিংশ অধ্যায়)।

পুনর্মিলন ও সম্পর্ক গড়া (Ch. 20-25, 35-37):

হিমাচলের দেখা ও গল্প বলা রাত (বিংশ, একবিংশ অধ্যায়): অনন্যা ও রুদ্রের মনে পড়ল হিমাচলের পাহাড়ি পথে তাদের সেই 'কাকতালীয় দেখা' (বিংশ অধ্যায়), এবং সেই 'গল্প বলা রাত' (একবিংশ অধ্যায়), যেখানে তারা তাদের সব পুরোনো ব্যথা ভাগ করে নিয়েছিল। রুদ্রের প্রথমবার কান্না তাদের সম্পর্ককে এক নতুন উচ্চতায় নিয়ে গিয়েছিল।

প্রেমের স্বীকারোক্তি ও নতুন শুরু (ত্রয়োবিংশ, দ্বাবিংশ, সপ্তত্রিংশ অধ্যায়): রুদ্রের মনে পড়ল নিভৃত গুল্মবনে তার দেওয়া প্রেমের প্রস্তাব (ত্রয়োবিংশ অধ্যায়), আর অনন্যার 'হ্যাঁ' বলা। তারা দুজনেই মনে করল তাদের সেই 'ধীরে ধীরে সম্পর্ক গড়া' এবং 'এখন বাঁচা'-র সিদ্ধান্ত (দ্বাবিংশ অধ্যায়), আর সপ্তত্রিংশ অধ্যায়ে সেই পুরোনো কফিশপে তাদের সব ভুল বোঝাবুঝি মিটে যাওয়ার কথা।

শারীরিক ঘনিষ্ঠতা (পঞ্চবিংশ অধ্যায়): তাদের মনে পড়ল একসঙ্গে এক সপ্তাহ কাটানো, তাদের প্রথম শারীরিক ঘনিষ্ঠতা, যা তাদের সম্পর্ককে আরও পরিপক্ক করেছিল, আর 'ভাঙা কাঁচ, নরম আলো'-র অর্থ (পঞ্চবিংশ অধ্যায়)।

বাস্তবতার মুখোমুখি ও বিজয় (Ch. 26-40):

চাপ ও পরিবার (ষষ্ঠবিংশ, সপ্তবিংশ, অষ্টত্রিংশ, ঊনচত্বারিংশ অধ্যায়): অনন্যার মনে পড়ল অফিসের চাপ (ষষ্ঠবিংশ অধ্যায়), রুদ্রের মনে পড়ল তার মায়ের অসুস্থতা ও পারিবারিক চাপ (সপ্তবিংশ অধ্যায়), এবং পরিবারের আপত্তির মুখে তাদের সংগ্রাম (অষ্টত্রিংশ অধ্যায়)। অনন্যার মনে পড়ল রুদ্রের পরিবারের সেই কঠিন শর্ত (ঊনচত্বারিংশ অধ্যায়)—কাজ ছেড়ে দেওয়ার।

নতুন পথ ও জয় (চত্বারিংশ অধ্যায়): অনন্যা তার নিজস্বতা না ছেড়ে, ভালোবাসাও না ছেড়ে এক নতুন পথ খুঁজে নেয় (চত্বারিংশ অধ্যায়)—আর্ট স্ট্র্যাটেজি কন্সালটিং। রুদ্রের পরিবার অনন্যাকে মেনে নেয়, এবং ভালোবাসার 'শেষ বাধা' জয় হয়।

পরিণতির পথে ও পূর্ণতা (Ch. 41-48):

একসঙ্গে থাকার মানে (একচত্বারিংশ অধ্যায়): তারা নতুন করে সম্পর্ক গড়েছিল—সহযোগিতা, বোঝাপড়া, প্রেম।

একটি বাড়ি (দ্বাচত্বারিংশ অধ্যায়): তাদের ছোট্ট ফ্ল্যাটে একসঙ্গে থাকতে শুরু করা।

অতীতের মানুষদের বিদায় (ত্রাচত্বারিংশ অধ্যায়): অরিজিৎ ও তিতলির চিরতরে চলে যাওয়া।

নতুন জীবনের ছবি ও অনন্যার লেখা প্রকাশিত (চতুর্বিংশ, পঞ্চচত্বারিংশ অধ্যায়): রুদ্রের 'তুমি, ছায়া, আলো' প্রদর্শনী এবং অনন্যার বই প্রকাশ।

নিজের নিজের স্বপ্ন (ষষ্ঠচত্বারিংশ অধ্যায়): একে অপরের ক্যারিয়ারকে সমর্থন করা।

প্রথম সন্তান (সপ্তচত্বারিংশ অধ্যায়): তাদের জীবনে আলোর আগমন, যা তাদের জীবনকে নতুন আলোয় ভরিয়ে তোলে।

৫ বছর পর (অষ্টচত্বারিংশ অধ্যায়): তাদের ভালোবাসার এক নতুন অধ্যায়, যেখানে আলো তাদের জীবনকে নতুন আলোয় ভরিয়ে তুলেছে।

এই সব স্মৃতিগুলো তাদের চোখের সামনে ভেসে উঠল। তারা দুজনেই অনুভব করল, তাদের জীবনটা যেন এক মহাকাব্য, যার প্রতিটি অধ্যায় ছিল চ্যালেঞ্জ, প্রেম, সংগ্রাম, এবং বিজয় দিয়ে পূর্ণ।

আলো তাদের পাশে খেলছিল। সে বারান্দার রেলিং ধরে দাঁড়িয়েছিল, বাগানের দিকে তাকিয়ে কিচিরমিচির করছিল। তার হাতে একটি খেলনা ক্যামেরা, সে তার বাবার মতো ছবি তোলার ভান করছিল। রুদ্র তার ক্যামেরাটা হাতে নিল, আলোর কয়েকটি ছবি তুলল। আলোর মুখের হাসি, তার চোখের কৌতূহল—সবকিছু রুদ্রের ক্যামেরায় ধরা পড়ছিল। রুদ্রের 'ছায়ার গল্প' প্রজেক্টটা এখন 'আলোর ছবি'তে পরিণত হয়েছিল।

"মা, বাবা, তোমরা এখানে কী করছো?" আলো রুদ্র আর অনন্যার দিকে তাকিয়ে জিজ্ঞেস করল। অনন্যা আলোকে কোলে তুলে নিল। "আমরা আমাদের পুরোনো দিনের কথা মনে করছি, মা।" "কোন পুরোনো দিন?" আলো জিজ্ঞেস করল। রুদ্র হাসল। "সেই দিন, যখন মা আর বাবা প্রথম দেখা করেছিল।" আলো রুদ্রের দিকে তাকিয়ে চোখ পিটপিট করল। "সেদিন কি আলোও ছিল?" অনন্যা আর রুদ্র একে

অপরের দিকে তাকিয়ে হাসল। "আলো তো সব সময়ই ছিল, মা," অনন্যা বলল। "আলো তো সব সময়ই আমাদের সাথে আছে।"

আলোর উপস্থিতি তাদের ভালোবাসার গল্পকে এক নতুন মাত্রা দিয়েছিল। আলো ছিল তাদের ভালোবাসা, তাদের সংগ্রাম, তাদের আত্মত্যাগের ফসল। সে ছিল তাদের জীবনে এক নতুন আলো, এক নতুন অধ্যায়ের সূচনা। রুদ্রের দেওয়া সেই রিংটা (ত্রয়োবিংশ অধ্যায়) অনন্যার আঙুলে জ্বলজ্বল করছিল, আর আলো যেন সেই রিংয়ের প্রতীক হয়ে উঠেছিল।

সূর্য ধীরে ধীরে অস্ত যাচ্ছিল, আর তার নরম আলোটা তাদের বারান্দায় এসে পড়ছিল। রুদ্র আর অনন্যা হাতে হাত ধরে দাঁড়িয়েছিল, তাদের মাঝে আলো। তাদের ভালোবাসার গল্পটা আজ সম্পূর্ণ হলো, এক বৃত্ত সম্পূর্ণ হলো।

"রুদ্র," অনন্যা ফিসফিস করে বলল। "মনে আছে, আমার বইয়ের নাম 'আলোর নিচে এক পলক'?" (পঞ্চচত্বারিংশ অধ্যায়ে প্রকাশিত) রুদ্র হাসল। "হ্যাঁ, অনন্যা। তোমার বইটা অনেক মানুষের জীবনকে স্পর্শ করেছে।" "আমার মনে হয়, সেই 'এক পলক' দেখাটা আমাদের জীবনের সবচেয়ে গুরুত্বপূর্ণ মুহূর্ত ছিল," অনন্যা বলল। "সেই দিনই আমি জানতাম, এই আলোটা শুধু আমার না—আমাদের।" রুদ্র অনন্যার দিকে তাকাল। তার চোখে এক গভীর আবেগ, এক গভীর ভালোবাসা। "হ্যাঁ, অনন্যা। তুমিই আমার আলো। তুমিই আমার পথ। আর আমাদের ভালোবাসা অনন্ত।"

সেই মুহূর্তে তারা দুজনেই অনুভব করল, তাদের ভালোবাসাটা আজ অমর। তারা জীবনের সব বাধা পেরিয়ে এসেছে, সব শর্তকে জয় করেছে। তাদের ভালোবাসা এখন এক নতুন, পরিপক্ক রূপে বিকশিত হয়েছে, যেখানে কোনো ভয় নেই, কোনো অবিশ্বাস নেই, শুধু আছে বিশ্বাস, বোঝাপড়া, এবং নিঃশর্ত ভালোবাসা।

রুদ্রের মনে পড়ল তার জীবনের সবচেয়ে কঠিন সময়গুলো—মায়ের অসুস্থতা, অর্থনৈতিক সংকট, তার শিল্পসত্তা হারানোর ভয়। অনন্যার মনে পড়ল তার অবিশ্বাসের ছায়া, তার ক্যারিয়ারের চাপ, তার আত্মত্যাগের সংগ্রাম। কিন্তু আজ এই সব কিছু তাদের কাছে শুধু এক পুরোনো স্মৃতি মনে হচ্ছিল, যা তাদের ভালোবাসাকে আরও বেশি শক্তিশালী করেছে।

তারা একে অপরের বাহুডোরে আবদ্ধ হলো। আলো তাদের পাশে খেলছিল, তার হাসি তাদের জীবনে এক নতুন সুর এনে দিয়েছিল। সূর্যের শেষ রশ্মি তাদের ছুঁয়ে যাচ্ছিল, আর তাদের ভালোবাসার আলো যেন চারপাশকে আলোকিত করে তুলছিল। তাদের 'এক পলক' দেখা আজ 'অনন্ত দেখা'-য় পরিণত হয়েছিল।

এই বারান্দা, যেখানে তাদের প্রথম দেখা হয়েছিল, আজ তাদের ভালোবাসার এক নীরব সাক্ষী হয়ে রইল। রুদ্রের 'ছায়ার গল্প' এখন 'আলোর ছবি'তে পরিণত হয়েছিল। অনন্যার 'আলোর নিচে এক পলক' বইটি এখন তাদের জীবনের সবচেয়ে সুন্দর অধ্যায়কে তুলে ধরছিল। তাদের ভালোবাসার গল্পটা এখন আর শুধু তাদের ব্যক্তিগত গল্প ছিল

না, এটি ছিল ভালোবাসার এক মহাকাব্য, যা অনন্তকাল ধরে টিকে থাকবে, প্রজন্মের পর প্রজন্ম ধরে।

সেই রাতে অনন্যা তার ডায়েরিটা খুলল। তার মনে এক গভীর শান্তি ছিল, এক ধরনের পূর্ণতা। সে লিখল:

প্রিয় রুদ্র (আমার অনন্ত ভালোবাসা),

আজ আমরা সেই বিয়েবাড়ির বারান্দায় গিয়েছিলাম, রুদ্র। যেখানে আমাদের প্রথম দেখা হয়েছিল। আমার মনে হচ্ছে, আমার জীবনের এক বৃত্ত আজ সম্পূর্ণ হলো। সেই 'এক পলক' দেখা আমার জীবনকে বদলে দিয়েছিল, আর আজ সেই 'এক পলক' দেখা আমাদের জীবনকে এক অনন্ত ভালোবাসার দিকে পথ দেখিয়েছে।

আমি তোমার পাশে দাঁড়িয়েছিলাম, রুদ্র, আর আমাদের মেয়ে আলো আমাদের পাশে খেলছিল। আমার মনে হলো, আমার জীবনের সব স্বপ্ন আজ সত্যি হয়েছে। আমাদের ভালোবাসা আজ সব বাধা পেরিয়ে জয়ী হয়েছে। আমি বিশ্বাস করতে পারছি না, রুদ্র। আমাদের ভালোবাসার গল্পটা আজ কতটা সুন্দর!

আমার সেই পুরোনো ভয়, আমার অবিশ্বাস—সবকিছু আজ এক পুরোনো স্মৃতি মনে হচ্ছে। তোমার ভালোবাসা আমাকে নিরাময় দিয়েছে, আমাকে সাহসী করেছে, আমাকে বিশ্বাস করতে শিখিয়েছে। আমার হৃদয়ের সব 'ভাঙা কাঁচ' আজ জোড়া লেগে গেছে। আর সেই ভাঙা কাঁচের উপর তোমার

আলোর নিচে এক পলক

ভালোবাসার 'নরম আলো' পড়েছে, যা আমার জীবনকে আলোকিত করেছে।

তোমার 'তুমি, ছায়া, আলো' প্রদর্শনীতে (চতুর্বিংশ অধ্যায়) তুমি তোমার জীবনের গল্প বলেছিলে। আর আমার বই 'আলোর নিচে এক পলক' (পঞ্চচত্বারিংশ অধ্যায়ে প্রকাশিত) আমার আত্মানুসন্ধানের গল্প বলেছিল। আজ আমাদের গল্পটা সম্পূর্ণ হলো, রুদ্র। এটি আমাদের ভালোবাসার এক মহাকাব্য।

আমি তোমাকে খুব ভালোবাসি, রুদ্র। তুমিই আমার জীবন, তুমিই আমার পথ। তুমিই আমার 'ছায়ার গল্প'-এর নতুন অধ্যায়। আমি তোমার সাথে সারাজীবন থাকতে চাই, রুদ্র। আমার সব স্বপ্ন, সব সাফল্য তোমাকে ছাড়া অর্থহীন। আর এখন আলো আমাদের সাথে আছে, আমাদের জীবনকে আরও বেশি অর্থপূর্ণ করে তুলেছে।

আমার মনে হয়, আমাদের ভালোবাসার গল্পটা আজ এক নতুন অধ্যায়ে প্রবেশ করল, ডায়েরি। এক অনন্ত ভালোবাসার অধ্যায়। এক 'নতুন আলোয় ভরা' অধ্যায়।

ইতি, তোমার অনন্যা

(যে এখন তোমার সাথে অনন্তকাল বাঁচতে চায়, ভালোবাসার আলোয়)

রুদ্র তার স্টুডিওতে ফিরে এসে তার ডায়েরিটা খুলল। তার মনে এক গভীর শান্তি ছিল, এক ধরনের পূর্ণতা। সে লিখল:

প্রিয় ডায়েরি,

আজ আমরা সেই বিয়েবাড়ির বারান্দায় গিয়েছিলাম, ডায়েরি। যেখানে আমার আর অনন্যার প্রথম দেখা হয়েছিল। আমার মনে হচ্ছে, আমার জীবন আজ সম্পূর্ণ। সেই 'এক পলক' দেখা আমার জীবনকে নতুন অর্থ দিয়েছিল, আর আজ সেই 'এক পলক' দেখা আমাদের জীবনকে এক অনন্ত ভালোবাসার দিকে পথ দেখিয়েছে।

অনন্যা আমার পাশে ছিল, ডায়েরি। আর আমাদের মেয়ে আলো আমাদের পাশে খেলছিল। আমার মনে হলো, আমার জীবনের সবচেয়ে সুন্দর ছবিটা আজ আমি দেখেছি। আলোই আমার জীবনের সবচেয়ে উজ্জ্বল ছবি। আমার 'ছায়ার গল্প' প্রজেক্টটা আজ 'আলোর ছবি'তে পরিণত হয়েছে।

অনন্যার ভালোবাসা আমাকে নিরাময় দিয়েছে, ডায়েরি। ও আমাকে আমার সব ব্যর্থতা থেকে মুক্তি দিয়েছে। আমি এখন আর সেই পুরোনো রুদ্র নই, যে শুধু নিজেকে একজন ব্যর্থ মানুষ মনে করত। আমি এখন আরও বেশি সংবেদনশীল, আরও বেশি পরিপক্ক।

আমরা সব বাধা পেরিয়েছি, ডায়েরি। সব শর্তকে জয় করেছি। আমাদের ভালোবাসা আজ জয়ী হয়েছে। আমার জীবন আজ সম্পূর্ণ। অনন্যা আমার পাশে আছে। আমি আর একা নই। আমাদের ভালোবাসায় এখন শুধু আলো, কোনো ছায়া নেই।

আমি ওকে খুব ভালোবাসি, ডায়েরি। আমি ওকে আর কোনোদিনও হারাতে চাই না। আমি বিশ্বাস করি, আমাদের

ভালোবাসা সব বাধা পেরিয়ে তার পথ খুঁজে নেবে। আমরা একসাথে হাসব, একসাথে কাঁদব, একসাথে বাঁচব। আমাদের ভালোবাসার গল্পটা আজ এক নতুন অধ্যায়ে প্রবেশ করল, ডায়েরি। এক অনন্ত ভালোবাসার যাত্রা।

রুদ্র

Ch. 50: আলোর নিচে, অনন্ত দেখা

ঊনচত্বারিংশ অধ্যায়ে অনন্যা ও রুদ্র তাদের কন্যা **আলো**-কে নিয়ে ফিরে গিয়েছিল সেই বিয়েবাড়ির বারান্দায়, যেখানে তাদের জীবনের এক নতুন অধ্যায় শুরু হয়েছিল। সেই 'এক পলক' দেখা ছিল তাদের ভালোবাসার সূচনাবিন্দু। অষ্টচত্বারিংশ অধ্যায়ে পাঠক দেখেছিল তাদের পাঁচ বছর পরের জীবন, যেখানে আলো তাদের পৃথিবীতে এক নতুন আলো এনেছিল, আর তাদের পেশাগত জীবনও সাফল্যের চূড়ায় পৌঁছেছিল। রুদ্রের 'তুমি, ছায়া, আলো' প্রদর্শনী (চতুর্বিংশ অধ্যায়) এবং অনন্যার বই 'আলোর নিচে এক পলক: এক আত্মানুসন্ধানের ডায়েরি' (পঞ্চচত্বারিংশ অধ্যায়) ছিল তাদের সম্মিলিত সংগ্রামের বিজয়। ত্রাচত্বারিংশ অধ্যায়ে তারা অতীতের সব ছায়াকে (অরিজিৎ ও তিতলি) চিরতরে বিদায় জানিয়েছিল, আর দ্বাচত্বারিংশ অধ্যায়ে তাদের 'একটি বাড়ি' হয়ে উঠেছিল ভালোবাসার এক শান্ত আশ্রয়। একচত্বারিংশ অধ্যায়ে তারা 'একসঙ্গে থাকার মানে' খুঁজে পেয়েছিল, এবং ষষ্ঠচত্বারিংশ অধ্যায়ে তারা একে অপরের স্বপ্নকে সম্মান জানিয়ে নিজেদের ক্যারিয়ার সফলভাবে এগিয়ে

নিয়ে যাচ্ছিল। দীর্ঘ পথচলার পর, অসংখ্য ঝড়-ঝাপটা পেরিয়ে, তাদের ভালোবাসা, সম্পর্ক এবং ব্যক্তিগত জীবন এখন স্থিতিশীল ও পরিপক্ক, এক নতুন আলোয় ভরা। এইবার তাদের ভালোবাসার মহাকাব্য তার চূড়ান্ত পরিণতিতে পৌঁছায়, সেই বারান্দায়, যেখানে অনন্যার মনে আসে এক গভীর উপলব্ধি।

কলকাতার সেই পুরোনো বিয়েবাড়ির বারান্দায় সন্ধ্যা নামছিল ধীরে ধীরে। সূর্যের নরম আলোটা হেলে পড়ছিল পশ্চিমে, তার সোনালী আভা বারান্দার পুরোনো কাঠের মেঝেতে আর রেলিংয়ে এক মায়াবী ছায়া তৈরি করছিল। রুদ্র, অনন্যা আর তাদের পাঁচ বছরের কন্যা **আলো** বারান্দার রেলিং ধরে দাঁড়িয়েছিল। আলো তাদের মাঝে খেলছিল, বাগানের দিকে তাকিয়ে প্রজাপতির পিছু ছুটছিল। তার হাসিতে যেন চারপাশ আলোকিত হয়ে উঠছিল। তার ছোট্ট খেলনা ক্যামেরাটা হাতে নিয়ে সে রুদ্রের মতো করে ছবি তোলার ভান করছিল, আর রুদ্র তার ক্যামেরাটা হাতে নিয়ে আলোর ছবি তুলছিল। তাদের জীবন যেন এক পূর্ণতার বৃত্তে আবদ্ধ হয়ে গিয়েছিল।

রুদ্রের মনে প্রথম অধ্যায়ের সেই দিনের কথা ফিরে এল—সেই বিয়েবাড়ির ঝলমলে আলো, অজস্র কোলাহল, আর অনন্যার সাথে তার প্রথম 'এক পলক' দেখা। রুদ্রের হাতে ধরা ক্যামেরাটা যেন সেই দিনের স্মৃতিকে আবারও জীবন্ত করে তুলল। সে অনন্যার মুখের দিকে তাকিয়েছিল, আর তার মনে হয়েছিল যেন এক নতুন আলো তার জীবনে নেমে এসেছে। অনন্যা তার কাছে সেইদিন ছিল এক 'ছায়া', এক

আলোর নিচে এক পলক

অজানা রহস্য, যাকে সে তার ক্যামেরায় ধরতে চেয়েছিল। রুদ্রের 'ছায়ার গল্প' (দ্বাদশ অধ্যায়ে শুরু হয়েছিল) সেইদিন থেকেই তার মনে দানা বাঁধতে শুরু করেছিল, কিন্তু সে জানত না, সেই ছায়া একদিন তার জীবনের সবচেয়ে উজ্জ্বল আলো হয়ে উঠবে।

অনন্যাও সেই দিনের কথা ভাবছিল। তার মনে সেইদিনের দ্বিধা, সেই অচেনা আকর্ষণ—সবকিছুই ফিরে এল। সে তখনো জানত না, এই মানুষটাই তার জীবনসঙ্গী হবে, তার জীবনের সব আলো হবে। তার মনে পঞ্চচত্বারিংশ অধ্যায়ে প্রকাশিত তার নিজের বই **'আলোর নিচে এক পলক: এক আত্মানুসন্ধানের ডায়েরি'**-র নামটা ভেসে উঠল। সেই 'এক পলক' দেখা তার জীবনকে বদলে দিয়েছিল, তাকে এক দীর্ঘ আত্মানুসন্ধানের পথে ঠেলে দিয়েছিল।

তারা বারান্দায় দাঁড়িয়ে হাতে হাত রাখল। আলো তাদের মাঝে দৌড়াদৌড়ি করছিল, তার হাসি তাদের কানে এক নতুন সুর এনে দিচ্ছিল। রুদ্র অনন্যার দিকে ঘুরল, তার চোখে এক গভীর আবেগ, এক গভীর ভালোবাসা। "মনে আছে, অনন্যা?" রুদ্র ফিসফিস করে বলল। "এই বারান্দাতেই তুমি আমার প্রথম ছবিতে ধরা পড়েছিলে। সেদিনই আমি জানতাম, তুমি আমার জন্য বিশেষ।"

অনন্যা রুদ্রের হাত ধরে তার দিকে মুখ ফেরাল। "আমিও সেইদিন অনুভব করেছিলাম, রুদ্র," অনন্যা বলল। "সেই 'এক পলক' দেখা আমার জীবনকে বদলে দিয়েছিল। কিন্তু তখন জানতাম না, কতটা বদলে দেবে।"

তারা বারান্দায় দাঁড়িয়ে তাদের জীবনের দীর্ঘ পথচলার সব অধ্যায়গুলো একে একে মনে করতে লাগল। তাদের ভালোবাসা, তাদের সংগ্রাম, তাদের বিজয়—সবকিছু যেন এক চলচ্চিত্রের মতো তাদের চোখের সামনে ভেসে উঠল। প্রতিটি অধ্যায়ই ছিল এক একটি ধাপ, যা তাদের ভালোবাসাকে আরও শক্তিশালী করেছে, আরও পরিপক্ক করেছে।

১. প্রথম দিকের মুগ্ধতা ও বন্ধুত্বের সূচনা: অনন্যা মনে পড়ল বাগানে রুদ্রের সাথে তাদের প্রথম দেখা (দ্বিতীয় অধ্যায়), যখন তাদের মধ্যে বন্ধুত্ব শুরু হয়েছিল। রুদ্রের পাঠানো সেই কবিতার ইমেল (পঞ্চম অধ্যায়), যেখানে রুদ্র তাকে ভালোবাসার আহ্বান জানিয়েছিল, কিন্তু অনন্যা তখনো ভয় পেয়েছিল। কফিশপে তাদের সেই গভীর কথোপকথন (ষষ্ঠ অধ্যায়), যখন অনন্যার মন খুলে কথা বলা শুরু হয়েছিল, আর রুদ্রের ভেতরের জগৎ উন্মোচিত হয়েছিল।

২. ভুল বোঝাবুঝি ও বিচ্ছেদের যন্ত্রণাময় অধ্যায়: তাদের সম্পর্কের প্রথম পরীক্ষা এসেছিল যখন রুদ্রের প্রদর্শনীতে (সপ্তম অধ্যায়) অনন্যার ছবি দেখে তার মনে ভালোবাসার অনুভূতি জাগলেও, সে নিজেকে থামিয়েছিল, তার হৃদয়ে ফাটল ধরেছিল (অষ্টম অধ্যায়)। অনন্যার মনে পড়ল তিতলিকে রুদ্রের পাশে দেখে তার ভুল বোঝাবুঝি (নবম অধ্যায়), তার নীরবতা, এবং সেই 'নীরব বিদায়' (দশম অধ্যায়)। রুদ্রের মনে পড়ল তার ইউরোপ যাত্রার কথা (দ্বাত্রিংশ অধ্যায়), যখন সে কাউকে কিছু না জানিয়ে চলে গিয়েছিল, নিজেকে অনন্যার যোগ্য মনে না করে। এই সময়টা

ছিল তাদের জীবনের সবচেয়ে অন্ধকার অধ্যায়—দূরত্ব (ত্রিংশ অধ্যায়), এবং 'প্রেম নাকি অভ্যাস' (একত্রিংশ অধ্যায়) প্রশ্নের মুখে সম্পর্ক।

৩. আত্মানুসন্ধান ও নিরাময়ের যাত্রা: অনন্যা মনে পড়ল তার 'আত্মচর্চা'র কথা (ত্রয়স্ত্রিংশ অধ্যায়), কীভাবে সে হিমালয়ের কোলে গিয়ে নিজের মানসিক জটগুলো ছাড়াতে শিখেছিল, তার পুরোনো ভয় আর অবিশ্বাসকে জয় করেছিল। রুদ্রের মনে পড়ল তার বৃদ্ধাশ্রম প্রজেক্ট (অষ্টাদশ অধ্যায়) এবং ফ্লোরেন্সের দিনগুলো (দ্বাত্রিংশ ও চতুস্ত্রিংশ অধ্যায়), যেখানে সে জীবনের গভীর অর্থ এবং ভালোবাসার মূল্য উপলব্ধি করেছিল। রুদ্রের ইতালি থেকে অনন্যাকে লেখা সেই আবেগঘন চিঠি (চতুস্ত্রিংশ অধ্যায়), আর অনন্যার সেই চিঠির উত্তরে লেখা তার নিজের স্বীকারোক্তি (পঞ্চত্রিংশ অধ্যায়)—সবকিছুই তাদের মধ্যে আবার যোগাযোগের সেতু তৈরি করেছিল।

৪. পুনর্মিলন ও ভালোবাসার নতুন ভিত্তি: তাদের ভালোবাসার নতুন অধ্যায় শুরু হয়েছিল হিমাচলের পাহাড়ি পথে তাদের সেই 'কাকতালীয় দেখা' দিয়ে (বিংশ অধ্যায়), এবং রাতভর 'গল্প বলা রাত' (একবিংশ অধ্যায়) যেখানে তারা তাদের সব পুরোনো ব্যথা ভাগ করে নিয়েছিল, আর রুদ্র প্রথমবার কেঁদেছিল। রুদ্রের প্রেমের স্বীকারোক্তি (ত্রয়োবিংশ অধ্যায়) আর অনন্যার 'হ্যাঁ' বলা তাদের ভালোবাসাকে নতুন উচ্চতায় নিয়ে গিয়েছিল। তারা দুজনেই সিদ্ধান্ত নিয়েছিল 'ধীরে ধীরে সম্পর্ক গড়ার' এবং 'এখন বাঁচা'-র (দ্বাবিংশ অধ্যায়), কারণ

তাদের বিশ্বাস ছিল ভালোবাসা সব বাধা পেরিয়ে যেতে পারবে। পঞ্চবিংশ অধ্যায়ে তাদের এক সপ্তাহ একসঙ্গে কাটানো, তাদের প্রথম শারীরিক ঘনিষ্ঠতা তাদের সম্পর্ককে আরও পরিপক্ক করেছিল, আর 'ভাঙা কাঁচ' জোড়া লেগেছিল 'নরম আলো'-য়। সপ্তত্রিংশ অধ্যায়ে সেই পুরোনো কফিশপে তাদের সব ভুল বোঝাবুঝি মিটে গিয়েছিল, এবং রুদ্রের প্রত্যাবর্তন (ষষ্ঠত্রিংশ অধ্যায়) তাদের ভালোবাসাকে পুনরুজ্জীবিত করেছিল।

৫. বাস্তবতার মুখোমুখি ও বিজয়ের পথচলা: তাদের ভালোবাসার পরীক্ষা শুরু হয়েছিল যখন তাদের সম্পর্ক অফিসের কর্মীদের মধ্যে জানাজানি হয়ে যাওয়ায় অনন্যার ওপর তীব্র চাপ সৃষ্টি হয়েছিল (ষষ্ঠবিংশ অধ্যায়), আর রুদ্রের মায়ের অসুস্থতা ও পারিবারিক পক্ষ থেকে আসা বিয়ের চাপ তাদের সম্পর্ককে এক কঠিন পরীক্ষার মুখে ঠেলে দিয়েছিল (সপ্তবিংশ অধ্যায়)। রুদ্রের ফটোগ্রাফি কাজ বন্ধ হয়ে যাওয়ায় তীব্র অর্থনৈতিক সমস্যাও এসেছিল (অষ্টাবিংশ অধ্যায়)। অনন্যা তার ক্যারিয়ারে প্রোমোশন পেলেও, তাকে কর্পোরেট প্যাঁচে (ঊনত্রিংশ অধ্যায়) জড়িয়ে পড়তে হয়েছিল। চতুর্বিংশ অধ্যায়ে অনন্যার মনে যে অনিশ্চয়তা দানা বেঁধেছিল—'সমাজ, পরিবার, ক্যারিয়ার—সব একসঙ্গে সম্ভব তো?'—সেই ভয়গুলো বাস্তব রূপ নিয়েছিল।

কিন্তু তারা থেমে থাকেনি। চত্বারিংশ অধ্যায়ে অনন্যা তার নিজস্বতা না ছেড়ে, ভালোবাসাও না ছেড়ে এক নতুন পথ খুঁজে নেয়—'আর্ট স্ট্র্যাটেজি কন্সালটিং'-এর মাধ্যমে সে তার

ক্যারিয়ার ও ভালোবাসার মধ্যে ভারসাম্য রক্ষা করতে সক্ষম হয়। এই সাহসী সিদ্ধান্ত রুদ্রের পরিবারকে প্রভাবিত করে এবং তারা অনন্যাকে মেনে নেন, তাদের ভালোবাসার 'শেষ বাধা' (ঊনচত্বারিংশ অধ্যায়) জয় হয়।

৬. পূর্ণতা ও নতুন জীবনের ছবি: একচত্বারিংশ অধ্যায়ে তারা 'একসঙ্গে থাকার মানে' খুঁজে পেয়েছিল—সহযোগিতা, বোঝাপড়া আর প্রেমই ছিল তাদের সম্পর্কের নতুন সংজ্ঞা। দ্বাচত্বারিংশ অধ্যায়ে তাদের ছোট্ট ফ্ল্যাটটি হয়ে উঠেছিল ভালোবাসার এক শান্ত আশ্রয়—'একটি বাড়ি'। ত্রাচত্বারিংশ অধ্যায়ে তারা জীবনের সব পুরোনো ছায়াকে (অরিজিৎ ও তিতলি) চিরতরে বিদায় জানিয়েছিল। রুদ্রের 'তুমি, ছায়া, আলো' প্রদর্শনী (চতুর্বিংশ অধ্যায়) এবং অনন্যার বই 'আলোর নিচে এক পলক: এক আত্মানুসন্ধানের ডায়েরি' (পঞ্চচত্বারিংশ অধ্যায়) ছিল তাদের সম্মিলিত সংগ্রামের বিজয়, যা তাদের নতুন জীবনের ছবি তুলে ধরেছিল। ষষ্ঠচত্বারিংশ অধ্যায়ে তারা 'নিজের নিজের স্বপ্ন' পূরণের পথে এগিয়ে যাচ্ছিল, একে অপরের ক্যারিয়ারকে সম্মান জানিয়ে। এবং সপ্তচত্বারিংশ অধ্যায়ে তাদের জীবনে এসেছিল কন্যাশিশু 'আলো', যে তাদের জীবনকে নতুন আলোয় ভরিয়ে দিয়েছিল। অষ্টচত্বারিংশ অধ্যায়ে পাঠক দেখেছিল তাদের পাঁচ বছর পরের জীবন, যেখানে আলো তাদের জীবনে এক নতুন আলো এনেছিল, এবং তাদের পেশাগত জীবনও সাফল্যের চূড়ায় পৌঁছেছিল।

এই সব স্মৃতিগুলো তাদের চোখের সামনে ভেসে উঠল। তারা দুজনেই অনুভব করল, তাদের জীবনটা যেন এক মহাকাব্য, যার প্রতিটি অধ্যায় ছিল চ্যালেঞ্জ, প্রেম, সংগ্রাম, এবং বিজয় দিয়ে পূর্ণ।

আলো তাদের পাশে খেলছিল। সে বারান্দার রেলিং ধরে দাঁড়িয়েছিল, বাগানের দিকে তাকিয়ে কিচিরমিচির করছিল। তার হাতে একটি খেলনা ক্যামেরা, সে তার বাবার মতো ছবি তোলার ভান করছিল। রুদ্র তার ক্যামেরাটা হাতে নিল, আলোর কয়েকটি ছবি তুলল। আলোর মুখের হাসি, তার চোখের কৌতূহল—সবকিছু রুদ্রের ক্যামেরায় ধরা পড়ছিল। রুদ্রের 'ছায়ার গল্প' প্রজেক্টটা এখন 'আলোর ছবি'তে পরিণত হয়েছিল।

"মা, বাবা, তোমরা এখানে কী করছো?" আলো রুদ্র আর অনন্যার দিকে তাকিয়ে জিজ্ঞেস করল। অনন্যা আলোকে কোলে তুলে নিল। তার চুলগুলো আলতো করে সরিয়ে দিল। "আমরা আমাদের পুরোনো দিনের কথা মনে করছি, মা।" "কোন পুরোনো দিন?" আলো তার নিষ্পাপ চোখে তাকিয়ে জিজ্ঞেস করল। রুদ্র হাসল। তার চোখে এক গভীর আবেগ। "সেই দিন, যখন মা আর বাবা প্রথম দেখা করেছিল। এই বারান্দাতেই।" আলো রুদ্রের দিকে তাকিয়ে চোখ পিটপিট করল। "সেদিন কি আলোও ছিল?"

অনন্যা আর রুদ্র একে অপরের দিকে তাকিয়ে হাসল। তাদের চোখে ছিল এক ধরনের গভীর বোঝাপড়া, এক ধরনের পূর্ণতা। তারা একে অপরের সব ভুল, সব কষ্ট, সব

দুর্বলতা জানে, আর সেগুলোকে ভালোবাসতে পারে। তাদের ভালোবাসা এখন এক নতুন, পরিপক্ক রূপে বিকশিত হয়েছে, যেখানে কোনো ভয় নেই, কোনো অবিশ্বাস নেই, শুধু আছে বিশ্বাস, বোঝাপড়া, এবং নিঃশর্ত ভালোবাসা।

অনন্যা আলোর কপালে আলতো করে চুমু খেল। তার চোখ দিয়ে আনন্দাশ্রু গড়িয়ে পড়ল। সে রুদ্রের দিকে তাকাল। সূর্যের শেষ রশ্মি তাদের ছুঁয়ে যাচ্ছিল, আর তাদের ভালোবাসার আলো যেন চারপাশকে আলোকিত করে তুলছিল।

"তুমি জানো, রুদ্র?" অনন্যা ফিসফিস করে বলল। তার কণ্ঠস্বর ছিল শান্ত, কিন্তু তাতে ছিল এক গভীর উপলব্ধি, এক চিরন্তন সত্য। "সেই রাত থেকেই (প্রথম অধ্যায়ের সেই বিয়েবাড়ির রাত, যখন তাদের প্রথম দেখা হয়েছিল) জানতাম, এই আলোটা (শুধু আলোর উপস্থিতি নয়, তাদের সম্মিলিত ভালোবাসার আলো, তাদের জীবনের সব সুখ, শান্তি, আর পূর্ণতার আলো) শুধু আমার না—আমাদের।"

রুদ্র অনন্যার মুখের দিকে তাকাল। তার চোখে সেই একই গভীর আবেগ, এক গভীর ভালোবাসা। অনন্যার এই উপলব্ধি রুদ্রের হৃদয়ে এক গভীর শান্তি এনে দিল। রুদ্র অনন্যা আর আলোকে কাছে টেনে নিল, তাদের দুজনকে শক্ত করে জড়িয়ে ধরল। তাদের ভালোবাসার সেই 'এক পলক' দেখা আজ 'অনন্ত দেখা'-য় পরিণত হয়েছিল। রুদ্র অনুভব করল, তার জীবনটা আজ সম্পূর্ণ। তার 'ছায়ার গল্প' এখন 'আলোর

ছবি'তে পরিণত হয়েছে, আর সেই ছবিতে শুধু ছায়া নয়, আলোও আছে, ভালোবাসা আছে, আর অনন্ত জীবন আছে।

তারা তিনজন একে অপরের বাহুডোরে আবদ্ধ হলো। আলো তাদের মাঝে হাসছিল, তার হাসি তাদের জীবনে এক নতুন সুর এনে দিয়েছিল। সূর্যের শেষ রশ্মি তাদের ছুঁয়ে যাচ্ছিল, আর তাদের ভালোবাসার আলো যেন চারপাশকে আলোকিত করে তুলছিল। এই বারান্দা, যেখানে তাদের প্রথম দেখা হয়েছিল, আজ তাদের ভালোবাসার এক নীরব সাক্ষী হয়ে রইল। তাদের ভালোবাসার গল্প আজ সম্পূর্ণ, নতুন আলোয় ভরা, এবং অনন্তকাল ধরে টিকে থাকার জন্য প্রস্তুত।

সেই রাতে অনন্যা তার ডায়েরিটা খুলল। তার মনে এক গভীর শান্তি ছিল, এক ধরনের পূর্ণতা। সে লিখল:

প্রিয় রুদ্র (আমার অনন্ত আলো),

আজ আমরা সেই বিয়েবাড়ির বারান্দায় গিয়েছিলাম, রুদ্র। যেখানে আমাদের প্রথম দেখা হয়েছিল। আমার মনে হচ্ছে, আমার জীবনের এক বৃত্ত আজ সম্পূর্ণ হলো। সেই 'এক পলক' দেখা আমার জীবনকে বদলে দিয়েছিল, আর আজ সেই 'এক পলক' দেখা আমাদের জীবনকে এক অনন্ত ভালোবাসার দিকে পথ দেখিয়েছে।

আমি তোমার পাশে দাঁড়িয়েছিলাম, রুদ্র, আর আমাদের মেয়ে আলো আমাদের পাশে খেলছিল। আমার মনে হলো, আমার জীবনের সব স্বপ্ন আজ সত্যি হয়েছে। আমাদের ভালোবাসা আজ সব বাধা পেরিয়ে জয়ী হয়েছে। আমি বিশ্বাস করতে

পারছি না, রুদ্র। আমাদের ভালোবাসার গল্পটা আজ কতটা সুন্দর!

আমি আজ তোমাকে বলেছি, রুদ্র—'সেই রাত থেকেই জানতাম, এই আলোটা শুধু আমার না—আমাদের।' এই আলোটা শুধু আলোর উপস্থিতি নয়, রুদ্র। এটা আমাদের ভালোবাসার আলো, আমাদের জীবনের সব সুখ, শান্তি, আর পূর্ণতার আলো। তুমি আমার জীবনে আলো এনেছ, আর আলো আমাদের জীবনকে আরও বেশি আলোয় ভরিয়ে দিয়েছে।

আমার সেই পুরোনো ভয়, আমার অবিশ্বাস—সবকিছু আজ এক পুরোনো স্মৃতি মনে হচ্ছে। তোমার ভালোবাসা আমাকে নিরাময় দিয়েছে, আমাকে সাহসী করেছে, আমাকে বিশ্বাস করতে শিখিয়েছে। আমার হৃদয়ের সব 'ভাঙা কাঁচ' আজ জোড়া লেগে গেছে। আর সেই ভাঙা কাঁচের উপর তোমার ভালোবাসার 'নরম আলো' পড়েছে, যা আমার জীবনকে আলোকিত করেছে।

তোমার 'তুমি, ছায়া, আলো' প্রদর্শনী (চতুর্বিংশ অধ্যায়) তুমি তোমার জীবনের গল্প বলেছিলে। আর আমার বই 'আলোর নিচে এক পলক' (পঞ্চচত্বারিংশ অধ্যায়ে প্রকাশিত) আমার আত্মানুসন্ধানের গল্প বলেছিল। আজ আমাদের গল্পটা সম্পূর্ণ হলো, রুদ্র। এটি আমাদের ভালোবাসার এক মহাকাব্য।

আমি তোমাকে খুব ভালোবাসি, রুদ্র। তুমিই আমার জীবন, তুমিই আমার পথ। তুমিই আমার 'ছায়ার গল্প'-এর নতুন অধ্যায়। আমি তোমার সাথে সারাজীবন থাকতে চাই, রুদ্র।

এম আর জি কিউপিড

আমার সব স্বপ্ন, সব সাফল্য তোমাকে ছাড়া অর্থহীন। আর এখন আলো আমাদের সাথে আছে, আমাদের জীবনকে আরও বেশি অর্থপূর্ণ করে তুলেছে।

আমার মনে হয়, আমাদের ভালোবাসার গল্পটা আজ এক নতুন অধ্যায়ে প্রবেশ করল, ডায়েরি। এক অনন্ত ভালোবাসার অধ্যায়। এক 'নতুন আলোয় ভরা' অধ্যায়।

ইতি,

তোমার অনন্যা

(যে এখন তোমার সাথে অনন্তকাল বাঁচতে চান, ভালোবাসার আলোয়)

রুদ্র তার স্টুডিওতে ফিরে এসে তার ডায়েরিটা খুলল। তার মনে এক গভীর শান্তি ছিল, এক ধরনের পূর্ণতা। সে লিখল:

প্রিয় ডায়েরি,

আজ আমরা সেই বিয়েবাড়ির বারান্দায় গিয়েছিলাম, ডায়েরি। যেখানে আমার আর অনন্যার প্রথম দেখা হয়েছিল। আমার মনে হচ্ছে, আমার জীবন আজ সম্পূর্ণ। সেই 'এক পলক' দেখা আমার জীবনকে নতুন অর্থ দিয়েছিল, আর আজ সেই 'এক পলক' দেখা আমাদের জীবনকে এক অনন্ত ভালোবাসার দিকে পথ দেখিয়েছে।

অনন্যা আমার পাশে ছিল, ডায়েরি। আর আমাদের মেয়ে আলো আমাদের পাশে খেলছিল। অনন্যা আজ আমাকে একটা কথা বলেছে, ডায়েরি—'সেই রাত থেকেই জানতাম, এই

আলোটা শুধু আমার না—আমাদের।' ওর এই কথাগুলো আমার হৃদয়কে ছুঁয়ে গেছে।

আলোই আমার জীবনের সবচেয়ে উজ্জ্বল ছবি। আমার 'ছায়ার গল্প' প্রজেক্টটা আজ 'আলোর ছবি'তে পরিণত হয়েছে। আমার ক্যামেরা এখন শুধু ছায়া নয়, আলোকেও ধারণ করতে শিখছে। অনন্যার ভালোবাসা আমাকে নিরাময় দিয়েছে, ডায়েরি। ও আমাকে আমার সব ব্যর্থতা থেকে মুক্তি দিয়েছে। আমি এখন আর সেই পুরোনো রুদ্র নই, যে শুধু নিজেকে একজন ব্যর্থ মানুষ মনে করত। আমি এখন আরও বেশি সংবেদনশীল, আরও বেশি পরিপক্ক।

আমরা সব বাধা পেরিয়েছি, ডায়েরি। সব শর্তকে জয় করেছি। আমাদের ভালোবাসা আজ জয়ী হয়েছে। আমার জীবন আজ সম্পূর্ণ। অনন্যা আমার পাশে আছে। আমি আর একা নই। আমাদের ভালোবাসায় এখন শুধু আলো, কোনো ছায়া নেই।

আমি ওকে খুব ভালোবাসি, ডায়েরি। আমি ওকে আর কোনোদিনও হারাতে চাই না। আমি বিশ্বাস করি, আমাদের ভালোবাসা সব বাধা পেরিয়ে তার পথ খুঁজে নেবে। আমরা একসাথে হাসব, একসাথে কাঁদব, একসাথে বাঁচব। আমাদের ভালোবাসার গল্পটা আজ এক নতুন অধ্যায়ে প্রবেশ করল, ডায়েরি। এক অনন্ত ভালোবাসার যাত্রা।

আমার জীবন আজ আলোকিত, ডায়েরি। আমি এখন আর একা নই। আমাদের ভালোবাসা 'আলোর নিচে, অনন্ত দেখা'-র প্রতীক।

রুদ্র

এম আর জি কিউপিড

www.ingramcontent.com/pod-product-compliance
Lightning Source LLC
LaVergne TN
LVHW090209051026
849517LV00001B/19
* 9 7 9 8 2 3 2 1 3 0 9 1 6 *